# CONTENTS

# ENCUENTROS, ESTAMPAS, TEXTURAS

*A Guadalupe Salas Navarro.*
*Sin ti, no hubiera escrito este libro.*

# PRÓLOGO

La obra narrativa que en este momento tienes en tus manos, te va a deleitar si te identificas íntimamente con sus protagonistas, pero aún y cuando no te identifiques de esa manera, vas a experimentar un deleite narrativo, ya que su autor manifiesta un alto dominio de la escritura, y las descripciones que hace te llevarán a lugares especiales, momentos sublimes y aventuras con mucha adrenalina, hasta llegar a sentir el alma desnuda de los personajes.

"Encuentros, Estampas, Texturas", es la primera obra del chihuahuense David Eli Lucero Ruiz, y de manera personal, espero que sea la primera de muchas, pues una vez que comencé a leer este libro, ya no lo solté hasta terminarlo. Sus cinco historias me hechizaron.

Sin lugar a duda, hay originalidad en esta obra, la cual está repleta de extraordinarias expresiones poéticas junto con la originalidad de ciudades inventadas, con sus particulares historias y lenguas.

El autor expresa hermosas y poéticas expresiones de la naturaleza humana, y esas sorprendentes descripciones hacen preguntar si acaso el autor es un alma vieja colmada de sabiduría.

En sus historias, Eli aporta temas para reflexionar, tales como la humildad, la compasión, el amor incondicional, el temor a vivir, la maldad humana, la dicha de vivir la expresión máxima del amor, y las maneras tan chocantemente misteriosas con en las que se manifiesta la justicia.

Te invito que disfrutes este libro y descubras la esencia de los protagonistas, mismos que existen en espacio-tiempo de realidades alternas, o quizás a través de la reencarnación, y de paso, también que conozcas la esencia del autor, quien definitivamente nació con el don de la narrativa.

**Keila Ramos Arellano**

Periodista, amante de la literatura, la cultura y el conocimiento.

# NOTAS DEL AUTOR

En psicología, se define la personalidad como un conjunto de factores biológicos y psicológicos que determinan el comportamiento de un individuo. Mi intención al escribir esta obra fue la de crear una comparación y correlación psíquica. Para ello creé cinco historias distintas, y en ellas aparecerán siempre los mismos protagonistas: Louit Dermeer y Nielce Tamarats. Al ponerlos en diferentes escenarios, quise someterlos a cinco situaciones que sacaran a relucir la totalidad de su carácter.

El libro fue escrito de la siguiente manera: A partir del capítulo uno, y hasta el capítulo cinco, se abrirán cinco líneas argumentales independientes; a partir del capítulo seis, estas líneas volverán a retomarse, es decir: Mi primera historia, llamada "Una Pareja Feliz", comprende los capítulos uno, seis, once, dieciséis, etcétera. La segunda historia, llamada "Un Paciente Atormentado", comprende los capítulos dos, siete, doce, diecisiete, etcétera.

Te invito a que leas el libro como tú prefieras. Puedes seguir una continuidad normal (capítulo uno, dos, tres, y así sucesivamente) o puedes seguir las indicaciones de salto de página, mismas que te darán una guía para que leas cualquiera de las historias de manera consecutiva. El autor, por su parte, te recomienda que lo leas de corrido, pues así fue planificado desde un principio.

Reconozco que, para efectos literarios, omití aspectos epigenéticos de la mayor importancia. Los protagonistas siempre tienen un origen distinto, del cual se habla de manera vaga y circunstancial. Rara vez se hace mención de sus padres o hermanos, y si se hace, es con fines contextuales. Asimismo, la época en que transcurren las historias no es la misma. Factores geográficos, culturales, sociales y de cualquier otra índole son obviados para permitir un flujo natural del carácter básico de Louit Dermeer y Nielce Tamarats.

Soy el primero en reconocer la infinidad de elementos que bastan para modificar la personalidad de un ser humano. Aún en líneas de tiempo alternativas, sería imposible contar con el mismo individuo. Un desvío en cualquier dirección (ya sea ambiental, cultural, geográfica, temporal) basta para modificar de forma duradera la psique de un ser humano, y con ello, su forma de comportarse y reaccionar frente al mundo.

Sin embargo, creo que la esencia de los personajes se mantiene fiel sin importar la historia que se lea en el momento, y siento que hubiera sido imposible sacar a flote tantos rasgos de carácter de estos personajes sin una amplia variedad de situaciones que tocara casi todo el umbral de sus emociones. De ahí que me atrevo a pedir el mismo privilegio que pidió para sí mismo el maestro Lev Tólstoi al escribir Guerra y Paz:

"GUERRA Y PAZ ES LO QUE EL AUTOR HA QUERIDO Y PODIDO EXPRESAR, EN LA FORMA EN QUE ESTÁ EXPRE-SADO" (TÓLSTOI, 1868).

**David Eli Lucero Ruiz.**

# Encuentros

# CAPÍTULO 1

*Una pareja feliz.*

Un atardecer maravilloso se asomaba en la playa, con un cielo de ardientes tonos rojizos, violáceos y amarillentos que se permeaban a través de las cortinas, llenando la casa con una atmósfera de ensueño. En uno de los rincones, un hombre esperaba sentado con la cabeza apoyada en una de sus palmas abiertas.

Estaba aburrido, y sabía que tenía que esperar al menos quince minutos más. Sin embargo, en su rostro se veía una expresión satisfecha, la misma de aquel que sabe que su amada esposa será galardonada en una ceremonia dedicada a su genio y trabajo.

Ni siquiera tenía que levantar la voz. Su mujer estaba en la habitación contigua, afanándose en la exageración de su exquisita belleza natural.

- Por lo pronto, vamos a llegar con media hora de retraso.
- No hace falta que me lo recuerdes. Estoy bien enterada del tiempo, Louit.

Louit soltó un bostezo profundo. Para qué irritarla. Su esposa tenía un sentido de la responsabilidad mucho más refinado que el suyo, y esa era una de las virtudes que más le atraían de ella. Siendo un hombre dedicado a las leyes, Louit aprendió todos los trucos del aparato legal para someter a otros a una conducta aceptable, pero una verdad encarnada en el carácter de su compañera lo deslumbró: Cuando un ser humano quiere comportarse bien, no hay que alentarlo ni presionarlo.

Y otra más, apéndice de la primera: Fustigar la iniciativa termina por matarla.

- Me parece que hará un poco de frío esta noche, cariño. ¿Ya elegiste un abrigo para la ocasión? –inquirió Louit para luego bostezar.
- A decir verdad, confío en que me prestarás tu abrigo.
- ¡Mujer desconsiderada! Pero sí, es claro que te lo prestaré, siempre que logres convencerme de hacerlo.
- Encontraré la manera, querido.

Rieron. Louit se levantó y estiró los brazos para desperezarse. Ya de pie, observó el espectáculo celeste a través de la ventana.

- Nielce, te estaré esperando afuera. Hay algo que no me quiero perder.
- ¿Qué dijiste, Louit?
- ¡Te veo afuera!
- Está bien.

En un santiamén, Louit atravesó la pequeña habitación y cruzó el pasillo que llevaba hacia el balcón, aquella ala de ensueño en la que los dos solían conversar hasta caer rendidos, arrullados por el mar y el viento; una vez afuera, Louit se apoyó contra el barandal de madera recién pintada para presenciar el portento celeste con una enorme sonrisa en su rostro.

Era realmente feliz. Gracias el generoso compás de la fortuna, Louit consiguió levantar aquel pequeño reino para sí mismo en la soledad de las afueras. Él siempre quiso una casa *así*: Las ventanas altas, la pintura blanca, la madera tallada, el espacio definido y la compañía perfecta.

Nielce se había presentado en su vida como el crepúsculo de aquella tarde: Como una sorpresa que parecía irreal a los ojos, un milagro al que aún no lograba dar crédito, y, sin embargo, estaba allí; él la encontró cuatro años antes en una excursión fortuita al barrio de Ondalud. Louit recordó los detalles de aquel encuentro primordial: Las casitas pintorescas del lugar, los ruidos de la fiesta, él mirando calle abajo mientras hablaba con un par de lugareños...

Y entonces la vio, caminando hacia él mientras leía. Vio sus piernas largas, torneadas, perfectas, y el objeto de su devoción actual. Y vio algo más, algo que no era eclipsado por la hermosura radiante de la muchacha; aún cuando no pudo definirlo en el momento, Louit sintió que *tenía* que averiguar qué era aquello. Era demasiado deseable para dejarlo pasar.

Y acertó. Se pasó dos años cortejándola y otros dos amándola como su marido tratando de definir aquella vaga impresión que lo llevó a hacer una apuesta por su felicidad. ¿Qué encontró? Para él, la palabra más precisa era *virtud*.

- Bien, estoy lista –dijo Nielce para anunciarse.

     Allí estaba ella, musa preciosista.

- ¡Querida! ¿Te he dicho que eres la criatura más hermosa sobre la tierra?

- No me lo habías dicho hoy. Gracias querido –respondió Nielce con una sonrisa-. ¿Estás listo?

- Sí, pero antes, mira esto, ¡ven! –Louit atrajo a Nielce hasta el barandal y le presentó el atardecer.

- Ya veo. Por esto me dejaste sola cuando yo me estaba preparando para sorprenderte. Tomas excelentes decisiones, querido.

- Es curioso: Justo estaba recordando el momento en el que tomé la mejor decisión de todas –Louit miró a Nielce entre descarado y divertido.

- ¿Hablas de cuando te decidiste a comprar esta casa?

- No, esa fue la segunda mejor decisión.

- ¿Y cuál fue la mejor?

     Un ave marina atravesó el cielo en dirección al inmenso océano, graznando con energía. Los dos la siguieron con la vista unos momentos.

- Ayúdame a recordar la ocasión. Puedes hacerlo por que tú estabas presente, aun cuando no estabas conmigo todavía...
- Me gusta hacia dónde va esto, pero, ¿puedes hablarme de ello mientras conduces? Ya estamos bastante retrasados...
- ¡Vamos, sólo en lo que se oculta el sol! –rogó él con entusiasmo.
- Todavía estará allí un buen rato –enfatizó la muchacha.
- Y te prometo que querrás hacerlo largo con lo que te voy a contar.
- Bien, eso quiero comprobarlo –Nielce acercó su cadera a la de Louit y le ofreció una sonrisa de fantasía -. Habla, que el sol se está yendo con rapidez.
- Escucha: El lugar tú lo conoces mejor que yo. Hablo del barrio de Ondalud...
- ¡Es verdad! Nunca quisiste decirme qué estabas haciendo allí. ¿Acaso me dirás ahora?
- ¿Es en serio? ¿A qué viene esto?
- Sólo quiero saber.
- Ya te lo he dicho: Fui a conocer el lugar –respondió Louit con una muy forzada naturalidad.
- ¡Por favor, Louit! Llevamos dos años de casados y nunca te entró el deseo de conocer un sitio nuevo. Además, yo sé perfectamente cuando mientes, ¿crees que no te conozco lo suficiente?
- ¡Es claro que no miento! ¡Nielce, no te rías!

Nielce se divertía enormemente con la torpe defensa que le estaba presentando su marido. Por eso lo observaba con mueca de victoria, mordiéndose sus finos labios con deleite.

- Y bien, ¿ahora me dirás?
- Ya te lo he dicho.
- Y *vuelves* a mentir -Nielce miró a Louit de un modo acusador-, pero hagamos una cosa: Si tú me dices lo que quiero

saber, yo te contaré algo que tú no sabes.

- ¿Ahora negociamos, Nielce?
- Verdades a verdades. ¿Te parece justo?

Viéndose acorralado, Louit soltó un sonoro suspiro.

- Bien, te lo voy a decir...
- ¡Por fin! –exclamó Nielce.
- Ahora: ¿Te vas a molestar?
- Depende, ¿qué hacías allí?
- Bueno... Yo estaba allí por invitación de una mujer...
- Ajá...
- A la que estaba cortejando...
- ¡Oh!

Nielce apartó la vista de Louit y puso una expresión cómica.

- No te molestes querida, nunca quise contártelo porque...
- Nada de eso, Louit –interrumpió Nielce con suavidad-. Dime una cosa: ¿Estabas buscando a tu chica cuando nos encontramos?
- Sí, pero en el instante mismo en que te dirigí la palabra, supe que ya no debía buscarla más...
- ¡Eres un cretino! –Nielce empezó a reír de una manera estrepitosa.
- ¿Qué? ¿No me crees?

La muchacha negaba con la cabeza, en pleno disfrute de ciertos pensamientos pícaros.

- No sé si me dices la verdad, pero no veo razón para irritarme contigo. Al contrario: me halaga el saber que desechaste tu otra opción al acercarte a mí. ¡Mira qué bien resultó para los dos!
- ¡Ah, Nielce! ¡Eres una delicia de mujer! –exclamó un Louit aliviado.

Y abrazó a su esposa con sincera gratitud: La gratitud que procede del entendimiento que te brinda el otro cuando se toma las cosas positiva y comprensivamente.

Con el correr de los segundos, los matices del cielo se volvieron violetas y azulados. Las primeras estrellas anunciaron la presencia de la noche, mientras el disco del sol terminó de zambullirse por completo en el mar.

- ¿No ibas a decirme algo? -inquirió Louit de repente.
- ¿No me estabas contando una historia?
- ¡Lo sabía! ¡Es claro que estabas mintiendo!
- ¡Por supuesto que no!
- Entonces di. Ya te dije lo que querías saber...
- Termina, querido. Ya lo empezaste, llevémoslo hasta el final...

Louit entrecerró los párpados para mostrar escepticismo. Nielce apoyó la cabeza contra su hombro.

- Por favor -dijo Nielce en un tono entre infantil y chillón.
- Bien, veamos... Venías leyendo desde el malecón, era una de las obras de Ghillart; vestías unos pantalones cortos bastante lindos. Te vi venir desde lejos, yo le estaba pidiendo guía a una pareja de lugareños...
- Ellos eran los Hubth –puntualizó Nielce-. Y puedes hacerme muy feliz si recuerdas las cosas que dijiste.
- Sí que las recuerdo, sólo déjame recrear la escena para mí mismo; sí, me libré enseguida de los ancianos. ¿Cómo dijiste que se llamaban?
- Hubth: El nombre de él es Jopper, y el de su esposa es Heild.
- ¿De qué los conocías?
- ¡Todos allí se conocen!

Louit tuvo un sobresalto. Si lo que su esposa le decía era cierto, ella podía conocer a la otra chica, y a él no le apetecía hablarle de eso.

- Es imposible. Hay diez mil habitantes en el barrio, puede que más -dijo Louit para llevar la plática a otro lado.

- Admito que exageré mis palabras, pero es claro que casi todos conocen a los Hubth. Jopper tiene la costumbre de animar las fiestas con sus historias picantes, y su esposa es una cocinera reconocida.
- He escuchado que hacen bailes impresionantes en la plazuela.
- Sí, son muy animados. ¿Vas a continuar con la historia?

"Gracias al cielo", pensó Louit con alivio.

- ¿Qué te decía? Sí, me retiré de manera súbita y un tanto grosera de con los Hubth y me dirigí a tu encuentro. Medí los pasos que nos separaban y calculé que eran cuarenta, así que decidí gastarlos muy lentamente. ¿Cómo iba a presentarme contigo? Aunque no lo creas, nunca había hecho algo como eso.
- ¿Cortejar a una desconocida?
- Sí.
- Pues lo hiciste bastante bien, pero dejaré que lo cuentes tú: Esto me entretiene sobremanera.
- Pero, cariño: ¿No crees que es hora de irnos? Llegaremos muy tarde...

En efecto, y tal como Louit lo había vaticinado, el tiempo se les hizo muy corto. La marcha de la plática arrasó con los últimos rayos del sol, del que sólo quedaba su estela incandescente después de zambullirse en el mar.

- No te preocupes Louit, de hecho...

Nielce dejó en suspenso a su marido por unos instantes. En su hábil mente se estaba gestando una hermosa propuesta.

- Sí, he decidido que no iremos; anda, trae uno de los peces que atrapaste ayer, lo prepararemos y pasaremos el resto de la tarde juntos.
- ¿Qué dices? –preguntó Louit, sorprendido por la propuesta de Nielce-. Es claro que no podemos faltar, ¡y tú menos que nadie!

- Para serte franca, pienso que esa celebración representa un acto de vanidad. No deberíamos ser alabados por hacer algo que surgió en nosotros como una genuina obra de caridad.
- Pero todos querrán felicitarte, reconocerte, agradecerte; y mírate, estás lista, ¿me vas a quitar la oportunidad de regodearme frente a todos tus colegas, llevándote de la cintura?
- Pues, a menos que te mueras por hacerlo, prefiero quedarme aquí, contigo.
- Eres...

Sorpresiva. Contundente. Impredecible. Noble. Sin vanidad. Ninguna de esas palabras vino a su mente.

- Eres perfecta, Nielce.
- Precisamente por eso te amo, Louit: Me dejas ser como quiero y me amas por eso. Ahora ve por algo de leña, encendamos un fuego y sigamos donde nos quedamos, en el barrio de Ondalud, hace cuatro años.

*(Continúa en el capítulo 6)*

# CAPÍTULO 2

## *Un paciente atormentado*

Los párpados de Louit eran pesados y se negaban a desplegarse. Pudo abrirlos después de realizar un tremendo esfuerzo, y ese simple movimiento le exprimió todas sus fuerzas. Una luz blanquecina y parpadeante era lo único que alcanzaba a distinguir a su alrededor, pues el embrutecimiento le impedía ver más allá de sus hombros. Un vago dolor acompañaba al intenso estupor, que a su vez venía aparejado con un calor intenso y una presión fuerte en una de sus piernas.

- ¡Rápido, parece que ya reacciona! Vamos, traiga esos trapos…

Voces desconocidas. Algo andaba mal. Eso no debía estar sucediendo. Ya era de día…

- El paciente se queja, doctor, ¿cuándo podremos administrarle dolorantes? –se escuchó la voz de una mujer entre las sombras.
- En un par de horas, Nielce. ¿Por qué me pregunta eso? Usted sabe que no podemos tenerlo medicado todo el tiempo –respondió un hombre de forma impaciente.
- La lesión es muy seria, doctor. Eso es todo.

Louit no pudo intervenir en la plática. Ni siquiera pudo seguir el hilo de la conversación: El letargo le trastornaba los sentidos de una manera desquiciante. Como ya se dijo, todo lo que percibía a través de sus ojos eran sombras –la de él y la de ella, ese par de desconocidos-. La indefinición de sus formas parecía fantasmal y ultraterrena. Eran sólo presencias con voces propias.

-   Sea fuerte, señor Dermeer –le dijo la mujer en una manera casi maternal y se movió por todo el campo visual de Louit para desaparecer a su izquierda.

¿Quién era ella? Y, ¿por qué no podía distinguirla?; ¿Qué estaba ocurriendo? Un acceso de desesperación indujo la fiebre, y en apenas un momento, Louit empezó a temblar como si lo estuvieran estrujando en la cama.

Louit recuperó la conciencia después de un tiempo. Al hacerlo, abrió sus ojos y sólo vió tinieblas a su alrededor. Era de noche. ¿Cuánto tiempo había transcurrido? ¿En dónde se encontraba?

-   Hola... ¡Hola! –trató de gritar, pero no pudo alzar la voz, atragantándose en su debilidad.

Después de un tiempo, Louit se adaptó a la oscuridad imperante en la habitación. Cuando las formas adquirieron claridad, supo que se hallaba en un cuarto de hospital. Estaba postrado en cama, vestido con un camisón de enfermo. De inmediato, sus pensamientos se dirigieron hacia su familia, compuesta por su amada Edaliv y sus pequeños Lersha y Brent. ¿Dónde estaban ellos? ¿Por qué estaba solo en la habitación? ¿Y qué rayos había sucedido?

-   Por favor...

Los recuerdos llegaron a su mente como la letra de una canción triste, estrofa por estrofa, sin dejar ir una sola sílaba: Después de visitar el parque de animales, Louit y su familia abordaron el vehículo nuevo de papá. En el camino, el pequeño Brent se jactaba de su valor; argüía que no se había asustado con el rugido estruendoso de las fieras, pero su hermana Lersha lo rebatía con ácido sarcasmo. Edaliv mediaba entre ellos y se moría de risa al ver la discusión acalorada de los chiquillos; Louit les pedía que hicieran como monos, y los niños empezaron a imitar burdamente los ruidos salvajes de los simios…

Una masa irrefrenable los embistió por la izquierda, causando un chirrido intenso en su esfuerzo por detenerse…

Impacto.

- Por favor –imploró Louit en la oscuridad.

Los ruegos de Louit llegaron a oídos de una persona que cruzaba por el pasillo. Era una enfermera, según se podía advertir por su uniforme.

- Señor Dermeer…
- ¿Dónde estoy?
- En el hospital. ¿Se encuentra bien? –preguntó la enfermera en un susurro.
- Por favor, dígame qué pasó…
- Tranquilo, señor Dermeer. ¿Siente dolor?
- Un poco, en mi pierna izquierda. ¿Dónde está mi familia?

La mujer se acercó para revisar la temperatura de Louit poniéndole el dorso de la mano en la frente. Después levantó la sábana que cubría al enfermo para revisar la parte baja de su cuerpo, cuidando que él no viera más allá del pecho.

- Iré a por el médico, señor Dermeer. Por favor, espere un momento.
- ¿Qué pasa? ¿Dónde está mi familia? ¿Por qué se va tan rápido…?

La enfermera se dio media vuelta y desapareció. Louit aguzó el oído para escuchar lo que ocurría en el pasillo. La mujer intercambiaba palabras con un hombre. Momentos después, los dos entraron en la habitación.

- *Airasenura.* Buenas noches, señor Dermeer –dijo el doctor.
- Sí, buenas noches.
- ¿Cómo se siente? –inquirió el doctor de manera desinteresada.

14

- Confundido.
- ¿Y físicamente?
- Me siento bien.
- ¿Le molesta si lo reviso?
- No. Haga lo que tenga que hacer.

Bastó este pequeño intercambio de palabras para que Louit se formara una muy mala impresión de su médico asignado. Era un hombrecillo de tez morena y cabellos entrecanos, de manos menudas pero muy veloces; el doctor repitió los mismos pasos de la enfermera, cuidando mucho que Louit no viera más allá de su pecho mediante el uso de la sábana.

- Tenemos que reemplazar estos vendajes Nielce, están inservibles –señaló el doctor con la mirada-. Y traiga limpiadores también. Haremos de nuevo la curación de esta herida.
- Sí, señor. Vuelvo enseguida.

Nielce se marchó para ir en busca de los materiales. Louit aprovechó la ocasión para medir el carácter de su doctor.

- ¿Cuál es su nombre? –preguntó secamente.
- Soy Canrus Wolieb. Disculpe que no me haya presentado con usted, señor Dermeer. He aprendido que el nombre del médico es poco recordado por sus pacientes, quizás por eso omití mi presentación –respondió Wolieb sin verlo, pues seguía enfrascado en revisar el estado de Louit.
- Ya veo. ¿Sabe algo de mi familia, Canrus?
- Mhhh… Ahora utiliza mi nombre de pila. Eso es inusual.
- ¿Le molesta, *Canrus*?
- No realmente. ¿Esto le duele?
- ¡No me duele nada, diantres! ¿Sabe algo de mi familia, o no? –gritó Louit con una energía que no había mostrado hasta ese momento.
- Oiga, tranquilícese –dijo Wolieb con espanto.

- Aquí están las cosas doctor –dijo Nielce al entrar en la habitación. Al parecer, ella no se había inmutado con los gritos-. ¿Cómo va eso?
- Ya… Acérquese y véalo usted misma.

Louit sintió una profunda irritación. Le parecía que estos dos discutían el aderezo de una res que estaba a punto de ser cocinada en el horno; con un furioso ademán, Louit se incorporó en la cama. Agitando el puño, dijo:

- ¡Dejen todo de una vez! No dejaré que hagan nada hasta que me digan en dónde se encuentra mi familia. Créanme cuando les digo que les puedo hacer las cosas muy difíciles si me lo propongo.
- Cálmese, señor Dermeer –rogó Wolieb.
- ¡Me calmo un carajo, *blamat*!
- Está bien, ¿quiere hablar? Hagámoslo mientras detenemos el sangrado de su brazo.

¿Sangrado? En efecto, el movimiento vigoroso de Louit había vencido una sutura en su antebrazo, manchando de sangre todo su atuendo; derrotado y fulgurando ira, Louit entregó su brazo para que lo revisaran. Wolieb no pudo sobreponerse a la turbación, y después de un momento de indecisión, dijo:

- Nielce, encárguese de esto. Detenga el sangrado, yo coseré eso más tarde… Señor Dermeer, le ruego me espere un par de minutos, iré por alguien que podrá explicarle lo que sucedió.
- ¿Usted no puede decírmelo?
- Podría, pero ahora mismo sólo puedo pensar en esa sutura mal hecha.
- Váyase –concedió Louit con indignación.

Wolieb se retiró. Pequeño y patético; Nielce dio un paso al frente y comenzó la tarea que se le había asignado. Louit se sorprendió al verla de cerca: Era joven, segura, muy bella y extremadamente eficiente, según lo demostraba con cada acción que emprendía.

La enfermera detuvo la hemorragia en menos de dos minutos, y lo hizo con una habilidad manifiesta. En apariencia, ella cubría la cuota de pasión requerida para ser una enfermera eficaz.

- Está listo –anunció Nielce con formalidad.

- Gracias...

La muchacha se alejó dos pasos y sonrió. Louit experimentó una intensa curiosidad al ver la conducta que había tomado ella: Estaba parada frente a él, como indecisa entre retirarse y quedarse, entre decir y no decir, entre arriesgar y no arriesgar. Era obvio que tenía integridad. Louit había aprendido a detectarla en los tribunales, codeándose con otros legisladores y políticos.

Sí, había aprendido a distinguir a aquellos que no la poseían.

- El doctor Wolieb fue a buscar a un experto en mentalud, señor Dermeer –anunció Nielce de repente.

- Con que eso fue a hacer... Entonces es algo grave –Louit se cubrió los ojos con una mano.

- Yo conozco a ese individuo. No confío en él...

- ¿Cómo que no...?

- Escúcheme, por favor. Prefiero que se entere de estas cosas por mí y no por otro.

- Pues bien, ¡hable entonces!

El corazón de Louit se aceleró por el miedo, tal como ocurre cuando se busca pelea a un oponente que se aleja hasta que éste se vuelve para combatir u ofender; sí, el mismo arrepentimiento instantáneo... ¡Tenía que saberlo! ¡Pero lo carcomía el temor! ¿Qué iba a decirle ella? ¿Podía ser tan terrible como él suponía? ¡Mejor no saberlo y morir en ese momento!

- ¿Ellos están aquí? –inquirió Louit cuando su curiosidad pudo más que su temor.

Nielce se sobresaltó con la pregunta de Louit. Aún así, eso no le impidió contestar con portentosa calma:

- Sí.
- Ya veo... Dígame en dónde están, quiero verlos enseguida...
- Están muertos, Louit.

Muertos. Muertos. Un par de balbuceos estúpidos. Un temblor generalizado se adueñó del cuerpo de Louit, y la sensación de un desmayo inminente amenazó con despojarlo de la conciencia...

No, no era cierto. No podía ser cierto, todo era un mal sueño. No, no estaba en un hospital, no estaba hablando con Nielce; no, él no quería estar allí, *no debía* estar allí. Y su esposa no estaba muerta. Sus hijos no estaban muertos. ¿Por qué no se iban todos a casa? ¿Por qué no aparecían por la puerta y se echaban en sus brazos? ¿Por qué no escuchaba sus voces?

¿Por qué la enfermera le había dicho que estaban muertos? No era justo, ¡era cruel y malvado! Ni el peor suplicio se comparaba con eso; ¿*por qué* estaba haciendo eso Nielce? ¿Es que quería torturarlo? ¿Quería acabar con su vida y su felicidad? ¿¡Por qué lo castigaba así!?

Y ella estaba allí, parada frente a él, sin ser tragada por el abismo, sin ser azotada por el relámpago, sin ser arrancada de la vida. Firme como los cimientos de la tierra, serena, fuerte.

Muertos. Tenía sentido. No estaban allí. Los ojos resecos de Louit quedaron anegados cuando entendió que vivía en la realidad.

- Ah, e... Ellos... ¿Sufrieron...?
- Sus hijos, no. Su esposa llegó aquí con vida, aunque inconsciente. Tampoco padeció mucho.

Edaliv, Lersha, Brent. Horas antes habían reído juntos. Habían respirado el mismo aire, habían ocupado el mismo espacio; ¿en dónde estaban ellos ahora? ¿Acaso los conservaban en un cuarto frío, alejados el uno del otro, solitarios?

- ¿Están aquí? ¿Dónde los tienen? ¡Quiero verlos…!

Un velo de lágrimas se permeó en los ojos de Nielce. El experto en salud mental y Wolieb iban a entrar pronto. Tenía que apurarse y terminar con eso de una vez.

- Los verá, se lo prometo, pero antes debe permanecer en su cama un poco más…
- ¡Eso no! ¡Ayúdeme a levantarme ahora mismo…!
- Espere, señor Dermeer… Hay otra cosa que debo decirle. Es indispensable que lo sepa de una vez.
- ¿¡Qué…!? ¿¡Más!?

Eso fue inesperado. La pausa volvió espeso el tiempo y el dolor. ¿Más? ¿¡Más!?

- Tuvimos que amputar su pierna izquierda, señor Dermeer.

Así que eso era lo que cuidaban al taparle la visión con la sábana. Louit trató de acceder a su tobillo, a los dedos del pie, a la piel de su pantorrilla… Sólo pudo percibir un dolor sordo a la altura del muslo… Y nada más. El anhelo de saber por los suyos lo había mantenido ajeno a eso.

¿Se atrevería a mirar para comprobarlo? ¡Jamás en la vida!

Fue en ese momento cuando entró Wolieb acompañado del experto en salud mental.

*(Continúa en el capítulo 7)*

# CAPÍTULO 3

## *Deíma*

El chillido agudo del silbato despertó a Louit, quien se había quedado dormido en la butaca de su habitáculo. Los otros pasajeros también despabilaron: El tren les estaba anunciando su llegada a la región de Itsaril.

Atisbando por la ventana, Louit alcanzó a ver los Fokkon. Aquellos tres picos eran los más elevados del país, y al pie de sus amplias bases, unos extensos bosques de coníferas circundaban un lago de aguas cristalinas. Tres villas vecinas se alimentaban del lago: Fokkaton, Fokkerish y Fokkumbuim. A ésta última era a donde él se dirigía.

En la contemplación de tan gloriosa estampa, Louit se olvidó de la penosa asignación que lo llevaba a la villa de Fokkumbuim. ¡Cuánto hubiera dado por ser un simple turista que concurría a la campiña para el festival anual de las cosechas! Sin embargo, la circunstancia que lo llevaba allí era otra; Louit recién había ingresado al culto de los *étores*, y, a sus veintiocho años, ya era una autoridad importante en la nueva era de las reformas. Ahora debía probar su valía al consejo, y para eso tenía que dirimir su primera causa. "Sólo déjalo un momento, déjalo y disfruta de este espectáculo", pensó.

El tren llegó a Fokkumbuim cuando el sol estaba a punto de ocultarse. Louit descendió del tren y sintió un golpe de frío como una cachetada gélida. Con prisa fue a recoger su paupérrimo bagaje de asceta y atravesó la amplia y atestada estación. Luego, como quien conoce el sendero desde su niñez, se dirigió hacia el bello edificio que dominaba una de las colinas más alejadas del pueblo, allá en los linderos del prístino bosque. Era el monasterio de la villa.

Yendo hacia allá, Louit no pasaba desapercibido: Los hombres lo saludaban al verlo pasar, las mujeres le enviaban besos con la mano y los chiquillos apuntaban hacia él con sus manitas mugrientas.

¿Cómo sabían quién era? "Quizás se informaron de mi llegada a través de la gente del monasterio", pensaba Louit al corresponderles. Después de todo, un enviado de la capital era para ellos una especie de dádiva especial, una muestra de reconocimiento de parte del estado religioso de Isalba

En un lapso de media hora, Louit recortó la distancia que lo separaba del monasterio de Fokkumbuim. Al ascender hasta la cima de la colina, descubrió algo que lo sorprendió: Una compañía de unas doscientas personas lo estaba esperando con luces y serpentinas.

- ¡Vamos a recibirlo, vamos a recibirlo! –gritaron los niños al verlo venir.

Louit se contrarió al ver a la muchedumbre animada. ¿Qué estaban haciendo? Él no merecía bienvenidas ni agasajos... Pero no les hacía mal aparentando lo contrario; fingiendo entusiasmo, Louit extendió sus brazos en señal de reconocimiento y se abalanzó sobre el tropel de chiquillos, gritando aquella salutación tan bien recibida entre los creyentes:

- ¡Mis amigos! ¡Los veo y mi alma canta!

Los niños se prendieron de su levita y le extendieron sus brazos para que Louit los cargara. Dos monjas se le acercaron a recibirlo. Una de ellas era joven, gallarda y de gran hermosura. La otra, bastante mayor y de apariencia piadosa, dijo:

- Bienvenido a nuestro monasterio, hermano Dermeer.

Sin lugar a dudas, *ella* era la mujer que había ido a buscar.

21

- Muchas gracias.
- Venga, por favor.

La comitiva arrastró a Louit hasta el patio, donde una muchedumbre aún mayor se había congregado a esperarlo. Al verlo, la gente empezó a hendir el aire con múltiples alabanzas.

- Esto es demasiado –exclamó un Louit verdaderamente sorprendido.
- Están muy emocionados, hermano Dermeer –gritó la monja mayor para hacerse escuchar a través del griterío de la multitud-. Lo han estado esperando por horas.

Extasiado frente a tantas muestras de afecto, Louit extendió los brazos en alto y pidió la oportunidad de hablar.

- ¡Mis amigos! Vengo desde la capital para anunciarles que El Más Grande siempre los tiene presentes...
- ¡Alabado sea! -alguien gritó por allí.

La muchedumbre se encendió en exclamaciones de júbilo. Louit volvió a pedir silencio.

- Estaré entre ustedes unos días para evaluar los problemas que aquejan a la región. Tengo la encomienda de llevar un informe a la capital. También tendré el privilegio de acompañarlos durante las fiestas de las cosechas...

Otra vez se elevaron las voces de la multitud. Louit alzó los brazos entre risas para pedir silencio.

- ¡Mis hermanos! Me encanta su entusiasmo. Sin embargo, voy a pedirles que me den la oportunidad de instalarme, ya que el viaje ha sido largo y la jornada muy agotadora para mí. Vuelvan mañana, estaré encantado de darles un sermón y escuchar sus historias. ¡Que el Más Grande los guarde!

Lejos de desilusionarse, la gente redobló el escándalo. Algunos de los pueblerinos sacaron sus instrumentos y un coro improvisado empezó a entonar cánticos de regocijo, armando un auténtico carnaval en el patio central.

Chasqueado, Louit les pidió a las monjas que lo guiaran al interior del monasterio. Las mujeres le abrieron paso hasta conducirlo al interior de una sala amplia y bien iluminada.

- ¡Qué personas más entusiastas! –comentó Louit en tono divertido.

En el acto, un tropel de niños apareció desde uno de los pasillos: Eran los huérfanos del monasterio, quienes, siendo conocedores de la disposición del lugar, dieron rápidamente con el salón en el que Louit y las monjas se habían pertrechado.

- ¡Es aquí! –gritó animado uno de los pequeños.

Los otros llegaron volando, jadeantes y felices. Sin embargo, su alegría se suspendió cuando vieron el rostro severo de la monja mayor.

- ¡Niños, márchense! El hermano Dermeer está muy cansado por el viaje.
- ¡Pero sólo queremos…!
- Váyanse, pequeños –les dijo la otra monja con tono plañidero-, él irá más tarde a verlos a sus dormitorios, ¿no es así, hermano Dermeer?

Louit asintió. La monja mayor palmeó y los huérfanos se retiraron cabizbajos.

- Le ofrezco una disculpa, hermano Dermeer. Usted sabe cómo son los niños.
- Deje eso. ¿Cuántos niños se hospedan aquí?
- ¿Cuántos son, Nielce? ¿Sesenta?

Un momento, ¿el nombre de la doncella era Nielce?

- Sesenta y tres, hermana Marae, si se toma en cuenta a los niños de Corupe.
- Es verdad. Pero siéntese, hermano Dermeer –Marae señaló las sillas del comedor-, voy a pedirle a la cocinera que apure las cosas para darle una muy merecida cena.
- Gracias, hermana…

- Marae –indicó ella con una sonrisa.
- ¡Si acabo de escucharlo! Adelante, hermana Marae.

La venerable Marae le hizo un gesto a Nielce para que la acompañara a la cocina, pero ella se rehusó meneando la cabeza. Sin insistir, Marae se alejó de los dos y desapareció por una puerta que Louit no había visto.

- Nielce Tamarats, ¿es usted? –preguntó Louit sin dirigirle la mirada.
- Sí, señor.

Louit se puso a inspeccionar cada rincón de la habitación, llenando el momento de suspenso.

- Bien. ¿Sabe qué vine a hacer aquí?
- Sí. Usted viene de parte del concilio –susurró Nielce.

Louit volvió el rostro hacia Nielce y se maravilló con el verde intenso de sus ojos.

- Bien. Encuéntreme más tarde, es imprescindible que hablemos a solas.
- De acuerdo.
- Y otra cosa, hermana Tamarats: Le ruego que recupere mi maletilla.
- ¿Los niños se quedaron con sus cosas? ¡Canallas!

Rieron. Nielce hizo una reverencia y salió hacia los dormitorios, pensando en cuán joven era el enviado de los étores.

Sobra decir que Louit pensaba exactamente lo mismo de ella.

Era entrada la noche cuando el último de los feligreses abandonó el monasterio. Louit no pudo escapar del ánimo encendido de la gente y fue arrastrado de vuelta al patio, donde el baile, la música y el dispendio tomaron tintes épicos. Era claro que estos pueblerinos eran mucho más alegres y joviales que los ciudadanos de la capital. Se acercaban a Louit con preguntas indiscretas, le gastaban bromas y lo abrumaban con expresiones de afecto que eran excesivas para ser las primeras. Él respondía a todo con amabilidad aún cuando no deseaba estar allí, pues sabía que el motivo de su visita no era digno de festejo.

Horas después, la muchedumbre se esfumó. Louit salió para contemplar el lago y los picos. La posición del monasterio, encumbrado en una espaciosa colina, le daba una perspectiva privilegiada para admirar el portento del paisaje. Las luces de las tres villas titilaban como luciérnagas reflejadas en el agua, y la nieve en la punta de los Fokkon reflectaba el esplendor plateado de una luna casi llena. Un espectáculo de gloria inigualable.

- Con que aquí está -dijo alguien para anunciarse.

Louit tuvo un sobresalto y se giró. Nielce hizo una seña para disculparse.

- Hermana Tamarats.
- Lo siento, no quise asustarlo.
- Deje eso -respondió Louit con amabilidad-. ¿Batalló para encontrarme?
- Un poco, sí.
- Lo siento. Me perdí en la admiración de los picos.
- ¿Es la primera vez que observa los Fokkon?
- Sí.

Aún cuando veía los montes a diario, Nielce aún sentía la misma admiración boba de Louit hacia los picos.

- ¿Tiene frío, hermano Dermeer? –preguntó Nielce al verlo temblar.
- ¿Es muy notorio?
- Sí. Puedo traerle una manta, si lo desea.
- No hace falta, entraré en breve. Sólo acérquese un momento, hermana Tamarats.

La monja se acercó hasta quedar a una distancia prudente.

- Ya recuperé sus cosas. Están esperándolo en su aposento - dijo Nielce al cabo de un momento.

- Gracias...

De pronto, Louit acusó una aguda falta de espontaneidad. La presencia de la monja le imponía un gran respeto, no sólo por su remarcable belleza, sino por su aura de benignidad y pureza.

- El director: ¿Está aquí? ¿Ya le he visto? -preguntó Louit de repente, como para componer su rigidez.

- No. Él está de penitencia en Lórdagos, vendrá en pocos días.

- Bien, la situación es óptima...

Otra vez se quedaron callados, forzando sonrisas para no admitir que la situación les era embarazosa e incómoda.

- Lo veo afligido, hermano Dermeer –dijo Nielce con cierta vacilación, como si temiera importunar a Louit con su comentario.

- Estoy afligido. ¿Usted está bien?

- Para serle honesta, no. Sé muy bien qué es lo que vino a hacer aquí...

La voz de Nielce se apagó, pero sus ojos se encendieron por los destellos de las lágrimas.

- No se acongoje, hermana Tamarats. Usted hizo lo correcto al llamarnos.

- Sí, lo sé.

- Esté tranquila, que yo vine a aliviar su carga -dijo Louit sin sonar convencido.

Y, al notarlo, se quedó sin palabras. ¿Qué le pasaba? Él era uno de los *étores*. ¿Cómo le faltaba elocuencia?

- Sí. Confío en que usted podrá resolverlo con la inspiración del Más Grande.

- Daré lo mejor de mí para conseguirlo, hermana Tamarats.

- Se lo agradezco mucho; ahora me iré a dormir. ¿Usted se acostará pronto?
- Sí, iré en un momento.

Nielce empezó a alejarse, dejando detrás de sí una estela de tristeza. Antes de torcer hacia el interior de los muros de piedra, la muchacha se detuvo y preguntó:

- Hermano Dermeer...
- ¿Sí?
- ¿Pasó a ver a los niños? Recuerde que les hizo una promesa...
- Sí, ya pasé por los dormitorios. Son niños muy especiales.
- Gracias –susurró Nielce y luego desapareció detrás de los muros.

Louit se incorporó y le dio una última mirada al paisaje. En su rostro se veía una sonrisa de admiración. Después de todo, ¿cuándo hubiera podido imaginar que una tierna muchachita tuviera el valor de atraer la atención del concilio de los étores?

Nielce Tamarats había convocado los poderes del estado religioso de Isalba, y las consecuencias de ello iban a ser terribles para toda la región.

Al reflexionar en ello, Louit se acordó de estas estas líneas:

*Quisiera que mi piedad alcanzase*
*A cubrir el error ajeno*
*Y del terrible abismo alzase*
*A mi hermano, y hacerlo bueno.*

*(Continúa en el capítulo 8)*

# CAPÍTULO 4

## *El juicio*

- Airasenura. Buenos días, Louit.
- ¡Señor Tolsre! Buenos días...

"Maldita sea, me atrapó", se dijo Louit mientras una incómoda sensación de tensión se instaló en sus hombros. Él hubiera querido aplazar ese encuentro al menos un par de horas... O días, de ser posible. Tolsre lo había presionado toda la semana para que se decidiera a finiquitar aquel trato incómodo. No obstante, la cuestión no le infundía gran motivación.

Pero ese no era el momento de ser precipitado o ingrato.

- ¿Tendrás un día muy ocupado? –inquirió Tolsre.
- No lo creo, señor. Sólo daré seguimiento a dos tareas principales.

Hubiera querido mentirle, pero Tolsre era su jefe, y su pregunta podía ser una prueba.

- Bien. Vendré en un par de horas para que hablemos, si es que tus labores no te tienen ocupado en demasía.

Tolsre desapareció sin añadir más formalidades. No era un hombre desagradable, pero sí traía malas sensaciones consigo. Louit se despojó de su saco y se sentó sobre su escritorio, ignorando la cómoda silla que había elegido para hacer juego con aquel magnífico mueble. Aún no podía adaptarse a ese juguete nuevo.

- ¿Qué puedo hacer? –se dijo en voz alta. En momentos

como ese, hablar consigo mismo le aclaraba la mente-. Puedo pedir trabajo a mis colegas del área, pero ¿con qué pretexto? Se reirán de mí; Además, Tolsre observa lo que estoy haciendo. Eso despertará sospechas...

Tampoco podía marcharse, no sin haber pedido una licencia de antemano. "Admítelo ante él y ya", se dijo, pero luego desechó la idea con cierto asco. "No, debe haber otra manera".

Buscando un pretexto para ocuparse, Louit buscó en su escritorio sus viejas resoluciones administrativas. En ellas podía encontrar alguna cuestión inconclusa que le requiriera tiempo; hurgando en los cajones, Louit se topó con su licencia de abogado.

Una idea loca germinó en su mente, pero su impulso inicial tocante a ella fue muy específico: Desecharla sin más contemplación. "¿Disputas civiles? De ninguna manera", pensó.

Louit llevaba años sin ejercer la abogacía, y para él, esa etapa de su vida había quedado muy atrás.

No obstante, la alternativa que le quedaba era la de enfrentar a Tolsre, justificarse frente a él y despertar dudas en cuanto a su nivel de compromiso... ¡Era demasiado arriesgado!

- Por otra parte, en civiles siempre hay trabajo. Además, ella podría ayudarme... -se dijo Louit aún sin sentirse totalmente convencido.

Tenía que apresurarse. Si no lo hacía, los abogados del área de civiles iban a tomar todas las querellas acumuladas durante la noche.

- No tengo otra opción -Louit se llevó una mano al rostro. Ahora todo dependía de que esa mujer quisiera ayudarlo-. ¡Maldición!

Frustrado, Louit salió de su oficina y se dirigió con paso veloz a las oficinas exteriores del tribunal, cruzando así el umbral de los pleitos institucionales para adentrarse en el campo de las querellas civiles, aquellas que había abandonado mucho tiempo atrás; yendo de camino, Louit se cruzó con algunos de sus viejos colaboradores. Ellos se hicieron los distraídos para no saludarlo o lo saludaron con franca hipocresía. ¡Cuántas relaciones truncadas por la envidia! Desde luego, la gente de civiles sabía del gran despegue económico que Louit había logrado en institucionales y no dejaba de reprocharle que hubiera abandonado la abogacía para dedicarse a una labor menos humana y más lucrativa.

¿Realmente iba a meterse allí para evadir a su futuro suegro? "No tengo más opción", se repitió Louit hasta que llegó a la oficina de su antigua patrona. Ensayando un tono de encanto superficial, Louit anunció su presencia de la siguiente manera:

- Airasenura. Buenos días, Berinya.
- ¡Louit, qué sorpresa! –exclamó la aludida-. ¿Acaso te has perdido?
- ¿No puedo venir a saludarte?
- Es claro que puedes, pero nunca lo haces, cretino.
- Pues aquí estoy, y basta de reproches que me marcho.
- Ya, ya. Siéntate querido.

Louit obedeció y se puso a observar la habitación con desinterés. La oficina de la directora estaba llena de adornos, y entre tanta baratija, un bello dibujo destacaba en la pared. Era una estampa que había hecho el marido de Berinya. Ella alababa constantemente el formidable talento artístico de su esposo, y tenía buenas razones para hacerlo, ya que allí, en el lienzo, los tres hijos de la pareja estaban muy bien representados.

- Vaya. Es la primera vez que veo quietos a tus hijos, Berinya -dijo Louit al señalar la pintura.
- ¿Qué quieres, Louit? Son niños.
- Pues, te diré que, cuando yo era un niño, tenía que con-

trolar mis gritos y andarme con la nariz limpia si quería llevar las cosas medianamente bien con mis padres.

- ¿Ves? Por eso eres tan amargado –sentenció Berinya para luego reír con gran estrépito.
- Bah…
- Lo siento, Louit, ¡sólo es un chiste! Mejor dime, ¿qué haces en oficinas exteriores? Hasta una vieja simple como yo sabe que este no es tu entorno natural, muchacho.
- Me va bien en institucionales, lo reconozco –Louit quiso parecer humilde, pero no pudo reprimir una sonrisa de satisfacción-; no obstante, hoy quise recordar los viejos tiempos, eso es todo.
- ¡Viene la marea! ¡Bonita ocurrencia la tuya! –Berinya empezó a reír con una violencia inusitada, misma que dejó anegados sus ojillos diminutos.
- ¿No me crees?
- ¡Y sigues! ¡Me vas a matar, niño!

Eso comenzaba a ser irritante, pero era necesario para llevar adelante el juego. Louit reconoció que actuaba de manera flagrantemente hipócrita porque, cuando trabajó para Berinya en el área de civiles, nunca despreció una sola ocasión para quejarse de la horridez de su trabajo, cuando, en realidad, sólo se estaba quejando de la horridez de su salario. Sin embargo, los años de experiencia le habían demostrado que la risa es una llave casi infalible para obtener lo que se desea de alguien.

Sobre todo, de las mujeres.

- Bueno, ya di: ¿Qué quieres muchacho? –dijo Berinya al apagar el último rescoldo de su risa para tomar un aire más serio.
- ¿Honestamente? Deseo que me des un trabajo sencillo para gastar el día de hoy.
- ¡Ah, es eso! Bien: Puedes redactar actas o poner al día mis informes –bromeó Berinya para luego reanudar su escán-

dalo de risas afectadas.

Como era de esperarse, Louit reaccionó mostrando un intenso fastidio.

- Ya, me largo –sentenció.
- ¡Hey, no te vayas! Siéntate muchacho, ¡siéntate! Dime qué pasa.
- Es que… Ven, acércate –Louit se inclinó hacia Berinya y ella hizo lo mismo con una mueca divertida en el rostro-. Escucha: Quiero eludir a Tolsre sólo por hoy.
- ¡Qué va!
- ¡Es en serio! El hombre espera que le presente una constancia de ceremonia matrimonial y aún no la he obtenido. Es más: Ni siquiera he decidido la sede, para serte honesto.
- ¡Ah, Louit, Louit! ¿Es que sigues determinado a no casarte en Celagesa? ¡Caramba, hombre! Si tal es el caso, lo más sensato es admitirlo, ¿no crees?
- Esto no se trata del lugar. Se trata del incumplimiento del plazo.
- ¿Y aún así decidiste presentarte en la oficina? ¿No era más fácil ausentarte para resolver este asunto?
- No vine a repasar las cosas que pude haber hecho. Vengo a remediar este embrollo. Y, si me ayudas, espero hacerlo antes de que Tolsre se entere de lo sucedido. Por favor, Berinya… Búscame algo para hacer hoy…

Ella cerró los ojos para regodearse en pensamientos pícaros. Louit tuvo deseos de golpearla contra la plancha de madera de su escritorio.

- Por favor…
- Bien, veré qué tengo para ti, muchacho, ¡pero no te prometo nada!

Berinya se levantó y salió de su oficina bamboleando su voluminoso cuerpo. Complacido, Louit se acomodó en la silla con expresión de triunfo, luego pensó en la desagradable manera en la que ella le decía *muchacho*, con aquella inflexión de voz que era tan particular como detestable. *Vieja simple*, ella misma lo había dicho.

Después de algunos minutos, Berinya regresó llevando unos archivos en sus manos, mismos que depositó sin cuidado frente a Louit, luego fue a sentarse en su lugar.

- Revísalos. Por lo que me dijo el redactor, los casos corresponden a robos, agresiones menores con solicitud de indemnización y un homicidio confeso.
- ¿Hay tales cosas como homicidios confesos? -inquirió Louit con cierta incredulidad-. ¿La gente no sabe que eso acarrea la pena de muerte?
- No sé, ¿por qué no lo averiguas?

Louit hojeó las actas hasta que encontró la que le interesaba, y esta decía lo siguiente:

*"Mujer de 28 años. No hay registros de ofensas anteriores. Homicidio simple. Víctima y homicida son encontrados en la misma habitación. El fallecido aparentemente era el esposo. Única herida en el pecho, sin señales de pelea. Ella misma da aviso a las autoridades y espera su captura sin oponer la menor resistencia. Entrega todo tipo de información detallada y coopera sin necesidad de presionarla. Salud mental no ha levantado reporte...".*

- Esta mujer está loca. Su caso me sirve. Si es cierto que coopera sin reservas, para la semana entrante será condenada. ¿Puedo llevarme esto?
- Claro, llévatelo. Los guardias te llevarán con ella. Tengo entendido que no han pasado dos horas desde su captura.
- Gracias, Berinya. Confío en que sabrás cubrirme con Tolsre.
- Algo se me ocurrirá, querido -respondió ella con una sonrisa pícara en el rostro.

Poniéndose de pie, Louit extendió la mano para despedirse de Berinya. Ella le dio la suya y dijo:

- Louit, antes de que te vayas…
- ¿Qué?
- Si en verdad no quieres casarte con Niva…

Louit soltó su mano, y con una expresión de "no te preocupes, lo tengo controlado", salió apresuradamente de la oficina. No, no iba a recibir consejos de ella.

- Airasenura. Buenos días.
- Buenos días. ¿Es usted jurista de civiles?
- Solía serlo, ahora trabajo en institucionales. De hecho, estoy aquí por Berinya Cloetts: Ella me pidió que le ayudara a resolver una cuestión muy simple en lo que lleguen sus juristas de planta.
- Ya veo. Por favor, muéstreme sus credenciales…

El guardia recibió los documentos de Louit y los revisó a la luz de su lámpara.

- Sí, sigue en orden. Adelante, señor Dermeer. Ahora le traeremos a la persona que solicita.
- Gracias.

La pesada puerta metálica crujió al momento de abrirse. Louit entró y fue conducido hasta una sala de entrevistas, donde tomó asiento con cierto nerviosismo. Tenía tiempo sin ejercer el oficio, y, desde luego, le perturbaba la idea de confrontar a una persona que había cometido homicidio. "Y pensar que yo solo me puse en esta situación", se lamentó.

Momentos después, un guardia entró junto a una mujer de origen humilde, o al menos así lo sugería la simpleza de su indumentaria. La muchacha era sorprendentemente bella, tenía una calma absoluta y era conducida con la facilidad con la que se mueve una pluma. El guardia la sentó frente a Louit, luego le maniató las manos y los pies con poca delicadeza.

- Gracias. Retírese, y haga el favor de disponer un poco de agua para la señorita -le dijo Louit al guardia.

- ¿Para qué? Ella no podrá tomarla por sí misma.

Louit comprendió que había sido torpe al pedir la bebida, mas no por ello dejó de experimentar algún destello de rabia por la poca consideración del uniformado gorila; ella, por su parte, no dio indicios de haberse molestado.

- Váyase. Le hablaré si lo necesito.

El guardia obedeció y dejó la habitación en completo silencio.

- Airasenura, buenos días. Mi nombre es Louit Dermeer, jurista del estado.

- Buenos días, señor Dermeer.

- ¿Cuál es su nombre?

- Nielce Tamarats –dijo la muchacha.

Y levantó la vista por primera vez.

*(Continúa en el capítulo 9)*

# CAPÍTULO 5

*Sismo en Lairet*

El perro lo sintió primero y empezó a aullar de manera frenética. El ruido desesperado del animal que restregaba sus patas contra la desvencijada puerta de madera despertó a Louit. Él abrió los ojos con la pereza típica del que se despierta después de un profundo sueño. ¿Por qué tanto alboroto? El sol todavía no se levantaba en el horizonte.

- ¿Yommy? –Louit llamó al perro y éste chilló con un terror todavía mayor.

¿Qué estaba sucediendo? ¿Había un intruso en la propiedad? Era improbable. El perro, dotado con el instinto propio de los cánidos, solía repeler a cualquier criatura que llegaba a considerar una amenaza, y era tan bueno en su vigilancia que Louit se fiaba de él completamente. ¿Acaso se había topado con una fiera en los contornos de la casa? Sólo había una manera de comprobarlo.

- Tranquilo, amigo, ya voy –dijo Louit con pereza al plantar sus pies en el frío suelo.

Todavía prendado por el sueño recién interrumpido, Louit se restregó los ojos. Fue entonces cuando sintió una anomalía en las plantas de sus pies. De a poco, los golpeteos de las piezas de cristalería quebraron el silencio pesado y estático del amanecer. Aquello no fue como una explosión súbita, más bien, fue como el coro ascendente de mil demonios que conjuraba el torbellino. Yommy aulló con todas sus fuerzas cuando la cama de Louit empezó a moverse de su sitio, causando rechinidos al refregar sus patas contra el áspero suelo.

De pronto, los objetos ligeros y pesados de los estantes saltaron de sus sitios para precipitarse al inestable suelo. La destrucción de las piezas de cristalería, los chillidos enloquecidos del perro y el lejano sonido de un alud de piedras despabilaron a Louit por completo. ¿Qué estaba sucediendo? ¿Acaso todo era un mal sueño? Porque lo que estaba experimentando era digno de la más abominable pesadilla.

Y luego empezó el clímax del terremoto. Louit se recostó en la cama, se aferró a la sábana y se hizo un ovillo para protegerse los miembros. Un barril metálico se volcó en la cocina y causó un sordo estrépito. Ya en el suelo, el tonel empezó a traquetear como si tuviera vida propia. Los vidrios de las ventanas explotaron en sus marcos y se estrellaron en el suelo, lanzando sus afiladas esquirlas por toda la habitación. Pequeños pedazos del mismísimo techo se abatieron sobre Louit como minúsculos meteoros, y el terror se manifestó en aquella hecatombe que anunciaba el alba como el mensajero que lleva las peores noticias.

Corazón palpitante. Sudor frío. Cabeza galopante. Louit se abrazó con más fuerza a su sábana. La casa le iba a caer encima y él seguía paralizado, esperando el derrumbe que iba a matarlo en aquella posición estúpida. ¡Salta de la cama, imbécil!

Y luego, en el momento de mayor desesperación, el terremoto cesó. Louit se incorporó, temeroso. Después de algunos segundos, el zumbido en sus oídos decayó hasta que alcanzó a escuchar un muy bienvenido silencio.

¿Un sismo? No se había presentado uno en más de cuarenta años, mucho antes de que él naciera. En alguna ocasión, Louit escuchó que la región de Lairet había sido un importante centro de actividad sísmica en los días de las grandes cruzadas, cuando el credo de los dioses de antaño se introdujo en aquellas tierras a punta de lanza y espada. Cuentos. El único precedente que daba credibilidad a esas declaraciones se suscitó precisamente en otro período de guerra, durante las revueltas de las arenas rojas. Ahora, aquellos revolucionarios sólo podían sentir el nuevo temblor en el repicar de sus huesos pelados.

Con lentitud, Louit se puso de pie. Ahora que el suelo estaba quieto, ya no tenía prisa por correr. Las cosas regadas y rotas arruinaban su patética morada, pero él estaba vivo, *¡vivo!* El perro seguía aullando afuera. Esquivando los obstáculos desperdigados en el suelo, Louit llegó a la puerta y descubrió que ésta se encontraba atascada: El dintel destruido presionaba la madera contra el suelo, creando un enorme riesgo de derrumbe.

- ¡Ya voy, amigo! –Louit echó un vistazo en derredor buscando otra ruta de escape.

Una ventana de vidrios agrietados le ofreció una salida conveniente. Louit tomó un trapo, se envolvió el puño y rompió el cristal para crear una abertura. Una vez abierto el boquete, el joven salió con extremo cuidado para evitar cortarse. Yommy seguía aullando de terror en su madriguera. Por fortuna, el perro se encontraba ileso.

- ¡Eh, qué pasa! Ven…

De repente, Louit vio de reojo una anormalidad en la atmósfera: Era una descomunal masa de polvo grisáceo que flotaba sobre la cercana ciudad de Rittka, como si una neblina espectral se hubiera posado en el lugar para devorarlo. Poco a poco, el ruido de gritos y llantos creció en intensidad. Yommy reanudó sus chillidos frenéticos.

Y entre el caos de sus pensamientos trastornados, Louit recordó ese temor que siempre le tocaba el corazón cuando observaba los enclenques edificios de la ciudad, mal planeados y peor construidos…

Cientos, cuando no miles de los habitantes amables, risueños y sensuales de Lairet se encontraban sepultados bajo el peso de aquellos edificios derrumbados. ¿Y sus amigos? ¡Tenía que ir a ayudarlos!

- ¡Yommy, vámonos! ¡Anda, vamos!

El perro no quiso salir de su huarida. Louit se desesperó con el comportamiento del animal y empezó a correr hacia la ciudad; eso tuvo un efecto inmediato en Yommy, quien, temeroso, se lanzó en persecución de su dueño.

Afuera todo era confusión, pero se estaba mejor que adentro. Las enormes grietas en las paredes del endeble edificio le quitaban a Nielce toda la intención de volver por sus cosas. Ni siquiera había tenido tiempo de calzarse sus zapatos, estaba desgreñada, cubierta de polvo y le palpitaban las sienes, pero estaba viva, y eso era lo único que contaba.

Pobre, jamás hubiera podido imaginar que su primer día en Lairet iba a ser tan complicado. Ella había anticipado muchas de las dificultades que entrañaba el realizar una excursión a un país extraño: Por un lado, ella no hablaba el idioma natal y dependía de su intérprete para su seguridad; por el otro, ella conocía las muchas carencias a las que se iba a enfrentar ejerciendo la ciencia médica en una región tan atrasada de conocimientos como lo era aquella. Empero, la fuerza de su carácter la había llevado hasta aquel rincón olvidado del planeta para hacer lo que más amaba, y con gran preparación mental, la muchacha se había hecho a la idea de que no iba a retroceder ante las dificultades.

No obstante, Nielce nunca se preparó para estar sola a mitad de la calle en una ciudad que veía por primera vez a la luz del día; Gokij, su intérprete, la había abandonado para ir en busca de ayuda.

- ¡Nielce, quédese aquí! Iré a buscar un refugio adecuado y un aparato para comunicarnos con Maerbos. Le aseguro que vendrán a recogerla pronto.

- ¡Gokij, voy contigo!

- ¡No, *nitta* Nielce! ¡Es peligroso para usted andar sola a plena luz del día, por la calle y sin guardia! Usted no puede hacer tal cosa.
- ¿¡Qué voy a hacer entretanto!?
- ¡Espere aquí! ¡Volveré enseguida, se lo prometo! –rezó el humilde hombrecillo y luego se alejó a toda velocidad para perderse entre los escombros.

Y allí estaba Nielce, sola a plena luz del día, en la calle, sin guardia; frente a ella, un edificio derrumbado exhibía parte de sus cimientos. Las columnas principales del caserón se habían roto como astillas en las manos de un niño, y la estructura completa había sido reducida a un montón de rocas y metal que desprendía polvo. Esa impresionante visión maravilló a Nielce. A su espalda, el hotel en el que ella pasó la noche seguía en pie, y sus ocupantes salían ilesos a la calle. ¡Cuán afortunada había sido! Un simple arbitrio del destino hizo de ella una sobreviviente. ¿Y los habitantes de ése otro inmueble, el que tenía a treinta pasos de distancia, en dónde estaban ellos?

- Por Dios –Nielce se llevó las palmas al rostro.

En la avenida, cientos de personas se reunían en torno a sus hogares destruidos. Los niños desorientados buscaban con desesperación a sus padres entre los adultos que poblaban la callejuela, con las narices llenas de mocos y sus mejillas embarradas con sus lágrimas turbias. De igual manera, los padres trataban de localizar a sus críos entre la chiquillada. Otros, ya enterados de la muerte de los suyos, hendían el aire con sus lamentaciones y se arrancaban los cabellos de las sienes; los que aún tenían esperanza de encontrar a sus familiares con vida se daban a la tarea de remover enormes bloques de concreto con palancas improvisadas.

Con los esfuerzos de rescate, poco a poco fueron apareciendo los primeros cadáveres. Nielce observó con horror los cuerpos ensangrentados que se amontonaban en la calle como una basura estorbosa. Eran los despojos de los muertos

ENCUENTROS, ESTAMPAS, TEXTURAS

no identificados: Todo cadáver extraído de entre los escombros era reclamado por sus deudos o era enviado a aquella pila maldita, y de cuando en cuando, un niño encontraba a su hermano despachurrado, o una madre localizaba el cuerpo de su hija entre la maraña de brazos y piernas que componía aquel pequeño lote de despojos.

¡Era insufrible, verdaderamente insufrible! ¿¡Cuándo se hubiera imaginado que iba a pasar por eso en su primer día en Rittka!? Y pensar que estaba allí por su propio deseo: Ella misma se había ofrecido como voluntaria, y ahora pagaba las consecuencias de su elección.

- ¡No, no puedo pensar así! –se dijo Nielce para sacudirse la pena que empezaba a sentir por sí misma-. Llegué aquí en un mal momento, pero mis ideales siguen intactos... Vine a ayudar, ¿qué mejor momento para hacerlo que éste?

Pero, ¿por dónde empezaba? Y, ¿cómo iba a hacerlo, si no podía comunicarse con esas personas?

*Tamej. Tamej.* Ése grito repetitivo sacó a Nielce de su abstracción. La voz provenía de una mujer joven cuya pierna izquierda estaba visiblemente fracturada. Por la desesperación de sus movimientos, era claro que ella sólo podía estar pidiendo una cosa: "Ayuda". ¿Y acaso Nielce no había venido a ayudar?

Recobrando la lucidez, la muchacha se acercó hasta la mujer sin reparar en las advertencias de Gokij. Después de todo, su intención era examinarla y curarla. Los nativos no iban a hacerle daño si la veían como una persona útil para ellos.

- Tranquila, no se mueva, ¡quiero ayudarle! –Nielce trató de razonar con la mujer.

La perniquebrada señalaba con desesperación hacia una casucha reducida a escombros. Era tanta su angustia ,que casi se deshacía con su griterío.

- ¡Por favor, no se mueva! ¡Sólo se hará más daño! –rogaba

Nielce al tratar de inmovilizar el miembro triturado de la mujer.

La nativa se hartó de la incomprensión de la extranjera, y en un arranque de furia, le dio un empellón en el pecho para repelerla hacia atrás, luego comenzó a llorar de una manera brutalmente desgarradora; aturdida por el rechazo explícito de sus buenas intenciones, Nielce recurrió a un recurso desesperado para llamar la atención de los circunstantes.

- ¡Por favor! Necesito que alguien me ayude a tranquilizar a esta mujer. Por favor...

Casi veinte hombres de aproximaron hasta donde estaban ellas, lanzándole maldiciones impronunciables a Nielce.

- ¡Por favor! –Nielce siguió insistiendo hasta que el tono de las imprecaciones que recibía se volvió verdaderamente amenazante.

Iban a matarla. Nielce lo supo al ver sus ojos encendidos con una cólera asesina. Y en verdad lo hubiera pasado muy mal de no ser por una circunstancia imprevista: Justo cuando uno de los hombres se adelantó para tomarla del brazo, un perro llegó ladrando para dispersar al grupo. Louit apareció un poco después, visiblemente agitado por la prolongada carrera que había hecho; los hombres se quejaron con él de la conducta de la extranjera, y Louit se dirigió a Nielce en el idioma de Lairet.

- Perdón, no le entiendo –respondió ella.

Louit reconoció su lengua materna y buscó la palabra correcta para presentarse.

- Airasenura –dijo con lentitud-. ¿Está bien dicho?

Nielce sintió un gran alivio al verse interpelada en salben y respondió con emoción:

- ¡Sí, sí! Está dicho a la perfección.

Louit intercedió por Nielce ante los nativos y ellos se dispersaron refunfuñando. La muchacha casi no daba crédito a lo que había acontecido: Se había salvado de la muerte por segunda vez en el día.

- Usted molestó mucho a estas personas. ¿Qué es lo que estaba haciendo? –inquirió Louit de manera frontal y descortés.
- Yo sólo quería ayudar a esta mujer, eso es todo –respondió Nielce.
- ¿Ayudarla? Ellos dijeron que usted quería lastimarla.
- ¡Es claro que no!
- Ya.

Louit examinó el penoso estado de Nielce. La muchacha temblaba de pies a cabeza y lloraba en abundancia. ¿Qué estaba haciendo allí, sola y sin saber comunicarse con los nativos?

- ¿Cómo quería ayudarla? ¿Usted practica medicina?
- Sí.
- ¿Y no habla el idioma local?
- No.
- Entiendo. Hablaré con la mujer para tranquilizarla, haré que se deje examinar.

Louit se dirigió a la perniquebrada y ella accedió a la revisión de Nielce.

- Ella dice que se dejará revisar ahora.
- ¡Excelente! ¡Gracias!

La mujer seguía hablando con Louit, y en sus movimientos se veía que le imploraba algo con toda la elocuencia que le permitía su estado adolorido y aterrado.

- Pero ella pone una condición –dijo Louit, y después de un instante, dirigió la vista hacia la casa destruida-. Ya veo...
- ¿Qué ocurre? –preguntó Nielce.
- Ella dice que su bebé está atrapado en esa casa. Me pide que vaya a rescatarlo.
- ¡Eso lo explica todo!
- Ahora iré a buscar a su bebé. ¿Puede manejar esto?

Nielce asintió. Como Louit aún dudaba de su entereza emocional, la muchacha se enderezó y respondió con completa seguridad:

- Es claro que sí. Haga lo que tenga que hacer y yo atenderé a lo mío.
- ¡Vaya, qué interesante! –exclamó un Louit visiblemente sorprendido.
- ¿Qué es interesante, señor?
- Usted se hace fuerte con sólo desearlo, eso me agrada. ¿Cuál es su nombre?

El semblante de Nielce floreció con esa observación precisa de Louit.

- Mi nombre Nielce Tamarats. ¿Cuál es el suyo?
- Yo soy Louit Dermeer, y aquel es Yommy –dijo señalando al perro que lo acompañaba.
- Bien. Hagámoslo, Louit.

Y pusieron manos a la obra. Nielce comenzó a examinar a la perniquebrada, y Louit, por su parte, trató de llamar la atención de los nativos para rescatar al bebé atrapado; reacios a ayudar a un extranjero, los hombres hicieron oídos sordos.

- ¡Bien! Lo haré solo entonces –gruñó Louit y se puso a excavar con sus manos desnudas.

Miles de personas murieron aquel día por la acción destructora del sismo, y muchas más iban a morir en escaramuzas sangrientas. Los conflictos interraciales de Lairet tenían su máxima expresión en la ciudad de Rittka, y las etnias enemigas de Igommta y Fanehain, que ya venían engarzadas en trifulcas casi diarias, aprovecharon el caos imperante para iniciar una batalla campal. Gokij, el intérprete de Nielce, había quedado atrapado en uno de esos enfrentamientos cuando iba a las oficinas del ayuntamiento, y por eso se demoraba en regresar...

Y así, tal como había ocurrido en el pasado, el suelo de Lairet sólo temblaba en tiempos de agitación y de guerra.

*(Continúa en el capítulo 10)*

# CAPÍTULO 6

*Una pareja feliz (2)*

La noche era hermosa y tranquila. Al centro del balcón, un fuego crepitaba alegre en un fogón abierto. Las olas rompían contra la arena en un batir cíclico que sonaba como una perpetua inhalación con su subsiguiente exhalación. Una sinfonía natural que sólo era interrumpida por las voces de ellos.

Después de comer la pesca de Louit, él y Nielce se acomodaron juntos en una banca que daba la cara al horizonte, con las piernas de ella en el regazo de él: La posición preferida de ambos.

Ninguno de los dos se atrevió a interrumpir la conversación iniciada en el ocaso. El espacio de sus confidencias justificaba de nuevo su razón de ser.

- La primera vez que me hablaste, me pareció que ibas a importunarme con las galanterías habituales de los muchachos de la menígama.
- ¿Te acosaban mucho entonces?
- No tanto.
- Vamos, Nielce, di la verdad –replicó Louit en tono socarrón-: Seguro despachabas a cientos de muchachos.
- ¿De dónde viene eso Louit? Dices sólo por decir, ¿verdad?
  Él se rio al ver la expresión airada de su esposa.
- ¡Dices sólo por decir!
- ¡Es claro que sólo digo por decir! –aceptó Louit entre

risas-. Sin embargo, debes reconocer que fuiste realmente intimidante la primera vez que conversamos. Si eras así con todos, no dudo que más de uno terminó con el orgullo herido.

- No es verdad, ¡no fui tan dura contigo! –replicó ella en tono defensivo.
- Sí que lo fuiste, acuérdate.

Y entre los dos se empeñaron en recrear el día que los unió, con más intervenciones de él que de ella porque, tal como Nielce lo había admitido antes, su esposo la aventajaba en eso de recordar las cosas simples y bellas.

Era el día de la independencia de Isalba, una fecha dedicada a la fiesta en toda la nación. Louit salió temprano de su casa con rumbo al barrio de Ondalud, el cual se encontraba en el extremo más alejado de la ciudad, justo donde empezaba la costa. Allí iba a encontrarse con Simeet Sorys, aquella mujer a la que estaba cortejando antes de conocer a Nielce.

La estación de la ciudad estaba atestada, pues la gente iba y venía de todas partes para celebrar junto a sus seres queridos. Louit cubrió su pasaje y abordó el camión que iba a llevarlo a su destino. Yendo de camino, observó por la ventanilla los signos de la enorme fiesta que iba a gestarse al anochecer. "Una armósfera deliciosa", pensó Louit, y su espíritu patriota se contagió con el entusiasmo de sus hermanos. Como niño, él había sido partícipe de las luchas del pueblo isalbino, el cual se había sacudido el yugo extranjero apenas veintidós años antes. Por ello, el sabor de la libertad le era glorioso.

Andando, el camión se alejó de la zona conurbada para dar paso a los asentamientos de la periferia. La zona costera de la ciudad aún se mantenía rural, y el barrio de Ondalud, que se encontraba en el extremo más alejado de la urbe, parecía venir de un mundo aparte.

Al llegar al barrio, Louit descubrió que el sitio era vistoso y agradable, con sus casas de estilo isalbino antiguo pintadas de colores chillantes. Una calzada pronunciada desembocaba en la plazuela central, la cual estaba adornada con largas banderas blancas y azules en torno a un hermoso quiosco. Desde ese punto se podía ver el largo malecón atestado de barcazas de pescadores. Los habitantes del lugar eran, en su mayoría, hombres y mujeres de edad avanzada que pasaban sus días en la más completa tranquilidad y monotonía. Pescadores y marineros retirados que aún se vestían como en sus días mozos. "Es como si hubiera viajado en el tiempo", pensó Louit al ver las ropas de ellos. Y es que, en efecto, todo en el lugar lucía como algo salido de una de esas imágenes del pasado.

Andando por la plazuela, Louit se percató de que el trazado del barrio era laberíntico y confuso. Para su mala suerte, tampoco había señalización alguna. Siete caminos diferentes se abrían en todas direcciones. "Sigue por la casa alta del linaje de Hebras", pensaba Louit al repasar las instrucciones que le había dado Simeet. Sin embargo, no había una casa como esa a la vista.

Después de andar extraviado un rato, Louit empezó a pedir indicaciones a los lugareños.

- Las casas que usted menciona están casi llegando a los muelles -le dijo una mujer mayor que iba a acompañada de dos niñitas, las cuales se habían pintarrajeado sus rostros con las golosinas que iban comiendo

- ¿Sabe? Se me dijo que, al llegar a la plazuela, siguiera la casa de Hebras hasta llegar a un huerto.

- Por la casa, no le sé decir. Y, como puede ver, hay muchos huertos en el área. La gente aquí se dedica a cultivar muchas cosas.

No fue la única persona que le reiteró lo mismo: Las casas del linaje de Hebras estaban todas en el malecón, y con respecto al huerto, había muchos de ellos en los alrededores.

"Ah, Simeet. Hubiera sido tan fácil encontrarnos en la plazuela", pensó Louit con cierto fastidio y entonces empezó a andar con rumbo a la playa.

Fue así que se topó con los Hubth, los cuales estaban bebiendo té en el jardincito del patio de su casa, tomando el sol y saludando a todos los que pasaban; después de intercambiar las cortesías de rigor, Louit les preguntó por la dirección que llevaba consigo.

- Me parece que debe seguir el camino que conduce al malecón. Allá es donde se ven árboles que usted menciona.
- Hasta donde sé, la persona que busco vive alejada de la playa, cerca de una casa del linaje de Hebras, por la plazuela.
- Construyeron algunas, hijo –terció Heild, la ancianita-. Sin embargo, todas las casas que rodean la plazuela fueron remodeladas y cambiadas. Es por eso que estás perdido.
- ¡Eso lo explica todo!
- ¡Ahórrate la molestia, muchacho! ¿A quién buscas? Será más fácil si nos lo dices. Nosotros conocemos a todos por aquí.
- Ella es de la casa Sorys. Su nombre es Simeet.
- ¡Desde luego! Debes volver sobre tus pasos y descender por la…

Entonces sucedió: Al mirar la pendiente abajo, Louit atisbó la figura solitaria de Nielce, quien caminaba justo hacia donde estaba él conversando con los Hubth; ella leía despreocupadamente, y su cabello recogido hacia atrás se agitaba suavemente con la brisa marina; la hermosura de la muchacha era patente, no obstante, Louit quedó cautivado por un atributo intangible, pero tan manifiesto como lo era su apariencia deslumbrante. Nunca pudo explicarse por qué surgió en él el impulso irresistible de acercarse a ella. Quizás era la intuición, o quizás era sólo la tendencia innata de asociarse a todo lo bello, pues la hermosura abre puertas que de otro modo permanecen cerradas.

"Habla con ella", pensó al instante.

Desposeído de sus modales, Louit se separó de los Hubth sin siquiera despedirse de ellos y en automático se dirigió al encuentro de Nielce. ¿Qué iba a hacer cuando la tuviera enfrente? ¿Se atrevería a hablarle? La distancia entre ellos todavía era grande.

"Déjalo", se dijo Louit al sentirse incapaz de abordarla. "Busca a Simeet, ya sabes cómo encontrarla". Treinta pasos, veintinueve, veintiocho, y el impulso de darse media vuelta cada vez más fuerte. Quince, catorce, trece, ¡era en verdad hermosa! Diez, nueve, ocho, al menos tenía que intentarlo. "¡Hazlo!". Pero, ¿hacer qué?

Improvisar.

- Airasenura. Hola…

La muchacha se detuvo en seco y tardó un par de segundos en despegar los ojos de su libro, como apurando las últimas palabras de una línea.

- Hola –respondió sin demostrar emoción alguna.

- Ehm… Yo… Perdón…

Nielce no ocultó su desconcierto, pero tampoco se mostró molesta. Louit cerró sus puños. "Vamos, ten un poco de dominio, hombre", pensó contrariado y dijo:

- Mi nombre es Louit Dermeer.

Y esperó, casi rogó que ella le dijera el *oibasem* que iba a concluir aquella conversación; sin embargo, y para sorpresa suya, Nielce cerró el libro que llevaba consigo –no sin antes darle un vistazo para memorizar la página que iba leyendo- y respondió con amabilidad:

- Hola, Louit. ¿En qué puedo ayudarte?

- ¡Bueno! Te vi leyendo muy entretenida…

Y se le acabaron las palabras. Se le dificultaba mucho hilvanar ideas. *Oibasem. Oibasem.* ¿Qué estaba esperando ella para despacharlo?

- Sí, algunas personas me dicen que me pierdo cuando leo. ¿Qué necesitas?
- ¡Nada, sólo quise hablarte! ¿Puedo saber qué leías?

El aire en torno a Nielce cambió con esa última frase. No obstante, ella no demostró molestia.

- Es Ghillart, las *Herencias del tiempo pasado.*
- Es un buen libro.

Y los dos comenzaron a caminar lentamente, uno al lado del otro.

- ¿Lo has leído? –cuestionó ella con interés.
- Sólo algunas partes. En la menígama nos pedían que estudiáramos los capítulos referentes a las instituciones de orden público. Nunca lo terminé.
- Es una pena. ¿Qué oficio elegiste?
- Jurista en regulación de leyes.
- ¿Ya terminaste tus estudios?
- Sí, los terminé hace unos meses –Louit asomó una sonrisa de satisfacción.
- ¡Muy bien! Dime una cosa, Louit: ¿Ya eres un jurista acaudalado?

Era una pregunta cargada de veneno. Una saeta dirigida a un punto específico. ¿Así que esta mujer de barrio pobre era una interesada? No lo parecía. Louit se llevó las manos a los bolsillos y se encogió los hombros.

- Gano lo que necesito -dijo en tono humilde.

Ella aceleró un poco el paso y dejó escapar una sonrisa fugaz. ¿Acaso lo estaba probando?

- ¿Qué haces en un barrio pobre como éste, Louit?
- Me hablaron de la belleza de este rincón de la ciudad y quise venir a conocerlo.
- Y bien, ¿qué te ha parecido?

Era increíble. "Ella sigue hablando conmigo", se dijo un Louit aún incrédulo.

- El sitio es espléndido. Tiene ese encanto de lugar antiguo, como las imágenes que se ven en los libros de historia.
- ¡Tienes razón! Ahora: Si tienes tiempo, te recomiendo que pases por los comedores de la plazuela. La comida del puerto es deliciosa y sus dulces son únicos. ¿Ves esos árboles de allá? Son de bimifa.
- ¿Esa fruta se da aquí? Creía que toda era importada de Ocaron.
- Puedes ver que no. La historia dice que unos jardineros muy obstinados se empeñaron en plantar esos árboles aquí, pero las semillas de bimifa no les daban retoño. Fue hasta que sepultaron a un marinero de Ocaron en el terreno que consiguieron los primeros brotes del árbol.
- ¡Interesante! ¿La anécdota es verídica?
- Lo ignoro, pero la gente del lugar asegura que sí…

Yendo juntos, Nielce y Louit pasaron al lado de la casa de los Hubth. Jopper veía a Louit con una sonrisa maliciosa en el rostro. Su esposa, por otra parte, le susurraba para que no cometiera alguna imprudencia; Louit los vio de reojo y sintió el peso de la desaprobación del anciano. Era claro que se había olvidado de Simeet, y Jopper se encargaba de reprochárselo; Nielce los saludó al pasar y ellos hicieron lo mismo con una alegría palpable.

- Supongo que es una leyenda de barrio. Los marineros son supersticiosos –dijo Louit.
- Sí, lo son. Les he escuchado historias increíbles. Creo que pasar tanto tiempo en altamar los cambió. Ya no son personas comunes.
- ¿A qué te refieres?
- ¿Has escuchado canciones de marineros? Muchas de ellas son tan tristes que me hacen llorar.
- No, nunca tuve la oportunidad.
- Bueno. Si puedes, quédate al festival nocturno. Allí sabrás de lo que hablo…

Un grupo de niños se precipitó calle abajo en la persecución de una pelota verde que rebotaba mientras tomaba vuelo. Uno de los chiquillos saludó a Nielce sin abandonar la carrera.

- ¡Adiós, Nielce!
- ¡Adiós, Tonim! ¡Cuidado, no vayas a tropezar! –le dijo Nielce al chiquillo impetuoso.

Las risas de los niños despertaron la de Nielce mientras ella los observaba alejarse. Esa distracción le dio unos segundos a Louit para observar a su compañera con detenimiento, y eso atrajo la mirada de la muchacha. No se apartaron la vista durante algunos segundos cargados de deleite. Un viento ligero sacudió los árboles altos, trayendo consigo murmullos tranquilizadores.

- ¿Tu nombre es Nielce?
- Sí, Nielce Tamarats.
- Es un nombre poco común… Y muy bello.
- ¿Te parece? –le dijo ella con un tono de incredulidad cómico-. Pues te confieso, Louit, que no tenía la intención de que lo supieras.

Esa frase lapidaria encogió dolorosamente el corazón de Louit. Así que las cosas eran de ese modo: Ella simplemente no tenía intención de involucrarse con él; reanudaron la caminata, uno al lado del otro, aun cuando Louit hubiera preferido retirarse en ese mismo instante. Sin embargo, ella seguía aceptando su compañía.

- Entonces, ¿por qué me has permitido acompañarte hasta ahora?
- Bueno, viniste a hablar conmigo, y aunque no sé cuál fue tu intención al hacerlo, me imagino que debió costarte algún trabajo.
- Sí, así es.
- Eso para mí vale mucho; además, usaste una palabra muy especial al abordarme.

- ¿Cuál, *airasenura*?
- Así es. Una demostración de buenos modales que cada día es más escasa.
- Pues, ¿qué hay de especial en esa expresión? La digo todo el tiempo, y hasta ahora, nadie había reparado en ello.
- A eso me refiero: Se está perdiendo la tradición. Las palabras tienen un origen y un significado, y esa palabra debería estar siempre presente en nuestro vocabulario.
- ¿Qué significa *"airasenura"*?

Nielce lo miró con escepticismo, y él puso una mueca de inocencia estúpida.

- Tú juegas.
- No juego. Te lo prometo.
- ¡Es claro que sabes y te burlas de mí! –sentenció la muchacha.
- Ignoro muchas cosas, y eso me da el privilegio el aprenderlas. Vamos, dime.

Nielce tomó bien la humildad de Louit y comenzó a hablar con tono doctoral:

- De acuerdo, lo haré, aunque sé que me estás timando. *"Airasenura"* es una palabra que introdujeron los gáramos cuando se anexaron al país, hace muchos años. La región de Garama fue invadida por los térridos, y los gáramos desplazados le pidieron asilo al rey Godhik mientras recuperaban sus fuerzas para regresar a pelear por la Garama. El rey fue generoso, a pesar de la profunda hambruna que azotaba al país, y les concedió que se quedaran. Los gáramos, sabiendo lo gravosa que era su presencia en Isalba, empezaban toda comunicación con los isalbinos utilizando la palabra *airasenura*, que significa algo así como: "humildemente hablo".
- ¿Es en serio? Utilizo la palabra a diario y no sabía eso.
- Y, de igual manera, los gáramos les enseñaron a nuestros padres la palabra *oibasem*, con la que podían despacharlos

si su presencia les era motivo de molestia.

- Pensé que ibas a usar esa palabra conmigo -admitió Louit.

- Me he reservado el derecho a hacerlo, pero no hiciste nada que lo ameritara. Al contrario...

¿Al contrario? ¿En verdad dijo eso?

- Al contrario, ¿qué?

- Nada. Te agradezco la plática. Me dirijo a la ciudad, voy a conseguir algunas cosas; no interrumpo más tu paseo por el barrio. ¡Que lo disfrutes, Louit!

Nielce tocó el codo de Louit de una manera suave, clavándolo en su sitio, le entregó una sonrisa dulce y empezó a alejarse de él sin apresurar sus pasos, con el mismo ritmo pausado que llevaba cuando se encontraron. Ya a cierta distancia, Louit la vio regresar a la lectura. "Ni siquiera pude conseguir que se olvidara de su libro", pensó.

A espaldas suyas, Louit escuchó risas indiscretas: Los Hubth habían presenciado toda la escena, y ahora Jopper se golpeaba los muslos entre carcajadas. Heild trató de callarlo, pero eso exacerbó el humor de su marido, quien disfrutaba sin tapujos la suerte del joven despreciado.

"Así que a esto se reduce todo:", pensó Louit con amargura, "a escasos minutos de una plática tiesa y diplomática, a cien pasos de una amabilidad forzada". Y mientras tanto, Nielce se hacía cada vez más pequeña a su vista, encogiendo de manera análoga su maltrecho ego.

Pero algo lo sacó del letargo, del ridículo y de la autocompasión: Rebelándose contra su esposo, Heild se levantó y le gritó con su voz ronca:

- ¡No le hagas caso, muchacho! *¡Ve por ella!*

De alguna manera, eso le regresó el dominio de sus pensamientos.

*Al contrario...*

Louit levantó la mano para agradecerle a Heild y echó a correr hasta recortar la distancia que Nielce interpuso entre ambos. Ella lo sintió venir y se volteó para encontrarse con él.

- Nielce, perdona… No me dijiste qué significa *oibasem* –dijo Louit entre jadeos.

Eso desarmó a Nielce. Ella nunca se esperó que él regresara a buscarla, y allí descubrió que *le agradaba* tenerlo de vuelta; la muchacha se demoró una eternidad en responder, examinando con detenimiento los rasgos atípicos de Louit: Su tez pálida, sus ojos profundos, sus cejas pobladas, su sonrisa confiada…

- *"No me importunes"* –dijo Nielce bruscamente, sin sopesar que sus palabras podían tomarse de un modo muy distinto.

- E-Está bien –Louit mostró las palmas-. Lo siento…

- ¡No, Louit! Ese es el significado de la palabra: *"No me importunes"*.

- ¡Oh!

Y por primera vez rieron juntos.

- Nielce, déjame acompañarte a la ciudad –dijo Louit con una resolución que no había demostrado hasta ese momento.

Sin poder evitarlo, Nielce se sonrojó y giró sus ojos verdes hacia el cielo.

- ¿Aún si decido que no nos volveremos a ver? No puedo prometer una segunda ocasión -dijo sin dejar de mirar hacia arriba.

- Sí, acepto el trato -respondió Louit con nuevos bríos.

El rostro de Nielce floreció con una hermosa sonrisa.

- Está bien. Vamos.

El matrimonio Hubth seguía observando la escena a la distancia. Cuando los vieron irse juntos y muy sonrientes, Heild alzó los brazos en un gesto de victoria.

- Qué se puede decir. Seguro lo hizo muy bien. Nielce es una muchacha muy especial -dijo Jopper entre risas.

- ¿Te acuerdas, Jopper? –le preguntó Heild con ternura a su marido.
- ¿De qué cosa, querida?
- ¡Jopper!

Heild hizo un gesto de irritación y Jopper se levantó para estrecharla entre sus brazos, riéndose como los niños que alguna vez fueron.

Así, los bellos recuerdos seguían naciendo en el barrio pobre de Ondalud.

*(Continúa en el capítulo 11)*

# CAPÍTULO 7

## *Un paciente atormentado (2)*

El cuarto era tan frío y tétrico como Louit se lo había imaginado. Un hombre con una máscara de tela le señaló los cuerpos ocultos unas bajo sábanas grisáceas. Por su tamaño, era evidente que el primer cadáver era el de Brent, el segundo era el de Lersha, y el tercero... El tercero era el cuerpo de ella. Extraña circunstancia: Louit precisamente quería verlos en ese orden.

Louit impulsó su silla de ruedas hasta el camastro más próximo. Ayudándose de los brazos, se alzó sobre su única pierna. El hombre de la máscara anunció que iba a retirarse, pero antes de hacerlo, dejó flotando estas palabras en el aire:

- Le sugiero que sólo vea el rostro de los niños, sus heridas fueron muy graves –y se fue, dejando a Louit solo con los cadáveres.

Ése era el momento. Primero el pequeño. El tan esperado varón. Un niño lleno de vitalidad, presto para aprender, pero también para enojarse.

Tenía que atreverse. Ya estaba allí. Con un movimiento suave, Louit descorrió lentamente la sábana...

¡Espantosa escena! El ojo derecho de Brent estaba muy dañado, casi totalmente exprimido y negro como un fruto deshidratado; a través de los labios tumefactos del pequeño se percibía la pérdida de tres piezas dentales, y los fluidos contenidos en la cavidad bucal daban a la lengua la apariencia de una sabandija gelatinosa y sanguinolenta; el cabello rubio y rizado aún tenía rastros de sangre cuajada; a la palidez heredada por el padre, ahora se añadía la horrible palidez de la muerte.

Louit retiró la mirada con un nudo en la garganta. Ver el cuerpo destruido de su hijo era más de lo que podía soportar. Como pudo regresó la sábana a su sitio y se derrumbó en la silla de ruedas con extraordinaria furia, arriesgándose a caer de espaldas. Entonces lloró a gritos.

¡Brent, desaparecido para siempre! ¿Dónde había quedado su vida? ¿Dónde estaba su niño amado?

Después de algunos instantes de drenaje emocional, Louit apretó los puños contra su frente para tragarse la cobardía, y a fuerza de voluntad, logró contener el paroxismo de su miseria. Era hora de continuar.

Con rabia, Louit aceleró la silla de ruedas para dirigirse al encuentro de Lersha. La tremenda fuerza del movimiento lastimó las heridas de sus brazos; abominando su nueva condición de mutilado y soltando una gran cantidad de improperios, Louit se alzó de nuevo sobre su única pierna. Allí percibió un olor desagradable que emanaba del cuerpo de la niña.

Era irónico. Lersha tenía la buena costumbre de asearse todos los días, mientras que el desgraciado de su hermano tenía que pasar por la higiene a la fuerza.

- ¡NO, NO! –exclamó Louit al develar el cuerpo muerto de Lersha.

La oreja izquierda de la niña había desaparecido, y una profunda perforación en el cráneo ocupaba ese lugar; una enorme gasa cubría el mismo lado de la cara, ocultando completamente el ojo y la nariz; pero lo más impresionante era el horrible patrón de suturas que dominaba el tórax de Lersha: Cientos de costuras groseras que estiraban la piel de los inmaduros pechos de la jovencita, pequeñas mamas que nunca iban a alimentar a los nietos de Louit…

- Mi hermosa chiquita...

¡Era una niña desfigurada! ¡Ni siquiera soportaba el tener que mirarla! Con un movimiento rápido, Louit se encargó de cubrir el cadáver. El dolor se recrudecía a cada segundo, ¿Cuánta agonía le quedaba por delante?

El hedor del cuerpo de Lersha le produjo una náusea intempestiva que le colmó la paciencia. De pronto, Louit odió su pierna sana, odió la vida y odió la espantosa idea de tener que trasladarse hasta el cuerpo que le faltaba por reconocer; sin embargo, algo le quedaba muy claro: No iba a trasladarse hasta allá en la silla de ruedas, aunque tuviera que arrastrarse, rodarse o matarse en el trayecto.

Y así, decidido a renunciar a su andadero, Louit comenzó a saltar hacia el tercer camastro. Acaso conseguiría desnucarse en una caída accidentada, ¿y no era preferible a seguir con aquello?

En su terca lucha por desplazarse, Louit emitió tantos sonidos extraños –mezcla de maldiciones, quejidos, bramidos y jadeos- que el hombre de la máscara acudió a ver qué sucedía allí adentro. Jamás imaginó que iba a presenciar una de las escenas más impactantes de su vida:

De pie, en silencio, sin mover un músculo, sangrando por el brazo derecho, manteniendo un completo equilibrio y con la majestad de un emperador inmortalizado en piedra, Louit Dermeer contemplaba el cadáver casi intacto de su esposa...

Y la soledad se encarnó frente a los ojos del velador, en un espectáculo macabro que nunca más iba a volver a ver.

No mientras no volvieran a perturbar su monótona vigilancia de los muertos.

*(Continúa en el capítulo 12)*

# CAPÍTULO 8

*Deíma (2)*

- Airasenura, buenos días.

El director de la cuadrilla de leñadores casi se fue de espaldas cuando reconoció al hombre que entró en su oficina.

- ¡S-Señor Dermeer! Quiero decir: Hermano Dermeer. ¿Qué hace usted aquí?
- Busco al encargado, ¿es usted?
- Sí, señor. Mi nombre es Húmbeon Yerega.

Louit no quiso entrar en razones con Yerega y le extendió un sobre de un papel finísimo.

- Esto es lo que requiero de usted, señor Yerega.

El rústico Yerega extendió el documento contenido en el sobre y lo leyó con una incredulidad creciente, aún burlesca.

- ¿Es en serio? -dijo Yerega cuando terminó de leer.
- Muy en serio. Necesito a ese hombre por el resto de la tarde, y quiero que reciba su jornal completo.
- ¿Qué negocios puede tener usted con semejante gentuza...?
- Eso no le concierne, señor Yerega -respondió Louit con una nota de severidad en la voz-. Vaya y haga lo que le he pedido.

Refunfuñando, el orgulloso Yerega salió de su oficina. Momentos después, éste volvió acompañado por un hombrecillo de aspecto temeroso y ojos desorbitados.

- Aquí lo tiene, hermano Dermeer. Comron Gilske en persona -remató con sarcamo Yerega.

- ¿Viene por mí? ¿Es en serio?

- Muy en serio -respondió Louit con una sonrisa-. Tengo asuntos importantes que tratar con usted, así que le ruego que me lleve a su casa.

- Vete, Comron. Vuelve cuando termines tus asuntos con este caballero. ¡Ve!

Atontado todavía por la irrealidad, Gilske no se movió de su sitio.

- ¡Que vayas! -rugió Yerega.

- Vamos, hermano Gilske -Louit tocó el hombro del leñador para transmitirle seguridad-. Yo ya negocié este permiso con su patrón. Está bien.

Aún incrédulo, Gilske salió de la oficina seguido por Louit. Los dos recorrieron el campamento maderero hasta llegar a la zona de viviendas. El asentamiento era pésimo, lleno de lodo, con porquería por aquí y por allá.

- Tenga cuidado al pisar, hermano...

- Mi nombre es Louit Dermeer. Y tengo entendido que usted se llama Gilske.

- Comron Gilske, sí; ¿qué necesita de mí, hermano Dermeer? ¿He hecho algo malo?

- Nada de eso, mi querido Gilske. Sólo estoy cumpliendo la petición de una persona que se preocupa mucho por ustedes.

- ¿Quién es esa persona?

- Es una monja, su nombre es Nielce Tamarats.

- ¡Claro! Debí suponerlo.

Anduvieron un poco más hasta que llegaron a la morada de Gilske. Antes de entrar, el anfitrión se sacó el sombrero para apretarlo entre sus manos, como si fuera un niño a punto de dar una respuesta vergonzosa.

- Me apena mucho que entre, hermano Dermeer. Mi techo

es indigno de alguien tan importante como usted.

- No diga eso. Entre, que el frío cala en los huesos.

Gilske llamó a la puerta. Una jovencita los recibió con una expresión de sorpresa.

- Usted debe ser Deíma, ¡hola! –saludó Louit a la señorita.

La frágil Deíma se mostró condundida al verse interpelada por su nombre y tardó cinco segundos en estrechar la mano del Louit. Su adorno personal era tan malo como sus modales: Un simple vestidillo café lleno de remiendos, zapatos gastadísimos –sobre todo el derecho, que incluso dejaba ver la punta de tres de sus dedos-, un peinado que no podía llamarse como tal y ciertos vestigios de mugre en los brazos y el rostro eran los elementos que componían el atuendo de la niña. No obstante, nada de lo anterior podía eclipsar el poderío cautivante de sus ojos azules, tan limpios e inocentes que invitaban a ignorar todo lo demás.

- Siéntese hermano Dermeer, y póngase cómodo, enseguida le sirvo una bebida caliente.
- Gracias, hermano Gilske.

Louit eligió un banco y se instaló en él con desconfianza, así de destartalado estaba. Fiel a su carácter observador, inspeccionó palmo a palmo la desvencijada casucha de madera, redefiniendo así el concepto de miseria que tenía en su mente: Una sola habitación, una estufa de leños, una alacena muy vacía, una mesita endeble acompañada de dos sillas disparejas y contrahechas, así como el ya referido banco, dos catres cuyas mantas eran viejas pieles de animales lanudos y un par de baúles; he aquí el inventario general de aquel espacio triste que, para rematar, no tenía ventanas; todo esto aumentó en Louit el sentimiento de piedad que ya sentía por la familia. La pobreza ya era de por sí una prueba demasiado dura para ellos.

Gilske dispuso un tazón de té para Louit y fue a sentarse con él. Deíma cosía alguna cosa en la otra silla, guardando cierta distancia de los hombres.

- ¿Viven solos?

- Sí, hermano Dermeer. Mi esposa murió al dar a luz a nuestra niña, pero nos tenemos el uno al otro y eso nos basta.

- Lamento lo de su esposa… ¡Oh, está caliente! – exclamó Louit al quemarse la boca con el té.

Deíma se rio por lo bajo. Estaba observándolos.

- Beba con cuidado –sugirió Gilske.

- ¿Qué es esto? No lo había probado antes.

- Es té de alibas. Esas hierbas solo crecen en las cortezas de los árboles de esta región.

- Pues tiene un sabor estupendo. Esperaré a que se enfríe un poco. ¿Usted no toma, Gilske?

- Deje eso, hermano Dermeer. Estoy bien.

- Vamos, acompáñeme.

- Es que no tengo más. Y me apena el no tener ni un bizcocho que ofrecerle.

- No, no lo permito. Vamos, páseme su tazón –ordenó Louit.

- ¡No, hermano Dermeer! ¡Bébalo usted…!

- ¡Me dio tres medidas! Deme su tazón o me marcho, ¡démelo!

La simpleza del invitado sorprendió a los habitantes de aquel rancho. Gilske, lleno de vergüenza y contrariado, entregó un tazón y recibió más de la mitad del té que le había servido a Louit.

- ¡Pero es mucho!

- Entonces compártalo con con su hija.

La niña trató de ocultar el rubor de su rostro empleando su negra y lacia cabellera como una máscara que sólo dejaba ver sus ojos benditos. Gilske hizo un gesto de indefensión y rellenó otro tazón para dárselo a su hija.

- Cuidado, Deíma: Está caliente –dijo Louit al hacerle un

guiño.

- Gracias –respondió ella con una voz tan baja que apenas se hizo notar.
- Por el bizcocho, no deben tener pena, pues yo ya me encargué de eso –anunció Louit.

De una bolsa, Louit sacó un pan y un frasco de mermelada que iluminaron los ojos de los dos desgraciados.

- No, eso no hermano Dermeer, ¡es demasiado!
- Perdóneme, Gilske, pero es que justo vine a esto: La hermana Tamarats me habló mucho de ustedes y me encargó que les entregara este pan, junto con un caluroso saludo.
- ¡Ah, mujer bendita! Pero no sé cómo se le ocurrió pedirle semejante cosa, ¡y pensar que usted se tomó la molestia de venir hasta acá!
- Deje eso. No es ninguna molestia.
- ¡Sí que la es! Usted es un enviado de la capital. Sé que ayer estuvo en la alcaldía conversando con el gobernador de la región.
- Él es sólo un hombre y eso sólo era trabajo. Hoy estoy aquí por el gusto que me da el complacer a la hermana Tamarats. Ella *está preocupada por ustedes...*

Estas últimas palabras, aun cuando Louit las dijo con naturalidad, tuvieron un claro efecto en Deíma, quien dejó translucir cierta angustia por los ojos.

- ¡Ella siempre fue así! Cuando mi esposa murió, yo no sabía qué iba a hacer con mi hija. Tenía que trabajar duro para mantenerla, así que no tenía tiempo para criarla. Usted sabe, la vida de un leñador es difícil; por suerte para mí, la hermana Tamarats se hizo cargo de mi niña. Sé que muchas veces le compró leche y medicinas con su propio dinero. Y hay más: Ella siempre dijo que le hubiera gustado amamantar a Deíma.
- Vaya, es admirable.
- ¡Sí, una auténtica bendición! ¡Y no fue la única que nos

ayudó! Cuando Deíma cumplió cinco años, la gente del monasterio me dio la opción de dejarla con ellos en lo que yo iba a trabajar. Allí cuidaron de Deíma y la educaron, le enseñaron a leer y a escribir, ¡y no me pidieron un solo giao a cambio!

- Es una labor de servicio y no de recaudación. Así es como se hace con los huérfanos y los ancianos que se han quedado solos. La conformación del nuevo estado religioso de Isalba nos ha permitido llegar a todos ellos para socorrerlos -dijo Louit con una sonrisa de satisfacción. Era la primera vez que esa propaganda tenía sentido para él.

- Pues a mí me aliviaron de una enorme carga, hermano Dermeer. Ellos cuidaron bien de mi Deíma por muchos años.

- ¿Qué edad tiene su hija?

- Trece

- Entonces, ¿ella ya no se queda en el monasterio?

La niña se cubrió el rostro y se retiró hacia su camastro. Gilske no le puso atención y siguió hablando.

- No. Ella dice que quiere estar aquí, conmigo, y yo estoy feliz con eso, aún cuando no puedo darle todo lo que quiero.

- Entiendo.

- ¿De dónde sacan los recursos para mantener a tantos niños, hermano Dermeer? Por más que lo pienso, no consigo explicármelo. ¿Es que se los da Dios?

- Es claro que los provee Dios, y lo hace a través de las instituciones que estableció en el mundo para nosotros, sus más caras criaturas.

- Pero, ¿cuál es la fuente del dinero, hermano Dermeer?

- Yo no sé de cuestiones administrativas, hermano Gilske. Las legislaciones de un estado religioso son bastante complejas, y yo me dedico a otras tareas.

- ¿A qué se dedica usted, hermano Dermeer?

Louit se tomó un momento antes de dar una respuesta, pues sabía muy bien que no debía delatarse frente a Gilske...

Y es que el hombre no se imaginaba que Louit había venido desde tan lejos precisamente para verlo él, o mejor dicho, a *ella:* A su hija Deíma.

- Bueno, yo formo parte del culto de los *étores*. ¿Ha escuchado algo al respecto?
- No, señor. No soy muy dado a leer o a la religión, ¿puede explicarme qué es lo que hacen?
- Sí puedo, pero no diré nada más hasta que comamos de este pan. ¿Puede prestarme un cuchillo?
- Es claro que sí.

Gilske entregó un cuchillo y Louit se encargó de cortar rebanadas para todos, luego puso abundante mermelada en cada una.

- Bien, esto está servido. Venga, Deíma, acérquese a comer con nosotros.

Movida por el hambre y el antojo de tan inesperado manjar, la niña se sentó a la mesa con los hombres y tomó su pan embadurnado de mermelada. Entre la repartición y la degustación, Louit tomó nota del estado emocional ensombrecido de Deíma, quien tomaba pequeños bocados sin deleite.

- ¿No te gustó, Deíma?
- Sí, señor –masculló la niña de manera casi imperceptible.
- ¡Hija, el hermano Dermeer te está hablando! ¡Responde como es debido!
- Déjela, Gilske, está bien.
- ¡No, no está bien! Ya tiene algunas semanas que la he visto extraña, como que le irrita hablar con la gente; y pensar que usted está siendo tan amable.
- Gilske, ¡Gilske! ¡Está bien! Mejor sigamos conversando.

Como Gilske aún miraba a su hija con un aire de reconvención, Louit decidió llevar la plática a otra parte.

- Escuche: Quiero preguntarle algo.
- Sí, lo que sea.
- ¿Qué me puede decir de Melbon Glunnavart?

Un movimiento súbito captó la atención de los dos hombres: Respingando como si la hubieran atenazado por detrás, Deíma tuvo la plena certeza de que su temor tocante a aquella visita era justificado, lo que la llevó a palidecer de una manera alarmante.

- ¿Deíma?
- E-estoy bien papá… Responda la pregunta del señor…

Gilske se llevó una mano a la barbilla y respondió:

- No conozco a Glunnavart en persona, o mejor dicho, no he tenido la oportunidad de conversar con él. Creo que es un buen hombre, como todos en el monasterio.
- He escuchado que se habla muy bien de él. No he podido conocerlo, pues está de penitencia en Lórdagos.
- Sí, lo hace a menudo. El hermano Glunnavart enviudó hace algunos años y no ha podido superar la pérdida de su esposa, tal vez por eso le tengo tanta simpatía.
- Claro…

Consciente de que lo que estaba a punto de hacer podía traer consecuencias inesperadas, Louit puso ambas manos sobre la mesa…

- Quiero saber una cosa, Gilske: ¿Usted ha escuchado algo anormal acerca de la conducta del director?

Deíma casi se desvaneció al escuchar esto último.

- ¿Anormal? ¿Cómo qué?
- No lo sé, algo fuera de lo común, lo que sea.
- Pues no, no recuerdo que haya sucedido algo extraño desde que el hermano Glunnavart se hace cargo del monasterio. Es más, me atrevo a decir que el hombre es bendito, pues ha sabido dirigir a la gente de la región de una manera excepcional, siempre generosa.

- Bien. Y con los niños, ¿cómo es él?
- Es como un segundo padre para ellos. De hecho, la hermana Marae me dijo que el hermano Glunnavart le estuvo dando clases de dibujo a Deíma, pero ella no ha querido enseñarme lo que aprendió con él…
- ¡Ya, papá! –gritó Deíma con los ojos cargados de lágrimas-. Te he dicho que no tengo en qué dibujar, y tú no me compras lo que necesito. ¿¡En dónde quieres que dibuje, en la tierra!?

Gilske se quedó muy callado, sintiendo cómo lo devoraba la tristeza. Deíma se cubrió la boca con ambas manos, arrepentida.

Diez segundos de una tensión abrumadora le bastaron a Louit para convencerse de una verdad muy simple…

El pobre Gilske no sabía nada de la denuncia.

- Y usted, ¿qué opinión tiene de Glunnavart, Deíma? –le preguntó Louit a la niña.

No obtuvo respuesta. Deíma se echó al cuello de su acongojado padre, rogándole que la perdonara por lo que había dicho.

Louit se quedó un poco más con ellos, mediando en la reconciliación de ambos y alegrándoles la tarde con algunas historias sobre la belleza de la ciudad capital. Antes de despedirse, le dejó una instrucción secreta a su humilde anfitrión. "Hermano Gislke: En la noche, a solas… El segundo libro de Sacqueranto, capítulo nueve. Léalo, eso somos los étores".

Pero el rústico Gislke sólo entendió la mitad de lo que leyó, aún cuando no dejó de sorprenderse con el texto:

*Del brazo ineludible de la justicia,*
*los dedos de la mano son.*
*Cobijo de los agraviados,*

*actúan sin premura.*

*A los desheredados dan su tierra,*
*a los débiles su báculo.*
*Pero a los hacedores de lo impío y lo profano,*
*alcanzarán sus lenguas sagaces.*
*Y ajustarán las cuentas del pueblo,*
*antes que del cielo llueva fuego.*

*(Continúa en el capítulo 13)*

# CAPÍTULO 9

## *El juicio (2)*

- Yo soy Nielce Tamarats -dijo la muchacha, y por primera vez alzó la vista.

  Louit observó el imperio de sus ojos verdes y tuvo una sensación innombrable. Esto lo llevó a adoptar un aire mucho más formal.

- Bien, señorita Tamarats. Tomaré algunos de sus datos para mis anotaciones.
- ¿Viene a tomarme declaración?
- Sí, claro.
- ¿Usted va a llevar mi caso?
- No lo sé todavía. ¿Usted tiene su propio jurista de confianza?
- No, y no tomaré defensa. Hagan conmigo lo que quieran, me entrego por voluntad propia.

  Nielce dijo cada una de las últimas palabras con una convicción apabullante, sin atisbo de temor.

  Louit juzgó prudente utilizar el mismo estilo con ella.

- Entonces es consciente de lo que hizo –y lamentó en el acto la perogrullada.
- Sí, soy plenamente consciente y me atengo a lo que venga.
- ¿Sabe que puede ser condenada a muerte, señorita Tamarats?
- Sí.

Ningún parpadeo. Ningún momento de meditación. Ningún temblor en los labios. Ninguna intención de bajar la mirada. "Esta mujer en verdad está loca", pensó Louit.

- Bien, las cosas se harán conforme a lo que está establecido en la ley. Primero necesito tomar su declaración. Después de conocer los pormenores de su caso, le hablaré de las opciones que tiene para tomar defensa.

- Sí.

- Su declaración se hará pública, es decir, podrá someterse a la revisión del consejo ciudadano. También se hará partícipe a la familia del fallecido. Ellos pueden llevarle a juicio y pedir que se le aplique la pena de muerte como restitución por el daño ocasionado.

- Sí -repitió Nielce de modo mecánico, únicamente para indicarle a Louit que podía seguir hablando.

- Ahora bien: Usted reconoce su culpabilidad. Siendo así, puede acogerse al derecho de una audiencia pública para exponer los motivos de su crimen. Es una manera de amortiguar su sentencia, pero le advierto que la familia de la víctima buscará a un abogado capacitado que tratará de invalidar su versión de los hechos. El voto público resulta ser determinante en estos casos, y lo común es que la familia gane la sentencia de muerte.

- Me parece bien. Haga la audiencia cuanto antes. Diré lo que sea que ellos necesiten.

¿Se estaba castigando por lo que hizo? ¿Deseaba morir?

- Es indispensable que primero le tome declaración, señorita Tamarats...

- Está bien.

- De acuerdo. Sólo déjeme llenar esta forma. Empezaremos en un momento.

Nielce tenía los ojos rojos. Le hastiaba todo el tecnicismo legal que Louit le estaba exponiendo. Verlo tomar notas en silencio con su maldita parsimonia de abogado le destrozaba los nervios. Lo único que quería era un momento de paz.

- ¿Va a tomarme declaración? –inquirió, molesta.
- Es claro que sí.
- Dígame por qué no lo hace ahora mismo…
- Primero necesito tomar sus datos, señorita Tamarts…
- Hágalo después. Quiero asentar mi declaración primero.

Conturbado por la férrea voluntad y los ojos exóticos de Nielce, Louit accedió, aún sabiendo que violaba el protocolo de la entrevista.

- Bien, sólo deme un momento: Prepararé la recordadora – Louit sacó el aparato de debajo de la mesa y lo puso frente a ella-. Ya está. Ahora diga todo lo que quiera asentar como declaración.

Nielce cerró los ojos y dejó escapar una honda exhalación.

*"Le diré las cosas tal como sucedieron. Así, usted podrá formarse una opinión…*

*"El hombre que maté en la mañana, Roasdan, era mi dueño. Yo hacía las veces de su pareja, pero no acepto ese título, pues él nunca me lo hubiera dado. Por la forma en la que se dieron las cosas, creo que lo más apropiado es decir que yo era su propiedad. Sí, las cosas eran de ese modo…*

*"Empezaré por el principio: Mi madre enfermó del terrible mal de Trabor, y mi padre y yo nos vimos en la necesidad de hacer cuantiosos gastos, aun al grado de arruinarnos económicamente. La pérdida de nuestra fortuna no nos importaba, pues el amor que le teníamos a mi madre lo cubría todo, pero esto, al final, trajo sus consecuencias. Uno llega a hacer cosas impulsivas por amor…*

*"En aquellos momentos de desesperación, mi padre empezó a vender sus pertenencias y yo me dediqué a trabajar jornadas extenuantes, mas todo esto fue en vano, porque a pesar de nuestro esfuerzo, llegamos al punto crítico en el que ya no podíamos costear el tratamiento de mi madre…*

"Allí decidimos que debíamos tomar un préstamo. Mi padre se acercó a los bancos de la ciudad, pero no pudo tramitar alguno. Era claro que no podía garantizar la devolución del dinero. Por ello, mi padre decidió pedir sustento crediticio a la casa de mi familia en Salmandí. Sin embargo, la rama principal de la familia no le dio su respaldo, de forma que volvimos al punto inicial...

"Fue por eso que mi padre, en un intento por ganar tiempo, acudió a Roasdan y le solicitó una cantidad important-ante de dinero, ofreciendo nuestra casa como garantía. Esto lo hizo sin consultarme, ya que, como usted sabe, incurrir en usura es ilegal y yo me hubiera negado a apoyarlo, y aún lo hubiera impedido, de haber podido...

"Sin embargo, las cosas ocurrieron de otro modo. Para cuando me enteré, ya había pasado algún tiempo. Papá me mintió cuando me percaté de que seguíamos teniendo fondos: Me dijo que había extraído algunos ahorros que había man-tenido en secreto, ya que tenía la intención de entregármelos como herencia, y yo agradecí la existencia de ese dinero, del cual nunca lamenté que se usara con ese propósito...

"Pasaron algunos meses y la actitud de mi padre se volvió un tanto extraña. Lo vi preocupado, abatido, ensimismado, y pensé que se debía a la larga lucha que había experimentado con la enfermedad de mi madre. Yo intentaba consolarlo, y él hacía grandes esfuerzos para ocultarme lo que estaba pasando. Pero, cierto día, al llegar a casa después del trabajo, encontré a tres hombres extraños conversando con papá. En cuanto yo llegué, ellos se retiraron. Mi padre quedó profund-damente afectado después de esa conversación, por lo que lo presioné para que me dijera qué estaba pasando. Después de todo, los dos estábamos en eso juntos, luchando juntos...

"Fue así que me enteré de la deuda que teníamos con ese hombre. Ni mi padre ni yo anticipamos lo que iba a suceder a continuación...

"No muchos días después, aquellos hombres regresaron a nuestra casa, y aprovechando mi ausencia, golpearon a mi *padre para presionarlo a pagar, o en caso contrario, para que desalojara la casa y la entregara cuanto antes. Lo dejaron en tal estado que tuvo que ser hospitalizado. Mamá quedó profundamente afectada con el incidente y tuvo una recaída importante en su enfermedad. Murió a los pocos días...".*

Nielce arrugó la frente al recordar la muerte de su madre, no obstante, la muchacha guardó la compostura y siguió narrando su historia con fluidez:

*"Yo me encargué de darle una sepultura digna con lo último que nos quedaba y traté de consolar a mi padre durante su convalecencia... El pobre no pudo estar presente en el entierro de su esposa, de lo maltrecho que lo dejaron aquellos cobardes...*

*"Estuve con él durante su recuperación. Tuve que endeudarme con muchas personas para pagar los gastos del sanatorio, pero de alguna u otra forma, logramos salir adelante...*

*"Como aún teníamos cinco días de plazo para que se venciera el préstamo, decidimos pasar por nuestra casa para reposar allí y recuperar algunas cosas de valor. Cuando llegamos, la casa ya estaba ocupada por los hombres de Roasdan. Ellos se rieron de nosotros y nos corrieron, amenazándonos con sus canes. Nos dijeron que iban a matarnos si volvíamos por cualquier motivo. No sabiendo qué hacer, decidí pedirle posada a uno de mis compañeros de trabajo en lo que encontraba un alojamiento mejor, a lo que él accedió de buena gana...*

*"Algunos días después, recibí un mensaje mientras me encontraba trabajando. No sé de qué modo dieron conmigo, pero los secuaces de Roasdan me hicieron llegar una carta en la que se me decía que yo podía recuperar la propiedad de la casa si accedía a cumplir ciertas condiciones específicas. El arreglo a grandes rasgos era el siguiente: Yo debía entregarme como prenda por un año. El monto de la deuda ascendía a treinta y seis mil giaos. Por cada mes que estuviera recluida, yo descontaría tres mil giaos. Sin embargo, el trato tenía una condición*

adicional: *Yo no debía contarle a mi padre sobre ese trato, y tampoco podía alertar a persona alguna. En otras palabras, Roasdan deseaba que yo fungiera como su concubina en el anonimato durante un año completo...*

*"Pero eso no era todo: Si yo me negaba a acceder, Roasdan amenazaba con matar a mi padre y a mi amigo, pues, según afirmaba en su misiva, conocía el paradero de los tres, y nada le resultaba más fácil que cumplir su amenaza, así que esa era la situación...*

*"Estuve aterrorizada durante algunos días, sin saber cómo habían dado conmigo. ¿Acaso me siguieron después de haberme expulsado de mi propia casa? ¿Vigilaban mis movimientos? El sentirme observada me era sencillamente insoportable. Y el saber que mi padre y Silwan corrían peligro me trastornaba aún más. No podía ser tan egoísta: Tenía que protegerlos a toda costa...*

*"De forma que, después de meditarlo, les envié mi contestación: Les dije que iba a entregarme en cuanto mi padre estuviera instalado en su casa. Como única condición, les pedí que me permitieran mantener correspondencia con él, pues deseaba mantenerlo tranquilo durante mi ausencia. Ellos aceptaron el trato y yo definí una fecha para mi entrega...*

*"Tuve que mentirle a papá para llevarlo de vuelta a su casa. Le dije que había saldado la deuda por mi cuenta y que no debía preocuparse por ello nunca más. No sé si me creyó, pero no le quedó más opción que aceptar mi historia...*

*"Fue hasta que lo vi reposar tranquilamente en su sillón favorito que le dije que me iba. Para ello tuve que mentirle otra vez: Le dije que iba a ausentarme durante algunas semanas porque había encontrado un empleo en otra parte y que iba a venir a verlo tan pronto como pudiera. Él no podía hacer nada para retenerme, ya que todavía se encontraba muy quebrantado por la golpiza que le dieron... Él sólo podía rogarme para que me quedara con él, y lo hizo de una manera tan desesperada...*

Por primera vez, Nielce se interrumpió. A pesar de sus esfuerzos, no pudo evitar el llanto.

Louit escuchaba el relato con suma atención. Dos o tres preguntas saltaron en su mente durante la narración, mas no se atrevió a expresarlas, creyendo que cualquier palabra suya podía resultar impertinente.

El desliz de la muchacha fue pasajero. Rehaciéndose casi en el acto, prosiguió con su historia justo donde la había dejado:

*"… Mi padre me rogó y yo verdaderamente tuve huir de la casa para no romperme ante sus súplicas, pues prácticamente lo estaba abandonando a su suerte. Cuando me escabullí, ellos ya me estaban esperando afuera. Me vendaron los ojos y no supe a dónde nos dirigimos…*

*"Esa noche vi por primera vez a Roasdan. Hasta ese punto, solo había tenido contacto con sus esbirros. Creo que le dieron referencias muy exageradas en cuanto al adorno de mi persona, pues parecía bastante emocionado con la idea de tenerme allí consigo. Lo que pasó esa noche quisiera olvidarlo, y sólo hablaré de ello si es estrictamente necesario…".*

- Necesito que me hable de ello, pero podemos volver a eso después. Continúe con lo demás.
- Gracias…

Nielce tragó saliva y retomó el hilo de su historia.

*"… Así fue como caí en manos de ese hombre: Como prenda por la deuda de la casa de mis padres. En un principio, Roasdan era bastante civilizado, acaso porque calmaba sus ímpetus agresivos al saciar su lujuria conmigo… A decir verdad, casi no lo veía durante el día. Mi existencia ahí era bastante monótona: Permanecía encerrada en una casa desconocida, vigilada constantemente por alguien, sin más que hacer que preocuparme por el bienestar de mi padre e implorándole a Dios que lo hubieran dejado en paz. Él ya no se merecía pasar por más dolor…*

"*Después de algunos meses –en los que sentí que estuve a punto de enloquecer–, Roasdan me permitió un poco más de libertad, quizás porque anticipaba una disminución en la diversión si yo caía enferma. Creo que mi conducta suavizó a los otros habitantes de aquella morada, pues, aun cuando no mantenía relación con ninguno de ellos, al menos ya no me impedían trasladarme de un lugar a otro dentro de los límites que me habían fijado, y agradecían que yo me dedicara a la limpieza de aquel espacio tan descuidado. Yo no lo hacía para complacerlos. Lo hacía para matar el tiempo, y así trataba de evitar la locura...*

"*Con el tiempo, se me permitió salir de la casa, y entonces tuve una perspectiva más clara del sitio en el que me encontraba: No estábamos a las afueras de la ciudad, como yo lo había supuesto; de hecho, nos encontrábamos en una zona bastante poblada. La casa estaba rodeada de un amplio jardín y guarecida tras enormes vallas metálicas que se me antojaron infranqueables, y una cuadrilla de perros rondaba libremente en el perímetro de la propiedad, prestos para reprimir cualquier intento de fuga...*

"*Con el tiempo, mi vida en esa prisión se volvió mucho más soportable, pero había una circunstancia que me desgastaba todo el tiempo: No tenía noticias de mi padre. Yo le escribía con cierta asiduidad, y Roasdan me aseguraba que le hacía llegar mis notas y dinero, cuidando mucho las formas para que él no sospechara de mi desaparición. Sin embargo, yo estuve todo ese tiempo sin tener noticias de él y mis temores se iban recrudeciendo con el paso de las semanas. O esos malditos lo habían echado de la casa, faltando con ello a su palabra, o él había muerto por la falta de su hija, pero mientras yo no tuviera una confirmación al respecto, iba a quedarme allí el año entero, con tal de que mi padre siguiera viviendo tranquilo en su casa...*

"*Los días siguieron multiplicándose en aquella prisión, y yo continué resistiendo sin quejarme hasta que ocurrió algo que trastocó por completo las circunstancias, al grado de que mi existencia dejó de ser llevadera, y en su lugar, se convirtió en una auténtica pesadilla...*

*"Cierto día, los secuaces de Roasdan llevaron a una nueva prisionera a la casa. Su nombre era Yeissa. No sé cómo la capturaron, pero es de suponer que emplearon tretas similares a las que utilizaron conmigo. Ella era más joven y mucho más bella que yo, o que cualquier otra mujer a la que yo hubiera visto antes. No obstante, su carácter era mucho más combativo que el mío. Por eso, a ella le daban tremendas palizas para tratar de calmar sus arrebatos agresivos, pero estas golpizas eran inútiles: Con cada ocasión que se le presentaba, la muchacha escupía e insultaba a cualquier persona que se le ponía enfrente. Incluso a mí llegó a maltratarme, aun cuando era la única persona que velaba por su bienestar...*

*"Para domar su naturaleza intratable, los hombres de la casa le hicieron cosas innombrables. Querían dañar su mente y su cuerpo para doblegarla y así poder manejarla a su antojo. Sé que la ultrajaron entre varios en más de una ocasión. También nos hicieron presenciar el momento en el que éramos violadas cada una a su vez...".*

Pausa. Louit sintió como su corazón le saltaba en el pecho al escuchar la espantosa declaración de Nielce. Esa mujer ya no era una loca para él, sino era, quizás, la persona más cuerda del mundo después de haber atravesado por todo aquello para luego relatarlo con luminosa calma.

*"...Y no funcionó. No había forma de amedrentar un espíritu tan rebelde. Confieso que la fortaleza de ella algunas veces me hacía sentir ridículamente débil y sumisa, sin embargo, yo tenía alguien a quien proteger y quizás ella no. Hoy pienso que no fui débil: Siempre fui muy sensible al tacto de las personas y lo evité en la medida de lo posible, así que, al haber pasado por todas esas cosas sin trastornarme... Sí, no soy débil. El amor a mi padre me hizo fuerte...".*

¿Qué sintió Nielce cuando fue maniatada por el guardia?

¿O cuando éste la condujo a empellones por los corredores de las celdas de contención?

Un momento, ¿estaba *sintiendo simpatía* por ella? Louit perdió momentáneamente el hilo de la conversación para retomarlo en este punto:

"... *Intenté ayudarla a soportar esa hora amarga. Cuando dejó de burlarse de mi postura pusilánime, conversamos de nuestras vidas y creo de alguna manera que me gané su respeto. Sin embargo, el que ella estuviera allí repercutió de manera negativa en lo referente a mi 'relación' con Roasdan, pues, mientras él experimentaba el rechazo y la impotencia de no poder hacer lo que le venía en gana con mi amiga, vino a desquitarse conmigo y a manifestar conductas que antes no había expresado: Empezó a golpearme, a dejarme sin comida y a insultarme sin motivo aparente...*

Nielce apretó sus ojos, como preparándose para expresar algo aún más doloroso.

"*Pocos días después, esos cobardes acabaron con la vida de Yeissa. No sé a qué nuevo tormento la sometieron, pero sí sé que la asesinaron, y por una plática que escuché mientras estaban borrachos, sé que la arrojaron al río. Allí supe que aquello ya era demasiado. ¿Y qué me aseguraba que no iban a hacerme lo mismo cuando se cumpliera el plazo acordado para el pago de la deuda? ¿En verdad creía que iban a dejarme libre? ¡Era claro que no! ¡Y, sin embargo, ya estaba metida allí, aislada del mundo exterior y a expensas del humor de un grupo de homicidas! Me perturbaba la posibilidad de desaparecer sin poder contactar a mi padre una última vez. No quería condenarlo a la desesperación de una búsqueda perpetua, pues eso iba a matarlo por seguro...*

"*Tenía que pensar en una manera de salir de allí, pero el miedo a la muerte me paralizaba. Pasé algunos días juntando valor, planeando escapes imposibles, pero me acobardaba al ver a Roasdan andando por la casa con sus ojos apagados, sin remordimientos. El hombre era verdaderamente un asesino, y yo no tenía el valor de contrariarlo...*

*"Sin embargo, ayer por la noche ocurrió algo que me dio el gran aliciente que necesitaba para actuar: Uno de los hombres de Roasdan me dijo que mi padre había muerto en la calle. Roasdan faltó a su palabra y lo echó de la casa a los pocos días de haberme hecho su prisionera...".*

Dos gruesas lágrimas descendieron por el rostro de Nielce hasta llegar a su fina barbilla, y allí permanecieron como dos picos de hielo que quedan colgados en el techo después de una ventisca. Sus ojos verdes estaban cargados de un dolor intenso, pero no de odio. Un temblor imparable se instaló en sus labios mientras se balanceaba de atrás hacia adelante con movimientos suaves. Con voz trémula, la muchacha prosiguió:

*"Este hombre se obsesionó conmigo y quiso granjearse mi lealtad al destruir la que yo tenía por su jefe, y para esto me contó la verdad. Me dijo punto por punto cómo habían expulsado a mi padre, diciéndole que me tenían cautiva y advirtiéndole que, si intentaba dar alerta a las autoridades, ellos iban a matarme. Poco después se enteraron de que había muerto en la calle...*

Abrumada por su propia historia, Nielce rompió a sollozar. Louit le preguntó si quería tomarse un receso, a lo que ella respondió que deseaba terminar de una vez.

- Sólo deme un momento, se lo ruego.
- Está bien.
- Por Dios... ¿Qué le iba diciendo?
- Usted me hablaba de cómo se enteró de la muerte de su padre.

Nielce tomó valor y prosiguió con su narración entre suspiros:

*"Ése sujeto... Me dijo que iba a sacarme de allí si seguía sus instrucciones al dedillo, y que vería por mi seguridad si yo permanecía con él... Yo accedí a sus términos porque no supe*

reaccionar de otro modo, quedé como atarantada después de enterarme de la muerte de papá; el hombre me expuso su plan de fuga, el cual, a grandes rasgos, era el siguiente: Él iba a encargarse de emborrachar a Roasdan durante la noche, después iba a sacar los otros de la mansión, excusándose en la necesidad de ir a recoger ciertos materiales indispensables para la operación del negocio. Mientras su jefe siguiera dormido, él iba a facilitar mi escape para que yo me dirigiera a un sitio designado para nuestro encuentro. Como puede ver, el plan no era para nada brillante, pero el hombre estaba determinado a sacarme de allí y yo decidí arriesgarme a seguirlo, sabiendo que podría escaparme con facilidad. Si algo salía mal, ellos iban a darme muerte, ¿y no era preferible a seguir viviendo así? Después de afinar los últimos detalles, el hombre me dejó sola y yo tuve toda esa noche para pensar...

"Lloré toda la noche. Lloré por mis padres desaparecidos. Lloré por todo el sufrimiento que había soportado durante meses. Lloré por Yeissa, por lo poco que pude hacer por ella, y lloré porque supe que nunca volvería a ser feliz. De hecho, me sorprende que esté llorando ahora mismo, creí que no iba a poder hacerlo más..."

"Confieso que no tenía la intención de matar a Roasdan. Contrario a lo que usted pueda suponer, yo no sentía odio hacia él, pero en el último momento, cuando lo vi tendido en su propio vómito, tuve la clara impresión de que no merecía vivir... Además, con su muerte, yo me aseguraba el no tener que huir de él de forma perpetua, pues tampoco deseaba vivir con esa preocupación encima... Sí, así iban a ser las cosas. Cuando todos se fueron y recibí la señal que esperaba para actuar...".

Fue a la cocina. Tomó un cuchillo cualquiera. Volvió a la habitación de Roasdan. Juntó valor después de momentos eternos de vacilación. Venciendo el temblor de sus manos, lo apuñaló en el corazón, evitando milagrosamente mancharse con la sangre. Salió a la calle por primera vez en muchos meses gracias al acceso que le dio su enamorado traidor. Alertó a un transeúnte sobre la existencia de un hombre muerto dentro de la casa. Esperó tranquilamente a que llegaran a prenderla y fue conducida a las celdas de contención para tener esa conversación con él, un joven cobarde que se había ofrecido a tomarle declaración para evitar una confrontación en la que hubiera tenido que explicarle a su futuro suegro que no había hecho lo que esperaba de él porque simple y sencillamente no le venía en gana casarse con su hija.

-   Eso es todo -dijo Nielce y suspiró con alivio, como si se hubiera quitado un gran peso de encima.

    Louit detuvo la recordadora y juntó sus manos usando sólo la punta de sus dedos.

-   Señorita Tamarats, hay algo en su historia que me genera una intensa curiosidad: ¿Por qué no pidieron auxilio a las autoridades? ¿Acaso temían ser castigados por incurrir en usura?

    La pregunta de Louit tuvo un efecto brutal en Nielce, quien pasó de la silenciosa pena al furor en un parpadeo.

-   Ah, señor Dermeer. Sí que acudimos a las autoridades -dijo Nielce entre dientes-. Mi padre estaba determinado a cumplir la promesa de entregar la casa en el plazo convenido con Roasdan. Cuando lo golpearon, aún quedaba un mes para pagar la deuda. Cuando nos impidieron entrar en la casa, aún quedaban cinco días. En ambas ocasiones, mi padre y yo fuimos a levantar un acta de denuncia, aún cuando nos arriesgábamos a ser castigados por haber incurrido en usura, pero la policía decidió hacer oídos sordos. La única vez que la autoridad se presentó a cumplir su deber fue cuando yo di alerta sobre la presencia de un hombre muerto en la casa de Roasdan. *Créame*, llegaron allí en un parpadeo.

-   ¿Qué está insinuando?

-   No es sólo una insinuación: Es una acusación. ¿O le parece que Roasdan actuó de modo precavido en algún momento? ¿Cómo explica tanta audacia y desfachatez, si no estaba protegido? Pero ya que fue usted quien hizo esa pregunta, pienso que haría bien investigándolo. Luego podrá explicarme por qué fuimos dejados a nuestra suerte, señor Dermeer.

Usura, esclavitud sexual, agresiones, asesinato, tortura, violación. Todos ellos delitos imputables. ¿La policía estaba enterada de todo? *¿Eran cómplices acaso?*

- Yo le prometo que investigaré el asunto a fondo, señorita Tamarats.
- Gracias.
- Ahora, ¿sigue determinada a no defenderse?
- Eso ya no importa. Por fin me siento libre, y si me toca morir, eso está bien para mí.

Louit experimentó un profundo sentimiento de indignación. Simplemente *no era justo* que Nielce muriera así…

No obstante, ¿qué podía hacer él al respecto? ¿Iba de involucrarse en este asunto? ¿O iba a abandonarla ahora, después de todo lo que había sufrido? ¿Tendría el descaro de cerrar el asunto para dejarla morir en ejecución pública? *¿Iba a ser tan cobarde*?

- Señorita Tamarats: Yo creo que usted debe ir a una audiencia pública –sugirió Louit de una manera muy poco convincente, y agregó: -. Su delito puede catalogarse como alevoso, lo que la pone en una situación sumamente comprometida. Las leyes en este país son demasiado rigurosas cuando se trata de homicidio; sin embargo, yo opino que usted no merece morir, no después de contarme todo lo que vivió…
- ¿No es eso lo que les corresponde a los homicidas? –reviró Nielce con impaciencia.
- ¿Se siente usted una homicida?
- Maté a un hombre, ¿no es esa la definición de homicida?
- Sí, pero también cuenta la naturaleza de sus motivos. El

castigo a su delito puede determinarse frente a un público imparcial. Lo importante aquí es hacer justicia para usted también, ¿no cree?

La expresión de Nielce era de un intenso fastidio.

- Yo recibiré lo que se crea justo para mí, pero no rogaré a nadie por mi vida. Hice lo que hice y asumo cabal responsabilidad por ello.

- Entonces, ¿acepta su derecho a una audiencia pública?

En su hartazgo, Nielce hizo una seña de desdén, como aquel que cede después de una negociación larga y tediosa.

- ¿Señorita Tamarats?

- Me da un poco lo mismo, pero si es lo que usted me aconseja, no tengo problema en aceptarlo.

- No le pido más. ¿Tiene a algún jurista de confianza que la represente?

- No, señor. Ya se lo había dicho.

- Entonces lo haré yo, si usted me lo permite.

- No tengo con qué pagarle.

- Oh no, deje eso...

- Entonces ¿por qué quiere hacerlo, señor Dermeer?

El silencio se impuso por algunos segundos. Nielce posó sus ojos escépticos en Louit y él tuvo que buscar una respuesta que fuera satisfactoria no sólo para ella, sino para él también...

Y entonces recordó sus primeros años de formación en la menígama, cuando eligió la abogacía como su vocación. ¿En dónde había quedado toda su pasión por el oficio? ¿Cómo se había separado tanto de todo lo que quiso conseguir alguna vez? Ahora era un jurista de institucionales, lo cual, en su momento, le hubiera parecido aberrante. "¿Cómo llegaste a este punto? ¿En qué te convertiste, Louit?".

- Lo haré por que creo que es lo correcto -y esa era la verdad.

Aún con una expresión de escepticismo en el rostro,

Nielce contestó:

- Bien. Acepto su ofrecimiento, pero más que buscar algún beneficio para mí, yo iré a juicio con el afán de que se haga justicia por mi padre, y por Yeissa.

Satisfecho con haber convencido a Nielce, Louit se puso de pie y mandó llamar al guardia, tomó la recordarora y anunció que se iba.

- Tengo que irme. Iré a la mansión de Roasdan a inspeccionar la escena del crimen antes de que pase más tiempo. Volveré a verla pronto, señorita Tamarats.
- Está bien. Gracias.

Louit anunció que había terminado la entrevista y el guardia entró en la sala, desencadenó a Nielce y la trasladó de vuelta a su celda, cambiando un cautiverio por otro en menos de un día.

- ¿Cómo te fue en la entrevista, Louit? –preguntó Berinya con tono jocoso al verlo entrar en su oficina.
- Ya te enterarás. Por ahora, quiero que alguien de salud mental haga un examen de la cordura de la mujer; iré al lugar del homicidio para recabar datos y revisaré todas las actas que la involucren: Tomo el caso para mí, Berinya.

La estupefacción se encarnó definitivamente en el rostro boquiabierto de Berinya Cloetts.

*(Continúa en el capítulo 14)*

# CAPÍTULO 10

## *Sismo en Lairet (2)*

Después de escarbar hasta el cansancio, Louit encontró lo que estaba buscando. Él anticipaba el hallazgo de un bebé, pero el que halló era un crío de unos tres años que estaba acurrucado entre las retorcidas varillas de una cuna, misma que debió abandonar mucho tiempo atrás.

Por más que porfiara su madre en llamarlo bebé, ése ya no era un bebé. Sin embargo, a partir de ese instante ella podía llamarlo como quisiera. Niño, bebé, daba igual. Era libre de elegir cómo quería recordarlo porque el crío estaba muerto.

Sin ser consciente de ello, Louit manifestó alguna señal mediante su cuerpo, y eso bastó para que la joven madre supiera que todas sus esperanzas quedarían irremisiblemente defraudadas por el destino. Pobre, debió haberlo sospechado al no escuchar los gritos del chiquillo. ¿Cómo se había atrevido a dudarlo cuando jamás escuchó que la llamaba? ¡Y no lo aceptó hasta el mismísimo final, hasta que los ojos de un testigo le dieron confirmación!

Abandonándose a la desesperación, la joven madre se dejó caer completamente de espaldas –pues estaba sobre sus codos, con su pierna rota ya extendida e inmovilizada- y se cubrió su rostro con ambas manos para llorar con una desesperación absoluta. Una única palabra salía de sus labios resecos y cubiertos de tierra: *Mijhek. Mijhek.* Sin duda, ese era el nombre del pequeño.

Nielce la había dejado para atender a un muchachito

descalabrado que era acompañado por su padre. Con un pedazo de tela que encontró en el suelo, la muchacha practicó un vendaje más que aceptable y encomió al niño mediante señas a que se lavara en cuanto tuviera una ocasión propicia para hacerlo; una vez que se hubo desembarazado de esa tarea, Nielce atendió a los lamentos de la perniquebrada y presenció una escena que iba a recordar siempre: Arrancando al niño muerto de su último lecho, Louit cargó el cadáver para depositarlo junto al cuerpo de su madre, no obstante, ella no cambió su conducta en lo absoluto. Al ver que no reaccionaba, Louit le dirigió alguna palabra en el idioma nativo, pero la mujer no se inmutó... *Mijhek, Mijhek,* es todo lo que se le oía decir; viendo que no podía hacer más, Louit se despidió respetuosamente de la mujer y comenzó a alejarse.

Toda la escena la observó Nielce desde la distancia, sintiéndose abrumada frente a tanta miseria. Curiosa circunstancia: A pesar de su extensa formación en el campo de la medicina, jamás se había sentido tan cerca de la muerte.

Y sin preveerlo, algo se alteró en su experiencia: Todo comenzó con un leve vértigo que se hizo más intenso con el correr de los segundos, luego sintió una extraña hipersensibilidad que penetró hasta la raíz misma de los vellos de sus brazos; tan intensa y alienante fue la irrealidad, que no vio a Louit cuando éste se le aproximó, y sólo reaccionó hasta que él la zarandeó suavemente por el hombro.

- ¡Nielce! ¿Estás bien?
- S-Sí –respondió ella con pena y se dio unas palmaditas en las mejillas.
- Ven.

Louit trató de asir a Nielce de uno de los brazos para conducirla hasta una sombra, pero ella se replegó en un salto hacia atrás.

- P-Perdón...

La mueca de confusión de Louit la sacó de su atarantamiento.

- Perdóname Louit, es que esto es demasiado.
- ¿Qué cosa? ¿Lo que estamos viviendo ahora, o el que yo te haya tocado?
- ¡No, no! Es que éste es mi primer día aquí y nunca me imaginé que iba a pasar por esto.
- Ya. Ven a la sombra y cuéntame qué haces aquí.

Ella asintió y los dos empezaron a caminar hacia un árbol cuya sombra se encontraba libre. Yendo para allá, Louit y Nielce pasaron al lado de la madre doliente y el niño muerto. La muchacha tuvo un horrible escalofrío al escuchar la letanía incesante de la negación: *Mijhek, Mijhek, Mijhek...* ¡Qué espectáculo insoportable! Nielce tuvo deseos de cubrirse los oídos; no podía pasar del sufrimiento ajeno sin hacer algo para remediarlo, ¡pero no podía hacer nada contra la muerte! Ni siquiera podía consolar a la nativa, y eso la torturaba.

- Vayamos más rápido, Louit –pidió Nielce con visible turbación.

Él atendió a la petición de ella y los dos aceleraron el paso. Finalmente llegaron hasta el árbol y se sentaron a la sombra. Yommy se les acercó de modo titubeante: El perro guardaba sus reservas para con Nielce.

- Ven acá, Yommy -indicó Louit.

Eso bastó para que el perro llegara a donde estaban ellos.

- Eso es, buen chico; ¿así que vienes de Isalba, Nielce? – preguntó Louit sin ceremonias.
- Sí.
- El bello país de Isalba. Hace tanto que no lo veo.
- ¿Conoces mi patria?
- Es claro que la conozco. Yo también soy originario de ese país, aunque he vivido en Lairet la mayor parte de mi vida –respondió él con una sonrisa.
- ¡Vaya! ¡Fui muy afortunada al haberme encontrado contigo!

- ¡Y que lo digas! Un poco más y te hubieran matado esos hombres.

Nielce no escuchó eso último. Un profundo sentido de gratitud la invadió. ¿Cuáles eran las probabilidades de que encontrara a un connacional suyo en aquel país tan remoto?

- Nunca nos dejas solos –susurró Nielce al juntar sus manos en señal de agradecimiento.
- ¿Qué dijiste? –inquirió Louit.
- No, no es nada.
- Ya. Y dime, Nielce, ¿qué te ha traído a Lairet?
- Vine a hacer labor de voluntariado. Mi acompañante y yo llegamos ayer por la noche. Los dos somos parte de un comité de servicios humanitarios conformado por los países del Trivagato, y vinimos como parte de la comitiva de avanzada…

Louit interrumpió a Nielce con una seña de la mano.

- Espera, ¿es en serio? –dijo Louit con un tono burlón que contrarió visiblemente a Nielce.
- Es claro que sí. ¿No me crees?
- Te creo cuando me dices que vienes a trabajar como voluntaria junto con tu compañero, ¿pero dices que los dejaron entrar en Lairet con ese propósito?
- Sí, desde luego.
- ¡Tú juegas! –exclamó Louit y luego comenzó a reír.

¿Por qué Louit no le creía? ¿Por qué dudaba de sus nobles intenciones? Nielce se sintió ofendida e insultada. ¿Quién era él, muchacho andrajoso y sucio, para dudar de lo que le decía?

- No estoy jugando, Louit, y no entiendo cuál es la gracia.
- ¡No, no te ofendas, no me río de ti! Ya, lo dejo –Louit mostró las palmas para disculparse.
- No: Dime de qué te has reído.
- Muy bien, te pregunto otra vez: ¿Te consta que les dieron el permiso expreso de hacer su obra de voluntariado?

*¿Puedes asegurarlo?*

Después de un instante de reflexión, Nielce descubrió que no lo sabía con certeza. Jamás supo qué es lo que Gokij dijo en los puestos fronterizos y nunca se lo preguntó. Simplemente dio por sentado que todos estaban enterados de lo que iba a hacer en Lairet.

¿Había sido admitida en el país para actuar conforme a los propósitos de la brigada? ¿O acaso estaba obligada a no declarar el objeto de su visita? ¿Tenía que ocultar sus verdaderos motivos?

¿Y por qué tendría que hacerlo? ¿Es que sus intenciones no eran las más nobles? *¿No merecía un poco de consideración?*

Concentrado en acicalar a su perro, Louit dejó que el silencio flotara entre él y Nielce durante algunos instantes. Como vio que la muchacha se había apesadumbrado con sus preguntas, dijo:

- Perdóname Nielce, creo que he sido un poco injusto contigo. Puedo ver que no sabes de lo que hablo.

- Es verdad, no lo sé.

- Mira a tu alrededor. Estas personas quisieron de hacerte daño cuando tú trataste de atender a aquella mujer –Louit señaló a la perniquebrada-. ¿Y sabes por qué lo hicieron? Es porque tienen un odio intenso hacia los extranjeros. Repudian la caridad que les ofrecen. Sufrieron mucho a causa de ellos en el pasado y todavía siguen sacudiéndose el estigma de la esclavitud.

- Entonces, ¿ellos se resistirán a la ayuda que queremos ofrecerles?

- Tal vez lo harían en otras circunstancias. Pienso que éste sismo va a cambiar las cosas, al menos por el momento. No podrán rechazar el cuidado de un buen médico, y allí es donde entras tú; no obstante, te recomiendo que seas más prudente en tus movimientos. Es muy peligroso abordarlos si no conoces sus maneras.

- Muy bien, lo haré y me ganaré su estima. Una oportunidad es todo lo que necesito para probar mi valía –aseguró Nielce.

    Sorprendido por el nivel de confianza de Nielce, Louit soltó un silbido.

- Tienes una gran determinación. Y gracias a ello, te puedo asegurar que tendrás mucho éxito entre esta gente.
- ¿Qué quieres decir?
- Ellos creen que ya se sacudieron el yugo de los extranjeros, pero muy en el fondo, siguen pensando como esclavos. No se oponen a una persona cuya voluntad es superior a la suya, por el contrario: Agachan la cabeza cuando esa persona los manda. Y, por lo que veo, tú podrás hacerlo estupendamente.
- ¿Cómo sabes que podré hacerlo? *¿Puedes asegurarlo?* –preguntó Nielce de modo jocoso.
- ¡Ah, te burlas de mí!

    Por primera vez en el día, una sonrisa se pintó en el rostro de Nielce. Louit reparó en la extraordinaria belleza de la muchacha. Los dos se miraron sólo por un momento y luego se retiraron los ojos.

- Y a todo esto, ¿dónde está tu acompañante? –inquirió Louit.
- Él dijo que iría a las oficinas del ayuntamiento para tratar de establecer contacto con Maerbos.
- Ya veo. Va a dar aviso a Ceimer Mordrei.
- ¿Conoces a Ceimer? -preguntó Nielce con mucha curiosidad.
- No, pero sé que hace un gran trabajo de caridad en aquella ciudad. Es de los pocos extranjeros que se ha ganado el respeto de los lugareños. Supongo que él te reclutó.
- Así es. La intención era gestionar la creación de un centro parecido al que él dirige en Maerbos.
- Ya veo. No obstante, tengo que decirte que tu acompa-

ñante está loco de remate.

- ¿Loco? ¿Por qué?
- Un extranjero solo y sin guardia en Rittka es objeto de agresiones y robos. No lo va a pasar nada bien si no se sabe cuidar solo.
- Él no es extranjero, es originario de esta región. Su nombre es Gokij.
- Ya veo. Me imagino que es tu intérprete –viendo que Nielce asentía, Louit preguntó-. Y él, ¿a cuál raza pertenece? ¿A la de Igommta, o a la de Fanehain?
- No lo sé, Louit.
- ¿Cómo que no lo sabes?

   Era en serio. La expresión de angustia y confusión de Nielce no dejaba lugar a dudas. Ella era todavía más vulnerable de lo que Louit había supuesto en un principio.

- En esta tierra existe una rivalidad grave entre la gente de Igommta y la de Fanehain, ¿no sabes nada de ello?
- No.
- Pues te enviaron muy mal informada. Estos bandos tienen un odio mutuo que se originó hace mucho tiempo, cuando los países del Trivagato invadieron y ocuparon Lairet. Los habitantes legítimos del territorio son los Igommta, quienes fueron desplazados y arrojados de la tierra. Los Fanehain fueron introducidos como esclavos en el país y construyeron mucho de lo bueno que hay en él. Cuando se dio el conflicto de las arenas rojas, ambos pueblos pelearon por su liberación codo con codo; eventualmente llegó el momento de su independencia y con ella la repartición del poder. Fue ahí cuando empezaron las disputas: Los Igommta pugnaron por su derecho a la tierra como los dueños legítimos, mientras que los Fanehain reclamaron una heredad por todo su trabajo. Este país estaba escasamente desarrollado antes de la ocupación, y levantarlo de allí costó muchas vidas a ese bando.

- Y las razas, ¿aún siguen engarzadas en ese pleito? – preguntó Nielce.
- Sí. Los nativos han acumulado tantos agravios unos contra otros que su odio no ha perdido vigencia con el paso de los años, es más: Es posible que se haya intensificado – Louit puso una mueca de fastidio-. Hay días en los que se matan por la más ínfima de las bagatelas.
- No sabía nada de esto...

Nielce comprendió que su nivel de candidez rayaba el de la estupidez. ¿Cómo ignoraba cuestiones tan elementales como esas? ¿Cómo se había aventurado a semejante viaje con tan poco conocimiento de los habitantes de Lairet y sus costumbres?

- Entonces, no sabes cuál es la raza es tu intérprete.
- No lo sé, ¿¡cómo podría saberlo!? –Nielce se tomó las sienes por la frustración.
- ¡Qué dices mujer, es *tu* intérprete!
- No tengo la menor idea, Louit. Él me dijo que lo esperara aquí.
- Eso es malo. Las oficinas del ayuntamiento están del lado de Igommta. Este sector de la ciudad está en el territorio de Fanehain. Si te trajo a dormir acá, lo más seguro es que sea de esa raza.
- ¿Y eso qué significa? ¿Él está en riesgo?

Louit se llevó la mano a la nuca y comenzó a frotarse el cuello con fuerza.

- No sé qué tan habilidoso es para conducirse en Rittka. Puede que salga bien librado. Sin embargo, mi criterio me dice que no te conviene esperarlo aquí. Te arriesgas demasiado.
- Y, ¿qué puedo hacer en el entretanto?
- Vendrás conmigo, te conduciré por la ciudad. Entre Yommy y yo te protegeremos.
- ¡Oh Louit, eso me haría sentir mucho más tranquila! En

este punto, no sé qué haría sin tu ayuda. No encuentro palabras suficientes para agradecértelo...

Nielce juntó los puños en la boca y miró a Louit con la más profunda de las gratitudes. Él se enterneció con su comportamiento y lo ofreció una amplia sonrisa.

- Ahora que lo pienso, hay una manera en la que puedes retribuirme.
- ¿Cuál es? No tengo nada para darte.
- No te preocupes, no quiero nada para mí: Veo que sabes de medicina y deseo ver por el bienestar de mis amigos en la ciudad. Quiero que los cures en caso de que les haga falta.
- Eso puedo hacerlo perfectamente.
- Estupendo. Pongámonos en marcha –Louit se levantó y le tendió la mano a Nielce.
- Louit, antes de irnos... No sé cómo decirte esto.
- ¿Qué es?

Contorsionada por la vergüenza y el miedo, Nielce dijo:

- Tengo algunas cosas útiles en mi cuarto, cosas de curación y algunas vituallas. No me atrevo a subir sola por ellas. Quiero saber si me acompañas a traerlas.

Louit se rio de la cobardía de Nielce al momento de levantarla del suelo.

- Quédate aquí, yo las traeré. Si crees que pueden servirnos para curar a algunos heridos, es claro que iré por ellas. ¿En cuál habitación te estabas hospedando?
- Desde aquí se ve la ventana de mi cuarto, es esa de ahí.
- Bien, vuelvo enseguida. ¡Yommy! –Louit le gritó al perro que ya se había incorporado también- Quédate con Nielce, vengo pronto.

Poco le faltó al perro para responder afirmativamente. Louit le guiñó a Nielce y se dio media vuelta, caminó hasta el hotel y desapareció al ascender las escaleras que conducían a los pisos superiores. La muchacha lo vio esfumarse y volvió la vista a la calle, esperando que Gokij apareciera en cualquier instante. ¿El intérprete habría sorteado los peligros de la ciudad para llegar al ayuntamiento? ¡Cómo saberlo! Sólo le quedaba esperar que Louit regresara para que emprender la búsqueda y éste se demoraba una eternidad, ¿qué estaba haciendo allá arriba?

Fue justo en ese momento cuando ocurrió lo impensable: Tal como había ocurrido más temprano, Yommy fue el primero en sentir los efectos telúricos y comenzó a aullar con pavor. Dos segundos después, Nielce también alcanzó a sentir el movimiento debajo sus pies y fue presa de un terror instantáneo.

-   ¡Louit, debes salir ahora! –gritó Nielce con todas sus fuerzas.

Ya era demasiado tarde: Las sacudidas crecieron en violencia hasta que el terremoto alcanzó su máximo esplendor en apenas un parpadeo. Las personas en la calle empezaron a gritar al unísono, sin saber a dónde correr o qué hacer en semejante situación; desafiante, la perniquebrada empezó a proferir exclamaciones impronunciables de verdadero furor, retando a la muerte para que se la llevara a ella también.

-   ¡LOUIIIIIIIIIIIIT!

Yommy no pudo soportar la ausencia de su dueño y se lanzó a buscarlo. Nielce estuvo a punto de seguir al perro por las escaleras, pero se detuvo al contemplar un espectáculo de horror inimaginable: Lenta e inexorablemente, la larga pared de la fachada del hotel se fue desprendiendo del cuerpo principal del edificio tal como un libro parado que se abate sobre una mesa cuando se le empuja con el dedo, y la materia rocosa del muro fue desmoronándose en el aire hasta que cayó sobre la perniquebrada, enterrándola junto a su pequeño. ¡Había desaparecido entre los escombros!

-   ¡POR DIOS! ¡LOUIIIIIIIIIIIIIT!

El pensamiento fijo de que él iba a morir por culpa suya resultó ser demasiado duro para Nielce. ¡No podía tolerarlo! Encendida por una borrasca interna de magnitud comparable a la del terremoto, la muchacha afianzó los dos pies en el suelo y exclamó con autoridad:

- ¡YA BASTA!

Ninguna potestad tenía sobre las colosales masas tectónicas que se estrellaban bajo sus pies y no era más que una simple mujer que habitaba en sus superficies, no obstante, los suelos se afianzaron en el mismo momento en el que ella los reprendió.

La incredulidad y la vacilación la paralizaron. ¿Qué había pasado? ¡No era importante, tenía que encontrar a Louit! Nielce echó a correr y sorteó los obstáculos del camino hasta llegar a la escalera. Allí descubrió que el techo del edificio se había derrumbado y que los restos del mismo le estorbaban el ascenso. Como pudo, la muchacha atravesó la masa de escombros hasta que llegó al segundo piso. Una nube de polvo le impidió la visión y le produjo una tos reseca que le lastimó la garganta.

- ¡Louit! –gritaba Nielce entre un acceso de tos y otro-.
 ¡Louit! ¿Dónde estás?

A tientas, Nielce buscó la escalera que conducía hasta el tercer piso. Allí arriba, no encontró rastros de Louit ni del perro. A cielo abierto, la muchacha inspeccionó palmo por palmo los corredores. Cuando llegó a su habitación, encontró un cráter profundo que daba hasta el nivel inferior. El piso se había despeñado hasta el fondo.

- ¡Louit! –repitió Nielce, y las lágrimas comenzaron a llenarle los ojos.

¡Seguro estaba muerto, aplastado como la perniquebrada! ¡Ella lo había matado! ¡Y ahora se quedaba sola otra vez, sola para enfrentar el día! En un momento de absoluta debilidad, Nielce se sentó contra una de las paredes y comenzó a sollozar.

Y a través de los sonidos distantes de la ciudad, de los gritos de los nativos y de los guijarros que rodaban entre los escombros, Nielce escuchó los ladridos de un perro. La muchacha ubicó el sonido debajo de ella y dirigió la vista al boquete formado en su habitación. Allá en el fondo, Louit emergió de entre los restos pulverizados con gran dificultad. Estaba desorientado y cubierto de polvo, pero vivo.

Yommy se echó a sus brazos enloquecido por la emoción, y él tardó unos instantes en salir de su estado atarantado.

- ¡Louit, estás vivo! –Nielce le gritó con gran emoción.
- ¡Claro que estoy vivo! –Louit se dio un golpe en el pecho-. ¡Esto no es nada!
- Iré a revisar tu estado, no te muevas de allí…
- ¡Eh, Nielce! ¿Éstas son tus cosas? –Louit levantó una maleta que había protegido de la caída con su propio cuerpo.

En efecto, esas eran las pertenencias de Nielce. La muchacha soltó una risa nerviosa y asintió con la cabeza.

- Ya. ¿Y qué nos llevamos?

*(Continúa en el capítulo 15)*

# CAPÍTULO 11

*Una pareja feliz (3)*

Se despojaron del calzado elegante, pues Nielce disfrutaba la sensación de la arena húmeda entre sus pies, y él: Él siempre la dejaba actuar a sus anchas. Era extraño verlos ataviados con sus mejores galas, caminando descalzos en la playa. Una escena de ironía singular.

Al principio iban juntos, pero de a poco, Nielce se fue adelantando para recoger conchas. Louit ya se había acostumbrado a eso: Era común que terminara hablando solo la mayoría de las veces. Sin embargo, en esa noche especial, Nielce se afanaba por alternar actividades, como impidiendo que la conversación se extinguiera sin llegar al momento cúspide.

- Y no soltabas tu maldito libro, ¡era tan frustrante!
- ¡Es que no me hablabas! Ibas allí sentado sin despegar los labios, y eso me era tan incómodo que casi me arrepentí de haberte traído conmigo, por eso seguía volviendo al libro.
- ¿Cómo se supone que debía comportarme contigo?
- ¡Natural, o al menos, no como un maniquí!

Louit hizo una mueca de fastidio. A Nielce le encantaba hacer enojar a su marido porque podía soltarle la lengua y la reconciliación era fácil.

- Pero lo hiciste muy bien, cariño, sobre todo cuando te soltaste.
- ¡Gracias!
- También fuiste torpe e inseguro, pero te perdoné pronto.

- Bien, me vuelvo…

- ¡Espera! -Nielce estiró su mano para atajar a Louit cuando este ya había dado vuelta para regresar a la casa.

Y es que Louit sabía hacerse el ofendido para sacar rédito de los comentarios incendiarios de Nielce.

- ¡Lo siento, querido!

- Es claro que sí -respondió Louit entre risas-, pero igual me vuelvo.

- Eso si te suelto -dijo Nielce como reto.

Como Nielce no lo soltaba, Louit tiró del brazo de ella y la abrazó por la espalda, luego empezó a darle vueltas.

- ¡Basta, Louit! -exclamó la muchacha entre risas.

- ¡Me parece bien! -condeció Louit cuando se vio abrumado por el peso

Los dos rieron hasta queda exhaustos. Sin saberlo, ambos se habían tomado la medida y se divertían a expensas del otro.

- Pero sigue contando. Estaba saboreando el recuerdo.

- Con gusto. ¿En dónde me quedé?

- En la parte en la que te volvía loco con el libro.

- ¡Es verdad! Nuestra charla en el transporte fue interesante. Casi conseguí que me despacharas aquella vez, ¿cierto?

- Sí, lo pensé, pero, ¿sabes una cosa?

Nielce recogió una concha del suelo y se la entregó a su marido con delicadeza, como si se tratara de un frágil pedazo de cristal.

- En ese momento, tú encontraste la manera de romper mi defensa, y eso me encantó de ti.

Louit entendió el símbolo y luchó contra la coraza del animal hasta que encontró la manera de abrirlo; lo que hallaron adentro los hizo estallar en carcajadas: Arena mojada.

Los dos reanudaron su caminata bajo las estrellas, y la remembranza continuó justo donde la dejaron.

Como ya se dijo, Louit y Nielce tomaron el transporte que iba de regreso a la ciudad. El recorrido iba a tomarles cuarenta minutos, tiempo en el que abandonaban la zona costera para adentrarse en la metrópoli.

Yendo de camino, los dos apenas intercambiaban palabras. Cruzaban miradas intermitentes y se sonreían, tratando de maquillar la incomodidad. Los otros pasajeros charlaban animadamente, a excepción de un hombre gordo y sudado que miraba a la pareja sin recato. La presencia de Nielce era demasiado llamativa para ser ignorada.

- Así que eres del linaje Tamarats -comentó Louit.
- Sí.
- Eres la primera persona que conozco con ese apellido.
- La casa de mi familia está en Salmandí. Es una región muy lejana.
- ¿Conoces Salmandí?
- No.

Una nueva interrupción. Louit notó que, aunque Nielce era amable y le sonreía con frecuencia, no conversaba con él.

- Se dice que la casa Tamarats nació con los cortesanos.
- Así es. Somos un linaje que se precia se haber tenido grandes consejeros de reyes en el pasado, sin embargo, nuestro presente es más discreto y mucho más humilde.
- No por eso dejas de ser una Tamarats, con todo lo que eso implica.
- Sólo es un apellido. Lo que hayan hecho mis antepasados tiene muy poco que ver conmigo. Sus logros y sus fracasos son suyos, no míos.
- Al menos tu nombre tiene un prestigio imperecedero. El linaje Dermeer nació con los mercaderes de Garabed, y no

hace falta que diga mucho más al respecto.

- No menosprecies tus raíces, Louit. El legado de tu parentela no te define.

- Sí, tienes razón.

Y de nuevo, silencio; Las tiesas frases de rutina no le permitían a Louit recoger alguna palabra de su compañera para asirse a ella e iniciar una conversación interesante. La muchacha seguía siendo amable con él, pero eso era todo. ¿Por qué no tenía más habilidad, más carisma, más encanto? Definitivamente estaba echando todo a perder.

- ¿Vives en el barrio?

- No. Vivo en la ciudad, sólo vine a visitar a una persona muy querida. ¿Y tú?

- También vivo en la ciudad...

Cortés, Nielce le sonrió a Louit, y él se quedó sin palabras. Era tal la incomodidad del momento, que de pronto, Nielce abrió su libro...

Una ola de frustración asaltó a Louit. *No*, no iba a pasar el resto del trayecto observando a Nielce mientras leía, no mientras tuviera una pizca de amor propio.

- ¿Qué capítulo leías cuando te encontré?

- ¿Perdón?

- El capítulo, ¿cuál lees?

- Ahm... El capítulo tres...

- ¿De qué habla?

- Sí... Habla de la evolución de las interacciones humanas y de cómo las instituciones han acompañado a esa evolución.

- Sí, ya recuerdo.

Muy a pesar de Louit, la conversación otra vez cayó en un punto muerto, pues lejos de involucrarse en la plática, la muchacha parecía hipnotizada por las líneas de Ghillart. Al verse ignorado de nuevo, Louit se sintió como niño que corre entusiasmado a exhibir un gran logro mientras su madre asiente a todo sin dejar de sazonar la sopa; justo así: Como cuando una madre deja de festejar las perogrulladas infantiles de su hijo.

Tenía que arriesgarse más.

- Tengo una duda: ¿Por qué lees un texto tan técnico?
- ¿Qué quieres decir con eso? -respondió Nielce sin despegar la vista el libro.
- El que lees es un libro para juristas, funcionarios e historiadores. No es común que los lectores corrientes lean ese tipo de texto.

Nielce posó sus ojos de lleno en Louit. Él no pudo distinguir de qué iba la mirada de ella, pero no se retractó.

- ¿Y bien?
- Y bien, ¿qué?
- Te pregunté por qué lees un texto tan técnico.
- No sé a qué te refieres con "técnico" –Nielce cerró el libro, manteniendo la página con uno de sus dedos-. ¿Dices que este es un libro exclusivo para juristas, funcionarios e historiadores?
- No, digo que es un libro que frecuentan leer los juristas, funcionarios e historiadores en el desempeño de sus labores, por eso me extraña que tengas tanto interés en él.
- ¿Has considerado la posibilidad de que yo me dedique a una de esas actividades?
- No me parece. ¿Te dedicas a alguna de esas actividades?
- No –confesó Nielce sin ningún tipo de embarazo.
- Ya está, ¿entonces?

La muchacha soltó un pequeño suspiro.

- Sí que eres persistente, Louit Dermeer –contestó Nielce con un tono un tanto negativo-. Pero lo que dices es cierto: El texto puede parecer estrictamente académico, pero yo lo veo de un modo distinto. De hecho, este libro es de mis favoritos.

- ¿¡Es en serio!? –exclamó Louit-. ¿Ya lo habías leído?
- Es claro que sí.
- ¡Interesante! ¿Querrías exponerme tu punto de vista sobre el libro?

Sin saberlo, Louit tocó un punto muy sensible en Nielce, metiéndose en una prueba en la que podía ganar muy poco, pero podía perderlo todo.

- ¿Puedo leerte un extracto para ilustrar mi punto?
- Adelante.

Nielce hojeó el libro en busca de unas líneas. Mientras tanto, Louit se percató del gordo que los observaba más adelante. ¿Qué estaba mirando?

- Aquí está. Escucha, quizás recuerdas esta parte:

*"La vida ha permitido la existencia de todo tipo de criaturas: Están los voladores, dueños de los cielos infinitos; están los terrestres, merodeadores de montañas y desiertos, llanos y quebradas; están los acuáticos, los que se esconden en las penumbras místicas de los abismos salados; toda criatura pertenece a algún reino y posee dotes singulares, mismas que comparte de forma parcial con las otras formas de vida; sin embargo, entre ellas siempre hay una domina el uso de cierto atributo: Está el organismo más rápido, el más resistente, el más fuerte, el más especializado...*

*"Ahora bien, hay una presea que la vida le entregó a una sola especie, y de manera tan abundante, que sobrepasa infinitamente a todas las otras, y cuyo origen no puede ser menos que divino: Este don es la inteligencia, y esa especie somos nosotros, los seres más complejos del universo conocido...*

*"En nosotros hay amor y odio, orden y discordia, virtud y vicio, gozo y sufrimiento, bondad y perversidad, buen juicio y necedad. Ningún otro ser puede adjudicarse estas dualidades, porque toda otra criatura tiene que conformarse con*

*llevar una existencia decididamente predecible al ser guiada por el arcaico instinto de supervivencia, pero no es así con el hombre...*

*"No puedo más que conjeturar al respecto, pero tengo la firme creencia de que el hombre existe en otros confines del universo...*

*"Sé que la vida se rige bajo sus propias normas y se adapta a las condiciones propias de cada entorno, con lo cual, se puede suponer que las criaturas de otros mundos son muy distintas en su naturaleza a las que podemos observar aquí; pero considérese esto: Un organismo que se levante cada mañana con un propósito fijo en su mente, que responda a sus necesidades básicas con el ejercicio de una mente desarrollada, que viva en comunidades definidas bajo constructos sociales más o menos delimitados, que ría, sueñe, llore, experimente culpas, pesar, que busque el amor, ¿no sería humano también, aún si tuviera alas, u ocho patas? Porque, para mí, la humanidad no es una forma de vida definida: Es una condición inherente a ciertos organismos privilegiados...*

*"Es posible que existan entes superiores que hayan hecho de la inteligencia un atributo perfecto y absoluto, y también es posible que el hombre coexista con ellos, no lo sé. Sin embargo, la posibilidad de forjar un destino propio, individuo por individuo, permanece como un derecho intraspasable de la especie, haciéndola especial y única en muchos sentidos...*

*"Esto es lo me gusta pensar cuando miro el cielo por las noches".*

Louit escuchó con atención la lectura perfecta de Nielce y recordó los ardientes debates de la menígama en torno a esas líneas.

- ¿Recordabas esta parte del libro?
- Sí; las ideas de Ghillart, excluyendo todo lo "técnico" que mencioné antes, son bastante interesantes. Aún así, nunca terminé de leerlo.

- ¿Por qué lo dejaste?
- Ese libro me fue bastante útil cuando empecé mis estudios de oficio. Los capítulos dedicados a la evolución de las instituciones y a la administración del poder me fueron indispensables en la menígama; empero, el verme obligado a trabajar con ese texto me impidió disfrutarlo del modo en que tú lo haces.
- Es que, si lo ves bien –se animó Nielce a argumentar-, el contenido de la obra es un compendio de las características que nos definen como especie. Como decir: "esto es lo que somos".
- Es cierto -reconoció Louit-. Sin embargo, tienes que concederme que el espíritu del libro es de corte técnico. Por ejemplo, el capítulo dedicado al desarrollo de la música...

Louit se detuvo al percibir que su compañera mostraba una reacción negativa hacia su comentario. Algo así como desilusión.

No, ella no leía el texto por su utilidad práctica. Ella eligió un párrafo neutral para exponer su afición por la obra, un extracto de honda reflexión que no servía ni a juristas, funcionarios, historiadores, músicos o lingüistas; ella trató de expresar algo y él le ensartó un comentario netamente intelectual.

- Pero no lo lees por eso.
- No.
- ¿Por qué te gusta leerlo?

Ése, *ése* fue el mejor paso que él pudo haber dado, porque en el acto, Nielce se suavizó y comenzó a hablarle de manera animada.

- Me gusta el libro porque me gusta la gente y, como te dije antes, creo que Ghillart logró sintetizar de buena manera todos los rasgos que nos definen como especie.
- Eso no puede negarse.
- Además, Ghillart no sólo se encarga de retratar los temas:

Desarrolla sobre ellos basándose en sus reflexiones. No es sólo un cronista, es mucho más que eso.

- ¿Y lo que leíste antes? ¿Crees que el hombre existe en otros planetas, como dice el autor?

- Me gusta creer que sí.

- ¡Es una idea profunda!

- Quizás, pero tiene mucho sentido para mí.

- ¿Te los imaginas iguales a nosotros? Es una tesis difícil de defender, o al menos, a mucha gente le resulta descabellada.

- ¿Y a ti? –preguntó Nielce.

- Ghillart dice que pueden ser distintos en forma y naturaleza, siempre que tengan la inteligencia suficiente para dirigir sus vidas fuera de los límites del instinto; ahora: Imagina que las ratas son las criaturas más inteligentes y civilizadas en alguna región lejana del universo, ¿las ratas serían *humanas* por eso?

- Sí. Es un argumento que ya he escuchado antes.

- Tiene lógica, ¿no crees?

Ella no respondió ni siquiera con un movimiento sugerente. Sólo se quedó quieta, mirándolo como si hubiera hecho alguna pregunta imposible de responder.

- Pero, respondiendo a tu pregunta: Yo sí creo que hay vida inteligente allá afuera, aunque me resulta difícil imaginar que esos seres puedan ser iguales a nosotros en cuanto a su aspecto. Simplemente no los veo como "humanos"…

Nielce sintió la mirada indiscreta del gordo. Al hacerlo, la muchacha clavó sus ojos en él. El hombre, viéndose descubierto, dirigió la vista a otro lugar.

- Sin embargo, tú vez las cosas de un modo distinto –Louit se aventuró a sugerir.

- Sí.

- ¿Cómo son las cosas para ti, Nielce?

Otra vez apareció ese signo de mejoría que confirmó las sospechas de Louit.

- Yo sí creo que el hombre existe en otros confines del universo, y que las ratas siguen siendo ratas porque cada ser vivo cumple su función en los mundos; ahora: Seguramente estás familiarizado con la postura de los creyentes tocante a la creación. Ellos argumentan que fuimos hechos con el mismo molde del creador.

- He escuchado sobre ello, pero no soy adepto a ningún credo.

- Bueno, yo sí creo que fuimos creados, y eso supone que nuestra concepción tiene un propósito concreto, porque no me puedo imaginar a un ser superior creando vida sin un objetivo fijo.

- Claro.

- Por ende, si hay más creaciones, es claro que estas hacen lo mismo que hacemos nosotros, ya que cumplen los mismos propósitos.

- ¿Cuáles son esos propósitos, según tu perspectiva?

- Depende de cada creación, por eso la vida es tan diversa. Nosotros no volamos por que *no nos es necesario* para cubrir nuestro papel en la vida.

- Pero, ¿cuál es nuestro papel? ¿Qué rol desempeñamos como especie?

Debido al carácter de la pregunta, Nielce reflexionó un momento antes de responder.

- Me alegra que lo preguntes. Y es que, en mi opinión, los humanos somos los organizadores. Transformamos los materiales, esculpimos los terrenos, disponemos del mundo. Por desgracia, creo que muchas veces lo hacemos de una manera no equitativa, injusta y destructiva. ¡Sólo imagina cuánto bien podríamos hacer si nos hiciéramos responsables de nuestro accionar!

- Tienes razón. Abusamos de nuestra potestad. Quizás

deberíamos disminuir la huella que dejamos en el mundo -sugirió Louit.

- Opino lo contrario. Tenemos el potencial cambiar de este planeta, ¡ninguna otra criatura lo tiene! Y, ya que no estamos limitados a una sola esfera, ¿con qué otro propósito se no dio esta capacidad, si no es para ejercitarla? Sin embargo, debemos evaluar ese ejercicio con detenimiento. Que podamos transformar algo no significa que estemos obligados a hacerlo.

- Cierto.

- Ahora bien -añadió Nielce-: Voy a hacer una distinción. Ya expuse cuál creo que es el papel de la humanidad en el mundo, como colectivo. Pero, en lo individual, el hombre tiene el privilegio de dirigir su vida conforme a su deseo...

- Fuera de los límites del instinto -dijo Louit para parafrasear a Ghillart.

- ¡Exacto! Y eso abre las posibilidades al infinito, pues cada uno debe encontrar su propio destino.

- Es un deber arduo.

- Sí, lo es.

- ¿Ya encontraste el tuyo, Nielce?

Estimulada por el carácter cada vez más profundo del coloquio que mantenía con Louit, Nielce sonrió con un placer manifiesto.

- Sí, creo que sí. Pienso que nací para mitigar el dolor de los demás.

- ¡Maravilloso! Un don de sanación.

- Sí, yo también lo veo así. Y tú, ¿ya encontraste el tuyo, Louit?

- Sí. Sin lugar a dudas.

- ¿Y cuál es? -Nielce miró a Louit con una curiosidad total.

- Defender a los débiles. Abogar por aquellos que sufren desventura. Equilibrar la balanza.

Nielce comparó el nivel de convicción de su respuesta con el de Louit y sintió un respeto instantáneo por él, casi admiración... E incluso atracción.

- No obstante -dijo Nielce al apartar sus ojos de los de Louit, conturbada por sus sentimientos, y un tanto para recular-, sigo creyendo que la humanidad está en otros lugares y vive y goza y muere y sufre como lo hacemos tú y yo, aunque sea una creencia sin fundamentos.

- Sería interesante encontrar un compendio de un mundo ajeno al nuestro, así como el que hizo Ghillart sobre nosotros, ¿no crees?

- ¡Y que lo digas! Imagina las posibilidades. Tal vez descubrieron cosas que nosotros ni siquiera vislumbramos. Imagina la música, las costumbres, ¡los sistemas de organización social! Cuánto podríamos aprender de sus estrategias para encarar los desafíos...

La muchacha empezó a multiplicar palabras, emocionada. Louit la dejó hablar y se embebió en su contemplación, como un niño que escucha una historia del ser que más ama sin poner atención: Sólo disfrutando de la voz y de la compañía, del momento. "Podría estar en esto hasta mañana", pensó con una sonrisa de pleno disfrute en el rostro.

- ... Y eso sin contar la historia, ¡su historia! Imagina cuánto aprendizaje podríamos obtener aquellos que, como yo, tenemos ojos curiosos; pero bueno, sólo me queda el imaginármelo, pues hasta que se invente un medio con el que se puedan realizar viajes estelares, tengo que conformarme con visitar lugares nuevos. Así consigo saciar las ansias de seguir descubriendo, y leyendo, como has visto hasta ahora.

- Sí, es claro que te apasiona.

- ¡Mucho, en verdad!

Aún cuando el tema de conversación le brindaba muchas oportunidades de desarrollo, Louit quiso probar el carácter de Nielce.

- Dime una cosa, Nielce, ¿te gusta hacer las cosas muy a tu modo?
- ¿A qué te refieres? -preguntó la muchacha, un tanto sorprendida por la pregunta.
- Cuando te pregunté por qué te gustaba este libro, tú rehuiste el darme una respuesta hasta que no pudiste evitarlo más; dime, ¿creías que me iba a burlar de ti por tener esta preferencia tan inusual?
- Sí. Creí que ibas a decirme que estaba loca –y sus ojos verdes se iluminaron con la confesión.
- Ya. También noté que dejaste de hablar en algunos momentos puntuales de nuestra plática, por ejemplo, cuando yo traté de insistir en el carácter técnico del libro mientras tú sugerías que hablaba de nosotros, de nuestra raza; ¿creíste que yo no iba a valorar tu opinión?

  La muchacha asintió sin despegar los labios.
- … O cuando me preguntaste si yo me resistía a las ideas de Ghillart y mencioné el ejemplo de las ratas ¿creíste que no iba a apreciar tu punto de vista?
- Sí, es justo lo que creí.
- Escucha esto -Louit se inclinó hacia enfrente e hizo una seña enfática con las mano-: Creo que eres una persona que posee una percepción muy original, que no se abre fácilmente si no siente que será valorada y que actúa bajo sus convicciones aún a costa de lo que opinen los demás, lo cual te lleva a prescindir de las personas que no respetan tu criterio, ¿me equivoco?

  Nielce cerró los ojos y soltó un sonoro suspiro.
- No, las cosas son tal como has dicho.
- ¡Bien! – dijo Louit, saboreando su pequeño triunfo.

Las palabras de Louit turbaron a Nielce al grado de dejarla pensativa durante un par de minutos. Él, por su parte, fue reverente al momento y esperó hasta que ella se decidiera hablarle.

- No había conocido a alguien… Que me dijera las cosas como tú lo has hecho, Louit –musitó Nielce, sin saber si aquella confesión la tranquilizaba o la preocupaba.
- Pues yo no sé si eso te sentó bien, pero yo confirmé la impresión que me formé de ti cuando te vi por primera vez.
- ¿Y cuál es esa impresión?
- Que eres un hallazgo muy especial.
- ¿¡Disculpa!? –exclamó Nielce.

El transporte se detuvo. Y es que, sin haberse percatado de ello, habían hecho todo el trayecto desde Ondalud hasta llegar a la ciudad; Louit se levantó de su asiento y se desperezó a placer, dejando atónita a Nielce por unos instantes. Mientras tanto, los otros pasajeros descendieron del camión a su propio ritmo.

- Vamos –indicó Louit.

Nielce se levantó y lo miró con detenimiento, como si no supiera qué pensar de él.

- ¿Acaso te ofendí, Nielce?
- ¡No! No te preocupes. Vamos…

Bajaron detrás del gordo y tomaron el camino que llevaba a la zona comercial de la ciudad; otra vez hubo silencio entre ellos, pero después de andar unos cincuenta pasos, sucedió aquello que Louit deseaba tanto:

- Dime una cosa, Louit: ¿Alguna vez te pasó que otra persona fue capaz de definir lo que tú mismo no has podido explicarte después de mucha reflexión?

Sí, ahora ella le hablaba a él.

- No, no me ha pasado, ¿y a ti?
- Eres un tonto -Nielce le un golpecito en el hombro, y Louit explotó en carcajadas.

Y desde entonces, no pararon de conversar.

*(Continúa en el capítulo 16)*

# CAPÍTULO 12

*Un paciente atormentado (3)*

La ligera llovizna que se despeñaba desde el cielo se convirtió en un copioso aguacero en apenas un santiamén. Con gran satisfacción, Nielce comprobó que la decisión de traer su paraguas resultó ser acertada Los transeúntes menos precavidos corrieron a refugiarse en los porches de las casas. Una pareja de novios llegó corriendo al cobijo de un árbol frondoso, empapados y muertos de la risa. Los dos miraron a Nielce pasar con su sombrilla y la saludaron con la mano. La muchacha se despidió de ellos con la misma seña y siguió su recorrido rumbo al hospital, chapoteando abundantemente con cada paso.

El aglutinamiento de las nubes oscureció el cielo de golpe. Los locatarios encendieron las luces en sus tiendas para combatir las tinieblas del exterior. Esto le permitía a Nielce atistbar hacia el interior de cada establecimiento: En un restaurante, los cocineros se afanaban en la preparación de sus recetas especiales; en una barbería, el trasquilador concluía el arreglo del cabello entrecano de su cliente; en una librería, el encargado leía un libro descascarado y viejo sentado en su pupitre; Nielce conocía a estas personas porque las veía cuando hacía sus recorridos diarios hacia el hospital, y ellos la conocían también. Con sonrisas y saludos corteses, los locatarios despedían a la hermosa muchacha de ojos verdes cada vez que la veían pasar.

La reducción del tráfico humano en las aceras facilitaba

mucho la marcha de Nielce. La muchacha llegó a la plazuela principal antes de lo que había anticipado. Las calles perimetrales de la explanada se encontraban ocupadas por algunos coches de caballos, y las bestias enganchadas a éstos movían las orejas y el lomo para sacudirse la lluvia mientras un vapor caliente salía por sus grandes narices. Nielce pasó muy cerca de uno de estos dóciles equinos y sintió el impulso de acariciarlo.

- *Airasenura*. Buenas tardes, señorita –le dijo el cochero desde su pescante
- Buenas tardes –respondió Nielce con amabilidad.
- ¿Necesita que la traslade a algún sitio?
- No, señor. Me dirijo al hospital. Como puede ver, no es mucho lo que me falta.
- Ya. Parece que usted le agrada a mi caballo. Es un animal terriblemente mimoso.
- Y a mí me agrada él. ¿Será que puedo quedármelo?

El cochero se rio y Nielce se despidió de él con cortesía, no sin antes darle una afectuosa caricia al animal enganchado del carro; retomando el paso que llevaba primero, la muchacha se adentró en el corazón de la plaza y vio a un anciano con un impermeable que leía de la pared del diario comunal.

Nielce no tenía el deseo de detenerse, no obstante, una imagen vista de reojo captó su atención hasta el punto de hacerla retroceder.

En efecto, no se había equivocado: Detrás del vidrio del mural, una enorme imagen mostraba a Louit Dermeer junto a los que, sin duda alguna, eran su mujer y sus dos pequeños.

La ilustración venía acompañaba de una noticia cuyo encabezado decía lo siguiente: SE PLANEAN NUEVAS LEYES PARA REGULAR EL USO DE COCHES MOTORIZADOS, y un titulillo de menor tamaño que decía: *"Se inicia el debate debido a la muerte de una mujer y dos niños"*. Aprovechando el tiempo que le quedaba, Nielce comenzó a leer la nota:

*"Debido al trágico accidente ocurrido la semana pasada –en el que una joven madre y sus dos pequeños perdieron la vida-, las autoridades locales han iniciado las averiguaciones pertinentes al asunto y han determinado que debe efectuarse una revisión en el sistema de tráfico de la ciudad, esto con el fin de regular el uso de los nuevos vehículos motorizados que empiezan a circular en algunas de las urbes importantes del país...*

*"El lamentable suceso ocurrió hace seis días, cuando un legislador menor de la ciudad – el señor Louit Dermeer- fue embestido por otro coche motorizado. Según se sabe, la poca pericia del otro conductor en el control de su máquina fue lo que provocó este aparatoso y lamentable accidente...*

*"Además de la triste pérdida de sus seres amados, el Señor Dermeer sufrió heridas graves. Al día de hoy, se ignora cuál es su estado de salud, y los funcionarios locales guardan el secreto con la mayor de las reservas...*

*"En pocos días se determinará la sanción que corresponde al otro conductor, quien dice lamentar profundamente lo ocurrido y busca resarcir en la medida de lo posible al legislador Dermeer, conforme a lo que se determine en los tribunales de la ciudad...".*

Otros detalles relevantes terminaban la nota, pero Nielce se interrumpió para observar la estampa de la familia: En ella, Louit, Edaliv, Lersha y Brent posaban para lo que parecía ser el retrato de un evento escolar. Los niños eran rubios, y eso era extraño, ya que ni la madre ni el padre poseían esta característica física; la señora Dermeer aparentaba más edad que su marido, y su contextura física era fina y delicada; tanto la madre como sus críos compartían los rasgos hermosos de los habitantes de Mobd. Sólo Louit desentonaba de entre ellos por su gran estatura y su robustez, sin embargo, su lazo biológico con los chiquillos era patente.

Algo en la imagen llamó la atención de Nielce: Lersha Dermeer cargaba un perro en los brazos. Una pequeña placa colgaba del cuello del animal, y en ella se notaba una inscripción inconfundible: "Nube".

Nielce reaccionó al recordar algo que presenció el día anterior. Todo había ocurrido así: Louit fue citado en el comedor del hospital por uno de sus colegas del ministerio. La charla de ambos era insustancial y vacua. Sólo asuntos del trabajo. Cuando ya estaba por despedirse, el visitante le preguntó a Louit si podía hacer alguna cosa por él.

- Sí. Necesito que veas por Nube.
- ¿Qué dijiste, Louit?

Louit estuvo a punto de repetir la instrucción. No obstante, la poca confianza que tenía en el hombre lo orilló a desechar la intención de pedirle aquel favor, por lo que sólo se limitó a responder:

- No, olvídalo... Que todo quede así. ¡Adiós Eryt!

Eryt puso una mueca de incomprensión. Viendo que Louit no cambiaba de opinión, el jurista optó por retirarse; todo esto lo presenció Nielce desde su posición, siempre cercana a la de su paciente, y todo lo guardó en su memoria sin comprenderlo.

Pero ahora, todo tenía sentido para ella.

- Fue un suceso muy triste –comentó el viejecito al ver que Nielce miraba la imagen con profundo interés-. ¿Conoció usted a la familia?
- No, señor –respondió una Nielce aun sumergida en sus pensamientos.
- Fue terrible, ¡sencillamente terrible! Una de mis hijas presenció el accidente y me contó que la señora estaba consciente cuando sacaron a su esposo y a los niños de entre los restos del vehículo destruido. Zeilva la escuchó

dar grandes voces a su marido. Lo llamaba por su nombre y se desesperaba por despertarlo; él estaba desfallecido y no pudo responder a las súplicas de su esposa...

Nielce volteó abruptamente. La rapidez de su movimiento espantó al viejito, tanto, que éste enmudeció por la impresión.

- ¿Qué decía la mujer? –preguntó Nielce.
- Ella... Ella decía algo así como: *"No me dejes, te necesito conmigo".*

De manera que la señora Dermeer sí sufrió antes de morir, contrario a lo que Nielce había supuesto en un principio.

- Le agradezco que me contara eso, señor.

Nielce se despidió amablemente del anciano y emprendió de nuevo la marcha hacia su destino inicial. Mientras iba hacia allá, la muchacha tuvo muy claro que tenía que hacer dos cosas: La primera era evitar que Louit se enterara de la agonía de su esposa, al menos mientras eso pudiera evitarse.

Y la segunda la iba a hacer al anochecer.

A pesar de que había oscurecido, la lluvia continuaba regando la tierra húmeda. Nielce advertía las dificultades del viaje a través de los movimientos del coche. En ciertos tramos, el chochero debía andar con tiento debido a la profundidad del agua. Los caballos rompían las corrientes con sus poderosas patas, pero el peso del vehículo los abrumaba por momentos.

- No se asuste señorita, llegaremos –repetía el cochero por la ventanilla que daba a la cabina.
- ¿Queda mucho por recorrer?
- Es sólo un poco más.

Nielce suspiró. La muchacha obtuvo la dirección de Louit a través de los datos que le tomaron al ingresarlo en el hospital, pero nunca anticipó que su casa estuviera tan lejos. Sin embargo, ninguna dificultad iba a disuadirla del cumplimiento de su tarea. Para ella, ésta era una auténtica misión de rescate.

Los cascos de los caballos golpeaban el pavimiento con compases rítmicos, arrullando a la muchacha por momentos. Nielce iba realmente cansada después de un día de trabajo sumamente agotador. Y es que, a pesar del amor profuso que sentía por su labor, había momentos en los que la muchacha llegaba a sentirse realmente abatida. No, no le era fácil soportar las quejas, los llantos, los gritos de agonía y las muertes prematuras... Pero tampoco podía vivir sin eso.

A veces se ama con pasión lo que edifica, pero a la vez perjudica, y distinguir los límites entre ambas cosas depende del estado emocional del que se disponga en ese instante.

De pronto, el coche se detuvo en seco. El cochero dio voces para indicar que habían llegado a destino.

- Espéreme aquí, regreso enseguida –dijo Nielce a través de la ventanilla y descendió del carro. La lluvia la azotó apenas puso un pie en el suelo, no obstante, la muchacha logró sacudírsela con el uso de su paraguas.

A través del agua, Nielce observo la propiedad de los Dermeer. Era una casa pequeña, pero de hermosa hechura, blanca y con un jardincito exterior. Una valla metálica rodeaba el terreno, y una portezuela conducía a un sendero de piedra que se conectaba con el porche de la casa. En el suelo, sobre el pasto inundado, un buen número de juguetes coloridos se estropeaba con la humedad. Eran los juguetes de *ellos...*

Nielce abrió la portezuela y se introdujo en el terreno de la casa. Con la mirada, la enfermera buscó al perro, temiendo que éste se hubiera escapado. También era posible que hubiera perecido por la inanición, o que estuviera encerrado en la vivienda; como fuera, tenía que encontrarlo. Arriesgándose a ser descubierta por los vecinos, Nielce sacó una campanilla de su bolsa y la agitó en el aire, dominando su pulso para no armar un alboroto.

- ¡Nube! ¡Ven, Nube! –dijo entre susurros.

Y repitió la maniobra en varias ocasiones, atisbando entre las macetas y por debajo de los setos. No obtuvo respuesta. Tres veces persistió en los llamados, y en ninguna de ellas obtuvo señal alguna del perro.

Soltando un suspiro, Nielce se dio media vuelta para marcharse. Fue allí cuando escuchó un tintineo y observó una mancha blanca que aparecía desde la parte trasera de la propiedad.

- Allí estás -dijo Nielce con alivio.

Pero no podía relajarse: Nube la miraba de manera suspicaz, en un instintivo sondeo que lo haría estallar en ladridos si percibía en ella a un intruso; Nielce se agachó con lentitud y sacó un pedazo de comida de su bolsa, mismo que ofreció al animal con estas palabras:

- ¡Hola, Nube! ¡Ven!

El perro dejó entrever su confusión al verse llamado por una desconocida.

- ¡Vamos, ven! –le dijo Nielce con el tono más tierno que le pudo imprimir a su voz nerviosa.

Movido por el hambre, Nube se acercó a Nilce con la cabeza gacha y la cola oculta entre las patas. Cuando estuvo a dos pasos de distancia, la muchacha le arrojó un pedazo de comida. El perrito lo olfateó y lo devoró con avidez.

- ¡Buen muchacho! ¿Quieres más?

No pasó mucho antes de que Nube llegara al lado de Nielce. Ella le dio una cantidad generosa de alimento y le acarició el pelaje empapado para ganarse su confianza. ¡Cuánta fortuna! El comportamiento dócil del perro le ahorraba muchas dificultades.

Después de un rato, Nube se mostraba cómodo con ella y movía la cola con alegría. Nielce cargó al perro y regresó al coche, donde el cochero la esperaba con cierta impaciencia.

- ¿A dónde vamos ahora, señorita? –inquirió el chofer. Era obvio que quería partir enseguida.
- A Tres Torres, ya le digo cuál es el destino.
- Ya. Suba –dijo al momento de abrir la puerta de la carroza.

Nielce se acomodó en la cabina, llevando al tembloroso Nube en su seno. El chofer azuzó a sus bestias para que emprendieran la marcha hacia la zona más poblada de la ciudad.

Nielce había sido muy audaz al tomar ese paso tan arriesgado. Sin lugar a dudas, Louit Dermeer iba a estar muy agradecido con ella.

Después de vestirse con su uniforme de cuidadora, Nielce salió de los vestidores para dirigirse a la habitación de Louit. Yendo hacia allá, se cruzó con una amiga enfermera; ella le hizo un comentario alusivo a su apariencia cansada, al que Nielce respondió con la verdad: No había podido dormir bien la noche anterior.

- Puedes probar con infusiones de Bumero. Esa hierba es magnífica para inducir el sueño -le aconsejó la otra enfermera.
- No es necesario –respondió Nielce-. Sólo tuve una mala noche.
- ¡Nielce! ¡Deje eso que la necesito! –gruñó Wolieb desde lejos.

El doctor se veía realmente malhumorado a la distancia. Las amigas se despidieron y Nielce se encaminó a donde ya la estaba esperando su jefe. Wolieb había tomado asiento en su escritorio.

- Buenos días, doctor. ¿Pasa algo?
- ¡Pues qué va a ser! El señor Dermeer no coopera en lo absoluto y se niega a recibir todo tratamiento si no se lo administra usted. Es una bestia de hombre: Ya se saltó la curación de la madrugada y está en riesgo de infectarse.

- ¿Por qué tengo que ser yo? ¿Le ha dicho cuál es la razón?
- ¡Supongo que sólo es terco y malvado! ¡Ah, cuán fácil era manejarlo cuando pasaba por sedantes!

Wolieb tenía los ojos inyectados en sangre. El doctor se engañaba: La conducta de Louit no se debía a una malicia innata, por el contrario, era una decisión calculada del paciente para demostrar cuánto aborrecía el método frío y poco humano de su médico asignado.

La noticia dejó petrificada a Nielce. Louit la había elegido a ella para ser la única persona que le administrara cuidados. Eso la ponía en una posición de alta responsabilidad frente a él. ¿Tomaría bien lo del rescate de Nube? Iba a averiguarlo en breve.

- ¡Eh! ¿¡Qué hace aquí!? Vaya y haga que ese hombre acceda a sus curaciones, *¡blamat!* –ordenó Wolieb.

Era inusual escuchar las maldiciones de Wolieb, por eso era mejor cumplir sus instrucciones en el acto. Nielce asintió con la cabeza y se despidió con una pequeña reverencia, luego fue a obtener los materiales necesarios para la curación, después se dirigió al encuentro de Louit.

Nielce franqueó la puerta del cuarto y encontró a Louit acostado boca arriba con los ojos cerrados, sin mover un solo músculo.

- Airasenura. Buenos días, señor Dermeer.
- Nielce.

Las facciones de Louit se suavizaron al reconocer a la muchacha. Nielce le sonrió y él hizo un esfuerzo por dar una mejor pinta. No sabía muy bien por qué sucedía eso, pero la presencia de la enfermera lo inspiraba a no mostrarse completamente entregado a la miseria.

Nielce acercó un banco y una mesita para depositar allí sus materiales. Empleando un tono casual, dijo:

- Me comentaron que rehusó sus cuidados de la noche, señor Dermeer.

- ¿Quién me acusó, Wolieb? Sí, sí me negué –respondió Louit con irritación-. Odio a ese hombre, no puedo soportarlo.
- No obstante, ese hombre es responsable de su recuperación.
- No me sermonee, Nielce. Bastante tuve con el experto en mentalud que me enviaron. ¿Quién se cree que es para decirme lo que debo pensar o sentir en un momento como éste?
- Ya. Voltee para acá, necesito ver su pierna –indicó Nielce con autoridad.

Louit la miró de una manera retadora. Nielce no se arredró. Su voluntad le bastaba para imponerse a él y a cualquier otro paciente, por más terco que éste fuese; Louit observó que ella no se acobardaba y sintió un respeto instantáneo, tanto así, que obedeció y se sentó al lado de la cama, con las piernas colgando hacia abajo. Con mucho cuidado, Nielce quitó las vendas que cubrían la pierna izquierda de Louit.

- Esto se ve bien –dijo al examinar el estado del muñón.
- Es claro que nunca se verá bien –masculló Louit con ironía.
- Digo que la condición de su pierna es buena. ¿Siente dolor?
- En ratos.
- Muy bien. No se mueva, debo limpiar esto.

Tomando una gasa humedecida, Nielce comenzó a frotar el miembro mutilado con delicadeza. La muchacha observaba las expresiones de Louit para ver cómo reaccionaba al contacto. Él parecía absorto en sus pensamientos, moviendo los ojos de izquierda a derecha como si mantuviera un diálogo profundo consigo mismo.

- ¿Señor Dermeer?
- Siga, ¿por qué se detiene?
- ¿Se encuentra bien?

- Pues, usted verá –Louit cerró los ojos-: Acabo de enterarme que mis suegros están viajando hacia acá. Vienen a recoger los cuerpos de mi esposa y de mis hijos para llevarlos a sepultar a Mobd...

"Entonces sí son originarios de Mobd", pensó Nielce en forma automática.

- ...Y yo... Yo sé que mi familia está perdida. Sé que sólo se llevarán sus restos mortales, pero me duele saber que no estarán aquí, en esta tierra, y que van a separarlos de mí. Ni siquiera me consultaron al respecto...

Un temblor generalizado se apoderó de Nielce. Nunca había podido presenciar el dolor ajeno sin sobrecogerse.

- Estoy harto de todo –Louit apretó la sábana con toda la fuerza de sus puños-, harto de ver cómo las personas a mi alrededor son indiferentes a la amargura que me colma el alma... Y aun así se atreven a decirme que actúan por mi bien. Dicen que están allí para mí, pero sé que quieren estar en cualquier otro lugar... Sólo usted parece sensible a las cosas que me ocurren, y sé que lo hace de manera obligada. Me escucha porque es su trabajo...

El corazón de Nielce comenzó a latir con una fuerza tremenda. De alguna manera, ella supo que Louit iba a reaccionar mal al enterarse de lo acaecido la noche anterior, por eso era imperativo terminar su curación; resistiendo el impulso de confesar sus acciones, Nielce apuró lo que le faltaba.

- Ya está. Recuéstese, si le viene bien –sugirió Nielce.
- Me quedaré así un momento. Estuve recostado demasiado tiempo –indicó Louit.
- Como prefiera, señor Dermeer.
- Le agradezco mucho.

Nielce tragó saliva, sintiéndola como pegamento en su garganta. ¿Debía mencionar el rescate de Nube? Su integridad la impelía a hacerlo. Pero, ¿no era mejor hacerlo en otro momento? Y, ¿por qué no hacerlo allí mismo? Después de todo, ella había hecho una acción loable, ¿por qué temía entonces?

- Señor Dermeer –dijo Nielce con lentitud-, necesito que me escuche. No se exalte, se lo ruego...

La fisonomía de Louit cambió para mostrar un intenso fastidio.

- Yo... Yo fui a su casa a recoger a Nube...

Una mueca de incomprensión se dibujó en el rostro demacrado y pálido de Louit.

- Que usted hizo, ¿qué?

- ... Escuché la plática que usted sostuvo con el jurista que vino a verlo antier; seguro recuerda que, antes de retirarse, ése hombre le preguntó si podía hacer algo más por usted...

Mientras más decía Nielce, más crecía la ira de Louit. Con el rostro furibundo y una voz que expresaba el más indignado reproche, Louit dijo:

- Dígame quién le dio el derecho de hacer eso...

- Me disculpo, señor Dermeer. Yo sentí que era importante para usted y decidí ir a recoger al perro...

Las disculpas de la muchacha sólo acrecentaron el enfado de Louit; él se hartó de escuchar razones, tomó las muletas que tenía cerca y se levantó de la cama hecho un demonio.

- ¡Señor Dermeer!

- ¡Fuera de mi camino! –gruñó Louit y siguió andando hasta que se encontró con Wolieb en el pasillo. Teniéndolo de frente, gritó: -. ¡Todos son unos perros! ¡Quiero hablar con la persona que dirige este lugar ahora mismo!

Wolieb abrió mucho sus ojillos diminutos. Poco le faltó para esconderse debajo de su escritorio, así de medroso era su carácter. Louit miró a los lados y le gritó con furia a los enfermeros que se hallaban apostados en los pasillos:

- ¡El director, AHORA MISMO!

- Señor Dermeer, ¡tranquilícese! –chilló Wolieb.

- ¡Cierre la boca, imbécil! –amenazó Louit con el puño cerrado- ¡Nadie me dice qué hacer!

- Louit, éste es un asunto que nos concierne sólo a nosotros dos –dijo Nielce con valentía-. ¡No tiene que hacer esto!

- ¡Oh, usted verá lo que puedo hacer! ¡Lo verá ahora mismo!

Louit volcó una mesa pesada que tenía a su izquierda. Uno de los enfermeros salió corriendo en busca del doctor Camebit.

- ¡Basta, señor Dermeer! –rogó Nielce. Gruesas lágrimas ya poblaban sus ojos verdes-. Por favor...

- ¡Esto no se ha terminado!

Como no aparecía el director, Louit comenzó a destruir los frascos de medicina que tenía al alcance de sus muletas. Cientos de pedazos de vidrio salieron volando. Wolieb se cubrió la cabeza y echó a correr por el pasillo. Nielce, por su parte, se quedó muy cerca de Louit, aún cuando era salpicada por los restos.

- ¡Señor Dermeer! ¡Usted va a lastimarse si sigue con este comportamiento!

¿Quién era él, un chiquillo al que se podía controlar con regaños? Louit quiso amedrentar a Nielce y le dirigió una mirada fulminante. Ella lo soportó con verdadero estoicismo.

- ¿Quiere desquitarse? Hágalo conmigo –le dijo casi como en un reto.

- Sí que lo haré, en cuanto llegue el director.

- Señor Dermeer: Le ofrezco una disculpa. Nunca pensé que iba a ofenderlo con mis acciones. Le aseguro que todo lo hice con la mejor intención...

- Eso no cambia nada, *¿me entiende?* Me encargaré de que la despidan en éste mismo instante.

Finalmente apareció Camebit. El doctor se quedó pasmado al ver la destrucción que rodeaba a Louit y a Nielce.

- ¿¡Qué sucede aquí!?
- ¡No respondo a nadie que no sea el director, *blamat*! –rugió Louit.
- ¡Yo soy ése a quien busca! ¿Por qué está haciendo todo esto?
- Es mi culpa, doctor Camebit –susurró Nielce cuando hubo un poco de silencio.
- ¿Su culpa? ¡Explíquese, Nielce!
- Yo lo haré: ¡Resulta –dijo Louit con sorna- que esta mujer invadió mi propiedad para hurtar una de mis pertenencias!

Nielce se irguió con orgullo cuando el doctor se volvió a mirarla. ¿Se avergonzaba de que la acusaran de ser una ladrona? Ni siquiera un poco.

- Venga, señor Dermeer –indicó Camebit con la mano-. Hablemos en privado.

*(Continúa en el capítulo 17)*

# CAPÍTULO 13

## Deíma (3)

Pequeñas chispas flotaban en el aire al ser suspendidas por el humo caliente de la fogata. Un grupo de niños daba vueltas como satélites alrededor de la lumbrera, tomados de las manos y cantando al ritmo de las palmas de la muchedumbre. Los músicos hacían alarde de su habilidad entonando melodías rápidas e impredecibles para destantear el baile rítmico de los chiquillos danzantes, quienes tomaban aquello con hilaridad.

La luna se levantaba por detrás de los cuerpos imponentes de los Fokkon, reflejando su luminosa esfera en el agua del lago Itsaril, mientras las primeras estrellas se dibujaban en el lienzo celeste de la noche, haciendo de la velada una ocasión magnífica.

Los habitantes de toda la comarca se congregaban en el monasterio para la celebración del festival anual de las cosechas. Hombres, mujeres y niños de todas las clases descendían de sus carromatos vestidos con sus mejores ropas, cargando consigo todo tipo de manjares y chucherías. Las cocineras se afanaban con los deliciosos guisos de sus ollas, espantando a aquellos que más sufrían con el acicate del hambre y del antojo. Los chiquillos se frustraban al no poder encender sus bengalas, y los músicos se miraban desconcertados, pues no sabían por cuánto tiempo podrían entretener a una gente que empezaba a mostrar signos de frustración y disgusto.

Todo estaba listo, y sin embargo, el festival no daba inicio. La gente se desesperaba buscando a Melbon Glunnavart, el director del monasterio, pues él era el encargado de dar el sermón de bienvenida. Lo que no sabían era que Louit se había encerrado con él desde que volvió de su penitencia, varias horas atrás. ¿En dónde estaba, que no aparecía? El asunto era un misterio para todos.

Para todos, excepto para una persona...

Nielce intentaba distraerse viendo los juegos infantiles, reconociendo rostros familiares o probando de manera furtiva alguna chuchería de las muchas que había en las mesas del carnaval, pero nada de lo que hacía le ayudaba a calmar la zozobra. Por eso miraba con afán hacia el pabellón del director, esperando que Louit y Glunnavart aparecieran en cualquier momento.

- ¡Hermana Tamarats, hermana Tamarats...!

Nielce localizó a Deíma a la distancia. La niña agitó su bracito en alto para saludarla.

- Ven acá, mi niña, ¡te he extrañado tanto!

La chiquilla llamó la atención de su padre jalándole la camisa. Gilske volvió la vista hacia Nielce y la saludó con la mano. Deíma corrió para encontrarse con la monja, quien ya la esperaba con los brazos muy abiertos.

- ¡Tranquila, pequeña! ¡Me estás ahogando! -rio Nielce al verse casi despachurrada por el efusivo abrazo de Deíma.

Sin embargo, la niña se empecinaba en abrazarla aún más fuerte, y como se balanceaba, ambas corrían el riesgo de caer.

- ¡Para! ¡Nos vas a tirar! –advirtió Nielce entre risas.

- ¡No quiero, no!

Después de librarse de la constricción de Deíma, Nielce tomó la frágil carita de la niña y notó que se había limpiado sus churretes acostumbrados. También se había peinado muy bien, eso tenía que reconocérselo.

- Mira qué linda te ves hoy. No cabe duda que llegarás a ser una mujer tan bella como lo fue tu madre.

- Gracias, hermana Tamarats.

Nielce se arrodilló hasta quedar a la altura de Deíma. Para gran alivio de la monja, los ojos azules de la niña ya no mostraban aquella terrible pena que los ensombrecía de continuo. "¡Qué gran cambio!", pensó Nielce al contrastar esos ojos con los que tenía la chica cuando ésta le hizo la espantosa confidencia de lo que Glunnavart hacía con ella mientras tomaban clases de dibujo...

Sobrecogida por la gratitud, Nielce abrazó a la niña con mucho amor.

- Por cierto: Quiero agradecerle por el pan y la mermelada que nos envió con el hermano Dermeer. Todo estuvo realmente delicioso.

- ¿Pan, mermelada? ¿De qué...?

Nielce se detuvo antes de cometer alguna indiscreción, ya que no había tenido la oportunidad de informarse con Louit sobre lo que él hizo cuando fue a visitar a la familia.

- Me alegra saber que te gustó.

Por sobre el hombro de la niña, Nielce vio el momento exacto en el que Louit y Glunnavart salían del pabellón. Era obvio que algo grave había pasado allí adentro, porque Glunnavart se veía notablemente abatido y preocupado. Louit, por su parte, seguía susurrándole cosas al oído...

De pronto, los dos hombres empezaron a caminar justo hacia el sitio en el que estaban ellas. Cuando ya estaban a cinco pasos de distancia, Louit exclamó:

- ¡Hermana Tamarats! ¡Hola, Deíma!

La niña se despegó de Nielce. Al girarse, reconoció a Glunnavart y tuvo sobresalto mayúsculo, casi de terror; el director, por su parte, se quedó completamente helado cuando vió a Deíma...

La gente batió palmas después de una excelente interpretación de la banda. Una terna de niños pasó ahogándose de risa, huyendo de un mocoso rechoncho que los seguía mientras agitaba uno de sus regordetes puños en el aire.

Nielce se incorporó y atrajo a Deíma hacia su cuerpo. La niña ocultó su rostro en la falda de la monja. Glunnavart quiso decir algo, pero las palabras se le atoraron en la garganta.

- ¡Es el hermano Glunnavart! –exclamó alguien al reconocer al director.
- ¡Ya vamos a empezar!

La gente gritó jubilosa. Los músicos dejaron de tocar para permitir el inicio de la ceremonia, guardando sus preciados instrumentos lejos del alcance de los chiquillos.

- Vaya allá, empiece con esto –le dijo Louit a Glunnavart con autoridad-. Hablaremos después.

Glunnavart asintió sin dejar de mirar los ojos ardientes de Nielce.

- Usted realmente…

Y se interrumpió al saberse incapaz de terminar aquella frase de reconvención totalmente injustificada.

- ¿Sí? -le dijo desafiante Nielce.

Glunnavart agachó la mirada, emitió un hondo suspiro y empezó a caminar hacia la tarima de los oradores con la cadencia de un condenado a muerte.

Aún después de la marcha de Glunnavart, Deíma sollozaba aferrada al cuerpo de Nielce. Louit se puso de rodillas ante ella y le tocó el hombro.

- Todo está bien, Deíma. Ya terminó.

La niña no supo cómo reaccionar ante Louit y se abrazó aún más fuerte de Nielce. Para ella quedaba bastante claro que *él también sabía* lo que había pasado, y eso la ponía aún más nerviosa.

- ¡Hermana Tamarats! –exclamó Gilske al irse aproximando a donde estaban ellos.
- ¡Hermano Gilske! –respondió Nielce con alegría.

El rústico Gilske se inclinó profundamente ante Nielce.

- El Más Grande sabe que siempre me acuerdo de usted.
- Y yo siempre los tengo presente en mis oraciones -respondió Nielce con el mismo ánimo fervoroso.
- Gracias, de todo corazón. ¡Hermano Dermeer!
- Hola, Comron, ¡bienvenido!

Louit se levantó del suelo y abrazó a Gilske.

- Leí lo que me pidió. No entendí nada, soy una bestia –admitió Gilske con pesadumbre.
- No diga eso, por favor.
- Le prometo que leeré ese texto de nuevo y le traeré algo en limpio, no quiero que usted piense que... Eh, chiquita, ¿qué pasa?

Gilske se interrumpió al ver a Deíma acongojada y secándose las lágrimas.

- Creo que se emocionó al ver a la hermana Tamarats -se apresuró a decir Louit.
- Sí, eso diría yo –agregó Nielce-. Ya teníamos algunas semanas sin vernos, y eso la puso sensible.
- Hum... ¿Es eso, Deíma? –inquirió Gilske al observar la expresión abatida de su hija.

Deíma asintió sin atreverse a levantar la vista del suelo.

- Deja eso, mi pequeña. De haber sabido que deseabas ver a la hermana Tamarats, es claro que te hubiera traído a verla.

Nielce empujó a Deíma para que se fuera con Gilske y la chiquilla se abalanzó sobre él. Gilske levantó la cara de su hija poniéndole una mano en la barbilla, le hizo una mueca cómica y le apretó la punta de la nariz con los dedos. Eso alegró un poco el rostro de la niña.

- Bien, basta de tristezas; está por comenzar el sermón, ¿quieren acompañarnos? Nos acomodamos más adelante.
- Vayan ustedes, los alcanzamos luego.
- Como prefieran.

Después de algunas sonrisas repartidas, padre e hija se fueron tomados de la mano, justo en el momento en el que comenzaba el discurso de Glunnavart.

- ¡Mis queridos amigos! Me da un enorme gusto estar con ustedes otra vez...

La gente se descosió en gritos de entusiasmo. Glunnavart extendió los brazos para aplacar el ánimo encendido de la muchedumbre.

- A los habitantes de Fokkaton, de Fokkerish y de las cercanías: Nos da un gran placer poder recibirlos en nuestro humilde monasterio. Sabemos del sacrificio que hacen año con año para acompañarnos. A todos ustedes, les expreso mi más grande admiración...

La muchedumbre empezó a aplaudir. Glunnavart se llevó una mano al corazón como símbolo de gratitud y aprecio.

- Bien. En esta noche, deseo hablarles acerca de ese dios, nuestro Dios, el mismo que permite el milagro anual de las cosechas; como todos ustedes saben, esta tradición se remonta a épocas antiguas, cuando el habla y la escritura apenas estaban apareciendo entre nuestros ancestros. Por aquel entonces, el conocimiento de la bondad de nuestro padre era muy poco, de carácter primitivo y supersticioso. Nuestros padres veían en el sol un poder mayor que abarcaba todo con su impresionante fulgor, y no comprendían que detrás de ese calor, de esa luz, un amor paternal se manifestaba a plena vista. Cuándo o cómo fue que lo reconocieron, eso no lo sabemos con certeza. Quizás ocurrió al ver un amanecer, o después de un invierno crudo y prolongado, donde sólo se nos muestra un velo impenetrable y gris, ¡y nosotros conocemos inviernos como esos!

Alguien gritó una bobada, y la gente empezó a reír.

- Mi hermano dice la verdad, ¡yo hasta dejo de asearme! – complementó Glunnavart y la risa de la audiencia se hizo generalizada.

Louit escuchó los primeros compases de la arenga de Glunnavart y se maravilló de lo rápido que el director se había sobrepuesto de la turbación para hablar con palabras tan fluidas y elocuentes, aún hasta bromear con el público.

- Así pues, no sabemos cuándo fue que nuestros padres alcanzaron a reconocer la gloria de dios en el sol. Se cree que Agrapánto fue el primero en verlo, ¡el primero! Pero, ¿cómo era posible que, hasta él, nadie hubiera podido verlo, aún cuando lo veían todos los días...?

Después de estrangular la tentación por un tiempo, Nielce tocó a Louit en el hombro.

- Hermano Dermeer...
- Diga, hermana Tamarats –contestó Louit sin dejar de escuchar el discurso de Glunnavart.
- Disculpe que lo moleste con esto. Me intriga saber qué sucedió en el pabellón. ¿Por qué estuvieron encerrados tanto tiempo?

Louit observó a su alrededor para constatar que la gente no se fijaba en ellos.

- Vaya al monasterio y hágalo con discreción. Yo la alcanzaré en un momento.

La muchacha asintió y se separó de Louit, sorteando la muchedumbre que se interponía entre ella y el monasterio. Nielce atravesó el portón y apoyó su espalda contra la polvorienta pared del atrio. Mil temores la asaltaron de improviso. ¿Qué iba a pasar con Glunnavart? ¿Iban a llevárselo para juzgarlo en la capital? ¿Qué clase de castigo le esperaba? El bienestar de ese hombre era muy importante para ella.

¿Iba a hacerse pública la falta del director? A Nielce le preocupaba que la gente se mostrara recelosa con Deíma, ya que Glunnavart era muy estimado por la comunidad. "Ten fe. Hiciste lo correcto", pensaba Nielce para tranquilizarse. "Ahora sólo te queda confiar en que todo se resolverá".

Momentos después, Louit entró y cerró la puerta detrás

de sí con gran cuidado.

- Por favor, disculpe mi demora. Me entretuve escuchando el discurso de ese hombre. Es un orador muy habilidoso.
- Y bien, ¿qué pasó? –preguntó Nielce sin más preámbulos.

Louit resintió el verse cuestionado de una manera tan directa.

- Pues conversé con Glunnavart, eso es lo que pasó.
- Pero él, ¿qué le dijo? ¿¡Confesó!?
- No, no confesó.

Louit y Nielce se quedaron tan callados que alcanzaron a escuchar la voz de Glunnavart a la distancia.

- No obstante –dijo Louit de forma súbita-, me enteré de algunas cosas que necesito aclarar urgentemente con usted.
- Hable entonces, yo responderé a lo que sea.
- Bien. Primero haré una relación de lo que ocurrió allí adentro. El hermano Glunnavart confirmó lo que usted nos dijo a través de su carta: Que él mantiene una relación estrecha con los niños del monasterio, y Deíma no era la excepción.
- Ajá.
- También confirmó que él se ha encerrado a solas con algunos de los niños en su pabellón, los que son mayores y más talentosos, para enseñarles dibujo.
- Sí...
- No obstante, la acusación que usted expuso en la carta: Él negó todo.
- ¡Pero, hermano Dermeer –exclamó Nielce-, la misma niña me contó lo que él le hizo!
- Y yo le creo. El hermano Glunnavart no se defendió como lo haría un hombre inocente, sólo se quedó callado y negó con la cabeza durante todo el interrogatorio; creí que iba a quebrarse, en verdad creí que iba a confesarme todo, pero el hombre me demostró que, a pesar de que no tiene

el valor de empeorar su situación con embustes, tampoco está dispuesto a inculparse.

Chasqueada, Nielce se llevó las manos a la cintura.

- ¿Qué hará usted? ¿Va a volver a interrogarlo?
- Tal vez, pero antes necesito que me aclare una cuestión que me parece alarmante.
- ¿Cuál es?

Involuntariamente, Louit carraspeó.

- Escuche: ¿Es verdad que usted *se ofreció* en lugar de Deíma?
- Sí.

Ni una sola duda. Ni el menor titubeo. Louit se vio tentado a repetir la pregunta para cerciorarse de que Nielce no le había malentendido, pero la expresión de ella era definitiva.

- ¡Entonces es cierto!
- Es verdad, sí.
- ¿¡Y por qué hizo algo como eso!? –preguntó Louit sin poder disimular su estupefacción.
- ¿Por qué? La pregunta que debe hacer es *por quién*, hermano Dermeer. Cuando Deíma me contó lo que estaba sucediendo, yo enfrenté a Glunnavart. Le dije que su conducta era aborrecible e indigna de su cargo; le dije que, pese a que todos comprendemos el dolor por el que está pasando desde que falleció su esposa, eso no le daba derecho de lastimar a otros; le dije que buscara una pareja si tenía necesidades, o en última instancia... Que *usara de mí*, si con eso podía evitar que dañara a otro niño –Nielce dijo esas últimas palabras de un manera casi imperceptible-; y le advertí claramente que, si él volvía a hacerle algún daño a Deíma, yo misma iba a denunciarlo a los étores.

Louit escuchó con atención y todo tuvo sentido para él. Era claro que las intenciones de la monja eran más elevadas de lo que él había creído en un principio.

- ¿Qué le respondió él? –inquirió Louit.

- Que yo estaba imaginando cosas, que no había hecho nada malo y que no volviera a hablarle del asunto.
- Pero él reincidió, por lo visto.
- Sí, él volvió a lo mismo.
- ¿A usted le consta eso?
- Sí. Deíma me lo dijo. Por eso decidió irse del monasterio.
- Entiendo.
- Ahora… ¿Él me acusó de algo?

Aún cuando estaba muy oscuro, Louit advirtió un brillo especial en los ojos de Nielce: Los de la indignación que siente aquel que es inocente cuando es acusado con falsedad.

- No directamente. Él sólo dijo que usted estaba malinterpretando la situación, aún al grado de sugerir semejante unión.
- Es claro que es él quien malinterpretó las cosas. Yo no iba a entregarme sin contraer nupcias. Soy una monja, una muy devota, si es que no lo ha visto todavía…
- Sí, ya lo veo.

La gente empezó a corear el nombre de Louit, *Louit Dermeer*. Lo habían presentado como el siguiente orador, a pesar de que no estaba programada su intervención.

- Parece que lo están llamando.
- Que me esperen, tengo que decirle algo: Voy a enviar correo a la capital. No puedo actuar sin recibir aprobación del consejo.
- Es claro que sí.
- Y les informaré de lo que usted estuvo dispuesta a hacer por Deíma, ¿me entiende?

Nielce asintió sin miedo, lo cual dejó una muy buena impresión en Louit: Aquella mujer era íntegra en todo sentido.

- Usted es admirable, Nielce.
- ¿Por qué lo dice?
- Porque puedo verlo. Deíma es afortunada por tenerla

como su amiga.

- Deje eso. Sólo hice lo que creí que era correcto para proteger a Deíma...

Inesperadamente, alguien abrió la puerta del atrio. Era Marae, quien, al hallar a Louit y a Nielce solos y en una actitud sospechosa, vaciló unos segundos antes de hablar.

- Perdón... Hermano Dermeer, el director le solicita que nos dirija algunas palabras.

- Sí. Ahora mismo me presento. Gracias, hermana Marae – respondió Louit con naturalidad.

Y salió primero, siendo recibido con muchos vítores.

- ¿Qué estabas haciendo, Nielce? -inquirió Marae en un tono francamente acusador.

- No puedo decirlo, hermana Marae. Lo siento.

Nielce salió sin dar más explicaciones, dejando a Marae con la palabra en la boca.

- Bien -dijo Marae al cabo de un momento para luego cruzarse de brazos.

*(Continúa en el capítulo 18)*

# CAPÍTULO 14

## *El juicio (3)*

Sentado en su escritorio -e ignorando su silla de nuevo-, Louit desplegó el periódico frente a sus ojos, hojéandolo hasta encontrar la nota que le interesaba:

"MUJER COMETE HOMICIDIO Y SE ENTREGA DE FORMA VOLUNTARIA".

Llevándose un tazón humeante hasta los labios, Louit empezó a leer con interés.

*"El día de ayer se registró un homicidio en la zona industrial de la ciudad. Una mujer acabó con la vida de un hombre mientras éste dormía su borrachera, causándole una única herida en el pecho, y alertando a las autoridades poco después...*

*"La perpetradora fue identificada formalmente como Nielce Tamarats: Una doncella que había desaparecido ocho meses atrás. La policía trasladó a la señorita Tamarats a las celdas del palacio de justicia, donde entregó su declaración...*

*"Se desconoce cuál era la relación que tenía la señorita Tamarats con el hombre asesinado, el cual, hasta este momento, permanece como anónimo en la morgue de la ciudad...*

*"La policía cercó el lugar del homicidio para realizar la investigación correspondiente al caso, y así logró la captura*

*de cuatro hombres, todos ellos acusados de múltiples cargos contra el orden público, entre los que destacan el contrabando y la usura. Los sospechosos fueron trasladados al centro penitenciario de la ciudad para su interrogatorio, y están sujetos al reconocimiento de la ciudadanía para ser juzgados por sus crímenes...*

Otros detalles relevantes cerraban la nota, pero Louit cerró su periódico. Y es que, durante su ausencia, su secretaria le había dejado unas órdenes de requisa que debía atender sin falta, y ahora se encontraba atrapado entre sus labores cotidianas y el caso de Nielce.

¿Cómo había sido tan torpe? En el escrutinio de la mansión de Roasdan, el día anterior se le había ido como agua entre las manos. Y el asunto de su boda seguía sin resolverse. ¿Realmente había un límite para su estupidez?

Junto a las órdenes de requisa, Louit encontró los informes que le solicitó a Berinya para el caso de Nielce. No era la actividad más urgente en su agenda, pero sí era la que más le interesaba. En el expediente, Louit encontró actas y registros en desorden. Todo estaba allí, y todo tenía que organizarlo.

Hojeando con desgano, Louit encontró su primer documento valioso: Un acta que daba fe de la denuncia levantada por S. y N. Tamarats en la que se narraba cómo el padre de Nielce había sido golpeado por los matones de Roasdan. Por lo descrito en el papel, al señor Tamarats le habían acarreado una verdadera paliza; sin embargo, y tal como Nielce había dicho, en el acta no se hacía mención al cobro del préstamo como motivo del ataque. "¿Por qué no lo aclararon?", pensó Louit. "Cualquier funcionario dedicado hubiera podido aclarar el motivo de tan terrible agresión". Y, sin embargo, la causa del ataque permanecía como desconocida. No tenía ningún sentido.

Y había otro sinsentido más: En la resolución del caso, el

redactor dejó asentado que los agresores habían sido pandilleros locales...

¿Cómo se había cerrado el caso sin un solo detenido? ¿Quiénes eran esos pandilleros? Eran demasiados cabos sueltos.

Acá había otra acta firmada por S. y N. Tamarats. En ella, Nielce denunciaba que le habían negado el acceso a su casa, justo después de abandonar el hospital con su padre convaleciente; el informe policial decía que dos agentes habían ido a visitar la vivienda, y que los ocupantes de la misma les dieron pruebas infalibles de que eran los dueños legítimos de la propiedad.

"Eso es imposible" pensó Louit. Los hombres de Roasdan no poseían los efectos legales necesarios para demostrar su derecho de propiedad, ni recibos de compra, ni la voz de testigo alguno.

¿Por qué la policía había establecido que sí los tenían? Definitivamente, el asunto era sospechoso...

Una tercera acta, firmada sólo por S. Tamarats, en la que denunciaba la desaparición de su hija Nielce. Sin embargo, se desestimó el asunto debido al "aparente estado de locura" del denunciante...

"Por eso lo expulsaron de la casa", pensó Louit. También halló el reporte de la muerte de S. Tamarats: Habían encontrado al padre de Nielce tirado en la intemperie, y se determinó que la causa de su fallecimiento era la edad avanzada. "Ninguna mención a la golpiza, es increíble". Poco a poco, Louit fue encontrando un patrón de inconsistencias alarmante.

Junto a las actas ya mencionadas venía el informe referente al hallazgo del cadáver de Yeissa, la chica de la que habló Nielce en su historia. El cuerpo fue encontrado desnudo y flotando en las aguas del Flienna por un grupo de niños. El reporte daba detalles muy gráficos respecto al tipo de tortura al que fue sometida Yeissa antes de fallecer.

Todo era consistente con el relato de Nielce...

Ahora el informe de salud mental. Louit tomó el documento con ambas manos y tardó algunos segundos en acostumbrarse a la letra excesivamente pulida del redactor. Con atención, leyó las generalidades del informe y las comparó con sus propias impresiones, afirmando con la cabeza cuando encontraba algo que tenía sentido para él. En pocas palabras, el informe decía lo siguiente:

Según el entrevistador, Nielce era una persona en pleno uso de sus capacidades mentales, lo cual no dejaba de sorprenderle, y así lo había asentado en el siguiente párrafo:

*"Suponiendo que todo lo que esta mujer relata es cierto, debe dársele crédito por haberse mantenido sana de la mente, pues la larga presión emocional a la que estuvo sometida justifica una pérdida parcial del juicio en la mayoría de los casos..."*.

De igual manera, el examinador aseguraba que el relato de Nielce le parecía verídico y auténtico, pues daba detalle de los mecanismos empleados por él para comprobar hasta qué grado la mujer inventaba o exageraba las circunstancias de su relato. De forma que, a su criterio, el testimonio de la muchacha podía tomarse como fiable.

Y con respecto al móvil del asesinato, el experto en mentalud asentó lo siguiente:

*"... Cualquiera puede suponer que la venganza y el odio impulsaron a Nielce Tamarats a matar a ese hombre. No obstante, mi percepción me dice que la muchacha no mató por venganza u odio. De hecho, me parece que ella optó por reprimir toda emoción negativa, forzándose de este modo a no sufrir durante su encierro. Podrá parecer extraño lo que estoy a punto de aseverar, pero define perfectamente la im-*

*presión que me he formado al conversar con esta mujer: Nielce Tamarats hubiera preferido pasar todos sus días en cautiverio y sufriendo 'sin sufrir'en vez de admitir que la existencia de los últimos meses le era gravosa, no porque no se permita el sufrimiento o lo perciba como debilidad. Más bien, ella se niega a aceptar que los padecimientos a los que se vio sometida fueron ocasionados por las malas decisiones de su padre, y tengo la sospecha de que ella jamás aceptará eso...*

*"Entonces, la conclusión a la que llego es la siguiente: Nielce Tamarats mató simple y llanamente para asegurarse de que todo iba a terminar. El que ella no le tema a la pena de muerte es indicativo de esto último. Una vez que se enteró de que su padre había muerto, ella ya no encontró un sentido para seguir existiendo. Entonces, ¿por qué no se mató en vez de matar a su captor? Porque ése sería un signo inequívoco de que sufría y no, NO ESTABA SUFRIENDO. 'Y ahora tampoco sufro', me dijo ella, 'sólo quería que todo eso se terminara' ...".*

- ¡Hola, Louit! Qué mal te ves, muchacho -dijo alguien de improviso.

  Esa voz sólo podía pertenecer a una persona.
- Hola, Berinya. Pasa, por favor.

  Berinya se bamboleó hasta la silla que Louit aún no había estrenado y se sentó en ella de golpe, haciendo chirriar el aparato con su peso.
- Es agradable tu oficina, Louit. Se nota que tienes buen gusto para estas cosas.
- Gracias -respondió él con sequedad.
- ¿Estás bien, querido? Te ves algo raro.
- Estoy más ocupado que nunca, Berinya –Louit se llevó una mano a la nuca y soltó un muy largo suspiro.
- ¡No me digas! ¿Acaso eres el mismo hombre que fue ayer a pedirme trabajo? ¡Qué tal!
- Ya, deja eso –rogó Louit con un poco de enfado.

- Hey, lo dejo si quieres, pero no te vas a librar de mí tan fácilmente, no-no-no. Después de todo, ayer te tapé con su suegro, y esto me lo debes.
- ¿Te debo? ¡Bien! Dime qué quieres.
- Vine para informarme sobre tu caso. ¿Qué encontraste en el lugar del homicidio?
- Aquí tengo mis notas, revísalas para que veas el inventario.

Louit le extendió su libreta a Berinya y ella empezó a hojear de manera distraída.

- Sí, eso es. ¿Viste el cuerpo, Louit?
- Ya lo habían levantado cuando llegué. Tu gente no esperaba que un jurista fuera a husmear en sus labores.
- ¡Yo tampoco me lo esperaba! ¡Saliste volando para allá sin decirme qué había pasado! –exclamó Berinya sin despegar los ojos del cuadernillo.
- Quería ver todo con mis propios ojos. Sabes que no me gusta depender de las conclusiones que sacan otros.
- ¡Sí, eres el señor independiente! –dijo Berinya en tono jocoso-. Pero dime, ¿qué encontraste?
- ¡Pues lo estás viendo, mujer! Ahí está el inventario de todo lo que encontré. Esa casa bien podía ser la madriguera del mismo diablo.
- Te sorprenderías…

Berinya dejó flotando esas palabras mientras seguía leyendo sin leer, esperando que Louit le rogara por una explicación.

- Deja eso y habla claro de una vez –sentenció Louit con irritación.
- ¡Pero qué carácter! Ya, te voy a decir porque veo que estás verdaderamente encendido: ¿Tienes idea de quién es el hombre que se despachó tu cliente?
- Sé que se llamaba Roasdan. Era un matón corriente…

- ¡Matón corriente! ¡Qué apuesta tan baja, muchacho!
- ¿Qué? ¿Hay más?
- ¡Bastante más! Pero no te lo hago más largo. Mira: El cadáver que levantamos ayer pertenece nada más y nada menos que a Feriven Londarien, el *"dueño de Sorogia"* ...

Berinya dijo sus últimas palabras con gran lentitud y énfasis, esperando una reacción aparatosa de parte de Louit.

- Tú juegas –replicó Louit con incredulidad.
- ¡Nada de juegos! Ya lo confirmamos con la gente de Sorogia. Querían prenderlo desde hace años.
- Entonces, ¿es cierto?
- ¡Es claro que es cierto! ¿Por qué crees que vine personalmente a decírtelo?

Era increíble. Ese hombre había cometido fechorías suficientes para merecer la pena de muerte en ambos países y, curiosamente, la había encontrado en las manos de una mujer sencilla que recibió ayuda de uno de sus camaradas.

- También te interesará saber que prendimos a los hombres de Londarien cuando regresaron a la mansión... ¿En verdad encontraste un cuarto de torturas? –preguntó Berinya con una curiosidad frívola, como si el hallazgo fuera poca cosa.
- Eres incorregible, mujer.
- ¡Ja! Otro cargo más para esos cerdos. No volverán a ver el sol en libertad.
- Yo apostaría que no.
- Ahora... Escucha esto, muchacho –Berinya cambió radicalmente su actitud para tomar un aire serio-: Sé que estás pensando en la muy útil posibilidad de usar esta información en la audiencia de la muchacha, pero voy a advertirte algo: Van a tratar de desacreditarla.
- Los hombres de Londarien no pueden testificar contra ella, así que no me preocupo por eso.
- Sí-sí, eso es obvio... Yo me refiero a otra cosa... *Que nadie se*

*entere que te dije esto* –susurró Berinya con precaución.
- ¿Qué es?

Berinya le hizo un gesto a Louit para que se le acercara y le dijo casi en un susurro:
- La policía está metida en esto... Ya viste las actas... Aquí dentro hay gente corrupta que estuvo coludida con Londarien en sus actividades. Esa gente no dejará que tu cliente los acuse de negligencia, o de corrupción.

Louit comprendió enseguida la gravedad del asunto.
- ¿Tienes idea de quién está involucrado en esto?
- Ha pasado muy poco tiempo y apenas está circulando la noticia, por lo que aún no he podido averiguar quién compartía la sopa con semejante pillo; sin embargo, debes tener presente que vas a tocarle algún hueso a la gente de arriba. Será mejor que empieces a cuidarte la espalda, muchacho.
- Eso seguro.
- Ahora, el asunto no es tan complejo –añadió Berinya con una voz más relajada-. La muchacha vino aquí con la intención de inculparse. Estoy segura de que nadie querrá llevarla a juicio para pedir justicia por el fallecido. Dile que acepte una sentencia sumaria, quizás le den unos diez años de encierro. Si va a audiencia pública y pierde...
- La van a condenar a morir –Louit se mordió la punta del pulgar.
- Ya está, ¿ves? No es tan difícil. Convéncela y tendrá suerte de salir viva del encierro.
- No la conoces, Berinya. No va a ser un asunto sencillo...
- Airasenura. Buenos días...

Una vocecita dulce interrumpió el coloquio de Louit y de Berinya: Niva Tolsre estaba parada en la entrada de la oficina.
- ¡Hola, Niva! –Berinya se levantó con dificultad y fue a saludar a la muchacha con los brazos abiertos-. Ven acá, deja que te dé un abrazo. Hoy te ves es-pec-ta-cu-lar, ¡sólo

mírate! ¿No es linda, Louit?

- Gracias, Berinya, y les pido una disculpa: No quise interrumpirlos -respondió sonrojada Niva.

- Deja eso, mi niña, no interrumpiste nada importante. ¡Eh, Louit! Piensa en lo que te dije, muchacho. Es lo mejor que puedes hacer.

- Seguiré tus recomendaciones. Gracias.

Berinya se despidió con una seña de niño, luego se acercó a Niva y la besó con sus labios húmedos. Después partió hacia sus dominios, lejos del área de institucionales.

Así que Tolsre había mandado llamar a la caballería. Niva entró en la oficina de Louit y él se levantó para recibirla.

- Hola, querido.

- Hola, Niva –respondió él con sequedad y le besó la mejilla.

- No sabía que recibías a Berinya.

- Su visita me tomó por sorpresa, ¡así como la tuya!

- Lo siento, querido. No quería molestarte en tu trabajo… Es sólo que deseaba verte, ¡hace tiempo que no pasas por la casa!

- Lo siento. He estado ocupado. Es mi culpa.

- Deja eso, querido. Vine para que almorcemos juntos, ¿ya comiste algo?

- Aún no, querida. Sin embargo, no puedo abandonar mi puesto, mira -Louit señaló la pila de documentos de su escritorio-: Es trabajo pendiente.

- Escucha: Papá me dijo que puedes transferir a Jorijen unas… Órdenes de requisa, o algo así… Y que puedes disponer del resto de la mañana… Si quieres…

- Ah, ¿sí? –respondió Louit sin mucho entusiasmo, entendiendo que no podía eludir la comida-. Pues, siendo de ese modo, ¡adelante!

Y entonces salieron juntos sin ir juntos.

- ¿Te gustó la comida, Niva?
- Sí, la prepararon muy bien –respondió ella con una sonrisa.
- ¿Lo dices en serio?
- ¡Sí, querido!

"¡Es muy claro que no te gustó!", pensó Louit, que en todo momento veía la expresión de ella al degustar su platillo.

En un inicio, la relación de los dos tenía un sabor completamente distinto. La muchacha vió a Louit por primera vez en un evento organizado por Tolsre con motivo de las fiestas del año nuevo, y con la ayuda de su padre, la muchacha logró acercarse a aquel flamante jurista de futuro prometedor. Por su parte, Louit había disfrutado conocer a la muchacha, no podía negarlo. Además de poseer una crianza ejemplar, Niva era extraordinariamente bonita, y con su trato cordial y buenos modos, la muchacha lograba atraer la simpatía de los demás con gran facilidad. Sin embargo...

- Dejaste bastante.
- Es que no vine con mucho apetito, querido.
- Ya veo.
- No te preocupes. Todo estuvo perfecto.
- La próxima vez iremos al lugar de tu elección –sentenció Louit.
- ¡Oh no, deja eso! Ya te dije que estoy conforme...

   *Deja eso, deja eso.* La frase más recurrente de ella...

- Louit, por favor –dijo Niva al tomar la mano de Louit.
- Por favor, ¿qué?
- Olvida esto de la comida... Yo... Me siento feliz estando aquí contigo. Eso era lo más importante para mí –dijo Niva desde lo profundo de su alma.
- Sí –Louit apretó tiernamente la mano de ella, más por agradecimiento que por amor.

Después de unos meses de conocerla, Louit se dio cuenta

de que no podía amarla, no porque ella no fuera digna de aquel sentimiento... Más bien, la cuestión era que Niva no tenía esa fuerza de carácter que podía inspirarle amor.

Y es que, durante toda su vida, Louit había sido fuerte e independiente. Por lo mismo, su corazón anhelaba encontrar una persona de la que pudiera depender y con la que pudiera mostrarse débil, y Niva no le ofrecía ni lo uno ni lo otro.

*Qué diferente era de aquella mujer, que estaba dispuesta a morir por un ideal...*

- Otra vez te quedaste callado, Louit...
- ¿Mhhh...?
- ¿Estás molesto por mi visita?
- Es claro que no. Lo que pasa es que estoy distraído con asuntos del trabajo. ¿Sabes? Tomé un caso de homicidio, es por eso que Berinya estaba en mi oficina.
- ¿Volviste a litigar? ¡Eso me gusta!
- Sí. Pero me temo que no será un caso sencillo. Pronto escucharás al respecto. Será una noticia importante en la ciudad.
- No te preocupes, querido. Sé que lo harás de forma maravillosa, ¡eres un estupendo abogado!

Y ella, ¿cómo sabía que era buen abogado? ¿O sólo se lo decía porque tenía que decírselo?; ¿No le iba a preguntar de qué iba el caso? ¿Cómo iba a confortarlo, si ni siquiera sabía cuál era su preocupación? Y él, ¿cómo iba contársela, si no contaba con que ella pudiera darle un apoyo eficaz?

Louit se distrajo con todas esas preguntas. Cuando volvió en sí, se dio cuenta de que Niva lo miraba con expresión abatida.

- ¿Niva?
- Dime, querido.
- Perdóname, yo...

Harto de intercambiar disculpas, Louit decidió obedecer a un impulso del momento:

- Escucha: He decidido que nos casaremos en Celagesa.

La faz de Niva se transformó al instante. Por más que quiso reprimir las lágrimas, la muchacha no pudo hacerlo.

- Oh, Louit...

Ya desbordada por la emoción, Niva se levantó de su lugar y tomó la cabeza de Louit para apretarla contra su pecho, besándole la negra cabellera. Louit recibió este gesto de manera agradecida, riendo por el nerviosismo, luego se levantó para abrazar a su novia con ternura. Los otros concurrentes celebraron la escena, aun cuando eran ajenos a toda la cuestión. En momentos felices, la afiliación entre los hombres es algo natural.

*¿Por qué estaba haciendo eso?* Louit creía que el casamiento debía ser una ocasión excepcional e íntima en todo sentido, y Celagesa representaba para él todo lo contrario: La pompa, el lujo y la posibilidad de ser visto por toda la caterva de ricos y funcionarios de la ciudad.

No obstante, ése era el lugar en el que se casaron los padres de Niva. Por eso ella se desbordaba en felicidad, ya que, aunque le había expresado a Louit su deseo de casarse allí, él no le había dado ningún indicio de que fuera a cumplirle ese anhelo.

Una sensación de vacío llenó el pecho de Louit al observar el rostro radiante de Niva. No, no era feliz y le mataba el tener que aparentarlo.

Bueno. Al menos Tolsre ya no iba a molestarlo con ese asunto, y probablemente iba a quedar encantado con el buen tino de su yerno.

- Airasenura. Buenas noches, señorita Tamarats.
- Buenas noches, señor Dermeer.

Aún cuando ya llevaba el overol típico de las reclusas, Nielce no perdía nada en distinción ni en gallardía. Se le veía relajada a pesar del encierro, y con mucho mejor semblante que la última vez.

- Antes de empezar, quiero que tenga esto.
- ¿Qué es? -inquirió Nielce al recibir un cuadernillo de mano de Louit.
- Son las leyes relacionadas con el homicidio. Usted puede estudiarlo para conocer todas las consideraciones legales de su estado actual y futuro. Es su derecho como ciudadana, y yo estaré viniendo regularmente para atender todas sus dudas al respecto.

Nielce empezó a hojear el cuadernillo por pura curiosidad.

- Le agradezco, señor Dermeer. Lo leeré a conciencia.
- Y bien, ¿cómo ha estado? La veo más tranquila.
- Sí, me siento mejor. He podido reponerme de mis desvelos.
- ¿Está cómoda en su celda? ¿Tiene lo que necesita?
- Tengo lo que merezco, señor Dermeer –respondió Nielce un tanto confundida por la pregunta.
- No, yo me refiero a... Mire: Por derecho, usted puede obtener algunos efectos personales que son importantes para su comodidad, aunque, claro está, alguien tiene que suministrárselos desde afuera...
- No tengo quién me envíe cosas –musitó Nielce.
- ¡Perdóneme! En verdad lo siento...

Ella sonrió para demostrar que no se había ofendido.

- Ahora bien: Yo puedo traerle algo, si le parece bien.
- ¿Por qué haría eso?
- ¿Necesita que le traiga algo, o no? –Louit atajó rápidamente a Nielce, negándose a entrar en ese juego otra vez.

La muchacha quiso rehusar el tosco ofrecimiento de Louit, apelando a su dignidad. No obstante, el hombre parecía sincero, y ella podía ser muchas cosas, pero nunca una persona ingrata.

- ¿De qué objetos puedo disponer?
- Papel y tinta para escribir, los libros sagrados u otro material de lectura; artículos de aseo personal, ropa de cama, una planta…
- El papel y algún libro me serían de gran utilidad, señor Dermeer.
- Muy bien. Le entregaré eso en mi próxima visita.
- Gracias.

Sabiendo que estaba a punto de tocar un punto sensible, Louit soltó un suspiro involuntario.

- Escuche, Nielce: Investigué el asunto de la policía.
- Bien, ¿qué averiguó? –preguntó Nielce con renovado interés.
- Revisé el registro de las actas. Existen al menos dos de ellas…
- Eso ya es bien sabido. Me interesa saber qué más averiguó.

El tono de Nielce era amable, pero cortante. Louit tragó saliva.

- Parece que la policía se negó a tomar alguna medida que fuera congruente con las denuncias que ustedes levantaron, y ahora le diré la razón…
- Le escucho.
- El hombre al que usted mató… Su nombre no era Roasdan. Él respondía al nombre de Feriven Londarien…
- Uhm… Eso es nuevo.
- Quizás se sorprenda al saber cuál era el apodo de ese sujeto.
- ¿El dueño de Sorogia?
- Ya veo. Así que usted ya lo había escuchado antes.
- Es claro que sí. Los hombres de Roasdan lo llamaban así en ocasiones.
- ¿Y no le dice nada ése apodo?

- No realmente, señor Dermeer. ¿Era alguien importante?
- El señor Londarien era un criminal buscado en el plano internacional y uno de los más grandes pillos que usted pueda imaginarse. Así que, de alguna manera, usted nos hizo un gran favor eliminando a ese sujeto.
- No me siento orgullosa de eso, señor Dermeer.
- Lo sé…

Nervioso, Louit agachó la mirada. El imperio de los ojos de Nielce era brutal.

- El dueño de Sorogia tenía un poder inmenso, señorita Tamarats. Dirigió un imperio criminal lo suficientemente grande para permear en las instituciones y contaminarlas. Por lo tanto, creemos que parte de la policía local estuvo coludida con el señor Londarien…
- ¡Vaya, ahora lo tenemos claro! –respondió Nielce con amargura.
- Sin embargo, lo que trato de decirle es… Vaya, cómo ponerlo en palabras correctas…

Cansada de los rodeos del abogado, Nielce se inclinó hacia enfrente y casi incineró a Louit con sus ojos. Él, por su parte, se mordió el labio inferior y dijo de golpe:

- La policía tuvo acceso a la declaración que le tomé. Si va a audiencia pública, ellos tratarán de desacreditarla.
- ¿A qué se refiere?
- Ellos ya alteraron las actas… Están conscientes de que usted puede exponer sus malos manejos y se están preparando para hacerle quedar mal frente al pueblo, con lo que esperan condenarla a muerte.

Nielce se puso roja por la cólera. Sus labios temblaron. Lágrimas de indignación acudieron a sus ojos.

- Usted… ¿Lo enviaron para advertirme?
- No, yo me enteré de esto por personas honestas. Creemos que lo mejor será que usted se inculpe y acepte una sentencia sumaria. Es una figura jurídica que se permite a

aquellos que no son llevados a juicio por los familiares de la víctima. Dados sus antecedentes, que son nulos, usted recibiría una condena…

- Eso no va a ocurrir -dijo una Nielce completamente indignada.
- Considérelo, señorita Tamarats. Al menos así podrá salvar la vida.
- ¡No, la vida no! ¡Usted mismo me alentó a ir a la audiencia para recibir lo que la justicia tuviera para darme, y yo lo reclamaré, aunque con ello se me vaya la vida! –gritó una Nielce ya encendida-. Mi padre… ¡No, me niego!
- Señorita Tamarats, por favor, piense en las…
- Oibasem. Adiós –terminó Nielce con suprema autoridad.

  *Qué diferente era aquella mujer. Qué diferente.*

Entendiendo que la entrevista había terminado, Louit se puso de pie y empezó a recoger sus pertenencias. Ya estaba por irse cuando decidió dejar estas palabras en el aire:

- Muy bien. Si su deseo es ese, yo litigaré por usted, y antes de que me pregunte el porqué de mis acciones, yo se lo diré: Quiero defenderla de esos cretinos. Ya escuché su historia y creo que merece un veredicto justo. No sé si puedo conseguírselo, pero estoy determinado a intentarlo… Por usted, y por su padre.

Nielce no respondió. Viendo que ella no iba a abrir la boca, Louit se encaminó hasta a la puerta de la celda y llamó con el puño. Enseguida le abrieron. Estaba por retirarse cuando escuchó estas palabras de Nielce:

- Gracias, señor Dermeer. Yo acepto su oferta.
- Me alegra escucharlo, señorita Tamarats.

Louit salió y la cortina de hierro se cerró detrás de él.

*(Continúa en el capítulo 19)*

# CAPÍTULO 15

## *Sismo en Lairet (3)*

- Este es un milagro -dijo Nielce con admiración al constatar que Louit se encontraba casi ileso después de haberse despeñado tres pisos.
- Es claro que una caída como esa no iba a acabar conmigo -respondió Louit con orgullo, a pesar de que estaba adolorido y temblando.
- Eres un hombre afortunado, Louit Dermeer.
- Qué va. Es hora de irnos.

Louit se echó la maleta en la espalda y condujo a Nielce fuera del edificio en ruinas.

- ¿Puedes correr?
- Es claro que sí.
- Bien, vamos.

Los horrores de la destrucción saltaron a los ojos de Louit, quien se enterneció al ver su querida ciudad convertida en ruinas.

- Cuán débil e insignificante es la fuerza del hombre. Lo que tarda años en levantar, se viene abajo en apenas un instante –se lamentó.

Las señas del cataclismo estaban por todos lados: El largo y antiguo acueducto de Rittka estaba deshecho, y eso provocaba que el agua fangosa del río Zagara se regara en las callejuelas atestadas de grandes escombros, aun del tamaño de cabezas humanas; grandes grietas atravesaban las banquetas y las paredes de las casas, y el sistema de alumbrado se encontraba desparramado por el suelo, volviendo el tráfico pedestre sumamente peligroso.

Nielce resintió la pena de Louit y quiso razonar con él para infundirle aliento:

- La resiliencia de nuestra especie se demuestra en lo que construye después de la pérdida. Al levantar lo que se ha caído, este pueblo se hará más fuerte.
- ¿Levantarlo? ¿¡Y quién va a hacerlo!? Mira a tu alrededor. Este pueblo prefiere descarnarse antes que unirse.

Tal como Louit decía, los Igommta y los Fanehain no desistían en sus intentos de agraviarse mutuamente. Ni siquiera la crisis que tenían enfrente los ablandaba.

Incontables tragedias que pudieron evitarse ocurrieron ese día, todas ellas provocadas por un odio ancestral de palpable realidad: Cientos de nativos fueron dejados vivos en el entierro sólo por pertenecer al bando contrario; múltiples homicidios y hurtos se produjeron a plena luz del día bajo el cobijo de la más absoluta de las impunidades; las peticiones de ayuda se negaban y las manifestaciones de dolor se ridiculizaban con las más crueles burlas.

Parte de esto lo vió Nielce durante su primer recorrido por Rittka, mas eso no consiguió privarla de su ánimo tozudo y resiliente.

- No es descabellado suponer que este desastre unirá a las razas del país.
- Me gustaría creer que es posible.
- Entonces créelo, Louit, y actúa conforme a esa creencia. No te puedes rendir. ¿Ves? Yo no me rindo.

Louit quedó gratamente sorprendido con el carácter decidido de Nielce. Al conocerla, le había parecido una niña indefensa en un medio hostil que iba a devorarla. Sin embargo, y conforme iba transcurriendo el tiempo entre ellos, Louit comprobó que la muchacha había templado su ánimo hasta el punto de poder soportar las cruentas visiones que se ofrecían ante sus ojos sin derrumbarse.

Esa era su manera de luchar. Y, tal como ella decía, él tampoco podía rendirse.

- Me gustaría tener el coraje que tienes tú, Nielce.
- ¿Coraje? ¿Qué quieres decir?
- Eres una extranjera en Lairet, con todo lo que eso conlleva; no conoces el idioma del país y dependes de mí o de tu intérprete para estar segura; no tienes más recursos que los que llevas en esta maleta; todo eso, parte por parte, o en conjunto, podría desanimar a cualquiera; sin embargo, tú hablas de hacer una diferencia... Creo que se requiere mucho coraje para hablar de ese modo.
- O ser muy tonto, o poco realista en cuanto a las propias capacidades –sugirió Nielce.
- Tú sabes que no eres ninguna de esas cosas. Eres fuerte.
- Puede ser –Nielce se encogió de hombros y luchó por contener una sonrisa.

No estuvieron exentos de peligros durante su travesía. Los nativos manifestaban una gran animadversión hacia ellos, llegando a insultarlos por "pavonearse" en las calles a plena luz del día. Algunos de ellos incluso llegaron a amenazarlos con sus picas.

- ¡Vamos más aprisa, Nielce! ¡Por acá!
- ¡Sí!

Y así, corriendo, lograron evitar cualquier enfrentamiento. Finalmente, Nielce y Louit llegaron a la explanada que albergaba las oficinas del ayuntamiento.

- ¡Diablos! ¿Qué ocurrió aquí? –exclamó Louit.

Como no estaba habituada a las escenas de violencia, Nielce se cubrió los ojos para no ver el gran derramamiento de sangre que se había producido en el terreno de la explanada; las huellas de una batalla campal recién librada se encontraban por doquier, con cuerpos tirados por aquí y por allá. Las oficinas ya habían sido vulneradas por los saqueadores.

- No podemos quedarnos aquí, Nielce –sentenció Louit al tomar a Nielce por el brazo.
- ¡Por Dios! ¿¡Y Gokij!?
- ¡Nielce! ¿Confías en la inteligencia de tu intérprete?
- Sí, él es un hombre muy prudente…
- Entonces podemos suponer que está a salvo. Lo encontraremos, te lo prometo.

Consciente del gran riesgo que corría al estar en ese sitio, Nielce asintió y se dejó guiar lejos de allí.

- Lo encontraremos –repitió Louit para infundirle aliento.
- Sí, eso espero.

Siguieron andando por las avenidas con extremo cuidado, con los sentidos en máxima alerta. Yommy iba escoltándolos en la vanguardia, presto para repeler cualquier amenaza que se cruzara en el camino, y con estas medidas precautorias, los dos eludieron las numerosas amenazas de la ciudad.

- ¡No, no! ¡No puede ser! –Louit se llevó las manos a la nuca y maldijo en silencio.
- ¿Qué sucede Louit?

Él ignoró la pregunta de ella y salió corriendo al sitio en el que se encontraba un enorme montículo de cemento desmenuzado y polvoriento. Era el paupérrimo hogar de Yekash, el cual, en un desesperado intento de economizar, construyó su casa con materiales de la más dudosa calidad. Magro y pírrico fue el ahorro que obtuvo Yekash, y ahora estaba muerto, aplastado por la trampa mortal que él mismo había levantado con sus propias manos.

- ¡Mi querido amigo! ¿Cómo te pasó esto?
- Louit, lo lamento tanto –Nielce se aproximó a él y le tocó el hombro para reconfortarlo.
- No tenemos tiempo para eso. Vamos, sigamos adelante.

Sin mayores ceremonias, los dos siguieron su camino. Al final, todo su esfuerzo fue en vano: Después de andar un largo rato, Louit comprobó que todos sus amigos habían desaparecido o estaban muertos; tampoco pudieron dar a Gokij, para gran decepción de Nielce.

- No queda más por hacer. Vayamos con Akkraín, él nos ayudará a encontrar a tu intérprete y también proveerá los medios para llevarte de regreso a Maerbos.
- ¿Quién es él? –preguntó Nielce.
- Digamos que es mi protector. Vamos.

Iban de camino cuando escucharon los camiones de la milicia. Los soldados iban voceando por las calles, llamando a los sobrevivientes a congregarse en los cuarteles para recibir socorro y alimentos de emergencia. Cientos de nativos salieron de sus escondrijos y echaron a andar hacia allá. Nielce preguntó a dónde se dirigían.

- Van hacia los cuarteles. Allí establecerán un puesto de auxilio.
- ¡Es claro que tenemos que ir allá! Mira cuántas personas están heridas.
- No es buena idea. Estarás mucho más segura con Akkraín.
- ¿Y dejar pasar esta oportunidad? ¿Acaso no es esto lo que vine a hacer?
- No sabes lo que puede ocurrir allá, ¡será un hervidero de problemas!
- Estas personas nos necesitan. ¿No lo ves? Sólo imagina cuántas vidas podríamos salvar al final del día…

Ella tenía razón. Louit suspiró y accedió a conducir a Nielce hasta los cuarteles.

- ¡Pero nos iremos de allí si estalla la más mínima trifulca! No confío en los militares, me ponen nervioso.
- ¿Qué pasa con ellos?
- Son hombres de Fanehain e Igommta, como todos. Usarán mucha arbitrariedad para con los del bando contrario.

Temo que terminarán causando más daño que provecho.

- Confiemos que no será así. Vamos.

Así fue como Nielce y Louit llegaron a los cuarteles. Allí observaron el terrible caos que el terremoto había causado entre la gente. Cientos de heridos se apretujaban unos contra otros en las celdas de los soldados, esperando su turno con los miembros dislocados, mordiendo pedazos de madera o tela con tal de no menguar.

Nielce observó que los doctores de Rittka eran inexpertos y que sus intervenciones estaban plagadas de supersticiones. Eso los llevaba a desvirtuar los cuidados más elementales, aun  al grado de incurrir en la superchería médica. Tal nivel de ineptitud le pareció alarmante, y así se lo hizo saber a Louit.

- ¿Qué hacemos?
- Toma aquella mesa de allá. Haz que vengan algunos heridos y yo haré lo mejor que pueda para atenderlos.
- Puedes ver que son muchísimos, quizás varios millares, mas yo sé que no vendrán todos: Son recelosos de los extranjeros y dudo mucho que se dejen tocar alguien que no sea de su etnia.
- Los que vengan serán atendidos. Hagámoslo.

Estimulado por el carácter decidido de Nielce, Louit comenzó a dar grandes voces. Así fue recorriendo los dormitorios, anunciando el extraordinario talento médico de la muchacha. Poco a poco, algunos heridos se aproximaron el hospitalito improvisado que Nielce levantó con algunos catres y las pocas medicinas que tenía en su maleta.

- Louit: Ven a ayudarme. Necesito que traduzcas para mí
- Ya voy.

Y así, juntos, empezaron a tratar a todo paciente que estuviera tan desesperado para acudir a ellos; no pasaban de unos pocos al principio, pero se multiplicaban de manera alarmante con el paso de los minutos, y con buena razón: El tratamiento de Nielce era muy superior al de los otros médicos.

- Ya tenemos a casi una veintena esperando por nosotros...
- Los que tengan lesiones más graves pasan primero. Diles eso, Louit.

Obediente, Louit transmitió las palabras de Nielce a los nativos. Estos, movidos por el temor de una muerte próxima, protestaban a viva voz. Las madres rogaban atención para sus críos, y los niños lloraban con más fuerza, aumentando con sus clamores el escándalo imperante en los cuarteles; uno de los Igommta trató de adelantar su turno con amenazas, y los otros pacientes se quejaron de él. No pudiendo sufrir el maltrato de tantas personas, el hombre arremetió contra unas cajas, destruyéndolas a base de puntapiés. Tal medida de intimidación fue reprendida por Louit, y los dos se enzarzaron en una disputa de ininteligibles que fue subiendo de tono de manera muy peligrosa.

- ¡Louit!
- ¡No te preocupes! ¡Atiende al siguiente!

La disputa continuó hasta que Louit y el hombre se trabaron en un forcejeo.

- ¡Basta, BASTA! -gritó Nielce.

Y de algún rincón de su alma noble, la muchacha sacó el coraje para despachar al revoltoso:

- No voy a atenderlo si no respeta a sus hermanos. Márchese.

Esto se lo dijo en salben, su idioma natal, y lo hizo con tal elocuencia, que se hizo entender a pesar de la barrera lingüística que lo separaba de aquel desdichado; el hombre se encaró con la muchacha con el claro propósito de amedrentarla. Louit tocó a Nielce en el hombro para respaldarla.

- Márchese –repitió Nielce con mayor énfasis.

Aprovechando que Nielce desconocía el dialecto local, Louit le hizo una seria amenaza al hombre para ahuyentarlo.

Él retrocedió de inmediato, alzó las palmas y se dio media vuelta para marcharse.

- ¿Qué le dijiste Louit? –preguntó Nielce.
- No es lo yo dije: Fuiste tú quien lo convenció de irse.
- Es claro que no. Dime qué le dijiste.
- Ya te lo dije: Estas personas agacharán la cabeza cada vez que se topen con una voluntad más fuerte que la suya.
- Sé que me estás mintiendo, pero no tengo tiempo para sacarte la verdad. Trae acá a ese niño, la inflamación de su pierna es preocupante.
- Sí.

Nielce lo dejó pasar. No obstante, la muchacha tenía razón: Louit le había mentido. Él tenía una reputación entre los nativos, y fue usándola como consiguió despachar al Igommta rebelde.

Esa noche, después de largas horas de servicio y múltiples sobresaltos, Nielce se encargó de vendar al último paciente que recurrió a ella solicitando auxilio. De él aprendió su primera palabra del idioma de Lairet: *Esiko*.

"Gracias".

Todos los supervivientes se hallaban exhaustos, pero el sueño no acudía a sus ojos. Poco antes de la caída del sol, un último temblor sacudió a todas las almas vivientes de Rittka, reavivando las intensas emociones experimentadas durante el día. Así, los grupos de insomnes se agrupaban alrededor de las fogatas para compartir sus soledades en compañía, es decir, sin inmiscuirse en las desgracias ajenas. El dolor estaba muy cerca todavía.

Después de terminar sus labores en el hospitalito, Nielce y Louit se unieron a uno de estos grupos aislados. Entre el nerviosismo y la fatiga, los dos se contagiaron del humor taciturno de la compañía. Sin embargo, la solemnidad del momento se acabó cuando un hombre maduro y desgreñado se animó a conversar con Louit.

- … Este hombre dice que ya localizó a casi toda su parentela. Sólo le falta encontrar a un hermano suyo. Sabe que está vivo, ya pudo confirmarlo con algunas personas que lo vieron… Oh, vaya.
- ¿Qué pasa? –preguntó Nielce con interés.
- Dice que su hermano es un loco. Parece que se asustó con el sismo y huyó hacia el despoblado… Planea ir buscarlo mañana…

El hombre hablaba sin emoción, con sus ojos rojos muy fijos en el fuego. Louit le traducía a Nielce tan pronto como podía.

- Ya… Este hombre dice que es imperativo encontrar a su hermano antes de que transcurran tres días. La luna estará completa para entonces y teme que el loco cometa alguna fechoría… Se trastorna peligrosamente durante el plenilunio…
- ¿Cómo planea encontrarlo? –inquirió Nielce.

Al preguntarle al respecto, el hombre se encogió de hombros.

La pequeña congregación estaba constituida por los dos extranjeros, el hombre de los ojos rojos, dos muchachas jóvenes que lloraban abrazadas en silencio, un niño de vientre abultado y piernas chuecas que jugaba a hacer garabatos con un palito, un muchachito de mirada dura que observaba a todos con los brazos cruzados y dos hermanos que discutían un poco alejados del grupo. Yommy rondaba por los alrededores, pendiente de los movimientos que la brisa nocturna provocaba en los arbustos y del crujir de los guijarros que todavía no terminaban de asentarse.

El niño del palito buscaba por todos los medios atraer la atención de Nielce. Consciente de su encanto infantil, el chiquillo hacía muecas cómicas cuando ella lo veía, y de cuando en cuando, le enviaba besos con la mano. La pantomima del pequeño funcionaba a la perfección, ya que Nielce se divertía y le correspondía todas sus zalamerías.

Tan entretenida estaba Nielce con estos juegos, que se olvidó momentáneamente de la conversación que Louit sostenía con el otro hombre.

- Nielce -Louit le tocó el hombro para llamar su atención-, te va a agradar enterarte de esto: Ya te ganaste un mote de parte de esta gente.
- ¿Un mote?
- Escucha: Este hombre se refirió a ti como *Ahuassinda*.
- ¿Ahuasínda? –preguntó Nielce con curiosidad.
- *Ahuassinda*. Es un vocablo compuesto que significa "manos suaves".
- ¡Me gusta! ¿Cómo me gané ese mote?

Louit le tradujo la pregunta al hombre. Él miró a Nielce y le habló directamente a ella.

- Sí… Él dice que las personas que atendiste quedaron muy conformes con tu trato, sobre todo con la paciencia y el cuidado con el que curaste sus heridas… Que los otros doctores fueron rudos como carniceros, pero que tú los trataste con una delicadeza que nunca habían visto en un médico.
- ¡Es maravilloso! Por favor, agradécele, Louit. Me hace mucho bien escuchar eso.
- Agradécele tú. Ya sabes cómo hacerlo –respondió él con una sonrisa.
- Ya… *Esiko, esiko,* ¿lo dije bien?

Tanto Louit como el hombre de los ojos rojos trataron de disimular una sonrisa al escuchar la pronunciación defectuosa de la muchacha. Luego siguieron conversando.

Cuando dejó de ser el objeto de atención, Nielce se miró las manos. *Ahuassinda*, era lo mejor que le habían dicho en mucho tiempo; entusiasmada, la muchacha miró al chiquillo, le enseñó las palmas y repitió su nuevo nombre con la mejor pronunciación que pudo. El niño asintió con mucho entusiasmo.

- Tu apodo es mucho mejor que el mío –dijo Louit con tono inconforme.
- ¿Tú también tienes mote?
- Es claro que sí: Todos los extranjeros recibimos motes. No te sientas tan especial –sentenció Louit con comicidad.
- Ah, ¿sí? ¿Y cuál es el tuyo?
- A mí me dicen *Ocaringo.*
- Es fácil de pronunciar, *Ocaringo* –repitió Nielce con fluidez-. ¿Y cuál es su significado?
- Ah, qué más da, te vas a enterar de cualquier manera. Yo soy *Ocaringo:* "El entrometido".

El tono pesaroso con el que Louit reveló el significado de su apodo le sacó una carcajada a Nielce. El niño también se rio por pura y llana imitación. Los muchachos se volvieron a mirarlos con irritación. Uno de los hermanos le pidió a Louit que silenciara a la extranjera, y él le hizo una seña a Nielce para pedirle que interrumpiera su risa.

- Nielce: Deja eso –le pidió Louit con gran humildad.
- Ya, lo siento –se disculpó Nielce.
- Me apena que dejaras de reír. Tienes una risa maravillosa.
- No te preocupes, Louit. Entiendo que el momento es inoportuno.
- Ninguna risa es inoportuna. Y lo mismo va para las lágrimas.

Nielce sonrió. El buen juicio de Louit le resultaba extrañamente encantador. Quedaba claro que él era mucho más que un simple campesino, y de cuando en cuando lo demostraba con sus agudas observaciones.

- Aún así guardaré la compostura. Será para otro momento.
- Te lo agradezco mucho, Nielce.

- Y, ¿cómo te ganaste tu mote, Louit?
- ¿Cómo crees? Entrometiéndome.
- No entiendo. ¿En qué te entrometías?
- Ya te explico: Todos los años, durante la época de las cosechas, cientos de recolectores acuden a los sembradíos para pedir trabajo. Como ya te habrás imaginado, estos empleados son hombres y mujeres de Fanehain e Igommta, y no es necesario que diga mucho más al respecto. Sólo diré que se esmeran consiguiendo cualquier pretexto para tomarse a golpes. Son muchas las veces que he mediado entre ellos, defendiendo a aquellos que están en desventaja o completamente desvalidos. Por eso me han tachado de entrometido.
- Entonces, me parece que tu mote representa un título honorario, considerando las circunstancias.
- ¿Tú crees? A mí me parece despectivo e injusto.
- Pienso que las personas a las que defendiste están muy agradecidas de que tú estuvieras ahí para ellas. Esas intromisiones fueron loables; por otro lado, los que quisieron aprovecharse de ellos se llevaron un chasco y te reconocen como vencedor. Eso le añade valor a tu título porque te convierte en un frustrador de injusticias.
- ¿Cómo sabes que he vencido siempre? ¿Y cómo sabes que he sido justo? -preguntó un Louit agradablemente sorprendido.
- Bueno, sigues con vida. Eso indica que has salido bien librado –sugirió Nielce-. Y veo que tienes una estima verdadera por estas personas. No veo cómo podrías ser injusto con ellas.
- Eres verdaderamente sorprendente, Nielce. ¡No sabes cuánto me preocupo por ellos, cuánto me he esforzado por reconciliarlos! Vaya, no sé qué puedo decir para alabarte en este momento…

En eso estaban cuando Yommy empezó a ladrar hacia

una dirección específica. Louit y los otros hombres se pusieron de pie en el acto. Tres individuos aparecieron de entre las tinieblas. Nielce escuchó las voces de ellos mientras farfullaban palabras ríspidas con sus lenguas humedecidas por el alcohol.

Los corazones de todos se aceleraron cuando vieron los relumbros de los machetes en las manos de los advenedizos. Una de las doncellas atrajo al niño del palito y lo resguardó entre sus brazos. Los hermanos soltaron exclamaciones furiosas, el adolescente se procuró un garrote y el hombre de los ojos rojos le dijo algo a Louit en tono de confidencia.

- Nielce, quédate detrás de nosotros...
- ¿Qué está pasando?
- Son hombres de Fanehain. Vamos a conversar con ellos.
- Louit, ¡están armados!
- ¡Son sólo una terna de ebrios! No te preocupes, no llegarán hasta acá.

Louit y los otros salieron al encuentro de los borrachos. Uno de los hermanos se agachó para tomar un enorme pedrusco, sin embargo, Louit lo increpó con severidad. Nielce se sorprendió al ver que el muchacho tiraba su munición sin chistar.

Los Fanehain seguían aproximándose a paso tambaleante, pero decidido. Louit detuvo a su compañía con una seña, levantó los brazos en forma de escuadra y fue a encontrarse con los visitantes. Aún el mismo Yommy guardó silencio, abrumado por la tensión de los humanos que lo rodeaban; Nielce observaba la escena casi sin aliento, rezando para que todo llegara a feliz término.

Sorprendidos por el encuentro inesperado con el extranjero, los borrachos bajaron la velocidad de sus pasos. Un anciano canoso y greñudo de manos enormes reconoció a Louit y le habló de modo amistoso, llamándolo *Ocaringo* con toda familiaridad. Él respondió del mismo modo y se adelantó hasta quedar a pocos pasos del viejo. Los dos comenzaron una confidencia secreta, casi a susurros, y así duraron un buen tiempo.

Los esbirros del viejo comenzaron a renegar por la impaciencia, y los hombres que acompañaban a Louit se prepararon para luchar en caso de que los primeros iniciaran la ofensiva. Louit los detuvo alzando los brazos. No quería que ocurriera una confrontación, y así se lo hizo saber a todos.

Todos los hombres permanecían estáticos en sus sitios, expectantes. ¡Iban a enfrentarse, no quedaba duda! ¡Y Louit, en la primera línea, iba a ser el primero en perecer por su atrevimiento!

- Déjalo Louit, déjalo –decía Nielce en un susurro que sólo podía escuchar ella.

Largos segundos transcurrieron sin que ocurriera algo, tan largos, que parecían eternos; finalmente, el anciano empezó un largo discurso que era entorpecido por su patética embriaguez. Sus palabras tuvieron un efecto inmediato en las mujeres que acompañaban a Nielce, al grado de que salieron corriendo del lugar con el niño en brazos.

Louit juntó las palmas y comenzó a hablarle al anciano con el tono plañidero del que pide un favor a una personalidad importante. El viejo, harto de la intercesión de extranjero, lanzó un escupitajo, y era tal su consistencia, que Nielce alcanzó a escucharlo cuando éste se estrelló en el suelo -aún cuando la muchacha se encontraba a más de cincuenta pasos de distancia-, luego soltó una risa demoníaca; blandiendo su machete en el aire, el anciano amenazó a todos los hombres que componían la compañía de Louit, se dio media vuelta y llamó a los otros espadachines para que lo siguieran. ¡Louit había negociado la paz! Nielce apenas podía creerlo.

Pero, de pronto, todo tomó un ritmo vertiginoso...

El joven del garrote, en una bravata verdaderamente imprudente, hizo una burla de los Fanehain que se retiraban y se dio media vuelta. El viejo no pudo sufrir el insulto y se volvió con una rapidez pasmosa para asestarle un impresionante sablazo en el flanco derecho, a la altura del riñón. El muchacho soltó un alarido y cayó al suelo. Un líquido negro brotó copiosamente de la herida abierta y los esbirros que acompañaban al viejo soltaron exclamaciones de triunfo.

No duró mucho su júbilo: En menos de lo que se realiza un suspiro, Louit se volvió y descargó un puñetazo terrible en el cuello del viejo. Éste cayó de espaldas de un modo tan aparatoso que levantó una polvareda, quedando inconsciente en el acto. El extranjero lo sacó del combate de un modo tan humillante que resultaba penoso verlo desparramado en el suelo, fulminado como si lo hubiera golpeado un trueno.

Los espadachines observaron la caída de su señor con incredulidad, dejando escapar gritos ahogados. Louit los instruyó para que se fueran utilizando señas muy específicas. El muchacho atacado fue rodeado por sus amigos. El viejo seguía tendido en el suelo sin dar señales de vida…

Entonces, la escena estalló.

Ignorando las advertencias de Louit, los Fanehain arremetieron contra él con sus armas en alto, haciendo acopio de una ira asesina que era provocada por la certidumbre de que el anciano estaba muerto. Un aluvión de zarpazos cayó sobre Louit, pero él consiguió esquivarlos haciendo gala de una habilidad impresionante. Los Igommta se quedaron petrificados no por el miedo, sino por la admiración del espectáculo inverosímil que ofrecía el extranjero al lidiar él solo contra aquellos matones.

Yommy acudió al auxilio de su dueño y se prendió de la pierna de uno de los espadachines, derribánbolo a tierra, lo cual dejó a Louit momentáneamente con un solo contrincante. Aprovechando que ahora podía pelear con un hombre a la vez, Louit se deshizo del esbirro con un certero golpe en el estómago, sofocándolo hasta dejarlo doblado en el suelo, luego llamó al perro con un silbido para que se destrabara de la pierna del espadachín caído. El can respondió con presteza y se alejó enseñando los dientes, evitando así que lo destriparan de un sablazo. Impedido por el licor, el espadachín miró a Louit con los ojos desorbitados y retrocedió con espanto.

"Es verdaderamente habilidoso", pensaba Nielce con gran admiración. Era por eso que se involucraba en las peleas: Sabía que podía ganarlas.

Antes de que se repusieran de la derrota, Louit instó a los espadachines a que se retiraran, invitándolos a que tomaran al viejo y se marcharan en paz.

Los Fanehain se miraron una fracción de segundo –sólo una fracción de segundo- y entonces quedó claro que no iban a irse de allí sin reventar al extranjero. Un grito animal salió de las gargantas de aquellos hombres ebrios, armando entre los dos un coro unísono que invocaba a la muerte.

Louit caminó en reversa para alejarse de todos, dispuesto a librar solo aquella batalla en la oscuridad. No quería que Nielce presenciara más violencia, tampoco deseaba que los otros salieran heridos; al verlo replegarse, los Fanehain adquirieron valor y se aprestaron para luchar con sus hojas cortantes muy en alto. Antes de marcharse, Louit miró a Nielce y le guiñó el ojo.

- ¡Volveré por ti! ¡Lo haré pronto! –prometió.

Luego le silbó a Yommy y echó a correr en dirección del despoblado. Los dos energúmenos de Fanehain salieron corriendo a perseguirlo, e iban tan enardecidos, que se olvidaron del anciano Poriahor, el sacerdote mayor de su culto primitivo, desvaneciéndose en las tinieblas implacables de la noche.

La desaparición de Louit abrumó a la pobre Nielce. Un irresistible deseo de llorar se apoderaba de ella conforme la adrenalina abandonaba su cuerpo, trastornando su respiración y provocándole náuseas.

*Ahuassinda, Ahuassinda*, le gritaban con desesperación. Eso la hizo reaccionar; corriendo, la muchacha llegó a donde el adolescente yacía boca abajo con la mano ensangrentada en el flanco cercenado.

- Apártense, por favor. Necesito revisarlo...

A primera vista, el corte no era profundo. El machete del anciano no estaba correctamente afilado. Nielce dio indicaciones para que sentaran al muchacho y ordenó que le oprimieran el sitio del trauma con un pañuelo.

- Eso es, presiona con fuerza. Muy bien.

Controlada esa contingencia, Nielce se acercó a Poriahor, el cual permanecía derribado e inmóvil como un tronco; llegándose al cuello del anciano, la muchacha advirtió que el hombre seguía vivo.

Las doncellas que huyeron de la fogata dieron alerta de lo que sucedía, y unos cincuenta de los Igommta que rondaban la zona acudieron para dar auxilio a Louit y a los demás. Lo primero que vieron fue al muchachito herido, soltando exclamaciones de dolor mientras los otros lo sostenían. No tardaron en informarse sobre lo ocurrido, y cuando se enteraron que el hombre caído no era otro que el mismo Poriahor, la malicia entró en sus corazones indignados.

Una retahíla de improperios impronunciables salió de la boca de alguien, maldiciones que Nielce no alcanzó a comprender. Cuando se volvió para mirar, la muchacha se quedó helada por el espanto: Los Igommta la veían con miradas siniestras, cargadas de odio. Nielce actuó por un automatismo derivado de su carácter piadoso. Cuando tomó consciencia de lo que estaba haciendo, comenzó a cuestionar la prudencia de su movimiento... ¿Es que se había vuelto loca?

Porque sólo una loca tendría la ocurrencia de servir como escudo humano a un borracho homicida con su frágil cuerpo femenino, los brazos extendidos, y ser la única barrera entre él y cincuenta hombres iracundos que apretaban la mandíbula con furia... Sí, debía estar loca.

No supo cómo fue que ocurrió: Un impacto seco le hizo

percibir luces desperdigadas en todo su campo de visión, volteándole la cabeza y haciéndola caer de espaldas. El dolor le avisó que le habían pegado en la frente, y una roca rodante que cayó a su lado le indicó cuál había sido el medio de aquella artera agresión.

Realmente le habían metido una pedrada. La castigaban por su deslealtad para con ellos cuando ella sólo había querido defender una vida humana, e iban a matarla por eso...

¡No tenía tiempo que perder! Nielce se levantó con rapidez y echó a correr hacia la oscuridad, dejando atrás sus pertenencias. Varios pedruscos pasaron rozando su cuerpo delgado, y uno de ellos se estrelló de lleno en su pantorrilla izquierda, causándole un peligroso trastabilleo. Haciendo uso de los brazos, la muchacha evitó caer de bruces y siguió corriendo hasta que dejó de escuchar las voces maldicientes de los Igommta.

Sola en el prado, Nielce seguía corriendo mientras regaba las plantas con sus lágrimas limpias, adentrándose en el terreno agreste sin llevar un rumbo fijo. ¿A dónde iba? Eso no importaba, sólo seguía corriendo, deseosa de desaparecer al menos por unos instantes.

*(Continúa en el capítulo 20)*

# CAPÍTULO 16

## *Una pareja feliz (4)*

No se dieron cuenta de lo lejos que estaban hasta que Nielce se volvió para mirar y sólo pudo distinguir un punto blanco en el horizonte.

- ¡Mira cuánto nos hemos alejado! Será mejor que regresemos, Louit.

- Tienes razón, querida.

Y así reemprendieron la marcha de regreso, tomados de la mano mientras conversaban.

- ¿Sabes? Estoy empezando a apreciar la soledad de esta playa.

- ¡De veras! ¿Quién hubiera pensado que tú, una citadina, iba a disfrutar vivir a las afueras?

- Me gusta vivir en la ciudad, pero no lo cambiaría por lo que tengo ahora. Amo muchísimo nuestra casa y todo lo que la rodea.

Louit experimentó una gran satisfacción al escuchar las palabras de su esposa. Ella lo vio feliz y se apretó contra su cuerpo.

- Me alegra mucho escucharlo.

- Y bien, ¿qué recuerdas de cuando fuimos a los almacenes?

- Todo –respondió Louit con total seguridad.

Nielce quiso hacer una réplica para invitar a la humildad a su marido, pero en vez de eso, le hizo una confesión que seguramente iba a levantarle el orgullo:

- Durante ese rato, tú hiciste algunas cosas con las que conseguiste que me fijara en ti.
- ¿Qué cosas? –preguntó Louit con curiosidad.
- Fuiste muy paciente conmigo mientras yo hacía mis compras; me atendiste con mucha amabilidad en el restaurante; no te volviste loco de celos cuando llegó aquel joven a coquetearme…
- ¡Cierto! Nunca olvidaré ese momento.
- No sabes la pena que sentí en aquella ocasión. Llegué a pensar que el incidente iba a arruinarnos la tarde.
- Al final salió bien. Aprendí mucho de ti gracias a ese sujeto.

Louit supo en el acto que Nielce se lo iba a cobrar, y en efecto, ella se separó de él y puso una mueca de reclamo.

- Ya veo. ¿Así que lo dejaste coquetearme para observar lo que iba a hacer yo?
- Tú y yo apenas nos habíamos conocido, ¿con qué derecho iba a impedirte que hablaras con cualquiera?
- Acabas de decir que aprendiste mucho de él.
- ¡Para cuando me di cuenta, el tipo ya se había sentado a tu lado y te empalagaba con sus frases primorosas! ¿De verdad hubieras preferido que lo sacara en vilo de allí?
- Es claro que no, eso hubiera sido muy incómodo, pero tú podías despedirlo de forma respetuosa.
- Es claro que tú tenías que despedirlo.
- Y lo despedí, pero esa no es la cuestión: Tú te quedaste viéndonos con tu sonrisa inocente, a pesar de que yo te hacía señas para que vinieras; ¡yo iba contigo, yo era tu pareja!
- No, tú eras una muchacha muy amable que había aceptado mi compañía, eso era todo.
- ¡Eres un ridículo!
- Más vale aclararlo –contestó Louit un poco exasperado-,

pues las cosas se dieron así: Yo fui a recoger nuestra comida. Cuando quise volver a la mesa, mi asiento ya estaba ocupado por tu nuevo galán; yo te vi platicar con él y pensé: "no te metas, Louit, no eres nadie todavía, guárdate tus celos", ¡y sí, tenía celos! ¡Quería expulsar de allí a ese infeliz! Pero me contuve...

Los ojos de Nielce se iluminaron como dos ascuas iridiscentes. Louit siguió desahogándose con pasión.

- ... Y esperé con paciencia, observando la escena a la distancia. Eso me dio la oportunidad de contrastar las cosas que hizo él con lo que había hecho yo. Allí me di una idea de la clase de persona que eras, y eso incrementó muchísimo mi deseo de conocerte. ¿¡Ahora estás conforme!?
- Más que conforme, querido.

Nielce se acercó mucho a Louit. Él pensó que iba a besarlo, pero, en cambio, ella le sacó el pañuelo de su saco, alzándolo en el aire como un trofeo.

- ¿No vendrás por él? –preguntó Nielce en tono de reto.
- Mejor te arrojo al mar. ¿No me crees? Anda, corre...

Participando del juego, Nielce echó a correr por la playa. Louit la alcanzó en un par de zancadas y se la cargó al hombro como a un saco. Entre pataletas y sacudidas, Nielce desestabilizó a Louit hasta que ambos cayeron en la arena húmeda, dándole oportunidad a las olas para que pudieran embestirlos.

Dos niños no hubieran hecho tanto escándalo. A los pocos instantes, ambos estaban completamente mojados, doblándose de risa, escupiendo sal y arrojándose arena mojada, arruinando por completo sus recién adquiridas ropas de lujo.

Ya en la ciudad, Louit y Nielce se dirigieron a los almacenes. Él no preguntó qué era lo que buscaban, pero lo adivinó pronto: Golosinas. Uno tras otro, los dos recorrieron los establecimientos siguiendo una ruta que ella había planificado de antemano.

Al llegar a cada establecimiento, Nielce se dirigía a los empleados del lugar, preguntando por sus productos y sus precios, luego tomaba notas en un papel. Mientras tanto, Louit se mantenía a la distancia y se distraía observando a los chiquillos que rondaban por los pasillos, embelesados con tantas chucherías apetecibles.

- ¿Estás aburrido? -preguntó Nielce después de un rato.

- Nada de eso. Esto muy entretenido.

Claro que era entretenido ver cómo se desenvolvía la hermosa Nielce, y aun estando aburrido, Louit no iba a dejar la oportunidad de pasar más tiempo con ella.

- Estoy fatigada y hambrienta, y supongo que tú también lo estás.

- Sí, lo estoy.

- Vayamos por bladas, ¿te gustan?

- Es claro que sí, y sé de un lugar estupendo en el que las venden. Ven, no es lejos de aquí.

El ambiente en la ciudad era vibrante. Un desfile de transeúntes, como un río que iba y venía al mismo tiempo, surcaba las avenidas principales de la ciudad. Nielce y Louit se sumaron a la corriente para dirigirse al corazón mismo de la metrópoli, donde la fiesta se sentía en todo su esplendor.

A pesar del escándalo, Louit se afanaba por mantener la conversación fresca; no obstante, una aparición hizo que Nielce se abstrajera del todo: Un coro de niños venía entonando canciones populares, todos uniformados con altos gorros verdes y camisolas blancas. Los pequeños eran dirigidos por una chiquilla pelirroja apenas mayor que ellos, misma que movía los brazos para acompasar a sus coristas con lúcida gracia.

Algunas señoras se detuvieron a ver el espectáculo callejero, añorando las melodías de sus años felices, ahora entonadas por una generación nueva.

*Los cariños que no te brindé,*
*lastiman mi alma prisionera*
*Los secretos que no te conté,*
*marchitan mi conciencia entera*

*Si pudiera encontrarte hoy,*
*¡cuántas cosas te dijera!*
*De las que mucho, yo mucho pensé,*
*antes que amaneciera.*

Louit reconoció las líneas de esa vieja canción de Karahls, una de las melodías clásicas del país. Iba a comentarle algo a Nielce cuando la vio extasiada, repitiendo con sus labios la letra con profundo sentimiento.

*Los regalos que no te pasé,*
*los sigo guardando todavía*
*Las caricias que no te entregué,*
*las llevo cargando cada día*

*Si pudiera tocarte hoy,*
*oh, ¡cuánto te acariciaría!*
*Cuántas veces te dijera:*
*¡No te vayas, vida mía!*

*Las canciones que no te canté,*
*me impiden seguir cantando*
*Las palabras que no te expresé,*
*siento que me están ahogando*

*Si pudiera tenerte hoy,*
*a tu oído estaría susurrando*
*Una sola oración sincera:*
*¡Todavía te sigo amando!*

La niña directora intensificó la cadencia de sus movimientos para dar paso a la impresionante entrada del estribillo:

*¡Momentos, estampas, recuerdos!*
*Anhelos de tiempos perdidos*
*¡Lamentos, añoranzas, desvelos!*
*El hielo de corazones ateridos*

*¡Momentos, estampas, recuerdos!*
*Anhelos de tiempos perdidos*
*¡Lamentos, añoranzas, desvelos!*
*El hielo de corazones ateridos.*

El coro pasó de largo, dejando detrás de sí a muchas personas con un nudo en la garganta y lágrimas en los ojos. Nielce vio a los niños alejarse con una sonrisa de satisfacción en el rostro, como si se llevaran algo de ella con la canción.

- Una melodía que te llega al alma, ¿no crees?
- Hay personas al otro lado de la acera que están totalmente de acuerdo contigo -sugirió Louit.
- ¿Y tú?
- Sí, también, aunque no puedo decir que me toca de un modo especial.
- Supongo que no has experimentado lo que es tener un amor inconcluso.
- No. ¿Y tú?
- Sí, hace algún tiempo.

Louit clavó sus ojos en ella para ver si le correspondía la mirada. Nielce lo miró y no apartó sus ojos de él, como compitiendo por averiguar cuál de los dos iba a sonreír primero.

- Dime una cosa: ¿Te gustan mucho los niños, Nielce? -dijo Louit de repente.
- ¿Por qué lo preguntas?
- Sólo estoy confirmando una impresión.

- Pues sí, me encantan.

"Pues te encantarán nuestros hijos", pensó Louit y empezó a reír.

- ¿Sucede algo? -preguntó Nielce.

- ¡No, para nada! Ven, ya estamos muy cerca.

Llegaron al sitio de la comida y eligieron una mesa al aire libre. Para gran sorpresa de Nielce, Louit se empeñó en pagar el consumo de ambos, una práctica que sólo estaba reservada para las parejas casadas.

- Es claro que no te dejaré hacer eso.

- ¿Por qué no? Dame un argumento válido.

- ¡Es extraño! -respondió Nielce entre risas.

- ¿Esa es tu objeción?

- ¿No te parece suficiente?

- Sí, me parece que ya recuerdo -Louit se llevó una mano a la barbilla-: ¿No era el mismo Ghillart el que decía que *"las tradiciones son prácticas cuyo valor debe someterse a la prueba en cada corazón"*? Yo quiero hacer esto y no veo cómo puedes impedirlo.

- Apenas te conozco, ¿cómo quieres hacer eso por mí?

- Deja eso y espera: También te serviré tu comida.

A pesar de que la actitud de Louit le parecía contumaz, Nielce tomó de buen grado su ofrecimiento. Después de todo, él parecía sincero.

- Te agradezco mucho, Louit.

- Estupendo. Volveré enseguida –indicó él con una sonrisa.

Como era un día libre de labores, la concurrencia en el lugar era grande; formado y a la espera de su turno, Louit se puso a observar a lo que hacía Nielce. ¡Sorpresa! La muchacha ya estaba leyendo de nuevo. "¡No puede dejarlo!", pensaba Louit con admiración. "¿Será que siempre es tan ávida de leer? Tendré que tomar algún texto interesante de cuando en cuando. No quiero parecer un ignorante a su lado".

Llegó su turno de ordenar. Louit completó la compra de su alimento. Cuando se dirigía al encuentro de Nielce, vio algo que lo dejó helado: Un joven muy desenvuelto había ido a ocupar su lugar en la mesa. La distancia y el ruido de la gente le impedían escuchar lo que el intruso le decía a Nielce, pero no era difícil adivinarlo...

Sobra decir que Louit experimentó un torrente de sentimientos negativos. Yendo como un autómata, pronto alcanzó a escuchar la perorata del galán. Era tan ridículamente predecible como él lo había anticipado, y aún así, una profunda indignación se apoderó de él; por eso fue acercándose a la mesa lentamente, cada vez con peores intenciones...

Nielce lo vio venir y le sonrió. La mirada de ella era tan cautivadora que Louit sintió que se suavizaba. Allí se dio cuenta de que ella tampoco estaba conforme con la presencia de ese romántico advenedizo. Lo estaba esperando a *él*. Quería su comida y quería librarse del intruso.

Louit tuvo un pensamiento pícaro: Acercándose a una columna cercana, apoyó su hombro contra ella y saludó a Nielce con la mano, poniendo una sonrisa estúpida en el proceso. La muchacha lo observó con total estupefacción, *¿qué diablos estaba haciendo?* El otro sujeto no se percató de ello y siguió multiplicando sus palabras melosas.

En una mesa cercana, uno de los comensales se derramó líquido encima. El jovencito se levantó para observarse la ropa y sus amigos explotaron en risotadas: Estaba prácticamente arruinado. Louit alcanzó a escuchar de forma parcial el comentario despectivo que hizo su rival, llamando "idiota" al muchachito y añadiendo otros adjetivos groseros. Nielce enmudeció ante la rudeza desmedida de aquellas palabras. Cuando el tipo desahogó todo su sarcasmo, siguió hablando con toda la odiosa suficiencia que ya lo caracterizaba. Como respuesta a sus estudiados piropos, sólo recibía escuetos monosílabos de parte de Nielce.

"Lo que es ser un verdadero imbécil", pensaba Louit con

impaciencia. Y el galán continuaba hablando con ardor, plenamente convencido de que sus palabras eran irresistibles. Hablaba de sus muchos viajes y de los negocios de su padre, intercalando| casi cada oración con una alusión a la beldad de Nielce, quien lo veía con ojos escépticos.

Entonces sucedió: El joven extendió su mano para posarla sobre la de Nielce. En apenas un instante, Louit vio cómo la fisonomía de la muchacha se transformaba. No alcanzó a escuchar lo que ella dijo inmediatamente después, pero su respuesta tuvo un efecto muy obvio en el persistente galán, quien se levantó de la mesa con el aspaviento del que ha sido herido en el orgullo. Estaba a punto de hacer una réplica mordaz cuando escuchó que alguien lo llamaba entre carcajadas: Eran dos sujetos que espiaban a la pareja desde una posición lejana.

- ¡Déjala en paz, Haryl! ¡Acepta que perdiste!
- ¡Linda, no le hagas caso! Es un perdedor...

Haryl se puso rojo y se retiró ofreciendo una excusa torpe. No se dirigió a la mesa de sus compinches, sino que salió del lugar, dejando a sus camaradas muertos de la risa; Louit fue a ocupar su asiento sin apresurarse demasiado. Antes de sentarse, le sirvió a Nielce su alimento, tal como se lo había prometido. Eso desconcertó a los otros dos sujetos, quienes se convencieron de que la muchacha estaba casada con Louit.

- Louit, perdóname: Ese joven llegó a sentarse y yo no supe qué hacer.
- Deja eso: No fue tu culpa –respondió Louit en tono conciliador-. ¿Él te causó alguna molestia?
- Él no hizo algo fuera realmente ofensivo, pero sí se comportó de una manera... Impropia.
- ¿Impropia? ¿Qué quieres decir?
- Si te cuento, vas a creer que exagero.
- Cuéntame... ¡Vaya, esto es muy bueno!

Nielce se libró de la incomodidad al ver que Louit masticaba su comida a dos carrillos con grandísimo disfrute.

- ¡Eres muy gracioso, Louit!

- ¿Tú crees? -Louit se encogió de hombros, aunque por dentro se desbordaba en júbilo-. Pero dime, ¿qué hizo ese joven mientras yo me encontraba ausente?

- No tiene caso que hablemos de ello.

- De acuerdo. Lo dejaré.

- Gracias.

- Por cierto: Me pareció ver que leías, ¡se ve que eres muy apasionada!

- Sí, intenté leer un poco. Me apena saber que no podré terminar de leer este libro hoy.

- Todo tiene su tiempo. Y ahora mismo, lo que toca es comer, *¡havijah!*

- *Havijah*, Louit –Nielce probó su comida, y después de pensarlo un poco, agregó: -. ¿Ves? Justo a eso me refería: El joven que se sentó aquí no me saludó como lo hiciste tú cuando nos conocimos.

- ¿Cómo?

- Con *airasenura*, que es una expresión de humildad. Ahora empleaste *havijah*, otra expresión de gran cortesía.

- Y tú eres la primera persona que lo aprecia.

- Es una pena. Tus hábitos deberían ser compartidos por muchos.

- Por cierto: ¿Está buena tu blada?

- Tiene buen sabor, pero le falta cocción.

- ¿Estás inconforme con ella? Puedo traer una nueva.

- No te preocupes, yo lo hago. Gracias.

Levantándose, Nielce fue a dialogar con los empleados del lugar, lo que dejó una profunda impresión en Louit. Allí tenía con él a una mujer independiente y decidida, que alternaba su asertividad con una notable sensibilidad y cortesía. Era única en muchos sentidos.

*"¿Ya eres un jurista acaudalado?"*, le preguntó más temprano en Ondalud. ¡Sí, ella lo estuvo probando! Seguramente quiso asegurarse que no la iba a molestar con la presunción vacua de su riqueza. La poca afectación con la que hablaba de su linaje ilustre también hablaba de su humildad. Sólo la grandeza de las cualidades humanas podía soprenderla y cautivarla.

"Ahora entiendo muchas cosas", pensó Louit al recordar a Haryl, quien se expresó en forma peyorativa del jovencito que se había mojado por accidente; él también acaparó la conversación sin detenerse a escuchar los finos razonamientos que Nielce; omitió el uso de palabras de cortesía durante el transcurso de su plática; insistió demasiado en alabar la belleza de la muchacha, y la conversación se terminó cuando se atrevió a tocarla... Todo eso fue catalogado por Nielce como conducta "impropia", ¡no podía olvidarlo!

Louit buscó a Nielce entre la multitud y la encontró exponiendo su disgusto por la comida con los empleados del lugar, intercambiando sonrisas y palabras amables. Allí sintió cómo crecía su interés por conocerla del todo, por apreciarla completa...

Sobre la mesa, Nielce dejó *Las Herencias del Tiempo Pasado.* Louit tomó el libro con delicadeza y lo hojeó un poco. Estaba impecable. De pronto, un pequeño papel cayó a sus pies. Louit lo levantó para examinarlo: Un recibo de compra con orden de entrega. Como Nielce ya volvía, Louit metió el papelito en el libro y lo puso donde estaba. Ella se sentó en su lugar sin percatarse de las maniobras de él.

- Ya está.
- ¿Te atendieron bien?
- Sí. Gracias.
- Me da gusto, pero hay una cosa que me apena.
- ¿Qué es?

- Que no pude servirte tu comida esta vez.
- ¿Sigues con eso? -respondió Nielce entre risas.

Los dos siguieron conversando con naturalidad, mezclando sus voces con las de los otros comensales.

Una parvada de aves pasó surcando el cielo sobre sus cabezas, sembrando sombras rápidas en la tierra al volar raudo en dirección del sol. Nunca iban a volar tan rápido como el tiempo que pasaron juntos ese día, el cual se consumió con una velocidad verdaderamente alucinante.

*(Continúa en el capítulo 21)*

# CAPÍTULO 17

*Un paciente atormentado (4)*

## A

- Nielce, soy yo: Camebit. Abra por favor –dijo el doctor por la boca de la bocina que le permitía comunicarse al interior de la casa.

No obtuvo respuesta. Camebit permaneció parado en el umbral de la puerta unos instantes. Después de un tiempo volvió a llamar. No escuchó sonido alguno en el interior de la vivienda. ¿Valdría la pena llamar otra vez? El doctor lo hizo y esperó una respuesta.

De pronto, el cerrojo de la puerta se descorrió. Nielce atisbó hacia afuera por una pequeña abertura.

- Airasenura. Buenos días…
- ¡Doctor Camebit! ¿Qué hace aquí? –preguntó Nielce. Era claro que la visita la sorprendía.
- Vine a hablar con usted, ¿es mal momento?
- No, en lo abstoluto. Pase doctor.

Camebit entró. Nielce cerró la puerta y le ofreció un asiento al doctor, que él aceptó de muy buena gana.

- ¿La desperté? –preguntó Camebit con curiosidad.
- Sí, y lamento no haber atendido antes. Estuve en vela toda la noche. El niño de mis vecinos padece dolores intéricos y me pidieron que los asistiera en sus cuidados nocturnos.

- ¿Dolores intéricos? ¿De qué edad es ese pequeño?
- No es precisamente un pequeño, ya toma clases.
- ¿Y aún tiene esos síntomas? ¿Está segura de que no se trata de alguna otra cosa?
- Es lo que les dijeron en el sanatorio. Sus padres lo llevaron a revisar hace tres días.
- Pueden haber errado. ¿Quién emitió ese juicio médico?
- Es algo que ignoro, doctor, pero el diagnóstico es correcto: El niño responde bien a las infusiones de zemalca. Puede que sólo se trate de un síntoma muy excepcional.

El doctor se llevó una mano a la barbilla para reflexionar.

- No me convence. Si el niño sigue padeciendo dolores, hágame el favor de remitirlo conmigo: Quiero revisarlo personalmente.
- Lo haría con mucho gusto, doctor, pero ya no tengo jurisdicción en el sanatorio: Usted me despidió ayer, ¿recuerda?
- Yo... Yo vine a hablarle de eso –contestó Camebit cierto con embarazo.

La muchacha tenía una expresión de fatiga indefinible. Permanecía parada con la espalda encorvada, con terribles manchas oscuras que circundaban sus ojos verdes; aunado al cansancio físico, podía percibirse la marca inequívoca del sufrimiento reciente; Nielce parpadeó dos veces y buscó una respuesta adecuada. Sólo pudo emitir un sonido de vacilación. La agilidad mental la había abandonado por completo.

- Antes que nada, ¿desea probar algo?
- Oh no, deje eso, Nielce. No quiero causarle molestias.
- ¿Va a ir al sanatorio después de terminar esta visita?
- Sí.
- ¿Y ya tomó algo antes de venir acá?
- No, pero no se moleste en...
- Espere –respondió ella con voz apagada, aunque con

autoridad-, ya le traigo algo.

Y antes de que Camebit pudiera presentar alguna objeción, la muchacha salió de la habitación arrastrando los pies. El doctor sintió una terrible culpa al verse tan bien acogido por Nielce. Para distraerse, optó por examinar el decorado de la sala en la que se encontraba: El techo estaba elaborado de un vidrio opaco y resistente, muy utilizado en las construcciones antiguas porque mantenía iluminada la morada; una de las paredes era disimulada por muchas macetas floreadas, acomodadas todas en un anaquel metálico de hermosa hechura; dos pinturas colgaban a los lados de una amplia ventana circular y debajo de ella yacía una mesa de madera antigua, donde un tintero y un guardador de papel eran los únicos adornos visibles; por último, un librero atestado, una mesa de centro y tres pequeñas sillas completaban el mobiliario de la habitación.

En su inspección minuciosa del cuarto, Camebit se topó con una materia oscura que le llamó la atención. Cuando descubrió de qué se trataba, el doctor se llevó un chasco: Era una pequeña pila de excremento.

- ¿Puede consumir leche, doctor Camebit? –preguntó Nielce desde otro lugar.
- Eh... Sí, gracias.

Nielce apareció cargando un vaso y un canasto con frutos y bocadillos de harina endulzada, los cuales depositó sobre la mesa central, luego se acomodó en la silla que quedaba frente a Camebit. Tenía el rostro húmedo: Se había lavado la cara para despabilarse.

- Coma, es para usted.
- Sí, gracias. Su casa es muy agradable, Nielce.
- ¿En verdad lo cree? No debe compararse con la suya, doctor.
- Son muy diferentes. Mi casa es de un estilo más moderno. Sin embargo, este tipo de construcción antigua tiene un

encanto especial, ¿no le parece?

- No sé si entiendo lo que quiere decir. De cualquier modo, agradezco su comentario.

Camebit extendió la mano para tomar un par de bizcochos y se los comió en silencio. Nielce no dijo una sola palabra. La fatiga la tenía prácticamente dormida.

- Nielce, ¿se encuentra bien? –inquirió Camebit. Le preocupaba el aspecto de la muchacha.

- Sí, señor.

- Ya. Seré breve y me retiraré enseguida, no quiero seguir importunándola con mi presencia.

- No se sienta así, doctor. Hable, le escucho.

- Ya. Tenga –dijo Camebit al sacar un sobre de su saco para extendérselo a Nielce.

- ¿Es el dinero de mi despido?

- No, es una carta del señor Dermeer. Él me pidió que se la hiciera llegar.

Nielce tomó el sobre con el ánimo aplanado, luego desplegó una hoja amarillenta y comenzó a leer:

"Yo, Louit Dermeer, me dirijo por este conducto a Nielce Tamarats...

"Nielce: Escribo estas líneas después de meditar en mis acciones del día de ayer. Me parece que fui desmedidamente rudo con usted, denigrando las muchas virtudes de su persona con comentarios y gestos inmerecidos. No lo vi entonces, pero lo veo claro ahora. Le ofrezco mi más sentida disculpa...

"Anticipo su posible reacción al leer esta confesión y aun así me atrevo a hacerle la siguiente petición: Por favor, reintégrese a sus funciones y vuelva a trabajar. Deseo que retome su rol como mi cuidadora, se lo ruego con humildad...

"En lo que concierne a Nube: No sé si usted se sigue haciendo cargo de él. Si es así, sepa que le restituiré los daños que el perro ocasione en su propiedad. Lo conozco y sé que es difí-

*cil de tratar a veces…*

*"Espero recibir una respuesta pronta a esta carta. Le estaré muy agradecido si se digna en responderme…*

*"Yo, Louit Dermeer".*

Nielce cerró los ojos y apoyó la cabeza en una de sus manos. Había algo en estas líneas que no le convencía del todo, pero le faltaba la entereza mental para descifrarlo. Y es que, a pesar de que tenía en sus manos una prueba aparentemente infalible del arrepentimiento de aquel hombre, no conseguía sentirse mejor.

- ¿Está todo bien, Nielce? –preguntó Camebit después de esperar algunos segundos.
- Sí, estoy bien. ¿Está usted enterado de la voluntad del señor Dermeer?
- Sí, lo estoy. Tuve la oportunidad de conversar con el señor Dermeer en el preciso momento en el que redactaba esa carta. Él me convenció para que viniera a entregársela.
- Entonces, ¿usted está de acuerdo en que yo vuelva a mis labores?
- Mire, Nielce: Usted es una cuidadora excepcional. Su trabajo en el hospital es magnífico. Además, usted suple todas las faltas de Wolieb. Sin embargo…

Camebit carraspeó. Nielce lo miró con sus ojos apagados.

- Sin embargo, usted tiende a extralimitarse con los enfermos. Los dos sabemos que ésta no es la primera vez que ocurre una situación semejante. No creo que tenga que recordarle el incidente del niño de Losgar…
- No hay necesidad –replicó Nielce.
- Y aquel episodio no es ni remotamente cercano en gravedad a este último. Dígame, ¿es que le parece sensato…?
- … Ya expuse mis motivos, doctor –interrumpió Nielce con respeto, y agregó: -. No encuentro útil determinar la sensatez de mi proceder. Ya no puede cambiarse nada.

- ¡Es claro que puede cambiarse algo! –exclamó Camebit-. Escuche: Usted se ajustará a las normas del hospital a partir de ahora y no volverá a realizar ningún acto que sea ajeno a sus funciones. En caso contrario, considero que será muy arriesgado permitirle volver...

Un tintineo metálico empezó a sonar en las cercanías. Nube apareció en la sala con un guiñapo amorfo en el hocico. Camebit se quedó boquiabierto.

- Está bien. Acepto sus condiciones –musitó Nielce.
- ¿Este es el famoso perro de Louit Dermeer? –preguntó el doctor con un tono un tanto despectivo.
- Es el perro de Lersha Dermeer, sí.
- ¿Y lo deja andar libremente por su casa, destruyendo sus cosas y ensuciando sus aposentos?
- Ha sido inevitable.
- ¡Y pensar que pudo perder su empleo por culpa de esa criatura!
- Esa criatura –respondió Nielce con marcado énfasis- estaría muerta o perdida si yo no la hubiese recogido. El oficio al que usted y yo nos dedicamos es el de salvar vidas, y siento que honré esa vocación al rescatar a Nube.

El doctor miró a Nielce y la apreció tal como era en realidad. En ese momento, la muchacha se encontraba demacrada, abatida y desarreglada, pero la dignidad no atiende a apariencias. Es posible tener la cabeza enhiesta y ser despreciable tanto como es posible estar encorvado bajo el peso de la debilidad y aun así enaltecer la condición humana.

- De cualquier manera –contestó un Camebit que prefirió rehuir a las palabras de ella-, tendrá que dejarse de esas cosas. Es por su bien, Nielce.
- Sí, lo sé.
- Y bueno, ¿cuándo puede volver a trabajar?
- Cuando usted me requiera, doctor.

- Excelente. Vaya esta noche, cuando haya descansado bien. El señor Dermeer sigue resistiéndose a ser tratado por otra persona que no sea usted, por eso necesito que vaya hoy.
- Sí, ahí estaré.

Camebit apuró la leche, tomó un par de bocadillos, estrechó la pequeña mano de Nielce y se marchó. Cuando estuvo afuera, alzó la vista al cielo. Nublado y gris otra vez. Luego reemprendió la marcha hacia el sanatorio.

El trayecto hasta el hospital le dio una excelente oportunidad para reflexionar sobre todo lo que había conversado con Nielce.

Horas más tarde, el doctor Camebit miró por la ventana de su oficina y se sonrió al ver que Nielce iba llegando al hospital, justo cuando el sol empezaba a ocultarse.

# B

Un aguacero tremendo descendía del cielo, y éste parecía no tener fin. Las nubes se exprimían sobre la ciudad, mojándolo todo con su prolongada tormenta. La ventana del cuarto soportaba la explosión acuosa y los remolinos con notable resistencia, y el estrépito de las gotas al desintegrarse en la superficie transparente del cristal mitigaba todos los sonidos en el corredor. Sin embargo, cuando amainaba un poco la lluvia, Louit podía escuchar lo que se hacía en el pasillo y en las habitaciones contiguas. Afuera, los enfermeros se afanaban en repartir las dosis de medicamentos a sus enfermos, y éstos se quejaban con ellos de sus dolencias. Y a él, ¿iban a venir a visitarlo? Wolieb sólo pasaba de largo y se contentaba con mirar al interior de la habitación para cerciorarse de que siguiera vivo. ¿Tendría el valor de venir a atenderlo? No contaba con ello.

Mejor para los dos.

Recostado en la cama, Louit pensaba en su familia. La imagen de sus cuerpos muertos lo perseguía tanto en sueños como en las horas de vigilia. ¿Por qué no podía recordarlos vivos, hermosos y sonrientes? ¿Por qué no lograba sacudirse esa horrible imagen de la mente? La ausencia de su pierna izquierda también lo enloquecía. Una ira asesina lo instigaba a arrancarse las vendas para desangrarse...

Y, ¿por qué no lo hacía en ese mismo instante? ¿Qué lo detenía?

Desgastándose en la rumiación de estos pensamientos, Louit envidiaba la suerte de sus hijos y de su esposa, quienes se sumieron en la inconsciencia en un parpadeo. Y entonces venían de nuevo aquellos cuestionamientos parásitos. ¿Por qué no se les unía? Todo era tan sencillo como clavarse el tenedor en la garganta. ¿Por qué dudaba? Sólo tenía estrellar el muñón contra la rígida cabecera de la cama. La salida fácil, el escape deseado. ¿¡Por qué no se atrevía!?

"¡Maldita indecisión! ¡Maldita cobardía!". Y era cierto, ¡de eso se trataba todo! ¿Por qué simplemente no lo admitía?

De pronto, la sombra de una persona apareció en el umbral de su puerta. Louit no pudo distinguir de quién se trataba.

- Buenas noches, señor Dermeer.
- ¿Nielce? –preguntó un Louit verdaderamente sorprendido. No esperaba que ella apareciera así, de repente.
- Sí, soy yo.

La muchacha entró, tomó un banco de una esquina, lo acomodó al lado de la cama de Louit y se sentó sin decir una palabra. Él quiso observar la expresión de Nielce, pero la oscuridad se lo impidió. Lo que sí pudo ver es que ella iba ataviada como enfermera.

- Así que ha vuelto a trabajar.
- Sí, señor. ¿Ésa es su comida?
- ¿Qué?

Nielce se levantó para inspeccionar el contenido de una charola de alimentos. Allí había un plato con verduras cocidas, un pan endurecido y una pasta de cereales. Todo seguía intacto.

- Usted no ha probado nada –reprochó Nielce.
- Ni lo probaré.
- ¿Cuánto tiempo tiene sin comer, señor Dermeer?
- Deje eso, le he dicho claramente que no probaré na... ¡Eh! ¿a dónde va? –exclamó Louit al ver que la enfermera se alejaba con la charola.

Todo fue en vano. Nielce desapareció por donde había llegado sin responder una sola palabra.

La lluvia comenzó a arreciar nuevamente, estrellándose contra la ventana con furia. Grandes risas se escucharon en el pasillo, que alguien se encargó de acallar con un regaño enérgico; después de un momento, Nielce apareció otra vez en la habitación, esta vez cargando un pequeño tazón de color gris en su mano izquierda.

- Levántese, señor Dermeer.
- ¿Qué es eso? –preguntó Louit con una curiosidad quejosa, tal como lo hace un niño que desconoce lo que le darán de comer.
- Esto lo fortalecerá bastante. Ande, siéntese.
- Creí haberle dicho que no comería nada, Nielce.
- Me lo dijo, pero no vine aquí a discutir con un paciente necio: Vine a cumplir con mi trabajo.
- Eso es... Esto sólo es trabajo para usted.
- No lo entiendo, Señor Dermer –replicó Nielce, como si ya hubiera anticipado la respuesta áspera de Louit-: Cuando recogí a su perro, usted se puso furioso conmigo porque me excedí en confianza, y ahora que he vuelto me recrimina que actúo sólo como una empleada. ¿Es que no hay manera de complacerlo? ¿O es que sólo quiere divertirse conmigo? No logro descifrarlo.

Eso enmudeció a Louit, quien no pudo encontrar una defensa eficaz para semejantes razones.

- Perdóneme, ¿sí? Venga, deme eso –respondió él al enderezarse en la cama.
- Tenga, es gaubí endulzado –Nielce le extendió el tazón.
- ¿No se va a sentar, Nielce?
- Creí que preferiría comer solo.
- Siéntese –indicó Louit de una manera más autoritaria que amable.
- Sí.

La muchacha obedeció. Louit comenzó a comer su gaubí sin prisa, y así estuvieron en silencio por un buen rato; Nielce se puso a observar al enfermo. ¿Por qué se comportaba de un modo tan altivo? ¿No se había disculpado con ella en la mañana? Fue entonces cuando recordó cuál era el oficio de él: Legislador menor.

Así que eso era. Sus palabras ya le habían parecido huecas al momento de leerlas. Sí, aquella disculpa sólo era el reflejo de una costumbre inveterada de elocuencia artificial. Nielce se sintió estúpida y tuvo ganas de retirarse, pero se quedó por pura dignidad.

- ¿Por qué vino hasta esta hora, Nielce?
- No pude venir antes, señor Dermeer –respondió ella con una amabilidad forzada.
- ¿Va a quedarse aquí?
- No, me retiraré después de que revise sus heridas y las limpie. Volveré al amanecer para cuidarle.
- Ya veo...

Louit tomó otra cucharada de gaubí y empezó a emitir ruidos molestos con la boca para expresar su mal humor.

- Pues haga lo que tenga que hacer y váyase, no quiero que se desvele por mi culpa.
- Ya me desvelé por culpa suya, señor Dermeer, y no lo he disfruté para nada.
- Sí, pobre de usted.

Louit arrojó el tazón a la mesa cercana, volcándolo y haciendo volar el poco gaubí que quedaba pegado en la superficie del utensilio, luego se acostó en la cama y empezó a reír como un desquiciado. Nielce se levantó. No iba a soportar otro desplante.

- Me voy.
- ¿A dónde va, por más gaubí? Vaya, aquí le espero.
- Es claro que no. Iré a renunciar.
- ¿Renunciar? No, usted no puede hacer eso –dijo Louit con tono enigmático-. Usted no puede dejarme.
- ¿Se dejará atender? Levántese entonces.
- ¿Cómo se atreve a hablarme así...?

Era insoportable, sencillamente insoportable. Nielce exclamó:

- ¡Me marcho!
- Pero qué... No, Nielce... ¡Nielce!

Un relámpago iluminó momentáneamente la habitación, y esa fracción de segundo bastó para que Louit pudiera ver la faz de ella: Sus ojos hundidos y cansados, las lágrimas acumuladas en ellos, la postura decaída y el orgullo herido. Él había causado eso, y el saberlo le produjo una profunda impresión, tal como la experimenta aquel que reconoce su propia abyección y bajeza cuando se topa con un modelo de altruismo. ¿Cuánto más iba a ignorar que necesitaba de alguien como ella, no para ser cuidado, sino para ser socorrido?

Nielce se dio media vuelta. Louit tuvo que moverse rápido. En un movimiento, el cojo se sentó en el costado de la cama y extendió su brazo para apoderarse de la muñeca de ella.

- Déjeme –rogó Nielce.

Louit tomó la mano izquierda de Nielce y la llevó hasta su rostro, como quien reza con un amuleto poderoso. De pronto, Nielce sintió el calor de un líquido tibio que recorría la piel sensible de su palma.

- No me deje, se lo suplico –dijo él como única disculpa, pero no necesitaba ser elocuente: Ninguna palabra hubiera demostrado mayor vulnerabilidad.

Y Nielce no tardó ni dos segundos en olvidarse de todos los insultos y de todas las ofensas que Louit le había hecho. Rápido se sentó a su lado y lo abrazó.

- No me deje. Por favor, no me deje –repitió él varias veces.

¿Dejarlo? Eso no iba a suceder nunca. Llorando y en plena catársis, ¿cómo iba a dejarlo así?

Nunca puede tanto la debilidad de un hombre como cuando le ruega a una buena mujer para que no lo abandone.

- Tengo que confesarle algo, Nielce.

Ella se volvió a mirarlo con atención, dejando inconcluso el vendaje de la pierna de Louit.

- ¿Qué cosa?
- Yo… Vaya, esto será difícil de decir –suspiró Louit.
- No se preocupe por mí. Yo tomaré de buen grado lo que usted diga.
- ¿Cómo lo sabe?
- Simplemente lo sé. Adelante, hable.
- Lo haré en cuanto termine eso y se siente.
- Ya terminé.
- Bien, entonces siéntese.

Nielce fijó las vendas con cuidado y ocupó el banquito al lado de la cama de Louit.

- Antes que nada, perdóneme por todo lo que le hice pasar…
- Olvide eso, señor Dermeer. Sé que está sufriendo mucho…
- … Basta, ¿quiere dejar de llamarme *"señor Dermeer"*? –interrumpió Louit de repente.

- Entonces, ¿cómo debería llamarlo?
- Louit, ya que ése es mi nombre.
- Pero usted es un hombre casado. No está bien que yo emplee su nombre de pila.
- No, casado no: Mi esposa está muerta, y para usted, yo soy Louit.
- No me siento cómoda llamándolo así.
- Haga un esfuerzo –dijo un Louit testarudo, aunque no grosero, no como antes.
- Está bien. Y sí: yo le perdono todo, así que deje de preocuparse por eso –replicó Nielce.

Louit asintió. No le era cómodo mirar a Nielce, así que dirigió su vista hacia la ventana, donde la lluvia se estrellaba con todo el ímpetu de la tormenta. Aprovechando el ruido del aguacero, Louit dijo como única confesión:

- Yo tenía pensado amenazarla, Nielce.
- ¿Qué dijo? –preguntó Nielce. La lluvia le impedía escuchar con claridad.
- No me haga repetirlo.
- ¿Usted iba a amenazarme? ¿Cómo?
- Yo soy un hombre influyente. Tenía pensado amenazarla con la posibilidad de entablar un proceso judicial en contra suya por el asunto de Nube. Esto con el fin de forzarla a hacer algo...

Nielce se atragantó al escuchar esas declaraciones. Así que todo había sido una trampa.

- ¿Forzarme a hacer qué?
- No se lo puedo decir todavía, no sin saber que va a ayudarme...
- Es claro que voy a ayudarlo en cualquier cosa que me pida. Sólo debe pedirlo.
- No sabe lo que dice. Sé que se va a rehusar. Por eso pensaba obligarla usando la coerción, y puede que no exista otra

manera.

- Si ése es el caso, sepa que no haré cosa indigna. Ninguna amenaza me moverá a actuar en contra de mis convicciones.
- ¿Y si le dijera que se trata de una acción altruista? ¿Cambiaría su parecer?
- Si es una acción altruista, yo le ayudaré.
- Séllelo entonces.
- Primero necesito saber de qué se trata todo este asunto. No puedo actuar a ciegas. Lo que dije de mis convicciones es cierto, Louit.

Aún mirando a la ventana, Louit se armó de valor y formuló su petición:

- Está bien, se lo diré: Quiero que me administre sal de madicarmia.
- Yo no puedo darle eso. En su estado actual, la sal de madicarmia va a…

De pronto, Nielce lo tuvo claro. Louit se volteó y puso una expresión definitiva, que ella pudo distinguir a través de las tinieblas.

- Usted quiere morir.
- Sí.
- ¿Esa es la acción altruista a la que se refería antes? ¿Que yo le mate? ¡Es claro que no cooperaré con eso! –exclamó Nielce.
- ¿Por qué no? ¿Qué se lo impide?
- En primer lugar, es imposible que yo le administre ese medicamento. Si lo hago y me descubren, seré culpada de homicidio.
- No lo harán. Yo simularé que tengo fiebres y dolores severos, usted sólo debe seguir el protocolo para esos casos…
- ¡Simulado o no, yo estaría prácticamente matándolo!

- ¡Baje la voz, Nielce! –ordenó Louit con firmeza-. Mire: Yo me mataré de todos modos, eso es algo seguro…

La enfermera se encogió de espanto al escuchar esas palabras. Wolieb pasó por el pasillo y atisbó hacia el interior. Louit le dirigió una mirada de odio y éste se esfumó. Nielce esperó a que el doctor se alejara para volver a hablar.

- No diga esas cosas, Louit –le recriminó Nielce-. ¿Por qué se rinde de este modo?
- ¿¡Por qué!? ¡Porque soy un maldito cojo que no tiene familia ni razón alguna para seguir viviendo! ¡Porque cada instante que vivo es una tortura sin sentido! ¡Porque sólo me queda dolor por delante!
- Usted no lo sabe, está viendo las cosas de modo distorsionado…
- ¡Oh, cállese! El día que usted lo pierda todo, ese día puede venir a decirme qué hacer con mi vida y qué no…
- Ya pasé por ese día, Louit –interrupió Nielce de improviso-. Y salí adelante…
- ¿Qué?
- Que yo ya lo he perdido todo. Y salí adelante.

Louit se revolvió en su cama, asaltado por la frustración.

- ¡No, no es cierto! Usted se inventará una historia para demostrarme que la vida no es tan asquerosa como aparenta…
- Veo que no me cree, pero al menos déjeme decirle algo que aprendí cuando me sentía igual que usted: El pensamiento que más amarga la vida es el creer que la miseria será eterna, no obstante, ninguna desgracia es definitiva…
- Todo eso es patraña, Nielce.

La muchacha quiso objetar algo más, pero Louit negaba con la cabeza con la única intención de acallarla.

- Louit, deténgase un momento a pensar. Diga con honestidad, *¿realmente quiere morir?*
- Es claro que sí.

- Alguna fuerza debe quedarle, algún deseo inconcluso...
- ¿No dijo que hubo un momento en el que lo perdió todo? ¿Quería morir en aquel entonces? –inquirió Louit.
- Eso qué tiene que ver...
- ¡Tiene todo que ver! Pensaba usted en morir, ¿sí o no?
- Sí. Sí pensaba en eso.
- En matarse, ¿pensó en ello?

Nielce enmudeció ante la racha de preguntas de Louit, pues éstas la estaban llevando a un lugar conocido y triste.

- Sí, lo pensé también.
- ¿Acaso intentó hacer algo para conseguirlo?
- Louit, ¿por qué está haciendo esto...?
- Respóndame, Nielce –la tenacidad de Louit era tal que no le importaba presionarla, aun cuando veía que le causaba un daño importante.

Una pausa pequeña. Nielce balbució un par de veces.

- ¡No, nunca intenté matarme! ¡Me faltó el valor para hacerlo, lo reconozco!
- Ya. Y su vida, ¿ha llegado a ser tan feliz como lo era antes de vivir su propia tragedia personal?
- Basta, Louit, me está lastimando –rogó la muchacha con voz quejumbrosa.
- ¡Respóndame Nielce!

Nielce supo que sería forzada a llegar hasta el final; resistiendo el impulso de romper en sollozos, musitó:

- No, nunca ha sido igual...
- Es claro que nunca será igual –susurró Louit-. Y yo no quiero pasar el resto de mi vida añorando mi existencia pasada; no quiero aprender a vivir sin ellos. ¿Cómo voy a volver a mi casa sin sentir el abrazo de mi esposa por las noches? ¿Cómo estaré sin el alboroto que hacían mis hijos? ¡El sólo pensarlo me es insoportable! Por favor, no me haga pasar por eso. Usted puede darme el alivio que tánto

necesito…

Era una petición cobarde que atentaba contra todas las creencias de Nielce. Ni amenazada iba a hacer lo que Louit le estaba pidiendo. ¿Y cómo se atrevía, después de todo lo sucedido, a pedirle semejante infamia? "No lo haré". Nielce lo pensó y casi lo dijo. No obstante, un destello de inspiración le cruzó por su mente…

- Louit, quiero que me escuche con atención –dijo Nielce de manera pausada y reflexiva-: Aun cuando no quiero que muera, yo le suministraré el medio con el cual usted podrá quitarse la vida…
- ¿En verdad lo hará? –cuestionó Louit con alguna incredulidad.
- Sí que lo haré, pero le pido que me dé un plazo de dos días.
- Dos días es demasiado tiempo –refunfuñó Louit.
- Es el tiempo que necesito.

Louit se cubrió los ojos con la mano y soltó un profundo suspiro.

- Usted prolonga mi sufrimiento de manera innecesaria, Nielce.
- Es claro que no. Es imposible conseguir un veneno eficaz en este hospital.
- ¿Y la sal de madicarmia?
- No se le puede prescribir. Por su alta letalidad, es un medicamento que entró en desuso.
- ¿En desuso? Pero usted me dijo que…
- Escúcheme, Louit -Nielce lo atajó antes de que él pudiera decirle otra cosa-: Necesito dos días para fabricar la poción que lo matará.
- Entonces tengo que esperar –sentenció Louit con un dejo de reconvención en la voz.
- Así es. La poción necesita un tiempo de fermentación. La única condición que le pido es que me dé ese tiempo. Piense en que tengo que cubrir mis huellas…

Louit seguía escéptico. Nielce se irguió y contuvo el aliento, tratando de frenar el latido errático de su corazón.

- Bien. Le creeré cuando selle esta promesa.

Nielce titubeó un poco. Louit alzó una de sus cejas en señal de desconfianza.

- *Séllelo*, Nielce –dijo firme y enfáticamente Louit.
- Es cosa sellada. *Fadvisit.*

Louit confirmó el sello con un movimiento de su cabeza.

- Ahora no puede retractarse. Usted me ayudará a matarme. De lo contrario, romperá el juramento ancestral.

Una sensación parecida a una descarga eléctrica recorrió la espina dorsal de Nielce. Ahora estaba atada a un pacto de muerte.

- Sí, lo sé –respondió Nielce y se levantó de su banco para retirarse.
- ¿Cómo, ya se marcha?
- Ha amainado un poco la tormenta, y tengo que aprovecharlo. Volveré mañana a primera hora.

La muchacha no dijo más, se dio media vuelta y huyó de la habitación. Louit no hizo nada por detenerla. Ya tenía lo que quería de ella.

En el pasillo, Wolieb se cruzó con Nielce.

- ¡Nielce, por fin puedo hablarle! Llevaba demasiado tiempo en el cuarto del señor Dermeer... ¿Se siente bien? –inquirió el doctor cuando vio el estado alterado de la enfermera.
- S-sí señor –respondió ella con torpeza.
- Y bien, ¿de qué hablaron?
- Él se disculpó conmigo y me habló de algunas cosas de su familia. Nada importante, doctor.
- Me pareció que le gritaba –Wolieb entrecerró los ojos para sondear la expresión de Nielce.
- Es claro que no. Las cosas son como he dicho.
- Ya. ¿Y qué me dice del estado de salud del señor Dermeer?

¿No le parece milagroso que el hombre esté tan entero?

- Es verdad. Para alguien que no se alimenta y no se cura, está en muy buena condición.

- ¡Infeliz! ¡Y tiene una suerte! Cualquier otro ya tendría que estar tomando sal, pero él se mantiene vigoroso como un... ¿Nielce, a dónde va? ¡Nielce!

Ella echó a correr por el pasillo y se precipitó al exterior sin calzarse su abrigo, dejando a Wolieb totalmente estupefacto.

¿Sal de madicarmia? No. Eso no iba a ocurrir mientras ella pudiera evitarlo. Lo que Nielce no sabía es que, al haber sellado aquella negra promesa con Louit, también había sellado un pacto con el insomnio, al que iba a servir por las próximas noches.

*(Continúa en el capítulo 22)*

# CAPÍTULO 18

## *Deíma (4)*

### A

La niebla matutina era un ingrediente infaltable en los paseos matutinos de Louit hasta Fokkaton, a donde iba cada mañana a registrar el correo. La distancia no era corta, pero consumirla paso a paso se había convertido en un placer para él. Siguiendo las veredas creadas por los animales de la montaña, Louit se deleitaba mirando las aguas cristalinas del lago Itsaril y el reflejo imponente de los Fokkon en aquella superficie refulgente; miles de flores multicolores bordeaban los senderos, dobladas por el peso del rocío acumulado durante la noche, y pequeños roedores espiaban desde sus covachas el tráfico humano entre una villa y la otra. Todas estas cosas no se veían en la capital.

Los pastores se habían acostumbrando a los deambulares mañaneros de Louit y no desperdiciaban ninguna ocasión para conversar con él. Al verlo de lejos, lo saludaban con sus manos marcadas por el trabajo diario y le pedían una bendición para sus estrechos rebaños, único sustento de sus familias. De estos pastores, Louit recibía presentes, todos ellos tan humildes como útiles.

Pero si algo obtenía Louit al caminar por las soledades inmaculadas del bosque era inspiración. Quien logra una comunión con la naturaleza también logra la comunión consigo mismo. La madre tierra siempre tiene los brazos abiertos para sus hijos perdidos.

Y así era como Louit se sentía en esos momentos.

Después de varios días de ansiosa espera, Louit recibió la tan esperada respuesta del consejo. Con las manos temblando, el joven se alejó del pueblo para no ser visto por nadie. Estando solo, Louit rasgó el sobre y encontró una hoja con algunas líneas garabateadas:

*"Obtén una confirmación, no escatimes en recursos. Te enviamos a procurar la verdad, no lo olvides. No dilates más el cumplimiento de tu deber...*

*"Esperamos tu respuesta en breve. Sé valiente, Louit".*

Sin duda se trataba de Xilinan, su maestro, tan lacónico y tan desapegado del ideal de no herir a sus semejantes sin propósito ni justificación. Fueron muchas veces en las que él y su alumno se engarzaron en discusiones acaloradas en cuanto a este punto de la idiosincrasia del etorado. Era allí cuando el viejo insistía en este argumento taxativo:

*"El mal es decididamente osado y mostrarse pusilánime ante él es un acto de cobardía indigno de los buscadores de justicia. Debemos ser tan duros como lo requiera la inmundicia que enfrentamos".*

Para Louit, esa era una manera muy simplista de ver las cosas. Él, siendo tan cauto y respetuoso como podía llegar a serlo, había detectado y contenido la "inmundicia" que se le ordenó enfrentar, y lo había hecho sin herir a ninguna persona de manera innecesaria.

Sin embargo, ahora se veía obligado a tomar medidas más directas, y eso le causaba una profunda inquietud. "Sólo espero hacer lo correcto", pensaba Louit.

El trinar de las aves lo cautivó por unos segundos. Sintiéndose más sereno, Louit reemprendió la marcha de regreso a Fokkumbuim, donde los niños lo esperaban con ansias, ya que él y Nielce les habían prometido que iban a llevarlos al lago en cuanto él regresara de Fokkaton.

- ¿Desde qué edad cuida de los niños?
- Desde pequeña. Yo misma me crie en el monasterio, hermano Dermeer.
- ¿Usted también es huérfana?
- Así es.

La mañana era maravillosa, con el cielo claro y el clima idóneo para andar por el campo. Louit y Nielce iban vigilando a los huérfanos, quienes se habían separado en dos grupos: Los niños más audaces corrían a orillas del lago para evitar el control estricto de los adultos, lanzando piedras que rebotaban en la superficie límpida del agua. Los otros, en cambio, preferían quedarse cerca para granjearse la atención de Louit, la gran novedad del momento.

Un niño moreno que caminaba junto a Nielce dijo de repente:

- Hermana Tamarats: Iblam y Salim ya están muy lejos.
  ¿Voy a por ellos?
- Sí, Geo. Diles que no se pierdan del grupo.
- ¡Vamos, Dívien!

Los dos salieron corriendo a atajar a Iblam y a Salim, cuyas figuras ya se confundían en la distancia. Una niña de abundantes bucles rizados que iba de la mano de Louit le dijo en tono de confidencia:

- Ellos siempre se adelantan, hermano Dermeer.
- Ah, ¿sí?
- Sí. Ellos son los más traviesos. Una vez se perdieron.
- ¿Es en serio?
- Muy en serio –dijo Nielce para complementar las palabras

de la chiquilla-. Hubo una ocasión en la que esos dos se fueron al monasterio sin avisar a nadie. Se internaron en el bosque ellos solos, ¡los creíamos perdidos! Cuando los encontramos, la hermana Marae les dio la reprimenda de sus vidas.

- ¡Son muchachos valientes! No cualquier niño se arriesga a adentrarse en el bosque. ¿A ti te daría miedo? –le preguntó Louit a la niña de los rizos.
- Sí, mucho. Hay fantasmas en las tumbas…
- Es que hay un cementerio en las inmediaciones del bosque –volvió a aclarar Nielce.
- ¡Vaya! Me sorprende aún más el valor de esos dos.
- Tenga cuidado, hermano Dermeer. Se engreirán si se enteran que usted dijo eso.
- Cuente con ello –Louit se llevó una mano al pecho, como quien hace una promesa solemne-. Usted me estaba contando…
- Sí. Yo le decía que crecí como huérfana. El haber vivido como ellos me hace comprenderlos y apreciarlos de un modo especial.
- ¿Por eso se dedica a cuidarlos? –preguntó Louit con curiosidad.
- Sí, en parte. Es probable que, aún sin haber crecido como huérfana, yo hubiera hecho algo parecido a lo que hago en la actualidad.
- ¿Se refiere a cuidar niños?
- Me refiero a… Quizás esto le parezca extraño: ¿Ha experimentado la sensación de que, fueran cuales fueran las circunstancias, usted haría algo concreto con su vida si tuviera que vivirla otra vez?
- Me temo que esa es una cuestión imponderable -respondió Louit con una sonrisa.
- Si, lo sé –admitió Nielce-. Quizás usted piensa que estoy loca.

- Es claro que no, y voy a seguir el espíritu de su pregunta -Louit reflexionó un momento antes de responder-. Bien. Conociéndome como creo que me conozco, creo que, de alguna u otra manera, yo me vería involucrado en la búsqueda de justicia.
- Ya veo. ¿Por eso ingresó al culto de los étores?
- Tengo que decirle la verdad, y es que yo también crecí como huérfano. Mi mentor, que es uno de los étores de mayor edad, se encargó de criarme en la fe del culto. Eso influyó mucho en mi decisión.
- Bueno, parece que fuimos despositados en lugares y con personas que nutrieron nuestro potencial. ¿Será acaso una coincidencia?
- Todo puede ser; y en lo que a nosotros dos respecta, sólo nos queda agradecer el destino que nos tocó, el cual, aunque marcado por el estigma de la orfandad, nos ha convertido en personas que mejoran el mundo.
- Sí, tiene mucha razón.

Una risita indiscreta se escuchó a espaldas de Louit y Nielce.

- ¿Qué sucede allá atrás? -inquirió Nielce.
- Yo le decía a Miansid que ustedes dos se ven muy bien juntos, hermana Tamarats.
- ¡Deja eso, Amadna! -Miansid le jaló la manga a la aludida para silenciarla.

Los otros niños empezaron a reír con estrépito y alguna rechifla aislada. Zeilva se cubrió la boca con la mano para disimular la risa. Nielce se puso de todos colores, y Louit, prudente como era, no quiso dirigirle la mirada para evitarle una mayor vergüenza, mas no por eso dejó de sonreírse.

- ¿Usted puede casarse, hermano Dermeer? -dijo Amadna con toda la intención de provocar una reacción en él.
- Para hacerlo, el hermano Dermeer tendría que romper sus votos, y yo tendría que romper los míos -complementó

Nielce-. Recuerden que soy una monja, y al casarme dejaría de serlo, ¿o es que quieren que me marche del monasterio?

- ¡Es claro que no! -gritaron varios chiquillos al unísono.
- Además, el hermano Dermeer vino a cumplir asignaciones muy importantes, no en busca de una pareja...

Una circunstancia inesperada rescató a Nielce de su aprieto cuando un niño gritó con mucho entusiasmo:

- ¡Es una tortuga!
- ¡Una enorme tortuga!

Una conglomeración se armó en torno al animal en un parpadeo. Entusiasmada, la niña de los rizos volteó a ver a Louit, pidiéndole permiso para unirse al grupo. Él asintió y Zeilva salió corriendo a donde estaban los otros.

- Lamento mucho lo ocurrido, hermano Dermeer -se disculpó Nielce.
- No es nada -dijo Louit entre risas-. Además, la niña no dijo nada malo, ¿o le parece que dijo algo ofensivo?
- ¡No! Es claro que no; sin embargo, para personas como usted y como yo, el asunto del matrimonio siempre es complejo.
- No lo es tanto, hermana Tamarats, o no debería serlo. Los votos mayores sobrepujan a los menores, y en muchos sentidos, una madre puede hacer más por un niño que una monja.
- ¿Qué quiere decir?
- Piense en esto: Usted hace más de madre que de monja en ese monasterio. ¿Qué cree que pese más en estos niños? ¿El criarlos, o el enseñarles a andar en los caminos de dios?
- El criarlos, desde luego.
- Ahí lo tiene. Así que aspire a lo más elevado, hermana Tamarats. Un voto matrimonial sobrepuja al monacal, así como la crianza sobrepuja a la ministración.
- No lo había visto de esa manera -dijo Nielce con

admiración.

Louit miró a Nielce con ternura. Ella se turbó y le apartó los ojos.

- Y usted, ¿renunciaría a sus votos para casarse?
- Mis votos son distintos de los suyos, pues son votos de discreción que no están circunscritos a la soltería.
- Eso no lo sabía.
- Sin embargo, la naturaleza de mi cargo es tal que se me aconseja permanecer soltero toda mi vida.
- ¿Buscar justicia sobrepuja a la paternidad? -inquirió Nielce de manera respetuosa, aunque con toda la intención de probar a Louit.
- Sabía que iba a preguntarme eso -respondió él con una sonrisa-. Y es claro que no. Nada lo hace. El amor conyugal y hacia los hijos es el más elevado de todos. Por lo mismo, yo también aspiro a él...

El grupo que rodeaba a la tortuga armó un bullicio cuando uno de los niños más grandes alzó al animal por sobre su cabeza, alejando al reptil de las manos traviesas de sus compañeros.

- ¡Tailes, baja esa tortuga! –ordenó Nielce con un poco de angustia en la voz.
- Hermana Tamarats: Les digo que la dejen en paz, pero todos quieren seguir picando.

Los niños comenzaron a jalar la arruinada camisa de Tailes, haciéndolo trastabillar de manera peligrosa.

- ¡Niños, niños! –Louit se adelantó para llegar al auxilio de Tailes, ya zarandeado sin misericordia-. Dame el animal, Tailes.
- Aquí está...

Cuando Louit alzó el caparazón a una altura inalcanzable, los niños enmudecieron.

- Niños, vengan acá. Hagan un círculo –les dijo Louit amabilidad, y luego depositó la tortuga en el suelo-. Miren: Esta tortuga es dueña de su propia vida, y nosotros debemos respetarla tal como ella nos respeta a nosotros…

- ¡Queremos que salga!
- Sí saldrá, pero para que eso suceda, es necesario que se queden muy quietos. Es que a las tortugas les asusta el ruido.

Los niños más impacientes empezaron a cuchichear con sus compañeros, pues estaban prestos para blandir sus palitos contra la dura concha del reptil. Para suavizar la tensión del momento, Louit les dijo:

- ¿Alguno sabe cómo se dice "tortuga" en el idioma de Sorogia? ¿No? Pues se dice así: *"Orvegeal"*.

Alguien rio y los otros comenzaron a imitarlo muy bajito.

- ¿No me creen? Tampoco me creerán si les digo que esta tortuga entiende el idioma de Sorogia.
- ¡Las tortugas no hablan! –dijo Zeilva con marcada incredulidad.
- ¡Hermana Tamarats! –Louit buscó con la vista a Nielce-. Usted qué dice, ¿las tortugas entienden las lenguas de los humanos?
- No sé. Tendremos que averiguarlo.
- Entonces se los voy a comprobar. Fíjense bien… *¡Vomve eira, orvegeal!*

No pasó nada. Los niños intercambiaban miradas de escepticismo, pero Louit permanecía impertérrito, plenamente confiado de sus dotes para comunicarse con los animales. El silencio se hizo tal que todos alcanzaban a distinguir las voces lejanas de Geo, Dívien, Iblam y Salim mientras éstos discutían.

De pronto, la tortuga dejó salir la cabeza del caparazón, y esto entusiasmó mucho a los niños.

- ¿Qué les dije? Si le abrimos paso, también empezará a caminar.

El círculo abrió una abertura. La tortuga vio una ruta de

escape y echó a andar hacia el agua. Louit se puso de pie y el grupo lo dejó para seguir la pesada marcha del reptil, que de nuevo había pasado a ser el centro de atención. Nielce se le acercó y le dijo:

- ¡Qué buen truco!
- Qué va. Sé cinco idiomas distintos. Tenía otros tres intentos para demostrar que podía hacerlo – respondió Louit de buen humor.
- Es claro que sí, pero a ellos les encantó.
- ¿Usted cree? Me dejaron solo a la primera…
- Observe bien –interrumpió Nielce-: Ellos lo están mirando.

Louit comprobó que, de cuando en cuando, un niño lo miraba con unos ojos llenos de admiración.

- No cabe duda que usted tiene mucha más experiencia que yo en lo que concierne al trato con los niños.
- Es sólo porque vivo con ellos –replicó Nielce con modestia.
- Sí…

Desgraciadamente, aquel momento agradable fue ennegrecido por un pensamiento amargo que Louit había mantenido a raya para no inquietar a la compañía, y ahora que los chiquillos se habían embebido en el movimiento de la tortuga, él tenía una oportunidad ideal para desahogarlo con Nielce.

- Hermana Tamarats: Esta mañana recibí correspondencia de la capital.
- ¿Del consejo?
- Sí.

El semblante de Nielce cambió en el acto.

- ¿Qué le dijeron?
- Tengo que conseguir una confirmación de parte de la niña. Lo que he recabado hasta ahora no basta.
- Una confirmación…

- Sí. Y necesito su ayuda para zanjar este asunto de una vez por todas.
- ¿Qué tengo que hacer?
- Escúcheme bien, este es mi plan…

Y con palabras sucintas, Louit le planteó la cuestión a Nielce, cuidando que no lo escucharan los pequeños.

- ¿No hay otra manera?
- Me temo que no; pero piense en esto: Sólo necesitamos que Deíma diga que *sí*.
- ¿Cree que eso tomará mucho tiempo?
- Seré tan breve como pueda, se lo juro.
- No lo sé, Louit.
- Confíe en mí, Nielce. Se lo ruego…

Como Nielce aún dudaba, Louit la tomó por los hombros.

- Es el camino que he elegido, ¿me ayudará?

Nielce asintió.

- Bien. Hablaremos de esto después.

Después de darle una mirada de reconocimiento y gratitud, Louit dejó a Nielce para unirse a los niños. Para entonces, La tortuga ya había alcanzado las aguas cristalinas del lago Itsaril.

Aún con la pérdida de aquella mascota, la tarde estuvo cargada de juegos y diversión. Al final, Louit juntó a los niños en torno suyo para hablarles largo y tendido sobre la belleza y las costumbres de la capital.

Tan entretenidos estuvieron escuchándolo, que no notaron las lágrimas furtivas de Nielce.

## B

- ¡Hermana Tamarats! -exclamó Deíma con emoción-. ¡Mira papá, es Nielce quien viene a vernos!
- Buenos días, Comron. ¡Hola, mi niña!

Nielce entró en la vivienda de los Gilske cuando estos estaban comiendo. Comron se levantó de la mesa y se limpió la barba con el puño.

- ¡Qué agradable sorpresa! Pase, siéntese, hermana Tamarats.

- No me quedaré mucho tiempo, Comron. Sólo vine a invitar a Deíma al almacén, es para preparar conservas.

- ¡Síii, conservas! -gritaba Deíma mientras saltaba.

- Pues es claro que puede ir, sólo tiene que terminar de su comida, ¡anda!

La niña apuró su merienda y se calzó su abrigo. Después de despedirse de su padre con un beso, Deíma salió de la mano de Nielce.

- ¡Diviértanse! -les gritó el leñador desde la puerta.

Ellas se volvieron para despedirse de Gilske y siguieron su marcha. Después de haber andado un rato, Nielce y Deíma comenzaron a platicar.

- ¿Hay muchas frutas para las conservas?

- En esta estación sólo hay pedablíes y gaubíes.

- ¿Hasta cuándo se cosechan los valmes? –preguntó la niña con curiosidad.

- Es hasta después de las nieves. Si los recogieras ahora, estarían muy amargos.

- Vaya, es una pena…

- Camine, mi niña –Nielce jaló el brazo de Deíma para acelerar la marcha.

Deíma enmudeció. Por alguna razón que ella ignoraba, Nielce le respondía de una manera inusualmente fría.

- Lo había olvidado –dijo Nielce de repente, como saliendo de su abstracción-: Los valmes son tus favoritos, ¿cierto?

- Sí.

- Son muy sabrosos cuando están maduros –añadió la monja con tono distraído.

- ¿A usted qué frutos le gustan más, hermana Tamarats?
- No sé. Creo que los karabos…

El tono desapasionado y displicente de Nielce desconcertó a Deíma, quien era medrosa por naturaleza. Las dos siguieron andando en silencio hasta que, de pronto, la niña se negó a seguir adelante.

- ¿Por qué te detienes? -cuestionó Nielce con una nota de irritación en la voz.

Una delgada capa de agua veló los ojos azules de Deíma. La niña soltó la mano de Nielce y se cruzó de brazos.

- ¿Deíma?
- Hice algo malo, ¿verdad? Por eso está enojada conmigo.
- ¿¡Por qué dices eso!? Es claro que no estoy enojada contigo –Nielce se ablandó con las palabras de la niña.
- Yo la vi cuando se fue con el hermano Dermeer la noche del festival, ¡yo la vi! Es por mi culpa, ¿verdad? Por lo que le dije aquella vez…

Pasmada ante semejante revelación, Nielce empezó a balbucir.

- Yo no quería que pasara esto, ¡no quería!
- Escucha, mi pequeña: Tú no hiciste nada malo, ¡no eres capaz de hacerlo…!

La lucha interna de Nielce le quitaba elocuencia. Sabía que tenía que seguir adelante, pero el hacerlo a costa de la comodidad de Deíma le era difícil, mucho más de lo que había anticipado en un principio.

- Sigamos adelante, mi niña -Nielce le extendió la mano a Deíma.

La niña se demoró unos segundos en estrechar la mano que le ofrecía su amiga, luego reanudaron la caminata sin hablarse, y así continuaron hasta que ascendieron la colina en la que se erguía solitario el viejo almacén.

El edificio ya quedaba a un tiro de piedra. Al verlo, Nielce sintió que el corazón se le subía a la garganta. Un impulso irresistible de dar marcha atrás se apoderó de ella, pero el recuerdo de su compromiso con Louit le dio la fortaleza necesaria para seguir.

"Al menos tengo que advertírselo", pensó Nielce de repente. "No voy obligarla a entrar sin hacerle saber lo que va a ocurrir allí adentro. Tiene todo el derecho de saberlo".

- Escucha Deíma -Nielce se arrodilló para quedar a la altura de la niña-. Antes de entrar, quiero que sepas que te amo con toda mi alma...
- Hermana Tamarats, ¿por qué llora? -preguntó una Deíma totalmente desconcertada.
- Que hice todo esto para protegerte...
- Pero no llore...
- Y que siempre te vi como la hermana que nunca tuve... La hija que nunca tuve...

La niña apretó la cabeza de la monja contra su pecho, fundiendo sus almas en un abrazo que cristalizó el tiempo.

- Tenemos que entrar -insistió Nielce con todo el deseo de no hacerlo.

La chiquilla tuvo un destello de comprensión al ver que no había nadie más en los alrededores.

- No vinimos a preparar conservas, ¿verdad?
- No...

El maltrecho cuerpo de Deíma empezó a temblar.

La puerta se abrió con un chirrido agudo. Nielce y Deíma entraron rodeadas de luz, como ángeles que descendían del paraíso para visitar un antro oscuro y decadente. El aire en el interior era cargado y húmedo: Había tenido un año completo para fermentarse y pudrirse. Miles de telarañas exhibían los cascarones de los desafortunados insectos que fueron a pegarse en ellas, y el polvo formaba una telilla blanquecina que maquillaba todos los objetos arrumbados en el viejo almacén.

De a poco, Deíma se fue acostumbrando a la oscuridad. De pie y con los brazos cruzados, Louit Dermeer la recibió con una sonrisa… y allá, en la cabecera opuesta de una larga mesa, había otra persona que, aunque estaba de espaldas, era fácil de identificar para ella…

- Bienvenidas. Hola, Deíma. Por favor, siéntate -Louit le ofreció una silla con la mano.

Nielce cerró la puerta y un silencio de catacumba llenó el espacio. La niña se encaminó hasta la otra cabecera, tomó la silla que le ofrecía Louit y se sentó frente a Glunnavart, a quien sólo le veía la espalda y la nuca. A pesar de que temblaba, se le veía una fuerza inusual en la mirada.

- Hermana Tamarats.
- ¿Sí?
- Puede retirarse.
- Me quedaré.
- Está bien, pero le pondré una sola condición –Louit alzó su dedo índice-: Usted no podrá intervenir en esta conversación, ¿quedó claro?
- Sí.
- Bien.

Una naciente capa de sudor empezó a perlar la frente pálida de Louit.

- Deíma: Si cooperas conmigo, esto será muy breve. Lo único que tienes que hacer es confirmar lo que se ha dicho de este hombre.
- Yo-no…
- Tranquila, pequeña –susurró Nielce para confortar a la niña.

Louit le dirigió una mirada de irritación a Nielce, tan enfática, que la hizo enmudecer. Glunnavart se animó a atisbar por el rabillo del ojo para ver lo que estaba pasando. En su faz se percibía una agonía no menor a la de Deíma. La niña, por su parte, hacía pucheros infinitos para no romper en llanto de manera prematura.

- Es la última vez –sentenció Louit con suprema autoridad.

Nielce asintió sin perder su dignidad. Después de eso, Louit empezó a hablar de nuevo:

- Bien, voy a aclarar el motivo por el que decidí citarlos aquí: Yo soy un miembro del culto de los étores, y vine a investigar una cuestión particular...

- ¿Qué hacen los étores? –la vocecita insignificante de Deíma se escuchó como un maullido.

Sin querer, Louit enmudeció, ya que no había anticipado que aquella chiquilla tímida se atreviera a hablarle, y mucho menos para preguntarle algo como eso.

- No puedo decírtelo.

- Entonces no hablaré.

La niña iba muy en serio. ¿De dónde había venido ese valor?

*"Obtén una confirmación, no escatimes en recursos"*. Louit recordó las palabras de Xilinan. *"Te enviamos a procurar la verdad.... Sé valiente, Louit"*.

- Siendo de ese modo, te diré la verdad: Vine a juzgar a Melbon Glunnavart de acuerdo con su crimen, si es que cometió alguno.

- ¿Y qué le harán si...?

- ¿Si es culpable?

Deíma ya no tuvo el valor de demandar una respuesta.

- Él morirá si es culpable -dijo Louit con toda calma.

Glunnavart agachó la cabeza y empezó a sollozar.

- Ignóralo Deíma. Sólo necesito saber si lo que se dijo de él es cierto.

- Yo no... no...

- Mira –Louit se sacó una carta del pecho-, ésta es la denuncia. Puedo dártela para que la leas y confirmes las palabras de la hermana Tamarats. ¿Sabes leer, Deíma?

Chorreando mocos y lágrimas en abundancia, la niña negó con la cabeza.

- ¡Es claro que sabes, te enseñaron en el monasterio…!

Tomándose las sienes, Deíma agitó su cabecita en violenta negación.

- De acuerdo. Lo haré yo.

Con voz quebradiza, Louit empezó a leer la denuncia que Nielce hizo contra Melbon Glunnavart.

*"Yo, Nielce Tamarats, por este medio llamo la atención del honorable consejo de los étores…*

*"El motivo por el que me dirijo a ustedes me es penoso de expresar, pero he llegado a la conclusión de que sólo la disciplina de los étores puede purificar el alma de un hombre bueno que se ha empecinado en mantener sus hábitos perversos. Lamento mucho ser yo quien lo denuncia, pero lo hago porque no me queda otra opción, y el Dios Sol me servirá de testigo…*

Nielce se preparó para escuchar sus propias líneas acusatorias como si estuviera a punto de sumergirse en hiel.

*"Me enteré de la triste falta que Melbon Glunnavart, guardia y maestro del monasterio de Fokkumbuim, cometió contra Deíma Gilske, una niña humilde que se crió aquí como huérfana. Lo que relataré a continuación lo escuché de los mismos labios de la pequeña, y es lo siguiente: El ya citado hermano Glunnavart mancilló el vulnerable cuerpo de Deíma, excusándose en su viudez para saciar sus terribles apetitos. Todo esto ocurrió estando ellos a solas, mientras él le daba clases de dibujo en su pabellón…*

*"Por fortuna, la honra de Deíma sigue intacta. Sin embargo, ella resiente los terribles efectos de estas agresiones, y se*

*muestra triste todo el tiempo...*

"*Cuando me enteré de la situación, amonesté al hermano Glunnavart y lo previne con toda claridad: Si volvía a tocar a Deíma de nuevo, yo iba a entregarlo a los étores. Como pueden ver, mis advertencias fueron desoídas...*".

- Y no leeré lo que resta del documento –sentenció Louit.

Deíma se había cubierto el rostro con las manos y lloraba de manera ruidosa. Allá en su posición, Glunnavart hacía lo mismo.

- Entonces... ¿Esto es cierto, Deíma?

La niña descubrió sus preciosos ojos y miró a Louit de una manera indefinible. Al momento de querer hablar, se atragantó con su saliva y empezó a toser con violencia. Esto incrementó la impaciencia de Louit, quien quería terminar el careo tanto como ellos.

Y en un gesto de desesperación, increpó al acusado:

- ¡Usted, Glunnavart! Ahórrele la pena a la niña. ¿Es usted culpable, o no?

El hombre negó con la cabeza.

- ¡Si es inocente, defiéndase ahora!

- Hermano Dermeer, esto está llegando muy lejos...

- Nielce, *¿qué le dije?* ¡Usted sabe que esto es necesario! ¡Deíma! –y entonces se dirigió otra vez a la niña-. Sólo tienes que confirmar que lo que se dijo es cierto, y yo te juro que todo esto se habrá terminado para siempre...

La pequeña se levantó de su asiento y gritó con desesperación:

- ¡Yo no quería esto! ¡YO NO PEDÍ ESTO!

- Deíma, sólo tienes que confirmar...

- ¡NADA ES CIERTO! ¡DÉJENME EN PAZ!

Y entonces apartó a Nielce de su camino con poca delicadeza, abrió la pesada puerta del almacén y se precipitó afuera, dejando atónitos a los que se quedaban adentro.

Una eternidad transcurrió en escasos segundos, mientras un Louit boquiabierto trataba de asimilar lo que había ocurrido ante sus ojos.

- Hermano Dermeer...

Glunnavart se había levantado de su sitio y lo miraba con expectación.

- Hermano Dermeer...
- Retírese, hermano Glunnavart. Usted es un hombre libre.
- Yo...

La mirada de Louit le confirmó la veracidad de aquella afirmación. Con gran torpeza, el director hizo una reverencia y salió sin voltear a ver a Nielce. La monja se quedó inmóvil en su sitio como si fuera un mueble más.

Los murmullos lejanos de la ciudad se colaron hasta el interior del almacén.

- Hermano Dermeer, ¿qué acontecerá ahora?
- No lo sé, Nielce. No lo sé...

Nielce salió del almacén con un nudo en la garganta, se arrodilló sobre el pasto y comenzó a sollozar.

*(Continúa en el capítulo 23)*

# CAPÍTULO 19

*El juicio (4)*

## A

- Así que volviste a involucrarte en civiles, ¿quién lo hubiera dicho?

La voz sarcástica del hombre distrajo a Louit de sus labores. Ahí estaba él, de pie frente a su escritorio, tan limpio y gallardo, tan jodidamente seguro de sí mismo, tan condescendiente como siempre…

- ¿Qué quieres, Litton? –preguntó Louit con hostilidad.
- Saludarte, desde luego, y decirte algo que quizás te animará un poco: Nos veremos pronto en el tribunal. Espero que aún recuerdes cómo se procede en un juicio verdadero.

Y se marchó de allí sin esperar una respuesta.

Así que la cosa iba en serio: Los corruptos del estado habían contratado al mejor abogado de la región para condenar a Nielce Tamarats.

El saber que tendría que enfrentarlo la causó una náusea repentina a Louit.

- Buenas noches, señorita Tamarats.
- Buenas noches, señor Dermeer.

Nielce llevaba en sus manos un libro. Louit se sonrió.

- Es suyo. Creí que lo había entendido.
- ¿Es en serio? ¿Siempre le entrega obsequios a sus clientes?
- Deje eso, por favor. Consérvelo.
- Gracias -respondió Nielce con una sonrisa.

Como llevaba noticias importantes, Louit decidió ir al grano.

- Muy bien, empezaré con un anuncio muy importante: Ya se fijó una fecha para su audiencia.
- Estupendo. ¿Cuándo se hará?
- El día quinto de la próxima semana.
- Muy pronto. Pensé que iba a tomar más tiempo.
- Su caso es excepcional en muchos sentidos, señorita Tamarats. Como se trata del homicidio del Dueño de Sorogia, hay un sentido de urgencia por cerrar el asunto; además, la cuestión a juzgar es simple. No se trata de encontrarla culpable o no: Sólo se pondrá a discusión la calidad de su condena.
- Ya veo.
- También estuve investigando otros pormenores del juicio. Hasta donde sé, ya se seleccionó a los funcionarios que participarán en el proceso.
- ¿Conoce usted a esos hombres? ¿Cree que estén limpios?
- Sé quiénes son los jueces asignados al caso. Poseen trayectorias notables, así que no los veo involucrados en un asunto turbio. Puede que estén limpios.
- Puede… Qué alentador.
- También averigüé quién es el encargado de representar al pueblo de Isalba como árbitro del consejo ciudadano. Por desgracia, no conozco al individuo.
- ¿Quiénes forman parte del consejo ciudadano? –inquirió Nielce con curiosidad-. Leí sobre eso en el librillo que usted me entregó.
- Son hombres y mujeres respetables que intervienen en los

juicios del estado. Toman parte en la investigación y recaban la opinión del pueblo en cuanto a asuntos que atañen a la comunidad entera. Son funcionarios anónimos no vitalicios.

- ¿Y ese organismo está limpio?
- Me temo que no hay manera de saberlo…

Nielce suspiró. Las noticias de Louit no la ayudaban a sentirse optimista. Por el contrario, todas ellas acrecentaban la sensación de ir contracorriente.

- Siento que todo esto va a ser inútil. Además, la idea de exponerme a personas corruptas me es sencillamente insoportable.
- No se desaliente. El consejo ciudadano es una estructura que se gobierna a sí misma. Si logramos ganar su apoyo y también nos granjeamos el favor del pueblo, es posible que se conmute su pena. Aunque…

Louit se interrumpió al recordar el encuentro que sostuvo con Litton.

- ¿Señor Dermeer?
- Sí… Iba a decirle que me enteré de otro asunto muy relevante: Sé quién es el jurista que se encargará de litigar contra usted. Es un hombre muy habilidoso, un especialista, y estoy seguro que usará toda clase de artimañas para tratar de romper su temple.
- No se preocupe por mí. Estaré preparada para enfrentarlo –aseguró Nielce-. Sólo voy a advertirle una cosa.
- ¿A mí? –preguntó un Louit sorprendido-. ¿De qué se trata?
- No falsearé una sola circunstancia para quedar bien frente al público. Tampoco exageraré mi sufrimiento. Sólo hablaré en sazón de lo que ocurrió, así que le pido que cuide muy bien lo que va a preguntarme en el estrado.

"Extraña advertencia", pensó Louit con una profunda admiración por Nielce.

- Lo haremos así, señorita Tamarats. Nos apegaremos a la

verdad y todo saldrá bien.

- Se lo agradezco mucho, Señor Dermeer. Pensé que iba a pedirme que modificara mi historia.
- Es claro que no –respondió Louit con una sonrisa-. Su declaración está en manos del consejo ciudadano y del estado. Conviene que seamos fieles a la historia que se ha divulgado; además, tengo la sospecha de que yo no hubiera podido hacerla cambiar de parecer.

Los ojos de Nielce brillaron de una manera especial.

- Es cierto. Y yo hubiera perdido gran parte del respeto que siento por usted.
- Bueno, entonces deje de preocuparse por eso. Seremos íntegros los dos.
- Muchas gracias. Usted es un buen hombre, Louit.

Él se sorprendió al escuchar que ella usaba su nombre. Era la primera vez que Nielce rompía la barrera profesional para mostrar una faceta más personal y cálida.

- ¿Por qué lo dice?
- Es la impresión que me he formado de usted.
- Sí, puede ser –respondió Louit con modestia-. Ahora bien, ¿está lista para hacer un repaso de su defensa?
- Sí, desde luego.
- Muy bien, empecemos.

"Si tan sólo supiera", pensó Louit con desasosiego.

## B

Llegó el día señalado para el juicio. Una gran cantidad personas se dio cita en el recinto del tribunal, pues una ciudad tan pacífica y monótona como aquella ofrecía muy pocas oportunidades para romper la rutina. Por ello, cientos de chismosos enfilados aguardaban su turno para entrar a lo que parecía ser la enorme boca de un gigante que engullía a una abundante cantidad de personas, todas ellas prestas para el escándalo.

Sí, la muerte del "Dueño de Sorogia" había despertado la curiosidad de la gente. Siendo ignorante de la verdadera naturaleza de Nielce Tamarats, el pueblo había hecho de ella el objeto de mil conjeturas. Cabe destacar que el imaginario de la población tenía a la muchacha en la posición de una heroína o una justiciera, circunstancia que le daba el favor del pueblo desde el principio.

Al llenarse el recinto, el barullo se volvió insoportable. Los jueces designados para el caso aún no ocupaban su lugar en el estrado. El abogado de la defensa tampoco estaba allí. El único presente en la palestra era Hejder Litton, un caballero de tez morena que poseía una apariencia tan distinguida como envidiable: En su madurez, el hombre había alcanzado un estado de forma tan pleno que podía competir con el de los más audaces mozos; su cabello era plateado y de un tono muy parecido al de sus ojos grises, lo que mejoraba su enigmática pinta; el arreglo de sus ropas, la corrección de sus modales y la seguridad de sus ademanes distraía a las señoras y turbaba a los maridos de éstas.

Al darse la hora de inicio, uno de los guardias anunció la llegada de los honorables miembros del jurado. Tres hombres de aspecto venerable aparecieron desde una puerta oculta. Llevaban expresiones adustas en sus rostros y un aura de superioridad palpable; el desfile de los jueces duró algunos segundos, tiempo que alargaron al encontrarse con Litton. El mayor de los ancianos estrechó la mano del jurista e intercambió formalidades con él. Una vez concluidas las cortesías de rigor, los jueces ocuparon unas sillas altas en el estrado.

El mismo guardia llamó con su imponente vozarrón al abogado de la defensa. Louit apareció de entre la muchedumbre y avanzó acompañado por otras tres personas: Niva Tolsre, a la que llevaba del brazo, Dalmon Tolsre y Berinya Cloetts. Ya estando muy cerca de la palestra, Louit se despidió de su novia y se adelantó hasta el lugar que le correspondía, justo frente a los jueces y al lado de Litton.

Y entonces, el guardia anunció la entrada de la prisionera. Nielce fue conducida a lo largo de un pasillo elevado que terminaba en una jaula; si las señoras obtuvieron deleite al ver la intachable persona de Litton, los caballeros se sintieron reivindicados al observar la portentosa hermosura de Nielce Tamarats, de quien esperaban muchas cosas, pero no esa. Cuando el guardia que la llevaba terminó de encerrarla, el juez principal bromeó con uno de sus colegas:

- Parece una hermosa ave que está lista para la venta.
- ¿Ya te está entrando lástima, Vubell? –le respondió el otro juez con sorna.
- Cállate, cretino.

La concurrencia empezó a cuchichear por lo bajo hasta que inundó el espacio con sus comentarios frívolos. Un joven aprovechó esa pausa no programada y se abrió paso entre la multitud hasta que llegó a la jaula en la que Nielce estaba encerrada.

- ¡Nielce, Nielce! ¡Soy yo!

La muchacha tardó un poco en reaccionar.

- ¡Silwan! –exclamó con gran júbilo.
- ¿Pero qué te pasó, mi querida Nielce?
- ¡Oh Silwan, me alegro tanto de verte!

Audaz, Silwan se subió a la plataforma que sostenía la jaula.

- Creíamos que habías muerto... Cuando supimos lo de la muchacha ahogada en el río...
- Ellos la mataron, Silwan. Yo la conocí...
- ¡Hey, usted!

El grito de uno de los guardias interrumpió el coloquio de los dos.

- Nielce, tu padre –continuó Silwan sin reparar en el hombre que se le acercaba amenazante.

- Sí, lo sé.
- ¡No quiso quedarse conmigo! Yo lo hubiera cuidado...
- ¡Oiga! ¿Qué cree que está haciendo? Lárguese ahora mismo –sentenció el rudo guardia al amenazar a Silwan con su cachiporra.
- ¡Me voy! Hablaremos luego, Nielce.

Silwan fue acometido por otros dos guardias. Para evitar conflictos, el joven alzó los brazos y se retiró a su lugar.

- ¿Quién es ese? –preguntó Litton con desprecio.

Louit no se dignó en responderle, aun cuando tenía la misma inquietud.

- Silencio, ¡silencio! –un juez se puso de pie, y esto produjo un efecto instantáneo en la multitud-. Bien. Mi nombre es Ulrob Vubell y soy el juez superior asignado a este caso. Me acompañan los jueces Perbinan Konis y Tesdan Larmin; ahora daremos inicio a este evento. Todo miembro de la audiencia que cause desorden será expulsado con culpas menores; deseamos saber si la parte de la defensa está lista para desempeñar su papel.
- Sí, señor –respondió Louit al ponerse de pie.
- Bien. Deseamos saber si la parte acusadora está lista para desempeñar su papel.
- Sí, señor -dijo Litton sin levantarse de su lugar.
- Por último, reconocemos la presencia de Cáubert Somer-guiz, el árbitro del consejo ciudadano que ha sido designado para esta audiencia. Con él se concertará una pena que le dé satisfacción al pueblo y a la ley.

El árbitro descendió de las gradas y se sentó entre Nielce y los jueces. "Es apenas un muchacho", pensó Louit con desazón, "sólo espero que su inexperiencia no nos perjudique".

- Correcto. Hágase constancia de que, en este día, se juzga a Nielce Tamarats por el único delito de homicidio contra la figura de Feriven Áquigo Londarien, un ciudadano de origen extranjero. No hay quien reclame su derecho familiar de influir en el veredicto.

En efecto, los lugares destinados para la familia de Londarien no habían sido ocupados. Si el dueño de Sorogia tenía algún ser amado con vida, éste no se había presentado para reclamar justicia por él.

- Entonces es el estado quien toma cabal responsabilidad en este asunto. Que así sea entonces.

Vubell se sentó y el árbitro del consejo ciudadano tomó la palabra:

- Ahora les daré una semblanza general de la cuestión que nos trae aquí hoy: El día quinto del mes tercero del año en curso, se presentó una denuncia que daba cuenta de la muerte de un hombre. La denunciante, aquí presente, se identificó a sí misma como la agresora; como es requerido en este tipo de casos, la mujer fue prendida de inmediato y reducida a cautiverio. Gracias a las investigaciones realizadas por los oficiales de campo, se determinó que el cuerpo del fallecido pertenecía a Feriven Londarien, hijo natural del país vecino de Sorogia y uno de los criminales más buscados de los últimos tiempos.

Intencionalmente o no, el joven se detuvo allí. Las voces de la muchedumbre inundaron el recinto como el trinar lejano de los grillos en una noche cualquiera.

- La mujer aquí presente, de nombre Nielce Tamarats, es hija natural de Isalba, y nos dió su versión de los acontecimientos: Estando cautiva en la mansión del señor Londarien, y habiéndose quedado a solas con él, la señorita Tamarats decidió matarlo cuando éste dormía la borrachera de la noche anterior...

Nielce escuchó cabizbaja aquella reseña defectuosa que nunca describió los largos meses que pasó presa, las largas noches que lloró abrazándose a una almohada, los largos minutos que vaciló con el cuchillo entre las manos antes de clavárselo en el pecho de Roasdan...

- ... El motivo por el que ella decidió acabar con la vida del señor Londarien es –y ahora cito sus palabras-: *"Quise que todo eso terminara para mí, y así fue como pude conseguirlo"*. Desconocemos a qué se ha refería con ello, pero es algo que podremos aclarar ahora mismo. Sin más preámbulos, dejamos que la parte de la defensa tome su tiempo. Con ustedes, el señor Louit Dermeer, abogado defensor de la señorita Tamarats. Señor Dermeer.

Louit se presentó frente a la jaula de Nielce. Como en los viejos tiempos, el joven sintió el peso íntegro de cientos de miradas posadas sobre él, reviviendo la emoción de su primer litigio. ¡Cuán diferentes eran las cosas ahora! ¿Cómo se había alejado tanto de aquel oficio soñado?

En su primer juicio público, Louit había defendido un robo simple para un desconocido. Ahora estaba peleando un caso de homicidio *por ella.* La cuestión era de una importancia mayúscula para él.

- Buenos días, señorita Tamarats.
- Buenos días, señor Dermeer –saludó ella con amabilidad.

Louit suspiró. Tenía que tranquilizarse.

- Antes de comenzar, ¿está usted de acuerdo con lo que el árbitro del consejo ciudadano expuso en su arenga inicial?
- Sí, todo es cierto –Nielce confirmó con la cabeza.
- Entonces, ¿no niega haber matado al señor Londarien?
- No lo niego: Yo lo hice.

Litton sonrió con malicia al escuchar esa confesión sincera. Ciertos murmullos se escucharon en algún rincón lejano del recinto.

- Vayamos por partes, Nielce. ¿Cómo conoció al hombre?
- Lo explicaré ahora.

La muchacha expuso en razones sencillas todo el trance en el que se vio envuelta su familia, la manera en la que su padre se endeudó a expensas de ella y el método que emplearon los delincuentes para cobrarle la deuda.

- ¿Así que lastimaron a su padre al grado de hospitalizarlo?
- Así es. Mi padre estuvo internado por más de tres semanas.
- Señorita Tamarats: ¿Usted o su padre denunciaron esto?

Nielce estuvo a punto de abrir la boca, pero Litton habló primero:

- ¡Señor juez! Estamos aquí para resolver la incógnita que rodea la muerte de Feriven Londarien, no para revisar cuestiones ajenas a nuestro caso.
- Una cosa no se explica sin la otra, señor juez -sugirió Louit.
- Concuerdo con el señor Litton. Concéntrese en hablar del homicidio, señor Dermeer.
- De acuerdo, sólo para que conste a los presentes -dijo Louit en un acto de franca rebeldía-: La señorita Tamarats sí denunció el incidente a las autoridades...
- ¡Basta! ¡Señor juez! -interrumpió Litton.

Vubell acalló a Louit con una seña, y él obedeció de mala gana.

- Usted sabe que las querellas están abiertas al escrutinio público, señor Dermeer. Si alguno de los presentes quiere revisar cualquier acta, tiene derecho a hacerlo en privado.
- ¡Los insto a que lo hagan! -exclamó Louit, y antes de ser reprendido, reviró-. Ahora bien, ¿qué sucedió cuando abandonaron el hospital, señorita Tamarats?

Litton trató de objetar otra vez, pero Nielce se adelantó:

- Se nos impidió el acceso a nuestra casa...
- ¡Señorita Tamarats! -rugió Vubell-. Usted fue citada a comparecer frente a nosotros para explicar las razones por las que debemos evaluar la posibilidad de conmutarle la pena de muerte. Toda otra querella debe tratarse en un evento independiente a este. Si alguno de los presentes tiene inquietudes, remítase a los archivos...

Desilusionados, Nielce y Louit se miraron con complicidad. Era claro que los jueces también estaban inmiscuidos en el asunto, e iban a entorpecer la defensa; al impedirle a Louit contar la historia completa, la gente perdía mucha de la información que era indispensable para entender el contexto de la situación. "¿Cuántos de ellos revisarán las actas?" pensó Louit con amargura, "¡Infelices!".

- … Ahora continúe, señor Dermeer, y sepa que, a partir de ahora, usted está amonestado. Cuide mucho su lengua, si no quiere que su participación en este juicio sea abreviada.
- ¡Bien! Señorita Tamarats: Háblenos de cómo cayó en manos del dueño de Sorogia, ¿o es que tampoco puedo abordarlo? -preguntó Louit con un tono de reconvención.

Los jueces no respondieron de forma alguna. La gente empezó a murmurar por lo bajo.

- De acuerdo. Las cosas sucedieron así…

Nielce inició un monólogo en el que explicaba la correspondencia que mantuvo con Feriven Londarien, desde que recibió amenazas hasta que se entregó de manera voluntaria. A pesar de que hablaba con abundancia, la muchacha dirigía su narración con gran criterio, y su explicación dejaba satisfecho aún al más simple de los presentes. Entretanto, Louit escuchaba y confirmaba en su mente la exactitud de los argumentos, tal como le fueron relatados la primera vez.

Cuando Nielce llegó al punto en el que Roasdan le sugirió el trato que la convirtió en prisionera, Louit la detuvo con una seña.

- Entonces, ¿este hombre le ofreció un convenio para recuperar su casa?
- Sí.
- ¿Ustedes firmaron alguna cesión? ¿Cómo es que el hombre tenía la potestad de negociar con ustedes?
- No, señor. Jamás firmamos documento alguno.
- ¿Ustedes denunciaron esto?

Litton se levantó para objetar.

- ¡Lo sé, lo sé! ¡Retiro lo dicho! -dijo Louit con fastidio.
- ¡Pido que se desarraigue al abogado de la defensa! -exclamó furioso Litton-. Al parecer, el señor Dermeer quiere que se juzgue al señor Londarien cuando él es la víctima aquí.
- Señor Dermeer: Debo recordarle que está amonestado...
  Louit alzó los brazos como señal de disculpa.
- Última vez -le dijo Vubell como única amenaza.
- De acuerdo; pues bien, ahora verán –Louit se dirigió a la muchedumbre- que, tal como nos lo ha dicho la señorita Tamarats, nunca se hizo una cesión legal de la casa. Yo mismo revisé los anales del área de institucionales y estos lo atestiguan así; por lo que, con la muerte de los dueños originales, es decir, los padres de la señorita Tamarats, ella se convierte en la heredera legítima de la propiedad. Dicho de otro modo, la casa ahora le pertenece por derecho, Nielce.
- ¡Por Dios! -dijo Nielce al cubrirse el rostro con las manos.

La emoción abrumó a Nielce al grado de sacarle algunas lágrimas. Un aplauso lejano se escuchó por allí. Vubell reaccionó con rabia.

- ¡Absténganse de esas conductas! ¡Aquel que vuelva a interrumpir el orden en el recinto será prendido y expulsado de esta audiencia! Y usted, señor Dermeer, continúe con el interrogatorio.
- ¿Está lista para seguir, señorita Tamarats? -inquirió Louit.
- Sí, gracias -Nielce se rehízo en el acto, aún cuando quería desahogar un poco más su corazón.
- Bien. Ahora le ruego que nos hable del arreglo al que llegó con Londarien para recuperar la propiedad de la casa, *su* casa.
- Sí.

De nueva cuenta, Nielce empleó razones concisas e inteligentes para describir cómo fue que accedió a entregarse a cambio de la deuda.

- Entonces, el señor Londarien le prometió su libertad después de un año de cautiverio, junto con el perdón de la deuda.
- Así es.
- ¿Hace cuánto de esto?
- El día que me entregué fue el décimo quinto del mes séptimo del año pasado.
- Entonces usted estuvo cautiva... ¿Cuánto tiempo?
- Algo así como ocho meses, señor Dermeer.
- ¿Puede hablarnos un poco de las condiciones en las que vivió durante esos meses?
- Es claro que sí. Pregunte y yo responderé a lo que sea.

Como Louit ya estaba enterado de los padecimientos de la muchacha, llevó esta parte del interrogatorio de manera meticulosa y concienzuda. Él sabía muy bien que esto iba a causarle sufrimiento a su cliente, pero eso iba a ganarle adeptos entre la audiencia. Y tenía razón: Cuando Nielce habló del aislamiento, de la falta de noticias de su padre, de las repetidas violaciones y de los tratos inhumanos a los que fue sometida, la gente dejó entrever que compartía la pena de la muchacha.

- Entonces, usted fue víctima de varios delitos imputables, señorita Tamarats. Si su relato es preciso, y lo es, yo puedo enumerar los siguientes: lesiones, violación, privación ilegal de la libertad, fraude...

Para gran sorpresa de Louit, Litton no hizo ningún esfuerzo por objetar. Incluso los jueces se quedaron desconcertados con su actitud.

- Son cosas que sucedieron, señor Dermeer -dijo Nielce con resignación.
- Ahora bien: Usted mencionó la existencia de otra prisionera.
- Sí, señor. Ella era una hermosa jovencita cuyo origen des-

conozco. Sólo sé que se llamaba Yeissa. Ella sufrió mucho más que yo, pues la mataron en medio de un tormento que no me atrevo a narrar aquí.

- No será necesario que lo haga. Yo mismo me encargaré de exponer lo que fue de esta mujer, cuya identidad no hubiéramos podido averiguar de no ser por la amable contribución de la señorita Tamarats; ahora: Es claro que ustedes están familiarizados con la noticia del cuerpo que se encontró en el río hace algunas semanas. Pues bien, ese cadáver pertenece a Yeissa Mins, la hija desaparecida del hacendado Mins, de la comarca de Pembradt...

- ¡Por Dios! -Nielce se cubrió la boca con las manos.

La noticia causó que la concurrencia soltara exclamaciones de asombro.

- Y se sorprenderán aún más al saber cómo fue que la mataron –dijo Louit en voz muy alta para hacerse oír.

- ¡Señor Dermeer –exclamó Vubell desde su asiento-, le prohíbo hablar de ese tema! ¡Ese es un caso totalmente ajeno al que nos trae aquí!

- ¿No puedo hacerlo? ¿Árbitro?

Aprovechando que el ruido impedía el progreso del juicio, Tolsre se levantó de su lugar y fue a hablar con Louit.

- Abstente de comentar cualquier cosa al respecto, Louit. Temo que el hacendado Mins se sentirá muy ofendido si se entera de que esta información se está exponiendo al público.

- Está bien.

- Por cierto... Lo estás haciendo bien, hijo –le dijo Tolsre antes de marcharse.

Louit aceptó el cumplido de su suegro; ronco por el esfuerzo, Vubell logró callar a la multitud.

- Continúe, señor Dermeer.

- Bien. Usted ya nos expuso las circunstancias particulares que atravesó estando en cautiverio, señorita Tamarats.

Ahora háblenos del plan que urdió el secuaz de Londarien para sacarla de la mansión.

- Sí...

Nielce relató cómo el cómplice de Roasdan le declaró su interés por ella -dándole la noticia del fallecimiento de su padre- y del plan que éste le propuso para que ella pudiera escapar de la casa al día siguiente.

- ¿Por qué no se fugó? ¿Por qué decidió matar al señor Londarien?

- Voy a hablar con total franqueza. Espero ser elocuente al transmitir lo mucho que sufrí durante la noche previa al homicidio... Yo...

La abrupta interrupción de Nielce inquietó a algunas personas.

- Señorita Tamarats: Por favor, háblenos de ello –le rogó Louit.

- Sí... Yo no pensé en matarlo hasta el final... Cuando abrí la puerta principal, vi a unos transeúntes circulando por la calle y recordé los días de mi libertad. Sin embargo, al dar unos pasos en la acera, comprendí que nunca iba a ser realmente libre. Roasdan iba a encontrarme allá a donde yo fuera e iba a matarme; y aunque él no pudiera encontrarme, yo siempre iba a sentir la amenaza latente de que él apareciera para llevarse lo poco que me había dejado. Él me traicionó, papá murió por su culpa, y él iba a vivir tranquilo muchos años, mientras que yo, sola y sin futuro... No, no iba a pasar de una prisión a otra sin hacer algo al respecto. Todo eso tenía que terminar...

El cabello de Louit se erizó al observar la impresionante calma con la que Nielce relataba el clímax de su homicidio.

- ... Así que me encerré de nuevo, corrí a la cocina y tomé un cuchillo, luego entré en su habitación. Lo hallé tendido en su lecho, cubierto de vómito y sentí un temor inmenso de que se levantara... De que abriera sus ojos para mirarme con lujuria… De que se burlara de mí por creerle cuando me dijo que iba a honrar su promesa conmigo…

Litton observaba la escena muy entretenido, como disfrutando de un espectáculo sensual.

- … Y vacilé, tenía miedo. ¡Nunca había pensado en matar a alguien! Pero tomé valor después de mucha vacilación… Y lo apuñalé. Luego corrí fuera de la habitación para no ver su agonía, salí de nuevo a la calle para encontrarme con algún transeúnte y grité que dentro de la casa había un hombre muerto. Cuando llegó la policía, me encontraba justo al lado del cuerpo.
- Allí usted confesó que había acabado con la vida de aquel individuo.
- Sí.
- ¿Por qué no huyó de allí, Nielce?
- De estas cosas no se puede huir, señor Dermeer. Y aunque huyera: Ya no me importaba mi libertad porque no la merecía. Yo… Yo tomé la vida de ese hombre y asumo total responsabilidad por ello.
- Bien. Es imprescindible que responda esta pregunta frente a todos: ¿Por qué mató a ese hombre?

Nielce parpadeó algunas veces, como buscando una respuesta a un enigma indescifrable.

- Honestamente, lo ignoro.
- Ésa no es una respuesta satisfactoria -dijo Litton desde su posición-. Explíquese.
- No puedo hacerlo… Siento que dejé de ser yo misma…
- ¡Qué conveniente! -exclamó Litton entre carcajadas.

La muchacha se irritó, más que por la conducta de Litton, consigo misma por no poder expresarse de manera eficaz.

- Sólo quería que todo eso se acabara… Es la mejor respuesta que puedo dar en este momento.
- Ya. ¿Se arrepiente de lo que hizo?

Error. Louit se arrepintió instantáneamente de haber formulado esa pregunta. Ella se lo advirtió, ¡se lo dijo en específico! "Cuide muy bien lo que va a preguntarme en el estrado".

- Quisiera no haberlo matado, pero no podía conseguir la desaparición de Roasdan de otra manera -dijo Nielce con toda honestidad.
- Ésa no fue la pregunta que se le hizo, señorita Tamarats -dijo Vubell. Louit quiso llevar la conversación a otro lado, pero el juez lo silenció con una seña.
- Tiene razón.

El silencio se hizo total. Si una mosca hubiera atravesado el salón, la audiencia hubiera percibido su zumbido.

- Y bien, ¿se arrepiente o no? -insistió Vubell.
- Es que no lo sé... No hay día que no piense en ello. Sé que lo que hice estuvo mal, y puedo asegurar que no sentí satisfacción al ejecutar esa "venganza" sobre Roasdan... No lo sé, sencillamente no lo sé...

Y entonces, Nielce comenzó a llorar.

"Eres un estúpido", pensó Louit. "Todo el crédito que obtuviste durante el interrogatorio, lo botaste con esa pregunta". ¡Ella se lo dijo en específico! Y, tal como se lo advirtió, ella no quiso mentir en el estrado, ni siquiera ante la pregunta más comprometedora de todas; ahora Louit tenía que vencer su propia turbación para dar una arenga que fuera capaz de ayudar a Nielce... Porque el turno de Litton estaba próximo, y él iba a usar cada artimaña que tuviera a su alcance para destrozar el testimonio de la muchacha.

- Bien. Ahora vemos que el testimonio de la señorita Tamarats es por completo fidedigno. Es imposible dudar de la honestidad de una persona que habla con la franqueza que ella nos ha mostrado hasta este punto...

El silencio en la asamblea era sepulcral. Louit ni siquiera tenía que levantar la voz para hacerse oír.

- ... Por lo tanto, toda su desesperación, todo su sufrimiento, fue tan real como ustedes pudieron escucharlo. Ella tuvo que soportar la larga y terrible decadencia que la enfermedad de Trabor impuso sobre su madre; después, ella se vio arrastrada a una prisión clandestina por las malas decisiones de su padre. Ella se sacrificó por él. Mejor dicho, *por amor a él…*

Nielce dejó escapar un sollozo. El corazón de Louit se encogió al oírla llorar.

- … Ustedes escucharon la historia de sus padecimientos, tan espantosos como fueron. Sólo haré una mención rápida de todos los crímenes que Londarien cometió contra Nielce Tamarats y su familia: Lesiones al señor Tamarats, intimidación, secuestro, violación, lesiones a ella, fraude… Como pueden ver, queda claro quién es la víctima aquí…

Poco a poco, Louit iba ganando confianza al hablar.

- … Por tanto, les pido que tengan esto presente: Nielce Tamarats, una ciudadana responsable e hija ejemplar, cometió homicidio bajo unas circunstancias críticas de aislamiento. Imaginen el impacto que ella experimentó al enterarse que su padre había muerto, que su sacrificio de ocho meses había sido en vano. ¿Pueden verlo? ¿Pueden sentir esa frustración? No quiero justificar el homicidio. Después de todo, soy un jurista y tengo el deber de velar por el estricto cumplimiento de las leyes, pero estoy seguro que muchos de nosotros, bajo esas circunstancias, hubiéramos hecho lo mismo que hizo ella…

Al escuchar esto último, Nielce rompió en llanto.

- … Así que les ruego con toda la elocuencia de mi alma que no sean tan rigurosos con la señorita Tamarats. Yo la hice venir a esta audiencia confiando en que el pueblo de Isalba es generoso para con sus hijos cuando éstos sufren, cuando han sido vejados por la injusticia, cuando están solos; sí, ella cometió homicidio, y la ley exige su vida como intercambio, pero ella no merece eso. Simplemente no lo merece. Por favor, denle una nueva oportunidad.

La gente no reaccionó de modo alguno. El espacio en la sala permaneció como congelado por quince largos segundos.

- Gracias por todo, señorita Tamarats. Descanse.

"Gracias", le respondió Nielce sin hablar, sólo moviendo sus labios.

- Señor Litton, ¿está listo para tomar parte en el juicio? – preguntó el árbitro del consejo ciudadano.

- Es claro que sí, pero le daré un segundo a la señorita Tamarats para que pueda recuperarse de su dolor.

Las palabras hipócritas de Litton despertaron el orgullo de Nielce.

- Venga ahora –la muchacha se tragó el llanto para recobrar la compostura-. Estoy lista.

Le cayó bien al abogado esa última frase.

- Como quiera.

Y, levantándose, fue al encuentro de Nielce Tamarats. Ella se limpió los ojos para ver bien a su perseguidor, aquel que iba a tratar de hundirla.

*(Continúa en el capítulo 24)*

# CAPÍTULO 20

## *Sismo en Lairet (4)*

Nielce se despertó al sentir la húmeda lengua de un perro que se restregaba en su mejilla. Debido a la pedrada de la noche anterior, la cabeza le dolía terriblemente.

- ¿Y-Yommy?

El perro empezó a ladrar con entusiasmo, haciendo retumbar la pequeña cueva que Nielce había elegido para pasar la noche. Eso agravó mucho la espantosa jaqueca de la muchacha.

Poco despúes, una persona apareció en la boca de la cueva.

- ¡Nielce, por fin te encuentro! –dijo el recién llegado, agitado y jadeando.

- ¿Louit?

- ¿Esperas a alguien más?; ¿¡Qué haces aquí!? Creí haberte dejado segura con los Igommta.

- ¿Dejarme segura!? ¡Casi me matan! ¡Ah, mi cabeza! – Nielce se apretó las palmas de las manos contra sus ojos.

Louit se puso de rodillas y observó el feo moretón en la frente de Nielce.

- ¿Qué pasó anoche? –preguntó Louit, sorprendido por el mal talante de la muchacha.

- ¿¡Quieres saber qué pasó!? ¡Pasó que te largaste y me dejaste sola con hombres desconocidos! Ellos se molestaron porque quise proteger al hombre que tú derribaste.

¡Se volvieron locos!

Visiblemente alarmado por las palabras de Nielce, Louit se puso en cuclillas.

- ¿Ellos le hicieron algo al viejo?
- ¡No lo sé! Lo único que sé es que intercedí por él y ellos me golpearon con una roca...
- ¡Nielce! *¿Ellos le hicieron algo al viejo?* –preguntó Louit con lentitud, remarcando de manera deliberada cada una de sus palabras.
- ¿Me estás escuchando? ¡Ellos me atacaron, Louit!
- No entiendes, ¡no entiendes nada!

Louit se levantó y le dio la espalda a Nielce, soltó un suspiro rabioso y luego se volvió para razonar con la muchacha otra vez.

- Escucha. Esto es más importante de lo que crees... *¿Ellos le hicieron algo al viejo?*
- Ya te dije que no lo sé. Huí de ahí cuando me metieron esta pedrada y no miré atrás -Nielce señaló la marca de su frente.
- ¡Maldita sea!

Louit salió de la cueva y derribó un pequeño arbusto a patadas.

- ¿Qué sucede, Louit?
- ¡Qué va a ser! ¡Dejé solo al viejo y ya lo mataron! Era lo único que faltaba para que todo se fuera al diablo, *¡blamat!*

La muchacha se quedó perpleja ante la conducta violenta de su compañero.

- ¿Ese hombre era alguien importante?
- ¡Nada menos que el brujo mayor de Fanehain! –Louit se llevó las manos a la nuca y soltó maldiciones incomprensibles para Nielce-. ¡Diablos, debí quedarme con él para protegerlo!
- ¿Es posible que los Igommta supieran de quién se trataba?

¿No se habrán refrenado?

- Lo dudo mucho. Ven, levántate –Louit le tendió la mano a Nielce-. Tenemos que movernos rápido. Si nos encuentran, seguro nos destripan.
- ¡Pero si no tuvimos nada que ver...!
- ¡Yo derribé al viejo! Y tú estabas conmigo... Estás conmigo... Me van a buscar, y si me encuentran, sé que no te tratarán con más consideración que a mí.

Nielce empezó a temblar por la rabia y la impotencia. El destino había hecho de ella en una fugitiva, cuando todo lo que ella quería era dar una mano de ayuda.

- Te metieron un golpe tremendo –comentó Louit al examinar el feo moretón de la frente de Nielce.
- ¿Es muy notorio?
- Se ve como si tuvieras un tercer ojo en la frente, ¿qué te parece eso?

Alterada como estaba, la muchacha tomó el comentario con gracia, y conforme iban pasando los segundos, su risa fue evolucionando hasta convertirse en una carcajada.

- Bien –respondió Louit, quien tomó la risa de ella con hilaridad-. Vamos...

- Es aquí -anunció Louit de pronto.

Nielce advirtió un cerco metálico entre el follaje y la maleza, a unos cien pasos de distancia. Louit le hizo una seña para que la siguiera. Los dos se aproximaron hasta el tronco rugoso de un árbol gigantesco. El cuerpo del árbol tenía una oquedad que podía servir como un muy buen escondite para una persona.

- Escucha, Nielce: Voy a acercarme a la propiedad para asegurarme de que no hay peligro. Para hacerlo, necesito que permanezcas aquí hasta mi regreso.

- Entiendo -respondió la muchacha.
- Ahora, quiero que escuches con atención: El hombre que vinimos a ver es mi protector, y eso es bien sabido por todos. ¿Entiendes cuál es la situación?
- Sí.
- Bien. Permanece aquí. Si escuchas algo que te dé a entender de que fui capturado, espera hasta el anochecer, luego te escabulles en la propiedad y le pides auxilio al hombre que vive dentro.
- ¿Él sabrá entender mi lengua? ¿Querrá ayudarme?
- Él es isalbino, y estoy seguro de que te ayudará -dijo Louit con una sonrisa-. Pero te cuidas de él. Es un hombre que tiene sus vicios.

Nielce asintió. Sin dar más explicaciones, Louit se alejó del árbol andando a tientas.

Fiel a las instrucciones que le fueron dadas, Nielce permaneció escondida en el recoveco del árbol con el corazón en la garganta. Los minutos parecían eternos y Louit no volvía, ¿por qué se demoraba tanto?

"Mantén el temple", se decía Nielce, "Él volverá, y si no lo hace, sabrás resolverlo por ti misma. Éste es sólo otro obstáculo en el camino". Y así, repitiéndose este pensamiento, la muchacha se obligaba a respirar de una manera cada vez más profunda.

Momentos después, Nielce escuchó el andar de una persona que se aproximaba.
- ¡Ven, Nielce! ¡Tenemos que darnos prisa!

Aliviada, Nielce abandonó su refugio y fue a encontrarse con Louit al pie del cerco perimetral.
- Entraremos por aquí -Louit señaló un boquete de un tamaño suficiente para permitirles el acceso por debajo-. Iré yo primero.

Y, cual gusano, Louit hizo la maniobra en un santiamén. Nielce hizo lo propio, luego Yommy. Una vez dentro, los tres iniciaron la caminata a través de un huerto de árboles frutales. Un poco más adelante, una hermosa casita de piedra construida al estilo isalbino se erguía como el único edificio en el predio.

- No veo a la servidumbre -susurró Louit con desconfianza.
- ¿Es seguro que sigamos?
- Ya lo averiguaremos.

De pronto, dos perrazos se abalanzaron sobre los intrusos. Yommy salió a su encuentro y se irguió orgulloso frente a sus congéneres. Los otros dos se llegaron a él y se pusieron a olfatearlo con cautela.

- Telbos, Ganiei, ¡hola!

Los canes reconocieron la voz de Louit y comenzaron a ladrarle con alegría, agitando sus largas colas en el aire.

- ¡Eso es! Vengan acá, muchachos.
- Son perros de la misma raza –observó Nielce.
- ¡No puede ser de otra manera! Son hermanos de la misma camada. Yommy es un obsequio que me dió el dueño de estos dos cuando apenas era un cachorro.
- Magnífico regalo.
- El mejor de todos. Ven, te presentaré a *O'Shnolk*.

Viendo que los perros lucían tranquilos, Louit tuvo la certeza de que se encontraban a salvo. El joven condujo a Nielce hasta el pórtico de la casita y llamó a la puerta con los nudillos. Al no obtener respuesta, empezó a golpear con el puño cerrado. El martilleo incesante tuvo su recompensa: Un hombre de cabello blanco y barba poblada les abrió la puerta con una expresión de fastidio.

- ¡Eres un demonio, Louit! ¿Querías derribar mi puerta, vándalo?
- No es hora de que estés durmiendo, por eso vine a despertarte.
- Ya estaba despierto, infeliz, ¡y bien despierto! –arguyó el dueño de casa.

Y abriendo la puerta del todo, dejó pasar a los invitados.

- Por el alma misma de mi madre, Louit. Es la primera vez que te veo con una mujer, ¡y qué mujer!

- Cállate, viejo. ¿Cuándo aprenderás a controlarte? –replicó Louit con irritación.

- Ignore usted a este energúmeno, señorita –dijo el anciano al extenderle su huesuda mano a Nielce-. Bienvenida a mi casa.

- Es usted muy amable, señor *O'Shnolk*.

El aludido puso una mueca de sorpresa e increpó a Louit:

- ¿Tú le dijiste que me llamara así, sucio campesino?

- Es claro que no, pero mira qué bien salió –respondió Louit con gran satisfacción.

- Verá, mi joven amiga: Puedo escuchar que usted habla perfectamente el idioma salben; también puedo ver su muy bella apariencia, que es muy distinta de la que se ve por estas tierras. Todo esto me hace suponer que usted es isalbina.

- Así es, señor.

- Pues yo también soy originario de Isalba, así como lo es este desgraciado con el que se hace acompañar –dijo señalando a Louit.

- Entonces, ¿*O'Shnolk* es su mote de extranjero?

- Precisamente iba a hablarle de los motes de extranjero, pero usted se me adelantó. Pasen.

El viejo los hizo pasar a una pequeña sala ricamente amueblada, donde los asientos eran pequeños cubos de madera con un cojín de una fina telilla. Una vez acomodados, el hombre siguió hablando:

- Yo le estaba diciendo que ése no es mi nombre verdadero...

- Ya casi es tu nombre verdadero, nadie te llama del otro modo –interrumpió Louit.

- Por desgracia eso es cierto, mas aún no he olvidado cuál es mi nombre de nacimiento. Yo soy Akkraín Estarbo.
- Yo soy Nielce Tamarats –contestó ella.
- Tamarats... De los antiguos nobles de Salmandí, ¿me equivoco?
- No, señor. Usted acertó.
- En definitiva, usted heredó la gloriosa estampa de sus ancestros, de quienes se decía que eran los más gallardos y apuestos de la región...

Nielce enrojeció al escuchar las palabras de aquel anciano de aspecto agradable e inteligente.

- Gracias, señor Estarbo; pero dígame: ¿Qué significa "*O'Shnolk*"?
- Sí Akkraín, dile –complementó Louit con tono pícaro.
- Prefiero ahorrarme la pena de tener que explicárselo, mi querida Nielce... Usted me entenderá...
- ¡Eres un ridículo, viejo! ¿En serio vas a dejar que alguien más le cuente lo que significa?

Una persona apareció desde las habitaciones interiores y con su sola presencia interrumpió la plática de los tres: Era una exuberante nativa, muy joven y escasamente vestida que bostezaba sin escrúpulos. Akkraín le dijo algo en el idioma local y ella se retiró sin despedirse, como si no hubiera nadie en la habitación.

- ¿Otro de tus sucios amoríos, viejo?
- Ella es mi amiga, Louit...
- ¡En verdad me irritas, desgraciado! ¡Siempre fuiste así y te odio por eso!
- Si tanto me repruebas, ¿qué haces aquí? –replicó Akkraín con indignación-. Ya te di una casa en la que puedes estar, así que vete para allá y déjame en paz.
- Lo haría, y en este mismo instante, si no tuviera una cuestión realmente importante que tratar contigo.

- ¡Ya está! Debí suponer que venías a pedirme algo y no a visitar a tu padre.
- *Tú* no eres mi padre…

Los dos se callaron al ver que Nielce lucía terriblemente incómoda.

- Perdónenos, Nielce. Louit y yo tenemos una relación bastante peculiar.
- Será mejor que me retire…
- No, de ninguna manera; ya, dejemos todas estas tonterías de lado. ¿Cómo les puedo ayudar?

Justo cuando Louit abrió la boca para exponer el motivo de su visita, una persona llamó a la puerta. Levantándose con gran dificultad, Akkraín se disculpó y fue a atender.

- ¿Akkraín es tu padre? -preguntó Nielce por lo bajo.
- Soy huérfano desde pequeño. Mi padre se hizo amigo de Akkraín en algún momento de su juventud. Cuando murió, el viejo se ofreció a hacerse cargo de mí.
- ¿Y te crió como a su hijo?
- Es extraño, verás –respondió Louit con ironía-: Akkraín engendró hijos infinitos, pero el único niño del que se hizo cargo fui yo, el único que no lleva su sangre.
- Y aún así, lo tratas con muy poco respeto.

Impasible, Louit contestó con un susurro enfático:

- Resolveré este misterio para que puedas comprenderme un poco: *O'Shnolk* significa *"el lujurioso"*, y yo crecí viendo cómo la reputación de Akkraín se fue forjando entre este pueblo…

La conversación se detuvo en seco cuando un hombre vestido como militar apareció en la sala, observando a los extranjeros con una expresión dura en el rostro…

Los habían encontrado.

- Louit, aquí estás -dijo el soldado en su lengua.
- Shamsek –respondió Louit sin exaltarse.

- ¿Ésta es la mujer a la que llaman *Ahuassinda*?
- Es la misma, sí.
- Ven, hablemos afuera.

Un sordo sentimiento de pavor inundó el pecho de Nielce al ver que su amigo se levantaba y salía con el soldado. Akkraín dejó salir a los hombres y se sentó a conversar con su invitada. En su rostro de veía un gesto de serenidad muy natural.

- Esté tranquila, ése sujeto es amigo nuestro. Vino a darle advertencia a Louit sobre algo. Intuyo que de eso mismo venían a hablar ustedes dos.
- Sí.
- ¡Pero bueno, relájese! Estando usted en mis dominios, yo le garantizo que no podrá ocurrirle nada malo.
- Gracias.
- Por cierto: Acabo de escuchar que a usted se le conoce como *Ahuassinda*. Ése es un mote precioso, ¿sabe cuál es su significado?
- Sí, Louit ya me lo dijo –Nielce confirmó con la cabeza.
- ¿Y cómo lo obtuvo?
- Louit y yo estuvimos ayer en los cuarteles. Allí, yo hice curaciones a algunos de los heridos que buscaban auxilio. Por gratitud, ellos me dieron el mote.
- Entonces, ¿usted practica medicina?
- Así es.
- Con semejante mote, queda claro que usted es excelente.
- No sé, señor. Yo sólo vine a ayudar –contestó Nielce con gran humildad.

El viejo reparó en la extraña marca que tenía la bella Nielce en su frente, mas no quiso incomodarla haciéndole un comentario al respecto.

- ¿Cómo conoció a Louit?
- Él me encontró por casualidad. Yo estaba en la calle, a las

afueras de mi hotel, esperando el retorno de mi intérprete, y me involucré en una situación problemática por tratar de ayudar a una mujer. Louit me defendió y se ofreció a hacerse cargo de mí hasta que yo pudiera localizar a mi intérprete.

- Ése es Louit: Siempre interfiere a favor los demás –afirmó Akkraín con orgullo.
- ¿A qué se refiere con esto, señor?
- Ya le explico. ¿Ha escuchado el mote que le dieron los nativos? Ellos le dicen *Ocaringo*.
- Sí, y también conozco su significado –contestó Nielce con una sonrisa.
- Bien. Mire, Nielce: Yo soy dueño de muchas tierras de cultivo. Todos los años, durante la temporada de las cosechas, doy empleo a hombres, mujeres y niños de las razas de Fanehain e Igommta. Como soy consciente de los problemas que existen entre ellos, procuro mantenerlos separados, no obstante, ellos compiten por quedarse con el derecho de trabajar en las cosechas más lucrativas e invaden los terrenos de sus adversarios. A veces mueren personas…

El rostro pasmado de Nielce le trajo gracia a Akkraín. Él siguió hablando con el tono desapasionado del que está acostumbrado a las peripecias de su negocio.

- Cuando ocurren estas escaramuzas, Louit llega para mediar entre los recolectores. Fíjese bien: A pesar de que yo lo considero mi hijo –que no lo es-, él insiste en trabajar en las cosechas. Su labor, más que de recolector, es de vigilante. Si detecta algún problema, él trata de dialogar con los involucrados. Fuera de las horas de trabajo, él se ha reunido con los capataces y ha convocado asambleas para crear acuerdos entre los recolectores, pero todo su esfuerzo ha sido en vano. Lo único que le ha funcionado es el *yarparo*.

- ¿Qué es "yarparo"?
- "El puño del pobre" –aclaró Akkraín con tono doctoral-. Es un estilo de pelea que desarrollaron los nativos durante la revolución de las arenas rojas. Louit lo maneja con gran destreza, y eso le basta para controlar a los recolectores. ¿Sabe cuál es la máxima por la que Louit se rige para el uso de su habilidad? Es excelsa: "Uno debe ser más fuerte que los fuertes para proteger a los débiles".

Admirada por carácter y las acciones de Louit, Nielce reflexionó un instante y luego contestó:

- Es una fórmula admirable, siempre que se aplique con integridad.
- ¡Usted es magnífica, Nielce! –exclamó Akkraín con entusiasmo-. Y por el simple placer de conocerla, yo haré todo lo que ustedes me pidan.
- Usted es muy amable, señor Estarbo.

El sonido de la puerta al azotarse interrumpió el coloquio de la dama y el viejo. Louit apareció en la sala, rojo de cólera y apretando fuertemente la mandíbula.

- ¿Dónde está Shamsek? –preguntó Akkraín.
- Ya se fue de aquí… ¡*Blamat!*

El talante agresivo de Louit no sorprendió al viejo: Ya estaba acostumbrado a semejantes brotes furiosos.

- ¿Qué pasa, Louit? ¿Me dirás qué te trajo aquí, o mejor se lo pregunto a ella?
- ¡Esto es terrible! Mataron a Poriahor. Lo encontraron apedreado hoy por la mañana.
- ¿Al brujo mayor de Fanehain?
- ¡A ese mismo perro! Ayer estuvo ofreciendo "sacrificios" de la sangre de los Igommta para aplacar la ira de sus dioses… ¿Recuerdas que ayer nos atacaron con machetes, Nielce? ¡Pues íbamos a ser los siguientes!
- ¡Por Dios…! –Nielce se calló involuntariamente.
- Sí, él y sus compinches mataron a casi una decena de per-

sonas. Creían que con eso iban a detener los temblores.

- Ah, siempre tan simples –dijo Akkraín en tono divertido-. Pero, ¿qué tiene que ver todo esto contigo? ¿Acaso mataste al viejo?

Louit se sentó junto a Akkraín y se tomó la cabeza con las manos.

- Es claro que no hice tal estupidez. Además, tú sabes que yo no puedo hacer eso.
- No a propósito, pero los accidentes ocurren. Y, así como pegas, has corrido con suerte.
- Deja eso. Estoy completamente seguro de que no lo maté.
- Yo puedo confirmarlo, ya que me acerqué al brujo para confirmar que aún tenía latido -añadió Nielce.
- Ya. ¿Y te buscan porque lo golpeaste?
- Me buscan porque el sujeto está muerto y fui yo quien lo derribó. ¡Maldición, hice mal al irme de allí!

Recorriendo su rostro con la mano, Louit soltó un profundo suspiro.

- Los Fanehain quemaron mi casa, me buscan para matarme… Y también a ti, Nielce…

La noticia tuvo un efecto terrible en Nielce. La muchacha clavó sus ojos en el techo, tratando de contener las lágrimas.

- Bueno, al menos Shamsek vino a prevenirte. Me imagino que él no duda de tu inocencia…
- Akkraín, tenemos que sacarla del país como sea –Louit extendió su brazo para señalar a Nielce-. No puede quedarse en Maerbos. Irán a buscarla al refugio de Ceimer Mordrei, y eso pone en peligro a todo su equipo.
- Es claro que sí, y tú te vas también –contestó Akkraín de modo autoritario.
- ¿Qué dices…?

Louit se inclinó hacia adelante para encararse con su padrastro. Akkraín se echó para atrás y cruzó sus manos, como preparándose para una dura negociación.

- He dicho que tú también te marchas. No te quedarás aquí para que te maten. No lo permito.

- ¿¡Desde cuándo necesito tu permiso para hacer cualquier cosa, anciano ridículo!?

- … De hecho, yo ya venía pensando que el momento era propicio para enviarte de regreso a Isalba. Recuerda la promesa que le hice a tu padre antes de su muerte: Yo le dije que ibas a volver cuando fueras un hombre completo.

- No me importan tus promesas. La decisión es mía, y yo me quedaré.

- Quedarte, ¿para qué? ¿Para salvar a esta gente? ¡Bien! - Akkraín se inclinó hacia el frente y señaló a Louit con su índice-. Te lo voy a decir de una vez, porque ya es tiempo de que lo notes: No has conseguido nada machacándote por estas personas.

- ¡Infeliz! ¿¡Qué vas a saber tú de este pueblo, si has vivido desperdiciando tu vigor con mujerzuelas!? -rugió Louit.

- Más de lo que te imaginas, niño. Recuerda que he vivido en este país mucho más tiempo que tú. Conozco a esta gente tan bien como conozco mi cara: Es indomable, terca, sin inteligencia; así que sigue mi consejo y vete de aquí. ¿O es que todavía crees que vas a inspirar un cambio en el corazón de este pueblo tan aguerrido? ¡No seas iluso, Louit! ¡Sólo eres un chiquillo que sabe pelear bien, uno cuya suerte lo ha mantenido vivo hasta hoy!

- ¡Maldito viejo…!

Louit se levantó de su asiento con toda la intención de estrujar a Akkraín, no obstante, Nielce se movió más rápido que él e intercedió por el anciano.

- Vámonos, Louit. No quiero que mueras… Te necesito.

Eso desarmó a Louit por completo. *Te necesito… ¿Y eso qué significaba?*

- Están locos… Me largo de aquí…

Louit se dio media vuelta y abandonó la casa, estrellando la puerta con violencia al momento de salir. A través de la ventana, Nielce vio cómo desaparecía entre los árboles.

- Ah, Nielce. Lamento que tuviera que presenciar todo esto -dijo un Akkraín visiblemente apenado-. Sin embargo, me alegra mucho que usted esté aquí. Usted ganó, Nielce.

- ¿Qué quiere decir con eso, señor Estarbo? –preguntó ella con curiosidad.

Akkraín se levantó con dificultad de su asiento.

- Que usted lo convenció. Venga, preparemos las cosas que necesitan para el viaje.

- ¿Cómo? ¿Confía en que él vendrá?

- No sólo confío: Lo sé.

- ¿Cómo lo sabe?

- Hay batallas que sólo pueden ganar las mujeres, ¿no lo sabré yo? -Akkraín le guiñó a Nielce-. Bien, tomaremos la vieja ruta de comercio hacia Maerbos. Es un camino que está en desuso desde hace años. Es necesario que carguemos alimentos para un día y los documentos que acreditan la nacionalidad de Louit. Todo esto lo tendré preparado en... Nielce, ¿se encuentra bien? – preguntó Akkraín al ver que la muchacha se había cubierto la boca con las manos.

- Sí, señor, es que acabo de caer en la cuenta... Extravié mis documentos, los dejé junto a la fogata anoche...

Akkraín alzó las cejas en un gesto de contrariedad palpable, pero luego suavizó la expresión.

- Yo los recuperaré, Nielce. No es raro que los nativos lucren con las posesiones robadas a los extranjeros. Puedo obtener esos documentos sin mucho esfuerzo.

El rostro confiado Akkraín calmó la zozobra de la muchacha.

- ¿En verdad cree que puede hacerlo?

- Yo lo haré -Akkraín se llevó una mano al pecho, como

haciendo un voto solemne-. No es la primera vez que hago esta clase de movimientos.

- ¡Eso sería increíble! ¡Se lo agradecería eternamente!

- Deje eso para después, mi querida Nielce. Es urgente que abandonemos esta propiedad cuanto antes. Ya los encontraron una vez, tenga la certeza de que van a volver a hacerlo.

- Sí.

- Vaya a por Louit. Haga eso por mí, se lo ruego. No tenemos tiempo que perder.

Entendiendo la gravedad de la situación, Nielce salió de la casa con dirección al jardín. No tardó mucho en encontrar a Louit acostado bajo de un árbol, cubriéndose los ojos con su brazo. Cerca, los perros jugaban a perseguirse y a morderse.

- Aquí estás –dijo Nielce para anunciarse.

Louit no respondió de forma alguna. Su malhumor era patente; Nielce, por su parte, se sentó a una distancia prudente.

- Lo siento, Louit -dijo Nielce al cabo de un rato-. No debí haber dicho eso…

Él no movió un solo músculo; consciente de que lo que estaba a punto de decir era contrario a lo que se le había encomendado, Nielce siguió adelante con su disculpa.

- Hiciste suficiente al traerme hasta aquí. No es justo que te pida más de lo que has hecho… Si tu deseo es quedarte…

- Él tiene razón -interrumpió Louit.

- ¿En qué?

- En todo. Siempre la tiene.

Sensible a la naturaleza reverente del momento, Yommy se acercó a Louit con la cola baja y le tocó el brazo con la nariz. Louit se incorporó para acariciar las orejas del perro.

- Nunca imaginé que, después de todo lo que he vivido en este país… Después de todo lo que he dado, al final me vería obligado a irme sin haber marcado una diferencia.

Sintiendo el dolor de Louit como si fuera el propio, Nielce susurró:

- Para mí, tú marcaste toda la diferencia.

Haciendo un esfuerzo supremo por no mirar a Nielce, Louit exhaló profundamente.

- Tenemos que irnos. Nuestra vida peligra si nos quedamos -dijo de repente.

Y se levantó para dirigirse a la casa, aún sin mirar a Nielce. Ella lo atajó, lo tomó de la mano y lo forzó a mirarla.

- Escucha, Louit: No eres el único que se va de este país con sus anhelos defraudados. Pero allá a donde vayamos, tú y yo haremos una diferencia. Como ayer en los cuarteles.

Finalmente, Louit se atrevió a mirarla.

- Sí -dijo Louit con una sonrisa.
- Bien. ¡Vamos! -respondió Nielce con entusiasmo.

Y sin soltarle la mano, lo guió de regreso a la casa.

*(Continúa en el capítulo 25)*

# CAPÍTULO 21

## *Una pareja feliz (5)*

De vuelta en el balcón de su casa, Louit observaba el batir constante de las olas. Para esa hora, la fiesta a la que faltaron ya había concluido. ¿Lo hubieran pasado mejor allá? Imposible.

Eran pocas las veces que Louit se dejaba arrastrar por sus deseos de forma despreocupada, pero esa noche, esa noche se estaba permitiendo actuar y sentir con libertad. Prueba de ello era su costoso traje, arruinado por el agua y la arena, que colgaba del barandal como trofeo a la espontaneidad y a la diversión. ¡Simplemente era feliz, y todo lo demás le importaba un bledo!

"Y pensar que toda esta felicidad pudo nunca existir", reflexionaba Louit. "Cualquier yerro en el camino, y no hubiera conseguido lo que tengo ahora. ¿Qué hubiera sido de mí?". Pensar en eso le daba un poco de miedo.

Su esposa estaba dentro, cambiándose sus vestiduras remojadas e impregnadas de arena. En cualquier momento podía llamarla y ella se le iba a unir, o él podía ir a donde estaba ella para ayudarla a desvestirse; podían caminar por la playa, podían quedarse conversando en la cama a obscuras; podían enfrentar la adversidad juntos, desafiar el paso del tiempo y las decepciones.

Era suya, y él era de ella, ¡pero cuánta suerte tuvo al encontrarla!

-   No te cansas de observar el mar –dijo Nielce para anunciarse.

- Es el olor, el ruido, simplemente…
- Te deja embelesado –sonrió ella.
- No pude haberlo dicho mejor -confirmó Louit con una sonrisa.

Nielce posó su tersa mano en la espalda desnuda de Louit. Ella ahora llevaba su sencilla indumentaria de cama, el cabello húmedo con algún rastro de arena y los ojos enrojecidos por la sal marina, pero estaba tan hermosa como al principio de la velada.

- ¿Sabes? Estaba pensando en todo lo que hemos vivido juntos. ¿Qué hubiera hecho yo sin eso?
- Hubieras llevado una vida tan buena como esta –contestó Nielce en tono de broma.
- Imposible. No podría ser más feliz de lo que soy ahora – afirmó Louit sin pensarlo.
- Me encanta que te expreses así, querido. Yo soy tan feliz como tú, quizás más.
- ¿Te das cuenta de que todo esto pudo no haber ocurrido? El reto que me impusiste ese día: Creí que te habías burlado de mí.
- Nunca quise burlarme de ti. Solamente quise asegurarme de que iba a hacer lo correcto. Tú me entiendes.
- No, no lo entiendo. Me dejaste a ciegas.
- Es claro que no, querido: La bibliotecaria me conocía y te dijo cómo podías encontrarme. Esa fue nuestra señal.

Sorprendido, Louit se giró hacia Nielce.

- ¿Así que esa fue tu intención al irte así? ¿Dejarlo todo en manos de la bibliotecaria?
- Así es, querido.

Louit agachó la mirada y se cubrió la boca con una mano. Nielce se quedó en suspenso.

- Ah, Nielce. Ella *no me dijo* cómo podía encontrarte, ¡ni

siquiera se acordó de mí cuándo fui a verla al día siguiente!

- ¿Qué dices, Louit? ¡Es claro que te dijo!
- ¡Te digo que no me dijo! Sólo se me acercó y me deseó suerte: Eso fue todo.
- Tú juegas -dijo Nielce con total escepticismo.
- No, no juego.

Como Louit aún percibía cierta incredulidad en los ojos de su esposa, le tomó ambas manos y le dijo con marcado énfasis:

- Escucha, querida, esto es lo que pasó: Cuando tú te fuiste, la bibliotecaria se me acercó, me deseó suerte y se marchó. Eso fue todo. Y hay más: Creo que ella *ni siquiera* te reconoció en el parque. Te juro que es la verdad.
- ¡Tú juegas! ¿De qué otra manera ibas a encontrarme, si ella no te dijo?

El gesto de Louit era definitivo: Estaba diciendo la verdad.

- No es posible. Ella te dijo -insistió Nielce.
- No, no me dijo.

Anonadada frente a esa revelación, Nielce se llevó ambas manos al pecho.

- Si ella no te dijo... Entonces, ¿cómo fue que me encontraste...?

La plazuela de Ferdegan era un largo corredor bordeado por altos árboles dispuestos en zigzag, un lugar privilegiado para el esparcimiento y la diversión. Por las fiestas, el lugar había sido adornado con largos banderines blanquiazules y guirnaldas, símbolos propios del pueblo de Isalba.

Como era un día libre de labores, la plazuela estaba atestada de familias completas. Múltiples artistas se dieron cita en el lugar para amenizar la tarde: Actores y músicos que escenificaban algunos de los momentos más representativos de la historia del país. Por eso, no era raro ver personas disfrazadas con ropas que parecían salidas de algún museo.

Sentados en una banca, Nielce y Louit seguían conversando con fluidez; al lado opuesto de la acera, una ancianita luchaba por enfocar la vista en su libro.

- Desde luego, la cuestión no es tan simple. Depende de muchas cosas -dijo Louit.
- ¿Cómo cuáles?
- Verás: Los antiguos gobiernos partieron de la premisa de que era necesario repartir los recursos de manera equitativa. Muy pronto se dieron cuenta que hacerlo era muy problemático.
- No anticiparon las complicaciones de someter a los ricos y hacer productivos a los pobres.
- Exacto –asintió Louit.
- Sin embargo, yo no trataba de argumentar a favor del sistema de repartición equitativo. Sé que tiene mil fallas; lo que creo que necesita una revisión urgente es el modelo normativo que permite que la pobreza se siga extendiendo.
- ¿Piensas que el problema es institucional?
- Así es. Ghillart expone que los grupos primitivos… ¿De qué te ríes, Louit?

Louit se agitaba en una risa silenciosa.

- Lo siento. Supuse que tarde o temprano íbas a mencionarlo.
- ¿Acaso puede ignorarse su opinión en cuanto a este tema? –preguntó Nielce con expresión convencida.
- ¡No! Es claro que sus ideas son muy válidas. No vuelvo a interrumpirte, perdóname –prometió Louit al apagar el rescoldo de risa que le quedaba.

Ella lo miró de modo acusador hasta que se convenció de que él estaba hablando en serio, luego siguió con su argumento:

- Yo te decía que las comunidades primitivas velaban por el bienestar de sus miembros sin fijarse en la posición que cada uno de ellos ocupaba en la jerarquía del grupo. Fue hasta que se fundó la comunidad desarrollada que se empezó a asignar un valor a cada individuo de acuerdo a criterios arbitrarios. Por ejemplo, los hícares le daban prioridad al casamiento de sus individuos más altos... Te hubiera ido bien con ellos –remató Nielce de manera pícara.

- ¡Y que lo digas! ¡Ya tendría tres hijos y un terruño a mi gusto en las arboledas de Gibelban!

- Y un hermoso taparrabos.

- ¡Sobre todo el taparrabos!

Los dos rieron juntos, y tan a gusto, que perturbaron la atención de la menuda ancianita que tenían enfrente. Ella hizo un gesto de desagrado y volvió a leer sus líneas para no perder el hilo de sus pensamientos.

- Ah, Nielce. Es interesante que mencionaras a los hícares. ¿Sabes? De haber nacido con ellos, hubiera podido casarme a los doce.

- ¡Creciste muy pronto!

- Y tú, ¿cómo sabes tanto?

- Es que me entretiene aprender cosas así –Nielce se encogió de hombros.

- Se nota. Pero continúa, te escucho.

- Sí... Mencioné a los hícares para darte un ejemplo de lo que estaba exponiendo; y es que, junto con la comunidad civilizada, también nació la distinción social. En cuanto desarrollaron su inteligencia, nuestros ancestros se crearon estándares para cuantificar la valía de individuo, como si la desunión fuera un rasgo inherente a nuestra especie.

- ¿Qué quieres decir con "desunión"?

- Te explico: Somos la forma de vida más exitosa en el

planeta, pero también somos la que más miembros pierde por causas evitables. Somos la única especie que conoce la guerra, el odio, la envidia, la avaricia; somos competitivos, agresivos cuando sentimos que alguien amenaza lo que percibimos como nuestro; además, como comunidad, creamos mil razones distintas para clasificarnos y distanciarnos... ¿Louit?

- Te escucho –respondió él de manera distraída.

- ¿Está todo bien?

Louit se distrajo al ver a la viejecita del otro lado de la acera. ¿La conocía de algún lado?

- Perdóname Nielce, me dejaste embebido en reflexiones. Continúa.

- Claro –asintió ella con una sonrisa-. Primero: Aprendimos a definir nuestra valía en base a nuestra riqueza personal, cuando, en un principio, todos éramos partícipes de esa riqueza; segundo: Aprendimos a distinguirnos por nuestro origen y a creamos cosas tan inútiles como las alcurnias...

- ¡Y que lo digas tú, una Tamarats!

- Deja eso. Soy una persona tan común como cualquier otra.

- Disiento contigo en eso, pero no te interrumpo.

- Gracias. Tercero: Aprendimos a valorar nuestra utilidad de acuerdo a nuestro rol laboral; cuarto: Convertimos el reconocimiento público en un adorno que le otorga un valor añadido al individuo que lo posee; podría mencionarte otras cosas, pero creo que ya me entiendes.

- Sí, y tienes razón: Creamos categorías de valor artificial, y la percepción de ese valor repercute en nuestra relación con los demás.

- Exactamente. Nada de eso nos une, más bien nos separa.

- Entonces, ¿dices que estamos hechos para vivir en desunión?

- Desgraciadamente, pienso que sí. Creo que perdimos ese instinto primitivo que nos beneficiaba a todos, y temo que eso va a empeorar con el tiempo. Es muy triste ver que nuestra sociedad descobija a los desheredados y le quita la esperanza a los más débiles.

- ¿Es algo que ves a menudo? –preguntó Louit con curiosidad.
- Sí, todos los días. En mi trabajo…

Nielce se interrumpió al reconocer una melodía. Un músico tocaba por los alrededores, impregnando el aire con los finos acordes de su instrumento de cuerdas.

*Llueven luces de gotas amargas*
*Cortan fino el aire violento*
*El encuentro de puertas cerradas*
*Terminó de sellar mi tormento*
*Y no descansaré…*

- ¡Milagros! -dijo Nielce con gran emoción-. Me encanta esa canción.
- ¿En serio? Escuchémosla entonces -respondió Louit.

La muchacha se entregó por completo a la melodía, moviendo los labios conforme sonaba la letra. Louit la observó con gran satisfacción: Era sencillamente hermosa a sus ojos, y más ahora que florecía con las notas y los versos.

*El calor sólo deja cenizas*
*Apagadas por todo el sendero*
*Un telón de tinieblas me avisa*
*Que me adentro en un gran agujero*
*¿Cuándo descansaré?*

La música cambió de una tonalidad oscura a una alegre en una progresión magistralmente ejecutada por el músico. La gente a su alrededor se emocionó y empezó a batir palmas para acompasar la pieza.

*Del valor de mi alma algo aflora*
*Una bala de fuerza escondida*
*¿Por qué no he de tomarla ahora*
*cuando estuvo por tanto perdida?*

*Tan extraña es mi suerte este día*
*No adivino muy bien lo que ha sido*
*¡El milagro que tanto pedía*
*ha llegado a este cuerpo vencido!*
*¡Y al fin descansaré!*

El clímax de la melodía marcó la entrada de los otros músicos, quienes le dieron un mayor énfasis al sentimiento de liberación que desprendía la pieza.

*Ya no escucho murmullos marchitos*
*Hoy mis pies han tocado la arena*
*Los milagros perfectos, benditos*
*Han dejado olvidada esta pena.*

*Son tan bellas las húmedas playas*
*Y tan vasta la vieja morada*
*Que mis brazos se tornan en alas*
*Vuelo lento hacia ti, blanca hada.*
*Y al fin descansaré,*
*¡Y al fin descansaré!*

El músico preparó el cierre de la pieza ralentizando el ritmo hasta llegar a una pausa.

*La lejana ventisca ha pasado*
*Tu cabeza reposa en mi pecho*
*El milagro el recuerdo ha borrado*
*De mi mente el daño ha deshecho*
*Por ti, por fin, descansaré.*

Larga fue la ovación que cosecharon los músicos al terminar su interpretación. La misma Nielce no dejó de aplaudirles por un buen rato.

- ¡Maravilloso! -les gritó desde su posición.

Ellos le respondieron sacándose el sombrero como gesto de gratitud.

- Sí, maravilloso -repitió Nielce en un suspiro, extasiada por el intenso gozo que sentía en ese momento.

- Todo lo que nos ha ocurrido hoy ha sido maravilloso, ¿no crees? -sugirió Louit.

- ¡Sí, todo!

- No sabes cuán feliz me hace el compartir estos momentos contigo…

Ella estuvo a punto de responder algo, sin embargo, su ánimo ensombreció en el acto.

- ¿Sucede algo? -inquirió Louit al ver el cambio ocurrido en ella.

- No es nada.

- ¿Estás segura?

- ¡Sí! -dijo Nielce con una sonrisa maquinal.

Y luego giró la vista a otro lado, perturbada por algún pensamiento indescifrable para Louit; él notó que ella no se reponía y quiso retomar la conversación.

- Dime, Nielce: Todo lo que expusiste antes, ¿lo has colegido leyendo las obras de Ghillart?

- Mucho lo obtuve a través de mis experiencias, pero sí: Los textos de Ghillart me ayudaron a abrir mi mente.

- Bien, está decidido: Volveré a leerlo, creo que puedo sacar algo de ello. ¿Me prestarías tu libro?

- No puedo. Este libro no me pertenece.

- Está bien. Tengo acceso a él en la librería de los juzgados.

- Qué afortunado eres…

Una angustia palpable se manifestaba en Nielce, y era tal

su turbación, que ni siquiera se atrevía a mirar a Louit. Él guardó un silencio prudente, esperando una justificación de parte de ella. Sin embargo, el espacio entre los dos se congeló por un penoso par de minutos.

- ¿Acaso dije algo inapropiado? -inquirió Louit de pronto.
- Es claro que no. Discúlpame, Louit. Es que caí en cuenta de algo muy importante.
- Entiendo...

Nielce se levantó y observó las señales del crepúsculo que se avecinaba.

- Louit, te agradezco por el tiempo que pasamos juntos. Me demostraste que eres una compañía deliciosa.
- ¿Ya te vas? -preguntó un Louit bastante sorprendido.
- Sí. Tengo algo urgente que hacer ahora mismo.
- Vaya, esto es repentino. ¿Puedo acompañarte por el camino? -dijo Louit al levantarse él también.
- Lo siento, pero es algo que debo hacer yo sola -dijo Nielce con una nota de angustia en la voz.
- Entiendo.
- Gracias.
- Y bien, ¿cuándo nos veremos otra vez?
- Eso... Eso no va a ocurrir.

"No va a ocurrir", *¿ella realmente había dicho eso?* La ancianita al otro lado de la acera escuchó las palabras de Nielce y no pudo ocultar su sobresalto.

- ¿Qué...? Yo... ¿P-Por qué? –Louit tartamudeó muy a pesar suyo.
- Por favor, no lo tomes de mala manera –Nielce juntó sus palmas, casi como en una plegaria.
- ¿Acaso hice algo impropio?
- Deja eso, Louit.
- Entonces, ¿por qué...?

¿Importaba el por qué? Ella le estaba diciendo que quería

despedirse de él de manera definitiva; Louit sintió cómo se le drenaba el alma... Había corrido con tanta fortuna, sólo para terminar así...

- Tú mereces saber el motivo de mi decisión, así que te lo diré: Si recuerdas, cuando nos topamos en Ondalud, yo quise oponerme a que me acompañaras, y eso se debe a que yo guardo un compromiso con otro hombre...

  ¿¡Y hasta ahora se le ocurría decirlo!?

- ... Y aún cuando él y yo no somos una pareja todavía, yo quiero honrar el tiempo que hemos pasado juntos... Por eso me voy así. En verdad, lo siento...

  Superado por el varapalo recibido, Louit apretó los labios y se llevó una mano a la nuca. ¿Así que se iba a donde estaba *él*, dejándolo solo para padecer su agonía?

- Una pregunta –dijo Louit con voz ahogada, pues tenía la garganta cerrada como por una cadena-: *¿Tú amas a ese hombre?*

  Sin quererlo, Nielce parpadeó dos veces.

- En realidad, no... Pero él es totalmente digno de mi amor, y yo quiero ser fiel a eso.

- Eso es.... Encomiable – dijo Louit con un esfuerzo supremo.

  La ancianita veía la escena con gran disimulo, plenamente consciente del gran dolor que Louit estaba sintiendo. Él no quiso dejar de jugar sus cartas y sacó valor para preguntar:

- ¿Y yo? ¿Crees que soy digno de tu amor?

- Louit, ¿qué estás haciendo?

- Respóndeme, Nielce.

  La muchacha se sonrojó y esquivó la mirada de Louit. Él, por su parte, temblaba como presa de fiebre.

- Por favor, responde...

- Yo creo que sí –susurró Nielce con una voz dulce que reflejaba toda su vulnerabilidad.

- Entonces...

Louit tragó saliva, lubricando su garganta para dejar fluir aquello que tenía atrapado en lo más recóndito de su alma ilusionada.

- Entonces, dame una oportunidad...

- ... Louit, yo...

De lo turbada, Nielce pasó del rojo al carmesí.

- Piensa en lo que pasamos hoy, piensa en lo maravilloso que fue este día. ¿No pasaste un rato memorable? Yo sí que lo pasé.

- Yo también. Sin embargo, ya te expuse mis razones...

- ¡Las entiendo! Sólo dame una oportunidad.

- No lo sé, Louit -Nielce volvió su rostro para no enfrentarse a los ojos suplicantes de Louit.

Fue allí cuando la muchacha reconoció a la ancianita al otro lado de la acera. ¡Era ella, la bibliotecaria! Nielce se distrajo por un segundo...

- Por favor, Nielce...

En efecto, ella los estaba mirando. Una idea loca cruzó por la mente de Nielce.

- Sí, me gustaría verte de nuevo...

Esperanza. Louit quiso batir palmas al enterarse de que el adiós de Nielce no era definitivo.

- Sí, así será –dijo Nielce para sí misma y luego anunció:-Escucha, Louit: Si quieres tener algo conmigo, tendrás que encontrarme mañana.

La ancianita se quedó boquiabierta al escuchar aquello, y para ocultar la impresión, empezó a fingir que leía. Todo eso lo vio Nielce sin que Louit se percatara de ello.

- ¿Encontrarte? ¿A que te refieres?

- A que me localices. Con que nos topemos, habrás ganado tu oportunidad.

- ¿Es en serio?

- Sí, es muy en serio. Si me encuentras, eso será suficiente.

¿Estaba jugando con él? No lo parecía. Nielce lo miraba con una convicción absoluta, aún sin parpadear.

- ¿Cómo se supone que voy a localizarte? ¿Acaso es un juego?

- Es claro que no. Te daré una ayuda, porque quiero que me creas cuando te digo que esto es verdadero. Escúchame bien: Con lo que hemos conversado hasta ahora, puedes darte una idea de dónde estaré mañana, y te diré algo más...

Nielce se interrumpió para para elegir muy bien sus palabras.

- Ten presente esto: Si estás en el lugar adecuado, y en el momento preciso, no será necesario que te ausentes de tu empleo; sé que tienes que trabajar mañana, y no quiero que te metas en un lío por buscarme.

- Aun así...

La muchacha pegó sus labios y miró a Louit de una manera tan enfática que apagó en él todo intento de objeción. ¡Era injusto! ¿Por qué no simplemente admitía que todo era una estratagema para deshacerse de él?

"Puedo buscar en los registros de la oficina", pensó Louit de repente. En efecto, allí podía encontrar todo lo relacionado con ella... Siempre que pudiera escabullirse y husmear sin ser descubierto.

"Iré ahora mismo. Los tribunales están vacíos, es mi oportunidad".

- Bien, acepto –dijo Louit con renovados bríos-. Ahora, ¿qué pasará si te encuentro?

Sin pensarlo, Nielce sentenció:

- Si me encuentras, *seremos lo que tú quieras.*

Y se acercó a Louit más de lo que lo había hecho hasta ese momento, le tocó el brazo de un modo caluroso, le regaló una exquisita mirada de ensueño y se dio media vuelta sin decir una sola palabra.

- Adiós, Nielce...

La muchacha no respondió y siguió andando.

Y allí se quedó él, viendo como la figura de Nielce se hacía más pequeña con cada paso que ella daba. Cuando estaban ya muy distanciados, la muchacha volvió otra vez a su libro... Luego desapareció entre la gente.

Después de esperar un momento, la ancianita se levantó de su sitio y se acercó a Louit. Él seguía mirando hacia la dirección en la que había desaparecido Nielce.

- Mucha suerte, hijito –le dijo en tono de confidencia.

- Sí... Gracias -respondió él de manera distraída.

La ancianita tocó el pecho de Louit con su libro descascarado, le hizo una mueca de complicidad que duró apenas un instante y se fue, dejando una idea que más tarde iba a germinar en el cerebro de Louit.

*(Continúa en el capítulo 26)*

# CAPÍTULO 22

*Un paciente atormentado (5)*

## A

Un hombre menos concentrado en sus propios problemas hubiera notado enseguida la enorme carga que estaba depositada sobre los hombros de Nielce Tamarats; ella se presentó a trabajar a la mañana siguiente. Estaba deshecha, física y emocionalmente, pero llevaba una sonrisa postiza para ocultar sus pesares de los curiosos. Wolieb la llamó a su oficina para aclarar los sucesos de la noche anterior, sin embargo, el doctor abandonó cualquier deseo de reñirla apenas la vio entrar.

- ¡Por Isalba! –exclamó-. ¿Se siente enferma, Nielce?
- No, señor.
- Usted luce muy mal. Déjeme examinarla.
- No es necesario. Iré a atender al señor Dermeer.

Y salió antes de que Wolieb pudiera hacer algo. Hasta un egoísta como él quedó conturbado al ver la triste caricatura en la que se había convertido la pobre Nielce. "Ya se repondrá", pensó el experimentado médico, ahuyentando el resquemor que le produjo el ver a su asistente abatida y cabizbaja, tal como nunca la había visto antes.

Sí, un hombre menos enfocado en sus tribulaciones hubiera detectado la profunda agonía de aquella hermosa muchacha, tan vivaz y servicial otrora; hubiera entendido que ella cargaba un peso superior al de sus fuerzas; hubiera descubierto que se inmolaba, que se sacrificaba para satisfacer un capricho impronunciable.

No obstante, Louit Dermeer era inmune a toda compasión que no estuviera dirigida a sí mismo. Tan profundo era su desdén por el sufrimiento ajeno, que nunca notó el estado alarmante de su enfermera. Nielce se encargó de curarlo, alimentarlo y asearlo, y él se dejó tratar con total desgano. Ni una palabra le dijo, sólo se contentó con mirarla de cuando en cuando con cierto repudio acusado, tal como se mira a un mendigo harapiento en la calle.

Los dos continuaron alimentando esa farsa hasta el momento en el que Louit fue trasladado al comedor. Cuando quedó instalado en su mesa, Nielce anunció:

- Voy a retirarme, Louit. Tengo un asunto urgente que atender.
- ¿Se va tan temprano? Qué cosas digo. Márchese, Nielce.
- Gracias –contestó ella al hacer una ligera reverencia para despedirse.

Antes de que ella se distanciara cinco pasos, Louit le dijo:
- Me equivoqué: Pensé que usted iba a sermonearme para hacerme cambiar de opinión.
- Es claro que no.
- Me alegra que no fuera tan estúpida para hacerlo. Confío en que cumplirá su palabra, Nielce.

Ella se giró con lentitud y renovó el convenio maldito con una mirada tácita. Louit captó la señal y miró a otro lado con toda la intención de dar por terminada la conversación.

La ruda imprecación y la conducta altiva de Louit trastornaron a Nielce, empero, ella recogió su dignidad pisoteada y salió con rumbo a la ciudad.

En la noche, una lluvia ligera regaba la tierra. Nielce esperaba la llegada del alba sentada sobre su lecho, padeciendo su tercera noche consecutiva en vela. Miles de pensamientos oscuros le impedían alcanzar el socorro misericordioso del sueño, y el insomnio añadía tortura física al intenso desgaste emocional, lo que convertía esa noche en una de las más penosas de su vida.

Protegida por el manto infinito de la oscuridad, la muchacha comenzó a sollozar en silencio. Con el tiempo, las gruesas gotas que corrían por sus mejillas empaparon su delgada camisola.

Desde las tinieblas, Nielce escuchó el chillido de un animal.

- ¿Nube?

El perro rondaba a oscuras por la habitación. Se sentía solo estando lejos de su casa, separado de sus amados Lersha y Brent.

- Ven acá, Nube. Ven.

Nube se abalanzó sobre la cama y posó su peludo cuerpo en las piernas de ella. Nielce sonrió: Hasta ese momento, el animal había muy sido desconfiado con ella.

- Bien, buen perro –susurró Nielce entre suspiros entrecortados-. Vienes a que te consuele, ¿no es cierto?

Nube se relajó al sentir los cariñosos mimos de Nielce. La muchacha se dedicó a acariciarlo para distraerse un poco.

Poco después, Nielce empezó a llorar en silencio para no inquietar a la criatura que arrullaba en su regazo. El perro irguió la cabeza para atisbar en las tinieblas y ella contuvo su llanto para no delatarse, pero ya era demasiado tarde: La había descubierto llorando. De repente, Nube se levantó y comenzó a lamer las mejillas de Nielce para borrar sus lágrimas. Eso se convirtió una gran revelación para ella: Él no estaba allí para ser consolado, estaba allí para consolar.

- Gracias –Nielce abrazó al perro con profunda gratitud.

Y sin apartar a Nube de su lado, Nielce volvió a recostarse. La infusión de un poco de afecto era todo lo que necesitaba para sentirse fortalecida. Sin darse cuenta, la muchacha se quedó profundamente dormida.

# B

De los pliegues secretos de su camisa, Nielce sacó un pequeño frasco de vidrio, mismo que depositó sobre la mesa.

- ¿Qué es esto? –preguntó Louit al examinar el líquido verde contenido en el frasco.
- Es lo que le había prometido.
- ¿Servirá para lo que quiero?
- Sí.

Las pupilas de Louit brillaron. Por fin tenía a su alcance el medio que con el iba a quitarse la vida.

- No sé si debo agradecerle por esto, Nielce.
- No lo haga.
- Como quiera.
- Sin embargo, voy a darle ese frasco con una condición.

Una expresión de irritación se dibujó en el rostro demacrado de Louit.

- ¿Qué es lo que quiere? –dijo Louit con total fastidio.
- Cámbiese. Vamos afuera, al jardín.
- No sé qué es lo que pretende Nielce, pero le aseguro que…
- Escúcheme –Nielce mostró sus palmas para detener la protesta de Louit-: Quiero que converse con una persona que voy a presentarle. Ella presenció el accidente en el que murió su familia. Las últimas palabras de Edaliv para usted, ¿le interesa saber cuáles fueron? Ella las escuchó…

Eso causó un golpe de efecto inmediato. Louit palideció de un modo alarmante. Entre tartamudeos, preguntó:

- ¿Cómo hizo para…?
- Eso no importa, Louit. Si quiere que le dé el frasco, usted tiene que hablar con esa persona.

- Salga –dijo Louit con torpeza-, me cambiaré enseguida.
- Le espero afuera.

Nielce abandonó la habitación. Louit se vistió en un santiamén y salió al pasillo. La muchacha miró hacia los lados para asegurarse de que Wolieb no estuviera cerca. Temía que el doctor los pillara y les impidiera la salida.

- Vamos.

Ayudado por las muletas, Louit siguió a Nielce por los corredores. No anduvieron largo trecho cuando se toparon con el doctor Camebit, justo cuando éste salía de su oficina.

- Airasenura. Buenos días, señor Dermeer.
- Qué tal, doctor.
- Me da gusto ver que se mueve. ¿Hacia dónde se dirigen?
- Iremos afuera. Quiero aprovechar que ha amainado la tormenta para tomar un poco de aire. Usted no sabe lo que es estar encerrado tanto tiempo...

Camebit le dirigió una mirada fulminante a Nielce. La muchacha se hizo la tonta.

- Lamento decirle que no puedo permitirle eso, señor Dermeer. Sin embargo, usted puede encontrar otras maneras de entretenerse aquí dentro...
- Ah, lo siento -dijo Nielce para aparentar inocencia-. Es mi culpa, yo sugerí el paseo por el jardín.
- Pues tenga la virtud de conducir al señor Dermeer de vuelta a su habitación -dijo Camebit de modo autoritario-. Disculpe las molestias, Louit.

Camebit palmeó a Louit con suavidad y siguió andando por el pasillo.

- ¿Qué está pasando? -preguntó Louit con curiosidad. Cada vez le resultaba más sospechosa la situación.
- Se lo diré en su momento. Vamos.

Siguieron andando hasta que llegaron a la entrada principal. Aquella era una mañana soleada, la primera en muchos días. El parque que rodeaba al hospital era hermoso: Una explanada adornada de pedrería se extendía por la fachada principal; múltiples senderos confluían en un quiosco de arquitectura antigua, el cual estaba rodeado por enormes árboles que prolongaban sus sombras sobre los enfermos encorvados, sus familiares y los enfermeros que los seguían con paciencia y discreción.

- Ahora escúcheme con atención, Louit -dijo Nielce-: Usted tiene en sus manos mi futuro como cuidadora. Si lo dejo salir, y usted arma un alboroto, yo quedaré irremisiblemente desempleada, y así será en lo venidero, ¿entiende lo que digo?

- Entiendo -respondió él de manera mecánica.

- Le seré completamente honesta: El hombre que causó su accidente se llama Póbion Valaw. El señor Valaw se enteró de que usted se encuentra internado aquí y ha venido todos los días porque disculparse con usted, mas no se le ha permitido el pase. Esa es la razón por la que el doctor Camebit me pidió que lo llevara de regreso a su habitación...

- Entonces, *¿él está aquí?*

- No lo sé con certeza, ya que no lo conozco.

- Ya veo.

- No pude conseguirle una entrevista adentro porque Zeilva, la mujer de la que le hablé antes, tiene una constitución muy nerviosa y no quiso entrar en el sanatorio. Por eso me estoy arriesgando a llevarlo afuera... ¿Ahora entiende cuál es mi posición?

Louit asintió.

- Bien, vamos allá.

Y entonces salieron. Sobra decir que la muchacha sentía que el corazón se le podía salir del pecho en cualquier momento. Louit, por su parte, andaba con la esperanza de encontrarse con el causante de sus desgracias. De hallar al infeliz, ¿iba a contenerse con tal de ahorrarle el despido a Nielce? En lo absoluto.

- Ella debería llegar en cualquier momento -anunció Nielce.
- ¡Señor Dermeer! ¡Señor Dermeer! ¡Es usted, Louit Dermeer...!

Nielce suspiró al descubrir que sus temores se habían materializado. Para su gran satisfacción, Louit vio venir hacia él a un hombre rechoncho que corría agitando los brazos de una manera estúpida.

¡Patético, gordo y patético! ¡Y además estaba ileso! En un arranque de cólera, Louit empezó a andar hacia él con un ímpetu asesino, presto para prenderse de su cuello hasta sacarle los ojos de las cuencas.

- ¿Qué cree que está haciendo? ¡LEVÁNTESE! -rugió Louit al ver lo que había hecho aquel.

Valaw se había postrado en el suelo sobre sus codos y rodillas. De su boca emanaban palabras ininteligibles, como si estuviera elevando una plegaria para pedir perdón por sus crímenes.

- ¡Le he dicho que se levante! –farfulló un Louit verdaderamente iracundo.
- ¡Yo no quise causarle esto, señor Dermeer! ¡Perdóneme!
- Despreciable saco de mierda, ¡le he dicho que se levante!
- ¡Louit, por favor, no haga esto! -exclamó Nielce.

Los visitantes del jardín se quedaron atónitos al presenciar aquella desaforada manifestación de ira. Era claro que el hombre postrado iba a salir muy malparado cuando Louit consumiera los veinte pasos que lo separaban de él; diecinueve, dieciocho, diecisiete, y aquel aullando de dolor y de arrepentimiento; quince, catorce, trece, y Nielce tratando de calmar a Louit con muchos ruegos y súplicas.

- ¡Louit, deténgase!

Como Nielce entorpecía su marcha, Louit se la quitó del camino con muy poco esfuerzo.

- ¡Vaya, haga que me prendan, pero apártese de en medio! Sólo necesito unos segundos.

Una zancada más y Valaw quedó al alcance de sus muletas. Estrellarlo contra el suelo sería muy fácil. Matarlo a bastonazos, otro tanto.

- Lo diré una última vez: ¡Levántese ahora mismo!
- Yo tuve la culpa, yo maté a sus hijos –admitió Valaw.
- ¿¡Y cree haciendo esto va a arreglarlo todo!? ¡Míreme a la cara cuando le hablo! –Louit alzó su muleta derecha y apuntó directo a la nuca del hombrecillo postrado.
- ¡Hágalo, señor Dermeer! ¡Merezco que usted me muela a palos! ¡Desquítese, hágalo!

No tenía que pedírselo. Louit tomó impulso para golpearlo, pero se detuvo a la mitad de su movimiento cuando Nielce se interpuso en su camino.

Algo había cambiado en la mirada de ella: Sus ojos verdes centelleaban con una convicción suprema.

- A mí primero.

¡Si eso quería, iba a dárselo sin duda! Louit abanicó la muleta y amenazó a Nielce con ella. La muchacha ni siquiera se movió.

- Apártese.
- No.
- Apártese, Nielce.
- Le he dicho que no.
- Apá…

"Apártese", ni siquiera pudo decirlo una tercera vez. El embrujo de la voluntad de Nielce lo venció en el clímax de su cólera.

¿Cómo lo hacía? Algo en esa mujer lo embrutecía y lo volvía dócil. Oponerse a ella era tan inútil como oponerse a un ángel, y, sin embargo, rendirse ante ella se sentía bien.

- Nielce –dijo Louit con un nudo en la garganta-: Hágame un

favor y levante a este hombre.

- ¿Qué va a hacer? –preguntó ella de modo desafiante.
- Levántelo.
- Él sólo vino a disculparse, no vaya usted a...
- No haré nada. Sólo levántelo.

Como Nielce se rehusaba a creerle, Louit se acercó a una de las bancas que rodeaba al quiosco, se sentó en ella y apoyó la cabeza en el apoyabrazos de una muleta.

- Ahora puede levantarlo. Y haga que se marche.
- Levántese, señor Valaw –le dijo Nielce al hombre.

No obtuvo respuesta.

- Valaw –dijo Louit desde su posición-: Márchese. Yo lo perdono.

Valaw se alzó para quedar sobre sus rodillas, buscando a Louit con sus ojos llororos.

- Lo perdono, ahora lárguese –masculló Louit.
- ¿Es capaz de perdonarme después de lo que hice?
- Ya le dije que sí, pero tiene que irse en éste mismo instante.
- ¡Usted posee un alma noble!
- Esto no tiene nada que ver con usted. Mi hijo Brent, él era un niño impetuoso. Tuve que enseñarle a perdonar muy a menudo. Dígame, ¿quién sería yo si no honrara mis propios consejos?

Valaw comenzó a balbucir estúpidamente. Abrumado como estaba, no pudo formular una respuesta coherente; Louit se irritó por la impertinencia del hombre y apretó las muletas hasta dejar sus dedos completamente blancos. Nielce supo que tenía que sacar a Valaw de allí cuanto antes.

- Lo ha conseguido, señor Valaw. Márchese y tenga paz.
- No creo merecerla –repuso un Valaw todavía muy compungido.
- Es claro que la merece. Ya se disculpó con el señor Der-

meer y él le dio perdón que vino a buscar. Ahora márchese y sea feliz con todo lo bueno que aún le queda.

- Es que no hay manera...

- Venga, yo le llevaré –Nielce tomó al hombre por el brazo para conducirlo lejos de ahí.

Medroso e indeciso, Valaw se dejó llevar a donde Nielce quiso llevarlo. Mientras se alejaban del quiosco, la enfermera vio que la gente volvía al interior del hospital. Era claro que iban a informar a Camebit sobre lo sucedido, y eso sellaba su destino.

- ¡Nielce! –escuchó que alguien la llamaba.

Allí estaba ella. Nielce experimentó un gran alivio al verla.

- ¡Zeilva!

- No pude faltar, por más quise acobardarme.

- No sabe cuánto le agradezco que esté aquí. El señor Dermeer nos espera en el quiosco. Le ruego que me dé un momento.

Zeilva asintió y se apartó unos pasos de Nielce y Valaw.

- ¡No lo creo! ¡El hombre me ha perdonado! -exclamó Valaw entre sollozos.

- Así es, señor Valaw. Usted ahora debe perdonarse a sí mismo.

- Pero, ¿cómo haré eso? Maté a dos niños, maté a una mujer y le quité la pierna a un buen hombre; dígame, ¿cómo me olvido de todo el daño que causé con mi imprudencia?

- ¿Cuánto tiene que sufrir para que algo cambie? –preguntó Nielce-. ¿Cuánto tiene que castigarse para que Brent Dermeer vuelva a la vida? ¿Y Lersha? ¿Edaliv? ¡Sin importar cuánto se atormente, no puede volver las cosas a como estaban! Todo lo que usted podía hacer era pedir perdón, y eso ya lo hizo, así que no siga martirizándose, señor Valaw. No tiene sentido que continúe haciéndolo.

Totalmente deslumbrado por la lógica bondadosa de

Nielce, Valaw comenzó a llorar como un niño. Ella lo abrazó con mucho amor y le dijo al oído:

- Señor Valaw, usted *tiene que salir adelante.*
- Sí, pero, ¿cómo?

Valaw no la soltaba. La pregunta era inmensa y los segundos se consumían con una velocidad vertiginosa. Si Nielce no se daba prisa, Camebit iba a aparecer para estropear todo su plan...

- Señor Valaw, es urgente que me despida de usted, pero antes de hacerlo, quiero decirle esto: Encuentre su camino y justifique su existencia.
- Pero, ¿cómo voy a hacerlo?
- ¿Quiere saberlo? Siga mi consejo y haga todo el bien que pueda. Sé que, al hacerlo, usted encontrará la respuesta que busca.

El hombre no reaccionaba y Nielce se desesperaba al no poder separarse de él, mas no podía dejarlo a su suerte, no mientras pudiera hacer algo para ayudarlo.

Finalmente, Valaw asintió y se marchó cabizbajo. No entendió el verdadero alcance de las palabras de Nielce hasta que empezó a ejercitarlas, acuciado por la culpa y deseoso de encontrar redención. Con el tiempo, Valaw empezó a mover su fortuna para socorrer a incontables personas. Y, tal como lo había vaticinado Nielce, el hombre encontró el verdadero significado de su existencia al dedicarse a la filantropía.

- Bien. Acompáñeme, Zeilva.

Temerosa de que Camebit apareciera en cualquier instante, Nielce condujo a Zeilva con paso veloz a través de los jardines. Zeilva sufrió un acceso de nervios al ver de lejos a Louit.

- ¡Oh, por Dios! –exclamó al cubrirse el rostro.

Por un instante, Zeilva quiso retroceder para marcharse. Nielce la tomó por los hombros y le dirigió una mirada de intensa súplica. Justo en ese instante, Camebit y otro médico salieron por la puerta del hospital. El aspecto del director lo delataba: Estaba molesto, y sólo había una explicación posible.

- Zeilva, por favor. Necesito que haga esto. Es para salvar la vida de este hombre –imploró Nielce.
- Sí, sí. Lo haré –respondió ella al limpiarse las lágrimas con sus dedos-. Seré valiente.
- Bien. Vamos.

Las dos caminaron en silencio hasta quedar muy cerca de Louit. Él no las sintió llegar.

- Louit, ésta es Zeilva Iwans –dijo Nielce para presentarla.
- Airasenura. Buenos días, señor Dermeer.

Louit reaccionó de modo tardío a las palabras de Nielce.

- Como le dije antes, ella presenció el momento del accidente y vino para contarle cuáles fueron las últimas palabras de su esposa.

Las últimas palabras de Edaliv. Louit se tragó el llanto para darle la bienvenida a la desconocida.

- Buenos días, señora. Siéntese.
- Gracias –respondió Zeilva y tomó asiento junto a él.
- Los dejaré solos. Volveré por usted para llevarlo a su cuarto cuando terminen.

Ya estaba hecho. Nielce le sonrió a Zeilva y se dio media vuelta para alejarse. Ahora todo quedaba en manos de ella...

Sin embargo, la lucha de Nielce no concluía allí: Camebit y su acompañante rondaban por el jardín, buscándola.

- ¡Nielce! ¡Nielce! –le gritó el doctor cuando alcanzó a verla.

La enfermera se acercó a los doctores. En ningún momento bajó la mirada.

- Nielce, ¿¡qué hace deambulando sola!? ¿Dónde dejó a Louit Dermeer?
- Él está en el quiosco, doctor. Acaba de recibir una visita muy especial.

- Una visita -Camebit dijo cada sílaba con la mandíbula apretada por la furia-. ¿Y con qué excusa va para explicar este acto de rebeldía?
- Con ninguna, doctor.

El otro médico se cubrió el rostro con la mano, riendo de incredulidad.

- Pues sepa que usted acaba de violar el acuerdo que concertamos cuando fui a hablarle a su casa, así que no me deja más opción: Retírese. A partir de ahora, usted no podrá volver a trabajar en este edificio, y tenga por seguro que escribiré una queja al consejo de salud para que no consiga empleo en ningún otro hospital de la ciudad, *¿le queda claro?*
- Sí, señor.

Haciendo gala de una dignidad completa, Nielce se despojó de su camisa de cuidadora, misma que entregó en las manos del furibundo director, les sonrió a los dos hombres con franqueza y empezó a alejarse sin reparar en la crítica mordaz que de ella hacía el otro médico.

Ahora todo dependía de Zeilva. Y en el cuarto de Louit, el frasco de veneno permanecía oculto entre las sábanas.

*(Continúa en el capítulo 27)*

# CAPÍTULO 23

## *Deíma (5)*

El encierro en esa ratonera inmunda y desconocida trastocaba el sentido en el que transcurría el tiempo, estirándolo hasta volverlo insoportable. Por allá en las tinieblas, una gotera marcaba un compás enloquecedor. El agujero estaba frío y húmedo, tan aislado del exterior que ni siquiera un travieso rayo de luz alcanzaba a colarse por allí. En todo sentido, el sitio era una verdadera prisión.

Antes de las reformas, estos calabozos se usaban con regularidad. Las torturas físicas eran muy utilizadas también, y aunque los enemigos del estado lo tenían presente, eso no los disuadía de rebelarse como la maleza en el verano, que crece por todos lados y al mismo tiempo; cuando se capturaba a alguno de los cabecillas de estas bandas combatientes, se le sometía a un tratamiento que incluía palizas y ayunos prolongados. No conformes con ello, los jefes del gobierno proyectaron la creación de estos escondrijos macabros para extender las torturas por semanas e incluso meses, manteniendo al desgraciado prisionero en el aislamiento hasta que confesaba... O perdía el juicio. O la vida. Lo que ocurriera primero.

Y, de manera irónica, el sitio designado como disfraz para estas celdas demoníacas era el monasterio de cada villa, el lugar al que los hombres iban a perfeccionarse para presentarse de nuevo ante la deidad.

Acaso se trataba de una simple sugestión, pero de cuando

en cuando, le era posible percibir un tufo de muerte, como si emanara de las paredes de roca. Estando allí adentro, no podía dejar de recordar las cruentas historias que había escuchado sobre el uso de estas celdas. Ahora le tocaba sufrir el encierro de una de ellas, tal como lo habían padecido los infortunados condenados de antaño.

Si era de noche o de día, era imposible saberlo. De todos modos, el sueño no acudía a sus ojos; el frío en la cámara era intenso, y la mejor estrategia para repelerlo consistía en recostarse en el suelo y contraer los miembros. Así conseguía que el cuarto no le succionara el calor del cuerpo... Pero no lograba evitar el drenaje de su ánimo, el cual menguaba por momentos.

Sin lugar a dudas, esta era una obra de Louit Dermeer, el enviado de los étores. No obstante, la medida era por completo injusta. Después de todo, no se había encontrado un culpable efectivo de la deshonra de Deíma Gilske. Entonces, ¿qué buscaba el enviado de la capital al darle encierro? ¿Era acaso un castigo, una sanción por haber atraído la atención del culto? ¿Qué pretendía con ello? ¿Era legal siquiera?

Sin embargo, la duda mayor era otra: *¿Cuál iba a ser su suerte, ahora que estaba en cautiverio?*

La soledad le permitía alternar entre estos pensamientos febriles y sus recuerdos. Uno de ellos era especialmente doloroso: El del rostro descompuesto de Deíma cuando gritó aquella frase que invalidó la acusación enviada al consejo de los étores:

- *¡Nada es cierto! ¡Déjenme en paz!*

Y entonces se fue corriendo, trompicándose con la bajada, desapareciendo para siempre... ¿Qué había sido de la niña? ¿Iba a darle el perdón algún día? Más allá del encierro y del abandono, del hambre y del insomnio... El no saber de Deíma, *ése* era el verdadero tormento.

La gotera seguía escarbando en la roca con su martilleo incesante. Pronto empezaría a taladrarle el juicio también.

Otra jornada como esa, y su fe verdaderamente se iba a poner a prueba.

El ruido de un eco metálico se coló por los pasadizos. Alguien abrió las puertas de la mazmorra, descendiendo con cuidado por la escalera tallada en la roca. Un hombre con una antorcha se presentó en la cámara, pero el tímido resplandor de su fuego apenas alcanzaba a importunar a las tinieblas.

Allí estaba él, de pie frente a los barrotes que separaban a los presos de los libres, a los acusados de los jueces. Por su estatura, era fácil saber de quién se trataba.

- ¿Hermano Dermeer...?

No consiguió una respuesta. Quieto como una imagen, lúgubre como una aparición ancestral, Louit contemplaba el interior de la cámara.

- ¿Louit, es usted? –preguntó con una nota de pánico en la voz.

- Es claro que soy yo, Nielce...

Ecos fantasmales reverberaban de las paredes, dando una profundidad de ensueño a las palabras de los dos.

- Por el amor del Más Grande, Louit, ¿por qué estoy aquí?

- Por sus propios méritos, desde luego.

¿De qué diantres estaba hablando? Ella no había hecho nada malo. Al tratar de levantarse, Nielce notó que se encontraba muy débil. Todo su cuerpo se cimbraba en temblores, causados en parte por el frío, en parte por el miedo.

- Pues, ¿qué hice para merecer esto? –preguntó Nielce con desesperación.

- ¿Dice que lo ignora?

- ¡Es claro que lo ignoro! ¡Hable!

¿Qué era? ¿La habían prendido porque Deíma había invalidado la denuncia? ¿La tenían presa por que la creían una embustera?

- Usted seguramente recuerda que, hace dos días, yo estaba dando sermón cuando se me mandó presentarme en la alcaldía.
- Sí, lo recuerdo.
- Cuando llegué a la oficina del alcalde, él me habló de una serie de rumores que había empezado a circular entre el pueblo. Los rumores eran tan graves que algunas personas se presentaron en la alcaldía, preguntando por el bienestar de los niños del monasterio...

Deliberadamente, Louit dejó flotando esas palabras en el aire.

- ¿Qué rumores?
- No se haga la inocente, Nielce -sentenció Louit con ironía.

"¿Qué es todo esto?", se preguntaba Nielce con total desconcierto. Louit siempre había sido muy amable con ella. Su presencia le había inspirado calidez y simpatía, y sus maneras le habían demostrado que era un hombre con un gran apego por la justicia. ¿Por qué estaba actuando con ella de ese modo tan despreciable?

- ¡Es claro que no sé de qué habla! ¡Aclárese!
- Vayamos despacio, ¿por qué se desespera?
- Por Dios, Louit... Se lo suplico...

Louit alzó su antorcha para iluminar la faz descompuesta de Nielce. La muchacha demostraba un terror evidente a través de sus ojos verdes.

- Escúcheme bien –dijo Louit en un murmullo, como si estuviera contándole un secreto-: Entre la gente empezó a correr el rumor de que el director del monasterio es un abusador de niños, y que su perversión es tal que no le apetece relacionarse con mujeres adultas, aún cuando ellas se le insinúan de manera abierta, pues sus preferencias no le permiten inclinarse a ese tipo de entretenimiento.
- ¿¡Qué!?

- Qué gran deshonra, ¿no cree? Y esas palabras llegaron a través de una mujer llena de despecho y de lascivia, una monja que, al verse rechazada por tan singular personaje, decidió tomar venganza sobre el hombre... Imagínese: Desplazada por *niños*. Eso debe ser humillante...

- ¿Y se supone que yo inicié el rumor? ¿¡Me está acusando de eso!? -preguntó Nielce con indignación.

- No, yo no la acuso de nada. El rumor surgió en la taberna del pueblo. Dos borrachos se encargaron de propagar el chisme entre sus camaradas. El asunto era tan grave que los prendimos de inmediato... ¿Y qué cree que nos dijeron ellos? *Que usted* misma se los dijo.

- Hermano Dermeer, usted no cree que yo...

- ¿Qué? ¿Que se metió con esos hombres y les metió semejantes ideas por pura venganza? ¿Que intentó desacreditar a Melbon Glunnavart para que sufriera el castigo de los étores? ¿Que si lo creo? Pues usted está encerrada, Nielce. Dígame si lo creo o no.

El corazón de Nielce se detuvo. Las ideas se le espesaron en la mente.

- Es claro que yo no hice eso –fue lo único que pudo decir cuando ganó el valor suficiente para hablar.

- Entonces explique cómo es que esos dos aseguran que pasaron un rato *muy agradable* con usted la noche del día nono de este mes; explique cómo se enteraron de que Glunnavart estaba bajo sospecha de abuso; yo no dije nada, el director tampoco, Deíma -Louit soltó una risita sarcástica-... Y nadie más lo sabía. ¿Cómo lo explica?

- No lo sé, ¡no tengo la menor idea!

- Bien, eso no le ayudará mucho.

¿Cómo había pasado eso? ¿De dónde habían salido esos hombres que daban fe de una calumnia tan grande? Louit mencionó que se trataba de un par de borrachos. ¿Cómo era posible que esa dupla de ebrios pudiera dar datos tan específicos del contenido de la denuncia? ¡Y, además, que la acusaran a ella de habérselos revelado!

- ¡Yo no divulgué nada! Además, ¿cómo es que iba a hacerlo, si nunca abandoné el monasterio? ¡Puede corroborarlo con Marae!
- Ya lo hice. Marae no pudo confirmar su paradero de esa noche...

¿Cómo era posible? Nielce y Marae dormían en la misma habitación. Eran compañeras, amigas, ¡madres de los niños huérfanos!

- ¡En ningún momento dejé el monasterio! ¡Cada noche me acosté a la misma hora, con Marae al lado...!
- ¿Entonces la acusa de mentir?
- ¡Es claro que la acuso de mentir! -dijo Nielce al borde del llanto.
- Entonces hablamos de un extraño caso de sonambulismo, ¿no cree? Pero bueno. Supongo que también querrá invalidar las otras cosas que Marae dijo acerca de usted.
- ¿Qué cosas?
- Que usted estaba encaprichada con el director. Que lo asediaba constantemente, y se ponía celosa de la atención que él le daba a los niños del monasterio...

La cabeza de Nielce empezó a dar vueltas. ¿En verdad Marae había dicho eso de ella?

- ¡Eso es falso! ¡En todo caso, la que estaba celosa era ella...!
- ¿No fue usted quien se ofreció al director? ¿No recuerda que usted misma me lo confirmó?

Nielce casi se desvaneció por un colapso de nervios. Tenía que reaccionar. Era indispensable que respondiera al que, decididamente, era un complot en su contra...

¿Lo era? ¿Y Marae estaba involucrada?

- Glunnavart, tuvo que haber sido él...
- Eso no tiene sentido. El hombre no iba a arriesgarse a

oscurecer su reputación con un rumor tan grave. Además, usted sabe que lo interrogué, incluso lo sometí a un careo con la supuesta víctima de su abuso. Deíma dijo *claramente* que lo que usted había escrito no era cierto, ¿es que quiere seguir usando a esa chiquilla inocente para encubrirse?

- ¡Pero usted la vio! ¡Vio cómo se turbaba cuando estaba cerca del hombre!
- Del hombre que *usted* trató de hundir con sus manipulaciones. ¡Es claro que una niña no iba a participar en semejante embuste!

Nielce se derrumbó en un llanto desgarrador. Ese ya era el colmo: Que le restregaran en la cara la sospecha de una ofensa tan artera y ruin, pero, sobre todo, falsa. ¿El pueblo en verdad la creía capaz de obrar tan inicuamente?

- Nielce, levántese -dijo Louit con impaciencia.
- Soy inocente y no tengo nada más que decir. Si no me cree, es mejor que me deje sola…
- Nielce: Confiese. Puede que todavía alcance a salvarse…
- ¡YA LE DIJE QUE SOY INOCENTE!
- Entonces, ¿por qué la están inculpando esos borrachos? – razonó Louit-. ¿Por qué la acusa Marae? Explique eso…
- ¡No lo sé! ¡Oh Dios, cómo saberlo!
- ¿Cómo explica que Glunnavart no ha hecho nada para impedir que usted reciba el castigo de los étores? ¿Él *sería capaz* de permitir que una persona inocente sea castigada en su lugar?

Nielce no había pensado en eso, y al hacerlo, cortó su llanto al instante.

- ¿Él sabe que estoy encerrada aquí? –preguntó con voz muy baja.
- Sí. Yo volví a interrogarlo y él…
- No responde a nada.

Un razonamiento acertado. Louit se turbó.

- Es claro que es obra suya. Él se encargó de inculparme.
- Al contrario, Nielce: Él abogó por usted, a pesar de que fue usted quien lo hostigó ofreciéndole su cuerpo y denunciándolo injustamente.
- ¿Cree que está siendo sincero? ¿Que no gana nada con esto?
- ¿Qué ganan los borrachos al inculparla? Ellos sólo confirmaron lo que usted misma me dijo en su momento: ¡Que se ofreció a Glunnavart! ¿O es que se olvida de ello?

Grotesca circunstancia, obra misma del perverso: La calumnia contra Nielce se armaba en torno al sacrificio supremo que ella estuvo dispuesta a hacer para proteger a su amiga.

- ¿Quiénes son los hombres que me denuncian?
- Usted debería saberlo.
- ¿Y si no lo sé? ¿Me dirá quiénes son ellos?
- Eso no puedo revelarlo.
- ¿Por qué?
- Ya le dije que no puedo. Ellos están bajo el juramento ancestral.
- Entonces déjeme hablar con Glunnavart, ¡y con Marae!
- Eso no va a ocurrir.
- ¿También se acogieron al juramento ancestral? ¿¡Y eso a mí cómo me deja!? ¡Déjeme confrontarlos! –Nielce se alzó del suelo y se arrojó contra los barrotes de su celda.

A pesar del embate de Nielce, Louit mantuvo su postura ecuánime.

- Lo siento, Nielce. Tengo elementos suficientes para consignarla. Su audiencia se hará en la capital, y allí se determinará su sanción.

Las pupilas de Nielce destellaron por la indignación; perdiendo los estribos, exclamó:

- ¡Pues van a juzgar a una persona inocente! ¡Además, dejan

libre a un agresor de niños! Téngalo siempre presente, hermano Dermeer, pues algún día usted y yo compareceremos ante un juez justo, y entonces sabremos *quién está limpio*.

No existía una amenaza más eficaz para conturbar la conciencia de Louit Dermeer. Él, sin embargo, guardó la compostura y repuso con mucha calma:

- Si ese es el caso, usted recibirá lo que merece. Y yo también.
- Que así sea entonces. Oibasem, adiós.

Resignada y orgullosa, Nielce se alejó hasta un rincón, se sentó, abrazó sus rodillas y volvió el rostro hacia la pared de piedra. La entrevista había terminado.

No obstante, Louit permanecía parado frente a la celda. La luz de su antorcha seguía titilando en el vacío. "¿Por qué no se va?", pensaba Nielce con total desagrado, pero su dignidad le impedía volverse a mirarlo.

- Nielce -dijo Louit de manera titubeante.

Ella no se movió en lo más mínimo.

- Nielce, ¿haría alguna diferencia si voy adonde Deíma y le digo que usted será castigada si no se comprueba la denuncia? -dijo Louit al cabo de un rato.

Después de suspirar, la muchacha respondió:

- Haría toda la diferencia, pero yo le prohíbo que lo haga. Si deja a la niña en paz, yo le perdonaré todo lo que me pase, sólo por haberme hecho esa pregunta...
- ¿Eso qué significa?

Nielce volvió el rostro a la pared.

- Lo que usted escuchó, Louit.
- Es que no escuché bien... ¿Me dijo que me lo prohíbe?
- Eso mismo dije.
- ¿Entonces prefiere arriesgarse al castigo de los étores?
- Sí.

- Déjese de juegos, Nielce: ¿Es usted inocente, o no? -exclamó un Louit verdaderamente trastornado.

- Sí, lo soy, pero si la prueba que necesita para comprobarlo está en Deíma, me declaro culpable antes de que hable con ella.

- ¡USTED ESTÁ LOCA! -remató Louit después de tartamudear un poco.

Y se dio media vuelta para alejarse de allí, subiendo la escalera de piedra entre tropezones. Nielce se quedó a oscuras otra vez y presa de un temor todavía mayor.

Deíma, Deíma. ¿Llegaría a enterarse de lo que estaba ocurriendo? Hecha un mar de llanto, Nielce empezó a rezar en la oscuridad.

*(Continúa en el capítulo 28)*

# CAPÍTULO 24

*El juicio (5)*

- Venga ahora, estoy lista.
- Como quiera.

Litton se levantó y se puso frente a la jaula de Nielce. Amaba tomar parte en un juicio, y más si era él quien se encargaba de tejer la astuta red que atrapaba a los imputados. También disfrutaba de las manifestaciones esporádicas de la gente –masa ignorante y frívola, poco inteligente- cuando, con sus sutiles argucias, tumbaba la resistencia de los acusados. Por ello, algunos lo consideraban un sujeto particularmente perverso, un malvado con método eficaz, un experto inmisericorde.

No obstante, el hundir a la distinguida Nielce no le era estimulante. El hecho de que ella confesara su delito sin tapujos lo había aburrido desde el principio. Además, ella no tenía otras ofensas en sus ayeres. Un simple delito motivado por la venganza, qué tedio.

Hablando con cierta displicencia, Litton dijo:

- Señorita Tamarats. Antes que nada, quiero expresar mi simpatía y condolencias por el fallecimiento de sus padres.
- Gracias.
- Ahora bien, sólo para que quede muy claro, voy de preguntarle esto de nuevo: ¿Usted le dio muerte a Feriven Londarien, "El Dueño de Sorogia"?

- Sí –respondió Nielce un tanto afligida.
- Perfecto. *No nos olvidemos de eso…*

"Infeliz", pensó Louit. Vubell y sus colegas se miraron, ¿qué clase de juego iba a proponer Litton en esta ocasión? El descifrarlo les auguraba una sesión entretenida.

- Bien. Escuchamos de su viva voz una versión de los acontecimientos que explica la desaparición del señor Londarien, y hasta donde sé, esta versión es congruente con la declaración que usted hizo al ser detenida. Por eso me pregunto: ¿Para qué era necesario convocar esta re-unión? ¿Me doy a entender?
- No entiendo su punto, señor.
- Mire: Usted hizo venir a una audiencia considerable para repetir las mismas palabras que asentó en su declaración de ingreso. Al hacerlo, usted renunció a la posibilidad de recibir una sentencia sumaria y se expuso a una condena de muerte. Qué innecesario, ¿no cree?
- Disculpe, señor. Su nombre es Litton, ¿cierto? –al ver que el jurista asentía, Nielce continuó: -. Quiero preguntar: ¿Está usted insinuando que hubiera sido mejor para mí eludir este juicio?

Litton se sorprendió de la sagacidad de la chica.

- Correcto. Mis palabras pueden interpretarse de ese modo. Aún así, le ruego que no se precipite al sacar conclusiones, señorita Tamarats. Yo le dije eso porque estoy preocupado por su bienestar e interés, ya que el delito de homicidio es castigado con la muerte en la gran mayoría de los casos, pero no la culpo. Usted quiso tomar esta opción. Sólo me preocupa el pensar que usted no fue informada en cuanto al riesgo inherente de su decisión.
- Es claro que fui informada, y *precisamente* por eso estamos aquí –respondió Nielce con mucho énfasis.

Esto empezaba a ponerse divertido. Así que la chica estaba enterada del complot para acabar con ella, qué bien.

Litton dirigió una mirada divertida a Louit y a los jueces; juntando las manos, continuó:

- Siendo así, espero que esté preparada para aclarar algunas cuestiones imprescindibles para el caso.

- Lo estoy.

- Muy bien. Permítame exponer algunas anomalías de la historia que usted compartió con nosotros en su declaración de ingreso. Para empezar, hablemos del préstamo que su padre tomó con el usurero: Usted dijo que el señor Tamarats solicitó la cantidad de treinta y seis mil giaos sin tener la prudencia de asegurarse los fondos para el pago.

- Así es, señor.

- ¿No le parece un movimiento completamente irresponsable?

La audacia de la pregunta sacó a Nielce de balance. Queriendo matizar su respuesta, dijo:

- Puede verse de ese modo, pero ignoro qué tiene que ver eso conmigo…

- Tiene *todo* que ver con usted, señorita Tamarats –interrumpió Litton-. Es su credibilidad la que estamos examinando ahora.

Louit iba a objetar, pero Nielce lo detuvo con una seña de su mano.

- Tiene razón. Y sí, es cierto: Mi padre hizo algo que no comprendo todavía…

- Pues debería comprenderlo, ya que usted hizo exactamente lo mismo: Pidió numerosos préstamos y no se tomó la molestia de pagarlos. ¿Cierto?

Era verdad. Nielce se había endeudado para pagar las curaciones de su padre y el entierro de su madre, y aún no respondía por esas deudas, pero ¿cómo iba a hacerlo, estando metida en la guarida de Roasdan?

- ¿Será coincidencia, o es que su familia no acostumbra pagar sus deudas? –remató Litton con ironía.

- ¡Esto no compete al caso que se juzga ahora mismo! -exclamó Louit desde su posición.

Vubell hizo una seña para concederle la razón a Louit, pero el golpe ya estaba dado: Avergonzada, Nielce respondió:

- Usted ha dicho la verdad, Litton. Es cierto: Contraje algunas deudas que nunca saldé y me hago responsable por ellas. Señor Dermeer...

Louit levantó la cabeza para mostrarse atento.

- Hágame un favor y busque si existe alguna queja en contra mía por el incumplimiento de mis deudas. De ser así, le ruego que se recurra al remate de mi casa y se pague el monto que se debe, más la indemnización que se requiera para resolver esta cuestión.

- Señorita Tamarats, no me diga que usted pretende resolver sus deudas en público...

Alguien interrumpió el comentario de Litton con algunas exclamaciones ininteligibles. Otra persona se levantó de su sitio y comenzó a gritar también.

- ¡Nielce, no te preocupes por eso! ¡Nunca reclamaré esa deuda!

- ¡Lo haría otra vez por ti, seguro! –complementó el otro.

Vubell se irritó y ordenó a los ruidosos que se callaran, no obstante, ellos desobedecieron la orden del juez y renovaron sus demostraciones de apoyo con muchos bríos, con lo que se ganaron algunos aplausos aislados; impotentes para detener aquello, los ancianos del tribunal ordenaron a los guardias del recinto que fueran a acallar a esas personas, mal que les pesara; Litton miró a Nielce con una expresión meditabunda: Ella contaba con la simpatía de la gente, además, poseía un carisma y una personalidad que movían a la compasión.

En definitiva, tenía que quebrarla cuanto antes.

¿Quiénes eran los hombres que estaban dándole apoyo? Nielce reconoció a uno de ellos: Finbas, un amigo de su padre, mas no alcanzó a identificar al otro. Como sea, la estaban ayudando, y lo menos que podía hacer por ellos era librarlos de un problema mayor. Levantándose de su asiento, Nielce exclamó:

- ¡Mis amigos! ¡Por favor, detengan esto! Por favor...

A pesar de los gritos de ella, los amigos de Nielce no se callaron hasta que tuvieron a los guardias bien cerca. Luego de algunos segundos, Litton dijo en tono sardónico:

- Ahora vemos que usted es más hábil de lo que creíamos. Bien hecho.

- Señor Litton –replicó Nielce con molestia-: Ya reconocí que actué mal al endeudarme con estas personas y no me excuso. Si no les pagué antes, es porque estaba encerrada en la mansión del señor Londarien.

- Excelente pretexto. Acaso tenga uno igual de bueno para explicarnos el por qué usted y su padre se tomaron la libertad de importunar a la policía cuando el acreedor a la deuda tomó posesión de la propiedad que le pertenecía por derecho.

Louit respingó en su asiento. Aquel ya era un comentario muy audaz.

- No necesito pretextos, señor Litton. Usted recordará que les hablé de la ocasión en la que los esbirros de Roasdan... Perdón, del señor Londarien, golpearon a mi padre para inducirlo a pagar la deuda, y que, a raíz de ese acontecimiento, mi madre perdió la vida...

- Eso es lo que usted dice, pero ella ya estaba por morir. La enfermedad de Trabor es letal en sus últimas etapas, así que le ruego que omita sus comentarios tendenciosos.

No podía haber un comentario más ofensivo para Nielce. La muchacha enrojeció por la ira de una manera alarmante; Louit intuyó los sentimientos de ella y quiso levantarse para ahorcar a Litton hasta dejarlo lívido, ¿cómo se atrevía, paria inhumano? La multitud se quedó a la espera de la respuesta de Nielce, y ella, haciendo acopio de un dominio divino, con-

testó de la siguiente manera:
- Yo le decía… El plazo no había vencido todavía…
- Ah, ¿no? ¿Cuánto quedaba?
- Cinco días…
- ¿Iban a pagar en ese plazo?
- No.
- Correcto. Déjeme aclarar esto: Nos dijo que usted y su padre dejaron el hospital, fueron a la casa que todavía les pertenecía, pero fueron expulsados de ella con violencia, así que tuvieron la fina ocurrencia de ir a quejarse con la policía al respecto. ¿Usted sabía que la usura se persigue como crimen menor en todo el territorio de Isalba?
- Sí.
- ¿Así que pretendían hacer una acusación velada para que las autoridades intervinieran en el asunto de la deuda? *Qué inteligentes.*
- No es así, señor –respondió Nielce, que de a poco iba recuperando la fuerza-. Mi único interés era el de cuidar a mi padre en lo que encontraba un alojamiento para los dos. Si lee el acta que levantamos, podrá constatar que en ningún momento hicimos mención del préstamo, ni involucramos al dueño de Sorogia en la denuncia.

Louit se levantó rápidamente de su asiento, y sosteniendo un documento en alto, exclamó:
- Aquí tengo el acta… ¿Árbitro?

Somerguiz se levantó de su sitio y recibió el documento de manos de Louit, luego consultó con la mirada a los jueces. Vubell remató contrariado:
- Léalo.

Entonando su poderosa voz, el árbitro comenzó a hablar:
- Acta redactada en el mes séptimo, día quinto del año pasado, firmada por S. y N. Tamarats. La queja principal reza lo siguiente:

*"Nuestra vivienda fue ocupada durante nuestra ausencia. Estuve hospitalizado por lesiones recibidas, y al volver, se me impidió el ingreso a mi propiedad. Somos los dueños legítimos de la casa, legalmente acreditados y no reconocemos a los ocupantes actuales...".*

El árbitro siguió leyendo en silencio y finalmente confirmó:
- En efecto, no se hace mención del dueño de Sorogia.
- He allí la verdad, señor Litton: Nosotros reclamamos el derecho de habitar nuestra propiedad, aún teníamos cinco días de plazo y en ellos hubiéramos podido completar el trámite de cesión, pero ya vimos que nunca se completó semejante trato, tan es así, que la vivienda sigue siendo mía –replicó Nielce con soltura y agregó: -. Señor Dermeer, ¿se puede leer el veredicto de la querella?
- Señorita Tamarats –habló Vubell desde su asiento-: Limítese a contestar las preguntas del señor Litton, y usted, Louit: Siéntese, ya tuvo su oportunidad de exponer estos asuntos. Gracias, señor árbitro.

La gente empezó a cuchichear. Louit había dejado claro que la casa aún le pertenecía a Nielce. ¿Por qué no les había ayudado la policía? Allá en sus asientos, Berinya y Tolsre se hablaban al oído:
- Se está defendiendo bien esa chiquilla. Mira que rebatir a Litton no es poca cosa –observó Berinya con entusiasmo.
- Es buena, pero debe ser más prudente a la hora de hablar del asesinato de Londarien. Hará que la maten si no deja de inculparse.

A un lado de ellos, Niva se comía las uñas en un gesto de preocupación infantil. Había conectado con la imputada y sentía simpatía por ella, pero, sobre todo, quería que el asunto saliera bien para su novio.

El ruido de la muchedumbre impidió que se reanudara la sesión. Litton carraspeó para silenciar a la gente.

- Muy bien, señora Tamarats. Vamos a creerle cuando nos dice su única intención era la de ocupar la casa en lo que se agotaba el plazo de la deuda para después hacer el traspaso legal, ¡y jamás acusar a Roasdan de usura! Aunque no tenía que hacerlo, ¿o sí? La policía iba a atar los cabos por sí misma.

- Es lo que cualquiera hubiera podido suponer, señor Litton.

- Cuestiones imponderables, señorita Tamarats -dijo Litton con fastidio, como invalidando las palabras de Nielce-, pero bueno. Dejemos este asunto de lado; ahora voy a hacerle una pregunta que me intriga desde hace mucho. Y confieso que, a título personal, esta parte de su coartada me parece un tanto inverosímil... Dígame, señorita Tamarats: ¿En verdad supuso que Feriven Londarien iba a olvidarse de la deuda de treinta y seis mil giaos sólo a cambio de sus... servicios? *¿Fue tan tonta para creerlo?*

- Más allá de lo que yo creyera, había una grave amenaza de por medio, señor Litton. Pero sí: Yo le creí cuando él me prometió que iba a dejar a mi padre en paz, así que tiene razón: Soy todo lo tonta que usted ha dicho.

- ¿En verdad le creyó, a pesar de que le había quitado su casa de la forma en que lo hizo?

- Sí, yo le creí.

  Litton hizo una mueca estúpida para burlarse.

- Pues usted es una persona demasiado crédula, señorita Tamarats: El hombre faltó a su palabra unos pocos días antes, y usted fue y le creyó de nuevo.

- Creí en su amenaza, no en su palabra. El hombre dejó a mi padre al borde de la muerte, ¿quién iba a impedirle que volviera para rematarlo? -Nielce se encogió de hombros con toda la intención de establecer su punto.

  La gente empezó a cuchichear por lo bajo. "Una intervención magistral", pensó Louit con admiración. Era claro que ese dardo iba contra la policía, y Litton no podía contrarrestar la pregunta de Nielce.

El abogado tenía que destruir su credibilidad, eso era obvio, pero no podía seguir haciéndolo de ese modo, pues la muchacha seguía defendiéndose con tenacidad y eficacia, aún acorralándolo por momentos; cambiando por completo su estrategia, Litton dijo de pronto:

- De acuerdo, Nielce, responda a lo siguiente: ¿Usted reconoce el nombre de Quibam Nad?

La expresión de Nielce cambió al escuchar ese nombre.

- Sí, lo reconozco –contestó ella.
- Claro que lo reconoce –Litton guiñó-. ¿Qué rol desempeña el señor Nad en toda esta historia? ¿Querría decírnoslo?
- Él es uno de los cómplices del señor Londarien...
- Específicamente, es el sujeto que le sugirió el plan de fuga del que nos habló antes, ¿cierto?
- Es el mismo, sí.

Louit se alarmó. ¿Por qué Litton había traído a colación la figura de ese delincuente? Algo andaba mal.

- Bueno, le interesará saber que el señor Nad nos dio una versión de los acontecimientos muy distinta a la que usted nos contó, una versión... *Esclarecedora*, sí –el fatuo abogado mostró un gran disfrute al usar esa expresión lucida, y continuó: -... Veamos qué tiene que decir sobre ella, Nielce.

Litton recogió un documento de su escritorio, mismo que mostró al público con la presunción ridícula del que exhibe un trofeo.

Así que de eso se trataba.

- ¡Momento! -Louit se levantó de su asiento para objetar-. ¿Desde cuándo se admite el testimonio de un asesino en un tribunal?
- La única persona imputada por homicidio es su cliente,

señor Dermeer -dijo Litton en tono de burla-. No hay cargos semejantes contra este hombre.

- ¡Aún así! Su complicidad con Londarien es más que clara. La señorita Mins murió torturada y Quibam Nad fue partícipe de ello...

- No es el caso que nos compete en este momento, señor Dermeer -dijo el juez Vubell-. El señor Nad es un ciudadano extranjero y será enviado a Sorogia para ser juzgado por estos crímenes. Por otro lado, cualquier culpa que se le achaque carece de fundamento, pues, como usted sabe, todo hombre es inocente hasta que se dictamine lo contrario.

- Exacto. Es derecho básico, Louit -dijo Litton en franca burla a su compañero.

- Le ruego que se siente, señor Dermeer. Y usted, Litton, prosiga.

Louit apretó los puños y se sentó en su pupitre, sintiendo cómo le palpitaban las sienes.

¿En verdad habían obtenido un testimonio fidedigno que desacreditaba a Nielce? ¿Ella había mentido en algo y Litton podía comprobarlo? O lo que era más grave: ¿Se habían coludido con Nad para que éste les diera una prueba falsa? *¿En verdad habían llegado tan lejos?*

- Bien. Antes de empezar, le ruego que nos dé una versión condensada de la plática que sostuvo con el señor Nad durante la noche previa al homicidio. Usted sabe, para hacer el contraste.

- Me rehúso a hacerlo, señor Litton –dijo Nielce con mucha calma.

- Ah, ¿se rehúsa?

- Sí. Ya dije lo que tenía que decir, y repetirlo me parece un ejercicio inútil.

- Bueno. Me tomaré la libertad de relatar las cosas tal como las capté yo, ¿o a eso se rehúsa también?

- Haga como quiera.
- Siempre lo hago así, pero vamos allá: Usted nos dijo que el señor Nad se le acercó para sugerirle un plan de fuga, pues estaba enamorado de usted y quería sacarla de allí, vaya tonterías; nos dijo que usted se resistió a los ofrecimientos de este hombre, por lo que él consideró adecuado revelarle que su padre había sido expulsado de su casa, buscando con esto que usted rompiera el lazo de lealtad que tenía con Feriven Londarien. ¿Dije algo incorrecto?
- No, señor.
- Excelente. Espere un poco... Sí, ya recuerdo: Usted aceptó el trato que le propuso el señor Nad, y nos dijo que lo hizo sin la intención de matar al Dueño de Sorogia, ¿cierto?
- Todo eso lo dije yo.
- Claro que lo dijo, y que conste a todos que lo reconoce abiertamente. Ahora, ¡señor árbitro! He aquí la versión que entregó Quibam Nad sobre los acontecimientos de esa noche, ¿quiere leerla a todos con su poderosa voz, o me permite a mí el hacerlo?

El árbitro miró confuso a Vubell. El juez indicó con una que le daba igual quién leyera el documento.

¿Qué sucia mentira había entregado Nad para hundir a la mujer de la que supuestamente se había enamorado? Louit apoyó la cabeza en sus manos cruzadas. Nielce, por su padre, permanecía tranquila y orgullosa en su jaula, como quien se prepara para escuchar estupideces.

- Ya: Leeré yo –sentenció Litton al ver la indecisión del joven árbitro.

*"Me sorprendí mucho al ver que Nielce reaccionara de forma tan serena cuando le dije que su padre había sido expulsado de la vivienda. Después de todo, yo creía que se mantenía dócil para no meter en problemas al viejo. Qué fue, no lo sé. Seguro que ella ya sospechaba que el anciano estaba muerto para entonces...*

*"De cualquier modo, yo le insistí en que se fuera conmigo. Le dije que la iba a tratar mejor que Feriven, que merecía vivir bien, que se iba a marchitar en esa ratonera. Le hablé bien, ¿sabe? Y estaba convencido de que ella iba a rechazarme, pues tenía unos ojos llameantes y el humor encendido...*

*"Entonces se lo propuse. Le sugerí que nos fugáramos. El plan era bien simple: Yo iba a mandar a dormir a Feriven con un buen limpialenguas, me iba a llevar a la compañía a comprar algunas cosas de las que siempre usábamos en la operación, y mientras tanto, le iba a dejar el camino abierto para que se fugara a un sitio que utilizo para mis negocios y del que nadie sabe; Sí, el plan era todo improvisado, y ya me parecía que ella me iba a abofetear, pues se veía iracunda como una fiera hambrienta, como nunca la había visto antes...*

*"Pero, para mi asombro, Nielce me dijo: 'hagámoslo, Quibam. Me iré contigo'. Viera cómo me puse entonces, loco de la euforia, pero no tanto para ignorar el cambio brutal que se había operado en el carácter de esa mujer, la cual había sido sumisa hasta entonces. Noté claramente de qué se trataba, pues no me era algo desconocido: Ella estaba lista para matar a alguien...*

Litton se detuvo en ese punto de la lectura, dejando sus palabras flotando en el aire, luego siguió leyendo:

*"Y, para confirmarlo, ella me dijo esto: 'Quibam, siempre quisiste ser el hombre importante en esta organización... Hazme tu compañera y yo te daré todo'. Se me hizo raro que me hablara así y le pregunté qué quería decir con eso. 'Es muy claro lo que te he dicho: Tú mandarás a partir de ahora', me respondió...*

*"Me tomó un par de segundos procesar aquello. Sí, Nielce sabía que yo ya estaba harto de ser el hombre de confianza de Feriven, pues él, en los últimos tiempos, se había vuelto perezoso e indolente, pero nunca se me había ocurrido matarlo. El*

*hombre era peligroso, usted sabe…*

"Se lo pregunté para no quedarme con la duda. 'Tú verás', me dijo ella, y mire que no me estaba proponiendo un mal negocio: Si ella mataba al inútil de Feriven, los otros iban a lanzarse a perseguirla sin sospechar de mí. Y yo, mientras tanto, iba a gozar de mis amores con esa joya impecable. Sí, acabé por adorarla cuando se mostró tan valiente, pues eso era lo único que le faltaba para ser toda una delicia…

"Y me dijo algo más: 'Vas a respetarme una condición: Vas a regresarme mi casa'. No era algo sencillo, y así se lo hice saber. 'Entonces olvídate de mí', me dijo con mucha vehemencia. Quise disuadirla, pero ella se mostró inflexible: 'No insistas. Quibam, que no voy a renunciar a esto por nada. Quiero esa casa porque es el único recuerdo que me queda de mi madre, aún cuando también será un recortadorio constante de las acciones del imbécil de mi padre'…

Estratégicamente, Litton hizo un gesto de burla. Nielce no se movió en lo absoluto.

"Y bueno, ¿qué otra cosa podía hacer? ¿Acaso no iba prometerle la Isalba entera, con tal de que se fuera conmigo? Por eso le prometí la casa aún cuando no iba a dársela, y ya con eso se quedó tranquila…

"Luego nos despedimos. Antes de marcharme, le dije cuál iba a ser el sitio de nuestro encuentro. Me dijo que hiciera mi parte y que ella iba a hacer la suya. Me fui a emborrachar a Feriven y les dije a los muchachos cuáles eran las diligencias que íbamos a hacer al día siguiente…".

Litton finalizó la lectura de manera abrupta, dejando a muchos con la impresión de que iba a seguir leyendo. Nielce se mantuvo serena e impasible todo el tiempo, escuchando con los ojos cerrados.

- Y bien, ¿qué le parece esto, señorita Tamarats? –preguntó

Litton con tono jocoso-. ¿Tiene algo que decir al respecto?

- Tengo muchas cosas que decir, señor Litton –respondió Nielce, aún sin abrir los ojos-. ¿Cuándo obtuvo esa declaración?

- No. Yo hago las preguntas aquí y usted responde, ¿comprende?

- Sí.

Se produjo una pausa. Louit se mordió la punta de su pulgar derecho.

- Muy bien, responda a esto: ¿Qué tiene que decir acerca de lo que acabo de leer?

- Que hay pocas verdades mezcladas con muchas mentiras, señor Litton.

- Verdades mezcladas con mentiras. Adulteradas. ¿Qué le parece eso?

- Me parece que es lo mismo.

- Pues a mí me parece que *usted* es quien miente de manera flagrante y descarada, señora Tamarats. Si recibimos alguna verdad trastocada, ésta vino de parte suya. ¿Quiere que aclare ante la audiencia la verdadera naturaleza de su embuste? ¡Pues lo haré! Escuchen todos – exclamó Litton-: Esta mujer nos mintió al decirnos que nunca tuvo la intención de matar al Dueño de Sorogia, cuando lo hizo con premeditación y con el afán expreso de vengarse. Manipuló a un hombre para que le diera la oportunidad y el momento propicios para matar, prometiéndole un poder que nunca tuvo la intención de darle. ¡Ella sabe mentir! ¡Es toda una embaucadora! ¡Y así, como a él, ahora nos quiere engañar a todos!

Le gente empezó a cuchichear por lo bajo hasta que Nielce salió de su ensimismamiento para responder a su acusador.

- Esa es su opinión, señor Litton, pero usted no tiene fundamentos para hacer una acusación tan audaz –repuso Nielce con una calma absoluta.

- ¿No escuchó lo que leí? ¿Por qué no habría de fiarme de este testimonio?
- Es sencillo: Porque ése individuo es un delincuente.
- ¡Lo dice la persona que está metida en una jaula!
- Yo me entregué, señor Litton. Estoy aquí de manera voluntaria; a él lo prendieron. Dígame, ¿quién actuó como criminal?
- Los dos son iguales... No, usted es mucho peor.

No hubo quien despegara los labios. La conversación de los dos había tomado un ritmo alucinante.

- De acuerdo, Litton. Usted me acusa de querer engañar a la audiencia, a pesar de que me entregué y expuse todas las circunstancias relacionadas con mi delito. Pruebe que soy una embustera, lo desafío.
- ¡Ah! Precisamente me dirigía para allá. Usted y yo estamos en sintonía, Nielce –sugirió el jurista con una expresión enigmática en el rostro-, y me apena que haya usado esa estrategia de un modo tan inocente. *¿Acaso creía que yo no estaba al tanto de todo?*
- ¿Al tanto de qué? –preguntó Nielce maquinalmente.
- ¡Del arreglo que usted concertó con el señor Dermeer para que él la librara de la pena de muerte! -remató Litton al señalar a Louit con su índice.

Todas las miradas cayeron sobre Louit, y él sintió que se desvanecía por un momento.

- No sé a qué se refiere, Litton.
- Ya veremos. Ahora, acláreme lo siguiente, Nielce: ¿Cuál es el salario que está percibiendo Louit Dermeer al estarla representando aquí y ahora?
- ¡Momento! -Louit se levantó de su asiento-. ¡Esa información es confidencial!
- No lo es si hay sospecha de conspiración criminal -dijo Litton con una cadencia provocadora.

La gente soltó una exclamación de asombro. Louit sintió

algo como una descarga eléctrica que le recorría la espina dorsal.

- ¡No puedo creerlo! ¿¡Van a permitir esto!? -increpó Louit a los jueces.

Vubell y sus colegas se quedaron completamente quietos, cual estatuas de sal.

- ¡Si tal era el caso, debieron inhabilitarme antes de empezar esta audiencia! ¿Señor árbitro?

El joven se quedó pasmado, revisando sus documentos en busca de la ficha laboral de Louit. Era claro que lo habían elegido por su inexperiencia, la cual pesaba mucho en detrimento de la defensa.

- ¡Tranquilízate, Louit! ¡Cielos, estás totalmente congestionado! -dijo Litton entre risas.

Y, en efecto, lo estaba. Toda la preparación de su caso no preveía un terrible defecto de origen, una falla inexcusable que estaba a punto de causar un daño catastrófico sin que Nielce hubiera podido anticiparlo.

- ¡Necesito hablar con mi cliente! –exclamó Louit con desesperación.

- Eso no puede hacerse ahora, señor Dermeer; conteste a la pregunta que se le hizo, señorita Tamarats -sentenció Vubell con autoridad.

- El señor Dermeer no está recibiendo salario alguno. Ésa es la verdad.

- ¿Cómo? ¿Su representante está trabajando aquí por pura caridad? ¿¡Es en serio!? -preguntó Litton.

- Sí, es en serio.

- ¡Vaya hallazgo el suyo! Así que usted se topó con un hombre que no le cobra un giao para hacerse cargo de un asunto tan trascendental. ¿Cómo es que tuvo tanta suerte?

- A decir verdad, el señor Dermeer me tomó declaración cuando ingresé en el área de contención. Él supo que yo no tenía con qué pagarle y aun así se ha ofrecido a representarme, y eso se lo voy agradecer a siempre.

- A ver, espere un momento... No, no es cierto. Usted está bromeando –comentó Litton y luego empezó a reírse a carcajadas.
- ¿De qué se ríe? –cuestionó Nielce.
- Sí, perdóneme... Es que es comiquísimo...

El árbitro, Vubell y sus comparsas, Louit, Nielce, Tolsre y Berinya: Todos se quedaron perplejos por la conducta de Litton. ¿Había enloquecido de pronto?

- ¡Oye, Litton! Compórtate, granuja –le espetó un Louit visiblemente molesto.
- ¡Señor Dermeer! ¡No vuelva a interrumpir esta conversación! –gritó Vubell con severidad-. Y usted, Litton...
- Sí, sí... Perdónenme todos –Litton abrió los brazos para disculparse-. Voy a justificar mi comportamiento y lo haré de manera respetuosa. Y es que, en mis largos años de trayectoria como jurista, he tenido la oportunidad de convivir con muchos compañeros de oficio. Algunos somos muy apasionados de la justicia que se pelea en el campo de los pleitos civiles; otros, en cambio, son poco apegados a ella; sin embargo, nunca conocí a alguien tan ajeno al sano ejercicio de la abogacía como lo es el buen Louit, quien huyó del trabajo de civiles para meterse en el área de institucionales, una labor que se caracteriza por ser impersonal, poco demandante, y sí... Mucho más lucrativa.

Numerosos murmullos comenzaron a recorrer la majestuosa aula. Louit apretó la quijada con furia. Su adversario había llegado demasiado lejos.

Y, allá en su rancho, Niva se mortificaba al ver que su prometido se había convertido en el centro de atención. ¿Qué pretendía Litton al hacer mención de algo tan alejado del caso? Pero lo que terminó de fraguar la turbación de la pobre muchachita fue el comentario que su padre le hizo a Berinya:

- Mira que también es un misterio para mí.

- Uy, si supieras –dijo Berinya de improviso.
- Si supiera, ¿qué?
- Oh no... No me hagas caso, Dalmon...
- Berinya, si supiera, ¿*qué*? –preguntó con firmeza Tolsre.

Berinya quiso pasar por bruta. Tolsre la levantó por la fuerza y la condujo lejos por un pasillo.

- Vaya, ¿no dice nada, Nielce?
-  No tengo nada que decir. Guarde usted la opinión que quiera del señor Dermeer, pero, por favor, no lo perjudique en público.
- ¡Lo defiende, qué bello! Y es claro que conoce los motivos por los que el señor Dermeer la está representando: Son básicamente *sus motivos*...

Nielce se cruzó de brazos. De nuevo le tocaba escuchar mentiras, ¿hasta cuándo tendría que soportarlo?

- Ahora síganme todos, pues les voy a relatar una circunstancia que es digna de consideración y repaso: El día que Nielce Tamarats fue ingresada al ala de detención, Louit Dermeer tuvo la inusual ocurrencia de visitar el área de pleitos civiles, misma que no visitaba desde que pidió su traspaso al área de institucionales, hace un par de años. Allí, el señor Dermeer le solicitó a la directora que le diera el caso de la señorita Tamarats y le tomó declaración. Después, el señor Dermeer salió disparado a la mansión de Londarien para observar la escena del delito, aun cuando ésta no es una atribución de nosotros los juristas. Por último, éste caritativo, desinteresado y bondadoso funcionario se tomó la no poca molestia de participar en la defensa de Nielce Tamarats sin recibir un solo giao por su labor... Es más, hasta se encargó de proveerle ciertos efectos personales, chucherías que sólo los familiares prodigan a sus reos... ¿Es que nadie nota algo extraño, además de mí?

Incrédulo, Louit se llevó una mano al rostro. Sin duda, los

celadores habían visto y escuchado cada uno de los coloquios que él mantuvo con Nielce. Así se enteraron de la naturaleza del contrato que tenía con su cliente, junto con otros pormenores que eran favorables para Litton, como el haberle obsequiado aquel libro a Nielce.

Por eso Litton no se había molestado en objetar con más insistencia cuando tuvo la oportunidad de hacerlo: Sabía que iba a dar un golpe de efecto sumamente poderoso al exponer a Louit frente a todos.

- Dígame, Nielce, ¿no le parece sospechoso? –le preguntó Litton a la muchacha.
- No, y no sé a dónde va con todo esto.
- Pues voy a la parte en la que usted contacta a Louit Dermeer desde la casa de Feriven Londarien, le ofrece algún beneficio desconocido para todos, acaso sea el mismo que le ofreció al señor Nad: Largos ratos de placer y deleite, *quién sabe*... Como sea. El caso es que usted se decide a matar al Dueño de Sorogia, pero antes se encarga de manipular a uno de sus seguidores para que le dé un salvoconducto fuera de la casa, luego se entrega "voluntariamente" y después logra forzar esta audiencia para mostrar ante la sociedad su faceta cándida y de víctima; y es buena estrategia, buenísima: "Mírenme, fui maltratada durante meses por una banda de sanguinarios, y me vi forzada a matar, sí, a un hombre que nadie extrañará y que todos prefieren muerto; y vean, perdí a mis dos padres en el trayecto, me endeudé por razones justificables, sí, sufran conmigo, merezco su compasión"... A esa parte voy, Nielce: A la parte en la que aclaro el sucio engaño con el que usted y su abogado querían atraparnos y confundirnos...

De pronto, la escena explotó.

- ¡Basta, cretino! ¡Voy a cerrarte la boca de una vez!
- ¡Usted, guarde silencio! –gritó un Vubell encolerizado al joven rubio que agitaba su puño en el aire.

- ¡Eres un perro! ¡Te voy a enseñar a no mentir!
- ¡Silwan, detente! –le rogó Nielce a su amigo.

La muchedumbre se quedó en suspenso al escuchar los insultos que Silwan le enviaba a Litton a expensas de Vubell y de la guardia. Luego, el muchacho tomó valor y empezó a descender las gradas para encontrarse con el abogado, presto para trabarse de su garganta. Ya estaba por llegar cuando le cayeron encima tres guardias para maniatarlo con rudeza.

- ¿¡Creen que me callaré!? ¡Sigan creyéndolo, estúpidos! –rugió tendido en el suelo.
- ¡Silwan, por favor! –gritó Nielce.
- ¡Saquen a este bandido! –ordenó un Vubell ya ronco por el esfuerzo-. Enciérrenlo.

Los guardias cargaron con él entre los tres y lo sacaron del recinto con grandes dificultades. Aun así, no lograron callar al elocuente Silwan, quien soltó tantas maldiciones y pataletas como pudo; Nielce presenció la escena con gran pesar, tanto, que empezó a llorar por primera vez desde comenzó el interrogatorio de Litton.

Y Louit temblaba todo del coraje, sintiendo una ira insana en su interior. De no ser quien era, hubiera hecho otro tanto para silenciar a Litton.

- Qué muchacho animoso, ¿es acaso otro de sus pretendientes? No me extraña que todos estén locos –dijo Litton con sorna.
- En verdad… Usted ha ido demasiado muy lejos…
- Qué va, si todo esto ha sido tan entretenido, ¿no quiere que estemos aquí otro rato?
- Termine ahora –suplicó Nielce.
- No: Termínelo usted. Confiese y espere lo mejor… O volvamos a lo mismo, sí, mejor volvamos… Ya recuerdo, iba a preguntarle: ¿Nos dirá cuál es el trato que concertó con el señor Dermeer?
- Ya se lo dije, no hubo trato. Yo no lo conocía.

- Entonces, ¿por qué el señor Dermeer decidió ir a civiles en ese día en particular? ¿Por qué a esa hora? ¿Por qué decidió representarla?
- Porque es buena persona, porque estaba aburrido, por caridad, ¡NO LO SÉ! –gritó la muchacha con desesperación.
- ¡Litton, no hay trato! –exclamó Louit desde su lugar.

Vubell estuvo a punto de imprecar a Louit, pero fue detenido por una seña de la mano de Litton. La gente toda se sorprendió. ¿En verdad ese hombre podía mantener a raya a los ancianos del tribunal sólo con indicarlo?

- Bueno, entonces di, ¿por qué tomaste el caso de esta mujer?
- Y-Yo... E-Eso no te importa -respondió Louit entre titubeos.

Litton levantó las cejas.

- Ah, no me importa... Claro. Seguro tienes motivos deshonestos que quieres encubrir.
- ¡Es claro que no!
- Entonces pruébalo: ¿Por qué tomaste el caso de esta mujer?

Louit estaba al borde del colapso. Al verlo, la expresión de Nielce se trastornó de manera alarmante, mostrando una incomprensión total. ¿Por qué no decía la verdad? ¿O acaso Louit tenía motivos que ella desconocía? Todo empezó a dar vueltas...

- ¿Y bien?
- Yo lo aclararé

Cientos de ojos se posaron sobre la figura robusta de Berinya Cloetts, quien descendió bamboleándose hasta llegar al centro del amplio salón.

*(Continúa en el capítulo 29)*

314

# CAPÍTULO 25

## *Sismo en Lairet (5)*

El todoterreno de Akkraín se detuvo en seco, dejando una estela de polvo que tardó unos instantes en disiparse. Más bien, lo detuvieron: Eran al menos veinticinco hombres de la milicia de Fanehain que se encontraban apostados en los costados del camino, todos ellos ceñudos y sudorosos, armados con potentes *tirigas.* Uno de ellos abandonó la sombra de los árboles para hablar con el anciano, y por su uniforme, pronto quedó claro que era el líder de la cuadrilla.

- Aquí estás, *O'Shnolk.*
- ¿Quién me busca? –preguntó Akkraín desde el asiento del copiloto.
- Todos te buscamos ahora. Baja, revisaremos el vehículo –ordenó el soldado con autoridad.

Akkraín y su chofer se miraron, nerviosos. El viejo asintió con la cabeza, entonces bajaron. El líder de la milicia lanzó un silbido agudo y los otros se presentaron con rapidez. Entre todos cercaron el perímetro del automotor y comenzaron a revisarlo sin escrúpulos. Armas, agua, otros utensilios… Y nada más.

- No están aquí, Teraugh.
- Claro que no están –respondió éste con sorna-. Usted, viejo, venga acá. Quiero decirle algo.
- No sé por qué están haciendo esto. No tienen derecho a detenerme, y mucho menos a revisar mis pertenencias –

replicó Akkraín con mucha calma.

- Venga, no se resista –insistió Teraugh.

Akkraín supo que no tenía otra opción. Una orden de ese capitán infame y podían acabar con él y con el conductor; fingiendo molestia, el viejo se retiró hasta la sombra de uno de los árboles cercanos, uno que estaba lo suficientemente alejado para mantener una comunicación secreta. El capitán repartió algunas órdenes y fue a su encuentro.

- Siéntese –ordenó Teraugh.
- Me quedaré de pie. A mi edad, ya no me es posible levantarme del suelo sin asistencia –replicó Akkraín.
- Haga como quiera –respondió el capitán y se sentó en el suelo-. ¿A dónde se dirige, señor Estarbo?
- Voy de cacería, capitán, pero el destino no puedo decírselo porque yo mismo lo ignoro.
- De cacería, ¿eh? Pues yo ando en lo mismo –Teraugh sacó su cantimplora.

El militar se puso a beber con descuido, derramando líquido por la comisura de los labios. Akkraín entendió que debía mostrarse natural y preguntó:

- ¿Se les da tiempo de cazar cuando el área de Rittka se encuentra sumergida en el caos?
- Claro que se nos da tiempo. Siempre hay tiempo para cazar personas –repuso Teraugh con un tono enigmático.
- Pues deberían aprovechar ese tiempo para restablecer el orden. He escuchado que está escaso desde los temblores.
- El orden… Sí, a eso nos dedicamos también.

Aves carroñeras volaban por los alrededores en círculos concéntricos, anunciando la presencia de una criatura muerta. Eso turbó al viejo; como deseaba salir de allí cuanto antes, Akkraín dijo:

- Bien. Le deseo éxito en su empresa. Ahora que ha visto que no cargo nada peligroso conmigo, seguiré mi camino…
- ¿A dónde marcha con tanta prisa, *O'Shnolk*? ¿Se está de-

morando para encontrarse con *Ocaringo* y su mujercita?

Akkraín tragó saliva, preparándose para mentir del mejor modo posible.

- Ya le dije que voy de cacería.
- Sí, claro.

El bravo soldado aspiró sus flemas, preparó un espeso escupitajo y lo arrojó muy lejos. Luego empezó a reír en un tono burlón que desconcertó a Akkraín.

- ¿Sabe que las personas en Rittka están pereciendo de hambre? ¿Sabe que es sólo cuestión de tiempo para que vayan a saquear sus almacenes y robar sus cosechas? Sí, de seguro lo sabe, y aun así se ausenta para venir a cazar, siendo una actividad completamente innecesaria en estos tiempos tan peligrosos.
- No me preocupan mis tierras, están bien guarecidas –replicó Akkraín.
- Pues debería encargarse de ellas, puede que las pierda si se distrae, y más si lo hace para ayudar a un par de prófugos. Quién sabe, puede que la milicia de Fanehain decida que es conveniente utilizar sus cosechas para alimentar a la gente.
- ¿Me estás amenazando, soldadito?
- Yo sólo le digo lo que se me acaba de ocurrir.
- Mire: No sé por qué están buscando a Louit, ni sé quién lo acompaña, tampoco sé por qué usted dice que él es un prófugo...
- Por asesino –interrumpió Teraugh.
- ¿Asesino? ¿A quién se supone que mató?
- No, no se supone: *Él* es un asesino y vamos a destriparlo como corresponde.

El anciano escuchó las palabras del soldado sin inmutarse. Estaba acostumbrado a la brutalidad y al poco juicio de los nativos, así que ya nada le sorprendía.

- ¿Y creen que yo lo estoy ayudando?

- No lo creemos: Lo sabemos.
- ¡En verdad son simples, todos ustedes! ¿No acaban de revisar mi vehículo? ¡Voy limpio, señor! ¡Limpio!
- Limpio y todo, tendrá que esperar aquí hasta mañana.
- ¿Aquí? Es claro que no, entonces me volveré a Rittka.
- Le he dicho que esperará aquí, *¿me comprende?*

Akkraín se llevó una mano a la cara y empezó a reír.

- Te equivocaste, tú. Has hecho mal al meterte conmigo. Esperaré todo lo que quieras, pero desde ya te aviso: Perderás tu rango cuando reporte este agravio al cabecilla de Maerbos.

Teraugh enseñó los dientes en una mueca de burla. No iba a desistir ni con amenazas ni con sobornos; chasqueado, el viejo abandonó al soldado y se dirigió a su vehículo. Viéndolo venir, su criado fue a encontrarlo. Cuando ya estaban muy cerca, Akkraín le dijo en voz baja:

- Estamos detenidos, Tilbish. No nos dejarán ir hasta mañana.
- ¡Mala fortuna! El amo Louit se preocupará cuando no lleguemos a la hora convenida.
- No. Iremos a su encuentro. Es claro que tenemos que entregarle los documentos de Nielce. Jamás cruzará la frontera sin ellos.
- Pero, ¿cómo vamos a pasar? Son casi treinta hombres, todos armados, y nosotros somos dos, y tú eres un viejo que no puede con nada.
- Entonces te irás tú. ¿Sigues siendo el hombre más rápido de Lairet?

Tilbish miró a Akkraín con un gesto de incomprensión. No tardó mucho entender la insinuación de su amo.

- ¡Tú juegas! Sí que lo soy, pero las *tirigas* son más rápidas que cualquier hombre.
- ¿Dudas de tu velocidad? ¿O es que simplemente te entró miedo?

- Soy rápido porque soy miedoso, *mime*. Pero esto lo haré por el amo Louit. Y sé que me van a matar, pero a todos nos llega la hora.

Akkraín se alegró como un chiquillo y palmeó efusivamente a Tilbish. A pesar de su edad avanzada, el viejo aun conservaba muchos gestos infantiles.

- ¡Asunto resuelto! Sólo una cosa: Debes cuidar la ruta que tomes, Tilbish. Si sigues el derrotero de Maerbos desde el principio, estos soldados sabrán a dónde se dirige Louit.
- Ya deben saberlo. Nos agarraron en el camino que lleva para allá, *mime*.
- *Por eso* vas a tomar el camino de Rittka. Vas a rodear para confundir a estos animales. Algunos te seguirán, pero ¿quién puede atrapar al hombre más rápido de Lairet?
- Y, ¿qué harás tú, *mime*? Si te dejo acá, los que se queden te van a torturar hasta que les digas algo. Puede que te destripen.
- *Omibe hacin, omibe yaiah* –respondió un Akkraín eufórico-. Pero no me matarán. Tengo dinero suficiente para comprar las almas de estos treinta, y sé que puedo tentarlos con eso.
- Pues te deseo suerte, *mime.* Y dame acá ese paquete, mira que ya nos observan con mucha desconfianza.
- Sí. Y otra cosa, antes de que te vayas: Dile a Louit que disfrute de esa mujer, que lo haga en mi memoria si no sobrevivo. ¡Y que no vuelva! Es tan cabeza dura que insistirá en regresar, pero debes convencerlo de lo contrario.

El valiente Tilbish asintió, tomó un paquete que le entregaba su señor, y sin pensárselo dos veces, se echó de cabeza en la espesura del bosque. Sorprendidos, los hombres de Teraugh iniciaron la persecución de inmediato, azuzados por la voz imperiosa de su capitán; no bien empezó la escaramuza, Akkraín empezó a gritar:

- ¡Tilbish, infeliz! ¡No huyas, perro infiel!

Los soldados le dispararon al criado sin acertarle, dejando sólo los ecos de la violencia en el aire. Al final, uno de ellos volvió para reportar lo sucedido.

- ¡Se escapó! ¡Va de regreso a Rittka!
- ¡Anciano de mierda! ¡Te voy a reventar!

Teraugh extendió su mano callosa para tomar el hombro derecho a Akkraín, descargándole un tremendo puñetazo en la mandíbula.

Amables y simpáticos resultaron ser los pidaos, hombres y mujeres de escasas vestiduras, pero de abundantes modales que, aunque vivían en casuchas de tierra apisonada y pasto seco, demostraron ser el pueblo más feliz que Nielce conoció jamás; debe decirse que ella se sintió profundamente intimidada cuando, horas antes, Louit le expresó su intención de dejarla con ellos.

- ¡Debe ser un chiste! –exclamó ella con incredulidad.
- Nada de eso, Nielce. En verdad deseo que permanezcas aquí hasta que vuelva de con Akkraín.
- Pero, Louit, ¡soy una desconocida para ellos!
- A ellos no les importa. Tú vienes conmigo, y eso basta para que te traten como a una reina.
- ¡No me interesa ser una reina! Por favor, Louit. No me dejes sola con ellos.
- ¿Tienes miedo? ¡En buena hora!

Gracia causó a los humildes pidaos la discusión de los extranjeros. Los niños imitaban sin disimulo los gestos de uno y otro, mientras los adultos se regodeaban con carcajadas indiscretas. Uno de ellos se acercó a Louit para abrazarlo con gran efusión.

- Nielce, éste es Uba-Tuni-Hools. Es el jefe de la aldea y uno de mis más grandes amigos.

- Señor –le dijo ella al líder tribal con un tono muy calmado, muy alejado del de su verdadero sentir.
- Viejo buitre –añadió Louit con buen humor-: Uba me acaba de preguntar si estás con males de mujeres.

La cara de Nielce mató de risa a los dos amigos, y todos los demás se unieron a ellos en el jolgorio; avergonzada hasta el límite, la muchacha exclamó:

- ¡En verdad me voy!
- ¿A dónde irás? –respondió Louit cuando dejó de reír-. Es casi de noche y no conoces la ruta. ¿En verdad te arriesgarás a dejar esta villa?
- Bien, ¡entonces llévame contigo!
- Ya te dije que es muy peligroso. Yo puedo protegerme solo, pero no puedo protegernos a los dos... Te lo ruego Nielce, espérame aquí hasta mi regreso. Es por el bien de todos.

Honestas sonaron las palabras de Louit cuando las dijo con ese tono solemne, preocupado; él tenía razón, el peligro era muy real. ¿Y qué podía ella hacer si se volvía necesaria la lucha? ¿Acaso podía ser algo más que una simple carga, un rehén valioso, una desventaja? Dolida, Nielce preguntó con resignación:

- ¿Cuánto crees que tardarás?
- Volveré apenas obtenga los documentos, quizás antes de que caiga el sol.
- ¿Me prometes que volverás? -preguntó Nielce, y enseguida se avergonzó de su falta de coraje.
- Es claro que volveré, y además lo haré sano. *Fadvisit.*

Aún inconforme con la situación, Nielce agachó la cabeza y empezó a mover un guijarro con la punta de su pie. Entretanto, Uba y Louit discutían alguna cosa.

- Ya está. Uba dice que cuidará de ti mientras regreso.
- Sólo ten mucho cuidado, Louit.
- ¿Qué te he dicho, mujer? Volveré entero, confía en mí. ¡Vamos, Yommy!

Corriendo, Louit y su mascota desaparecieron entre la espesura de los árboles.

Recelosa de los pidaos, Nielce optó por mantenerse un poco alejada de ellos, sonriéndoles de forma cortés todo el tiempo; los niños, sin embargo, la rodearon para obligarla a jugar con ellos en el patio principal. El escándalo se hizo grande en la villa, con todos los habitantes del lugar observando el desempeño de la hermosa extranjera en el juego de pelota.

Horas después, Louit regresó y fue recibido con entusiasmo por la población de la villa. Nielce corrió a su encuentro con un semblante alegre y radiante, y él hizo lo que pudo para ocultar la turbación que lo invadía. Momentos después, los dos se sentaron en torno a una fogata para conversar sobre las andanzas del día.

- ¡Tenías razón, esta gente es maravillosa!
- Yo sabía lo que hacía al traerte con ellos. Y veo que no perdiste el tiempo: El niño con el vendaje, ¿lo curaste tú?
- Sí.
- ¿Está fracturado?
- No. Tiene una laceración que no sana por un mal en la piel. Herví algunas hojas de fretán y las fijé en su brazo con las vendas. Es necesario que repita la operación dos veces cada día y con ello mejorará. ¿Puedes decírselo?
- ¿Por qué no lo intentas tú?
- ¿Cómo voy a hacerlo?
- Ya verás.

Louit llamó al chiquillo enfermo para que se les acercara, y el niño obedeció con visible entusiasmo. Louit le hizo saber que Nielce tenía una instrucción para él.

- Anda: Dile.
- Bien. Di las palabras y yo las imitaré.
- Nada de eso. Vamos, díselo.
- ¡No tengo idea de cómo hacerlo!

- Como puedas, él te entenderá bien.

Estimulada con el desafío, Nielce tomó unas hojas del suelo y una venda de su bolso. Después de cubrir su brazo con hojas y envolverlas con la tela, empezó a hablarle al niño.

- Las vendas... las quitas –dijo Nielce mientras realizaba la acción-, luego cambias las hojas de fretán, fretán...
- El árbol aquí se llama *oripandie.* Intenta con eso.
- Gracias. Bien...

Practicando mil movimientos, Nielce le dijo al niño que debía hervir y colocarse las hojas en el brazo dos veces al día, para luego cubrirlo con la tela. Louit, por su parte, se divertía mucho con las improvisaciones de la muchacha.

- No sé si entendió lo que le dije. ¿Puedes preguntarle, Louit?
- Es claro que sí -respondió Louit para luego dirigirse al chiquillo-. Ya... El niño dice que le pediste que se quitara la venda y se pusiera algunas hojas de fretán sobre la piel, así como lo hiciste tú hace un rato... Aunque no sabe con cuánta frecuencia debe hacerlo.
- Dos veces al día –le dijo Nielce al niño mostrándole los índices de cada mano-, en la mañana y en la noche.

El pequeño hizo un gesto de incomprensión y Louit indicó que no iba a traducir. Contrariada por la postura de su compañero, Nielce ensayó nuevos movimientos para indicarle al niño que debía repetir la maniobra al amanecer y al oscurecer; finalmente, el niño asintió con la cabeza: Había comprendido el mensaje.

- Ya está. Nuestro amiguito dice que hará tal como dices, y tiene una pregunta: Quiere saber cuándo debe dejar de ponerse las hojas.
- Hasta que sane –Nielce tomó el brazo sano del chiquillo y, con su dedo, le hizo saber que la piel debía quedarle así.

El niño le agradeció en su lengua y salió corriendo a donde estaba su madre.

- ¿Ves? No era tan complicado.
- Eso dices, pero me avergonzaste de forma innecesaria frente al niño -contestó Nielce en son de broma.
- Lamento que veas las cosas de ese modo, yo quería enseñarte algo sobre esta gente.
- ¿Qué cosa?
- Mira hacia allá, Nielce. Puede que descubras a qué me refiero.

Louit señaló al sitio donde el niño y su madre discutían las instrucciones que Nielce le había dado.

- ¿Qué es lo que debo ver?
- Sólo obsérvalos.
- No, no lo capto.
- Míralos bien, *¿qué se están diciendo?*
- Es claro que están hablando del tratamiento.
- Cierto. ¿Y cómo sabes que es así?
- Porque los estoy viendo…

Madre e hijo se hablaban tanto con palabras como con señas. Nielce miró hacia otro lado y advirtió lo mismo: hombres, mujeres y niños, al comunicarse con sus semejantes, gesticulaban todo el tiempo.

- *Pidao* es la palabra que la gente de Lairet utiliza para referirse a esta raza, y ésta significa *"seña"* – puntualizó Louit ante la mirada interesada de su compañera-. No obstante, ellos se refieren a sí mismos como *onupíishne,* que significa "el que habla con las manos".
- ¡Interesante!
- Y lo es más cuando conoces la leyenda detrás del vocablo. La tradición dice que los primeros nómadas se toparon por accidente con *Eraccimé,* el dios de la creación, cuando este conjuraba a las plantas para que dieran sus frutos. Al escuchar la voz del dios, sus ancestros quedaron sordos, incapaces de escuchar otra cosa que no fuera el eco lejano

de *Eraccimé* cuando éste hacía su recorrido por los valles. Toda una generación de no oyentes que tuvo que aprender a comunicarse con los hijos que les nacían mediante señas, y, para cuando el mal de la sordera se extinguió, ellos siguieron honrando la memoria de sus antepasados mediante el movimiento de sus brazos.

- ¡Es fascinante! -exclamó Nielce con verdadero entusiasmo-. ¿Así aprendiste tú a hablarles? ¿Improvisando señas?
- Sí, fue una parte importante de mi aprendizaje. Me resultó muy difícil al principio. No poseo el hábito de gesticular todo el tiempo, y aún ahora olvido cuán importante es clarificar las palabras mediante algún movimiento. Por ejemplo, existe una seña para hacerle saber al otro que estás bromeando. Si no haces dicha seña, puedes ofenderlo sin querer.
- Claro.
- Pero la parte más difícil fue la iniciación. Yo soy miembro de esta comunidad, un *pidao* si quieres verlo así, y para convertirme en uno de ellos, tuve que hacer un ritual.
- ¿Qué clase de ritual?
- No puedo revelarlo, pero sí puedo decirte esto: Tengo prohibido quitarle la vida a un hombre...

Una risa generalizada interrumpió el coloquio de Louit y Nielce: En la fogata contigua, al centro de la misma, un anciano disfrazado contaba historias con movimientos muy exagerados de sus brazos y simulando las voces de varios personajes. La reacción de los oyentes era impresionante, ya que estos ondulaban sus cuerpos para seguir el movimiento del narrador, el cual giraba sobre sí mismo de manera impredecible.

Dotada con nuevo conocimiento, Nielce empezó a interpretar los movimientos del narrador de historias. En apariencia, el hombre hablaba de un viaje, de lluvia y relámpagos, y de una persecución. Las mujeres soltaban gritos agudos de cuando en cuando, y los niños explotaban en carcajadas cuando el viejo alternaba su voz habitual con una chillona, tanto, que podía rivalizar con los gritos de las señoras.

Cautivada por el espectáculo, Nielce miró a Louit para comentarle algo. Allí descubrió que él tenía un velo de lágrimas en sus ojos.

- ¿Louit?
- No es nada -carraspeó Louit.
- Dime qué pasa.

Él carraspeó otra vez y arrugó el rostro para demostrar que no quería hablar.

- ¿Qué pasa, Louit?
- Déjalo, no es nada -respondió él con la voz ya quebrada.
- Es claro que pasa algo. Ven, hablemos -dijo Nielce al levantarse.

El narrador de historias obtuvo una expresión de asombro de parte de su público.

- Sigue, te alcanzo en un momento -respondió Louit al verse acorralado por Nielce.
- De acuerdo.

Discretamente, Nielce se puso de pie para alejarse del escándalo de los pidaos. Un poco más adelante, la muchacha encontró a Yommy engarzado en una batalla desigual contra un hueso pelado y seco, bocadillo no apto para impacientes. De reojo, Nielce alcanzó a ver algunos destellos reflejados por el agua: Un río bordeaba los bosques del país como una vena bendita que repartía vida en su recorrido eterno hacia el mar. Era el río Zagara, y Maerbos se encontraba a pocas jornadas de distancia. Otro día de marcha, y Nielce iba a estar de vuelta en el refugio de Ceimer Mordrei.

- Ése es el camino –dijo Louit para anunciar su presencia-. Supongo que ya lo adivinaste por el mapa.
- Sí, es justo lo que estaba pensando.

- Ten, aquí están tus documentos -Louit sacó un sobre de los pliegues de su camisa y se lo extendió a Nielce-. Te dije que Akkraín los iba a recuperar.
- Vaya, es increíble.
- No tanto. Con el hambre que hay en Rittka, te aseguro que no le fue difícil recuperarlos.
- ¿Y tus documentos?
- Aquí los llevo. Akkraín se encargó de enviármelos con Tilbish, su siervo de confianza.
- ¿No llegó él?
- No.
- ¿Por qué?

Louit agachó la mirada y se llevó las manos a la cintura. Casi dividiendo las sílabas, dijo:

- Akkraín fue detenido por la milicia de Fanehain. Tilbish escapó y se las arregló para llegar hasta mí. No sabemos qué ha sido del viejo...

Ambos callaron, y el aire se enrareció tanto en torno a ellos que Yommy interrumpió su comida, turbado por la conducta de los humanos.

- ¿Hay... Alguna posibilidad de que esté vivo?
- Es claro que sí. Akkraín es un hombre inteligente y muy adinerado. Pudo haber negociado por su vida.
- Dime la verdad, Louit: ¿Tú crees que él esté bien?

Por más que hubiera querido mentir, Louit se encontraba tan alterado que no podía hacerlo sin quebrarse.

- Mi experiencia me dice que no. Es probable que lo estén torturando para sacarle información sobre nuestro paradero... Puede que ya esté muerto...

La noticia tuvo un efecto terrible en Nielce. La muchacha se sentó en un tronco cercano y se tomó la cabeza con las manos; Akkraín se había quedado atrás para recuperar sus documentos, y ahora lo tenían preso, probablemente padeciendo un tormento que se pudo haber evitado si ella no hubiera olvidado sus pertenencias aquella noche.

- En verdad lo siento, Louit. Esto es por mi culpa...

- Deja eso -dijo Louit al sentarse al lado de Nielce-. En todo caso, fui yo quien pegó a Poriahor, yo quien te dejó sola con los Igommta, yo quien involucró a Akkraín en todo este lío, y no voy a sacar nada bueno si empiezo a culparme por todo eso.

- ¿Hay algo que podamos hacer para ayudar a Akkraín? - preguntó Nielce.

- Lo único que se me ocurre es escabullirme en los cuarteles abriéndome paso con los puños...

- Te matarán, Louit.

- ¿Crees que no lo sé? No obstante, la idea de irme de aquí sin rescatar a Akkraín me es insoportable.

- ¿Es que no hay otra manera? ¿Alguien a quién recurrir?

- Shamsek es un oficial de la milicia de Igommta. Sé que es leal a Akkraín. Puedo pedir su ayuda, pero eso nos llevará a un enfrentamiento directo con las tropas de Fanehain... No lo sé, no puedo pensar con claridad en este momento.

Las palabras se le atoraron a Nielce en la garganta. Si decía lo que tenía en su mente, iba a tener que enfrentarse sola a un futuro incierto; pudiendo más su valor que la zozobra, la muchacha dijo:

- Escucha: Sé que lo que voy a decir va en contra de la voluntad de Akkraín, pero quiero que sepas que eres libre de volver. No te sientas obligado hacia mí, yo sabré llegar sola a Maerbos.

Louit se levantó y echó a andar de un lado al otro, como buscando una respuesta correcta.

- Ah, Nielce. Es justo lo que estaba pensando.

- ¡Pues ya está! Vuelve y haz lo que puedas para rescatar a Akkraín.

- ¡No puedo! ¡¿Cómo pretendes que te deje marchar sola a

Maerbos!? Te perderías.

- Tengo el mapa, eso no ocurrirá.
- ¡Es muy peligroso! Ellos ya saben que tomamos esta ruta. Si te encuentran...
- No me encontrarán, Louit –respondió Nielce con una seguridad abrumadora.
- ¿Cómo estás tan segura? ¿Es que no tienes miedo?
- El miedo nunca me ha impedido hacer lo que creo que es correcto, por el contrario... Para mí, el miedo es el sello que acredita la valía de mis acciones.

Aún andando de un lado al otro, Louit sugirió:

- Primero te llevaré a Maerbos. Es sólo una jornada más.
- Déjalo, Louit. Ya hiciste bastante al traerme hasta aquí. No puedo ser tan egoísta para pedirte que alargues el rescate de Akkraín.
- Al menos déjame pedirle a los pidaos que te lleven...
- Quiero que me hables con franqueza, Louit: Si me encuentran con ellos por el camino, ¿los estaría poniendo en riesgo?
- Sí. Ellos harán todo lo que puedan para defenderte.

Un instante de silencio les permitió escuchar a los alegres pidaos mientras estos reían con total despreocupación. ¿Qué derecho tenían de inmiscuirlos en problemas ajenos? Louit y Nielce pactaron que no iban a involucrarlos con una mirada silenciosa.

- Que así sea entonces. Busquemos un lugar para dormir.

Louit quiso alejarse de allí para no ser visto por Nielce mientras lloraba, sin embargo, ella lo atajó. Él levantó el rostro hacia el cielo.

- Espera, Louit: Hay algo que deseo saber.
- ¿Qué es?

Nielce vaciló un momento antes de preguntar:

- ¿Qué harás si Akkraín...?

Una risotada turbó el momento, llenándolo de suspenso.

- *Omibe hacin, omibe yaiah* –respondió Louit con voz mustia y entonces echó a andar hacia la oscuridad, dejando sola a Nielce.

- Y eso, ¿qué significa?

Louit no se volvió para responder y siguió alejándose de Nielce. Muchos días después, la muchacha aprendió el significado de aquella frase misteriosa, misma que servía como grito de guerra a los pueblos bravos de Lairet:

*"Terminaré morado, terminaré rojo".*

*(Continúa en el capítulo 30)*

# CAPÍTULO 26

## *Una pareja feliz (6)*

¡Fracaso! Después de perder a Nielce en el parque, Louit corrió hasta los juzgados con la esperanza de encontrar los datos de ella entre los archivos… Sólo para darse cuenta de que no llevaba consigo su llave de acceso. Sus colegas y demás miembros del personal estaban en otro lugar, disfrutando de su día libre de labores. "Lo intentaré mañana", se dijo sin mucha convicción y emprendió la marcha de regreso a su casa.

Ya en su edificio, Louit ascendió la escalera que lo llevaba a la segunda planta. La cerradura cedió con facilidad, dándole paso a su pequeña habitación de soltero. Lo que encontró adentro le produjo un tremendo digusto: Sus preciados documentos estaban regados por todo el suelo, movidos por la brisa nocturna que se colaba por la ventana abierta. Lástima, ahora Louit estaba obligado a ordenarlo todo de nuevo.

Soltando un suspiro, Louit cerró la puerta y se encaminó hasta la ventana. Antes de cerrarla, observó por el balcón a una familia que reposaba su merienda en el jardín contiguo. Eran sus vecinos.

- ¡Eh, Louit! -lo saludó el padre con una seña-. ¿No vas a festejar?
- No puedo, tengo cosas que hacer.
- ¡Puedes hacerlas en otro momento! Baja, aún queda comida para ti…
- ¡En verdad no puedo! Disfruten la velada…

Louit se despidió del hombre con una seña, cerró la ventana y corrió la cortina. No quería distraerse, pues la clasificación de sus informes podía durar varias horas, y era imperativo que los presentara al día siguiente. "Tienes que atender a esto, es demasiado importante", se repetía Louit para combatir los sonidos lejanos de la fiesta.

Sin embargo, la concentración seguía huyendo de él. "Una ducha me ayudará". Louit juntó todos los documentos en una pila caótica, y en uno de esos momentos en los que el cuerpo actúa sin el menor empuje de la mente, se desvistió y se mojó entero. Típico, el agua nunca le parecía lo suficientemente caliente.

"¿Cómo es que no cerré la ventana?", pensaba Louit con la cabeza apoyada contra la pared mientras el agua recorría su cuerpo "Ahora tengo que acomodarlo todo, y eso me tomará toda la noche".

Cuando la temperatura del agua decayó hasta volverse tibia, Louit cerró las llaves, secó su cuerpo, tomó algunas prendas cómodas, se vistió y salió del baño para encontrarse de nuevo con sus informes revueltos en esa maldita torre. Tal visión lo llenó de un intenso fastidio.

Para qué aplazarlo. Tenía que obligarse a ordenar sus documentos. O, ¿qué más podía hacer, además de elucubrar improductivamente? ¿Acaso valía la pena aplazar lo certero por lo improbable?

*¿Realmente creía que podía encontrar a Nielce al día siguiente?* Aún si conseguía hurgar en los archivos de los juzgados sin ser descubierto, no era seguro que en ellos hubiera registros de la muchacha. *¿Acaso valía la pena intentarlo?*

Por algún efecto de su tristeza, Louit decidió sentarse en el suelo con la espalda apoyada contra la pared. La habitación estaba a oscuras, pues la atmósfera umbría le sentaba mejor; y así postrado, Louit dejó volar su mente... Recordó los pintorescos callejones de Ondalud, sus setos bien cuidados, los caminos empedrados, las coloridas casas que rezumaban historia a través de sus vetustas paredes descascaradas...

Luego recordó la esbelta silueta de Nielce caminando justo hacia el sitio en el que se encontraba él, vestida de blanco y gris, con su fino cabello castaño recogido hacia atrás en una cola... Con esa bendita expresión de alguien consagrado a sus propios pensamientos, una abstracción encantadora... Con su maldito texto de Ghillart... Con sus hermosos ojos verdes, privados de malicia y de mentira...

¿Cómo se había atrevido a hablarle? ¿Y cómo era posible que ella se hubiera dejado acompañar por él? Los eventos le parecían increíbles, aún cuando los veía desde la infalible ventana de la memoria; recuerdos dulces y amargos de una ambivalencia ridícula.

¿Hubiera sido mejor no haberla conocido? Después de todo, él llegó a Ondalud buscando a otra chica...

- ¡Simeet!

Tonto: Era la primera vez que se acordaba de ella. Tendría que disculparse después. ¿Y decirle qué? ¿Que faltó a su compromiso por ir en pos de una desconocida encantadora? "Lo resolveré en su momento. No es algo que me importe mucho", admitió Louit para sus adentros.

Aunque, de haber encontrado a Simeet, él no hubiera pasado la noche solo y abandonado a sus quimeras.

- ¡Bah! –rezongó Louit.

De un salto, el joven se puso de pie, encendió la luz, se sentó a la mesa y empezó a hurgar en la torre de documentos. Al tocar la lisa superficie del papel, le llegó un recuerdo inesperado: El de la ancianita deseándole suerte en el parque.

Por alguna razón, la imagen de esa mujer seguía muy presente en su mente. ¿Por qué lo había tocado con su libro? ¿Acaso ella quiso transmitirle algo? "Déjalo. Es una pérdida de tiempo".

Aun trabajando sin esmero, Louit catalogó algunos expedientes con relativa rapidez. Poco después se topó con unas tarjetas. Eran órdenes de carga y entrega. Eso le saltó una alarma interna: Nielce obtuvo una igual en los almacenes, la misma que él encontró entre las páginas de su libro. ¡Podía preguntar por ella en los almacenes!

Sin embargo, una búsqueda de esa magnitud iba a requerirle mucho tiempo. Louit no podía faltar a su empleo para ir a interrogar a los empleados de los almacenes. Además, ¿con qué pretexto iba a pedirles esa información? Y, ¿cuán probable era que se la dieran? "Debiste quedarte con ella y acompañarla", pensó. Pero, ¿él cómo iba a saber que las cosas iban a terminar así?

- ¡*Blamat!* –gritó Louit por la frustración.

La situación era compleja. Louit no sabía nada de ella que pudiera serle útil para localizarla. Era hermosa, muy observadora, lectora ávida, muy inteligente… ¡Nada que representara un indicio de a dónde debía dirigirse!

Tenía que olvidarse del asunto. El pensar en eso sólo lo estaba retrasando.

- Déjalo. Después de todo, ni siquiera fuiste capaz de hacer que se olvidara de ese maldito libro…

No obstante, el pensamiento seguía volviendo, como un parásito que se alimentaba del deseo; ¿por qué Nielce tenía prisa en leer un texto que ya había leído antes? Y, ¿cómo había dado con él, en primer lugar? ¿A qué oficio se dedicaba, si no era jurista ni historiadora?

Louit se quedó helado al albergar un nuevo recuerdo: El coro de niños.

Así que su musa probablemente se dedicaba a alguna labor relacionada con los niños. Sí, ella misma dijo que le encantaban. Y, ¿para quién más iba a comprar golosinas, si no era para un grupo de niños?, pero ¿cuál era su trabajo? ¿Cómo podía averiguarlo antes del amanecer? Las posibilidades seguían siendo infinitas. Si tan sólo hubiera tenido más tiempo la orden de entrega en sus manos…

- Puedes resolverlo. Piensa, Louit.

*"Con lo que hemos conversado hasta ahora, puedes darte una idea de dónde estaré mañana, y te diré algo más... Si estás en el lugar adecuado y en el momento preciso, no será necesario que te ausentes de tu empleo; sé que tienes que trabajar mañana, y no quiero que te metas en algún lío por buscarme".* Eso es lo que ella le dijo al momento de despedirse de él...

¿Cuánto de eso era cierto? Y, ¿cómo podía fiarse de ella, si no la conocía?; ¿No era más lógico pensar que todo se trataba de una treta ingeniosa para deshacerse de él?

Un impulso febril se apoderó de Louit, quien se dedicó a analizar cada detalle ya sin reparar en sus informes.

Lento, el tiempo se consumía inexorablemente. Los vecinos se habían ido a dormir horas atrás, y los ecos lejanos de la fiesta también se habían extinguido. Sólo el canto mohíno de un pájaro nocturno alteraba la tranquilidad de la noche.

El mundo entero había iniciado su ciclo nocturno. La misma Nielce ya debía estar dormida para entonces, incólume en su sueño. Era claro que descansaba sin el menor remordimiento, mientras que él seguía encendido en dudas. ¿Por qué no buscó con más insistencia a Simeet? ¿Por qué la anciana del barrio lo alentó a seguir luchando por Nielce? ¿Por qué la muchacha se mostró tan abierta, tan liberal, para después obligarlo a aceptar ese trato perentorio y desventajoso?

¿Y si la encontraba? ¿Ella en verdad iba a honrar su palabra? Y él, ¿qué iba a pedirle? Todas esas imponderables le quitaban el sueño y le alteraban la razón.

Las horas gastadas no iban a volver, y eso era todo. Louit entendió que sólo le quedaba aceptar la verdad: A partir de ese momento, Nielce Tamarats iba a representar el recuerdo de un día dichoso, y nada más. Su risa contagiosa, su plática interesante, su porte distinguido, su mística personalidad; todo eso vino envuelto en una hermosa envoltura de esperanzas irreales, pero el verdadero regalo era el recuerdo, la insinuación de lo que pudo ser, la fatalidad...

*¡Momentos, estampas, recuerdos!*
*Anhelos de tiempos perdidos*
*¡Lamentos, añoranzas, desvelos!*
*El hielo de corazones ateridos*

Unas cuantas horas al lado de ella, y la letra de esa canción cobró un profundo sentido para Louit.

*"Mucha suerte hijito",* le dijo la ancianita en el parque. Si tan sólo supiera...

El libro descascarado en sus manos. Ella había escuchado todo...

Con el vacío de mil esperanzas defraudadas, Louit Dermeer completó la clasificación de sus informes, pocas horas antes de que llegara el alba...

*"Mucha suerte hijito".* Excelentes palabras de ánimo. Algún día iría a visitar a la vieja bibliotecaria para agradecerle sus buenos deseos.

*(Continúa en el capítulo 31)*

# CAPÍTULO 27

## *Un paciente atormentado (6)*

- Louit, ésta es Zeilva Iwans.
- Airasenura. Buenos días, señor Dermeer.

Louit no las sintió llegar. Frente a él, Nielce y una mujer desconocida lo miraban con ojos llenos de conmiseración.

- Como le dije antes, ella presenció el momento del accidente y vino para contarle cuáles fueron las últimas palabras de su esposa.

Las últimas palabras de Edaliv, era cierto. ¿Cómo había hecho Nielce para traerle a esta mujer? Eso no era importante. Louit sólo quería escuchar aquello que tenía que ver con su amada esposa.

- Buenos días. Siéntese.
- Gracias –respondió Zeilva y tomó asiento junto a él.
- Yo los dejaré solos. Volveré por usted para llevarlo a su cuarto –indicó Nielce.

Y, como ya se sabe, Nielce se marchó.

Zeilva y Louit se miraron un poco, luego se retiraron los ojos. Ella se mantenía callada por su carácter nervioso, y él, por los rigores de lo que acababa de experimentar. Y así, sosteniendo la farsa, los dos se quedaron en silencio hasta que el doctor Camebit apareció.

- ¡Señor Dermeer! Por fin lo encuentro.
- Doctor Camebit.
- Señora –Camebit saludó a Zeilva con una ligera in-

clinación de la cabeza-. Discúlpenme si los interrumpo, fui informado del incidente que se produjo aquí afuera.

- No hubo incidente –sentenció Louit con cierta impaciencia-. Hablé con Valaw y él ya se fue. Eso fue todo lo que ocurrió.

- Ya veo… Señor Dermeer, me veo forzado a pedirle que regrese al interior del sanatorio. Si usted lo desea, ésta señora puede acompañarlo a su habitación.

- Me quedaré aquí, doctor –replicó Louit sin la menor consideración a las recomendaciones de Camebit-. Cuando decida volver, yo se lo haré saber a Nielce…

- Nielce… Nielce fue despedida. Yo mismo veré por su bienestar a partir de ahora.

Esta noticia causó un gran sobresalto a Zeilva. Louit apenas se inmutó. Sólo parpadeó dos veces, carraspeó, y con muy poco empacho, musitó:

- Bien. Venga por mí en quince minutos.

- Señor Dermeer, debo insistir…

- No insista, doctor. Cuando decida regresar, yo pediré asistencia. Ahora, le ruego que me deje a solas con esta señora. *Oibasem.*

Enorme grosería fue la que hizo Louit al despachar a Camebit de ese modo. El doctor se tragó su orgullo y se despidió de Zeilva con una ligera inclinación de cabeza, luego se dio media y echó a andar de regreso al sanatorio. Yendo hacia allá, se topó con una enfermera y la instruyó para que vigilara a la pareja. Ella obedeció y se puso a una distancia prudente, presta para intervenir si la situación así lo requería.

Así que Nielce había sido despedida. Louit pensó en ello sin sentir el menor remordimiento. Después de todo, ¿qué pretendía al juntarlo con Zeilva? ¿Acaso creía que con eso iba a salvarlo? Menuda tontería.

Él poseía el veneno. Iba a matarse apenas llegara la noche.

- No puedo creerlo –dijo Zeilva con emoción-. ¿Por qué despidieron a Nielce?

- Ella misma se lo buscó –replicó Louit con apatía.
- ¿Acaso tiene que ver con que yo esté aquí?
- Deje eso. Escuché que tiene algo que decirme.

La pobre Zeilva se sacudió la impresión. Después de todo, Nielce había hecho un gran esfuerzo para llevarla allí. No podía defraudarla.

- Sí, es verdad. Su nombre es Louit, ¿estoy en lo correcto?
- Así es. Louit Dermeer. Escuché que su nombre es Zeilva.
- Así es –afirmó ella con la cabeza.
- ¡Bueno, Zeilva! Hable, le escucho.

Impetuoso, sin modales, agrio y desconsiderado. Así le pareció el carácter de Louit a la sensible Zeilva. ¿Haría bien si sólo se limitaba a relatar los acontecimientos de una manera mecánica, sin brindar consuelo a este esposo y padre despojado de los suyos? No. Ella iba a dar lo mejor de sí misma, al menos por la abnegada Nielce.

- Me imagino, señor Dermeer, que usted no está enterado de la forma en la que Nielce logró concertar esta cita.
- Es verdad, no lo sé. ¿Cómo lo hizo?
- Por lo que sé, ella se dio a la tarea de contactar a mi padre, y él le dijo dónde podía localizarme. Ignoro cómo lo hizo, pero Nielce se enteró de que yo presencié el accidente en el que murió su familia...
- Ella tiene sus métodos –contestó Louit con ironía.

Zeilva esquivó el sarcasmo de Louit.

- Pues sepa que a ella le interesa mucho su bienestar -le dijo en tono de regaño-. Sólo vea: Ella se presentó en la puerta de mi hogar, me contó su historia y logró convencerme de que viniera a hablarle sobre lo que ocurrió ese día. Pienso que eso merece cierta consideración de parte suya.

Louit permanecía impertérrito mirándose la palma de las manos. A él, ¿qué importaban las diligencias de Nielce?

La plática de Zeilva le resultaba fastidiosa hasta el colmo. Sin embargo, era claro ella no iba a pasar adelante si él seguía siendo desdeñoso hacia el sacrificio de la enfermera.

- Sí, sé que le importo mucho –dijo Louit para simular interés.

- Le importa más de lo que cree, Louit –se aventuró a puntualizar Zeilva-. Usted debió haberla visto ayer: Tan ansiosa de traerme aquí, tan convencida de que usted podría cobrar ánimo con mi ayuda…

- Pues entonces ayúdeme, Zeilva. ¿Qué es lo que tiene que decirme?

Zeilva suspiró ruidosamente. Al momento, ella entendió que Louit era un egoísta consumado. La falta de gratitud constituye el peor de los pecados.

- Le relataré los sucesos tal como los vi –anunció Zeilva con una voz un tanto molesta-, y sepa que estos recuerdos me producen un intenso nerviosismo, así que le ruego que sea paciente, que no me interrumpa y que escuche con atención:

*"El día del accidente, yo iba a encontrarme con mi pareja en el parque de la avenida Segarde. Ramís es el nombre de él; llegué allí un poco temprano, pues el sol apenas empezaba a ocultarse detrás de los edificios. Pronto me aburrí de esperar, así que me dirigí a la fuente para ver jugar a los chiquillos. Recuerdo que el clima era frío, y el ver a los niños mojados me produjo escalofríos…*

Esa charla improductiva irritó a Louit. "Y pensar que Nielce se sacrificó para esto", pensó.

Para distraerse, Louit se puso a observar con detenimiento el aspecto de Zeilva: Ella era una mujer no tan joven, de largos mechones rojos; la longitud de sus pestañas era inusitada, casi irreal; su constitución física delataba cierta propensión al nerviosismo, con esa delgadez casi esquelética de aquellos que comen poco y duermen todavía menos.

El pecho de Zeilva subía y bajaba de manera marcada, ya que ella imprimía un gran esfuerzo a la narración de su relato hipérbole.

*"... Las luces de los mecheros alumbraban las siluetas escurridizas de los niños, y éstos seguían mojándose sin ser sometidos por sus padres. Yo quería reprenderlos porque me alteraba el pensamiento de que iban a enfermarse; yo no soy madre todavía, y puede que nunca llegue a serlo, pero poseo un instinto maternal casi enfermizo. No soporto ver el dispendio o el descuido con el que se cría a ciertos niños, pero no hablaré más de esto...*

*"Los minutos pasaban y yo comenzaba a exasperarme. En eso llegó Ramís mostrándome las palmas. Sabe bien que me molesto cuando se demora, y él trataba de disculparse conmigo de esa manera. Yo estuve a punto de reñirlo, pero en el mismo instante en el que él abrió la boca para pedirme perdón, los dos escuchamos un chirrido agudo en las cercanías...*

*"Seguido del chirrido, un horrible estrépito se produjo a mis espaldas, como la colisión de dos inmensos frascos llenos de tornillos. Cuando se apagaron los ecos del impacto, escuché los gritos aterrorizados de los niños corriendo por el parque...*

De pronto, los sentidos de Louit se exacerbaron, asaltados por una alarma interna. Su corazón se aceleró como en caída libre. Un temblor ligero se apoderó de sus miembros, causándole calambres fantasmales en la pierna desaparecida. El segundo previo al momento de la catástrofe resucitó en su mente con tremenda nitidez. ¡Podía recordar perfectamente el cambio en la expresión de sus hijos, de la diversión al temor, de la dicha al completo horror! ¿Y acaso gritaron? ¡Sí que gritaron! ¡Ellos advirtieron el choque antes de que éste de produjera, y no pudieron hacer nada! ¿Y Edaliv? ¡No, ella tampoco lo supo hasta el final!

*"Me di vuelta y alcancé a ver una masa de metal retorcido a cien pasos de distancia del sitio en el que yo me encontraba.*

*Cuando me percaté de que era un vehículo, experimenté una extraña confusión. ¿Contra qué se había estrellado? Tardé un poco en advertir que había otro coche destruido sobre la acera, a poca distancia de la fuente en la que jugaban los niños. Un poco más y los hubiese arrollado...*

*"Muchos echaron a correr, alejándose del peligro. Otros, como movidos por una fuerza misteriosa, se aproximaron hasta el sitio del accidente para observar desde lejos. Ramís fue uno de ellos: Él me tomó de la mano sin que yo me diera cuenta y me susurró algo que no entendí. Había quedado tan atarantada que no supe de mí hasta que quedé enfrente de los aparatos destruidos...*

Por algún artificio de la memoria, un recuerdo atascado se liberó en la mente de Louit al escuchar las circunstancias de su propia desgracia contadas por los labios de otro: Louit se vio a sí mismo aprisionado entre metales infinitamente enmarañados, sintiendo cómo se le escapaba la conciencia. Sin dolor, sin miedo, sólo sintiendo cómo era tragado por las sombras.

*"Y alguien comenzó a gritar: '¡Alguien ha muerto, alguien murió!' Yo me cubrí los oídos al escuchar aquello, todo era tan desagradable...*

Zeilva dejó escapar dos lágrimas a través de sus párpados cerrados.

*"Después, la gente dio voces de asombro cuando un hombre pequeño salió del vehículo que había quedado sobre la acera, visiblemente confundido y desorientado. Ramís me pidió que me quedara donde estaba y fue a dar socorro al hombre. Yo vi a ese sujeto hace un momento, Nielce me lo presentó. Casi no lo reconocí. En mi mente, él era todavía más pequeño de lo que es en realidad, pero ése no es un asunto importante. Él está ileso, y eso representa un milagro para mí...*

Valaw. Perro afortunado.

*"Después de comprobar el estado del otro individuo, los hombres se juntaron alrededor del otro vehículo, decididos a*

*liberar a las personas que se encontraban dentro, ya fuera que estuvieran vivas o muertas. Apenas se acercaron a revisarlo, se escuchó la voz de una mujer a través de la masa de metal...*

*"Como usted puede imaginarse, la atención se centró en ayudarla a ella. Los hombres deshuesaron el armazón de la cabina con la fuerza de sus manos. Recuerdo que sentí un temor inmenso de mirar y me cubrí los ojos. Escuché múltiples voces que daban órdenes, y entre todas ellas distinguí la voz ronca de Ramís que decía: 'Hay niños muertos aquí'. Su esposa comenzó a dar voces terribles cuando escuchó eso. Pobre Ramís, a veces es tan incauto que daña a las demás personas sin quererlo...*

Y a él, ¿¡qué le importaba Ramís!? ¡El muy imbécil había amargado los momentos finales de su esposa! Louit sintió un rencor inmenso hacia Zeilva sólo por estar relacionada con él; ¿cómo era posible que Edaliv se enterara así de la muerte de sus hijitos? Ese pensamiento le era insoportable.

*"Y yo, que sé cuán torpe puede volverse cuando se pone nervioso, fui a tomarlo del brazo para sacarlo de allí, no fuera que en su turbación dijera algo todavía peor. Fue entonces cuando vi a la señora...*

Zeilva se detuvo abruptamente al experimentar un paroxismo de nervios. Se notaba que esta parte del relato era la más difícil de expresar.

*"Nunca olvidaré su expresión, Louit. Yo creía que comprendía lo que era el dolor verdadero, pero lo que vi me rebasó por completo... Yo vi a su esposa tomándose los cabellos de las sienes para jalarlos con una angustia indecible; vi cómo se deshacía enfrente de todos, atravesada por un sufrimiento innombrable, y la oí pronunciar nombres que no recuerdo. La vi, y en su cara se reflejó una angustia que no sabía que podía existir...*

¡Qué insufrible revelación! Louit se tomó la cabeza para lamentarse en silencio. ¡Contrario a lo que él había supuesto, su amada Edaliv sí sufrió, y demasiado, antes de morir! ¿Por qué no había muerto como los niños, instantáneamente? ¿Por qué no habían desaparecido todos juntos en el abismo? ¿Por qué?

*¿Por qué?*

*"... Y la escena movió a compasión a muchos. Yo no pude sostener la mirada y me volví hacia otro lado. Sentía que iba a desmayarme; como dije antes, la vida no me ha dado la oportunidad de disfrutar del don la maternidad, pero intuyo que la pérdida de un hijo debe ser el peor de los acontecimientos, cuánto más si se pierden dos al mismo tiempo...*

En efecto, era el peor de los suplicios. Louit hizo acopio de toda su fortaleza para no estallar en llanto en presencia de Zeilva. Quiso rogarle que no continuara, pero la duda podía en él más que cualquier otra cosa.

Debía llegar hasta el final.

Terriblemente afectada por su propia historia, Zeilva se limpió el rostro con sus manos desnudas.

*"Luego se supo que usted seguía vivo. No sé quién lo notó primero, sólo sé que su esposa reaccionó inmediatamente cuando escuchó que usted seguía con vida. Ella logró zafarse de sus ataduras y se echó encima de usted, Louit. Ella le bañó el rostro con sus lágrimas, lo besó mil veces, y dijo esto una y otra vez...*

El temblor que otrora fue ligero en el cuerpo de Louit, ahora se había convertido en un movimiento violento, casi convulso.

*"Sus palabras todavía resuenan en mis oídos, y fueron estas: '¡No me dejes! ¡Quédate conmigo, te necesito!'...*

"No me dejes". ¿Acaso él había querido dejarla, si su único deseo era permanecer con ella, y ser de ella y vivir para ella?

"Quédate conmigo". ¿Cómo le había pedido eso cuando fue *ella* quien lo dejó solo?

"Te necesito". ¿Acaso él no la necesitaba ahora mismo?

Y entonces sucedió: Al sentir el amor de su esposa a

través del relato de Zeilva, todos los sentimientos acumulados, todas las sensaciones reprimidas, todo el deseo contenido, todas las imágenes enviadas al rincón más escondido de su alma atormentada; todo esto se liberó, permeándose hasta tocar las fibras más finas del alma extasiada de Louit.

Y de pronto, Louit pudo recordar todo lo bueno que tuvo alguna vez; de pronto tuvo a Brent entre sus brazos en uno de ésos momentos en los que el muchacho le insistía se quedara en casa; de pronto tuvo la clara visión de Lersha persiguiendo al pobre Nube por el jardín; de pronto pudo revivir la expresión satisfecha de Edaliv al amanecer, la misma que él se esfozaba por mantener a cada instante; de pronto dejaron de ser cadáveres yertos y desfigurados para ser lo que alguna vez fueron, y ese recuerdo le produjo un enorme alivio a su alma atribulada.

¡Pero todo eso estaba perdido, acabado, reducido a polvo, convertido en memorias ardientes y difíciles de saborear, aunque deliciosas y embriagantes a la vez! ¿De qué le servía recordarlos felices si ya estaban muertos? ¡Aún si se entregaba al vicio de contemplarlos como fueron, la realidad era muy distinta a esa hermosa fantasía!

No, no iba a permitir que los recuerdos se le pudrieran en la mente. Sólo había un escape posible, e iba a tomarlo cuando llegara la noche…

Zeilva respiró profundamente para tratar de controlar sus emociones. Cuando ganó algún dominio sobre sí misma, continuó hablando de este modo:

*"No tardaron en llegar los camilleros. Era imprescindible que ustedes fueran separados para trasladarlos al sanatorio, pero su esposa se aferró a su cuerpo desfallecido como aferrándose a la vida misma. Eso obstaculizaba el rescate, y así se lo hicieron saber a la señora, pero ella no desistía; creo que ella confiaba en que iba a poder despertarlo, por eso lo sacudía y le tomaba el rostro para ver si conseguía reanimarlo de alguna manera…*

*"Los camilleros, apremiados por la urgencia, tuvieron que hacer un grandísimo esfuerzo para separarlos. Yo no sé cómo hicieron para romper ese abrazo, creo que se necesita ser testigo de mucho dolor para interrumpir algo tan sagrado. Era su trabajo, ahora lo entiendo, pero si de mí dependiera, yo los hubiera dejado allí eternamente...*

¡Cuánto hubiera dado Louit para que las cosas hubiesen sido de ese modo!

*"Y luego llegaron las cuadrillas para dispersar a la multitud, diciéndonos que ellos iban a encargarse de levantar los despojos que quedaron del accidente; ¿sabe una cosa, Louit? Ninguno de los que estábamos presentes disfrutábamos la escena. Sin embargo, nos era imposible irnos de allí. No me malentienda: El morbo nunca apareció entre nosotros; más bien, creo que nuestro deseo era que usted despertara y consolara a su esposa. Sí, eso debe ser...".*

- ¡Zeilva, no siga, por Dios! –arremetió Louit enfurecido.

El grito de Louit llamó la atención de la enfermera que había sido apercibida por Camebit.

- L-Louit, yo no quise...
- ¡No siga! ¡Ya, déjelo!

Pasmada, Zeilva comprendió que ella misma era culpable del mismo delito que le había achacado a su querido Ramís: Había hablado en exceso.

- Yo... Louit, perdóneme...
- ¡La perdono! ¡Márchese!
- No quise ofenderlo con mi comentario...
- ¡Está bien! ¡LÁRGUESE, DÉJEME SOLO! –gritó un Louit completamente enfadado.

La enfermera aceleró el paso para interrumpir el desastre que se estaba gestando frente a sus narices. Estando ya muy cerca, le dijo a Zeilva con autoridad:

- Señora: Debo pedirle que se vaya de aquí.

La pobre Zeilva se quedó boquiabierta, con sus ojos

vidriosos llenos de culpa y de remordimiento.

- Sí que me iré –respondió al fin.

Y se levantó con lentitud, pero después no se movió. No, no iba a irse de allí sabiendo que las cosas habían empeorado con su visita. No iba a defraudar a Nielce, ni a Edaliv, ni a sí misma.

- Louit: Me disculpo por lo que dije. Sé que fue muy imprudente de mi parte...
- Señora –insistió la enfermera-: Por favor, váyase...
- Dame un momento, querida –le respondió Zeilva con amabilidad a la implacable cuidadora, y luego añadió: -. Señor Dermeer, voy a decir esto, aunque me odie después: Lamento profundamente la pérdida de sus hijos, de su esposa y de su pierna...
- Se lo agradezco, Zeilva.
- Y algo más: Quiero que sepa que su esposa lo amaba mucho. Sé que ella deseaba que usted viviera. Espero que eso le dé fuerzas para continuar.

Arrasado por las emociones vividas, Louit se cubrió el rostro con las manos.

- Gracias –susurró él después de un instante de drenaje emocional.

No, no había recibido fuerzas de ello. Al contrario.

- Sea fuerte, Louit. Hasta otra ocasión.
- Hasta otra ocasión.

Zeilva le ofreció una sonrisa tímida y él correspondió con una maquinal. Los dos estrecharon sus manos y ella partió escoltada por la cuidadora para luego perderse en el abundante follaje del jardín.

En lo que a Louit respectaba, no habría otra ocasión.

Una despedida más precisa para ambos hubiera sido "adiós".

*(Continúa en el capítulo 32)*

# CAPÍTULO 28

## *Deíma (6)*

No. No tenía sentido. Después de dos días de encierro voluntario y ayuno, Louit aún seguía sin poder creerlo. Por eso se le veía deambular por el pabellón con las manos cruzadas en la espalda, tendido en el lecho o repasando los acontecimientos con las manos en la frente. Los otros habitantes del monasterio no se atrevían a importunarlo, ni siquiera para ofrecerle sustento. Sólo se limitaban a espiarlo por las ventanas, esperando que saliera y acabara con la maldita zozobra en la que los había sumergido a todos, privándolos del sentido de la normalidad con su simple existencia.

Sin embargo, él no salía. Sólo se desvelaba en la rumiación, repasando una y otra vez los acontecimientos de los últimos días sin encontrar la paz que otorga la certidumbre.

Sí, había hecho lo que era debido, actuando conforme a los lineamientos del caso. Había contrastado versiones, entrevistado a testigos, cotejado los datos, confrontado a los involucrados, y confirmado las teorías. Entonces, ¿por qué seguía dudando?

Después de todo, la culpabilidad de Nielce era manifiesta. Sin embargo, la flagrancia de las pruebas no lo tranquilizaba, por el contrario: Era uno de los aspectos que más le inquietaba. ¿Cómo era posible que Nielce fuera capaz de tal descaro? ¿O, lo que era peor, de tal descuido? Simplemente no tenía sentido.

¿Qué motivo pudo orillarla a hacer algo tan imprudente?

¿Venganza? Por más que ella hubiera querido vengarse de Glunnavart, era claro que el método era demasiado arriesgado. Se requería de una gran inestabilidad y de un excesivo despecho para tramar semejante calumnia, pero no, ¡ella no era inestable, y tampoco parecía despechada! ¿O acaso lo era?

Su intuición le decía que no, pero, ¿cómo podía explicar el origen de esos rumores? ¿Cómo podía dudar de las palabras de Marae? ¿Cómo podía ignorar que la misma Deíma había invalidado la denuncia? ¿O que ella misma se había declarado culpable? ¡Era claro que lo había hecho!

Entonces, ¿por qué seguía sumido en esa torturante desesperación? ¿Era acaso un simple deseo de creer en su inocencia? ¿O había caído en algún sortilegio de manipulación del que no era consciente?

O quizás era eso. Sí, definitivamente se trataba eso. Tenía que admitirlo: Nielce Tamarats iba a ser juzgada por calumniar a un funcionario del estado religioso de Isalba, y eso sólo podía significar una cosa...

Toda la simpatía que sentía hacia ella, toda la admiración, todo el cariño... Tenía que dejarlo de lado. Él era uno de los étores, un buscador de justicia, y no podía guiarse por sus emociones. Los ancianos tuvieron la razón todo el tiempo: Para hacer esa labor, era indispensable que él se volviera insensible, un instrumento de pura frialdad y raciocinio.

"Pero ya es un poco tarde para ello, ¿no crees, Louit?", pensaba él con amargura.

Y así, entre cavilaciones, esperaba la diligencia que iba a transportarlo de regreso a la capital.

De pronto, Louit escuchó que alguien llamaba a la puerta. Apático, el joven se levantó del lecho de Glunnavart y fue a atender. Para su sorpresa, era el director quien lo esperaba del otro lado de la puerta.

- Airasenura. Buenos días, hermano Dermeer -dijo éste con tono formal.

- Hermano Glunnavart, es usted.
- ¿Esperaba a alguien más?
- No. Pase.

Glunnavart se quedó de pie en el umbral, como decidiendo si entraba o no.

- ¿Va a pasar? –inquirió Louit al ver que Glunnavart no se movía.
- Es claro que sí –contestó el director y se introdujo en la vivienda con lentitud.
- Bien. Le agradezco que me haya prestado este espacio para mi soledad. Me siento reconfortado.
- No tiene que irse, hermano Dermeer. Cuando llamé a la puerta, no lo hice con la intención de expulsarlo.
- Deje eso. ¿Ya llegó la diligencia de la capital?
- Llegó al pueblo hace algunos instantes, mas no ha pasado por aquí todavía.

Con apariencia en extremo somnolienta, Louit asintió. Se sentía extenuado y no se esforzaba por ocultarlo.

- Hermano Glunnavart: Reciba una disculpa de parte del consejo por todas las molestias que le he ocasionado, y quédese tranquilo. Sabemos que usted es un buen hombre.
- Le agradezco mucho, hermano Dermeer –replicó Glunnavart con voz apagada-. Ahora, si no representa una gran molestia para usted, quiero pedirle que me conceda un favor.
- Pida lo que sea, Melbon. Yo haré lo que esté en mi poder para complacerlo.

Conturbado por la petición que estaba a punto de formular, Glunnavart se tardó algunos segundos en escoger sus palabras.

- Quiero ser retirado de aquí –dijo con voz temblorosa.
- ¿Retirado? ¿A qué se refiere?
- Sí, quiero ser enviado a otro monasterio. Deseo mar-

charme del lugar.

- Ya veo. Es un asunto muy sencillo. Para hacer eso, usted debe notificar a la dirección clerical. Ellos enviarán a su reemplazo y usted podrá ocupar o fundar un monasterio en otro lugar.

- ¿Ustedes no se encargan de transferir a los servidores del culto?

- Es claro que no. Nosotros recibimos a todos aquellos que deciden prestar su servicio y les damos el cobijo del estado, pero no mediamos en la labor de su ministerio. Lo único en lo que intervenimos es en apagar los brotes de maldad que surgen entre los siervos del culto. Tenemos que guardar el nombre de la Santa Fe con celo...

Las palabras de aquella pequeña lección de administración resonaron en la mente de Louit como un eco estruendoso de intensidad creciente... Las había recitado mil veces, y éstas nunca habían significado algo para él.

- ¿Hermano Dermeer?

- Perdóneme, me distraje un poco; ¿qué le decía? Sí, ya recordé: Usted puede irse a donde prefiera, no intervenimos en ello.

- Entonces... *¿No se guarda memoria de lo que pasó aquí?*

La pregunta vino en un tono de complicidad que inquietó a Louit.

- Institucionalmente, no. Si así fuera, yo se lo diría.

- Comprendo.

- ¿Puedo saber por qué desea marcharse?

Como Glunnavart ya había anticipado ese cuestionamiento, contestó con toda la naturalidad que pudo simular:

- Le diré la verdad: La gente de este lugar ama a Nielce. Sé que me verán con recelo después de lo que pasó...

- Siendo así, usted debe quedarse a refrendar su buen nombre. Después de todo, ya quedó demostrado que todo fue un engaño de Nielce, ¿qué gana con irse de aquí?

Glunnavart se contentó con sólo asentir. Louit, por su parte, abominó el carácter medroso de su colega...

Y en un destello de picardía, preguntó:

- ¿Es usted inocente, o no?
- ¿Q-Qué? ¡Es claro que sí!
- Entonces, ¿por qué se mortifica? –Louit se encogió de hombros-. Pero haga lo que crea que es mejor. Sólo le diré que, si yo fuera usted, me quedaría y le probaría a la gente cuán equivocada está al dudar de mí, ¿no le suena razonable?

Otra vez asintió el cobarde Glunnavart con su timidez habitual. De pronto, Louit alcanzó a escuchar el sonido inconfundible de los caballos en el patio frontal. La diligencia había llegado.

- Bien, es hora de que nos despidamos. Hermano Glunnavart: Deme un abrazo. Hasta que volvamos a vernos.
- Hasta que volvamos a vernos, Hermano Dermeer.

Y el abrazo que se dieron es indigno de la mención que se hace de él. Así de patética fue la despedida de esos hombres de Dios, que aquel día se separaron con la plena certeza de que no querían volver a encontrarse.

- ¡Te digo que se la llevaron, desde aquí los vimos!
- ¡Pero nadie los vio salir!
- Yo los vi salir, y Niglen también los vio, ¿verdad?

El aludido asintió con la cabeza.

- Mira, Tailes, lo hicieron muy rápido: Cuando llegaron los caballos, nosotros estábamos jugando en el patio. Ellos trajeron un carro cerrado que no se detuvo en la entrada, sino que rodeó el atrio hasta la parte de atrás...
- Y nosotros nos dimos cuenta de que la iban a sacar por

allá gracias a Miansid, pues la hermana Marae la expulsó del patio trasero y le dijo que no quería verla por allí hasta después de la comida –complementó Niglen.

En una de las camas cercanas, un pequeño sollozaba desconsolado mientras era atendido por una de las niñas mayores: Era Miansid, quien escuchaba la charla indiscreta de sus compañeros y fingía no darse cuenta de ello.

- ¿Fueron a husmear? –inquirió Tailes con tono de reconvención.
- ¡Es claro que fuimos a husmear, tonto! ¿Acaso tú no hubieras hecho lo mismo? Y no fuimos los únicos: A Iblam y a Salim los castigaron por espiar sobre los muros. Ahora mismo están encerrados en la sala de libros.

Tailes miró las camas de los castigados, aun cuando sabía que no estaban allí.

- ¿Cuándo los dejarán salir? –preguntó Niglen al aire, sin esperar una respuesta de nadie.
- Por cómo los regañó Marae, yo diría que van a estar allí un buen tiempo.
- ¡Pero dime, Demas! ¿Estás seguro de que era la hermana Tamarats? *¿La viste subir al coche cerrado?*
- Sí que la vimos. Dos hombres uniformados la subieron el carro. Lo hicieron tan rápido y con tanto silencio que nadie más se dio cuenta.
- ¿Para qué le cubrieron la cabeza? –de nuevo preguntó Niglen sin el afán de ser respondido.
- ¿Cómo es eso?
- ¡Cállense, tontos! ¡CÁLLENSE!

El grito inesperado de Miansid enmudeció a los tres muchachitos, y el chiquillo al que la niña consolaba empezó a llorar con más fuerza.

- ¡Cállense, por favor! ¡No entienden nada!
- ¿Qué tienes? ¿Te volviste loca? Sólo estamos platicando bajito.

- ¡Pues platiquen en otro momento! ¿¡Es que no ven que todos están escuchando!?
- ¡Que escuchen! –exclamó Demas, irritado-. Todos tienen derecho a saber, ¿o no te importa saber lo que pasó con la hermana Tamarats?
- Yo quiero saber –confesó Tailes.
- ¿Ves?

Miansid se paró y apretó los puños.

- Te voy a acusar –amenazó con voz temblorosa.

Demas se levantó de su cama para ir a encararse con ella, aun cuando era mucho más bajo en estatura.

- Oye, déjalo –rogó Niglen-. Miansid, ya nos callamos...
- ¡No me callo! –Demas estampó su robusto pie contra el suelo de madera.
- ¡Vas a despertar a todos!
- ¡Ya déjalo, Demas!
- ¡No, no me callo! –y de nuevo golpeó el suelo.

Los otros niños se despertaron alarmados por los tumbos y las voces enfadadas. El pequeño que lloraba empezó a soltar alaridos lastimeros, incrementando la confusión general.

- ¿Qué están haciendo? –preguntó alguien por allí.
- ¡Silencio, bestias! ¡Queremos dormir!
- ¡No me callo, y voy a decir todo lo que quiera! –rugió Demas.

De pronto, Demas sintió que alguien lo tomaba por el hombro, apretándolo fuerte para hacerle sentir el rigor de su corrección.

- O te callas, o te callo -sentenció Geo con una voz muy malhumorada.
- ¡No te metas, Geo!
- Ya te dije: Si no quieres que te saque y te machaque afuera, quédate callado de una vez.

Demas se quedó lívido. Entretanto, Niglen y Tailes acudieron rápidamente al rescate de su compañero.

- Ya, ya nos callamos; ven Demas –sugirió Tailes al tomar del brazo a su amigo para llevárselo.
- ¡Espera! –contestó aquel al zafarse de su rescatador-. Quiero saber la verdad.
- ¿Qué dices, imbécil? ¿Quieres que te muelan a palos?
- ¡Geo trabaja en los maderales! ¡Él conversa con los adultos! Seguro le han contado cosas.
- Demas, ya vete a dormir –suplicó Miansid.
- Geo: ¿Sabes o no sabes?

    El muchacho no se inmutó en lo absoluto.

- Eso no importa, ¡vente a dormir, Demas! –dijo un Tailes ya desesperado.
- Sí sé.

La voz ronca de Geo se escuchó nítida por toda la habitación. El silencio se hizo tan marcado que, de la nada, se empezó a escuchar el aleteo de un bicho nocturno que deambulaba por el techo del dormitorio.

- Es claro que nos tienes que contar –dijo alguien desde las sombras.
- Cuéntanos Geo, todos queremos saber…
- No sé qué piensen los demás, pero yo personalmente quiero saber qué pasó con Nielce – expresó Demas con grandilocuencia-. ¿Nos vas a decir, Geo?

Geo percibió la expresión preocupada de Miansid gracias a la luz que se permeaba por la única ventana del cuarto. Entristecido, le preguntó con la mirada qué pensaba ella. La jovencita contestó:

- De acuerdo…

Ése era posiblemente el único estímulo que lo hubiera movido a hablar. Por ella, él hubiera hecho cualquier cosa.

- Sólo lo diré una vez: Se llevaron a la hermana Tamarats porque contó mentiras.

- ¿Qué? ¡Estás jugando, Geo! Si ése era el caso, también debieron llevarse a Iblam y a Salim – bromeó Demas, pero su chiste no se granjeó la risa de nadie.
- ¿De qué mentiras hablas? –inquirió Tailes.
- Miren, no sé bien qué es lo que pasó en realidad, los adultos no me han querido contar toda la historia. Cuando me ven, bajan la voz o fingen que no saben nada. Uno de ellos me regañó y me dijo que no me metiera en esas cosas porque era muy inmaduro para entenderlas.
- Así son todos los adultos –confirmó Demas.
- ¿¡Es que no te puedes callar nunca!? –lo increpó Miansid.
- ¿Qué? ¡Es la verdad!
- Ya cállense, tontos. Dejen que Geo nos siga contando – sugirió alguien.
- Sí, Geo. Dinos de qué te has enterado…

Extasiado por las cosas que estaba a punto de revelar, Geo suspiró profundamente.

- Nadie me contaba nada hasta que hablé con Comron Gilske, el papá de Deíma.
- ¿Deíma, la muchacha que vivió aquí hace unos meses? ¿Ésa Deíma?
- Sí, la de ojos azules.
- ¿No era tu amiga, Miansid?

Ella parpadeó dos veces y no dijo nada.

- Ya no interrumpas, Demas…
- ¡Cállate, Rellam!
- No: Cállate tú –sentenció Geo con aspereza-. Si interrumpes otra vez te voy a machacar, ¿estamos?

La mirada que recibió Demas era inequívoca: Se había excedido y no iba a ser tolerado de nuevo. Consciente de ello, el niño optó por irse a su cama. Permanecer en medio de todos iba a soltarle la lengua, eso era seguro.

- ¿Qué te dijo Gilske? –preguntó Miansid cuando ya no pudo

eludir más la curiosidad.

- Que Deíma estaba como loca, llorando, y diciendo que todo era su culpa.
- ¿Su culpa? ¿Pues qué hizo ella?
- Al parecer, Deíma le dijo a Nielce que el director le hacía cosas malas cuando se encerraban en el pabellón para las clases de dibujo...

Los niños se miraron unos a otros, perplejos.

- ¿Cosas malas? ¿Cómo cuáles?
- No tengo idea -admitió Geo-. Deíma no quiso decirle a Gislke de qué se trataba.
- Es extraño –dijo Tailes-. Creo que todos hemos ido al pabellón a recibir clases de dibujo con el hermano Glun-navart, ¿alguno notó algo raro?

Todos negaron con las cabezas o dijeron que no.

- Entonces ¿por qué se la llevaron? Al final, la de las mentiras fue Deíma...
- No lo sé, Tailes, yo tampoco lo entiendo. Sólo sé que la hermana Tamarats llamó a los étores, o algo así, para que vinieran a investigar lo que estaba pasando. El hermano Dermeer era uno de esos étores, y cuando terminó su investigación, descubrió que todo era falso. Por eso se llevó a Nielce la capital.
- Pero va a regresar, ¿no?

Geo y Miansid se miraron. Como eran los mayores, los niños más chicos esperaban que les dieran la respuesta.

- Creen que ella volverá? –inquirió Tailes, esperanzado.
- No hay manera de saber –respondió Geo.
- ¡Oh, oh! ¡Ya lo tengo!

Rellam se paró de su cama en un salto y fue a unirse al grupo principal. Ciertamente no era el más maduro de los infantes, pero sí era el más perspicaz.

- ¿Qué te pasa, Rellam? ¿Enloqueciste de repente?

- ¡Claro que no! Es sólo que ya sé qué fue lo que pasó -dijo Rellam con un gesto triunfal.
- ¡Pues habla! -le urgió Miansid.
- Geo, Miansid, no sean así -les dijo Rellam con una nota de escepticismo-. ¿En serio no se les ocurre algo tan grave para que se hayan llevado a Nielce?
- ¿De qué hablas Rellam?
- Cosas de grandes, Niglen, no entenderías; díganme, ¿acaso no les cruza por la mente…?

Cuando Miansid cayó en cuenta de lo que sugería Rellam, le dirigió mirada de reclamo infinito para hacerlo callar en el acto; Geo, siendo más limitado que sus compañeros, no pudo seguirles el paso.

- Sólo eso pudo haber sido –enfatizó Rellam con su dedo.
- ¡No te atrevas a decirlo!
- Es claro que no. No soy tan estúpido.
- ¡Hey! ¿De qué están hablando? –inquirió Demas desde su rancho.
- ¡Pero Nielce no mentiría con algo tan serio! ¡Ella es buena!
- ¡Eh! ¿De qué están hablando? -secundó Geo, sobrepasado por la incomprensión.
- ¿Y quién dice que mintió? ¿Acaso Deíma no pidió irse de aquí? ¿No recuerdas que antes de volver con Gilske siempre andaba sola y triste por el bosque…?

El sonido de una puerta que se abría dejó congelados a los chiquillos: Marae los había pillado en su convención nocturna.

- ¿Qué están haciendo despiertos? –los increpó con voz agria.

La reunión se disolvió con la rapidez de un relámpago. Cada huérfano fue a arrebujarse entre sus arruinadas mantas, sabiendo que el que despegara los labios iba a unirse a Iblam y a Salim en su penitencia.

- ¡Les pregunté algo! –gritó una Marae ya encendida–. ¿¡Qué están haciendo despiertos!?
- No estábamos haciendo nada –contestó Geo al ir hacia su lecho–. Es sólo que Toubas estaba llorando y quisimos calmarlo.
- ¿Y por qué lloraba?
- Es que extraña a Nielce –puntualizó Miansid.

Marae sintió algo como una bofetada invisible que le destempló el juicio, del mismo modo que un golpe no anunciado despierta la ira o el miedo.

- ¡Ya, dejen eso! ¡Si los vuelvo a encontrar despiertos, los voy a castigar a todos!

La amenaza desmesurada de Marae tuvo un efecto instantáneo en todos los niños, excepto en uno.

- ¡Eso no es justo! ¡No estábamos haciendo nada malo!
- ¡Demas, cállate! –susurró con firmeza Niglen.
- ¡Hermana Marae, díganos, por favor! ¿Qué hicieron con la hermana Tamarats?

La monja retrocedió un pasito sin querer; sintiendo cómo le palpitaban las sienes por la cólera, ordenó:

- Ven aquí ahora mismo.
- ¿Q-Qué? ¿Por qué?
- ¡Que vengas! ¡O iré por ti, como prefieras!

Diez segundos de una tensión impresionante abrumaron al sensible Toubas, que empezó a chillar lo más calladamente que pudo. Entretanto, Demas no supo decidir si se iba con Marae o no. En sus ojos muy abiertos se notaba que el dilema era crucial para él, como si se estuviera enfrentando al mismísimo destino.

- Solo diga si Nielce va a volver...

Marae empezó a caminar hasta donde la esperaba el valiente Demas. El niño sacó el pecho, aun cuando sus ojos ya se encontraban cargados de lágrimas. No se resistió cuando la monja lo tomó de la muñeca para remolcarlo fuera de la habitación. Cuando salieron, Marae cerró la puerta del dormitorio con tremendo estrépito, y entonces todos fueron presa de sus miedos.

- Pero qué tonto.
- Va a estar allí una semana.
- ¿Por qué se molestaría tanto Marae?

Los cuchicheos se hicieron intensos, pero eran dichos tan bajo como lo permitía la voz del que los decía.

- ¡Miansid! ¡Miansid!
- ¡Ya duérmete, Rellam! ¡Te van a llevar a ti también!
- ¿Recuerdas a Larka, la niña que se ahogó en el lago?
- Es claro que la recuerdo, ¿qué tiene que...?

Todo. Tenía todo que ver. La desdichada Larka se había quitado la vida dos años antes. De ella sólo había quedado una carta de despedida, de la que nunca se supo nada en limpio, pero los rumores que circularon por el monasterio sólo eran recordados por los niños más grandes, aquellos deudos verdaderos de la suicida...

Miansid abrazó su almohada con fuerza y empezó a temblar.

*(Continúa en el capítulo 33)*

# CAPÍTULO 29

*El juicio (6)*

Bamboléandose y ofreciendo disculpas con la mano, Berinya descendió la escalinata con increíble torpeza. Cuando por fin llegó hasta la palestra, Vubell y sus colegas se levantaron para recibirla: Era la directora de civiles, y aunque su intervención no estaba programada, no podían impedir su participación.

- Señora Cloetts.
- Juez Vubell, deseo hablar con el árbitro del consejo ciudadano, si me lo permite –pidió amablemente Berinya.

Incapaz de negar la petición, el anciano hizo un gesto con la mano para dar su aprobación y Berinya le agradeció con una ligera reverencia. Solícito, el árbitro se acercó a ella y los dos iniciaron un coloquio silencioso. Luego, el joven funcionario anunció a la audiencia lo siguiente:

- La señora aquí presente es Berinya Cloetts, la directora del área de pleitos civiles. Ella es la persona que le dio permiso a Louit Dermeer para representar a la señorita Tamarats, y viene a aclarar los motivos por los que el abogado de la defensa decidió tomar este caso.

Louit dio un salto en su lugar. ¿Qué demonios estaba pensando Berinya? ¿Acaso pensaba taparlo con alguna mentira? ¿O verdaderamente iba a descubrirlo frente a todos?

¿Frente a Nielce? *¿Frente a Niva?*

- Como representante de los intereses de la ciudadanía, no

encuentro motivo alguno para negarle a la señora Cloetts decir todo cuanto quiera.

- Señor Litton, haga el favor de dirigir el interrogatorio a la señora Cloetts -indicó Vubell.
- Con mucho gusto –repuso Litton a la vez que se frotaba las manos.

Él y Berinya habían coincidido en algún momento de sus carreras. De hecho, ella había sido su supervisora en civiles, por lo que, sabiendo de su humor y de sus modos, Litton anticipaba momentos muy entretenidos.

Berinya se acercó a Nielce para hablarle por primera vez:

- Hola, Nielce.
- Señora –respondió la muchacha con amabilidad.
- Esté tranquila, vamos a sacarla de aquí –susurró Berinya al hacerle un guiño.
- Gracias.

Después de haber cruzado estas breves razones con la acusada, Berinya fue a ocupar un lugar alto para ser vista por todos. En su faz se advertía una seriedad cómica, como si estuviera aguantándose la risa.

- Es agradable verte de nuevo, Berinya.
- Quisiera decir lo mismo de ti, Hejder –contestó ella con tono jocoso.
- ¿Qué pasa? ¿Te preocupa que esté apaleando a tu pupilo?
- ¡Señores! –exclamó Vubell agriamente-. Por favor ahórrense las bromas, estamos en un evento muy serio.

La risa se coló por los ojos de Berinya, contagiándosela a Litton en el proceso.

- Ya, ya. No volverá a pasar, juez Vubell.
- Pues bien, prosigan.

El hábil jurista se tomó un instante para elegir una estrategia que capitalizara el humor volátil de Berinya, de quien sabía que era indiscreta por naturaleza. Pronto lo tuvo claro:

Iba a ser frontal y directo, sin tapujos.

- Bueno, ya que llegamos a este punto, le agradecería que nos explicara el motivo por el que decidió tomar la palabra.

- Es muy simple: Vengo a aclarar el misterio detrás de las acciones de Louit Dermeer.

- ¿Viene a defenderlo?

- Vengo a defenderme a mí misma. Yo lo dejé tomar el caso de la señorita Tamarats, y no voy a permitir que usted sugiera la existencia de un motivo turbio detrás de mi decisión.

Nielce se quedó congelada con la visión que tenía delante: La de Louit sudando de modo copioso, muy agitado por algún motivo desconocido.

- ¿Cómo hemos de creerle, Berinya?

- Bueno, cuando diga lo que tengo que decir, Louit Dermeer quedará tan malparado que no se podrá dudar de la veracidad de mis palabras.

Niva quedó aterrada, Nielce confusa, Litton sorprendido y todos los demás con una curiosidad insoportable.

- Eso estaría bien, sí... Aclárese entonces –pidió Litton, al que ya no le importaba perder su estrategia con tal de saciar la curiosidad.

- Es claro que sí, pero antes... Perdóname Louit –dijo Berinya dirigiéndose a él.

La disculpa displicente de Berinya trastornó completamente a Louit.

- Bien, el asunto es el siguiente: Como ya se sabe, la señorita Tamarats fue consignada a las celdas de contención en cuanto la prendieron. Su acta estaba recién redactada y yo estaba esperando la llegada de mis juristas de planta para asignarles sus labores del día. En eso estaba cuando el señor Dermeer vino a verme...

- Espere, por favor –interrumpió Litton-. Antes que continúe, ¿puede decirnos si el señor Dermeer forma parte de sus juristas de planta?

- Lo fue en su momento, pero no sé para qué me lo preguntas: Tú mismo dejaste claro que él ya no trabaja para mí, Litton –sentenció Berinya en franca burla al método de su interlocutor, y así lo entendieron todos.
- Es claro que lo sé, pero estas buenas personas lo ignoran. Incluso la misma Nielce Tamarats parece ignorarlo, mírela.
- Tranquila, querida –le dijo Berinya a Nielce -. Louit trabajó conmigo por años y su labor siempre fue intachable. Es un buen abogado y siempre lamenté que hubiera pedido su cambio al área de institucionales.
- ¿Por qué pidió su traslado?
- Litton, eres irritante. Tú mismo lo dijiste antes: Louit se cambió porque no le gustaban los juicios y porque el trabajo en el área de institucionales se paga mucho mejor. ¿Vas a seguir interrumpiéndome?

La muchedumbre acusó la habilidad de Berinya para rebatir al implacable Litton y le metió presión con rechiflas.

- Hable pues, me callo.
- ¡Gracias! Yo les decía... Sí, estaba esperando el arribo de mis perros, pues así llamo a mis juristas, con el perdón de todos...

Algunos se rieron con la simpleza del humor de Berinya. Ella continuó hablando:

- ... Y en eso llegó Louit. Me sorprendí al verlo en mis dominios y de inmediato supe que había ido a pedirme algún favor. Y, en efecto, eso es lo que ocurrió: Él me pidió que le diera un trabajo sencillo para ocuparse.
- ¿Ocuparse? –Litton exageró su tono incrédulo-. ¿A qué se refiere con eso?
- Supongo que no tenía querellas propias, pregúnteselo a él mismo. Yo sólo sé que vino a pedirme una labor sencilla

para gastar su tiempo de la mañana.

Litton comenzó a reírse a carcajada pelada, golpeándose los muslos con fuerza. Semejante actitud contrarió a Vubell. El juez no supo si debía reprenderlo o no.

- Jamás había escuchado una broma tan buena de parte suya, Berinya –comentó Litton cuando pudo contener su risa.

- No es una broma, Litton. Es la verdad.

- ¡Es que es increíble! Usted viene a contarnos una historia completamente inverosímil para cubrir su complicidad con Louit Dermeer, y todo para sacar de prisión a una asesina...

- Habla con prudencia, Litton. Yo no soy una niña, y eso que dices vas a tener que probarlo frente a todos, si es que puedes –replicó Berinya con una sonrisa en los labios.

- ¡Pero cómo se puede creer semejante... patraña! ¿¡Nos dice usted que Louit Dermeer estaba... aburrido!? ¿O, no sé, con ganas de recordar sus andanzas como abogado!? ¡Explíquese!

- Ni lo uno ni lo otro. Más bien...

Berinya se detuvo para mirar a Louit, y él le regresó la mirada con un gesto de reproche insondable, casi de odio. Su reputación y su honra estaban a punto de ser vulnerados, él lo sabía...

Y entonces miró hacia donde estaba Niva, ya con lágrimas de impotencia en los ojos, y ella lo miró a él con sus ojos límpidos cargados de dudas y de miedo. Pobre niña.

- ... El propósito de Louit era el de eludir a Dalmon Tolsre, su futuro suegro.

- ¿El director de institucionales?

- El mismo, sí.

- ¿Por qué quería eludirlo?

- Porque tenía la obligación de formalizar el compromiso matrimonial con su hija. Usted sabe que para eso se necesita el permiso de la sede, y Louit aún no lo había conseguido.

Nielce dejó entrever una confusión cabal. ¿Entonces Louit se había ofrecido a entrevistarla sólo para evitarse otro encuentro peor? Si ese era el caso, ¿por qué la estaba representando ahora? ¿Por la culpa de haberse involucrado con ella? ¿Por compromiso?

*¿Por qué? ¿Por qué?*

- Perdóneme Berinya, creo que no entiendo lo que acaba de decir.
- Es bastante claro, Litton: Louit no arregló lo que se esperaba de él y no tuvo el valor de admitirlo frente su suegro, por eso buscó un pretexto para estar lejos de se oficina cuando él llegara a buscarlo. Sólo lo hizo para ganar tiempo.

Una persona se levantó y echó a correr por el pasillo para precipitarse fuera del salón, insensible a la incomodidad que les causaba a todos con su marcha torpe hacia el exterior. Era Niva, quien, no pudiendo soportar semejante revelación, huyó del recinto con la plena certeza de lo que había temido siempre...

Louit no la amaba.

- ¿Cómo está tan segura de que no hubo un complot entre Louit y Nielce para que él la representara? ¿No le resulta sospechoso que él se apareció en su oficina pidiendo un acta en particular?
- Louit no iba buscando esa acta. Yo le presenté todas las querellas que tenía disponibles, y él decidió tomar el caso de la señorita Tamarats porque se trataba de un homicidio confeso y el asunto se podía resolver con gran facilidad.

Nielce se quedó boquiabierta, presa de una intensa decepción. Así que ésa era la verdad detrás del amable Louit...

- Pues no lo fue tanto, señora Cloetts. Lo más fácil hubiera sido conseguir una sentencia sumaria para la señorita

Tamarats, sin embargo, puede ver que estamos de juicio ahora mismo.

- Es natural que sea de este modo. El juicio era la mejor opción para Nielce, y gracias a la asesoría del señor Dermeer, ella decidió que quería reclamar este privilegio.
- Parece contradictorio, Berinya: Usted misma dijo que el señor Dermeer no quería sino un pretexto para ausentarse de su suegro.
- Así fue como empezó todo. Empero, desde que tomó el caso, Louit se ha dedicado a él con mucha pasión, y el interés que tiene en ayudar a Nielce Tamarats es sincero.

La gente empezó a cuchichear. Litton carraspeó de manera sonora para pedir silencio.

- Joven árbitro, pido licencia para hablar con el señor Dermeer.

Aquel respondió con un gesto afirmativo.

- ¿Juez Vubell?
- Es claro que sí.
- Muy bien… Señor Dermeer, lo que dijo la señora Cloetts frente a todas estas personas, *¿es cierto?*

Silencio. Cientos de ojos curiosos se posaron en la figura de Louit.

- Todo es cierto –admitió él con marcada pesadumbre.

Al escuchar eso, Nielce cerró los ojos y se inclinó hacia el frente, uniendo las manos como en una plegaria. Un lamento escapó de su pecho. Al escucharla, Louit quiso desaparecer del mundo. El saber que la había decepcionado le encogió el corazón, incluso más que de lo que lo hacía la certidumbre de su ruina inminente.

- Ya veo. Muy bien, señora Cloetts, ¿tiene algo más que añadir?
- No.
- Gracias. Puede retirarse.

Berinya inició el ascenso por la escalera para volver al lado de Tolsre, quien lo había visto todo con un rostro por completo inexpresivo. Un silencio de catacumba se apoderó del gran salón, y Litton miraba a Nielce y a Louit de manera alternada, como planeando su siguiente embestida.

Había perdido su estrategia, pero, a cambio, sus adversarios estaban descolocados. Esta era su oportunidad para acabar con ellos.

- Bien. Ahora sabemos cuál es el motivo que tuvo el abogado de la defensa para tomar este caso de rutina. Es una historia un tanto inverosímil, pero qué se puede hacer -dijo Litton en tono de burla.

El abatimiento de Louit y de Nielce era tal que ni siquiera reaccionaron. Litton se pasó la lengua por los labios.

- Aún así, todo esto no es más que una distracción. Lo importante aquí es resaltar que, al instar a su cliente a venir a juicio, el señor Dermeer le quitó el derecho de una sentencia sumaria...

Litton sintió que su alocución le destrababa las ideas. Excelente.

- ... Y la privó del único medio por el que podía eludir una ejecución pública. Sea por el motivo que fuere, Nielce Tamarats mató a un individuo en el territorio de Isalba, y lo hizo de manera alevosa. Ella tuvo la oportunidad de fugarse, ¡ya estaba en la calle, libre de aquella prisión clandestina! Pero decidió volver sobre sus pasos. Se encerró de nuevo en la mansión, consiguió un arma, fue a la habitación de aquel hombre, lo encontró desarmado, dormido, inconsciente. ¿Acaso es posible argüir que esto ocurrió en legítima defensa? ¡Es claro que no! Por más peligroso que fuese el individuo, éste no podía causarle daño en ese estado. El señor Londarien le fue entregado por conspiración, y ella se aprovechó de esta circunstancia para atravesarle el corazón con un cuchillo. Pudiendo hacer cualquier otra cosa, decidió hacer justo esa...

Litton clavó su vista en Nielce y fue bajando el tono de su voz para atacarla directamente.

- Sí, una venganza personal. Me imagino que debió sentirse bien al hacerlo... ¿O es que nunca le había pasado por la mente matarlo a él, el causante de todas sus desgracias? Es claro que sí lo había pensado. Lo único que necesitaba era una oportunidad, y cuando la tuvo, hizo lo que siempre había querido hacer... ¡Ahora míreme! -le ordenó Litton a Nielce en un grito, y ella obedeció-. Puede negarlo, pero todos sabemos que es cierto...

Nielce empezó a sollozar. Litton siguió presionándola con sus ojos grises, los cuales, vistos desde la jaula, parecían los ojos acusadores de la misma muerte.

- Y aquí están las consecuencias de sus decisiones: El homicidio alevoso se castiga con la muerte en todo el territorio de Isalba. No lo digo yo: Lo dice nuestra ley, el pilar mismo del orden que nos sostiene como una sociedad civilizada. No hay atenuantes frente a esto, y esa es la verdad.

Satisfecho, Litton se dio media vuelta para dirigirse a la multitud.

- Señorita Tamarats: ¿Usted sabía que el castigo por homicidio es la muerte?
- Sí –musitó ella al cabo de un momento, todavía atarantada por la irrealidad de las circunstancias.
- ¿Merece usted ese castigo?

Acorralada por la culpa y totalmente fuera de balance, Nielce susurró:

- No lo sé...
- Ya... *¿Lo rehúsa?*

Nielce sintió cómo se le iba cerrando la garganta. Sólo había una respuesta que podía dejarla satisfecha consigo misma.

- No...

Un ruido fuerte llamó la atención de todos: Louit había

estrellado sus manos contra su mesa y observaba con ojos fulgurantes a su cliente. En su expresión furiosa se leía una completa indignación. Él no dijo nada para no ser desarraigado, pero toda su intención se la comunicó a Nielce con la mirada.

Nielce quiso resistirse a la influencia de su jurista. ¿Cómo se atrevía a reclamarle algo después de haber quedado expuesto frente a todos? Y él, ¿qué podía recriminarle? Después de todo, ella se había entregado con la determinación de pagar por su delito, aunque eso le acarreara la muerte. Lo único que estaba haciendo era asumir la responsabilidad de sus actos, y así se lo iba a hacer saber a todos...

Sin embargo, Louit no le retiró la mirada. En su faz se veía una determinación inquebrantable. "¿Por qué está haciendo eso?", pensó Nielce. A él nunca le había importado realmente su destino, sólo se había ofrecido a representarla para mitigar la culpa...

*¿Por qué se estaba comportando así?*

- ... Nielce, ¿escucha lo que le estoy diciendo?

- ¿Qué? Yo... Perdóneme, Litton...

- ¡Atienda, que esto es importante! –gritó Litton un tanto irritado.

- Ya, le escucho –respondió ella de manera distraída.

- ¡Responda entonces! ¿Pone objeción a la ejecución de la ley de Isalba? ¿O es que se siente tan especial para merecer una excepción a la regla? ¡Usted, que mató con alevosía! ¡Diga si pone objeción al castigo que le corresponde!

¿Que si ponía objeción? ¿Eso le estaban preguntando?

- Señor árbitro, solicito permiso para hablar con la señorita Tamarats -dijo Louit de repente.

- ¿Con qué propósito, señor Dermeer? –preguntó aquel, solícito.

- ¡Es claro que no! –gritó Vubell encolerizado-. Ya tuvo su oportunidad de hablar, señor Dermeer, y ahora no puede influir en su cliente.

- Yo renuncio a mi cargo como su representante. Abandonaré la palestra apenas haya cruzado unas palabras con ella. Sólo le pido al consejo ciudadano que me dé la oportunidad de hablarle.
- Es algo que no le puedo conceder, señor Dermeer. Usted ya no puede hacer más por su cliente – afirmó el árbitro.
- Ya veremos...

Louit abandonó su lugar y se acercó hasta la jaula de Nielce para decirle en un susurro:

- ¿En serio se va a dejar matar por estos corruptos? *¿Eso es lo que querría su padre?*

Apenas dijo eso, Louit fue y se instaló en una de las butacas de los ciudadanos corrientes, cruzó los brazos y esperó a que se reanudara el juicio. Vubell y sus colegas se quedaron boquiabiertos.

- ¿¡Qué haces, Vubell!? Ordena que lo prendan –dijo uno de los jueces.
- ¡Es inadmisible! –gritó el otro, indignado.

El juez principal ya se disponía a ordenar la captura del jurista renegado cuando Nielce se levantó y exclamó:

- ¡A usted, Litton! ¡Es claro que rehúso la pena de muerte! Si mi padre fue golpeado impunemente, si se le impidió pasar su convalecencia en su casa, si decidí entregarme a Feriven Londarien, ¡es porque fui abandonada por las autoridades y no sentí el cobijo de ellas! ¿Cree que de haberme sentido protegida yo hubiera dejado de pedirles ayuda? ¡Ellos nos dejaron a nuestra suerte, falsificaron pruebas, se volvieron ciegos ante las denuncias de mi padre y lo dejaron morir, solo y sin su hija desaparecida! ¿Y cómo es que no me encontraban? ¿O es que ni siquiera me estaban buscando? ¡Son corruptos, corruptos!
- Nada de lo que dijo cambia el hecho de que usted es una homicida, y espero con ansias que reciba su merecido –

replicó Litton sin sobresaltarse.

Fue allí cuando la escena se rompió definitivamente.

- ¡Esto ha ido demasiado lejos!
- ¡No la pueden condenar!
- ¡Déjenla ir! –gritó Finbas desde su posición.

Louit escuchó sorprendido las muestras de apoyo que la audiencia, y la gente misma se contagió de aquel ímpetu hasta que, uno por uno, todos los presentes se levantaron de sus asientos y comenzaron a gritar a una voz: "¡Li-bre, li-bre, li-bre!".

- ¡Detén esto, Vubell! –gritó uno de los jueces.
- ¡Silencio a todos, SILENCIO!

Los guardias se miraron, confusos. Sin el mando del juez superior, no podían hacer otra cosa que observar.

- ¡Esto no puede seguir! ¡Interrumpe el juicio, Vubell!
- ¡Litton! ¡Litton!

El abogado contemplaba extasiado el ánimo encendido de las masas. No daba nada por alguien que no fuera él mismo, y al ver a los jueces atemorizados, se divirtió tanto que empezó a batir palmas.

- ¡Litton, hay que terminar esto!
- ¿Cómo piensan hacerlo? –preguntó Litton sin dejar de reír.
- ¡Pues es claro que debemos sentenciar!

El árbitro se acercó hasta Louit y le pidió que lo siguiera, después se dirigió a Litton, luego a los jueces y les dijo:

- Esto se resolverá en privado. Vayamos a otro lugar.

Todos se miraron. ¿Louit también iba a formar parte de esto? Los jueces, los juristas y el árbitro abandonaron la palestra por un estrecho pasillo, lejos de donde la gente seguía gritando con determinación su unánime veredicto.

*(Continúa en el capítulo 34)*

# CAPÍTULO 30

## Sismo en Lairet (6)

Las madres llamaron desesperadas a sus pequeños cuando vieron llegar a unos quince desconocidos que iban entrando a la villa: Eran soldados de las tropas de Fanehain, ataviados de guerra y completamente armados. ¿Qué estaban haciendo allí? Su presencia causó una alarma general. No eran bienvenidos.

El capitán del escuadrón llamó en voz alta al líder del pueblo con modales tan malos como su voz ronca. Uba-Tuni-Hools salió a su encuentro llevando una lanza en la mano. Era ciertamente una defensa inútil contra el armamento bélico de los invasores, pero al llevar su arma, Uba dejaba claro cuál era su postura como el jefe del lugar: No se iba a dejar amedrentar, ni a los suyos.

Teraugh vio venir a Uba con su lanza y tuvo ganas de reírse. Sin dedicarse a diplomacias tontas y aburridas, el recio soldado graznó una sola palabra, misma que expresaba cabalmente cuál era el motivo de su visita: *"Ocaringo"*. Uba hizo una mueca de incomprensión. Impasible, el comandante ordenó a su cuadrilla que se esparciera por el lugar. Los soldados encañonaron sus armas para desanimar a los pidaos a oponerse al asalto.

Uba y los lugareños apretaban los puños al ver cómo los invasores inspeccionaban sus viviendas con total propiedad, como quien es dueño de casa. Aquel era un atropello intolerable, pero los pidaos eran prudentes al mantenerse dóciles.

Las *tirigas* de los soldados podían terminar con los habitantes de la villa en apenas un instante.

- No hay señales de ellos, capitán.
- Sigan buscando –ordenó Teraugh con parsimonia.

Los soldados redoblaron sus esfuerzos, inspeccionando cada rincón del villorrio con la desfachatez de un saqueador. Los pidaos manifestaban su frustración usando señas. Tenían que ser pacientes.

- Capitán, ¡vea lo que encontré!

El soldado que llamaba a Teraugh llevaba a un niño prendido del cogote: Lo había pillado oculto entre unos árboles cercanos. Era un niño cualquiera, a excepción de una característica particular...

- Ah, magnífico vendaje el de ese pequeño, justo como el que haría un buen médico –replicó el capitán de modo irónico.

Los pidaos abrieron mucho los ojos y empezaron a resoplar por la nariz.

- Ocaringo, ¿a dónde fue? –cuestionó Teraugh a la muchedumbre.

Los pidaos no respondieron y tampoco iban a hacerlo, según se podía ver en ellos. Impasible, el jefe de la cuadrilla dio una orden con el tono despreocupado del que pide algo muy elemental:

- Mátenlos.

El niño del vendaje fue degollado frente a sus familiares, despertando gritos de horror en las mujeres.

Era muy temprano cuando Nielce empezó la travesía que iba a llevarla de vuelta al refugio de Ceimer Mordrei en Maerbos. Andando sola por terrenos desconocidos, la muchacha se fiaba de su mapa y de las instrucciones de Louit para no extraviarse. La incertidumbre era grande, pues, a pesar de su convicción inquebrantable, Nielce sabía de sus limitaciones al momento de enfrentar los peligros del viaje. Por eso iba en suspenso, alerta a cualquier señal de peligro humano o animal, determinada a darle fin a la pesadilla que representaba el vagar sin la certeza de poder valerse por sí misma.

Aunque, más que pesadilla, su paseo por las serranías del Lairet se estaba convirtiendo en un deielte para los sentidos. La muchacha lamentó mucho el no poder estampar el glorioso paisaje lleno de vida que se ofrecía ante sus ojos. Allá en sus dominios, las aves observaban con curiosidad el andar cuidadoso de Nielce, interpretando melodías impracticables para cualquier hombre. De cuando en cuando, un pequeño mamífero asomaba sus ojos y se revolvía en su covacha para huir de la vista de la muchacha. La brisa matutina meneaba las copas altas de los árboles, trayendo consigo aromas tan antiguos como vivificantes, y el batir incesante del agua contra las piedras del río impregnaba la atmósfera de murmullos magníficos, tal como si se tratara de una eterna canción de cuna.

Poco acostumbrada a caminar largas distancias, Nielce se sentó bajo el cobijo de un árbol y apoyó la espalda contra su primitivo y rugoso tronco. Enseguida notó una colonia de pequeñas hormigas que trabajaba infatigable, llevando consigo ramas y semillas.

Al pie de ese árbol, Nielce pensó en todo aquello que dejaba atrás. ¿Qué habría sido de Akkraín? ¿Seguría con vida? Su destino la mortificaba en gran manera.

¿En dónde estaría Gokij? ¿Habría escapado a la violencia de Rittka en su camino al ayuntamiento? Mucha de la ansiedad que experimentaba Nielce tenía que ver con el paradero de su intérprete. Por más que quisiera volver a Isalba, no iba a hacerlo sin él.

No obstante, su mayor preocupación era otra.

- Espero que estés bien, Louit –susurró Nielce, pensando en todas aquellas cosas que quedaron abiertas al momento de despedirse.

¿Volvería a saber de él? ¿Sobreviviría al rescate de Akkraín? ¡La respuesta a ambas interrogantes era un no rotundo! Tales pensamientos le encogieron el alma.

"Debo continuar" se dijo Nielce con determinación. Lo único que podía hacer era seguir adelante, llegar a Maerbos y desde allí buscar noticias. Con nuevos bríos, la muchacha se levantó y siguió andando por veredas improvisadas, determinada a concluir su marcha antes de que llegara la tarde.

El cenit estaba en su apogeo. Sentada en una alfombra de verde pasto, Nielce sacó el mapa de su bolso de viaje. Así constató lo mucho que había caminado. Si seguía a ese paso, iba a llegar a Maerbos antes de dos jornadas. No obstante, el recorrido la había extenuado. No había dormido bien desde que llegó al país; sus pies le dolían, y al despojarse del calzado, Nielce comprobó que estos estaban cubiertos por molestas ampollas; siendo médico, la muchacha reconoció que debía reposar y dosificar sus esfuerzos.

Hipnotizada por el ruido de un arroyo cercano, Nielce se acostó sobre la hierba. Aunque el lecho era agradable, ella sabía que no podía quedarse allí mucho tiempo. Si se encontraba con otro ser humano, corría el riesgo de sufrir un ataque.

Formas indescifrables se dibujaban en el cielo gracias a los cuerpos volubles de las nubes. Nielce empezó a buscarles forma para entretenerse. De pronto, en el firmamento se formó un conejo de dimensiones descomunales. Poco después apareció la figura de un perro deforme. Y luego, como si de un buen augurio se tratara, la muchacha observó la silueta del territorio de Isalba, su amada patria.

¿Cómo se había atrevido a dejar su hogar? ¿En qué estaba pensando? "No. Es una pregunta injustificada", se dijo Nielce. "No tenías forma de predecir que todo esto iba a ocurrir, sólo tuviste mala suerte", lo cual era cierto.

Y no, no se arrepentía de nada. Los motivos que la llevaron a Lairet seguían siendo muy claros. Por desgracia, las circunstancias la convirtieron en una fugitiva, víctima de un conflicto que no le interesaba y del que nunca quiso formar parte.

*Ahuassinda*, ése fue el nombre que le dieron en su primer y único día de servicio en el país. ¡Cuánto le hubiera gustado quedarse para honrar ese mote! "No era mi destino", pensó Nielce con desilusión. Sin embargo, y a pesar de que nunca más iba a escuchar ese nombre de los labios de alguien, la muchacha seguía deseosa de magnificar su nuevo nombre, el cual le parecía un don exaltado, una confirmación celestial de la que consideraba la vocación de su vida, ¿cómo no iba a querer honrarlo?

El ruido de un chapoteo cercano sacó a Nielce de sus reflexiones. La muchacha contuvo la respiración para cerciorarse de que sus sentidos no la habían engañado. En efecto, una criatura seguía rondando en las cercanías, alborotando las aguas del arroyo de manera descuidada.

No estaba sola en el llano.

Nielce se quedó completamente quieta por un par de minutos. En su impaciencia, la muchacha empezó a arrancar hierba con sus manos. ¡La criatura seguía chapoteando en las proximidades! Un hondo sentimiento de pánico le trastornó la respiración, y con el correr de los segundos, la presión del momento se fue haciendo cada vez más insoportable...

Y luego, el silencio. Sólo el flujo constante del agua. No más pisadas.

¿Había terminado todo? Cuando se sintió segura, Nielce trató de incorporarse, sin embargo, una visión la detuvo a la mitad de su movimiento...

De pie frente a ella, a treinta pasos de distancia, encorvado, con los ojos bizcos y derramando baba por la boca, un hombre la observaba con la misma reserva con la que ella lo miraba a él.

- A-Aira…

Vaya tontería, ¿en verdad había intentado saludarlo? Espantado, el hombre retrocedió apenas le habló Nielce.

Viendo al sujeto, Nielce se acordó de lo que escuchó en aquella ocasión, cuando estuvo con los Igommta en la fogata, dos días antes. En efecto, este individuo podía ser el loco, el hermano del hombre de los ojos rojos. ¿Cómo había llegado tan lejos? El regreso hasta Rittka debía tomarle más de dos días a un hombre fuerte.

- Hola, señor –dijo Nielce al momento de incorporarse.

El loco quiso echar a correr para huir de la desconocida. Nielce trató de tranquilizarlo mostrándole sus palmas.

- ¡No, no se vaya! Por favor…

Movida por la intuición, Nielce hurgó en su bolso de viaje y le mostró un pedazo de comida al extraño. El loco observó el alimento con un destello especial en sus ojos chuecos y hundidos.

- Es carne… Tengo fruta también…

¿Qué estaba haciendo? El hombre era innegablemente un trastornado, casi un animal. ¿Cómo se le ocurría seguir hablando con él?

Acuciado por el hambre, el loco luchó contra su timidez y se acercó con lentitud a Nielce. La muchacha lo vio venir y se mantuvo tranquila a pesar de las ideas contradictorias que le pasaban por la mente. Aquello era muy peligroso y ella lo sabía.

- Aquí… Tenga…

El hombre alargó la mano para tomar el alimento que se le ofrecía, lo arrebató de las manos de la muchacha y se replegó cinco pasos para comérselo con una fruición desesperada, casi sin masticarlo; aquel comportamiento enterneció a Nielce.

- Mire, aquí tengo un karabo...

Aunque se sentía estúpida al hacerlo, Nielce no podía dejar de hablarle al loco con la voz plañidera que se usa al tratar con un niño. El hombre reaccionó bien a las maneras de ella y se acercó a tomar el fruto que se le entregaba. Era maravilloso ver a los dos protagonizando esa increíble escena, una que testificaba de la existencia de la bondad humana, a pesar del miedo y las diferencias.

Con el mismo atropello de antes, el loco devoró la fruta, prácticamente engullendo la dulce pulpa sin masticarla. "Bien, es hora de marcharme de aquí", pensó Nielce, "sólo espero que este hombre me deje ir".

Nielce indicó con un gesto que ya no le quedaba más comida, a lo que el hombrecillo reaccionó con pesadumbre.

- Lo siento... Debo llegar a Maerbos... Maerbos...

El loco entendió esa última palabra y la repitió con su lengua atrofiada.

- *Madabosss...*
- Sí, sí, Maerbos... ¿Es por allá?

Entusiasmado, el loco se movió a gran velocidad y tomó a Nielce de la mano para indicarle el rumbo que debía seguir.

- Perdóneme, mi amigo... Iré yo sola –indicó la muchacha al querer zafarse.

El loco ignoró el intento de fuga de Nielce y siguió remolcándola por el llano, plenamente convencido de que ella le había pedido que la llevara a Maerbos; contrariada por la actitud de su guía, Nielce exclamó:

- ¡Suélteme!

El hombre se detuvo en seco. Sin embargo, no fue el grito de Nielce el que lo movió a actuar de esa manera.

- Suelte...

Fue allí que los vió. Dos hombres vestidos como militares los estaban observando a poca distancia. Los dos tenían expresiones maliciosas en sus rostros.

Los habían atraído los gritos.

- *Ahuassinda* –dijo uno de ellos con una risa asquerosa.

Algo más se dijeron, y uno de los dos se dio media vuelta para internarse de nuevo en el bosque, mientras que el otro se quedó observando a Nielce y a su compañero con el gesto específico del que disfruta el temor que infunde con su presencia.

¿Qué iba a hacer ahora? El pavor inmovilizó a Nielce... Correr, sí, tenía que hacerlo, pero...

El soldado comenzó a andar hacia ellos. Algo le dijo al loco, y éste echó a correr por el llano, sobándose las nalgas mientras soltaba aullidos salvajes. Pobre diablo, de seguro estaba acostumbrado a recibir duras golpizas.

*¡Corre, diantres!* Nielce se dio media vuelta para huir. No obstante, el sonido de un rifle encañonado y amartillado la detuvo al instante...

Llegando hasta Nielce, el soldado de dio un violento empellón por detrás que la mandó de bruces al suelo. Tendida boca abajo, la muchacha pudo percibir la presencia impresionante de aquel verdugo que lo cubría todo y lo controlaba todo con su voluntad, en un juego que la tenía a ella como la perdedora irrebatible. La risa impúdica del hombre le erizó los cabellos de las sienes. Temblor en las manos. Jadeos entrecortados. Todo aquello era el mismo infierno.

- *Ocaringo... Muerto* –dijo el soldado para burlarse.

¿En verdad había dicho eso?

- *Muerto... ¿Muerto?* –repitió otra vez y luego soltó una carcajada increíble.

Diablo, le estaba hablando en su lengua, ¡para decirle que habían matado a Louit! El miedo de Nielce se trocó en furia, y de algún lugar de su alma, la muchacha sacó fuerzas para estrellarse contra la humanidad del soldado. El hombre resistió el ataque de ella y lo contrarrestó con un tremendo mandoble en el rostro, mandándola de nuevo al suelo.

- *Ocaringo, muerto... Ocaringo, muerto* –dijo chasqueando la lengua.

Aquello encendió definitivamente el instinto de lucha de la muchacha. Nielce tomó una rama vieja que tenía a la mano y la estrelló contra la musculosa pierna del soldado, pero el arma estaba tan podrida que apenas y le hizo algún daño; el gesto de Nielce irritó al soldado, quien se abalanzó sobre ella para aprisionarle la garganta con sus poderosas manos, decidido a terminar con la escaramuza de una vez.

Desesperada como nunca, Nielce buscó mil maneras de librarse del abrazo de la muerte. No tenía ningún objeto a la mano para arrojárselo al soldado, sólo guijarros y hierba. Sus manos eran incapaces de desatar el nudo que tenía cerrado en el cuello, y golpear al hombre era como golpear el suelo... La sangre se le agolpó en la cabeza... Pataletas inútiles... La luz matinal se convirtió en una niebla extraña, los objetos perdieron su forma y las fuerzas se le consumieron, se agotaron, se diluyeron...

Un gruñido animal alertó al soldado sobre el perro que se arrojaba sobre él; para cuando quiso reaccionar, ya era muy tarde: Con todo el ímpetu de su carrera, Yommy embistió al hombre y lo hizo caer de lado, logrando con esto liberar a Nielce. Ella alcanzó aliento enseguida y rodó para alejarse de la contienda. Arcadas insoportables le impidieron abrir los ojos para mirar... Sólo alcanzó escuchar ladridos y gritos ininteligibles, luego pasos...

Louit y cuatro de los pidaos supervivientes llegaron al llano para dar auxilio al perro. Los nativos arrojaron sus precisas saetas al cuerpo del soldado y lo abatieron en el acto, sin embargo, éste no expiró hasta que le machacaron la cabeza con una maza primitiva, poco más que un garrote.

- ¡Nielce! ¡Nielce! –gritó Louit con una voz casi enajenada.

La muchacha se movía, ¡seguía viva! En un santiamén, Louit llegó a su lado y la encontró hecha un ovillo, esforzándose por recuperar la consciencia y temblando como presa de fiebre.

- ¡Nielce! ¡¿Estás bien!?

Los pidaos advirtieron ruidos en los alrededores: Detonaciones. Otra lucha había comenzado en algún punto cercano.

- Nielce, tenemos que irnos –indicó Louit con gran urgencia.
- Estás vivo –replicó ella cuando pudo decir algo.
- ¡Es claro que estoy vivo! ¡Vámonos!

Todavía impedida por el trauma recién recibido, Nielce no pudo levantarse. Desesperado, Louit la cargó y echó a correr lejos de los ruidos de las armas, abandonando a los pidaos y yendo hacia las riberas del río.

- ¿Qué está pasando? –inquirió Nielce cuando pudo hablar.
- Ah… Los perros de la milicia…

Aquella huida frenética abrumó a Louit hasta agotarlo por completo. Entre jadeos, el joven buscó algún escondrijo para detenerse a recuperar el aliento. Un hueco en la tierra se le ofreció como una guarida temporal, y a él se dirigió antes de que lo abandonaran las fuerzas, luego depositó a Nielce suavemente en la tierra y se postró para descansar sus miembros acalambrados. Yommy se les unió en un instante.

- Creí que habías muerto –dijo Nielce con lágrimas en los ojos.
- Qué va… No ha llegado… Todavía…
- ¿Qué está sucediendo, Louit?
- Dame un instante…

¿Qué había pasado? Esa mañana, después de haberse separado de Nielce, Louit detectó a los soldados de Fanehain cuando estos se dirigían a la villa. Estuvo oculto a poca distancia cuando ocurrió el exterminio de los pidaos. Logró contactar a algunos supervivientes, dio aviso a los habitantes de una villa cercana y vino al encuentro de Nielce, pues estaba convencido de que iban a matarla si no volvía en su auxilio.

La voz de Louit se interrumpía por el cansancio.

- Mataron a los pidaos de la villa...

- ¿¡Qué...!?

- Ellos buscaron a sus hermanos... Vienen a vengarse de la milicia...

- Pero, ¿¡por qué!?

- No lo sé... Vine a protegerte...

- ¿¡Y Akkraín!?

Chorreando sudor, temblando por la fatiga y sorbiendo aire a bocanadas, Louit no quiso responder esa pregunta.

Los gritos se hacían más cercanos. Golpes, detonaciones, exclamaciones de ira, las pisadas rítmicas de los caballos al galope, maldiciones incomprensibles. Una batalla se había despertado en los alrededores y estaba tomando tintes verdaderamente violentos, según se podía escuchar.

- Tenemos que irnos –indicó Louit cuando alcanzó aliento-. Dame la mano, ¿puedes andar?

- Sí.

- Iremos hasta el río y lo cruzaremos. Si tenemos suerte, no nos verán. ¡Ahora!

Los dos se precipitaron fuera de la cueva y echaron a correr cuesta abajo, yendo Yommy a la vanguardia. A sus espaldas, la batalla se oía espantosa. Los gritos de guerra se mezclaban con los aullidos de dolor, los golpes secos con el eco frío del metal que se quebraba, los disparos con los relinchos nerviosos de los caballos...

Con toda la velocidad que les permitían las piernas, Nielce y Louit fueron sorteando troncos y otros obstáculos que les entorpecían el descenso. Huir de aquella manera era en extremo peligroso: Una mala caída podía causar que cualquiera de los dos se desnucara.

- ¡Cuidado, Louit!

El joven tropezó con un pedrusco y rodó por el suelo, aunque se incorporó enseguida.

- ¡Estoy bien! ¡Sigue, no te detengas!

Momentos después, los dos llegaron a las riberas del río Zagara. Louit juzgó que no era conveniente cruzarlo a nado por el tremendo caudal que el río llevaba consigo.

- Las piedras de allá, ¡por ahí cruzaremos!

Nielce distinguió los peñascos que señalaba Louit con su mano, las cuales podían servir como un estupendo puente natural.

- *¡Ocaringo!*

Desde una posición elevada, Teraugh y cuatro de sus hombres observaban la retirada de los extranjeros; el capitán se había desentendido de su escuadrón y ahora sólo buscaba acabar con Louit para darse a la fuga; excitados por la violencia y la premura, los soldados cargaron rápidamente sus *tirigas,* apuntaron y hendieron el aire con los ecos de sus máquinas de guerra.

- ¡Por Dios!
- ¡Sigue Nielce, no te detengas!

Las balas arrancaron pedazos del suelo, creando una llovizna de tierra casi irreal, cual si fuera rocío. Nielce siguió andando encorvada, cubriéndose la cabeza con los brazos. No podía creerlo, aquello le parecía sencillamente imposible. Era como si estuviera atravesando el túnel mismo de la desesperación y la esperanza muriera con cada carga que volaba desde las bocas ardientes de los rifles. ¿Cómo es que seguía viva?

Los disparos cesaron. Al final, los soldados no pudieron herirlos: Sus armas eran letales en el corto rango, pero imprecisas a largas distancias; frustrado, Teraugh arrojó su arma al suelo y echó a correr con una furia descomunal. Si era lo suficientemente rápido, podía atajar la retirada de los extranjeros antes de que los pidaos le impidieran consumar su venganza.

"Ese hombre es un diablo", pensó Louit al ver la increíble agilidad con la que el capitán de la milicia esquivaba troncos, piedras y agujeros. A ese ritmo, él iba a llegar al puente antes que ellos.

- *¡Ocaringo!* –gritaba con desaforada ira.

Y luego ocurrió lo inevitable: Los soldados que se quedaron atrás fueron asaltados por un gran número de pidaos, quienes les dieron una muerte rápida con sus lanzas y sus mazas. El único que seguía con vida era Teraugh.

- Detente, Nielce –dijo Louit al detenerse él mismo primero.
- ¿Qué haces? –preguntó ella, conmocionada.
- Ve atrás, refúgiate con los pidaos...
- ¡Ven tú también! ¿Qué vas a...?
- ¡VETE!

Teraugh salió de entre los árboles y se plantó frente a la pareja, exhalando ruidosamente y empapado en sudor, aunque con una mueca de triunfo. Había ganado la carrera, sólo iban a cruzar por encima de su cadáver.

- Vete, Nielce, ¡vete!

La muchacha miró hacia atrás y vio venir a casi una centena de pidaos. ¿De dónde habían venido tantos?

- Eres un malnacido, Ocaringo, tal como lo era ese estúpido viejo –dijo Teraugh en su idioma.
- ¿¡Qué hicieron con él!?
- *¿Tú que crees?* –replicó el soldado con sorna.

Y entonces se echó a reír de una manera imposible de imitar, subiendo y bajando sus hombros al carcajearse.

- Eres un...
- ¡Ven acá! –exclamó Teraugh con un ademán de invitación al combate.

Los pidaos seguían acercándose, y Louit esperaba que el soldado, al verlos, se amedrentara y huyera por su vida. No es que temiera una pelea con él, por el contrario, sabía que podía vencerlo; sin embargo, Louit no quería que Nielce pasara por eso otra vez.

- ¿Quieres saber cómo matamos al viejo? –susurró Teraugh mientras preparaba un escupitajo-. Lo colgamos de un árbol, sí...
- ¡Cállate! –gritó Louit.
- Lo hubieras visto chillar cuando le arrancamos la ropa, nunca vi algo tan penoso...

Nielce se dio cuenta de que el temple de Louit disminuía con la provocación de Teraugh.

- Louit, ¡no lo escuches! -le dijo al tomarlo del brazo.
- Te sorprenderías, Ocaringo: Nunca vi que saliera tanta sangre de la barriga de alguien, ni siquiera de una vaca...

Cegado por una ira asesina, Louit se destrabó de Nielce y comenzó a caminar a donde ya lo esperaba ansioso su enemigo. Yommy entendió aquello como una señal y se lanzó él primero, pero Louit lo hizo volver con un silbido. No, no iba a usar al perro en esta ocasión.

Desde su posición en primera fila, Nielce pudo observar la escena completa: Cuando Louit ya estaba muy cerca del soldado, éste se lanzó contra su vientre como si fuese un ariete, causando que los dos cayeran al suelo y rodaran en la tierra. Fue entonces cuando se pudo ver el arma oculta de Teraugh: Una estaca negra que había mantenido oculta bajo una manga. Con ella intentó apuñalar la espalda de Louit, pero éste mantuvo el control sobre los movimientos de su rival, en un forcejeo agotador del que no sacaba ventaja ninguno de los dos. Yommy se deshacía en ladridos, desesperado por no poder hacer algo para auxiliar a su amo.

Entre pataletas y forcejeos, Louit consiguió situarse sobre el cuerpo de Teraugh, de manera que pudo darle terribles codazos en las sienes. Furioso, el soldado lanzó un cabezazo que falló por muy poco. Su intentona fue correspondida con un puñetazo en la nariz. Luego, tomándolo del cabello, Louit le estrelló la cabeza contra el suelo.

Parecía que habría un claro vencedor de esta contienda,

pero un movimiento inesperado del soldado demostró que era aún capaz de hacer mucho daño: Como pudo, Teraugh liberó un brazo que tenía atrapado bajo la rodilla de Louit y le clavó el metal ennegrecido que llevaba por arma en el muslo. Aquello hizo que Louit redistribuyera su peso, con lo cual, Teraugh consiguió quitárselo de encima.

Blandiendo de nuevo su estaca, el soldado se arrojó de lleno sobre el cuerpo de su enemigo, presto para ensartarlo en el pecho o el abdomen. Louit rodó para evitar el apuñalamiento, y en un movimiento de gran habilidad, usó el impulso para ponerse de pie en un salto.

- Eres un infeliz, *Ocaringo* -dijo Teraugh al ponerse de pie él también.

Impasible, Louit mantuvo la guardia y esperó el movimiento de su contrincante. Viendo que le quedaba muy poco tiempo para matar al extranjero y emprender la fuga, Teraugh se arrojó sin más sobre él. En una maniobra de maestría excepcional, Louit ejecutó una llave sobre el brazo del soldado y destruyó la articulación a la altura del codo, luego aprovechó la inercia del atacante y lo hizo caer de bruces con tremenda fuerza, prácticamente estrellándolo contra el suelo.

Para entonces, era claro quién era el vencedor. Teraugh se incorporó con gran dificultad, tosiendo para sacudirse el trauma recién recibido.

- *¡Omibe yaiah!* -exclamó en una risa histérica.

Y luego jugó su última carta: Viendo que no podría acabar con Louit, Teraugh se lanzó a por Nielce, sin importarle que el perro estuviera de por medio.

- ¡Nielce! ¡Atrás! -gritó Louit para hacer reaccionar a la muchacha.

Nielce titubeó, y ese segundo de parálisis le abrió una oportunidad al soldado; no obstante, Louit reaccionó primero y se empleó al máximo para derribar a Teraugh a la mitad de su carrera. Ya en el suelo, se prendió del cuello del soldado con ambas manos, y en un impulso del momento, le rompió el cuello con un giro brutal. Todo estaba acabado.

- Por Dios –Louit retrocedió del cuerpo con cierto espanto.

Los pidaos comenzaron a gritar de una manera extraña, como si se hubieran indignado súbitamente por alguna circunstancia. Louit seguía en el suelo mirando el cuerpo muerto del soldado, absorto en un pensamiento terrible y tomándose la cabeza con ambas manos.

- Louit, ¿estás bien? -inquirió Nielce.
- No debí haber hecho esto -respondió él sin mirarla.
- ¡Estás sangrando, Louit! Déjame ver esa herida…
- Deja eso -indicó Louit con un movimiento enfático del brazo.
- En verdad necesito verlo…
- ¡DÉJALO!

Los jinetes crearon un cerco alrededor de Louit, y los pidaos que iban a pie ensancharon el perímetro hasta crear un vallado impenetrable.

- ¿Qué sucede? -preguntó Nielce con preocupación. En los ojos de los pidaos, ella reconoció la misma mirada de los Igommta que trataron de matarla.

Un anciano se abrió paso entre la multitud y se puso frente a Louit. Su aspecto era impresionante, como si hubiera vivido quinientos años, pero mantenía un vigor envidiable para cualquier persona de su edad; al verlo, Louit agachó la mirada y esperó la sentencia que se le iba a imponer.

- Vete, Nielce.
- ¿Qué dices?
- Rompí el pacto.
- ¿Cuál pacto?

La costumbre de los pidaos dictaba que cualquier derramamiento de sangre debía ser autorizado por el líder tribal.

Para esto, el líder pintaba una línea roja en la frente del guerrero para darle la facultad de matar a otro ser humano; una vez completado el homicidio, el que había recibido la marca debía pintarse otra línea sobre la primera con la sangre del enemigo ultimado, luego, el líder tribal le lavaba la frente. Así se protegían entre ellos para evitar el asesinato, y todo aquel que no recibiera la venia del líder tribal, era consignado y degollado en las riberas del Zagara para que su sangre fluyera con el río por la eternidad.

Al darle muerte a Teraugh sin tener la primera marca, Louit había roto el pacto.

- Vete, Nielce, ¡vete! -rogó Louit.
- ¡Es claro que no me iré sin ti!

El anciano empezó a dictar sentencia con grandes y elocuentes movimientos de sus brazos. Los guerreros alzaron sus lanzas en señal de aprobación; Louit pidió la palabra para interceder por Nielce y se le dio el privilegio de hablar una última vez.

- Bien, te dejarán ir -anunció Louit cuando recibió respuesta afirmativa a su petición-. Lleva al perro contigo, ¡váyanse ahora!
- No sé qué está pasando, pero no me iré de aquí sin ti.
- ¡Con un demonio, vete!

Los pidaos extendieron sus brazos para tomar a Louit, sin embargo, Nielce se encargó de apartarlos a manotazos. El líder hizo una seña para detener a los guerreros y se encaró con la muchacha. El dominio de su presencia era abrumador. Nielce se situó entre el viejo y Louit con los brazos extendidos, tal como había defendido a Poriahor en el pasado...

Firme como el pesado báculo que llevaba consigo, el líder tribal golpeó su bastón en el suelo para reafirmar la sentencia. Los guerreros sometieron a Louit en el acto.

Fue allí que sucedió: Arrodillándose frente al anciano, Nielce empezó a interceder por Louit gesticulando con sus brazos.

- Por favor, no le hagan daño. Él es un buen hombre, ¡lo hizo para defenderme! -decía la muchacha con toda la elocuencia que le permitía la barrera lingüística y la desesperación-. Déjenlo ir, se los ruego... Nos iremos de aquí.
- ¡Déjalo, Nielce! -gritaba Louit al forcejear con los pidaos-. ¡Vete, esto es inevitable!
- Por favor, ¡él es bueno! Sólo déjenlo ir...

Los ruegos de Nielce no tenían un efecto visible en el anciano. Los pidaos arrastraron a Louit hasta el río; él seguía luchando contra ellos no para escaparse, sino para instar a Nielce a que se fuera de allí antes de que lo mataran.

- ¡Por favor! -Nielce se postró hasta el suelo.

Impertérrito, el líder tribal seguía de pie frente a ella. Era él quien debía degollar a Louit.

- Por favor...

Extendiendo su mano callosa para alzar el rostro de Nielce, el viejo escrutó los ojos llorosos de la muchacha. Tal visión lo llenó de compasión, y en un acto de misericordia sin precedente, el anciano pidió que liberaran al prisionero. Louit se zafó de los pidaos con un gesto de incredulidad en el rostro, ¡en verdad lo habían liberado! El líder tribal dejó a Nielce y fue a encararse con él. Allí le dijo cuál iba a ser su sentencia.

- ¡Nielce, levántate! ¡Tenemos que irnos!
- ¿Te están dejando ir?
- Sí, pero tenemos que irnos ahora mismo.

Aliviada, Nielce se acercó hasta el líder tribal y lo abrazó, diciéndole al oído lo agradecida que estaba por haberle concedido el perdón a Louit. El anciano se liberó de la muchacha sin demostrar emoción alguna y se dio media vuelta, indicándole a los guerreros que se congregaran en torno suyo.

- Vámonos -dijo Louit al tomar a Nielce por el brazo-. No querrás ver esto...

Los dos salieron corriendo de allí con dirección a Maerbos. Y así fue como Louit Dermeer dejó de existir para los pidaos.

*(Continúa en el capítulo 35)*

# CAPÍTULO 31

## *Una pareja feliz (7)*

Louit empujó la pesada puerta de la biblioteca y se introdujo en silencio. No visitaba ese lugar desde que terminó sus estudios de oficio. El edificio estaba igual que siempre: Vacío y melancólico, con el mismo olor a viejo que se escurría por los pasillos. Louit podía reconocer el lugar sólo por su aroma, aun cuando fuera llevado a ciegas. Aquel santuario de sabiduría y soledad le traía recuerdos gratos.

Como aún era temprano, la biblioteca estaba casi a oscuras. Louit tardó un momento en adaptarse a la oscuridad del recinto. A su derecha estaba el área de lectura, donde unas pocas personas repasaban sus textos en las mesas. En la recepción no había nadie.

"¡Diablos!", se lamentó Louit al ver que la ancianita del parque no estaba allí. El reconocerla como la bibliotecaria había sido una victoria inútil, sólo un trofeo a la buena memoria. "Fui un tonto al venir. Lo mejor es que me olvide de todo este asunto" pensó con desilusión.

Un cuaderno descansaba sobre la mesa de la recepción. Era el registro de visitas. Louit miró a su alrededor para cerciorarse de que no era visto mientras fisgoneaba. Los otros no le prestaban atención por estar sumergidos en el texto que tenían enfrente. "Son como ella", pensó Louit con una sonrisa. Luego empezó a girar las hojas, leyendo de manera superficial…

¡Allí estaba! El corazón de Louit le dio un salto en el

pecho: Escrito en letra limpia y elegante, el nombre de Nielce resaltaba sobre todos los demás. Louit examinó la bella rúbrica de la muchacha y dejó escapar una risa nerviosa. ¡Una y otra vez, su nombre por todo el cuaderno!

La frecuencia de las firmas podía sugerir la asiduidad de sus visitas. ¿Había un patrón en ellas? Despojado de la vergüenza, Louit tomó el cuaderno entre sus manos para hojearlo con total descaro, lo que atrajo la mirada de un hombre que leía en una de las mesas. El sujeto hizo un gesto de desaprobación con la cabeza.

- ¿Qué está haciendo? –preguntó al cabo de un rato.
- Ignóreme –respondió Louit de forma distraída-. Esto no le concierne.
- Es claro que me concierne. Usted está haciendo algo indebido...

Los otros dejaron sus textos y observaron la escena con curiosidad. Apurando las líneas, Louit encontró el nombre de Nielce otras dos veces. Eso le bastó para desentrañar el patrón: La muchacha acudía en base semanal, generalmente los primeros dos días de cada semana. Eso era todo lo que necesitaba saber; ya satisfecho, Louit depositó el registro sobre la mesa de la recepción y se disculpó con el hombre que lo había amonestado.

Si el patrón era fidedigno, Nielce iba a volver dentro de cuatro días. Para entonces, el plazo ya se habría vencido.

"¡Estuve tan cerca!", pensó Louit con amargura. Bueno, al menos sabía dónde encontrarla. Podía buscarla en otro momento; Sin embargo, algo le decía Nielce no iba a darle una segunda oportunidad, no si era la mujer que él creía: Una cuya voluntad no se tambaleaba ante cualquier viento.

- Airasenura, buenos días.

Louit no la sintió llegar: Parada a un lado suyo, la bibliotecaria lo miraba solícita, como quien espera órdenes.

- ¡Buenos días! -respondió Louit con un sobresalto de

alegría.

- Bienvenido, señor. ¿Busca usted algún libro en particular?

"Ella no sabe quién soy", se dijo Louit al ver que la bibliotecaria lo trataba como a cualquier otro visitante.

- Sí. Estoy buscando un libro de Ghillart.
- Ya. Sígame.

La bibliotecaria empezó a andar con pasos cortos y rápidos, como una eficiente hormiguita. Louit se dejó guiar por los corredores hasta el área de libros dedicados a la historia.

- Los libros de Ghillart son muy solicitados, señor...
- Dermeer.
- Bien, señor Dermeer: ¿Cuál libro busca exactamente?
- "Las Herencias del Tiempo Pasado". ¿Tendrá alguno disponible?
- Me temo que todos los ejemplares de ese libro ya fueron prestados. Los muchachos de la menígama utilizan mucho ese texto.
- Sí, lo sé.

Cuando escuchó eso, la bibliotecaria frunció el ceño.

- Usted parece un poco mayor. ¿Ya concluyó sus estudios de oficio, señor Dermeer?
- Sí.
- Mhhh...
- ¿Qué sucede? ¿Le sorprende que aún me interese leerlo?
- Generalmente, los muchachos más jóvenes son los que buscan ese libro para sus consultas, pero hay una señorita...

Pausa. La ancianita tuvo un recuerdo fugaz, luego miró a Louit con una mueca de confusión. Él no pudo contener la risa.

- ¿Nos hemos visto antes, señor Dermeer?
- Sí, apenas ayer.

La amable bibliotecaria, con el juicio entenebrecido por la

edad, no pudo recordar el incidente. Louit lo notó enseguida y se atrevió a un poco más.

- El nombre de Nielce Tamarats, ¿le dice algo?
- No lo sé. Me siento muy tonta. Siento que debería estar recordando algo.
- No se preocupe. ¿Cuál es su nombre?
- Alídea Camis –dijo ella.
- Es un nombre magnífico.

Ofuscada e incómoda, Alídea no soportó la sensación de vacío que le dejaba el recuerdo extraviado. No podía negar que Louit le resultaba extrañamente familiar, como si fuera una persona que conoció en otra vida.

- El libro que usted busca no está aquí, señor Dermeer. Vaya a la biblioteca central, allá podrá encontrar otros ejemplares...
- Señora Camis, seré muy franco con usted: No vine por el libro. Vine porque estoy buscando a la señorita que lo toma prestado, su nombre es Nielce Tamarats.
- Nielce Tamarats -repitió Alídea con lentitud.

Con lo que había visto hasta ese momento, Louit tuvo la certeza de que Alídea no recordaba a Nielce tampoco.

- Necesito encontrarla. Ayúdeme, se lo ruego -insistió Louit.
- Y yo, ¿qué puedo hacer para ayudarlo?
- Necesito una dirección, ¡es todo lo que pido...!
- ¡Oh, no! Yo no puedo hacer eso, Señor Dermeer -Alídea alzó su índice para dar mayor énfasis a sus palabras: -. Está prohibido compartir los datos personales de nuestros visitantes.
- ¡Por favor! ¡Usted no sabe cuán importante es esto para mí...!
- ¡No, de ninguna manera!

Era claro que la ancianita no iba a ceder.

- De acuerdo, no insistiré -Louit mostró las palmas en señal de rendición.
- Me alegra sea así. Le deseo éxito en su empresa, señor Dermeer.

Alídea tocó el pecho de Louit con su dedo índice, se dio media vuelta y desapareció entre los corredores. "Ya veo. Ella nunca quiso darme una señal cuando me tocó con su libro, simplemente estaba siguiendo su costumbre".

Y eso era todo. El único hilo que podía conducirlo a Nielce lo había llevado a un punto muerto.

Resignado, Louit se dirigió a la salida, abrió la puerta y se quedó de pie en la explanada que conectaba la biblioteca con la menígama, la cual estaba rodeada por un bello jardín. Alrededor, los niños jugaban a esconderse entre los troncos de los árboles. El sol aún no calentaba el ambiente, y el fresco de la mañana obligaba a los transeúntes a guardar las manos en sus bolsillos. Todos andaban sin reparar en los demás, llevados por sus propios menesteres a sitios muy distintos.

Era hora de marcharse. Louit empezó a atravesar la calzada, sin embargo, un pensamiento lo detuvo en seco. Nunca llegó a explicárselo, pero en ese instante, el joven tuvo la clara certeza de que debía esperar un poco más, justo allí, en ese lugar. ¿Esperar a qué? Nielce iba a volver dentro de cuatro días. No tenía caso.

"Estás desvariando", pensó. Sin embargo, una nítida sensación de certidumbre lo retuvo allí, como si supiera que cualquier deseo suyo podía cumplirse con sólo pedirlo...

"*Me apena que no podré terminarlo hoy*", le dijo ella en el restaurante, refiriéndose al libro. "*No puedo. Este libro no me pertenece*", le respondió cuando Louit le pidió prestado el libro en la plazuela de Ferdegan...

"*Si estás en el lugar adecuado, en el momento preciso, no será necesario que te ausentes de tu empleo; sé que tienes que trabajar mañana, y no quiero que te metas en algún lío por buscarme".*

Parado allí, como un árbol solitario en la estepa, Louit veía pasar el tiempo sin apresurarse. Un acceso de lucidez le hizo comprender que no sólo su voluntad movía aquello.

A su lado seguían pasando caras desconocidas, hombres y mujeres que lo miraban con curiosidad, como si estuviera loco. Y él no se movía, sólo miraba en todas direcciones, esperando que se materializara su anhelo, con el afán de un niño abandonado que espera el regreso de su madre.

Sin embargo, ella seguía sin aparecer. La espera se hacía larga, y Louit se arriesgaba a llegar tarde a su trabajo. Era urgente que presentara sus informes, aquellos que se pasó ordenando toda la noche. "Sólo un poco más", se dijo para fortalecerse contra el frío, la prisa y la duda.

¿Dónde estaba ella, que no llegaba? Y él, ¿cómo sabía que estaba en el lugar correcto, en el momento preciso? ¿Cómo es que confiaba en su palabra? "Sólo un poco más. La apuesta vale la pena".

Y entonces sucedió: Delante de él, una silueta conocida surgió de entre la gente. Por la manera en que lo miraba, era claro que ella lo había visto primero, mucho antes de que él supiera que venía.

Nielce daba pasos cortos. La muchacha tardó mucho en consumir la distancia que los separaba, como asegurándose de que no se había equivocado. Louit no se atrevió moverse, sólo la esperó. No supo si debía reír o llorar, brincar de júbilo o arrodillarse. Aquello era irreal, simplemente fantástico.

A cinco pasos de distancia, Nielce se detuvo. A pesar del frío, el rubor enrojecía su faz.

- Aquí estás –dijo Nielce al ver que él no reaccionaba.
- A pesar de todo, llegué hasta ti –respondió Louit con audacia.

Nielce se le acercó hasta tenerlo muy cerca.

- Quería saber si eres el hombre que aparentas ser…
- ¿Con esto pudiste comprobarlo?
- Todavía no, pero es algo que en verdad deseo hacer.
- Bien… La promesa que hiciste ayer…

Louit se interrumpió al sentir que iba muy rápido. La cabeza le daba vueltas.

- La sostengo. Dime qué quieres que sea para ti, y tú lo serás para mí también.
- Pero, *¿cómo?*

Lentamente, Nielce tomó la mano de Louit y la llevó hasta su pecho, a fin de que él pudiera sentir el bombeo rápido y nervioso de su corazón, el calor que irradiaba de su cuerpo, y acaso su misma alma.

- ¿Ahora me crees? –preguntó Nielce al cerrar los ojos.
- Nunca dije que no te creía… Es sólo que no entiendo.
- Algún día lo entenderemos los dos.
- Sí, algún día.

Louit liberó su mano para acariciar la mejilla de Nielce. ¿Qué quería ser para ella? Lo primero y lo último, lo más grande y lo más pequeño.

En una palabra, quería serlo todo.

- Bien, ¡vamos!

- Si recuerdas, la bibliotecaria no nos reconoció al entrar…
- ¡Es cierto! -comentó Nielce entre risas-. Me pareció tan extraño, ¡para mí, era claro que ella te había dicho dónde podías encontrarme!
- No se acordó de mí, y sólo había pasado una noche.
- Es increíble. ¡Y pensar que Alídea tenía un dominio asombroso de todo lo relacionado con la biblioteca! Por eso me fié de ella en el parque, pero veo que sobrestimé su memoria.

-     Por suerte, yo la conocía desde antes. Sin eso, nunca te hubiera encontrado.
- Una cadena de circunstancias muy afortunadas, querido.
- Una descripción muy acertada, querida.

    Los dos se miraron con complicidad.

- Alídea fue una mujer excepcional, ¿sabes que murió hace poco?
- ¡No sabía! ¿Cómo te enteraste?
- Fui a la biblioteca. La nueva encargada es mucho más joven, pero mucho menos paciente.
- Me apena escucharlo. Siempre tuve el deseo de ir a agrade-cerle, aún cuando no recordara lo que hizo por nosotros.
- *Ése* es el altruismo perfecto: Hacer el bien y olvidarse de ello, ¿no crees?
- Tienes mucha razón, querida.

    Louit le dio un beso en la frente a su esposa.

- ¿Qué sucedió después?
- De allí salimos hacia el hospicio. Me preguntaste si tenía tiempo para llevarte, y yo te mentí: Te dije que iba sobrado, cuando la verdad es que iba mucho, muy retrasado.
- ¡Eres un tonto! Debiste dejarme ir sola.
- Es claro que no podía a hacer eso, con todo lo que batallé para encontrarte... ¡Eso! ¿Recuerdas la cara que puso Ellorem cuando llegamos juntos?

    Nielce se llevó una mano al rostro. La imagen aún le traía remordimientos.

- Perdóname, cariño –se disculpó Louit-, no quise inco-modarte...
- Está bien. Es sólo que nunca pensé en él, en cómo se sen-tiría al verte.
- Sí, seguro lo pasó muy mal.
- Pero, ¿sabes? Él me perdonó todo, y lo hizo tan rápido, que me sentí sobrecogida frente a tanta nobleza.

Tal declaración de Nielce caló en el orgullo de Louit.

- Hablas como si hubieras escogido al hombre equivocado, querida -dijo medio en broma.

- No te lo tomes así, querido. Para mí, tú eres un hombre superior.

- ¿Lo dices en serio? Ellorem es el hombre más íntegro que conozco.

- ¡Es claro que sí! Y te voy a explicar la diferencia principal entre ustedes dos: Ellorem hablaba del futuro, pero nunca hablaba de *nuestro* futuro; hablaba de amor, pero no hablaba *de su amor* por mí; cómo decirlo... No basta con sólo ser bueno, un compañero deseable: Para ser amado hay que tener coraje y determinación, e ir infatigablemente tras ello. Tú lo hiciste así desde un principio, y por eso estamos aquí.

- ¡No cabe duda que eres la mujer más sabia del mundo!

- Sí, lo sé.

Rieron. Nielce apoyó su cabeza en el hombro de Louit, y él hizo lo mismo. La contemplación del mar los dejó sin palabras por unos segundos.

- ¿Y bien, qué sucedió después? -inquirió Nielce.

- Después de dejarte salí corriendo a los juzgados y entregué mis informes casi al mediodía, con lo que me dieron el regaño de mi vida. Casi me despiden esa vez.

- ¡Dios! ¡Con el carácter de Tesdan! -dijo Nielce entre carcajadas.

- Valió la pena. Cuando nos casamos, él mismo lo reconoció.

- Sí, a mí me dijo lo mismo.

- Por cierto: No me has contado cómo te fue a ti durante ese día.

- Era muy raro. Me sentía intranquila, aunque feliz... No sé cómo describirlo. Cuando volviste, aún me era difícil asimilar lo que estaba ocurriendo.

- ¿Por eso decidiste volver al barrio?

- ¡Sí! Tenía que hablarlo con la abuela. Tú sabes que ella siempre me ha dado claridad.
- Admito que eso me desconcertó un poco. Sin embargo, lo que hiciste al día siguiente despejó todas mis dudas: En verdad estabas dispuesta a honrar tu promesa conmigo. Y míranos aquí, cuatro años después.
- Cuatro años después -repitió Nielce.
- Dos de un noviazgo maravilloso.
- Demasiado largo, si me lo preguntas -dijo Nielce con un tono quejoso.
- ¡Ah, sí! Tenías prisa -respondió Louit entre carcajadas.
- ¡Es claro que tenía prisa! Y tú insistías con tu boda perfecta. Era irritante ver que no te decidías por una sede.
- El lugar *tenía* que ser el indicado, y lo fue, ¿no crees?
- No era el lugar el que me importaba: Era el compromiso, y tú lo sabes.
- El compromiso era más que claro...
- ¡Nunca lo es sin una sede! -insistió Nielce-. Pero elegiste un lugar magnífico, eso lo reconozco.
- ¡Gracias!
- Después nos mudamos a tu cuarto de soltero. Era una pocilga, pero me encantaba.
- ¿Ese agujero? ¿Hablas en serio?
- Es que sigues sin verlo: Nunca se trata del lugar, ni del tiempo. Se trata de *nosotros*, de lo que hicimos para llegar allí, para llegar aquí. Eso es todo lo que tenemos, ¡todo lo que necesitamos!
- Pues yo necesitaba este balcón... Pero tienes razón. Sin ti, esta casa sería igual a cualquier otra.
- ¿Ahora lo ves?
- Es claro que lo veo. Recuerda que yo te vi primero.

Louit tocó la barbilla de Nielce con los dedos para atraer su mirada. Sus ojos verdes relumbraban como la luna reflejada en el mar.

- Te amo, Nielce.
- Y yo te amo a ti, Louit.

Y se besaron como la primera vez, con la misma timidez que se deshace con el roce de los labios.

- Ven. Quiero que estemos juntos.
- No puedo, cariño –respondió Nielce con mucha pena-. Tú comprenderás...
- Comprender, ¿qué? ¿Acaso no fue una noche genial? Ven, vamos.
- En verdad no puedo... Mejor dicho, el que no puede eres tú, Louit.
- ¿Yo? -cuestionó un Louit completamente desconcertado-. ¿Por qué?
- Sí, no puedes... Tienes que guardar la abstinencia de padre.
- ¿Abstinencia de padre? ¿Qué clase de...?

Pausa. Louit tuvo un sobresalto y se separó de Nielce para tomarla por los hombros... En sus ojos verdes estaba esa verdad simple y hermosa que ella había guardado desde el inicio de la velada, y que era la razón por la que había renunciado a asistir a la fiesta del hospicio.

- Tú juegas...
- Nunca lo haría, mi vida. No con esto.
- Eso quiere decir que...
- Sí, eso mismo.

Louit de cubrió la boca con las manos.

- ¿¡Es en serio!?
- ¡Es claro que es en serio! -exclamó Nielce ya con lágrimas de felicidad en los ojos.

¿De qué otra manera podía recibir esa noticia, sino de rodillas? Postrándose, Louit se abrazó de la cintura de su esposa y empezó a reír entre lágrimas.

Y es que el abrazo perfecto se da por gratitud, y el beso perfecto se da por amor.

# CAPÍTULO 32

### *Un paciente atormentado (7)*

Una cruda tormenta se desarrolló esa noche, pues el clima aún se resistía al cambio de estación. Pesada, la lluvia explotaba contra la ventana del cuarto, apagando con su ímpetu todos los otros sonidos. Los destellos de los relámpagos aparecían de manera indistinta en el firmamento, anunciando la espantosa furia del cielo. Por lo visto, aquel chubasco iba a durar toda la noche.

Tumbado en su camastro, Louit observaba el pasillo iluminado. Los cuidadores se afanaban en repartir los medicamentos de sus pacientes. Desde luego, nadie venía a verlo a él. Wolieb le temía demasiado para acercarse, y Camebit estaba ocupado haciendo otra cosa. ¿Por qué no le asignaban a una nueva enfermera? "Acaso las espanté a todas con mi temperamento", pensaba Louit con cinismo.

Como sea, la soledad le sentaba bien. Su pena era exclusivamente suya, y sufrirla frente a otros le era insoportable. No hubiera podido tolerar la conmiseración forzada, probablemente tampoco la compasión real.

No obstante, Louit necesitaba que vinieran a verlo para administrarle su dosis de dolorantes. Una vez medicado, iban a dejarlo solo por el resto de la noche, y entonces podría envenenarse sin el riesgo de ser descubierto. ¿En dónde estaban, que no venían? ¿O acaso él no podía levantarse para ir a buscar sus medicinas? Pero no, no le venía en gana. ¿Para qué apresurarlo? Iba a suceder de cualquier manera...

Y, ¿para qué postergarlo entonces? Extraña circunstancia: Por momentos, el quitarse la vida le parecía más una obligación que un privilegio. "¿Qué te pasa, es que tienes miedo?", pensaba Louit con rabia.

Entonces recordó la sensación que le colmó el alma cuando vio el frasquito que Nielce le dio en la mañana, ese sentimiento indescriptible de alivio mezclado con pavor... Tanto había hecho para obtener la llave de la muerte, y ahora que estaba en su poder, no se atrevía a usarla.

Era su cuerpo que se aferraba a la vida. Sí, eso debía ser. "¿Para qué quieres vivir, de todos modos? Tu familia ha muerto, no puedes caminar. ¿Qué te queda? ¡Nada, nada y lo sabes!".

- Además, ella no sabe lo que dice. Ni siquiera te conoce – susurró Louit para sí mismo.

El pensar en Nielce le resultaba desagradable. Ella le había endilgado esa perspectiva de supervivencia que seguramente lo hacía dudar ahora mismo. ¿Cómo se había atrevido? ¿En verdad creyó que iba a poder salvarlo juntándolo con Zeilva? ¡Qué ingenuidad tan grande! Hacía falta mucho más que eso para retenerlo en el mundo.

¡Si al menos uno de ellos siguiera con vida! Por Brent, Louit se hubiera levantado de esa cama; por Lersha hubiera empezado todo de nuevo; por Edaliv hubiera hecho otro tanto; por ellos, por al menos uno de ellos, Louit hubiera salido adelante no una, sino mil veces. Sí, el amor de ellos era lo único que podía salvarlo, pero ellos se habían esfumado para siempre y nunca iba a poder reemplazarlos, ni osaría pensarlo siquiera. La perspectiva de volver a amar le sabía a traición. Además, ¿podría soportar otra pérdida similar? Si se daba otra oportunidad de amar y la vida se ensañaba con él aplicándole una dosis igual a ésta... ¿Valía la pena correr ese riesgo? Y, ¿cómo iba a ser amado por alguien, así como estaba ahora, impedido, quebrantado por el destino y casi privado de la cordura?

¡No tenía opción! ¡Era morir, y ya! Pero no, no era el momento de hacerlo. No todavía...

De pronto, una figura apareció en la puerta. La baja estatura del visitante lo delataba: Era un niño.

- Airasenura, buenas noches.

- ¿Quién es? –replicó Louit con desconfianza, como si el chiquillo se tratara un visitante de ultratumba.

- ¿Es usted el legislador menor, el señor Dermeer?

¿Qué era aquello? Desinteresado, Louit se vio tentado a negar su identidad. ¿O acaso este era un amigo de Lersha? Parecía tener su misma edad.

- Soy yo. ¿Qué deseas? –dijo Louit de una manera un tanto más amable.

El muchachito se introdujo en la habitación y dirigió la vista en derredor en busca de algo. Louit lo observó con detenimiento para tratar de reconocerlo. El rasgo que más resaltaba en él era su espesa cabellera rubia, plagada de copiosos bucles rizados.

- En la esquina hay un banco -dijo Louit cuando adivinó lo que buscaba el niño.

- Gracias. Usted entendió a la perfección.

Mientras el niño movía el banquito, Louit se percató de que éste llevaba una bata de enfermo. ¿Quién era él? Una vez instalado al lado de la cama, el niño comenzó a hablar:

- Señor Dermeer, mi nombre es Yaug.

- ¿Te conozco de algún lado, Yaug? –preguntó Louit con curiosidad.

- No, señor. Me enteré que usted estaba aquí gracias a Nielce. Ella era mi cuidadora, pero la despidieron.

- Ya veo.

¿Acaso venía a reclamarle? ¿O era un enviado de Nielce que venía a darle otro mensaje de aliento? Louit desechó esos pensamientos al ver que Yaug miraba con atención el área de su pierna amputada.

- ¿Qué le pasó, señor Dermeer? Disculpe que le pregunte, soy muy curioso.
- Tuve un accidente en mi vehículo.
- Escuché que perdió una pierna...
- ¿Qué quieres, niño? –preguntó Louit con hosquedad. Odiaba que su condición despertara lástima en los demás.

Yaug se mantuvo impasible.

- Tiene razón, señor Dermeer: Estoy siendo impertinente. Por favor, discúlpeme.
- Deja eso y dime qué quieres.
- Quiero dinero, señor Dermeer.

Louit se enderezó en la cama. No supo si reírse de del niño o expulsarlo toscamente de la habitación. ¿Cómo se atrevía, pequeño cretino? ¿Acaso creía que él era algún filántropo que estaba de visita por el hospital?

- ¿Nielce te dijo que vinieras a pedírmelo? –dijo Louit entre dientes.
- Es claro que no, y todavía no le he dicho para qué lo quiero. Por favor, déjeme explicárselo ahora...
- ¡No me interesa!
- Señor Dermeer –dijo Yaug con firmeza-: *No quiero morir.*

Esa respuesta enmudeció a Louit. Viéndolo bien, este niño era, además de muy atrevido, muy seguro de sí mismo y muy inteligente. La corrección de sus modales era impecable. Botarlo de forma grosera cuando él pedía una caridad destinada a salvar su vida representaba un acto casi inhumano.

- Y yo, ¿qué tengo que ver con eso? ¿Crees que puedo impedir tu muerte con mi dinero?
- A la larga no, pero mis padres se quedaron sin recursos y yo necesito extender mi tratamiento para seguir con posibilidades; mamá llora mucho por esta situación... A veces pienso que lo mejor es que todo esto termine de una vez, y sin embargo...

Yaug se interrumpió.

- Y, sin embargo, ¿qué? –preguntó Louit con impaciencia.
- Que quiero seguir viviendo, señor. Eso es todo.

Louit se acomodó en la cama. La situación de Yaug no le despertaba ni una pizca de empatía –de hecho, el personaje le parecía artificial, antinatural–, pero la tierna edad del muchacho lo predisponía a tenerle cierta consideración.

- ¿Cuál es tu enfermedad, niño?
- Tengo el mal de Isamaris, señor.
- Entonces estás condenado. Todo se reduce a una cuestión de tiempo.
- Soy optimista. Además, si extiendo el tratamiento, mi vida podría extenderse por meses, quizás por un par de años más –dijo Yaug con convencimiento.
- ¿Y así quieres seguir viviendo lo que te resta de vida?
- Así, ¿cómo?
- Con dolor, sangrando. Tú sabes a qué me refiero.
- Pues es parte de todo, señor. Es el precio que tengo que pagar para obtener más vivencias. La vida se trata de eso: De aprovechar el tiempo que nos queda para experimentar, ¿no cree?

A la luz de un nuevo relámpago, Louit pudo observar momentáneamente la faz del niño que tenía a su lado: Era un mozalbete flacucho y demacrado de expresión madura. Su mal le había proveído gran sabiduría, o al menos eso sugería su apariencia.

- Ya. Entonces deseas alargar una existencia de mierda para seguir acumulando experiencias. ¿Realmente es lo que quieres? –preguntó Louit con el tono escéptico del que quiere probar a su interlocutor.
- Mierda. Es una palabra fuerte, señor Dermeer –replicó Yaug con sobriedad.
- Sí, lo es, ¿qué tienes que decir?

- Mhhh... Creo que la vida es así en algunas ocasiones, pero también es muy bella en otras. Pienso que hay gozo aun en las épocas de miseria, y que hay miseria aun en los momentos de mayor gozo.
- Pero tú naciste con el mal de Isamaris. No me digas que has llevado una existencia dichosa, porque no te voy a creer una sola palabra.

Yaug se llevó una mano a la barbilla y reflexionó un instante. Por su enfermedad, las personas solían tratarlo con consideración, pero ahora que se veía interpelado con semejante franqueza, el niño tuvo que acomodar sus ideas para responder con la misma honestidad, dejando de lado las frases trilladas de siempre.

- Admito que la mayor parte del tiempo he vivido incómodo, con mucho dolor, y que me he visto limitado a muy pocas actividades. Eso ha sido lo más frustrante.
- Eso pensé –sentenció Louit.
- Pero también he pasado momentos muy agradables, y quiero vivir más de esos. Lo único que me falta es tiempo.

Louit escuchaba a Yaug con escepticismo, ya que intuía que el chiquillo estaba empleando algo de elocuencia artificial para suavizarlo. Un ruego más enérgico de parte de suya tampoco le hubiera causado lástima, pero no dejaba de molestarle la aparente apatía con la que Yaug hablaba de su espantoso pasado. El niño tampoco parecía muy emocionado por el futuro.

- Pues no demuestras mucho entusiasmo por seguir viviendo, camarada.
- ¿Para qué demostrarlo, si veo que usted me negará la merced que vine a pedirle?
- No, nunca dije eso –contestó Louit con gran incomodidad-. Dime, ¿cuánto dinero necesitas para extender tu tratamiento?
- Quinientos giaos, señor.

¿Quinientos giaos? Esa suma la conseguía Louit en una semana de trabajo en el tribunal. Era claro que no podía ser tan miserable para negársela, y más si consideraba que iba a dejar todos sus bienes cuando se matara.

- Mira, Yaug: Te daré ese dinero...
- ¿Es en serio? –exclamó el muchacho y una gran emoción se apoderó de él.
- Sí, pero no exageres las cosas, no quiero que... ¡Escúchame! –ordenó Louit con firmeza cuando vio que el chiquillo festejaba en silencio-. ¿Vas a atenderme?
- Lo siento, señor. Es que me hace muy feliz escuchar eso.
- Sí, ya veo.
- ¡Es sencillamente genial! ¡Podré terminar mis estudios de las operaciones de Cáyedes! ¡Podré visitar el valle de Bonholmonot y las ruinas de los templos de allá! Aunque no me alcanzará el tiempo para hacer aquello –remató Yaug con pesadumbre.
- ¿Cáyedes? ¿¡Y para eso quieres seguir viviendo!? ¡Canalla!

Louit no pudo evitar la risa. Ahora entendía de dónde venía el lenguaje sofisticado del chico: Era claro que se gastaba las horas estudiando, y era comprensible. Después de todo, ¿qué más podía hacer en su condición?

- Es tan apasionante, usted no sabe –musitó el niño, un poco ofendido por la burla de Louit.
- ¡No, ni me interesa! Pero dime, Yaug, ¿para qué no te alcanzará el tiempo?
- Para enamorarme, señor Dermeer. Tampoco podré tener hijos.
- ¿Qué edad tienes? ¿Diez, once?
- Doce.
- ¡Bah! A los doce ya debiste pasar por eso.
- Nunca salía de casa. Las únicas personas a mi alrededor eran mis padres y mis tías.

- ¿Es que no tienes alguna prima atractiva?
- ¡No juegue así, señor Dermeer!

Louit se carcajeó a expensas de su compañero. El niño se turbó mucho con la broma.

- Ya, lo dejo.
- ¿Sabe? He leído tanto al respecto y sólo me queda imaginármelo. Fíjese –dijo Yaug en tono de confidencia-: Nielce jugaba conmigo, me hacía sonrojar soltándome cumplidos ridículos, y yo le respondía con las frases pomposas de Quillens. ¿Lo ha leído?
- ¡Niño! No te van a alcanzar diez vidas para encontrar un amor como el que pinta Quillens...

Louit se interrumpió al recordar que él si lo había encontrado... En Edaliv... Por ello, tuvo que tragarse el llanto para no delatarse frente al niño.

- ... Me conformaría con vivir unos cuantos años más. Estando sano, hasta podría conquistar a Nielce.
- Dijiste que nunca te habías enamorado –respondió Louit de modo sardónico.
- Es claro que no, sólo es una fantasía.
- De eso se trata todo, Yaug: De fantasías.
- Y, ¿cómo es...?
- Cómo es, ¿qué?
- Ya sabe. Enamorarse, comprometerse, casarse. Vivir con la mujer que te hace sentir feliz y afortunado.
- Ya te lo dije, niño. Todo es fantasía. Cuando tienes un amor, te sientes en una. Cuando no, la inventas...

Una nueva figura apareció en la puerta. Por su estatura, Louit adivinó rápidamente de quien se trataba. "Vaya que es oportuno", pensó.

- Doctor Camebit –dijo casi con alivio.
- Señor Dermeer, ¿quién lo acompaña?
- Preséntate, muchacho.

- Soy Yaug, doctor –respondió éste de manera dubitativa.
- ¿Qué haces despierto a esta hora y en una habitación que no te corresponde? ¿Cómo es que tus padres te dejan salir? Anda, sal de aquí. Te llevaré a tu cuarto -ordenó Camebit con firmeza.

El niño soltó un suspiro y se levantó para salir. Antes de desaparecer, Yaug volteó y dijo por encima de su hombro:

- Señor Dermeer...
- Vete tranquilo, Yaug. Yo arreglaré eso con Camebit.
- ¡Gracias, mil gracias señor! No encuentro la manera correcta de agradecerle.
- Está bien. Déjalo a mi cargo. Adiós.

Camebit apuró al jovencito y los dos desaparecieron por el pasillo; la tempestad arreciaba con fuerza y no daba muestras de ceder. "Es como si el mundo estuviera llorando y no pudiera encontrar consuelo" pensó Louit, y enseguida desechó el pensamiento. ¿Qué ideas eran ésas? ¡Sólo era otra tormenta!

"Enamorar a Nielce, ¡qué tontería!". Y estudiar a Cáyades, leer a Quillens, ir al valle... ¡Qué máquina de idioteces! El niño estaba equivocado. Al extender su tratamiento, Yaug sólo estaba alargando su agonía y la de sus padres, quienes poco a poco se estaban consumiendo ante el inflexible peso de la realidad. No, no valía la pena vivir esa vida de caducidad anunciada, y oponerse a una verdad tan clara era una necedad...

- O es que buscas una excusa para justificar lo que estás a punto de hacer...

¿Y qué? No necesitaba explicarle sus motivos a nadie. Su miseria era muy real; su pierna había sido cercenada; sus hijos y esposa eran feos cadáveres que iban a desmenuzarse en el polvo; todas esas eran verdades absolutas, y sólo tenía dos opciones por delante: O se entregaba a la misericordiosa insensibilidad de la muerte, o se levantaba para eventualmente llevar una existencia normal, olvidándose de ellos en el proceso.

- ¡No, de ninguna manera! ¡No lo acepto, no quiero! –dijo Louit al apretar sus puños.

Camebit regresó y encendió la luz del cuarto. El doctor buscó los dolorantes en su bata, cuidándose mucho de no despegar los labios. Sabía muy bien del carácter impredecible de su paciente y no quería arriesgarse a tener una disputa con él.

- ¿Qué ha sido del niño? –inquirió Louit de repente.
- Ya está en su habitación, señor Dermeer. Lamento mucho la invasión, le aseguro que…
- Hágame un favor, doctor. Quiero cubrir los gastos del tratamiento de esa familia. Haga lo que le digo y cubra lo que necesiten de mis bienes.
- ¿Qué dice?
- Me escuchó perfectamente, doctor.
- ¿El niño vino a pedirle dinero…?
- ¿Hará lo que le pedí, Camebit?

El doctor apretó la quijada. Las maneras de Louit lo trastornaban.

- Sí, lo haré. Estos son sus dolorantes, señor Dermeer.
- Muy bien. Me han hecho mucha falta –masculló Louit.
- ¿Tiene dolores?
- Es todo, Camebit. Sólo diga que hará lo que le pedí.
- Ya le dije que lo haré.
- Gracias. Adiós.

Las interrupciones de Louit fueron brutalmente insultantes para el doctor, pero éste tuvo el aplomo suficiente para no insultar al cojo grosero. Con humildad, Camebit hizo una reverencia, apagó la luz de la habitación y salió de allí con prisa.

En la mesa descansaban las píldoras analgésicas. "Quizás

me ahorren sufrimiento", pensó Louit, y con el pulso errático, se las tragó sin agua. El descenso de las grageas por la garganta le causó un gran dolor. Estaba hecho, ahora sólo le faltaba el veneno.

Una intensa emoción le llenó el pecho. Era el momento de invocar a la muerte para que ésta lo llevara con los suyos. ¿Volvería a verlos? Louit no creía en ello, aunque la sola idea de volver a estrecharlos lo orillaba a aceptar todos los credos del mundo. Pero no. Ya era muy tarde para encontrar la fe. La vida había perdido todo sentido para él, y sólo le quedaba un camino por delante...

Sin embargo, la vida que Louit estaba a punto de desechar era la misma que anhelaba Yaug con ardiente deseo. El tiempo al que él estaba a punto de renunciar era el mismo que el otro desgraciado quería extender...

¡No, eso no era importante! ¿Que Yaug quería seguir alargando su sufrimiento? ¡Que lo hiciera! Tenía plena libertad para hacerlo si le venía en gana, pero eso no lo obligaba a él a seguir su ejemplo. Al contrario, el niño tenía que imitarlo a él. ¿A quién engañaba? ¡Por más tiempo que ganara con su tratamiento, el mocoso sólo estaba extendiendo una existencia espantosa para él y para sus seres amados! ¡Era un necio por atreverse a desafiar al destino!

¿Y él, que vivía cuando debía haber muerto, no hacía otro tanto al quitarse la vida? ¿Por qué seguía latiendo su corazón y por qué sanaba su pierna cuando él no quería que ocurriera ni lo uno ni lo otro? *¿Por qué?*

- Si le encontrara algún sentido a todo esto, tendría que quedarme, y no quiero hacerlo. Sólo quiero desaparecer en la niebla –se dijo Louit.

¿Y para qué lo seguía aplazando? ¡Basta de cavilaciones! Louit encontró el frasquito entre los pliegues de la sábana. Lo puso frente a sus ojos y lo observó a contraluz. El pulso errático de su muñeca creaba pequeñas burbujas en la superficie del líquido. Al destapar el envase, un odioso olor a medicamento le dio de lleno en el rostro. Ahora sólo tenía que tragárselo.

Como preparándose para una zambullida en agua gélida, el cuerpo de Louit se tensó entero.

- Tengo miedo –admitió en la oscuridad.

El temblor de su mano se volvió más intenso, tanto, que Louit tuvo que tapar el frasquito para evitar que el líquido se le derramara encima.

La alerta máxima. El cuerpo no quería morir y rechazaba la idea de aniquilarse, pero el espíritu rebelde y pesimista de Louit rogaba beber aquel brebaje letal para mitigar su miseria. El escape, ¡el maldito escape! Lo tenía a la mano, ¿por qué dudaba entonces?

Sólo había una manera de hacerlo: Sin pensarlo más, Louit destapó el frasco y apuró la sustancia. De inmediato sintió un frío intenso y se arropó con la sábana. Sólo tenía que esperar hasta que el sopor le arrebatara la conciencia...

Una última despedida, la que no tuvo oportunidad de darles antes de separarse eternamente de ellos. Y eso era todo...

Las gotas seguían estallando contra la ventana. Pugnaban por introducirse en el cuarto para ahogarlo todo. Los espantosos gritos del cielo seguían retumbando con cada trueno, y las estelas de los relámpagos atravesaban el firmamento cual si fueran las venas incandescentes que irrigan un órgano gigantesco.

El escenario para la tragedia estaba dispuesto.

# CAPÍTULO 33

## Deíma (7)

Era muy temprano cuando el carro llegó a las afueras de la capital. A esa hora, sólo los cascos de los caballos perturbaban el silencio. Como era habitual durante los días del estío, una ligera neblina se posaba sobre la ciudad.

Conforme iba amaneciendo, los primeros insomnes se levantaron para recibir el nuevo amanecer con un tazón humeante en la mano. A ellos les tocó ver el funesto carruaje de los étores atravesando la ciudad, una celda ambulante para los condenados. Sin duda se dirigía al palacio central, lugar en el que los funcionarios del nuevo estado religioso de Isalba hacían justicia con la discreción del que pretende no existir. Era mejor así. Con este nuevo régimen, la paz en el país se había hecho tan notoria que la población incluso llegó a acusar la monotonía de la época.

Poco a poco, la gente empezaba a aparecer. Los primeros vendedores se apostaban a los costados de las avenidas con sus mercancías frescas, hendiendo el aire con sus típicas peroratas destinadas a atraer clientela; los jornaleros se despedían de sus familias agitando sus sombreros en alto, y en grupos pequeños de tres o cuatro se dirigían hacia los campos de cultivos de las afueras, llevando sus gastadas herramientas sobre los hombros.

El despertar paulatino de la ciudad dio paso a nuevos sonidos. Cuando la claridad del cielo venció definitivamente a la noche, los altos edificios mostraron todo su esplendor y belleza, con sus hermosos ventanales que les daban el aspecto de colmeneros gigantescos. La calzada de piedrecillas incrustadas era muy antigua, y un ingenioso diseño de patrones coloridos le otorgaba el aspecto de una soberbia alfombra sólida. Arcos de madera formaban largos túneles de las callejuelas, y los postes se conectaban mediante plantas enredaderas que formaban un hermoso emparrado. Fuentes cercanas de diversos diseños silbaban tranquilamente a los costados del camino.

Después de transitar por estos túneles, el carro tomó una rampa, misma que ascendía hasta desembocar en la plaza principal, sitio en el que se encontraba la menígama capitalina y el palacio imperial. Las aves reposaban tranquilas en las ramas de la arboleda, calentándose mutuamente con sus cuerpecillos emplumados. Pocas personas deambulaban por allí a esa hora, y el sitio ofrecía una calma encantadora.

¡Qué bella era la ciudad capital! Aun cuando sólo la veía a través de una minúscula abertura de ventilación, aquella metrópoli era gloriosa y magnífica. Era claro que el nuevo régimen había decidido renunciar a la frugalidad con el objetivo expreso de aumentar su fama.

¡Era como la había soñado! No, ¡en su vida se había imaginado algo tan majestuoso! Aun cuando en su momento le sonaron casi irreales, las historias que Louit Dermeer les contó a los niños a orillas del lago Itsaril no alcanzaban a expresar toda la hermosura de aquella urbe. ¿Cuándo hubiera podido imaginar que iba a conocerla en esas circunstancias?

Más lejos, las torres delataban la existencia de aquel edificio inconfundible: El templo. Extasiada, Nielce lo vio a los lejos y sintió un hondo pesar. Toda su vida soñó con peregrinar hasta aquel fastuoso santuario, el sitio designado para recibir la instrucción divina de los oráculos...

Sin embargo, todo resultó de un modo muy distinto para ella; viendo desaparecer el templo detrás de otro edificio, Nielce se obligó a mantener la compostura. No había llorado desde que dejó Fokkumbuim, y tampoco iba a hacerlo ahora.

Ya en el palacio central, Louit caminaba con prisa por los pasillos. Iba al encuentro de los ancianos para ser puesto bajo la lupa. Cuando lo dejaron ir a su primera misión, era claro que ellos todavía no confiaban en él. Pensaban que era muy joven, no respetaban su criterio. Ahora que había vuelto, no iban a dejar de comprobar sus impresiones.

A Louit no le preocupaba la decepción de los étores, es más, esperaba de ellos una reprimenda más que enérgica por su falta de decisión. Todos ellos eran hombres cargados de experiencia, que no temían provocar la muerte de otra persona ni cargaban con culpas por hacerlo. Curtidos por las décadas, habían apagado sus conciencias para no sentir empatía por los criminales que juzgaban de manera cotidiana. Eran meros instrumentos de una justicia que no admitía pretextos ni justificaciones, fríos como el metal que cercena la carne, firmes como los barrotes que impiden la libertad, fuertes como el mazo que se estrella contra el cráneo y riega los sesos...

¿Y qué? Él se había convertido en uno de ellos. Esa había sido su ambición al unirse a la orden. El viaje a la región de Itsaril le había dado la oportunidad de demostrar que estaba preparado para el cargo. El crimen denunciado era de tal naturaleza que sólo podía tratarse con una severidad ejemplar, y él mismo se hubiera encargado de destruir a Glunnavart de haberlo encontrado culpable. Ante un abuso de poder tan ruin, la compasión y la comprensión eran dádivas inmerecidas. Sí, ante tales perversiones, sólo cabía el uso del castigo más atroz.

*"El castigo es necesario. Sólo pagando con un sufrimiento intenso se pueden borrar las culpas de los condenados. Así se les limpia de su inmundicia y se les prepara para la trascendencia espiritual. Entonces serán recibidos por el sol, si el Más Grande los quiere admitir. Hay que impedirles que se hun-*

*dan más, hay que rescatarlos de sí mismos, y prepararlos para volver...".*

Entendía el principio, lo había estudiado bien. De alguna u otra manera, la labor de castigar a los ofensores de dios era un acto misericordioso y necesario. También debía considerar que los castigos empleados en el presente eran mucho menos crueles que los que se usaban la antigüedad. Por aquel entonces, las purgas eran más actos de venganza que de purificación.

Con todo, la incertidumbre lo estaba matando. Sí, era cierto que había atrapado a una embustera flagrante, una calumniadora que había buscado venganza al ser rechazada por un hombre, tratando de hundirlo por no corresponderla en sus concupiscencias. Lo sabía y no podía negar las pruebas. Empero, y a pesar de las evidencias, Louit aun no podía creer que Nielce hubiera sido capaz de hacer todas esas cosas. Si ya le era desagradable el tener que prender a alguien, el que ese alguien no fuera decididamente culpable le era insoportable.

¿Cuán dura iba a ser la sanción de Nielce? No, él iba a abogar por ella. No iba a permitir que la hicieran pasar por el tormento físico. No si estaba en su poder evitarlo.

Y así, andando como un autómata por los corredores oscuros y fríos del palacio, Louit llegó a la sala de entrevistas del consejo. En la puerta lo estaba esperando Nílder Hayans. Él era el más viejo de los étores, y el más sabio de todos: El presidente de la orden.

- Llega temprano, hermano Dermeer.
- Hermano Hayans.

El anciano abrió la puerta de la cámara. Dentro, la única luz disponible era la de las velas. Era un sitio de aislamiento en el que sólo eran admitidos los más capaces.

- ¿Ya están aquí los tres? –preguntó Louit con timidez.
- Sí. Sólo faltabas tú. Es hora de empezar.

En la penumbra, Louit alcanzó a distinguir otras dos cabelleras blancas. Sentados e impacientes, Xilinan y Darbes lo esperaban con los brazos cruzados.

- Por fin llegas, muchacho –dijo el primero en tono de reproche.
- Te demoraste una eternidad, Louit. ¿Te temblaron las manos? –añadió Darbes en son de burla.
- Silencio –ordenó Hayans mientras se trasladaba hacia su silla-. No sean tan duros con él. Hemos de recibirlo como se merece.

El presidente ocupó su silla con gran dificultad. Tenía el mismo aspecto cansado de siempre, y ese aire paternal que inspiraba confianza; como Hayans se tardaba en hablar, los otros dos ancianos seguían en suspenso. En cuanto el presidente comenzara la sesión, ellos sabrían qué postura debían tomar: Inquisitiva o indulgente.

- Hermano Dermeer –dijo Hayans con voz inexpresiva-, nos congratulamos con su regreso. Nos enteramos de que aprehendió a la calumniadora. Actuó muy bien en ello.
- Era lo que dictaba la situación, hermano Hayans.
- Es verdad.

Darbes carraspeó de forma irrespetuosa. Enterado del carácter hipercrítico de su compañero, el sabio Hayans supo que éste deseaba pasar de inmediato a la parte de la reprimenda. En vez de complacerlo, el presidente le preguntó a Louit:

- ¿Se imagina, hermano Dermeer, por qué elegí a estos dos hombres para que me acompañaran en este interrogatorio?
- Es claro que eligió al hermano Xilinan porque él me educó, pero al hermano Darbes lo eligió para que se me trate con rigor.
- Es usted muy observador, no esperaba menos de su respuesta. Y mi rol aquí, ¿cuál es?
- ¿A qué se refiere?

- Usted ve en Xilinan a un protector y en Darbes a un detractor. ¿Qué lugar ocupo yo? ¿Cuál es mi posición?
- Supongo que usted es un mediador, aquel que da el veredicto justo...
- ¿Veredicto? ¿Sientes que te estamos juzgando, Louit?
- Honestamente, siento que se me está juzgando.

Darbes no pudo evitar una sonrisa maliciosa. Xilinan permaneció impertérrito, casi como si estuviera aburrido.

- ¿Se ha juzgado en alguna ocasión a algún miembro del consejo de los étores, Xilinan? –preguntó Hayans.
- Jamás.
- ¿Puede decirnos el por qué?
- Es sencillo: Las decisiones las toma el consejo. Aun cuando se cree que los étores actúan de forma individual, lo cierto es que sólo se hace aquello que el consejo ha determinado por unanimidad.
- Así que *es imposible* juzgarte sin juzgarnos a nosotros mismos, Louit –Hayans se llevó una mano al pecho-. Dicho de otra manera, el resultado lo hemos determinado *nosotros*. Tú sólo formas parte de esto como un compañero más.

Louit sintió una enorme confusión. Nunca había escuchado semejante doctrina en todos los años de su formación.

- Sí, veo que esto es nuevo para ti –observó Hayans-. Me imagino que te estás preguntando cuál es la utilidad de la instrucción que recibiste en la prudencia y el orden de los étores si, al final, tu opinión sería absorbida por la voluntad del consejo.
- Es justo lo que estaba pensando –admitió Louit.
- Tu mente es ágil, envidio tu perspicacia. Ahora, si me lo permites, voy a probarte un poco...

Hayans se inclinó hacia el frente para clavar sus ojos oscuros en los de Louit, y con una desagradable lentitud, formuló esta pregunta:

- Hermano Dermeer, ¿por qué cree que lo elegimos para formar parte del consejo?

En un gesto involuntario, Louit dirigió la vista hacia su maestro. Xilinan le regresó una mirada fría, casi de rechazo.

- Supongo –respondió Louit titubeante-, que vieron en mí algo que les pareció valioso…

- *Útil* es la palabra correcta –corrigió Darbes.

- Valioso, útil… Sólo son palabras –dijo Hayans para evitar que la intromisión de su colega alterara a Louit-. No obstante, usted acertó en esto, hermano Dermeer. ¿Qué cree que vimos en usted?

- No mucho, por lo visto.

- ¿Se ofendió con lo que le dije antes? Vamos, deje de lado su orgullo. Piense… ¿Por qué cree que lo recibimos en la orden?

Aquello comenzaba a ser muy irritante. Viéndolo bien, una reprimenda hubiera sido mucho más tolerable que este ejercicio de adivinanzas. Con todo, Louit quiso dejar en claro que no iba a dejarse intimidar por aquellos vejetes.

- Puede ser por mi buen juicio, por mi capacidad de discernimiento, por ser un discípulo dedicado, por mi fe excepcional…

- Ah, voy a interrumpirlo ahí mismo –dijo Hayans-. No está bien que lo deje seguir adelante sin decirle la verdad, pero quiero asegurarme de que tomará las cosas del mejor modo posible. ¿Tengo su palabra de que así será?

¿La verdad? ¿Acaso había dicho eso? Indignado, Louit apretó los puños. ¿Así que todo lo que dijo de sí mismo no era valorado por los étores? ¿Estaba tan equivocado en cuanto a la percepción de su valía dentro de la orden?

- Tomaré de buen grado su instrucción, maestro –repuso Louit con tono humilde, aun cuando hubiera querido contestar de un modo muy distinto.

- Me alegra escucharlo, ya que esto puede ser difícil de

digerir... Y es que lo que hemos visto en ti, que considera-
mos especialmente útil para nosotros, es precisamente tu
*falta de fe.*

- No entiendo.
- Ya lo entenderás, Louit.

Hayans se frotó las manos. El aire en torno a él cambió
radicalmente, como si se estuviera preparando para dar un
duro regaño. Darbes miró divertido a Xilinan, y él no quiso
voltear a verlo. Estaba demasiado ocupado en el desenvolv-
imiento de su pupilo como para dedicarle atención a ese
fatuo.

- Háblenos de Nielce Tamarats. ¿Qué piensa de ella?
- ¿Qué desea que diga en específico?
- Concretamente, quiero saber si usted piensa que ella es
  culpable.

Louit tragó saliva. Aquella era una pregunta muy directa.

- Se dio testimonio en contra de ella. Debe ser culpable.
- Entonces ¿usted piensa que es culpable?
- Los hechos así lo indican.
- Pero, *¿tú qué crees?* Habla con confianza.

El cambio recurrente del *tú* al *usted* trastornaba a Louit,
pues Hayans gravitaba del tono condescendiente al formal a
conveniencia. ¿Y qué, si les decía la verdad?

- No estoy tan seguro de que la denuncia de Nielce Tamar-
  ats haya sido falsa.
- ¿Estás sugiriendo que Melbon Glunnavart es un agresor
  de niños? –preguntó Hayans.
- No, yo no dije eso.
- ¿Entonces la muchacha se equivocó al denunciar? ¿No
  obtuviste testimonios en contra de ella?
- ¡Sé que es así, y sin embargo...!

Louit la conocía, la había visto, ¿cómo podía ser? También conoció a Deíma y experimentó con ella sus miedos.

Observó a Glunnavart, lo interrogó y notó en él las señales inequívocas de la culpa...

¿Cómo podía negar sus propias convicciones? ¿Cómo podía dejar de abogar por Nielce, cuando las pruebas de su crimen eran tan dudosas?

Pero... *¿Lo eran?*

- Darbes –llamó Hayans a su colega-, ¿qué opinas de esto?
- Es un asunto embarazoso, hermano Dermeer –sentenció aquel con gran satisfacción.
- Ya. Xilinan, ¿qué piensas tú?
- ¡Ya basta, Hayans! –rugió el aludido, visiblemente molesto-. ¡No crié al muchacho para esto!

El despliegue emocional de Xilinan le granjeó una mirada de reproche del presidente. Era totalmente inusual ver a los étores discutir, y más aún verlos airados. Un absoluto silencio se impuso en la cámara durante la mitad de un largo minuto.

- Está bien, Xilinan –concedió Hayans-. Te concederé que le reveles los secretos de nuestra orden a tu alumno.
- Te lo agradezco, Nílder.

Louit escuchó el coloquio de los ancianos y experimentó una enorme desazón. ¿Secretos? ¿Y Xilinan se los iba a revelar? ¡Pero había estado bajo su instrucción desde pequeño! Y aquella relación, más que de tutela, se había convertido casi en un lazo familiar. ¿Por qué le había guardado secretos? Y, ¿por qué iba a revelárselos justo ahora?

- Hijo –musitó Xilinan-, escúchame con atención: Voy a enseñarte el verdadero propósito de nuestra vocación.
- ¿De qué estas hablando?
- ¡Escúchame! ¡Esta es la última lección que te daré!
- ¡Pues di! –rogó Louit al sentirse devorado por la curiosidad.

Hayans agachó la mirada para verse sus manos huesudas. Darbes, por su parte, se cruzó de brazos y empezó a observar sin escrúpulos a alumno y maestro.

- Louit: Nosotros incriminamos a la monja.
- ¿Qué...?
- Cuando nos hiciste saber que la niña había invalidado la denuncia, nosotros decidimos que era necesario eliminar cualquier sospecha de la integridad de Melbon Glunnavart; tú sabes de las prácticas tan espantosas que se cometían contra las niñas durante el régimen anterior...
- Es claro que sé de ello.
- Bueno, entonces entiendes por qué no podíamos dejar suelta a esa mujer.

De pronto, Louit se sintió ahogado, y con razón: Aquella cueva estaba tan aislada como las entrañas mismas del mundo; furia, y asco y confusión. Todo se entremezcló en un brebaje emocional difícil de saborear.

- ¿¡Qué hicieron!? –exclamó iracundo.
- Compramos testigos –contestó Darbes de manera cínica-. Así te forzamos a hacer lo que debiste haber hecho desde un principio.
- L-Lo que...

Ante la sensación de un desmayo inminente, Louit se tomó las sienes.

- ¿¡Pues qué se supone que debía haber hecho!? –preguntó, aún cuando no quería escuchar la respuesta. Su voz ya casi era la de un enajenado.
- Simple y llanamente, tu deber era el de resguardar el buen nombre del nuevo estado religioso de Isalba –replicó Darbes con tono doctoral-. Es *así* de sencillo.
- Amigo Darbes, deja que Xilinan termine. Haznos ese favor –pidió Hayans con amabilidad.
- ¡No, no necesito explicaciones! –bramó Louit-. Ya entendí todo a la perfección: Ustedes decidieron ensuciar el nombre de una mujer ejemplar, una verdadera sierva de dios...
- *¿Lo es? ¿Lo aseguras categóricamente?* -respondió Hayans

con incredulidad.

El viejo se pasó la lengua por los labios para humedecerlos. Esta vez no iba a usar a los otros ancianos para expresarse.

- ¿Sabes? Pedimos que te supervisaran en Fokkumbuim. Ella nos dijo que, desde el principio, Nielce Tamarats trató de granjearse tu favor mediante métodos, cómo decirlo, *poco legítimos...*

¿Ella? ¿Quién? Louit repasó en su mente los nombres de todas las personas que conoció en su viaje.

- ¿¡Marae!?
- Precisamente, la hermana Marae nos alertó sobre la influencia perniciosa que esa mujer estaba ejerciendo sobre ti, Louit.
- ¿Cuál influencia perniciosa? ¡Nielce siempre fue de lo más respetuosa conmigo!
- Ya. Dime, Louit, ¿no estuviste a solas con ella durante tu primera noche en Fokkumbuim? ¿O durante las fiestas de las cosechas? ¿O a orillas del lago Itsaril?
- Señor: *Yo* propicié esos encuentros.

Hayans levantó las cejas. En su expresión podía distinguirse un viso de piedad.

- ¿Afirmas que en ningún momento ella trató de seducirte?
- ¡Es claro que lo afirmo! ¡No sé cómo se les ocurrió que...!

Eso era, eso debía ser. "Ella se ofreció a Glunnavart a cambio de Deíma, y yo se los hice saber a ellos", pensó Louit.

- Están equivocados -Louit señaló con el dedo a los ancianos-. Ella nunca quiso inducirme a hacer algo impropio; y con respecto a Glunnavart: Todo lo que hizo Nielce fue tratar de proteger a Deíma.
- Protegerla, ¿de qué? ¿Acaso la niña no negó la denuncia? ¡Estás ciego, Louit! ¡Sin nuestra intervención, tú hubieras dejado libre a una embustera!

Todo estaba mal y Louit lo sabía. Hayans, por su parte,

parecía profundamente decepcionado.

- Bien, seamos claros: Ya casi es mediodía, y tú sabes cuál es el castigo para aquellos que dan falso testimonio en contra de los oficiales del estado religioso de Isalba...

    No, no era cierto. Louit retrocedió con espanto.

- No pueden hacerlo -musitó.
- Es claro que podemos, y lo haremos.
- ¡Pero no hubo crimen! ¡Ustedes lo fabricaron!
- Precisamente. ¿O tú crees que la monja se va a olvidar de que la incriminamos? ¿Crees que mantendrá un silencio perpetuo al respecto?
- Pueden enviarla lejos, ¡no es necesario que muera!
- Es nuestra decisión final. Y estás citado al mediodía. Darbes y yo estaremos esperando por ti. Puedes irte, Louit.

    La abrupta interrupción de la entrevista dejó anonadado a Louit. Asesinarla, *¡era demasiado!* ¿O acaso ellos sabían que Glunnavart...?

    ¡Tenía que comprobarlo! Después de un instante de vacilación, Louit salió de allí a la carrera, dejando abierta la puerta de la cámara detrás de sí.

- Él irá a buscarte, Xilinan. Asegúrate de hacerlo entrar en razón.
- Lo haré.
- Bien. Será necesario incrementar la guardia...

    Hayans se levantó con dificultad y agachó la mirada.

- Ah, es una verdadera lástima. Vamos, Darbes.

- Nielce, Nielce... Despierte...

    La muchacha abrió los ojos muy lentamente. ¿Alguien había susurrado su nombre?

- Nielce, por favor...

    Era él. Louit Dermeer. ¿Qué quería ahora? Su voz sonaba

desesperada, angustiada.

- Váyase –le dijo Nielce con desprecio-. No deseo hablar con usted.
- Nielce, se lo ruego, ¡esto es importante!
- No he dormido en tres días, ¿y ahora viene a perturbar el descanso que por fin encuentro? ¡Usted no tiene alma!
- ¡Escúcheme, Nielce! ¡Los miembros del consejo la incriminaron!

Nielce reaccionó de manera tardía, pues estaba atontada por la fatiga. Con terrible dificultad se incorporó del camastro y miró a Louit. Por su aspecto, era claro que él estaba punto de romper en llanto.

- ¿Qué dijo?
- ¡Las acusaciones en contra suya fueron compradas! ¡Ellos quieren silenciarla!

Nielce parpadeó para aclararse la vista. Sus miembros estaban entumecidos y débiles, y su cabeza le dolía como si le estuvieran presionando las sienes.

- ¿Ellos, o ustedes?
- ¡Oh, Nielce! Me atormenta demasiado el pensar que usted es inocente…
- ¿Ahora empieza a creerlo? ¡En buena hora!
- No haga esto, Nielce –Louit se puso de rodillas-. Sólo quiero saber qué pasó en realidad…
- ¡Pasó lo que les dije! ¡Les dije qué era lo que estaba sucediendo y lo sostengo, aun sin con eso se me va la vida!
- Entonces se declara inocente…
- ¿Qué clase de juego es éste? ¡Márchese! -exclamó Nielce con gran enfado.

Louit se echó de espalda contra los barrotes y empezó a sollozar. Algo había cambiado en él, y al comprobarlo, el corazón de Nielce se enterneció.

- ¡Dios! ¿Por qué sucedió esto?

- ¿Qué pasa, Louit? No entiendo nada.
- ¡Sólo dígame! –gritó Louit cuando pudo contener su llanto-: ¿Por qué Deíma negó la acusación que usted hizo contra Glunnavart?

Contra su voluntad, los ojos verdes de la muchacha engendraron lágrimas.

- Aquel día, antes de que entráramos en el viejo almacén, no me pude contener y le dije a Deíma qué lo que íbamos a hacer allí adentro.
- ¿Justo antes de entrar?
- Sí. Ella me rogó que no entráramos, pero yo sabía que usted la necesitaba para resolver el caso contra Glunnavart...
- ¿Cómo la convenció de entrar? –preguntó Louit, aun cuando ya anticipaba la respuesta.
- La niña estaba preocupada por el bienestar de Glunnavart. Para tranquilizarla, le dije que haríamos lo que ella quisiera. Si ella quería confirmar o negar mi denuncia, nosotros íbamos a respetar su decisión.
- Entonces, cuando Deíma me preguntó cuál iba a ser el castigo de Glunnavart si lo encontraba culpable...
- ¡Ella no quería que le pasara nada malo! ¡Quería protegerlo!

La comprensión iluminaba las zonas oscuras y Louit sufría más con cada palabra. Nielce, entretanto, parecía reverdecer mientras desahogaba su alma.

- Y allá, en el calabozo del monasterio, cuando usted me prohibió hablarle...
- ¡Era para cumplir mi promesa, Louit! Como Deíma tomó la decisión de no acusar a Glunnavart, yo decidí que iba a librarla de la responsabilidad de su muerte. No quiero que crezca con remordimientos...
- Nielce: ¡Vendrán a ejecutar sentencia a mediodía!

¿Mediodía? Eso sólo podía significar una cosa...

- ¿Sin darme audiencia? ¿Es en serio...?

Nielce no esperó una respuesta a su pregunta y dirigió su vista hacia la ventana. Por la altura del sol, era claro no faltaba mucho para llegara la hora.

- Iré a decirle esto a los miembros del consejo, ¡no puede terminar así!
- Louit, deje eso...
- ¿Qué? ¡¿Quiere morir!?
- ¿Usted cree que me dejarán ir después de esto? ¿No dijo que buscaron la manera de incriminarme? Además, ellos irán con Deíma, y si la obligan a hablar... No, Louit. Es mejor que todo esto termine así...

La situación era extrema, y los dos estaban en parálisis, sobrepasados por la realidad.

- Deíma -dijo Louit al cabo de un momento, como si en su mente hubiera encontrado una respuesta-. Vuelvo en un instante.

En efecto, Louit salió y volvió pronto, cargando consigo algo de papel y un tintero. Nielce entendió enseguida y se levantó apresuradamente de su catre.

- Dése prisa.
- Sí -dijo Nielce al tomar el material que se le entregaba.
- La dejaré a solas. Iré a abogar por usted. Esconda el escrito debajo de su catre. Volveré, ¡se lo prometo!

Nielce tragó saliva.

- ¿Y qué pasará si...?
- No lo diga. No dejaré que le hagan daño, aunque tenga que perder la vida aquí...
- Pero, ¿y si ocurre? ¿Deíma podría enterarse de esto?

Louit se maravilló de que, a pesar de que corría un riesgo inminente, Nielce pensaba más en Deíma que en sí misma.

- Si algo llega a salir mal, yo me aseguraré de que ella nunca se entere de lo que ocurrió aquí.

431

- ¡Gracias, Louit! Se lo digo de todo corazón.
- ¡No lo diga siquiera! ¡No merezco su agradecimiento!
- Sí que lo merece. Sé que, si de usted dependiera, las cosas hubieran sido muy diferentes...

El comentario de Nielce afectó profundamente a Louit. Él apretó los barrotes con tal fuerza que sus puños emblanquecieron por la presión.

- Voy a sacarla de aquí -dijo Louit sin creer en su promesa.

Y se dio media vuelta para marcharse de allí. Justo antes de doblar por el pasillo, Louit dijo lo siguiente con un nudo en la garganta:

- Perdóneme, Nielce...
- Lo perdono, Louit. Se lo digo con sinceridad.
- Y, para que lo sepa: Me encargaré de que Melbon Glunnavart no vuelva a dañar a ningún otro niño. Él mismo pidió su traslado a otro monasterio, pero allá a donde vaya, yo lo estaré vigilando. En cuanto a Deíma: Yo mismo llevaré su carta.
- Gracias, Louit. Si la ve, dígale... Dígale que estoy bien. Dígale que soy muy feliz...
- Lo haré.

Louit salió disparado en busca de Xilinan, determinado a impedir el martirio. Habiéndose quedado sola, Nielce empezó a redactar con mucho cuidado, cuidando que sus lágrimas no arrugaran el papel.

# CAPÍTULO 34

*El juicio (7)*

Vubell y los jueces demoraban a los otros con sus pasos cortos y torpes. La oficina de los magistrados estaba muy lejos de la sala del juicio, y hasta allá tenían que trasladarse para no escuchar las protestas de la plebe.

- ¡Es insólito! ¡Todos se unieron para defender a una asesina! –refunfuñó Vubell, indignado.
- ¿No es genial? –dijo Litton para burlarse.
- ¡Eres un diablo, Litton! ¿No ves que fracasaste terriblemente en tu encomienda? –gruñó Konis, uno de los tres jueces.
- ¿De qué encomienda hablas, brujo? ¿No ves quién nos acompaña?

El abogado tenía razón: Louit y el árbitro escuchaban las palabras de Konis y no disimulaban el asco que les provocaba el descaro de los jueces, aun cuando se cuidaban mucho de no abrir la boca.

- ¡Menuda porquería! –siguió protestando Vubell.
- ¡Eh, Louit! Estuvo bueno el juicio, ¿no crees? –sugirió Litton en tono socarrón.
- ¡Cierra la boca, imbécil! ¿¡Cómo te atreves!?
- Oye, enredarte en este asunto por escaparte de tu suegro, ¡qué fineza!

No pudiendo sufrir aquella insolencia, Louit se prendió del saco de Litton y lo estrelló de espaldas contra la pared, cosa que mató de risa a este último.

- ¡Basta, dejen eso! –ordenó Vubell con rudeza.
- Inmundo pedazo de estiércol…
- ¿Estiércol? ¡Estiércol! –exclamó Litton entre carcajadas-. Eso es lo que Niva Tolsre piensa de ti en estos momentos, camarada Dermeer.
- Señor Litton: Voy a desarraigarlo a usted también si sigue comportándose de este modo – amenazó el árbitro.
- ¿También? Oh, habla de ti, Louit. Lástima, ya no podrás ayudar a más damas menesterosas… Pero ya lo dejo.

Aun cuando quería arrancarle la cabeza, Louit liberó a su colega y todos reanudaron la marcha. No obstante, y lejos de ofuscarse, el implacable Litton siguió multiplicando necedades.

- Ya, en serio, Louit. Di la verdad: ¿Te enamoraste de ésa espléndida jovencita? Admito que me encantaría estar encerrado en una celda con ella, aún cuando sé que es capaz de matar a un hombre…
- ¿No puedes contenerte nunca, Hejder? ¿Quieres que nos machaquemos aquí?
- ¡Sólo la verdad! Vamos, satisface ese capricho.
- ¡Déjalo ya, *blamat*!

Finalmente, todos llegaron a la sala privada de los jueces, deseosos de apresurar la resolución de tan peliagudo asunto. Estaban tensos, sobre todo los ancianos, que aun desde allí alcanzaban a escuchar los murmullos lejanos de la muchedumbre.

- No dejan de hacer escándalo –masculló Vubell-. Vaya, todo este asunto me ha producido jaqueca.
- Estarás bien. Sólo tenemos que resolver este asunto con prontitud. Joven árbitro, ¿para qué nos pidió reunirnos en privado?
- Puede ver, juez Larmin, que la situación ha rebasado la capacidad de maniobra de todos nosotros…

- ¡Es inaudito! ¡Sencillamente intolerable! –interrumpió Vubell de manera irrespetuosa.

Litton hizo una irrisión con la nariz. Reclinado en su asiento como un mocoso rebelde, el abogado disfrutaba de la molestia que les producía a los otros con sus impertinencias.

- ¿Y para qué me llamaron a mí? Usted dejó claro que fui desarraigado –preguntó Louit.
- Es estrictamente necesario que aclare aquí, frente a todos, que la historia que expuso Berinya Cloetts acerca de usted es verdadera, señor Dermeer. Debemos desechar completamente la sospecha de colusión, y me temo que tendremos que investigar a fondo este asunto.
- Todo lo que se dijo es cierto –admitió Louit con cierto embarazo-. Y me presto por completo a la investigación.
- ¡Un acto de galantería supremo! ¡Eres un auténtico rescatador, un libertador, un luchador social! –ironizó Litton.
- Hemos de constatarlo. Por lo demás, será necesario que abandone la sala, señor Dermeer, y, por su bien, usted también márchese, señor Litton. Les haremos entrar si llega a ser necesario.
- Como gusten.

Los abogados salieron. Estando fuera, Louit y Hejder se miraron con incomodidad. Aquel ya no bromeaba, sino que había tomado un aire serio.

- Sí que te fastidió Berinya al exponerte frente a todos –dijo Litton con gravedad.
- No voy a hablar contigo, ya que fuiste *tú* el que me fastidió al exponer esas teorías alocadas e insidiosas.
- Tú sabías que yo iba a emplearme a fondo para presionar a la muchacha, y lo hice. O dime, ¿de qué otro modo podía desacreditar a esa mujer?
- Cállate de una vez, ¡no quiero escucharte!
- Es por el juego, Louit, ¡por el juego! Mira –dijo Litton en

435

tono de confidencia-: No tengo nada en contra Nielce Ta-marats, aun cuando así lo di a entender en la palestra.

- Y casi lograste que aceptara la pena de muerte, la presion-aste para que lo hiciera.

Decepcionado, Litton chasqueó la lengua.

- No entiendes nada, Louit. ¿Qué vas a entender, si te lar-gaste a institucionales?

- ¿Entender qué? ¿Tus intentos de condenar a esa pobre muchacha?

- *Tú* sabes cuál es el castigo por cometer homicidio en este país –Litton señaló a Louit con el dedo-. Ustedes tomaron el camino arriesgado. Una sentencia sumaria era mejor opción.

- Puedes ver que no –rebatió Louit de manera triunfal-. ¿O no escuchas a la gente? No pueden condenar a Nielce sin despertar sospechas.

- ¿En verdad crees que ganaste? Mi amigo. No dudes que este caso se va a trasladar a los juzgados de la nación, y créeme que estaré muy sorprendido si no envenenan a Nielce antes de que le den una nueva audiencia.

La voz de Litton había adquirido un tono enigmático. Es-taba muy bien enterado de todo.

- ¿Ahora me entiendes? –preguntó al ver a Louit boquia-bierto-. Si te digo todo esto es porque no participo en el complot. Al contrario: Ves que me burlé de los jueces en cada oportunidad que tuve. Es porque me repugna su con-ducta, y así les hago ver que no participo de su sustancia.

- Es increíble...

- Y sí, reconozco que fui un perro durante el juicio, pero ése es mi estilo y mi trabajo me fascina – admitió Litton.

- Te excediste, Hejder, pero no esperaba otra cosa de ti.

- Ya, deja eso. Y créeme cuando te digo que, aunque no siento culpa por haberme comportado del modo en el que lo hice, tampoco estoy de acuerdo con lo que se está haciendo ahora mismo.

Louit se sorprendió al ver esa faceta de Litton. Aún cuando era un infame sin corazón, el hombre aún tenía ideales.

- ¿Sabías que el consejo ciudadano quiso reducir la sentencia al mínimo desde el principio?
- No, no lo sabía.
- Desde que levantaste la declaración de ingreso, muchas personas acudieron a testificar a favor de la muchacha. Ni un solo quejoso. El pueblo de Isalba no tiene sino buenos deseos para con ella. No dudo que el árbitro esté asentando eso allí adentro.
- ¿Es un hombre íntegro?
- Mejor que tú y que yo, seguro –sentenció Litton con comicidad-. Me entrevisté con él antes del juicio. Es un buen muchacho...

¿Cómo ignoraba algo tan elemental? Para vergüenza suya, Louit reconoció que nunca estuvo realmente preparado para afrontar el caso. Litton se había preparado más y tenía más tesón que él para el oficio. "Quién sabe", pensó Louit con amargura, "acaso los juristas de Berinya lo hubieran hecho mucho mejor que yo".

Ahora la muchacha estaba a merced de las intrigas del estado, que buscaba la manera de eliminarla antes de que el asunto llegara más lejos. Y eso no era todo: La ruina personal se cernía sobre él. Niva iba a romper su compromiso matrimonial y Tolsre iba a despedirlo; a eso se añadía el escarnio público...

- *¡Blamat!* –Louit descargó un puñetazo contra la pared.
- Ya empiezas a verlo, sí...
- ¡Cállate!
- Controla tu temperamento, alguien viene...

En efecto, dos hombres se aproximaban hacia ellos. En sus rostros se veía una expresión molesta. Cuando ya estaban muy cerca, uno de ellos preguntó con un acento extraño:

- ¿En dónde están reunidos los jueces?
- Aquí dentro –indicó Litton con la mano-. Es una reunión privada.
- Pues va a interrumpirse –dijo el desconocido con dificultad. Saltaba a todas luces que era extranjero-. Avísenles que hemos llegado...

Louit quiso revisar las credenciales de los visitantes, pero Litton se ahorró las ceremonias y llamó a la puerta de la sala.

- ¿Qué se desea? –inquirió una voz desde el interior.
- Unos hombres vinieron a hablar con ustedes, juez Vubell, y parece que traen un asunto muy importante.
- ¡Despáchelos, Litton! No recibiremos a nadie...

El extranjero se acercó mucho a la puerta y dijo con fuerte entonación:

- ¡Dejadnos pasar! ¡En el nombre del pueblo de Sorogia, pedimos acceso a su reunión!

No hubo respuesta. Los abogados y los extranjeros se miraron. De pronto, el pestillo de la puerta se corrió y el árbitro del consejo ciudadano miró hacia el exterior.

- ¿Quién es?
- Señor Gogindas Bedakis y señor Romaiu Estenes, enviados por el *domader* de Sorogia para presenciar el juicio contra la mujer que asesinó de Feriven Londarien. Queremos audiencia con los jueces asignados al caso, compañero.
- Aquí tenemos nuestras identificaciones –dijo Romaiu, quien no había despegado los labios hasta ese momento-, y una carta de amistad y petición.

El árbitro extendió la mano para recibir los documentos que le ofrecían, los examinó y frunció el ceño.

- ¿Quién los envía?
- El mismísimo *domader* de mi país, señor.

- Permítame ayudar, señor Bedakis –dijo Litton al reparar en la importancia de aquellos personajes-. Estos hombres son comisionados del gobernador de Sorogia. Si ve en la esquina superior del salvoconducto, verá el sello de la casa mayor de Ótela.
- Ótela, bella capital –confirmó Gogindas-. Este señor dice la verdad.

Inexperto, el árbitro titubeó. Desconocía el protocolo para este tipo de casos. Los extranjeros lo entendieron así y comenzaron a bufar.

- Mire, muchacho: Esto es importante. No querrá causar un disgusto al excelentísimo *domader...*
- De ninguna manera, señor. Es sólo que no sé si esto es legal.
- Pregunta a los jueces –sugirió Litton-. Ellos sabrán qué hacer.

El joven indicó que haría eso y cerró la puerta con suavidad. Gogindas y Romaiu intercambiaron palabras en su lengua para desahogar la cólera; un momento después, el árbitro les permitió la entrada.

- Bienvenidos, señores.

Los forasteros le estrecharon la mano, sonriendo de manera hipócrita. Ya dentro, intercambiaron las amabilidades de rigor con los ancianos.

- Lamentamos la intrusión –dijo Romaiu como única disculpa, sin sentir pena ni demostrarla.
- Pasen, siéntense. Por favor, cierre –le pidió Vubell al árbritro.
- Un momento, señores... No veo por aquí a los *yollers*, ¿dónde están ellos?

Todos se quedaron en silencio.

- Los *yollers*, estos hombres... Romaiu, ¿cuál palabra es ésa que busco?
- Los abogados, nosotros –aclaró Litton, quien escuchaba

todo lo que se decía desde afuera-. No participamos de la reunión, señor Bedakis.

- Pues deben estar, ¡definitivamente deben estar!

Louit se sorprendió con los modos tan peculiares de los emisarios de Sorogia, sobre todo con los de Gogindas, quien lucía inocente y torpe, y más con su bigote pelirrojo tan extraño; Litton ladeó la cabeza y observó el rostro de Vubell. El anciano expelía llamas por los ojos.

- Deben estar –insistió el pelirrojo con convicción.

Enfadado y entre murmuraciones, Vubell invitó a Louit y a Litton a tomar parte de la reunión.

- Agradezco la gentileza –dijo Litton con gesto afectado-. Entre, camarada Dermeer, y cierre.

Louit obedeció. Era ostensible la incomodidad de los jueces, la misma que siente aquel que es invadido y no lo puede evitar; el árbitro, por su parte, lucía contrariado, más por lo inesperado de las circunstancias que por otra cosa.

- Ya está –dijo Gogindas con tono triunfal al verlos a todos reunidos, y luego expresó con grandilocuencia: -. Les agradecemos que se nos admita aquí, amigos nuestros de Isalba. Ya fuimos presentados por nuestros nombres, pero también expondremos nuestro cargo y asignación: Somos emisarios del *domader* de Sorogia y traemos un mensaje de parte suya, que deseamos que se lea aquí y ahora.

- Señor Bedakis, ¿sabe que nos encontrábamos decidiendo el destino de una persona imputada por homicidio? –cuestionó Vubell.

- Sí que lo sé. Mi compañero y yo estuvimos presentes en el juicio.

- ¿¡Y la ocasión le parece oportuna para traer mensajes!? ¡No tienen jurisdicción aquí! ¡Lo que se haga entre el pueblo de Isalba no le compete a nuestro país vecino!

- Sí que nos compete cuando se trata de Feriven Londarien, hombre cuyo apodo hemos encontrado ofensivo desde siempre –puntualizó Romaiu.

- Lo que quise decir es que ese mensaje debe presentarse ante el gobernador del país, pues éste, a todas luces, no es un asunto de nación. No pueden influir en la sentencia de un ciudadano...

Con un gesto, Romaiu acalló las objeciones de Vubell, luego sacó un sobre de su seno, lo depositó sobre la mesa, y con un movimiento suave, lo puso enfrente de Konis.

- Usted también es juez. Léalo para sí mismo y díganos si es un asunto de nación o no.
- ¿Konis?
- No podemos impedirlo, Vubell. Tenemos que escuchar a estos hombres.

Con un movimiento rápido, Konis extendió el documento ante sus ojos y empezó a leer con detenimiento. De a poco, pequeñas arrugas se fueron dibujando en su frente.

- Será mejor que los dejemos hablar –susurró Konis.
- Dame eso –pidió Larmin y tomó el fino papel de la mano de su colega.

Litton se extendió completamente en su asiento y puso los brazos detrás de su cabeza. Con enorme satisfacción, el abogado comprobó que se operaba en Larmin el mismo cambio que había sufrido Konis: El mismo visaje de abatimiento y angustia.

- ¡Hablen! –ordenó Vubell-. ¿Qué sucede?
- El gobernador de Sorogia quiere ver a Nielce Tamarats. Dice que desea conversar con la persona que vengó a su familia...

¿La familia del *domader*? ¡Era cierto! Louit recordó aquella noticia funesta: Uno de los hijos y dos de los sobrinos del gobernador habían sido hallados muertos y con señales claras de tortura. Habían pasado varios años desde que ocurrió aquello, casi cinco, y nunca se había atrapado al perpetrador de tan osado crimen. De hecho, ni siquiera se contaba con la identificación oficial del responsable.

- ¡Vaya, con que eso era! –exclamó Litton, sorprendido-. ¿Están seguros que Londarien es el asesino del hijo del *domader*?

- Totalmente seguros. Es cosa confirmada.

- ¿Y qué? ¡Díganle al gobernador que venga! Si lo que desea es hablar con Nielce Tamarats, sólo tiene que pedirlo...

- No entiendes, Vubell –interrumpió Larmin-. El *domader* quiere ver a la muchacha en Ótela...

- De hecho, *exige* ese privilegio –corrigió Romaiu con mucha flema-. Gogindas, explícales tú.

El pelirrojo se aclaró la garganta y comenzó a hablar con su acento raro:

- El *domader* estuvo buscando a Feriven Londarien durante años. Estuvo cerca de prenderlo en las fronteras de Coneguin, pero el muy infeliz escapó. No supimos nada de él durante un buen tiempo y esperamos. Pronto escuchamos rumores de que ese cretino había entrado a Isalba por Aremas...

Litton alzó las cejas. Estaba bien enterado de las dificultades de la ruta.

- ... Y desde que cruzó a este país, Londarien desapareció de nuestros ojos. Un hombre tan fácil de rastrear de pronto se volvió un *llápil*...

- Un ratón –tradujo Litton-. Es una expresión del país, así se habla de alguien escurridizo.

- ¡Es verdad! De alguna manera, ese hombre dejó todas sus costumbres y negocios conocidos y se transformó en un *llápil*, un criminal común.

- Escuchamos durante el juicio que Londarien se dedicaba a la usura y al contrabando –dijo Romaiu-. ¿Qué tan difícil es detectar a un contrabandista en su país, señor Dermeer?

Louit se sobresaltó. No esperaba que se le interpelara, y

menos por su nombre.

- Depende de los métodos del contrabandista, señor Estenes.
- Es cierto. Y los métodos de éste Roasdan, pues me parece que así se hacía llamar Londarien, ¿le parece que eran discretos?

Aún sorprendido, Louit comenzó a balbucir. Los jueces le miraron con los ojos muy abiertos, el árbitro con suspenso y Litton con curiosidad.

- No, señor...
- A mí tampoco.

Romaiu se inclinó hacia adelante y miró a Vubell de lleno. Tenía los ojos entrecerrados -aunque ésa era su expresión habitual, misma que lo hacía verse desinteresado por todo-, y en su boca una sonrisa pintada.

- Señor Dermeer: Cuando tomó el caso, ¿usted sabía que el hombre muerto era Feriven Londarien?
- No, señor –respondió Louit con un poco más de aplomo.
- Y cuando lo supo, ¿se vio tentado a dejarlo?
- Es claro que no. Cuando me enteré de la identidad del fallecido, supuse que sería muy ventajoso para mi cliente...
- Es lógico. Señor Litton –dijo Romaiu dirigiéndose a aquel-: ¿Cómo llegó a litigar contra la acusada?

Vubell y sus comparsas sudaban frío ya, pero una circunstancia inusitada cargó la escena de humor: Reconociendo en la figura de Litton al jurista que presionó a Nielce de forma tan audaz, Gogindas puso una mueca estúpida y exclamó:

- ¡Ah, es usted! ¡Canalla!
- ¡Hasta ahora, Gogindas! ¿Que cómo llegué? Me contrataron, señor Estenes.
- ¡Si se le ve tan simpático! –insistió con dolor el bigotudo pelirrojo, pues muy pronto había adquirido simpatía por su traductor improvisado.

- Vi que fue decididamente cruel en su labor, señor Litton. Parecía que usted tenía algo en contra de esa mujer – sugirió Romaiu.
- Nada de eso. Este es mi estilo de hacer las cosas.
- ¿Y quién lo contrató? Digo, si no tiene prohibido revelarlo.
- ¿Pues quién más? El estado de Isalba.

Vubell comenzó a revolverse en su silla. Su rostro estaba congestionado y rojo.

- ¿El estado de Isalba es quien pelea esta causa? ¿No hubo quien presentara querella?
- ¿A favor del Dueño de Sorogia? ¿Quién iba a hacerlo, sus secuaces? –preguntó Litton con ironía.
- Tiene razón, mi amigo… Tiene toda la razón…

Louit contempló a los hombres a su alrededor y comprendió la enorme importancia de lo que se estaba desarrollando frente a sus ojos. Aquello podía terminar muy mal para el país, y ninguna diplomacia iba a poder remediarlo.

- Bien, allí está nuestra petición –Romaiu señaló el documento que Larmin aún leía-. El *domader* desea conocer a la persona que hizo justicia por su hijo. Creo que se sentirá muy indignado al enterarse de lo que Gogindas y yo hemos colegido al presenciar este juicio…
- Van a causar un conflicto terrible, señor Estenes. No se precipite en…
- Juez Vubell, sé perfectamente lo que puede ocurrir. ¿Cree que puede ocultarse algo como esto?
- ¡Habrá guerra! –exclamó el anciano con desesperación.
- Entonces hagan su parte: Si quieren complacer al *domader*, ya saben lo que tienen que hacer aquí.

Romaiu se levantó y tocó a Gogindas para que éste hiciera lo mismo.

- Señores, esperen un momento –rogó el árbitro-. Deben saber que es imposible exonerar a Nielce Tamarats, aun cuando el voto del consejo ciudadano va en ese sentido.

- ¿La matarán entonces? ¿Cometerán tal imprudencia?
- No señor, no queremos que se haga así. No obstante, Nielce Tamarats debe penar de alguna u otra manera...
- La carta pide que la muchacha se presente ante el *domader* cuanto antes. Ustedes fijen el plazo de la espera, y procuren que sea breve, si es que les queda algo de prudencia.

Los extranjeros salieron de allí de manera apresurada, dejando detrás de ellos una espantosa incertidumbre. Vubell se tomó la cabeza con ambas manos y comenzó a lamentarse en silencio.

- ¿Qué harán ahora? –inquirió Litton con interés.
- ¡Maldita sea! Usted y Louit: ¡Lárguense ahora mismo! – bramó el juez.

Como no estaba hecho para tales tratos, Litton se marchó con el aspaviento del que ha sido insultado. Louit también se retiró, pero lo hizo guardando las cortesías de rigor.

- Nielce...

La muchacha se giró. Louit estaba parado al lado de la jaula con una expresión de preocupación en el rostro.

- Louit, ¿¡qué está sucediendo!?
- Siguen deliberando allá adentro. Con todo, creo que hay buenas noticias para usted...
- ¡Ya vienen!

La gente enmudeció al ver entrar a los tres ancianos escoltados por el árbitro del consejo ciudadano.

- Iré a sentarme –le dijo Louit a Nielce.
- Sí.

El joven árbitro se paró al centro del auditorio. En sus manos llevaba el acta de sentencia recién redactada, misma que mostró para que fuera vista por todos.

- Ciudadanos del pueblo de Isalba: Anuncio ante ustedes el

veredicto que es efectivo a partir de su fecha de promulgación. Después de una exhaustiva revisión de las circunstancias del caso, y de acuerdo a los códigos legales que rigen en el territorio de Isalba, queda asentado ante todos cuál es la pena que se le impone a Nielce Tamarats por el delito de asesinato alevoso...

Nielce soltó un suspiro que tuvo atrapado por meses, y con suprema calma, escuchó la condena que se le imponía.

# CAPÍTULO 35

## *Sismo en Lairet (7)*

A la luz de su lámpara, Ceimer Mordrei leía sus documentos con los ojos cansados. El día había sido muy largo para él. El terremoto también había dejado sus terribles huellas en Maerbos, y la gente que dependía de su centro humanitario se había multiplicado exponencialmente. En repartir alimentos y curar heridos, la labor se había vuelto casi inhumana para una cuadrilla tan pequeña como la que Mordrei mantenía. Sólo por las noches tenía tiempo para planificar la administración de su casa, y en esas labores tan importantes, el pobre Ceimer se desvelaba, a pesar del enorme cansancio que llevaba encima.

Llamaron a la puerta y Mordrei escuchó que alguien atendía. Momentos después, el mayordomo se presentó frente a él para anunciarle que dos personas lo estaban buscando.

- Es la extranjera que vino aquí con Gokij, señor. Trajo consigo a un hombre que no he visto nunca...

Mordrei casi se fue de espaldas cuando escuchó que Nielce estaba afuera.

- Nielce, ¿está aquí?
- Está sentada afuera, señor...
- ¡Hazlos pasar, Ragaigh! Son personas muy importantes.

Obediente, el mayordomo salió para cumplir la orden. Entretanto, Mordrei iluminó la habitación por completo para recibir a sus huéspedes.

- ¡A'Nama! ¿Dónde estás, A'Nama?
- Diga, señor –respondió la sierva desde la cocina.
- ¡Ven acá enseguida!

En esto se encontraba Mordrei cuando Ragaigh les dio entrada a Nielce y a Louit.

- Airasenura. Buenas noches, señor Mordrei -dijo Nielce.
- ¡Nielce, no sabe cuánto me alegro de verla! ¡Oh, por mi madre...!

La reacción del anfitrión se debía al aspecto terrible de Nielce: Sucia, cansada, con el feo moretón de la pedrada en la frente y las marcas espantosas del estrangulamiento en el cuello; y otro tanto por Louit, quien llevaba un trapo ensangrentado en el muslo.

- Buenas noches, señor –dijo Louit con una reverencia.
- ¿Qué les pasó? –inquirió Mordrei con el tono de un padre que interroga a su hijo al ver que éste ha arruinado su atuendo.
- Tuvimos un viaje muy largo y muy accidentado.
- Van a contármelo todo. Por favor, siéntense.

Nielce aceptó la invitación de buen grado y se acomodó en un mullido sillón. Louit se sentó en el suelo y recargó la espalda contra la pared para estirar sus acalambradas piernas. Los dos estaban tan extenuados que ni siquiera hablaban.

- ¿Pero qué se han hecho? ¡Mírense, están como si hubieran rodado!
- También rodamos hoy –bromeó Louit-, o al menos yo sí lo hice.
- Fue una travesía llena de contratiempos, señor Mordrei. Somos muy afortunados por haber llegado aquí en una pieza.
- No sabe cuánto la hemos estado buscando, Nielce. Gokij está como un enajenado, ¡y yo también lo estaba! Creímos

que le había pasado algo muy grave.

- ¿Gokij está bien? -inquirió Nielce.
- Preocupado, pero sí, está bien.
- ¡Me alegra mucho! -exclamó una Nielce verdaderamente aliviada-. ¿En dónde está él?
- Sigue buscándola en los alrededores de Rittka... Corren rumores alarmantes en cuanto a usted, Nielce.
- ¿Qué rumores?
- Pues... Se dice que la milicia de Fanehain está persiguiéndola...

Louit se rio del tacto con el que Mordrei abordaba el asunto. Aclarándose la garganta, el joven preguntó la razón por la que buscaban a Nielce.

- Dicen que está involucrada en la muerte del sacerdote mayor de Fanehain, pero no podemos entenderlo.
- Yo le explico –Louit tomó aire y luego suspiró-: El día del terremoto, yo encontré a Nielce sola y me ofrecí a llevarla al ayuntamiento para buscar a su intérprete. Al no encontrarlo allí, nos dirigimos a los cuarteles. Estábamos pasando la noche junto a un puñado de los Igommta. En eso llegó Poriahor en ánimo pendenciero y yo me entendí con él y sus esbirros...
- Entonces usted es *Ocaringo* –dijo Mordrei al reconocer la identidad de Louit.
- ¡Hasta ahora, Ceimer!
- Ahora entiendo todo. Y usted, ¿se encargó de traer a Nielce hasta acá?
- Pues aquí estamos, y no queda más por decir.

Después de una eternidad, A'Nama compareció ante su señor y le preguntó qué necesitaba.

- Atiende a estas personas, sobre todo al joven: Ve que pueda curarse esa herida.
- Sí, señor.

La criada salió con presteza para buscar los materiales adecuados. Ragaigh les preguntó a sus invitados si les apetecía comer algo, y Nielce le respondió que ella sí tomaría de lo que le diesen. Louit, sin embargo, desdeñó el ofrecimiento de manera respetuosa.

- Sólo necesito curarme esta herida y dormir. Lo demás no me importa mucho.

Mordrei despachó al mayordomo con la orden de que fuera a procurar algo de alimento y les anunció a sus huéspedes que iba a ausentarse para dar aviso de la aparición de Nielce.

- Si lo desea, puedo darle acceso al comunicador para que contacte a sus parientes en Isalba. Deben estar preocupados por usted, Nielce.

- ¡Me haría un favor inmenso! Muchísimas gracias, Ceimer.

El anfitrión le sonrió con afecto y salió de la habitación. Louit se fue detrás de él y lo tomó por el hombro, luego le hizo una seña con el dedo para darle a entender que deseaba hablarle a solas.

- Disculpe, señor Mordrei: ¿Se sabe algo de Akkraín Estarbo?

Mordrei se llevó una mano a la frente, como preparándose para dar una mala noticia.

- Ay, señor Dermeer... Una célula rebelde de la milicia de Fanehain lo capturó...

Louit hizo una seña para interrumpir a Mordrei. Eso era todo lo que necesitaba saber

- Ya. Vaya a hacer sus llamados, ¡y ni una palabra de esto a Nielce!

Mordrei asintió. Louit lo dejó ir y buscó la manera de escabullirse fuera de la casa sin ser visto por Nielce.

Después de una breve cena, Nielce le pidió a Ragaigh que la condujera a las duchas.

- Venga acá, mi señora. ¿Necesita vestidos también?
- ¿Hay ropa aquí?
- ¡Mucha! Se hace acopio de las prendas que nos envían de todos lados para repartirlas entre la gente. Algo debe ser de su cuerpo, si lo buscamos bien.

Los dos buscaron en el almacén hasta que encontraron buenas prendas, y por primera vez en muchos días, Nielce pudo darse una ducha caliente. Aquel pequeño lujo le hizo sentir nostalgia por su hogar.

Una vez terminado su aseo, Nielce preguntó por Mordrei. Ragaigh le dijo que podía encontrar a su amo en el aposento de arriba. La muchacha subió y encontró a su anfitrión agazapado junto a un enorme aparato, tan viejo, que despertaba dudas en cuanto a su funcionamiento.

- Sí, debería conseguir uno mejor –reconoció Mordrei-. Quizás recibamos otro cuando lleguen las próximas brigadas. Por lo demás, ¿sabe cómo utilizarlo?
- No, señor –admitió Nielce.
- No se ofusque, sólo es cuestión de práctica. Cuando logre entablar contacto con el otro aparato, debe presionar este botón para empezar la transmisión. Cuando quiera escuchar, debe hacerse receptora presionando éste otro botón. Las dos partes no pueden recibir o comunicar al mismo tiempo...
- Conozco el funcionamiento de los llamados, era el aparato el que no sabía manipular.
- Eso es. Pues bien: Este botón es el de recepción, y éste otro es el comunicador. Puede ver cuál es la bocina.
- ¡Este aparato es enorme! El de mi casa es mucho más compacto.
- ¿Tiene uno de éstos en su vivienda? ¡Ésa sí que es una ventaja!

El amable Mordrei se retiró para darle privacidad a Nielce. Nerviosa, la muchacha ingresó el código para crear el enlace con el otro aparato, luego esperó unos segundos hasta que escuchó una voz adormilada por el auricular.

- ¿Mamá? ¡Soy Nielce!

La muchacha presionó el botón para hacerse receptora y un aluvión de palabras brotó del auricular, sin embargo, el aparato había quedado tan dañado por el terremoto que sólo emitía quejidos irregulares.

La madre de Nielce seguía multiplicando palabras, pero lo único que la muchacha pudo discernir fue la entonación nerviosa de aquella voz que le era tan conocida. Cuando le llegó la oportunidad de hablar, Nielce se pegó a la bocina para dar su mensaje.

- Mamá, no pude entender lo que trataste de decirme. El aparato que estoy empleando es muy viejo... Quiero pensar que tú si me entiendes, y a eso me atendré para hablarte: Mamá, estoy muy bien, no sabes cuán afortunada soy al poder decirte eso...

Una honda emoción embargó a Nielce. La muchacha recordó uno a uno los acontecimientos que había vivido en aquellos días caóticos. Sí, era demasiado afortunada, y ahora lo sabía con absoluta certeza.

- Estoy en Maerbos, llegué hace un rato. Volveré a casa apenas encuentre un transporte que me lleve de regreso; por cierto, necesito que te prepares porque llevo a un amigo conmigo. Sé que él te encantará cuando lo conozcas...

Nielce presionó el botón para hacerse receptora. Aún cuando la respuesta seguía siendo incomprensible, el tono de voz de su madre era inequívoco: Estaba muy sorprendida.

- Lo siento mucho, mamá: Sigo sin poder entenderte. Intentaré comunicarme de nuevo cuando consiga un mejor aparato. Espero verte pronto, ¡si supieras cuántas cosas tengo por contarte! Te amo, madre. Nos veremos en breve -dijo Nielce y presionó el botón para hacerse receptora.

Entre los ruidos creyó distinguir un "te amo" y sus ojos se

le anegaron. Un segundo después, el lazo se cortó.

Con cuidado, Nielce depositó el auricular en su sitio y descendió al aposento inferior. Allí encontró a Mordrei redactando sobre su escritorio.

- Y bien, ¿pudo hacer contacto con el otro aparato?
- Sí, aunque no pude comprender lo que se decía desde el otro lado.
- Ah, ese cacharro. El sismo lo dejó en un estado terrible.
- Aún así, le agradezco mucho su bondad, señor Mordrei.
- No fue nada, mi querida Nielce –respondió Mordrei con una sonrisa.
- A todo esto, ¿sabe en dónde está Louit?
- Salió y no lo he vuelto a ver. Es muy probable que siga afuera.
- Iré a buscarlo -Nielce se despidió de Mordrei con una seña.

En efecto, Louit se encontraba sentado en el porche, justo al lado de la puerta principal. Yommy descansaba recostado a su lado, y al ver a Nielce en el umbral, el perro empezó a menear la cola.

- Hola, Louit.
- Vaya, sólo mírate -dijo él al verla limpia y arreglada-. Te sienta muy bien ese atavío.
- Gracias. ¿Puedo acompañarte?
- Es claro que sí. Ven.

En la acera de enfrente, un grupo de niños desgreñados y sucios jugaban con una pelota hecha de trapos cosidos. Un poco más allá, una fogata alumbraba a una veintena de adultos que compartía una paupérrima cena. Era claro todos ellos habían quedado desheredados.

- Parece que se divierten mucho –dijo Nielce al ver el correteo de la chiquillada.
- Pasárselo bien es una prerrogativa de los niños.
- Eso es muy cierto. Ellos encuentran la manera de sacarle

color a la vida aún en las circunstancias más oscuras.

- ¿Qué haces allí parada? Anda, siéntate.

La muchacha se sentó y apoyó la barbilla en sus puños. La contemplación de los pequeños juguetones le recordó a los pidaos, y eso le apretó el corazón.

- Te ves preocupada, Nielce –sugirió Louit de pronto-. Pensé que ibas a estar más tranquila cuando llegáramos acá.

- ¡Estoy bien! ¿Sabes? Hablé con mi madre hace un momento. Me alivia saber que podré verla pronto.

- La ruta de comercio tiene que abrirse cuanto antes. Si todo sale bien, deberías llegar a Isalba en una semana.

- ¿Deberías? Mejor es que digas *deberíamos*. Recuerda que tú también vienes –corrigió Nielce.

- Sí, es claro que sí.

Yommy alzó la cabeza al percibir algún ruido lejano, alertado por sus instintos. Nielce aprovechó el movimiento del perro para acariciarle las orejas.

- Eso es, ven...

Mimoso, el perro dejó a Louit para echarse en el regazo de Nielce.

- ¡Bribón! Me dejas a la primera -refunfuñó Louit.

- Nada de eso. Es sólo que no lo he acariciado en todo el día.

- ¿Te gusta el perro, Nielce?

- ¿Yommy? Es claro que me gusta –admitió ella al acariciarle la piel de abajo del cuello-. Es un animal increíble.

- Es bueno saberlo.

- ¿Por qué lo dices?

- No me hagas caso. ¿Y qué harás cuando estés de vuelta en tu tierra?

- ¿Por qué sigues hablando así, Louit?

Él la miró con extrañeza, pues en la voz de ella había una nota de reclamo, y en su mirada, un dejo acusador.

- Así, ¿cómo?

- Así: Como si yo me fuera sola. *Tú* también vienes; de hecho, ya le hice saber a mi madre que te quedarás con nosotras.
- ¡Mira! ¿Me vas a hospedar? –preguntó Louit entre risas.
- ¡Es claro que te vas a quedar conmigo, y no te puedes quejar! Es lo menos que puedo hacer para retribuir lo mucho que has hecho por mí.
- Agradezco tu gentileza, pero tengo otros planes.
- ¿Cuáles son esos planes?
- Pues es claro que debo vivir solo. Es lo que he hecho desde que dejé el hogar de Akkraín…
- ¡Akkraín! Con tantas cosas que ocurrieron, me había olvidado por completo de él. ¿Mordrei pudo darte noticias al respecto?

Louit se preparó para mentir de la mejor manera posible.

- El viejo está bien. Parece que consiguió zafarse del cautiverio con sobornos. Ahora mismo está en Rittka, oculto en una ubicación en la que no podrá ser encontrado de nuevo por la milicia.
- ¡Magnífico! ¡Es una noticia excelente!

Para no delatarse, Louit dirigió la vista al cielo, como implorándole a las estrellas para que lo ayudaran a contener el llanto.

- Sí, es un verdadero alivio -dijo con un nudo en la garganta-. Y él me ayudará a instalarme.
- Entonces vas a rechazar mi hospitalidad.
- Es lo correcto. Debo vivir por mi cuenta.
- Pues me apena mucho escucharlo. Me hubiera encantado ser tu anfitriona y llevarte a conocer todas las cosas hermosas del país.
- Tendremos tiempo para eso, ya que no quieres desembarazarte de mí.

Nielce miró a Louit de un modo completamente encantador, con una mezcla perfecta de descaro y pudor, y él la miró como se mira a una niña inocente, sí, con el mismo desinterés del que sabe que no va a alimentar un imposible.

- Eres un hombre duro por fuera, Louit, pero yo ya he visto tu lado sensible.
- Contigo ha sido al revés, Nielce: Tal vez piensas que te has mostrado débil ante mí, pero fue tu tenacidad la que nos trajo hasta acá. Eres increíble.
- Hicimos un gran equipo.
- Tampoco no podemos olvidarnos de Yommy.
- ¡Y que lo digas! -Nielce empezó a rascar el cráneo de Yommy con sus uñas.

El perro se dejó agasajar y correspondió lamiendo las palmas suaves de Nielce.

- ¡Eso es! Louit, me retiro a descansar. Me siento verdaderamente extenuada.
- Bien. Ve.
- ¿Ya estás por dormir?
- Lo haré más tarde. Necesito digerir todos los cambios que van a ocurrir en breve.
- Entiendo. ¿Te curaste la pierna?
- Sí.
- Con todo, voy a revisarla mañana –dijo Nielce con autoridad-. No dejaré que se te dañe, ¡que para eso soy doctora!
- Por allí escuché rumores de que eres la mejor, *Ahuassinda*.

La mención de su mote le dibujó una sonrisa en el rostro a Nielce.

- Descansa, *Ocaringo*.

Louit hizo una mueca de disgusto. Nielce se levantó entre risas y entró en la cómoda vivienda de Mordrei.

Era avanzada la madrugada cuando la luna apareció por

encima de los cerros. A pesar de los ruegos de Ragaigh y de las invitaciones de A'Nama, Louit insistió en quedarse afuera. No estaba cómodo en el porche, pero ahí podía pasar las horas en soledad.

Yommy dormía a sus pies con envidiable tranquilidad, liquidado por el rigor del viaje. ¡Cuánta envidia sintió Louit hacia el perro, ya que éste no debía soportar cargas humanas! El dolor de las pérdidas, tantas y tan sensibles, era demasiado para él. Y es que, en cuestión de unos días, Louit vio destruida su ciudad, el hogar de la mayor parte de su vida; se volvió un prófugo de los Fanehain, a quienes consideraba sus hermanos; fue expulsado por los pidaos, después de involucrarlos en un conflicto que les era ajeno y en el que muchos de ellos perecieron; perdió a su padrastro, aquel hombre al que tanto vilipendió en vida, todo para que éste, al final terminara sacrificándose por él, sacrificio que le sabía amargo por sentirlo inmerecido.

¡Todo eso lo perdió en un parpadeo! Ahora sólo le quedaba la perspectiva de la fuga y el olvido en una nación que, aunque era la suya, nunca iba a serlo del todo.

-    Ojalá hubiera muerto a orillas del Zagara -se decía Louit con gran amargura, pensando en el momento en el que Nielce lo había rescatado de las manos de los pidaos.

¡Pero no, esa era la salida fácil! *Omibe hacin, omibe yaiah.* Louit creció repitiéndose esa frase cada vez que se vio acorralado en alguna emboscada, curándose las heridas después de recibir alguna paliza o después de algún combate en las tierras de cultivo.

Él era un luchador. Sin embargo, la lucha de su vida parecía haber concluido.

"Al menos pude traerla a salvo", pensó Louit con satisfacción. Y fue allí cuando se dio cuenta de que, a pesar de que había sacrificado tanto para protegerla, se alegraba mucho de haber conocido a Nielce.

¡Eso era! ¡Allí estaba Nielce, ella podía llevarlo a nuevos

horizontes! Pero, ¿cómo podía fiarse de ella, si apenas la conocía? ¿Qué le aseguraba que ella iba a estar allí para acompañarlo durante la nueva travesía que le esperaba por delante? Él la había salvado, sí, pero no deseaba tenerla atada a su lado sólo por gratitud.

Si tan solo tuviera la certeza de que, al irse en pos de ella, podría encontrar una dirección, un propósito para rehacer su vida en Isalba...

- Qué tonterías.

Harto de estar acostado en el porche, Louit se levantó y echó a andar de un lado al otro. Pronto se percató del albor de un nuevo amanecer. Eso lo ancló en su sitio.

Tenía que decidirlo en ese momento: O seguía adelante y se aventuraba a encontrar una nueva razón para seguir viviendo, o permanecía en Lairet para concluir la lucha de su vida.

Un ave mañanera pasó graznando para darle la bienvenida al nuevo día. Al verla alejarse, Louit contempló la belleza del cielo. Luego tomó aire y aspiró la fragancia de la tierra humedecida por el Zagara. Vio las copas altas de los árboles y las montañas lejanas que se iluminaban en el horizonte, como si éstas estuvieran despertando después de un largo y profundo sueño.

"¿Dónde vas a ver un amanecer igual? ¿En dónde lo hallarás, sino aquí?".

Esa pregunta le supo a revelación. Decidido, Louit empezó a caminar de regreso a Rittka. Yommy lo sintió y se levantó para seguirlo.

- No, Yommy. Quédate, ¡quédate!

El perro se detuvo y se quedó mirando a su amo con desconcierto.

- Quédate... Buen chico...

Louit se había alejado unos cincuenta pasos cuando Yommy no pudo tolerar más el impulso y echó a correr en persecución de su dueño.

- ¡No, no! ¡Te he dicho que te quedes!

La orden de Louit causó gran desazón en el perro, al grado de que éste comenzó a aullar por la desesperación.

- ¡Basta! -ordenó Louit con gran firmeza, temiendo que los habitantes de la casa se despertaran e hicieran algo para detenerlo.

Yommy dejó de aullar, pero siguió gimiendo. Louit le hizo una seña con el brazo para que regresara. Al ver que no le obedecía, el joven tomó una piedra del suelo para amenazar al perro, y éste, no creyendo que la amenaza fuera cierta, se mantuvo en su posición meneando la cola.

- ¡Maldición! ¡Vuelve! –exclamó Louit al lanzarle la piedra a Yommy.

El tiro erró por muy poco. Era tal la fuerza del lanzamiento que la piedra se desintegró en el duro suelo; el perro se espantó al ver con cuánta seriedad se le pedía quedarse y regresó a la casa con el rabo entre las patas.

- Eso es… Mucha suerte, mi amigo -dijo Louit como única despedida.

Y siguió alejándose de Maerbos sin mirar atrás. A los pocos instantes, la silueta de Louit había desaparecido por completo de la pobre vista del perro.

DAVID ELI LUCERO RUIZ

# Estampas

# CAPÍTULO 36

*Una pareja feliz (8)*

Era una mañana tranquila y fresca en la casa de la playa. Las olas rompían suavemente contra la arena, y las cortinas blancas de la habitación se agitaban con el impulso del viento marítimo. Muy a lo lejos, allá en el océano, una lluvia ligera amalgamaba el cielo y la tierra, y de cuando en cuando, el estrépito apagado de un relámpago surcaba las vastedades del firmamento hasta llegar a los oídos de los habitantes de la costa.

Recostado en la cama, Louit disfrutaba la placidez del momento. No estaba solo: Sobre su pecho desnudo reposaba el cuerpo regordete de su hijo primogénito. El bebé dormía profundamente su primera siesta del día, una tregua que Louit aprovechaba para descansar él mismo. No tenía mucho tiempo para el reposo, ya que su vida como jurista le imponía un estilo de vida trepidante y lleno de deberes. Sin embargo, ese día iba a ser diferente, ya que iba pasarlo con su bella familia, relajado y en su casa.

En la habitación contigua, Nielce tomaba una ducha. Louit escuchó cuando ella cerró las llaves de flujo. Segundos después, la muchacha apareció ante él ataviada con un vestido sencillo y el cabello todavía húmedo. Lejos de menguar con el tiempo, la hermosura de Nielce creció después de su embarazo, tal como un árbol que se adorna en una belleza aún superior al momento de dar sus frutos.

- ¿El niño todavía duerme? -preguntó Nielce con voz baja.

- Sí. Ven con nosotros.

- Espera un momento, querido. Vuelvo enseguida.

Nielce desapareció por el pasillo y Louit percibió el rastro de su aroma antes de desvanecerse en el aire.

¿Dejaría de disfrutar de ella en algún momento? Eso no parecía ni remotamente cercano. ¿Llegarían a aburrirse el uno del otro? Ni por asomo. ¿Su amor iba a durar tanto como él esperaba? Mantenerlo vivo lo único indispensable.

El bebé comenzó a agitarse en sueños. Segundos después, el chiquillo se despertó. Louit alzó a su hijo para sentarlo sobre su vientre. Sus ojillos verdes eran tan bellos como los de la madre.

- ¡Mira quién despertó!

Restregándose los puños contra el rostro, el niño comenzó a observar a su alrededor. Louit observó con detenimiento los rasgos de su bebé. La piel cobriza y los ojos verdes eran los de Nielce, no obstante, las características físicas del pequeño eran definitivamente las suyas.

- Eres un muchacho verdaderamente atractivo, Denmiat – le dijo Louit al chiquillo-. Volverás locas a las niñas cuando seas mayor.

Como no encontraba a su madre, el bebé empezó a experimentar angustia.

- Ya, ya, ¿no te gusta Denmiat? A mí tampoco me convence. ¿Quién diría que encontrar un nombre para ti podía a ser tan difícil?

La desesperación en el bebé creció y Louit lo levantó para mecerlo suavemente en el aire.

- Eso es, espera un poco. ¿Qué te parece Ebiget, te agrada? No, tienes razón. Es muy común estos días.

El movimiento basculante tranquilizó al niño. Louit siguió hablándole con la misma voz plañidera y boba:

- Eres muy exigente, hijo. Pero no dejaré que tu madre te ponga uno de esos nombres pomposos que le agradan. Es claro que ella es una Tamarats, y tú llevarás su linaje en lugar del mío; por eso debes llevar un nombre que resalte, que sea sonoro y agradable. ¿Qué dices? ¿Te gusta Osten? ¡Muy masculino!

- ¿Quieres que tu hijo sea un guerrillero? –preguntó Nielce. Ella había observado toda la escena desde la puerta-. Es claro que no puedes nombrarlo así, Louit.

- Dejemos que él decida. ¿Te gusta Osten, pequeño?

Nielce llamó al bebé con una voz tierna y el niño no pudo resistirse al influjo poderoso de su madre.

- ¡Muy bien! Ve acá, mi niño. Yo te protegeré de las ocurrencias de tu padre.

- ¿Ocurrencias, dices?

- ¿Osten? ¿En verdad creíste que lo aprobaría?

- ¡Al menos tenía que intentarlo!

Louit le cedió al bebé a Nielce y el chiquillo celebró dando pataletas y riendo.

- ¡Mira eso! Parece que tendré que acostumbrarme a la deslealtad de mi propio hijo.

- ¡Qué va! Yo sé que será un hijo excelente. Mira su carita, ¿no es lo mejor que te pudo haber ocurrido?

- Después de ti, sí.

Louit observó ese cambio tan grato que le encantaba provocar en su esposa, transición del bienestar al placer, de la alegría al júbilo; Nielce se le acercó para darle una caricia enfática en la mejilla. Amaba esas sorpresas.

- Eres un hombre maravilloso, Louit.

- Sí, lo sé.

- ¡Y vanidoso!

- Sí, también.

Rieron.

- Ahora que recuerdo: Hay algo que había olvidado decirte, Louit.

- ¿Y qué es?
- Escucha: Cuando estabas de viaje, fui al barrio de Ondalud a visitar a la abuela.
- ¿Aprovechaste mi ausencia para ir? Yo te hubiera llevado.
- ¡Louit! ¿Cuánto te he insistido en que vayamos? ¡Siempre estás ocupado!
- Lo sé, lo siento –reconoció él-. No te interrumpo. ¿Qué decías?
- Sí, te iba a decir esto: Me encontré con Simeet Sorys en el barrio, ¿te acuerdas de ella?

¿Simeet? ¡Desde luego que la recordaba! Louit se quedó perplejo. ¿Entonces ellas sí se conocían?

- Es claro que sí. ¿Cómo sabes que la conozco?
- Conversé con ella y tu nombre salió a colación, querido.
- Ah, ¿sí? Y, ¿qué te dijo?
- Primero me felicitó por mi matrimonio. Luego me preguntó por el hombre que se había convertido en mi esposo. Debiste ver cuál fue su reacción cuando le dije tu nombre.

El cuerpo de Louit comenzó a temblar por la risa.

- ¿Cómo fue?
- "Ah, Louit Dermeer. Sí, yo lo conozco" –Nielce hizo una imitación de la voz desconcertada de Simeet.
- ¿Lo hizo así?
- Justo así, y escucha –añadió Nielce-: Como la vi palidecer, le pregunté si le sucedía algo. Ella me aseguró que todo estaba bien, después me preguntó cómo fue que nos conocimos. Yo le conté toda nuestra historia.
- ¿Es que no sospechabas…?
- ¿Que era ella la mujer que estabas buscando aquel día? ¡Es claro que lo sospeché!
- ¿Y aun así le contaste todo?
- Sí. Sé que lo que hice fue un poco cruel, pero me ganó la

curiosidad. Quise saber qué me podía decir ella sobre ti.

- ¿Qué pasó después?
- Simeet se sorprendió mucho. Me preguntó cómo fue nos conocimos y yo le conté todo: Le hablé de cómo nos encontramos en Ondalud y todo lo que pasamos aquel día. También le conté de cómo nos separamos y de cómo me encontraste en la biblioteca; platicamos durante un buen rato, quizás un par de horas.
- Te demoraste mucho, ¿no ibas a visitar a tu abuela?
- Allí platicamos. La madre de Simeet y la abuela viven muy cerca.
- ¿Así que ya la conocías?
- Desde pequeñas. De niñas fuimos muy buenas amigas.

Sorprendido, Louit se incorporó hasta quedar sentado en la cama.

- E-Es... No sé qué decir.
- Sabía que ibas a sorprenderte. A mí me movió a reflexionar. ¿Sabes? Simeet me habló de lo que tenían ustedes dos.
- ¿Qué te contó?
- Pocas cosas, en realidad. Fue muy incómodo para ella, pero sé que se alegró por mí, por nosotros.
- Pero, ¿qué te dijo? Eso me da mucha curiosidad.

El bebé comenzó a jalar uno de sus regordetes pies para tratar de llevárselo a la boca. Nielce encontró su tentativa de lo más divertida y se puso a observarlo con mucho interés. Sin voltear a ver a su esposo, dijo:

- No te daré detalles. Sólo te diré cuál fue la impresión que me llevé después de conversar con ella: Creo que ustedes dos hubieran hecho una pareja magnífica.
- ¿Te das cuenta de lo extraño que suena eso viniendo de mi esposa? ¿¡De dónde viene eso!?
- No me malentiendas, querido. Me has hecho una mujer

inmensamente feliz...

- Y aún así, vas y dices cosas como esas...

   Nielce suspiró. Sin dejar de observar los movimientos de su hijo, dijo:

- Dime una cosa, Louit: ¿Estás convencido que somos el uno para el otro?

- Totalmente –respondió él al instante-. ¿Tú no?

- Yo creo que somos muy compatibles, que nos hace bien estar juntos y que hemos florecido gracias a nuestra relación. Y ha sido grandioso, ¡lo digo de verdad! Soy muy afortunada por haberme convertido en tu esposa. ¿Me crees cuando te lo digo?

- Sí.

- ¡Y sé que cada vez será mejor! El simple hecho de vislumbrar nuestro futuro me llena de ilusión, ¿me crees?

- Es claro que te creo, y por eso me sorprende tanto lo que dijiste antes.

- Todo eso lo dije porque reconozco mi buena fortuna. Si no nos hubiéramos encuentrado aquella mañana en Ondalud, tú y Simeet posiblemente hubieran terminado juntos. ¡Qué distinto sería todo!

- Y tú te hubieras casado con Ellorem –sugirió Louit-, y hubieras sido muy feliz con él. ¿Qué te parece eso?

- Pues... ¡Es una posibilidad!

   El incipiente rubor en las mejillas de Nielce le causó risa a Louit. Ella enrojeció por completo.

- Ya te entiendo, Nielce. Sin embargo, yo no comparto tu visión de las cosas; si vieras todo desde mi posición, me justificarías cuando digo que lo nuestro *tenía* que suceder. No una, sino mil veces. Todo se dio porque tenía que darse, y no me conformo con menos que eso.

- ¿Dices que estábamos destinados a encontrarnos? Creía que no comulgabas con esas ideas, querido.

- Y no lo hago. Lo que quiero decir es... Vaya, cómo

explicarlo…

Louit se rascó la cabeza. Después de reflexionar un instante, dijo:

- Escucha: Si tuviéramos que encontrarnos en otra vida, en otro tiempo, sé algo muy importante ocurriría entre nosotros.
- ¿Algo muy importante? ¿Cómo qué?
- No lo sé, algo. Pero estoy convencido de que así sería.
- ¿Te parece? –preguntó Nielce con curiosidad-. ¿Crees que nos enamoraríamos otra vez?
- ¿Te resulta imposible de creer? ¿Por qué te ríes?
- Te planteo esta situación: Imagina que, en vez de encontrarme, tú te encontraste con Simeet en el barrio de Ondalud. Es posible que hubieras dado conmigo a través de ella. ¿Qué crees que hubiera pasado entre nosotros?
- No lo sé, pero sí sé que yo no hubiera pasado desapercibido para ti, y es claro que tú no hubieras pasado desapercibida para mí.
- No suena como un encuentro muy trascendental. La vida hubiera seguido adelante para ambos.

El argumento de Nielce era sólido, y Louit sintió frustración al no poder expresarse como deseaba hacerlo.

- Al menos concédeme que no hubiéramos pasado desapercibidos el uno por el otro.
- Sí. Reconozco que tu personalidad me resultó atractiva desde el principio.
- Y la tuya… Siento que sólo me haría falta pasar un instante contigo para quedar prendado de ti otra vez. Es que representas todo lo que siempre quise.
- Y, ¿qué es eso, querido?
- Mira por la ventana.

Confundida por la petición de su marido, Nielce obedeció. El sendero se perdía detrás de una colina verde, y en la cumbre de un pequeño montículo de rocas, un faro pintado de azul se mantenía valiente contra el viento y las olas.

- Para mí, tú eres como ese faro –explicó Louit-. Invencible, inmutable, vencedora de tormentas. Y yo no puedo resistirme a semejante voluntad.
- Es extraño. Yo puedo usar el mismo símbolo para describirte –contestó Nielce.
- ¿Sí? ¿De qué manera?
- Para mí, tú eres una guía en una noche oscura. Mi voluntad se extravía en ocasiones, y tú me das dirección.
- Creí que me amabas porque conmigo eres libre de hacer lo que quieres –bromeó Louit.
- Sí, no te equivocas en eso, querido. Pero también me avivas en mis momentos de duda. Me sacas de la parálisis. Me guías cuando me siento extraviada, y eso es sumamente valioso para mí.
- ¿Lo ves? No es descabellado suponer que llegaríamos a amarnos en otra vida, ¿no crees?
- Estás loco, Louit –respondió Nielce entre risas.
- ¡Claro! Si ya me hacías feliz con Simeet, ¿cómo me vas a entender?

Nielce tomó a su bebé para entregárselo a Louit, y cuando él lo recibió, ella sentenció:

- Por suerte, eso es algo que nunca tendremos que averiguar. *Éste* es el presente, y *ésta* nuestra vida. Regocijémonos en ello, que todo lo demás no importa.
- Tienes razón, querida.

Los dos se sonrieron y luego miraron a su hijo pequeño, quien también los miraba a ellos con la mano en la boca.

- Por cierto: Hay un nombre que encuentro maravilloso para nuestro hijo…
- Será uno en extremo pomposo, ¡ya puedo escucharlo!
- ¡Por dios, Louit! ¿Al menos me dejarás decirte cuál es?

Y entre risas y objeciones, el día se les fue como se va el agua entre los dedos.

Al atardecer, la lluvia había alcanzado la casa de la playa. Louit y el pequeño dormían en la alcoba principal. Nielce, por su parte, se sentó en la sala y abrió su cuaderno de memorias para escribir su próxima entrada:

*"Yo, Nielce Tamarats:*

*"Hoy encontramos un nombre para nuestro hijo, el cual nos deja por completo satisfechos a Louit y a mí. Nuestro pequeño será conocido como Genret, y cargará consigo el linaje Dermeer, por más que Louit insistió en que llevara el mío. Yo le pedí que aceptara esto porque quiero que nuestro hijo se inspire en el ejemplo de su padre y no en el de mis antepasados, los cuales, aunque ilustres, no son modelos adecuados para él...*

*"Mientras conversábamos, Louit sugirió una idea que me dejó sumida en reflexiones. Él dijo que estaba convencido de que lo nuestro tenía que suceder. Pienso que, dadas las circunstancias de nuestra unión, queda justificado el pensar así. Los tres años que hemos vivido juntos también se sienten como una confirmación de ello. Y yo, que creo firmemente en la providencia, no puedo más que aceptar la buena fortuna que se me ofrece cada día, agradeciéndola con el corazón humilde y aprovechándola con el alma dispuesta...*

*"Pero todo pudo ser diferente. Cualquier giro en cualquier dirección, cualquier desvío; cualquier cambio en la agenda, cualquier nimia contrariedad, y todo el presente sería distinto, tanto, que sería otro. Así de delicada es la vida, caprichosa e impredecible, como una pluma que mueve el viento en la inmensidad del océano, y que puede llegar a cualquier costa...*

*"Y así, en ese viaje de destino incierto, Louit me encontró,*

*y yo lo encontré a él. Y nosotros encontramos a Genret, y él nos encontró a nosotros. Y así, todo cae en su lugar, sin apresurarse, sin postergarse...*

*"Los encuentros que tenemos con aquellos a los que amamos, a los que aborrecemos, a los que ayudamos, a los que perjudicamos, moldean nuestra vida, y la vida nos moldea a nosotros en una espiral de acontecimientos que se unen en el infinito, donde se escribe el legado de una existencia imperfecta que se vuelve eterna por ser imborrable, inmodificable...*

*"La vida se ha encargado de hacerme muy dichosa, pues me ha permitido hacer y tener todo aquello que siempre quise. Y yo siempre viviré agradecida por ello, pues, aunque he llorado, las lágrimas de dicha han sobrepujado a las de pena con creces, y escribo esto para recordarlo siempre...*

*"Yo, Nielce Tamarats".*

# CAPÍTULO 37

## *Un paciente atormentado (8)*

El cielo oscuro ofrecía un aspecto fantasmagórico. Una telilla de negro y café, como si de un manto de tierra suelta se tratara, cubría el firmamento y le daba a la atmósfera el color sepia de un retrato antiguo. Era de noche, pues las lámparas estaban encendidas en las calles.

Además de Louit, no transitaba una sola alma por las aceras. Todo en los alrededores se encontraba mudo y muerto. El único sonido que rompía el silencio era el de sus pisadas al estrellarse contra el pavimento. El golpeteo de sus zapatos contra la calzada formaba ecos estruendosos y repetitivos como tartamudeos. Para comprobar esta anomalía acústica, Louit aceleró el paso... Estaba en lo cierto. Si corría con la suficiente velocidad, podía armar un verdadero escándalo con las reverberaciones de sus pisadas.

Estaba desorientado, aun cuando reconocía perfectamente el lugar: Eran las callejuelas que rodeaban su casa. Sin embargo, no era la locación lo que lo confundía. Era, más bien, la plena certeza de que *no debía* estar allí. ¿Cómo había llegado hasta ese sitio? Con azoro, Louit seguía avanzando de modo cauteloso.

Poco más adelante, su casa se erguía silenciosa en las tinieblas. El seto recién cortado impregnaba el aire con el aroma de la hojarasca batida y machucada. Con paso dubitativo, Louit se aproximó hasta la portezuela de la verja que rodeaba la propiedad y la empujó con cuidado. Un rechinido infernal brotó de las bisagras de la puerta, tal como el de un arco que se restriega furiosamente contra las cuerdas de un instrumento muy mal afinado.

Louit retrocedió con espanto. La puerta hizo su recorrido de vuelta despidiendo un sonido grave y descomunal, cual si fuera el ronroneo de un animal gigantesco; a pesar del escándalo, las casas de los vecinos seguían a oscuras. Ni una luz en las ventanas, ni una persona en las aceras; Louit miró hacia los lados, nervioso. ¿En dónde estaban todos?

"No hay nadie más aquí", se dijo en un murmullo. Y así, parado frente a la verja de su casa, Louit comprendió que estaba total y absolutamente solo...

Entonces, ¿qué estaba haciendo allí? Ésa era su casa, su antiguo hogar. ¿Acaso había venido a despedirse?; Y, ¿por qué no aprovechaba la ocasión, ya que estaba allí? Pero empujar la portezuela del barandal, ¡no, eso no iba a hacerlo...!

En un parpadeo, Louit se transportó hasta quedar frente a la puerta de su casa. Sorprendido, comprobó que había recorrido todo el senderito que comunicaba la verja con el porche en una milésima de segundo. ¿Así que ahora podía transportarse a voluntad de un sitio a otro? Louit se distrajo al observar cientos de juguetes regados a los costados del camino. Sus superficies coloridas emitían un brillo aperlado por el reflejo de la lluvia. Eran los juguetes de *ellos...*

De pronto, Louit escuchó un sonido agudo y penetrante. ¿Qué era aquello, y de dónde provenía? ¿Era acaso un gemido? En efecto, se trataba de una voz que traslucía sufrimiento, una lamentación silenciosa que se volvía cada vez más fuerte, y ésta venía desde el interior de la casa...

¿De quién era la voz? Louit estiró su brazo para alcanzar la manija dorada de la cerradura. Un temblor le recorrió la mano al sentir el metal en la yema de sus dedos. Eso lo acobardó; el clima era extremadamente frío, y el vapor de su respiración formaba nubecillas que se diluían al instante. Por ello, Louit tiritaba con violencia... Ora por el frío, ora por el miedo.

Adentro podía encontrar un refugio seguro, ¡aquella era su propia casa! Sin embargo, con cada momento que pasaba, Louit se convencía cada vez más de una verdad aterradora...

La voz de lamentación se hizo aún más fuerte, formando ecos largos y profundos en las calles. Louit se apretó los oídos con las manos. Para entonces, ya no le quedaba duda alguna: La persona que gritaba en el interior de la vivienda era su esposa.

- Entonces... Estoy muerto.

*"Estoy muerto"*, se repitió con una tranquilidad inusual, como si el enterarse de ello fuera poca cosa. Después de todo, la experiencia era muy similar a la de estar vivo, sólo exceptuando la gran exacerbación de los sentidos. "Ya veo", pensó Louit, "así fue como me transporté desde la acera hasta el porche".

Si estaba en lo correcto, su voluntad ahora le permitía romper ciertas barreras físicas con sólo desearlo. Aquel pensamiento le ayudó a vencer el temor. Con decisión, Louit se levantó y deseó estar dentro de su casa...

Antes de que pudiera razonarlo, ya estaba allí adentro.

- E-Esto es...

Louit se quedó paralizado cuando reconoció las pinturas colgadas en la pared, los ricos adornos sobre la mesita del recibidor y el soberbio espejo plateado en el que veía su reflejo. Allí notó que sus facciones se habían vuelto muy exageradas, como si hubiera envejecido mucho en muy poco tiempo.

Como el espejo reflejaba la mayor parte de su cuerpo, Louit pudo apreciar algo en su esquema corporal que no había detectado hasta entonces –y que era una omisión reprobable, considerando la obviedad de esa circunstancia–: Para su asombro, Louit vio que se encontraba parado sobre sus dos piernas. No obstante, su pie izquierdo se encontraba deshecho, descolorido y ensangrentado. ¿Y no llevaba calzado? Sí que lo llevaba. ¿Cómo es que ahora estaba descalzo?

- Qué diantres... –se dijo con incredulidad.

La lamentación se reanudó en la habitación contigua. Louit reaccionó de manera tardía a una verdad muy simple: Edaliv, su amada esposa, se encontraba allí mismo en la casa. Ya lo había deducido aun antes de entrar, pero ese conocimiento ahora le resultaba irrelevante, fútil, insulso; tanto, que el miedo se convirtió en fastidio, y en un arranque de cólera, Louit exclamó:

- ¡Ya basta! –con lo cual acalló a Edaliv en el acto.

Los muebles temblaron debido al grito. Louit escuchó cómo los ecos se disolvían en la lejanía, tal como si estuviera metido en una larga y profunda caverna. Finalmente, el silencio se asentó en el ambiente, dando a la escena un tinte terrible y tétrico.

- Edaliv, ¿estás allí? –preguntó Louit, temeroso. Que él recordara, esa era la primera vez que le gritaba a su esposa-. Perdóname, yo no quería...

Louit se interrumpió al escuchar más sollozos en la oscuridad. Eran los gemidos de dos niños. De a poco, Louit reconoció a los chiquillos como sus propios hijos. Diablos, ¿cuáles eran sus nombres? Y, ¿cómo es que no podía recordarlos? Tenía que verlos. Quizás observando sus caras podía quitarse la duda de encima.

- N-Niños, vengan acá –ordenó con dulzura.

Nadie acudió al llamado. "Les he dicho que vengan", repitió Louit casi como un ruego.

¿Cómo era posible que no recordara los rostros de sus hijos? ¿Por qué se había irritado tanto con su esposa, y por qué le había temido en primer lugar? ¿No debía estar feliz de verlos, y ellos a él? Y, sin embargo, todo estaba al revés; desesperado, Louit llamó a los niños otra vez.

- Niños: Por favor, vengan...

La falta de respuesta alteró a Louit hasta llevarlo a un paroxismo de nervios.

- ¡Que vengan!

Louit empezó a recorrer las habitaciones como un loco; sí, allí estaban las camitas de los niños, con sus muebles coloridos y sus decorados infantiles; allá, en la habitación conyugal, la ropa de los dos esposos estaba acomodada en los roperos; en un santiamén, Louit recorrió cada rincón de la casa y comprobó que cada utensilio se encontraba en su sitio, que cada adorno y cada baratija, cada mueble estaba en su lugar... Pero no estaban ellos, y sólo escuchaba sus voces lastimeras en las tinieblas.

- ¿DÓNDE ESTÁN? –rugió Louit, ya sobreexcitado por el pánico.

Al pasar por el pasillo principal, Louit advirtió una figura agazapada en un rincón de la sala. Cosa curiosa: Ya había examinado ese rincón de la casa, y ninguna persona ocupaba ese espacio durante el primer escrutinio; a Louit sólo le bastó un segundo para distinguir la figura delicada de su esposa.

- Edaliv –susurró con un nudo en la garganta.

Sólo le bastó con verla para recordar lo mucho que la amaba. Aún estaba confundido, atontado por la irrealidad, pero ya no le importaba comprender lo que estaba sucediendo. Louit se acercó lentamente hacia ella, se puso en cuclillas y le tocó el hombro con suavidad para llamar su atención.

- Edaliv, soy yo...
- Louit está triste –repuso ella con un infinito desconsuelo.
- ¿Qué...? Edaliv, soy Louit, ¡estoy aquí!

Edaliv descubrió su rostro para mirarlo. Estaba verdaderamente hermosa, y su apariencia dolida despertaba una ternura inmediata; ella observó a Louit durante algunos segundos, pero nada en su comportamiento le dio algún indicio de que lo reconociera, por el contrario: Parecía que ella miraba a través de él, y que le importunaba su presencia allí.

- Mi amor, no llores más. ¡Mírame! Estoy aquí…
- Louit está triste –repitió Edaliv con amargura.
- No, no estoy triste –replicó él, contrariado-. Ahora que estamos así, ¿cómo podría estar triste?

Edaliv hizo una mueca de incomprensión, que de a poco se fue transformando en una de rechazo.

- *Louit está triste* –indicó con firmeza.

De pronto, los niños empezaron a chillar con fuerza. Con lentitud, Louit volvió la cabeza y los vio justo detrás de su espalda, a cinco pasos de distancia. Lersha y Brent estaban sentados en el suelo y abrazados, no obstante, su aspecto era sencillamente espantoso: Los niños se encontraban desnudos, heridos, con horribles suturas que les estiraban la piel de manera grotesca.

- ¡Por Dios! –exclamó Louit, retrocediendo torpemente para alejarse de los niños.

Lersha alzó sus ojos para mirar a Louit. En su faz existía esa fealdad que sólo se ve en los cadáveres. Con su vocecita juvenil, la niña susurró:

- Papá está triste…
- ¡Pero qué es esto…! –gritó Louit con indignación.
- Papá está triste –terció Brent, quien también descubrió su rostro tuerto y mutilado.
- ¡BASTAAAAA…!

Los tres comenzaron a hablar al unísono con el tono de reproche que se da a un intruso para que se marche. Louit se cubrió los oídos y sintió que le explotaba la cabeza. Aquel sitio era el mismo infierno. No podía soportarlo, no quería soportarlo…

- ¡BASTAAAAA…! –gritó hasta romper sus cuerdas bucales.

Wolieb y los enfermeros se espantaron con los gritos desaforados de Louit y entraron corriendo para ver la causa de ellos. Al encender la luz de su habitación, lo vieron vomitando un líquido verduzco y espeso. Con gran rapidez se aprestaron a reducirlo, pues luchaba furiosamente contra algún ente imaginario con la fuerza de un enloquecido.

- ¡Deténganlo rápido! –ordenó Wolieb.
- ¡Este hombre necesita ser drogado! –indicó un enfermero que trataba de controlar a Louit.
- ¡Eso no puede ser! ¡Esto que ha vomitado es seibadó!
- ¿Está seguro, doctor? –preguntó una cuidadora que observaba la escena desde una distancia prudente.
- ¡Es claro que estoy seguro! ¡Háganlo desmayar, no hay otra alternativa!

La instrucción fue tomada mal por los cuidadores, pero la determinación de Wolieb era inmutable. Como no lo obedecían, él mismo se acercó para efectuar la maniobra: Con sus pequeñas manos morenas, el doctor se prendió del cuello de Louit y lo estranguló hasta que éste dejó de moverse.

La visión de Louit era vaga y borrosa al principio. Con el correr de los segundos, sus pupilas se adaptaron al entorno, permitiéndole distinguir las cosas a su alrededor. La luz matinal le daba de lleno en el rostro, y el calor benigno del sol le calentaba la piel.

Louit alzó la cabeza. Para su alivio, reconoció el espacio que lo rodeaba como el cuarto de hospital en el que había pasado los últimos días. Como aun no se fiaba de sus sentidos, Louit alzó la sábana de su cama para verificar la pérdida de su pierna.

- Señor Dermeer...

Louit se sobresaltó al ver a una mujer desconocida en su habitación.

- ¿Quién es usted? –preguntó Louit con desconfianza.
- ¡Perdóneme, señor! Usted pensará que soy una intrusa aquí, pero ¿sabe? He estado a su lado desde que me enteré de su intoxicación. Todos hemos estado muy preocupa-

dos…

- Ya. ¿Usted y yo nos conocemos?

La mujer se le acercó muy despacio. En su expresión se veía que estaba muy emocionada por algo, pues miraba a Louit con una ternura que resultaba incómoda para él.

- ¡No, no nos conocemos, y a pesar de ello, usted le ha hecho un bien inmenso a mi familia, uno que nunca sabré cómo pagarle!

- ¿Es usted la madre de Yaug? –preguntó Louit cuando creyó reconocer la figura de él en la fisonomía de ella.

- Así es, señor –respondió ella. Lágrimas poblaban sus ojos azules.

Ella seguía mirándolo de aquella manera extraña. Louit le sonrió para no dejarle ver su desazón.

- Discúlpeme, señora… ¿Puede llamar al doctor Camebit por mí? Deseo hablar con él.

- ¡Oh, sí! ¡Lo que usted diga, señor Dermeer!

Obediente y servicial, la desconocida salió corriendo a cumplir la petición de su benefactor. Louit se sentó a un costado de su cama. Se sentía físicamente revitalizado. Por otro lado, su ánimo se encontraba sosegado. Algo había cambiado en él, lo sabía, y, sin embargo, aún no podía descifrar qué era.

Camebit entró seguido de la mujer. El doctor se veía desconfiado, empero, saludó a Louit con la mayor de las cortesías:

- Buenos días, señor Dermeer.

- Doctor Camebit, buenos días.

- ¿Cómo se siente hoy?

- Hoy me siento… Muy bien… Yo… Le agradezco su atención.

Y era cierto: Louit se sentía excepcionalmente bien, y se maravilló al comprobarlo.

- ¡Es un milagro! ¡Los doctores hicieron un trabajo excelente! –exclamó la mujer.
- Esto no tuvo de milagroso, señora Jhabit –replicó Camebit con impaciencia-. Sólo tuvimos que contrarrestar el medicamento que ingirió el señor Dermeer para curarlo...

Esto último lo dijo el doctor como una acusación, y Louit entendió que se le trataba con escepticismo.

- Lo siento mucho, doctor.
- Dígame, Louit, es indispensable que esto quede claro: ¿Usted trató de matarse?
- ¿¡Qué dice!? ¿C-Cómo se atreve...?
- Señora: Por favor, no se exalte. El doctor tiene razón.

La pobre señora Jhabit empezó a tartamudear, incapaz de comprender lo que sucedía. Camebit se suavizó al ver el cambio de Louit, quien lucía mucho más entero y dominado.

- ¿Cómo se atrevió a tomar extracto de seibadó? –inquirió el doctor de un modo mucho más amable.
- No sabía lo que hacía, doctor. Estaba desesperado...

Un momento, ¿había dicho seibadó? Louit se sorprendió al saber que la sustancia letal que Nielce le había suministrado no era otra cosa que seibadó: Un extracto tan común que Louit sólo tenía que mirar hacia el rincón opuesto de la habitación donde unos cuantos frasquitos se encontraban al alcance de la mano. Un anestésico tópico que nunca se prescribía como infusión, y que Nielce supo disfrazar empleando el colorante verde que le cambiaba el olor y el aspecto.

- Seguro que lo estaba. No cualquiera se arriesga a ingerir un medicamento como ése. El narcótico del seibadó produce alucinaciones terribles...

Louit se sobrecogió al recordar el espantoso sueño que había vivido. No obstante, la experiencia lo había fortalecido, y él no podía negarlo.

¿Qué había pasado? ¿Cómo se había deshecho la oscura miseria que lo asediaba todo el tiempo? Pensando en esto,

Louit abandonó la plática hasta que un comentario de Camebit lo sacó de su abstracción.

- … pero, como intento de suicidio, este fue uno muy tibio. La letalidad del seibadó es muy baja, aunque, como ya dije, los peligros de ingerirlo son otros.

- ¡Gracias sean dadas al cielo! No sabe cuánta angustia pasamos por usted, señor Dermeer –dijo la señora Jhabit.

- Ahora voy a revisar su estado, señor Dermeer -anunció Camebit con toda la intención de despedir a la señora Jhabit.

- Adelante.

Como no había captado la indirecta, Camebit se quedó mirando a la señora Jhabit, pero ella nunca se dio por enterada. No se hablaron por algunos segundos hasta que, irritado, el doctor dijo:

- Señora Jhabit, ¿querría dejarme a solas con mi paciente?

- Es claro que sí, doctor. No obstante, tengo algo importante que decirle al señor Dermeer…

- Mejor debería cuidar a su hijo, señora –sentenció Camebit con ironía-. Ande, márchese.

La señora Jhabit apretó los labios y se fue con el aspaviento de una persona que ha sido ofendida. Entretanto, Camebit dispuso sus instrumentos en una mesa, luego comenzó a hablar al aire, como para sí mismo.

- Esa mujer no lo ha abandonado desde que usted se intoxicó. No exagero cuando digo que casi ha abandonado del todo a Yaug.

- ¿Temía que le faltaran los fondos si yo moría?

- No es eso. Empezamos a tratar a Yaug en cuanto usted dispuso el dinero.

- Y, ¿qué es, entonces?

Camebit se rascó la nariz, luego tomó una venda y comenzó a rasgar su envoltorio.

- Tengo la sospecha de que hay algo más profundo. El niño

ha estando en tratamiento los últimos dos días, su condición es crítica… Me parece que la señora Jhabit quiere alejarse de él, teme estar presente en caso de que muera.

- ¿Está por morir?
- Siempre existe la posibilidad de que eso ocurra durante el tratamiento, además, su enfermedad está progresando.
- El padre del chico, ¿cómo está él? –inquirió Louit con interés.
- Resignado. No me sorprendería que la señora Jhabit esté huyendo de su esposo también; me parece inaceptable que se ausente de ellos. Es madre y esposa y debe actuar como tal, ¿no cree?

"Pobre mujer, este debe ser un infierno para ella", pensó Louit, y en ese momento, descubrió que su capacidad de sentir empatía había regresado. "¿Qué me ha pasado? Pensaría que este es prácticamente un hechizo".

Y, sin embargo, se sentía como un auténtico renacer, como la alborada después de una noche interminable.

- ¡Oh, Louit! ¡Mira cómo has quedado! -exclamó alguien desde la puerta.

Eran los padres de Edaliv, quienes, por primera vez, acudían a visitar al esposo de su difunta hija.

- Airasenura, buenos días, doctor –saludó el padre con cortesía.
- Buenos días… ¿Ustedes son parientes del señor Dermeer? –preguntó Camebit.
- Él es el esposo de nuestra hija… ¡Louit, lo lamento tanto!
- Gracias, Imanda. Doctor Camebit, ¿me deja un momento con mis suegros? Tengo que departir con ellos sobre asuntos de la mayor importancia.
- Es claro que sí –respondió Camebit de muy buen talante-. Volveré para terminar esto. Señores…

El médico hizo una ligera reverencia al salir. Una vez que se quedaron solos con su yerno, los ancianos se sentaron junto a él en la cama, e Imanda lo abrazó de manera afectuosa.

- ¿Cómo estás, muchacho?
- Me siento muy bien, Gredin –le respondió Louit a su suegro.
- Escuchamos lo que pasó... Con la medicina que tomaste...
- ¿Es verdad que *tú* te hiciste eso, Louit? –preguntó Imanda, incrédula.
- Sí, yo lo hice.

Gredin miró a Louit con un gesto de marcado reproche.

- Ah, Louit... No debiste... Simplemente no debiste hacerlo...
- Sí, lo sé.
- Basta, dejen eso –ordenó Imanda, pero más que una orden, aquello sonó un ruego-. Louit, ¡hijo! Sé que estás muy triste, para nosotros también...

No pudiendo tolerar ésas últimas palabras, Louit deshizo el abrazo que lo unía con su suegra.

- Te equivocas Imanda: No estoy triste –dijo Louit con marcado énfasis.
- No es necesario que lo niegues, hijo, nosotros te comprendemos...
- No, no me estás entendiendo, Imanda. La verdad es que no estoy triste, *no puedo estarlo*...

Los ancianos se miraron, confusos.

- ¿Qué te sucede...?
- Ya, déjenlo. Por favor, no insistan en ello; y sí, es cierto que me duele mucho todo lo que pasó, pero no soy miserable y tienen que creerlo, ¿me entienden?

Imanda se quedó perpleja con la actitud de Louit. Gredin frunció el ceño.

- Está bien. ¿Cómo va tu recuperación? -dijo el anciano para llevar la conversación a otro lado.

- A decir verdad, mejor de lo que debería -respondió Louit con una sonrisa-. No he prestado mucha cooperación, pero quiero enmendarme a partir de ahora.
- Bien. Nosotros ya hicimos los arreglos necesarios para trasladar a Edaliv y a los niños a Mobd, sólo estamos esperando que los médicos autoricen tu partida... Sabes que esto debe hacerse pronto.
- Sí, lo sé -Louit agachó la cabeza para verse las palmas de las manos.
- Entonces, no te opones -inquirió preocupado Gredin.

Louit se encogió de hombros como gesto de aceptación.

- Ah, Louit. No sabes cuánto te agradecemos que nos permitas hacer esto -la voz de Imanda se iba quebrando por la gratitud.
- Deje eso. Me complace poder ayudarlos a cumplir sus tradiciones, además, el puerto será un buen lugar para el reposo de ellos, y para el mío, cuando llegue mi hora...

Un carrito volcó en el pasillo, y una exclamación de Wolieb atrajo la atención de Louit y de sus suegros.

- ¡Que alguien se deshaga de esa criatura! -chilló el doctor con el tono del que está verdaderamente asqueado.

Acto seguido, un perro se introdujo en la habitación, ladrando estrepitosamente y loco de la emoción: Era Nube, quien se había manchado su pelaje al verterse encima los frascos de medicina del ya mencionado carrito.

- ¡Tú, aquí! -exclamó Louit con gran alegría y abrió los brazos para recibir al perro.

El can no lo pensó dos veces y se abalanzó sobre su amo para lamerle el rostro con la efusividad que sólo puede mostrar un perro cuando no ha visto a su dueño en un largo tiempo.

- ¡Mírate! ¿Cómo quedaste así? -dijo Louit entre risas.
- Este perro siempre fue una tempestad. ¿Cómo llegó aquí? -preguntó desconcertado Gredin.

"Es Nielce", pensó Louit con gran alegría. Pero, para su desilusión, fue la señora Jhabit quien apareció en el cuarto, enrojecida y jadeando.

- Ah, aquí está el perro. Lo perdí en el pasillo de abajo. Creo que percibió su presencia y se deshizo de mí para venir a buscarlo, señor Dermeer.
- ¿Usted lo estuvo cuidando, señora?
- Yo lo recibí de Nielce hace dos días y estuve al pendiente de él durante el tiempo que usted estuvo convaleciente.
- Ya. ¿Dónde está Nielce?
- Eso... Eso no puedo decirlo... Debo ir a donde está mi hijo, ¡lo siento!

La madre de Yaug salió de la habitación antes de que pudieran decirle otra cosa. Louit, por su parte, abrazó a Nube con un amor que no le había demostrado nunca antes. ¡El perro de Lersha! ¡La mascota de su amada niña!

Fue allí cuando Louit entendió que aún quedaba otro miembro de su familia con vida.

# CAPÍTULO 38

## *Deíma (8)*

Con el corazón muy acelerado por la emoción, Deíma hizo jirones del sobre y sacó una carta escrita con muy buena letra. Al reconocer los trazos finos del remitente, la niña experimentó una intensa emoción.

*"Para mi querida Deíma"*, rezaba el encabezado de la carta. Las lágrimas entorpecieron la visión de la chiquilla. Con el puño mugriento de su camisa, Deíma se limpió el rostro y continuó leyendo:

*"Como bien sabes, fui trasladada a la capital. Mis ojos por fin han visto lo que tanto anhelaron ver. El templo es hermoso, y sus torres, magníficas. Todo es muy limpio, colorido y muy bello, y soy muy feliz al atestiguar toda la gloria de la capital. Es tal como lo había soñado...*

*"Los étores fueron muy indulgentes conmigo y decidieron enviarme a un monasterio lejano. Lo hicieron así porque no quieren que conviva más con el hermano Glunnavart, y tienen razón: No es buena idea que nos tratemos después de lo que ocurrió entre nosotros. Por eso no podré ir a verte en mucho tiempo, pero quiero que sepas que siempre te llevaré en mi memoria a donde quiera que vaya...*

*"Te amo, mi niña. Y quiero que sepas que soy feliz, que estaré muy bien, y que todo se ha arreglado...*

*"Por favor, no te preocupes por mi bienestar, yo te prometo que estaré bien. Obedece a tu padre y procura ser*

*muy feliz. Espero que llegues a ser una mujer tan hermosa como lo fue tu madre. Nunca te olvides de ella, y nunca te olvides de mí. Te quiero y te querré siempre...*

"Yo, Nielce Tamarats".

¡Ella estaba bien! ¡Nielce estaba bien! Loca por la emoción, Deíma echó a correr por la calle agitando la carta en el aire para que todos la vieran. Los vecinos se enteraron de la razón de tanto alboroto y se encargaron de pregonar las nuevas entre el pueblo. Sobra decir que la gente se alegró mucho con la noticia de que Nielce estaba viva, sobre todo los niños del monasterio. Múltiples notas se amontonaron en las oficinas del ayuntamiento, todas ellas dirigidas a la monja. El alcalde nunca supo qué hacer con ellas.

¿Cómo había llegado esa carta a manos de Deíma? La misma niña lo ignoraba. Por allí circuló el rumor de que uno de los étores se había encargado de llevarla. ¿Acaso Louit Dermeer había pasado por el pueblo sin ser detectado? Era algo improbable, e irrelevante, según se pudo ver, pues a los pocos días, el asunto había quedado en el olvido.

Para gran alegría de Deíma, las cartas de Nielce siguieron llegando con los años, hasta que, según se supo después, la monja falleció por la peste que azotó la región de Aranca en Mobd, lugar al que la enviaron los étores como parte de su exilio. Fueron muchas las lágrimas que derramó Deíma al enterarse de ello, pero siempre guardó en su corazón el recuerdo de su querida amiga, junto con sus cartas, y el anhelo de volver a encontrarse con ella en la próxima vida.

Al día siguiente, Deíma despertó. Era la primera noche de descanso que había tenido en muchos días. Tal había sido angustia de la niña, que había dejado de comer y dormía muy pocas horas, atormentada por la certidumbre de que Nielce estaba penando por su culpa. Su padre trató de sacarle la verdad, pero ella se resistió a reverlársela, pues estaba convencida de que las cosas iban a empeorar si Gilske confrontaba a Glunnavart. Por eso se había sumido a sí misma en el más estricto aislamiento emocional, esperando noticias de Nielce, por más terribles que fuesen.

Por suerte para ella, la pesadilla había pasado. Ahora que sabía que Nielce estaba bien, el amanecer le sabía dulce. Sólo debía buscar la arrugada carta debajo de su almohada para sentir la caricia maternal que tanta falta le había hecho los últimos días.

En ese momento, Deíma tuvo la ridícula tentación de leer la carta otra vez. Cediendo a su deseo, la niña hurgó entre sus deshilachadas mantas y halló el documento entre las sábanas, lo extendió frente a sus ojos y comenzó a leer en voz alta. Conforme lo hacía, un sentimiento de paz le invadía el pecho al imaginarse a Nielce mientras le escribía. De pronto, las líneas le parecieron más vívidas.

Un silbido agudo interrumpió la lectura de Deíma: Era una tetera que hervía sobre el viejo fogón. Con flojera, la niña se quitó las cobijas y se dirigió adonde chillaba el utensilio, lo retiró del fuego y lo colocó sobre la mesa. Como el frío le robaba el calor de los pies, la niña anduvo en puntillas hasta que se calzó sus gastados pantuflos.

Estando ya de pie, Deíma aprovechó para traer la carta a la mesa, se instaló en una de las desvencijadas sillas y retomó la lectura donde la había dejado al levantarse, repasando las líneas distraídamente, casi sólo por el compromiso de terminar lo que había empezado. No es que hubiera perdido el interés en su labor, más bien, había quedado prendada de una visión difícil de ignorar: La del frasco de mermelada a medio terminar sobre la mesa, justo al lado de donde había dejado la tetera.

Una vez que lo vio, ya no pudo pensar en otra cosa. Deíma buscó en la alacena y vio dos panecillos. Gilske se los había comprado el día anterior, pues estaba bien enterado de la glotonería de su hija y no dudaba en mimarla de esa manera; acuciada por el antojo, Deíma se levantó y tomó uno de los panecillos, también trajo consigo una cuchara y se dispuso a embadurnar su bocadillo con una generosa cantidad de mermelada. Era inviable la economía que estaba haciendo de ella, sobre todo porque sabía que tenía que compartirla con su padre, pero, con todo y sus mil remordimientos, la niña untó su pan hasta dejarlo bien cubierto.

Terminada esta operación, Deíma volvió a su sitio en la mesa. Entre un mordisco y otro, la niña se olvidó de leer. Y así, con los ojos cerrados para mayor disfrute, siguió devorando su panecillo hasta que sucedió lo siguiente:

Entregada por completo a su postre, la niña siguió comiendo hasta se topó con algo duro. Dolorida, Deíma se metió los dedos a la boca y extrajo el infame causante de su lesión. Cuando comprobó de qué se trataba, la niña casi se fue de espaldas: El objeto agresor era una roca de un intenso color morado, esmeradamente pulida y de una belleza singular.

¿Qué era eso, una joya? Sorprendida, Deíma miró el frasco de mermelada. ¿Qué hacía semejante objeto allí? Entonces se acordó del hermano Dermeer y de cómo les había regalado ese frasco cuando vino a visitarlos... ¿Acaso esa era obra suya?

La duda mantuvo en suspenso a la niña durante toda la mañana. Para no cometer alguna imprudencia, Deíma decidió guardar la piedra en un sitio secreto hasta que llegara su padre. Él sabría qué hacer con ella.

El día transcurrió sin contratiempos hasta la llegada de Gilske, justo cuando el sol terminaba su recorrido diario por el cielo. Extenuado y cubierto de aserrín, el viejo leñador llamó a la puerta de su casa con el puño. Deíma le abrió y Gilske la saludó con mucho afecto.

- ¡Mi querida princesa! Cierra la puerta, hace frío aquí afuera.

- Papá, tienes que ver esto –anunció la niña con un tono de gran alarma.

Gilske se introdujo en la casa y se puso a observar la fisonomía de su hija, la cual traslucía un intenso nerviosismo. Deíma cerró la puerta y se quedó muda frente a los ojos escrutadores de su padre.

- ¿Sucede algo? –preguntó Gilske.
- Había algo en el frasco.
- ¿Qué frasco?
- El frasco que trajo el hermano Dermeer, ese de allí.

El hombre dirigió una mirada hacia la mesa y observó el frasco de jalea a medio terminar, luego se encogió de hombros.

- Es mermelada, hija.
- No, papá. Tienes que verlo.
- ¿Es que había un insecto allí dentro? ¿No te habrás comido una hormiga?

Deíma ignoró la broma de su padre y sacó la piedra del recoveco en el que la había guardado, se la mostró a Gilske y esperó la reacción de él.

- ¿Qué es esto?
- Estaba allí adentro, papá. La encontré en la mañana, no supe qué era y la guardé…
- Deíma –interrumpió Gilske de manera abrupta. En su faz se veía un agudo temor-. Dime la verdad…
- ¡Te estoy diciendo la verdad! –replicó la niña azorada.
- ¿No te robaste esto? ¡Dime!
- ¡Es claro que no! Te digo que la encontré en el frasco.

Gilske tomó la roca y la examinó a contraluz. No había lugar a dudas: Aquella era una joya muy fina.

- Éste es… Es casi un tesoro -dijo Gilske casi sin aliento.
- ¡Oh papá! ¿Qué hacía eso allí? –preguntó Deíma ya con lágrimas en los ojos.

Desde luego, aquel también era un misterio indescifrable para el pobre padre. Gilske miró incrédulo el recipiente de mermelada a medio terminar, luego repasó en su mente la visita de Louit. Recordó el encanto de ese hombre agradable y la forma casual con la que les regaló ese frasco de jalea, sin ceremonias. ¿Acaso él había puesto la gema allí adentro a propósito?

- ¡Papá! –insistió Deíma con desesperación.
- No lo sé, Deíma, no lo sé...

Era indudable que la obra había sido muy bien planificada: La joya había sido sumergida hasta el fondo del frasco. El color precioso de la roca era exactamente el mismo de la mermelada. Iban a encontrarla por seguro, y para entonces, Louit Dermeer ya iba a estar muy lejos de allí. Además, Nielce lo había ayudado con el pan. Era claro que ella estaba enterada de todo.

- Papá, dime qué estás pensando.
- ¡Me parece que este es un regalo para nosotros, mi niña! –dijo un Gilske que se sentía abrumado por tan buena fortuna.
- ¿De qué hablas, papá? ¿Crees que metieron la piedra allí a propósito?
- Creo que Dios finalmente está teniendo piedad de nosotros. Anda, vete a dormir. Mañana madrugaremos, Deíma.
- ¿Los dos? ¿Qué haremos? –preguntó confundida Deíma.

Gilske no quiso entrar en razones con su hija y la envió a dormir con una seña autoritaria. Deíma agachó la cabeza y obedeció sin chistar. No pasó mucho tiempo para que la niña se quedara dormida en su viejo y desvencijado lecho, vencida por las angustias del día. Su padre, por otra parte, jamás pudo cerrar sus ojos para descansar. A la luz brillante de las llamas, Gilske observó toda la noche el soberbio color de la joya como un hipnotizado.

Aún no rayaba el alba cuando Gilske despertó a Deíma. Con la modorra del sueño interrumpido, la chiquilla protestó:

- ¿Qué te sucede, papá? Parece que has enloquecido.
- ¡Anda, a cambiarte! Saldremos hacia Fokkerish enseguida.
- ¿Qué haremos allá? Y, ¿por qué tengo que ir yo? ¡Hace frío afuera!
- Vendrás, yo sé lo que te digo. ¡Ahora!

Con Gilske fustigando a Deíma, los dos apuraron un desayuno frugal y salieron cubiertos con sus mejores abrigos, luego tomaron la senda que atravesaba los maderales de Fokkaton para llegar a la villa de Fokkerish, la más grande de la comarca que rodeaba al lago Itsaril.

Durante el trayecto, Deíma veía a su padre hablar consigo mismo de proyectos y otras quimeras incomprensibles para ella.

- ¿Qué sucede, papá? Me preocupas.
- Ya verás, pequeña. Ya verás.
- ¿Sucedió algo malo? ¿Nos metimos en problemas por lo de la piedra?
- ¡Problemas, no!
- Entonces, ¿Me dirás que sucede?
- Secretos a secretos, hija mía. No quisiste decirme qué era todo eso que tenías con Nielce, pero ya ves que todo se solucionó.

Ese comentario silenció a Deíma. Gilske, por su parte, siguió susurrando para sí mismo entre ensoñaciones, como si estuviera alucinando.

- Apura el paso, Deíma. Ya estamos muy cerca -dijo de repente.

Y así, casi a la carrera, llegaron a Fokkerish. Era tan temp-

rano que aún no abrían las tiendas, y en las calles no transita-
ban más que los gatos.

- ¡Te lo dije papá! ¡Todos duermen a esta hora!

- Así es mejor, Deíma. Así es mucho mejor.

- Estás muy raro, papá. Incluso faltaste al trabajo. Te va a apalear Yerega cuando te vea – sentenció la niña con cierta preocupación.

- ¡Ah, Yerega! ¡Jamás volveré a tratar con ese hombre, y nunca más seré su bestia! -Gilske rio de una manera feliz y estruendosa, como si nunca hubiera reído antes-. ¡Sí, la casa de Perensi! ¡Llegamos!

El hogar de Perensi era un bonito caserón que se levantaba en la parte más alta de una calle empinada. Múltiples
letreros en la fachada delataban el oficio del hombre: Era un
comerciante acaudalado; sin importarle cuán inoportuna era
su visita, Gilske llamó a la puerta del mercader.

- ¡Los vas a despertar a todos, papá! –exclamó avergonzada Deíma.

- ¿No notas que eso es lo que quiero? ¡No le grito sólo porque no sé cómo se llama!

El entusiasmo de Gilske era tal que empezó a azotar la
puerta con todas sus fuerzas.

- ¡Perensi! Perdón, ¡Señor Perensi, abra!

El viejo Perensi abrió la puerta con una mueca asesina.
Era claro que se había irritado con la impertinencia de Gilske.

- ¡Malditos vándalos! ¿No ven que está cerrado?

- Señor Perensi, disculpe la hora. Le ruego que nos atienda enseguida...

- ¿Qué!? ¡Si son un par de pordioseros! ¡LARGO DE AQUÍ!

Antes de que Perensi lograra despedirlos con un grosero
portazo, Gilske se llevó una mano al pecho y mostró el precioso objeto que llevaba resguardado en una sucia bolsita de
tela marrón.

- No me cierre, señor Perensi. Vengo desde Fokkumbuim

para venderle esto; mire, ésta es mi hija Deíma. Déjenos pasar, el frío es terrible aquí afuera...

Nada escuchó Perensi desde que vio la hermosa roca en las manos callosas de Gilske. Sus ojos se encendieron, pero sólo por un instante.

- Ya. Pasen.

El padre y la niña entraron en la preciosa tienda de Perensi. Deíma se sintió desmayar al ver las magníficas muñecas que adornaban los aparadores. Las casitas de artesanía, los juguetes de madera con sus colores chillantes y los delicados trastecitos de cristalería le hechizaron los ojos. Nunca había visto chucherías tan hermosas como ésas. ¿Y qué decir de la ropa nueva? En apenas un momento, Deíma se olvidó de todo el rigor del viaje mañanero y se entregó a su niñez como sólo puede hacerlo un niño que sabe que padre tendrá dinero en breve.

- No nos hemos presentado –Perensi tomó un aire de formalidad para corregir su exabrupto de antes-. Señor, mi nombre es Maduer Perensi.
- Y yo soy Comron Gilske.
- Dígame, señor Gilske, ¿qué lo trae por mi tienda esta mañana?
- ¡La buena suerte, señor! ¡Y la inmensa piedad del Más Grande! Mire lo que llegó a mis manos, ¿no es magnífica?

Perensi detectó el poco juicio del leñador en un instante. Él, en cambio, se cuidó de no demostrar sus sentimientos. Su profesión le exigía guardarse sus emociones para sí mismo.

- Déjeme verla –dijo con la misma apatía fingida de antes-. ¿Dice que se la obsequiaron?
- ¡Es un regalo! ¡Merced inmensa de uno de los étores! Louit Dermeer, ¿escuchó algo sobre él? ¿Supo que vino desde la capital a visitarnos? ¡Pues él me la dejó, y yo, tonto y pecador, ahora soy el hombre más feliz del mundo!
- Sí, sí. Parece que le ocurrió un auténtico milagro. Pero

présteme la roca, quiero verla más de cerca.

Con las manos temblorosas, Gilske le extendió la piedra al comerciante. Perensi sacó un juego de lentes de sus vitrinas y revisó los detalles de la gema con una paciencia prodigiosa, voltéandola y acercándola a su vista como si fuera un experto en la materia, cuando, en realidad, todo era un ritual de evaluación fingido.

- Señor, ¿quiere escuchar mi opinión tocante a esta piedra? –preguntó Perensi después de un largo rato de examen inútil a la joya.
- ¿Que si quiero? ¿Y qué hago aquí, Perensi? ¡Es claro que quiero!
- Sí... Yo diría que su valor debe rondar los treinta mil giaos, y puede que mi cálculo sea algo estrecho...
- ¿¡Cuánto!? ¿¡Está usted seguro de eso!? –exclamó Gilske con tal asombro que incluso espantó a Deíma, pese a que la niña no participaba en la conversación en lo absoluto.
- ¿Qué cree que soy, un mercachifle? Yo digo que vale treinta mil giaos. Y estoy tan seguro que se los daría en este mismo momento, siempre que usted esté de acuerdo con el trato.

Sin poder creerlo, Gilske se tomó la cabeza con ambas manos y echó a reír como un demente. ¡Treinta mil giaos! ¡El mundo, o más! Todo le era dulce en ese momento.

- ¡Pues que así sea!; ¡Deíma, toma lo que quieras! ¡Somos ricos!

Como Deíma no estaba preparada para semejante revelación, se puso a llorar por los nervios.

- ¿Lo que yo quiera...?
- ¡Qué te he dicho, niña! ¿Quieres llevarlo todo?

El leñador y su hija se abrazaron con una dicha completa. Seiscientos giaos se gastó Deíma esa mañana, suma que era excesiva para los caprichos de toda una vida, y Gilske nunca fue más feliz.

Padre e hija salieron abrazados de la tienda con rumbo a su casa. No vivieron allí otro día. Apenas encontraron una vivienda digna para ambos, los dos se mudaron a la zona poblada de Fokkumbuim. Nunca más padecieron carestía, ni ellos ni los hijos de Deíma.

Nunca se enteraron que Perensi los había timado al comprarles la roca, pues no les había pagado ni una tercera parte de su valor –por piedad, porque bien pudo haberles dado mucho menos–. Y una de las joyas imperiales de Isalba permanecería en su poder como herencia perpetua de su linaje.

# CAPÍTULO 39

*El juicio (8)*

La llave rodó suavemente en la cerradura y la pesada puerta de madera giró sobre su eje. A primera vista, todo lucía cubierto de una capa delgada de polvo, y esa tierrilla suelta le daba un aroma singular a la casa. Una emoción especial se apoderó de Nielce al regresar a ese sitio sagrado. Con reverencia, la muchacha se introdujo en la vivienda y observó los viejos muebles, testigos silenciosos de todo lo bello e importante que había ocurrido entre aquellas paredes.

- Veo que no pudiste esperar.

- Perdona –se disculpó Nielce-, es que moría de ganas de volver a la casa de mis padres.

- No te preocupes, no lo decía para reclamarte algo.

- Gracias, Silwan.

Nielce dominó la emoción y se dirigió al ventanal de la sala para descorrer las cortinas. Los colores de los objetos revivieron al ser expuestos a la luz del día, en un pequeño amanecer que la muchacha encontró delicioso.

Y allí estaba, justo como lo recordaba: Vetusto, manchado y raído, el sillón favorito de su padre. La visión de ese objeto trajo a la memoria de Nielce el recuerdo de la última vez que lo vio con vida, tan quebrantado y débil, tan solo.

- Nielce… ¡Nielce!

La muchacha reaccionó. Se había perdido en sus pensamientos.

- ¿Qué sucede? ¿Estás bien?
- Sí, estoy bien. Es que me acordé de algo.
- ¡Vamos, no te pongas así! Creí que ibas a estar feliz.
- Sí que estoy feliz
- Pues no lo aparentas. ¡Vamos, déjame ver una sonrisa!

Nielce sonrió para complacer a Silwan, pero sus verdaderos sentimientos eran otros. Tal vez podría digerirlos cuando estuviera sola.

- ¡Eso es! Sigues teniendo la sonrisa más hermosa que he visto.
- Mientes para alegrarme –le reprochó Nielce.
- Nada de eso, soy tan auténtico como siempre.
- Bueno, veamos qué tan auténtico es tu deseo de ayudarme a limpiar. Sospecho que aquí hay suficiente polvo para llenar una maceta grande.
- ¿Por dónde empezamos?
- Por la planta de arriba, creo que será lo mejor.
- Vamos allá.

Nielce tomó la vanguardia por ser la anfitriona. Arriba, un pasillo comunicaba las habitaciones de la casa. A la izquierda se hallaba el dormitorio de la muchacha, y a la derecha, la alcoba de sus padres. De ésta última emanaba un aroma singular.

- Se percibe un olor extraño acá arriba.
- Es una esencia residual del medicamento que le administrábamos a mi madre durante sus curaciones –dijo Nielce al reconocer el olor.
- Sí, eso cuadra con lo que tenía en mente. Detesto ese aroma a enfermedad, me pone nervioso.
- Bueno, quizás será mejor que comiences abajo.
- ¡De ningún modo! Me cubriré la nariz, o imaginaré que estoy en medio de un huerto lleno de flores. Yo te ayudaré.
- No hay necesidad, yo puedo hacerlo sola.

- Deja eso, Nielce. ¿No ves las ganas que tengo de escuchar tus vivencias de los últimos años? ¿Cómo vas a contarme algo, estando yo abajo y tú arriba?
- A los gritos, ¿qué te parece?
- ¡No! No dejaré que mujer alguna me grite, y mucho menos si ésta no es mi esposa –afirmó Silwan con mucha vehemencia.
- ¡Ah! ¿Ella sí podrá gritarte?

La mueca de fastidio de Silwan le arrebató una carcajada a Nielce.

- Ya, ya –dijo Silwan con molestia fingida-. Deja de reír, ¡basta!
- Hubieras visto tu expresión –respondió Nielce, y enseguida hizo una burda imitación del gesto de él.
- ¡No, no fue así!
- ¡Es claro que sí!

Los dos rieron hasta quedar rendidos. Silwan miró a Nielce de un modo totalmente desvergonzado y coqueto. Eso le produjo cierta incomodidad en la muchacha.

- Bien, empecemos por aquí –dijo para apartarse de él.
- Espera un momento, eso lo haremos más tarde –Silwan le tocó el hombro para detenerla-. Ven, siéntate aquí. Hablemos un poco.

Obediente, Nielce se sentó junto a él en el primer escalón que iniciaba el descenso hacia la planta baja.

- Dime, Nielce, ¿cómo te trataron en Sorogia? Sé que viviste en las mansiones del *domader*.
- En verdad, lo pasé muy bien –respondió la muchacha con una sonrisa-. Viví en una comodidad que nunca sentí como una sentencia o un castigo; al contrario, creo que nunca me regalaron tanto en mi vida, y mira que fui una hija muy mimada por mis padres.
- Yo me acostumbraría a eso con mucha facilidad –afirmó Silwan con socarronería.

- En eso somos distintos. Dime, ¿cómo es que una persona como yo iba a habitar el palacio de un rey, después de lo que hice?
- Nadie merece habitar el palacio de un rey más que tú, mi querida Nielce.

Ella resintió el no poder conectar con su interlocutor en algo tan trascendental, pero continuó hablando para no demostrar su incomodidad.

- Pues tardé algún tiempo en acostumbrarme, y si lo hice, fue porque el tiempo me permitió reconciliarme conmigo misma; y te digo una cosa: Tal vez no pagué con encierro el precio de mi arrepentimiento, pero sí que lo pagué con lágrimas y remordimientos.
- Bah, ese hombre merecía morir. Tú hiciste lo que cualquier otro hubiera hecho en tu lugar, y si de algo te sirve mi opinión, creo que lo soportaste demasiado.
- Eso me dicen las personas cuando me escuchan, pero yo me rijo bajo mis propios estándares.
- Lo sé, eres inmune a las opiniones de los demás.
- Eso me suena a soberbia –observó Nielce.
- Yo digo que es independencia, pero no nos desviemos más en eso; mejor cuéntame, ¿cómo te recibieron allá?

Nielce recordó el momento de su llegada al palacio real de Ótela y una sonrisa involuntaria le iluminó el rostro. Se podía ver que esa memoria le era cálida y feliz.

- Me recibieron como a una amiga. Sí, esa es la manera correcta de describirlo.
- Parece una bienvenida agradable.
- Oh, Silwan. Sólo con pensar en ello me siento abrumada por la gratitud. Después de todos estos meses, Sorogia llegó a convertirse en un segundo hogar para mí, y la familia del *domader*, bueno, ¡qué te puedo decir de ellos!
- La verdad, sin quitar ni poner nada.
- Bien. Empezaré por los hijos del *domader:* Solinka, de doce

años, y Tenardon de diez. Son los niños más increíbles que he conocido, y cuidar de ellos es el deber más divertido que tuve jamás –admitió Nielce en una manera que casi sonó orgullosa.

- ¿Cuidabas de ellos? ¿Te convertiste en su niñera?
- ¿Ves que no tiene sentido? Pensar que el *domader* le enco- miara el cuidado de sus hijos a una...
- Basta, no lo digas.

La muchacha se enfrentó a la mirada decidida de Silwan. Él le tocó suavemente la espalda y dijo con marcado énfasis:

- No te dejaré decirlo, ¿me entiendes?
- Sí.
- No quiero ser grosero, es sólo que no soporto que hables así de ti misma.
- Está bien –musitó Nielce.
- Ya, perdóname –rogó él-. Anda, continúa.
- ¿Qué te decía? Sí, ya recuerdo. Yo te hablaba de la familia del *domader*...
- Háblame del hombre: Él me da más curiosidad que nadie.
- ¿Del *domader*? Pero te hablaba de los niños.
- Más tarde. Vamos, dame ese gusto.
- Él... Él es un hombre singular... Déjame pensar en una manera correcta de describirlo...

Nielce se llevó una mano a la barbilla. Después de un mo- mento de meditación, dijo:

- Te contaré algo que te dará una imagen precisa de la clase de persona que es, escucha con atención: Cuando llegué al palacio real de Ótela, el *domader* vino a recibirme en per- sona, sus hijos lo acompañaban. Yo me sentía indigna de comparecer ante un rey. Él debió notar que yo no lo estaba pasando bien y se dirigió a mí utilizando nuestra lengua. Su dominio del salben era más que correcto, y esto de al- guna manera hizo que me sintiera un poco más cómoda.

- ¿Qué pasó entonces? –inquirió Silwan con interés.
- Él se dedicó a hacerme sentir bienvenida. Me dijo que podía andar a mi antojo por la propiedad y que me ocupara en lo que yo deseara, pues había muchos menesteres en su casa, pero que no debía sentirme como una sierva: Yo era su huésped, y así iba a ser tratada por la servidumbre. Creo que enrojecí del todo ante semejante gentileza, y él hizo algo que me turbó más todavía: Me tomó de la mano con delicadeza, me miró con sus profundos ojos grises y me dijo: "Nielce, bríndeme el honor de conversar conmigo en mi lengua, se lo pido como un favor especial".
- ¿Él suponía que tú hablabas soróguen?
- El *domader* sabía que yo no podía hacerlo, pues se informó de mí a través de los emisarios que arreglaron mi traslado a su casa.
- ¿Y para qué te pidió eso? Qué engreído –sentenció Silwan con desagrado.
- No, Silwan, es todo lo contrario: Su petición obedecía a los protocolos de su cargo. El gobernante de Sorogia no puede hablar en otro idioma que no sea el suyo cuando está en su casa, y él violó ese protocolo al recibirme. Romaiu, mi tutor, me enseñó esto al enseñarme la lengua del país, e hizo énfasis en el gran deseo que tenía el *domader* de conocer todo lo relacionado a los últimos días de Feriven Londarien. Yo comprendí que debía darle esa satisfacción y me esforcé al máximo por aprender su lengua.
- ¿Te fue muy difícil?
- No tanto. Solinka y Tenardon estaban encantados conmigo, pues me veían como una especie de heroína. Se dedicaron a enseñarme con mucho empeño. Además, Romaiu fue un excelente maestro. En cuatro meses logré suficiente dominio del idioma como para hacerme entender por los demás.
- ¿¡Cuatro meses!? Debes estar exagerando, Nielce.

- Es la verdad –aseveró Nielce-. Y él me esperó todo ese tiempo. Aunque ardía en deseos de saber todo lo relacionado a Feriven Londarien, él jamás me presionó; yo no sé cómo describirlo, Silwan. El *domader* encarna todos los atributos que siempre esperé encontrar en el dirigente de un país, simplemente es un hombre asombroso.
- Pues sí que es paciente. Yo te hubiera interrogado sin demora, aun cuando tuviera que romper todos los protocolos del mundo.
- Por eso él dirige una nación, y tú eres sólo un muchacho ordinario.

Silwan miró a Nielce con fastidio, y ella se rio de él sin tapujos.

- Bueno, al menos no soy un mojigato y hago todo lo que me place –dijo el muchacho con desenfado.
- Eso lo dudo mucho –reviró Nielce.
- Es verdad, no soy nadie, ¡lo admito! Pero cuéntame, Nielce, ¿cómo fue tu charla con el excelentísimo *domader*? ¿Estás segura que no hablabas con un dios? –preguntó Silwan con una ironía burlona.
- Silwan, no hace falta que seas grosero –le reconvino la muchacha con un golpecito en el hombro-. El *domader* me mandó llamar cuando Romaiu le aseguró que podíamos entendernos sin la necesidad de un intérprete. Era una mañana lluviosa, lo recuerdo bien. Había algo triste en el ambiente, era un día como de luto. Cuando me presenté en sus habitaciones, el *domader* me pidió que le contara mi historia, luego me escuchó con mucha atención...

En ese momento, Nielce entabló una conexión de la imagen del adusto *domader* con la de su propio padre al momento de dejarlo para entregarse al dueño de Sorogia. ¡Cuántas penas había provocado ese hombre a las dos familias! Su influencia había marcado terriblemente los destinos de aquellos linajes tan impares. "Sin embargo, todos los hombres saborean el gozo y el dolor del mismo modo, y en ellos no hay distinción alguna. Todo lo exterior es sólo una simple ilusión", pensó Nielce.

En esto se encontraba cuando escuchó que Silwan la llamaba repetidamente por su nombre.

- ¡Nielce! ¿Te perdiste otra vez?
- Perdóname Silwan –se disculpó ella–. ¿Qué te decía?
- Algo que parece que será muy triste, y tú sabes que esas cosas me aburren. ¿Sólo te pasaron cosas sombrías durante todo tiempo?
- Es claro que no. También pasé momentos muy dulces en Sorogia.
- Ya. ¿Querrías hablar de eso primero?
- Pues no sé de qué hablarte ahora. No me parece que tengas un interés sincero.

El reclamo de Nielce caló hondo en Silwan. Él hizo un puchero para provocarle risa a la muchacha, no obstante, ella lo miró con escepticismo, casi con desagrado.

- ¿Te ofendí?
- Ya déjalo, Silwan. Está bien, yo te perdono.
- ¿Es verdad que me perdonas? ¿Puedo abrazarte entonces?
- ¿Me darás opción? –dijo Nielce en forma desafiante.

La pregunta de Nielce hubiera disuadido a cualquier otro, pero Silwan no se amedrentó con esto y la abrazó. No era tonto: sabía de sus cualidades y las usaba con oportunismo. Su contagiosa energía jovial y su carisma le bastaban para rendir a la mayoría de las mujeres.

- Mi dulce Nielce, te extrañé mucho –dijo.
- Y yo me alegro de verte, Silwan.
- Ya, me disculpo por lo de antes, ¿sí? Mejor dime, ¿qué hiciste en todo este tiempo, además de aprender el idioma de esa gente?
- Como te dije antes, el *domader* me dijo que podía dedi-

carme a lo que yo quisiera. Debía cuidar de algo, por lo que decidí que iba a cuidar de las plantas; si tan sólo pudieras ver esos jardines, Silwan –dijo Nielce con entusiasmo-. Mirarlos desde la torre alta del palacio de Ótela durante los atardeceres en el puerto... ¡No hay palabras para describirlo! Sencillamente era glorioso.

- ¿Esos jardines son más bellos que los del palacio de ciudad central? Lo dudo mucho.
- Los dos son muy bellos, no veo por qué tendría que compararlos.

Fiel a su estilo histriónico, Silwan hizo un gesto de indignación cómico, mas Nielce no respondió al humor de él.

- Te han alienado esos extranjeros, mi amiga.
- No sabía que eras tan nacionalista Silwan, pero voy a tranquilizarte: Sí, admito que las bellezas de Sorogia acariciaron mis ojos, pero eso no significa que yo dejé de extrañar mi patria. Por el contrario: Yo siempre soñé con volver a ver el palacio de ciudad central.
- Pues ya que estás aquí, ¡hagámoslo en la primera oportunidad!

Alguien llamó a la puerta de la casa, y Silwan miró a Nielce con curiosidad.

- ¿Esperas a alguien?
- No. Que yo sepa, eres la única persona que sabe de mi retorno.
- Deberías atender –sugirió Silwan, y en ese momento, se volvió a escuchar que llamaban.

Nielce descendió la escalera y abrió la puerta. Un hombrecillo calvo la saludó con mucha amabilidad.

- Airasenura, buenas tardes. ¿Es usted la señora Nielce Tamarats?
- Así es, soy yo. ¿Qué desea, buen hombre?
- Entregarle un obsequio. Es que soy un mensajero, señora. Abra y yo acomodaré esto donde usted me indique.

Silwan bajó para observar lo que ocurría y halló a Nielce parada en el umbral de la puerta con el gesto inequívoco del que experimenta confusión; el mensajero se introdujo en la casa y esperó las órdenes de la muchacha.

- Sobre la mesa de allá.
- Muy bien, aquí lo dejaré. Revise el contenido del paquete y vea que se entregó sin daño, señorita. Sé que esto es delicado porque se pagó una prima de servicio especial por el paquete.
- ¿Quién lo ha envía? –quiso saber Nielce.
- El jurista Dermeer y su esposa, la señora Tolsre.

¿Jurista Dermeer? ¿Louit? ¿Cómo sabía que había vuelto? Y, ¿por qué le enviaba un presente?

- ¿No es ése el abogado que te representó en el juicio, Nielce?
- Sí. Es él.
- Pues qué atento se ha mostrado contigo, y no es para menos: El hombre ganó mucha fama al destapar el escándalo de corrupción que rodeaba al alcalde y a la policía, ¿no es así, señor? –le preguntó Silwan al mensajero.
- No hay quien lo dude. El señor Dermeer es casi una celebridad local.
- ¿Qué hay en el paquete? Veámoslo.

Con sumo cuidado, Nielce desenvolvió la caja que contenía el obsequio. Dentro halló un precioso portarretrato de vidrio, y éste servía de marco a la hermosa pintura de un edificio rodeado de flores amarillas.

- ¡Por Dios! –exclamó la muchacha al reconocer la casa plasmada en la pintura.
- ¿Conoces el lugar?
- ¡Esa era mi casa en Ótela! ¡El pabellón de los jardineros bajo la muralla!

¡Fantástico detalle! ¿Cómo es que Louit sabía sobre eso? En la caja también venía una carta. Sin mayores ceremonias, Nielce extendió el papel frente a sus ojos y leyó pasa sí misma:

"*Yo, Louit Dermeer, me dirijo por este conducto a Nielce Tamarats...*

"*Primero aclararé el misterio de la pintura. Romaiu Estenes mantuvo contacto permanente conmigo desde que usted se trasladó a la casa real de Ótela. Así me enteré de que usted vivía en el pabellón de los jardineros. Como supuse que querría guardar un recuerdo de ese sitio, mandé elaborar este cuadro que se llama "La Casa de Flores Yaboya". El artista que se encargó de pintarlo es muy famoso en Sorogia, pero dejaré su identidad en el misterio. Si le place, descubra de quién se trata por usted misma...*

"*Fue difícil conseguir que le regresaran su derecho de ciudadana, tanto como revivirla de los muertos. Aun así, logramos conseguirlo después de mucho esfuerzo. La casa real de Ótela nos brindó un apoyo prodigioso, y gracias a ellos, ahora usted puede transitar por todo el territorio de Isalba en completa libertad. Espero que disfrute mucho su regreso...*

"*Quiero agradecerle por muchas cosas. Usted no lo sabe, pero su caso me encaminó de vuelta al ejercicio de la abogacía; reconozco que estaba extraviado cuando me hice cargo de su situación, no sólo en cuanto a mis ideales: También en cuestiones personales. Hay momentos cruciales en la vida de un hombre, y ése fue uno de los míos. Allí encontré tantas cosas que me eran necesarias: Una dirección, un nuevo impulso para ejercer mi verdadera vocación, y a la mujer que por poco llegué a perder. Por todo esto, quiero extenderle mi más sincera gratitud...*

"*Sé que usted se está preguntando cuál fue su mérito. La conozco lo suficiente para suponer que es así. Bien, déjeme aclarárselo: Cuando trabajé en su caso, fui testigo de la voluntad inquebrantable de su carácter. Allí reconocí mi propia debilidad. No tenía ni el convencimiento ni la perseverancia que usted sí poseía. Usted podía enfrentarse a la muerte con orgullo. Yo ni siquiera quería enfrentar mi vida. Abandoné la búsqueda de la justicia por dinero, y casi abandoné a Niva por egoísmo. Mejor dicho, por cobardía; sin embargo, fue su ejemplo el que inició esta transformación en mí. Eso es lo que le agradezco, y espero que acepte mi agradecimiento...*

*"Mi esposa y yo deseamos ir a visitarla con nuestros niños; por cierto, la propiedad de la vivienda sigue en sus manos. Yo mismo me he asegurado de ello, y no tendrá que preocuparse por esto nunca más...*

*"Quedaré atento a su respuesta. Yo, Louit Dermeer".*


Nielce terminó de leer y sonrió. Silwan alzó una de sus cejas.

- ¿Y bien?
- Disculpe, buen señor –dijo Nielce al mensajero-: ¿Irá a presentarse ante el señor Dermeer para confirmar que se entregó el obsequio?
- Definitivamente. Soy el mayordomo del señor Dermeer. Él me dijo que esperara una respuesta de parte suya.
- Muy bien. Dígale al señor Dermeer que venga con su familia cuando le plazca, que estaré encantada de recibirlo.

El mayordomo hizo una reverencia y salió de la casa sin despedirse de Silwan, cosa que él tomó de muy mala manera.

- ¡Mozo altanero! Y yo, ¿qué? ¿Desaparecí de pronto?
- No te irrites con él, Silwan. Mejor comencemos a limpiar. No quiero recibir más visitas con este desorden.

Nielce le extendió una escoba y él no quiso protestar. Momentos después, el polvo flotaba por la casa, y ellos se ahogaban entre la tos y la risa.

- Su casa es muy linda, Nielce. Me encanta que todo parece muy escogido y bien dispuesto.

- Gracias, señora Dermeer. Usted es muy amable al alabar una morada tan sencilla como la mía – respondió Nielce con humildad.
- Llámeme Niva, por favor. Usted y yo somos amigas.
- Está bien, haré el esfuerzo.
- ¿Louit le comentó que el embrollo legal de la propiedad ya quedó resuelto? Vive tan ocupado que olvida algunas cosas de suma importancia.
- Sí, él ya me lo hizo saber. Y siempre le estaré agradecida por eso. A los dos.

Niva extendió su mano para estrechar afectuosamente la de Nielce.

- No fue nada. Nos alegra que esté de regreso.
- Eso también se los agradezco mucho. No sabe cuánto deseaba volver a mi amado país, y lo que sentí al pisarlo de nuevo… Es algo difícil de expresar.
- ¡Vivir alejada de Isalba! Debe ser difícil estar lejos del lugar que se ama.
- Sí, lo es. Por fortuna, mi tiempo en Sorogia fue muy dulce. Eso me ayudó a sobrellevarlo.

Louit interrumpió la plática al aparecer súbitamente por las escaleras. Con la mano hizo una seña de triunfo.

- Se durmieron, ¡te dije que iba a conseguirlo!
- Me sorprendes, querido. Te estás convirtiendo en un niñero habilidoso –bromeó Niva.
- Bueno, ¿quién puede resistir mi plática sobre leyes regulatorias y su aplicación en los territorios no adheridos a los pactos de comercio de Fimathan? También puedo dormirlas a ustedes, si me lo propongo.

Los tres rieron. Louit fue a instalarse en el viejo sillón del padre de Nielce. Ella encontró interesante que él tomara ese puesto, ya que ese mueble feo y roto desencajaba con toda la decoración de la casa, la cual era impecable.

- Este sillón es comodísimo –dijo Louit al acomodarse en el

mueble-. Perfecto para descansar la espalda después de un largo día de trabajo.

- Es precisamente lo que hacía mi padre, Louit. Ese era su sitio preferido para descansar.
- Y con buena razón. Deberías probarlo Niva.
- Tendrías que desocuparlo primero, querido.
- O no. Ven acá, siéntate conmigo.

Encantada con la sugerencia de su marido, Niva se trasladó hasta el sillón y se sentó a su lado, casi encima de él. Nielce observó la escena con ternura. Era claro que esos dos eran muy unidos.

- No estaremos cómodos aquí, Louit. Me iré de regreso a mi asiento.
- No, no te vayas. Mejor dime de qué hablaban tú y Nielce.
- Ella me decía que está muy contenta con su regreso. ¿Te imaginas? ¡Cinco años fuera de tu tierra!
- Y yo le decía a su esposa lo agradecida que estoy con usted por haber gestionado mi retorno. Siento que nunca encontraré una forma eficaz de agradecerle, Louit.
- Yo me siento igual con respecto a usted, Nielce. Y puede que las palabras sobren. Sólo con vernos podemos entendernos, ¿no cree?

En efecto, él podía ver sus verdaderos sentimientos, y en cierta forma, ella veía los suyos. Esta sensación de intimidad le resultó cómoda a Nielce, como si ya conociera a Louit de toda la vida.

- Sí, estoy de acuerdo con lo que dice.
- Entonces no insistamos más en este asunto de las gratitudes. Ya nos dijimos lo justo.
- Muy bien.
- Y dígame, Nielce, ¿cómo fue vivir en el palacio de Ótela?
- Fue una experiencia interesante, Louit. Nunca imaginé que iba a terminar en un sitio como ese, pero pude adap-

tarme con el tiempo.

- Admito que temía por usted. Me la imaginaba marchitándose por la culpa, deseosa de pagar sus errores en prisión.
- Sí. Le confieso que me sentía fuera de lugar en el palacio de Ótela, pero la gracia del *domader* me libró del encarcelamiento... Y la promesa que hice con usted aquel día.

Louit sonrió con satisfacción. Niva observó la mirada de complicidad de los dos y quiso saber de qué se trataba aquella promesa.

- Nielce me hizo aceptar una cuantiosa suma de dinero por mis servicios, y digo que me hizo aceptarla porque yo no quería tomar ningún honorario después de lo ocurrido en el juicio. Sin embargo, ella y yo hicimos un pacto.
- Si su esposo aceptaba la prima que le ofrecían los emisarios de Sorogia, yo no iba a hacerme encarcelar, o no mientras el *domader* me diera la opción de vivir como una mujer libre –complementó Nielce.
- ¿En verdad usted pensaba hacerse encarcelar, Nielce? – cuestionó Niva con viva incredulidad-. ¡Si usted es un ángel!
- Los ángeles no cometen homicidio, Niva.

Las palabras de Nielce quedaron flotando en el aire. Niva quiso hacer alguna objeción, pero Louit la detuvo.

- No, Niva. Déjalo.
- No tiene por qué para sentirse así, si no fue su culpa –insistió Niva con inocencia.
- Aun así, déjalo. Confía en mí.

Niva miró a su marido con cierta estupefacción, ya que no entendía por qué debía renunciar a su intento bienintencionado de reconfortar a Nielce. No obstante, la voluntad firme pero amorosa de Louit terminó por vencerla.

- Nielce es una mujer que vive las cosas muy a su modo, ¿no es así?
- Es verdad –confirmó Nielce con admiración por la perspi-

cacia de Louit.

- Bien. Mejor cambiemos de tema, ¿les parece? Seguro que Nielce tiene historias muy interesantes que contar, sobre todo del *domader* y su familia.
- Sí, tengo muchas –asintió Nielce-. ¿Qué les gustaría saber?
- Creo que a mi esposa le resultará sorprendente el enterarse de cuánto tiempo le tomó aprender a hablar soróguen. Romaiu Estenes me lo comentó en una de sus cartas. ¿Cuál es tu cálculo, Niva?
- Yo diría que un año, cuando menos. Es lo que tardé yo en aprenderlo.
- ¿Habla usted en soróguen, Niva? –preguntó Nielce con mucha emoción.

Niva le respondió en la lengua de Sorogia con fluidez, y en un momento, las dos se encontraban hablando palabras ininteligibles para Louit. Él se dedicó a escucharlas con la paciencia irritante del que se sabe excluido de una conversación.

- ¡Cuatro meses! –exclamó Niva, incrédula.
- Así es. Sin exagerar, fueron cuatro meses.
- ¡Usted es un verdadero prodigio, Nielce! Y hace añicos mi marca personal, de la que yo me sentía tan orgullosa. Nadie en el liceo aprendió más rápido que yo.
- No se sienta así, Niva –dijo Nielce, riendo-. Es sólo que tenía que esforzarme mucho para complacer al *domader*.
- Complacerlo, ¿en qué cosa?
- Resulta que el *domader* no puede hablar en un idioma distinto al suyo cuando está en el palacio de Ótela. Al ser una refugiada, yo no podía abandonar los perímetros del palacio, de manera que la única forma de hablarle era aprendiendo.
- ¿No tenía un traductor? ¿También eso está vedado?
- Es claro que tenía traductores, pero él quería hablar conmigo a solas de todo lo relacionado a Feriven Londar-

ien, por eso me pidió que le hiciera el favor de aprender. Y aprendí en cuatro meses.

- ¡Cuatro meses! Todavía me resulta difícil creerlo –admitió Niva.

- Lo que yo encuentro aún más sorprendente es la paciencia del *domader* –intervino Louit-. Es claro que el hombre tiene un gran dominio de sí mismo.

- ¿A qué te refieres, querido?

- Piensa en esto: Si pudieras saber todo lo relacionado con la muerte del hombre que destruyó a tu familia, ¿no querrías saberlo enseguida?

- Es claro que sí –respondió Niva.

- Y, sin embargo, el *domader* eligió esperar. Le dio el tiempo necesario a Nielce para que ella aprendiera a hablar en su lengua. ¿Qué te dice eso del hombre?

- Que es muy paciente, sí.

- Y esa es sólo una parte. Él guardó los protocolos de su cargo, y lo hizo a pesar del gran afán que seguramente lo consumía. Eso demuestra que sabe quién es y que no pone sus intereses por encima de las leyes de Sorogia. No lo conozco, pero intuyo que es un hombre excepcional.

Los ojos de Nielce brillaron. La descripción de Louit era totalmente precisa.

- Usted lo conoció Nielce, ¿es tan bueno como parece? – preguntó él.

- Sí, es un hombre magnífico, y sus hijos lo son otro tanto.

- ¿Usted tenía trato con los hijos del *domader*? -inquirió Niva.

- Sí. Ellos se llaman Solinka, de doce, y Tenardon, de diez. El *domader* me encargaba que los cuidara cuando paseaban por los jardines. A ellos les encantaba ayudarme en mis labores, practicaban su salben conmigo y bromeaban con la idea de que yo me casara con su padre.

- ¿No hay reina en Ótela?

- El *domader* enviudó cuando nació Tenardon y no volvió a buscar pareja. El luto que le guarda a su amada esposa es admirable.
- ¡Aún así, hay audacia en esos niños!
- Sí que la hay. En más de una ocasión me avergonzaron frente a su padre, y viceversa -dijo Nielce entre risas.

El llanto de una niña atrajo la atención de los adultos. Niva hizo una seña para disculparse y salió corriendo a la planta alta para atender a su hija.

- Parece que fracasé como niñero -bromeó Louit.
- Bueno, nadie puede ser dotado en todo -respondió Nielce con una sonrisa.

Louit aguzó el oído para tratar de percibir lo que sucedía arriba. Niva hablaba con voz plañidera, y su hija le respondía con tono quejoso.

- Ah, mi pequeña Zirta. Es una niña caprichosa.
- Así son los niños de esa edad, Louit. Tenardon, cuando era más pequeño, hacía rabietas cuando lo sacaban del pabellón para llevarlo dormir a su habitación. No quería despegarse de mí ni un momento.
- Hablando del pabellón, ¿qué le pareció mi regalo? -dijo Louit al señalar el portarretratos que descansaba en la mesita.
- ¡Es hermoso! Es una representación exacta de la casa, con los metales oxidados en las verjas y las flores yaboya escalando por las columnas.
- Me alegra que sea de su agrado. No me equivoqué al suponer que usted querría guardar un recuerdo de esa casa.
- Usted posee una intuición deslumbrante.
- ¡Deslumbrante! -exclamó Louit entre risas-. Mi esposa podría decirle lo contrario y convencerla de lo torpe y distraído que soy.
- Quizás sea torpe o distraído para algunas cosas, pero tiene el don de leer a las personas. Estoy segura de que usted

sabe cómo complacerla, y sé que ella es muy feliz por eso.

El comentario de Nielce aturdió a Louit al grado de que no pudo elaborar una respuesta coherente. Y ella, ¿cómo sabía todo eso?

- ¡Louit! -exclamó Niva de repente.
- ¿Sí? -respondió Louit al cabo de un momento.
- ¿Podrías subir?
- ¡Sí!

Louit se levantó con cierto embarazo y pidió permiso para subir. Nielce le indicó que podía hacerlo con una seña. Momentos después, la pareja regresó, cada uno cargando un niño en brazos.

- ¡Nielce! Nosotros nos retiramos. Lamento que las cosas terminen de un modo tan abrupto. Le prometo que retomaremos esta conversación en otro momento -dijo Niva.
- Eso sería muy agradable –respondió Nielce.
- ¿Querría usted venir a visitarnos a nuestra casa? No es una mansión de reyes, pero nos encantará tenerla como nuestra invitada –bromeó Niva.
- Usted olvida que yo no tenía derecho de cortesana en Ótela. Yo era una simple jardinera.
- ¡Lo siento, Nielce! No quise ofenderla.
- Está bien –respondió ella con una sonrisa-. Y sí, es claro que iré a visitarlos cuando pueda.
- Una última cosa, Nielce –dijo Louit de improviso-: Además de nosotros, ¿alguien más ha venido a verla?
- Sí, mi amigo Silwan estuvo aquí más temprano, ¿por qué lo pregunta?
- ¿No vino alguien más?
- No… ¿Alguien más iba a venir…?

Louit se hizo el distraído y abrió la puerta de la casa. Niva y Nielce se despidieron con un abrazo afectuoso.

- Nos marchamos, Nielce, ¡bienvenida de nuevo!

- Se los agradezco mucho.

Nielce los vio subir a su carro para luego trasladarse hacia a la parte más alejada de la ciudad, lejos de los suburbios. ¡Era una familia cálida! El matrimonio de Louit y Niva parecía fuerte y unido. Y él, ¿qué se había hecho? Parecía otro hombre.

Nielce entró en su casa y cerró la puerta detrás de sí. El silencio y la soledad la llenaron de nostalgia. La ausencia de sus padres le pesaba. ¡Aquel ya no era un hogar familiar! El espacio era inmenso para ella sola.

- Tendré que acostumbrarme a esto –se dijo con resignación.

La puerta sonó tres veces. Nielce se sobresaltó. ¿Y quién podía ser ahora? La muchacha abrió la puerta con lentitud.

- ¡Romaiu! –exclamó Nielce al reconocer al individuo en el pórtico.
- Nielce, yo... Buenas noches...
- ¿¡Qué haces aquí!? ¡Pasa!
- Yo... No sabía cómo... He estado parado en aquella esquina, preguntándome...

La torpeza de Romaiu alarmó a Nielce. Ese hombre hablaba frente a reyes y gobernantes de naciones con el denuedo de un conquistador, pero ahora que estaba parado frente a ella, tartamudeaba como un enfermo delirante.

- Romaiu, ¿qué te ocurre...?
- ¡Yo la amo, Nielce! –gritó él, y luego se cubrió el rostro con las manos.

¿Podía haber una circunstancia más inesperada que esa? Imposible.

# CAPÍTULO 40

## *Sismo en Lairet (8)*

Le dijeron que estaba loca. Le dijeron que debía agradecer el escape milagroso que la providencia le había concedido, y que no debía tentar más al destino. Le dijeron que Lairet estaba en crisis, que la cuidad de Rittka se había convertido una de las urbes más conflictivas y violentas del continente, que la infraestructura del lugar estaba profundamente lastimada por el sismo y que se necesitaban años para devolverla a la normalidad. Le advirtieron de las pestes mortales que maltrataban a los adultos y secaban vivos a los niños.

Le dijeron que era una soñadora empedernida, una idealista cegada por su propio orgullo; le reprocharon el abandono de su madre, siendo ella una mujer mayor que vivía sola; le dijeron que debía permanecer en su tierra, entre su parentela y que debía velar por la perpetuidad de un linaje tan ilustre como el suyo; le dijeron que debía abandonar definitivamente sus caprichos locos. Ya había hecho bastante mal al marcharse la primera vez, ¿y ahora quería regresar? No era razonable, había perdido la cordura, o acaso pecaba de soberbia.

- Sí, todo eso lo entiendo –respondía Nielce de manera respetuosa-, mas yo sé lo que haré, y es una decisión tomada.

¿Decisión tomada? ¡Niña pedante! ¿Quién se creía que era? Sin duda había enloquecido, o sufría de algún embrujo que las gentes oscuras, ignorantes y sucias de Lairet habían vertido sobre ella.

Esos y otros chismes semejantes convirtieron a Nielce en la comidilla de la ciudad, empero, la muchacha no se vio afectada por ninguno de ellos, ni siquiera por las más audaces y descabellados. En cuanto los funcionarios de las brigadas le dieron la licencia para enlistarse al servicio otra vez, la muchacha tomó el camino de regreso a Lairet acompañada por Gokij –porque no podía ser de otra manera- y por Yommy, quien permanecía en su poder desde que Louit lo dejó abandonado en casa de Mordrei.

Nielce y Gokij llegaron a Maerbos en la estación de lluvias, y Ceimer Mordrei los recibió en su casa con grandísimo gusto.

- Mi dulce Nielce, ¿no pudo resistir la tentación de regresar?
- No, señor. Después de todo lo que vi en este país, me fue imposible disfrutar de la comodidad de mi casa sin sentirme inútil, y en verdad odio sentir eso.
- Dudo mucho que usted sea inútil, esté en donde esté –le dijo Mordrei con una sonrisa afectuosa-. Pero ya que decide sernos útil en este país, sea usted muy bienvenida.
- Gracias. ¿Cuándo podemos partir?
- Me temo que eso no será pronto. Los caminos están intransitables por el temporal, además, las carreteras están infestadas de bandoleros. Cuando el camino esté en condiciones, la cabecera de Rittka enviará una guarnición de la milicia para escoltarlos hasta allá.
- Tendremos de esperar hasta entonces –dijo Gokij, quien observaba atentamente por la ventana-. Mire, *nitta*. Una tormenta estará aquí para el atardecer, y no será la última del año.
- Así es –confirmó Mordrei-. Estarán varados aquí por un tiempo, mas no será tiempo desperdiciado: Hay mucho por hacer aquí en Maerbos, ¡tanto o más que en Rittka!

Nielce asintió.

- Señor Mordrei, los pidaos de allá, ¿de cuál villa vienen? – preguntó Gokij al ver a un trío de muchachos que jugaban afuera con Yommy.

Ceimer se encaminó hasta la ventana y echó un vistazo a través del vidrio.

- Ellos son de la villa de *sopurosh,* vienen de río arriba.
- ¡*Nitta* Nielce, son los amigos de *Ocaringo*!

El corazón de Nielce se aceleró al escuchar el anuncio de Gokij.

- Ellos pueden saber algo de Louit.
- Venga, *nitta*, hablemos con ellos...

Mordrei tomó el brazo de Gokij y le dijo alguna cosa en la lengua de Lairet. Eso tuvo un efecto instantáneo en el intérprete. Nielce se alarmó al ver que los dos habían adquirido un aire serio.

- ¿Qué sucede, Ceimer?
- Ve allá, Gokij, habla con ellos. Yo le diré a Nielce todo lo que sé sobre *Ocaringo*.

Gokij hizo una reverencia con la cabeza y salió de la habitación. Mordrei se mordió los labios.

- Nielce: ¿Acaso usted vino a buscar a Louit Dermeer? – preguntó sin rodeos.
- Vine a servir a la gente de este país, señor Mordrei -respondió Nielce con total sinceridad.
- Sí, sí... Yo me disculpo. Es claro vino a trabajar, ¡trabajar muy duro, sí!
- Sin embargo, y ya que lo menciona, también tengo el deseo de encontrar a Louit. ¿Qué sabe usted de él?

Para evitar la mirada inquisitiva de Nielce, Mordrei dirigió su vista a la ventana.

- Corren rumores de que *Ocaringo* está muerto, Nielce.
- ¿Rumores? ¿No es algo confirmado?
- Los nativos dicen esto de él: *Bobuo sicen Ocaringo*. Es difícil

dar una interpretación literal a esas palabras, considerando que pueden representar algo más que lo obvio.

- ¿Cuál es la traducción más probable?
- Ah, qué situación… ¡Ragaigh, A'Nama, vengan acá!

Los criados de la casa se presentaron ante su amo con presteza. Cuando reconocieron a Nielce, una alegría palpable se manifestó en ellos.

- Ya, dejen eso para después –dijo Mordrei con una severidad ridícula, casi cómica, a la que los criados respondieron con buen humor-. La señorita Tamarats quiere saber qué significa lo que dicen los nativos de *Ocaringo*.

La cocinera se llevó una mano a la barbilla y miró a Ragaigh para invitarlo a hablar primero.

- "Terminado está Ocaringo" –dijo Ragaigh sin dudarlo-. Eso es lo que quiere decir.
- Sí, es correcto, pero esa frase encierra una incógnita. No conozco todas las palabras que usan ustedes los extranjeros, así que no sé cómo decirle a la señora lo que creo que es…
- A'Nama, no juegues así. *Bobuo sicen Ocaringo*, ¡el hombre está muerto!

Ragaigh percibió que sus palabras le causaron daño a Nielce. Ella se rehízo en el acto, aún cuando no pudo dejar de agachar la mirada.

- Hay palabras para decir que alguien falleció, Ragaigh. *Tenibe sicen*: Muerto está –puntualizó A'Nama con una seña de la mano-. Es lo que se dice de *O'Shnolk*, por ejemplo.
- ¿¡Akkraín murió!? –preguntó Nielce con enorme sorpresa-. ¿C-Cuándo? ¿Cómo?
- Ragaigh, A'Nama: Márchense. Les agradezco que hayan venido –dijo Mordrei antes de que ellos pudieran despegar los labios.

Los criados obedecieron y se retiraron cabizbajos, plenamente convencidos de que habían comprometido a su amo al hablar con descuido de algo que era trivial para ellos, pero muy relevante para Nielce.

- El señor Estarbo murió al ser capturado por la milicia de Fanehain –dijo Mordrei-. No quiero contarle los detalles. Los lugareños son especialmente crueles con los extranjeros.
- ¡Por Dios, eso es terrible!

Nielce se cubrió el rostro con las manos para contener el llanto. Mordrei suspiró.

- Debo confesarle que esa información ya era de mi conocimiento cuando usted y Louit llegaron desde Rittka. Él me pidió que no le dijera nada... Supongo que no quería preocuparla.
- No, él...

Le mintió. Y se fue. ¿Para qué? Si él ya sabía que Akkraín había sido asesinado.

- ¿Qué es lo último que se supo de Louit? Sea honesto conmigo, señor Mordrei, se lo ruego.
- Nada más. La última persona que lo vió fue usted, y desde entonces, no se le ha visto. Y sepa que lo han buscado hasta el cansancio. Los del bando de Fanehain quieren prenderlo para vengar a su brujo mayor, y los de Igommta quieren atraerlo a su bando.
- Entonces está muerto...
- Es imposible saberlo. No se ha localizado su cadáver. Lo único que se sabe de él es lo que se dice entre la gente, pero de dónde vinieron esos rumores, eso tampoco lo sabemos.
- ¿Qué hay de los pidaos?
- Ellos aborrecen a *Ocaringo*. Lo verá cuando regrese su intérprete. Él ya vuelve.

Tal como lo había anunciado Mordrei, Gokij entró en la casa. En su semblante se veía cierta pena.

- Los pidaos terminaron con *Ocaringo, nitta* Nielce. No

dicen nada más de él.

- Entonces está muerto –sugirió Nielce con toda la intención de probar a Gokij.

- No lo sé, *nitta*. Sólo dicen que todo está terminado con él, y nada más. ¿Será que ellos lo han matado?

Un aura de misterio envolvía el paradero de Louit Dermeer, desaparecido desde aquella última noche en Maerbos. ¿Acaso seguía con vida?

Dos meses después, Nielce y las brigadas llegaron a Rittka vigilados por un convoy de tropas del país de Bosegai. Al pasar por las avenidas arruinadas de la ciudad, los vehículos dejaban en los rostros de los nativos una sonrisa de esperanza. Los hombres los recibían agitando sus sombreros en alto con euforia, las mujeres elevaban plegarias de gratitud a sus dioses y los chiquillos corrían tras los camiones entusiasmados, confiando que recibirían alguna vianda con la que podrían romper la estricta dieta de raíces cocidas que les había impuesto la escasez.

Cientos de edificios atestados y derruidos dejaron salir de sus oquedades a los habitantes maltrechos de Rittka, quienes marcharon a congregarse a la plaza principal de la ciudad para recibir algún auxilio de parte de los visitantes. El hambre y la desesperación los había convertido en personas dóciles para con los extranjeros, incluso al grado de ser amistosos con ellos. Las reyertas de odio también disminuyeron. Cuando se lucha por sobrevivir, lo último que se desea es ir a buscar la muerte.

Cuando llegó la caravana a la plazuela central, los soldados de Igommta y Fanehain crearon un perímetro para inspeccionar los cargamentos y preparar los campamentos de los médicos. Nielce experimentó un terrible sinsabor al observar los uniformes pardos de los hombres de Fanehain.

Era inevitable recordar el momento espantoso de su estrangulamiento a manos de uno de esos soldados. ¿Guardaban recuerdo de ella? ¿Iban a alterarse al reconocerla como *Ahuassinda*, la prófuga compañera de *Ocaringo*? Eso no ocurrió. Los militares la recibieron con una calidez inusual y genuina, tal como recibieron a todos los demás. "No me recuerdan", pensó Nielce con alivio, y eso le permitió relajarse.

La construcción del campamento inició de inmediato. Los voluntarios de Bosegai comandaron las operaciones, y la habilidad del jefe de la cuadrilla quedó de manifiesto cuando éste distribuyó eficazmente el trabajo entre más de doscientos hombres de cuatro razas distintas. En cuatro horas levantaron las tiendas de toda la compañía, así como un comedor de gran capacidad para la muchedumbre. También se acondicionaron dos casas de buen tamaño para funcionar como un pequeño hospital improvisado. Para el final del día, todo estaba dispuesto, ¡era una hazaña digna de verse!

- Mire qué diferente es todo, *nitta* –decía Gokij en la noche, cuando ya reposaba en su catre-. Mis hermanos están tranquilos, el sismo ha apaciguado sus ánimos ardientes. Ya reciben a los extranjeros con una sonrisa en sus labios, los tratan como a los buenos señores que son. Se sorprenden de toda la comida que les envían y les gusta que los revise un médico, ya desprecian a los curanderos. ¡Qué castigo tan severo han tenido que sufrir para agachar la cabeza! Los azotes del *buolut*, ¡y por poco se les cae la cara por el hambre! Pero no se puede ser terco con el estómago vacío. Por eso son sumisos como aves, y eso no se había visto nunca, o al menos, yo nunca lo había visto.

- Eso hará que nuestro trabajo sea mucho más fácil y, por lo tanto, mucho más placentero –respondió Nielce mientras acariciaba a Yommy. El perro dormía tranquilo junto a ella.

- Habrá mucho trabajo, pero sé que eso es lo que te gusta: Caer rendida de cansancio.

- Me conoces bien, Gokij. Eso es justo lo que pretendo hacer.
- Entonces, ¿dejarás de buscar a *Ocaringo*? El muy truhán no se lo merece, pero sé que te interesa verlo.

La sola mención de Louit hizo que Nielce dejara de mimar a Yommy. ¿Iba a dejar de buscarlo? Su voluntad le decía que sí. Los meses pasados en Maerbos, las caminatas matutinas a orillas del río Zagara, la contemplación de las magníficas montañas de Lairet, las charlas interesantes con Ceimer Mordrei, las lecciones del idioma con Ragaigh, los ratos de limpieza con A'Nama; todas estas cosas la habían distraído, con lo cual, la llama del deseo había disminuído.

Además, le quedaba el recuerdo de aquella mañana... Los aullidos lastimeros de Yommy, la búsqueda infructuosa, los gritos en el bosque, las lágrimas derramadas, la confusión...

La respuesta que quería dar era un "sí" rotundo, pero, por más que quisiera darlo, no podía hacerlo. No todavía.

- No lo sé, Gokij. Todavía lo ignoro.
- Es cosa extraña que tú no tengas claro qué es lo que quieres, *nitta*. Tu costumbre siempre ha sido esa.
- Sí, es verdad.
- Debe ser un hombre excepcional ese *Ocaringo*. No cualquier inundación saca a un río de su cauce.
- Sí que lo es –contestó Nielce con una sonrisa.
- Entonces harías bien en buscarlo; no obstante, lo que toca ahora mismo es dormir, ¿ya te duermes, *nitta*?
- Sí.

Nielce depositó el cuerpo peludo de Yommy a un lado de su camastro y se cubrió con una manta. A los pocos instantes, la muchacha se durmió plácidamente.

Los meses siguientes fueron de mucho trabajo para Nielce y el resto de los voluntarios. Una cantidad interminable de personas de juntaba en los perímetros del centro, apretujándose contra las barandas para recibir su sustento diario. Los enfermos eran conducidos hasta los pabellones, donde debían aguardar la atención de los pocos médicos de las brigadas. Era tal la afluencia al hospitalito que los enfermeros y los médicos extendían sus jornadas de trabajo hasta límites peligrosos para su propia salud. La misma Nielce ejercía turnos de vela dos veces a la semana, y eso causó que su estado físico decayera visiblemente. Cuando enfermó por la fatiga, la muchacha fue enviada a descansar a las habitaciones del ayuntamiento. Gokij iba a visitarla por las noches y le llevaba noticias de lo que acaecía a diario.

- No sabes lo que ocurrió hoy, *nitta*: Un cargamento de provisiones llegó al campamento. Es difícil creer cuánta comida nos han enviado. Es una cantidad que compite con la que trajimos nosotros desde Maerbos.

- ¿La envía Ceimer? –preguntó Nielce con interés.

- No, *nitta*. El *semo* Mordrei dijo que esa comida no proviene del acopio de Maerbos. Al parecer, un residente del país se encargó de enviar esas provisiones, pero son tantas, que mi corazón se impresiona.

- ¿Quién en Lairet puede obtener tanta comida? –preguntó Nielce con cierta estupefacción-. ¿Y de dónde?

- No se sabe mucho de este hombre, *nitta*, y la comida no la consiguió en estas tierras. Los hombres de las postas dicen que viajaron desde Ocaron, por la ruta de Aremas, y tú sabes que sólo por barco se cruza ese paso.

- Es comida importada entonces. Como sea, ¡es maravilloso!

Al día siguiente, Gokij regresó con Yommy en los brazos. El perro enloqueció de alegría al ver de nuevo a Nielce. No soportaba permanecer mucho tiempo alejado de ella.

- Me irrita este animal, *nitta*. Aúlla toda la noche si no te encuentra. He tenido deseos de lanzarlo al río, atado de patas, y con peso en ellas.

- No vayas a hacer eso, Gokij, si no quieres que te haga pasar por lo mismo –bromeó Nielce.
- Sólo por eso me contengo. No me gusta verte enojada.
- Bien. ¿Qué novedades tienes hoy?
- ¡Algo que te va a gustar! Los enfermos en el hospital ya te dieron un nuevo mote de extranjera, y puede que sea mejor que el primero.
- ¡Vaya! Déjame escucharlo, ¿cómo me dicen ahora?

Gokij se sentó en la cama al lado de Nielce, reteniendo las palabras hasta que la muchacha volvió a preguntarle por el mote.

- Ellos te dicen *Adneséa,* que significa: "Amorosa".
- Amorosa... ¡Amorosa! ¡Qué gran privilegio!
- Te dije que iba a gustarte, *nitta*, pero pienso que podían haberte llamado de otro modo –dijo Gokij a modo de guasa-. *Cuolingla* te hubiera sentado perfecto.
- Ah, ¿sí? ¿Y qué significa?

El intérprete explotó en carcajadas y se rehusó a revelar el significado del mote. Nielce no luchó demasiado por averiguarlo; la charla tomó otros rumbos cuando la muchacha preguntó por los enfermos y otros pormenores de lo que acontecía en el campamento.

- Esto te va a interesar: El famoso donador de alimentos, ¿recuerdas que te hablé de él? –al ver que Nielce asentía, Gokij añadió-. Pues resulta que este individuo es extranjero y él mismo se hace llamar *Muboizin.* ¿Será un hombre loco? Sólo alguien así se pone un mote tan perjudicial para la obra de caridad que intenta llevar a cabo en esta tierra.
- ¿Por qué es perjudicial? –preguntó Nielce con abundante curiosidad.
- *Muboizin* significa "enmascarado". Las máscaras son cosas malditas y de brujería. ¿Es que quiere espantar a la gente con sus ocurrencias?
- Quizás ignora lo que hace. O tal vez se trata de un

excéntrico.

- Como sea, este *Muboizin* está salvando muchas vidas, con todo y sus desatinos.

Dos días más pasó Nielce encerrada en el ayuntamiento. En cuanto recuperó la salud, nadie pudo retenerla en ese sitio. Ardía en deseos de estar en el hospitalito, entre sus bienhadados pacientes, y se fortaleció en cuanto puso un pie allí. Sobra decir que continuó con trabajando con el mismo ritmo febril del principio.

Los meses pasaron con una rapidez extraordinaria. Nielce se dedicó con tanto esmero a desempeñar su profesión, que de a poco se fue olvidando de todo aquello que no estaba relacionado con sus enfermos. El aprendizaje del lenguaje también le absorbió gran parte del tiempo, y en no muchas semanas, la muchacha casi logró independizarse por completo de Gokij. Él, sin embargo, dejó de ser su intérprete para pasar a ser su enfermero. El hábil muchacho consiguió adaptarse rápido a su nuevo rol, y entre los dos conformaron un equipo formidable.

De cuando en cuando, los dos se perdían en el despoblado para conversar. Cierto día, mientras andaban de excursión, Nielce alcanzó a ver los cuarteles a la distancia.

- ¿Esos son los cuarteles, Gokij?
- Los mismos, sí.
- ¡No puedo creerlo! -exclamó Nielce.
- ¿Qué sucede, *nitta*?
- No es nada, Gokij. Es sólo que recordé lo que me que sucedió allí con Louit, y me di cuenta de que no había pensado en él en varios días.
- ¿Apenas lo notas, *nitta*? Ya llevabas algún tiempo sin mencionarlo, y eso me causaba un verdadero alivio. Pensé que nunca ibas a soltarlo.

Nielce se sorprendió con las palabras de Gokij.

- Entonces, ¿ya lo habías notado?
- ¡Sí, desde hace tiempo! Creo que tu corazón ya alcanzó el otro lado, es decir, que ya no se acongoja pensando en ese hombre.
- Puede que tengas razón, mi querido amigo.

Un poco más adelante, la muchacha divisó los campos que en otros tiempos pertenecieron a Akkraín Estarbo, y que ahora se encontraban regentados por el gobierno de Rittka. Al no haber un heredero de dichas posesiones, el pueblo de Lairet las expropió para combatir la crisis de alimentos del país; viendo las tierras reverdecidas por la primavera, Nielce se imaginó a Louit cosechando como cualquier otro obrero e impidiendo alguna riña. Tal pensamiento le dibujó una sonrisa en el rostro. ¡El recuerdo de él ya no le era doloroso!

- Puede que tengas razón -repitió Nielce para sí misma.

Cuando anocheció, Nielce continuó reflexionando en las palabras de Gokij. *"Tu corazón ya alcanzó el otro lado"*. Tenía razón, hasta cierto punto. Por un lado, le quedaba la esperanza de saber que la muerte de Louit nunca había sido confirmada. Por el otro, ella ya no preguntaba por él a la gente que atendía en el hospital; ya no lo confundía cuando veía a algún hombre que se le pareciera, y ya no se levantaba pensando en él.

- Louit se fue para no volver -le dijo Nielce a Yommy, quien, como siempre, dormía al lado de su camastro.

Tal afirmación dio paso a la aceptación; imponiéndose jornadas de trabajo agotador, Nielce templó el ánimo de su corazón hasta dejar de sentir nostalgia, tanto por la desaparición de Louit como por estar lejos de su querida Isalba.

Otro par de meses transcurrió en la rutina. Cierto día, Nielce y los otros médicos del campamento fueron citados para una reunión extraordinaria en el tenderete del director. Allí se les dijo que el hombre conocido como *Muboizin* tenía el deseo de enviarles cualquier utensilio o material que les hiciera falta, esto como muestra de gratitud por su extraordinario servicio y dedicación en la reconstrucción de Lairet; contrario a lo que hicieron sus compañeros, Nielce no quiso suministrar sus datos para hacerse acreedora a las dádivas del enmascarado.

- Eres incorregible, *nitta* –le dijo Gokij para regañarla-. Es sólo un gesto de generosidad el que te hace este sujeto, ¿por qué quieres negarle la satisfacción de darte un obsequio como muestra de su buen y sincero agradecimiento?
- No estoy de servicio para recibir premios.
- No son premios los que te ofrece ese hombre, ¡son cosas necesarias! Nuestra tienda no es tan buena como yo quisiera, ¡y no se hable de nuestro lecho! Mi espalda ya sufre, y mucho.
- Entonces pide tú lo que necesites. Yo puedo cubrir mis propias necesidades.
- ¿Y por eso te comportas así, tan grosera e ingrata?
- Tienes razón. Y ya sé cómo voy a remediarlo.

Tomando lápiz y papel, Nielce comenzó a redactar una nota para *Muboizin* en la que declinaba amablemente el ofrecimiento del enmascarado. Gokij trató de disuadirla de todas las maneras posibles, pero la determinación de ella era invencible.

- Dime al menos qué le escribiste –insistió Gokij después de que ella envió la nota.
- Secretos a secretos, Gokij. Aun no me has dicho qué significa *cuolingla*, pero ya estamos iguales con esto.

Enorme fue la sorpresa de Nielce cuando recibió una epístola del mismísimo *Muboizin,* cinco días después de que ella le escribió.

- Dice que vendrá de aquí a cinco días, Gokij. Quiere hablarme a solas.
- ¿Ahora ves? ¿Cuándo te ha parecido buena idea jugar con

un hombre rico y loco, *nitta*? Pero me complace saber que viene. Muero de ganas de ver el rostro o la máscara de ese hombre.

La muchacha se encogió de hombros y continuó trabajando con el mismo ardor de siempre, sin pensar en lo que acontecería cuando *Muboizin* viniera a verla.

Los días transcurrieron sin incidentes dignos de mención. Sin embargo, en el día fijado para la visita, Nielce experimentó una agitación en su espíritu que no se pudo explicar. Los otros médicos notaron alguna anomalía en la muchacha y le sugirieron que se tomara un descanso. Contrario a sus hábitos, ella accedió a darse un respiro.

Nielce iba de camino a su tienda cuando se encontró a Gokij, quien venía llegando con Yommy del campamento. Él advirtió que algo extraño ocurría con ella y se acercó para preguntarle qué le sucedía.

- Francamente lo ignoro, Gokij. Creo que todo se remediará si duermo un poco. Iré a recostarme.
- Hazlo, *nitta*. Yo veré que nadie te moleste.

Tal como había dicho, Nielce se recostó en su camastro y trató de conciliar el sueño. Los ruidos lejanos de la ciudad, con el repicar rítmico de los martillos y el refriegue violento de los serruchos contra la madera, formaban un escándalo difícil de ignorar. Con cada segundo que pasaba, la desesperación se acumulaba en el corazón de Nielce. ¿Qué le sucedía?

De pronto, un silbido lejano llegó a oídos de la muchacha. Yommy respondió ladrando como enloquecido. Gokij trató de silenciar al perro para que éste no interrumpiera el sueño de Nielce, sin éxito.

- ¡Maldito perro, te voy a...!

Alguien llamó al perro por su nombre, y Yommy se desembarazó de Gokij, derribándolo al suelo.

- ¡Aquí estás! ¡Ven acá, muchacho!

Todos los sentidos de Nielce se excitaron. La voz que

escuchaba le era conocida; Gokij maldijo y se incorporó desafiante, listo para arremeter contra el perro. Luego hubo un intercambio de palabras entre el intérprete y otro hombre.

- ¡*Nitta* Nielce! ¡Es *Muboizin* quien viene! ¡Venga a recibirlo!
  ¿*Muboizin*? ¡Desilusión!
- No deseo verlo, Gokij. Dile que vuelva en otro momento, y que me disculpe.

Yommy se introdujo en la tienda como un relámpago, loco de la alegría. Gokij lo siguió, riendo. *Mobuizin* entró al final y fue el primero en hablar.

- Airasenura...

Nielce observó al hombre con total desconcierto: Llevaba un par de gruesos anteojos, un aditamento tan extraño en Lairet que despertaba confusión entre los nativos, de ahí que le hubieran puesto el apodo de "enmascarado"; vestía totalmente de negro, y su cabello era muy corto; las cejas pobladas, la tez pálida, la sonrisa confiada...

- ¿¡L-Louit!?

Incredulidad. Confusión. Y luego una tormenta emocional que le estrujaba los nervios. ¿Qué estaba ocurriendo? Si se levantaba a palparlo, ¿sería real? Cuando se dio cuenta, Nielce ya le tocaba el pecho con ambas manos. ¡Era él! ¿De cuál sueño se había escapado para materializarse? ¿De cuál deseo se transfiguró para venir a verla?

- Pero, ¿cómo es posible?
- Volví. Akkraín me heredó bienes inmensos en el exterior. Terminé con mi identidad anterior y me marché a Ocaron hasta que pude reunir el dinero suficiente para regresar...

Explicaciones. No era lo que ella necesitaba, sólo detener el terrible temblor de sus miembros, y derramar abundantes lágrimas de dicha, y un abrazo de él.

- Y bien, ¿ahora puedo convencerte de que aceptes algún regalo, Nielce?

# Texturas

# CAPÍTULO 41

*Una pareja feliz (9)*

- No te demores, Víldel. Entren pronto.

Mi madre me fustigaba para que acelerara la marcha. Era claro que tenía prisa, mas yo no quería presionar el paso vacilante de la abuela. A su edad, su desplazamiento debía ser asistido con paciencia.

- Mamá, ten un poco de consideración –le dije respetuosamente, pero con firmeza.
- No te preocupes por mí, Víldel. Vamos allá.

La tenacidad de la abuela le dio el empuje suficiente para acelerar el paso a costa de realizar un esfuerzo supremo. ¡Qué tremenda voluntad la de esa mujer! Cada vez que la vida le exigía algo de su mano, ella asumía cada reto con valentía. Y la debilidad del cuerpo no la detenía. ¿Cómo no iba a sentirme humilde ante tal demostración de empeño?

- Vamos, entren –seguía insistiendo mi madre. La urgencia la vuelve insensible.
- Vamos abuela, sólo un poco más -le dije para darle ánimos. Ella me agradeció.

Y así, tomada de mi brazo, subimos la rampa. Al llegar arriba, La abuela se apoyó contra los postes de la puerta para recobrar el aliento. Yo resentía su extenuación como si fuera propia, y le hubiera dado todas mis fuerzas de haberme sido posible.

- Abuelita, ¿quieres reposar en la sala? ¿Prefieres ir a tu

habitación? –le pregunté dulcemente.

- Acuéstala, Víldel. Necesita dormir. Ha estado en vela demasiado tiempo.

La abuela se volteó para vislumbrar el rostro duro de mi madre. Entendía perfectamente que su condición física y su salud eran obstáculos irritantes para ella.

- Muy bien, vamos allá. Condúceme, hijita.

Yo tomé el brazo de la abuela y de nuevo empezamos a caminar, adentrándonos en el pasillo de la derecha.

- Víldel, ¿estás segura que puedes cuidar a la abuela por tí misma? Sabes que tengo que ir a donde están tus tíos.
- Es claro que sí, mamá. No te preocupes.
- Bien. Pasaré más tarde a recogerte. Luego vendrá alguien a quedarse.
- No hace falta: Yo me quedaré.
- Es claro que no. Es mucha responsabilidad para una niña.

Esas palabras tuvieron un efecto instantáneo en la abuela. Ella detuvo su andar torpe y se giró para ver a mi madre de frente. Eso me dejó sin aliento.

- Nirenda, quiero que mi nieta duerma conmigo –dijo la abuela.
- Eso no puede ser –respondió mi madre.
- ¿Porque es mucha responsabilidad? Quédate *tú* entonces.

Muy a pesar suyo, mamá empezó a balbucir.

- Sabes que no puedo –dijo como excusa.
- Sé que tu marido te restringe muchas cosas, y entiendo que por eso no te puedes quedar.
- M-Madre, ¿qué cosas dices…?
- Digo la verdad –insistió la abuela con firmeza-. Y me apena que vivas atada cuando yo y tu padre te criamos para que fueras libre.

Como sostenía el brazo tembloroso de la abuela, pude sentir cómo el pulso de ella se aceleraba.

- Madre… Eso no es justo –repuso mamá con voz quebrada. Era claro que le había dolido lo que acababa de escuchar.
- Tampoco me parece justo el no poder estar con mi hija cuando acaba de morir mi marido…

Habiendo dicho esto, la abuela se soltó de mi brazo para dirigirse a la recámara, dejando una estela de dignidad detrás de sí.

- ¡Abuela! –exclamé preocupada.
- Estaré bien –respondió ella sin mirar atrás.
- Mamá, déjame quedarme. Alguien tiene que hacerlo…

No tuve que insistir: Mi madre hizo una seña para indicar que estaba de acuerdo y otra más despedirse.

- Espera, mamá. ¿Estás bien?
- Sí.

Era mentira, y yo lo sabía. Atravesada por la verdad y la culpa, mi madre salió de la casa cerrando la puerta con descuido. Yo me quedé con una profunda sensación de tristeza porque sabía que lo que había dicho la abuela era cierto. El distanciamiento entre ambas era patente, y mi padre era el responsable de ello. ¡Cuánta falta hacía el abuelo en esos momentos! Su sola presencia hubiera bastado para aplacar los ánimos turbulentos de la familia. Pero él se había ido para no volver.

El estupor se me pasó rápido. Debía mantener el temple para asistir a la abuela. Ella necesitaba mi compañía y apoyo, y yo se los iba a dar como mejor pudiera.

- Abuela, ¿dónde estás?
- Estoy por acá, mi niña.

Me guie por el sonido cálido de la voz de su abuela y la encontré recostada en su cama, con los ojos destellando por las lágrimas contenidas en los párpados.

- ¿Tu madre se marchó? –inquirió con profunda pena.
- Sí.

- Ya. Ven aquí, Víldel. Acércate un poco.

Me acerqué a la cama y se senté junto al cuerpo menudo y tibio de la abuela.

- Me arrepiento de haber dicho eso. No fue justo de mi parte.

Como no encontré palabras para consolar a la abuela, sólo le di suave apretón en la mano.

- Eso es. Dame tu mano mi niña, quiero tenerla aquí conmigo.

Con movimientos suaves, la abuela frotó la piel de mis palmas. La delicadeza y el amor de sus caricias me provocaron una sonrisa que me hizo olvidar la escena amarga de la sala.

- Es una hermosa manita, mi niña.
- Son más hermosas las tuyas, abuela.
- Mira qué piel tan hermosa tienes, tan suave y tersa; y tienes ese color, tan distinto del mío.
- Es el color del abuelo –dije con una sonrisa aún más amplia.
- Sí, es justo ese color. A ti te sienta de maravilla. Ése rasgo, junto con otras cosas que heredaste de tu abuelo, hacen de ti una mujer esplendorosa.
- Es una pena que no heredara tus ojos, abuela.
- Pues lo que heredaste es simplemente glorioso. Nunca pensé que las raíces de Louit fuera a combinar tan bien con las mías.

Un acceso palpable de nostalgia invadió a la abuela.

- Lo extrañas –dije como una confirmación de lo que yo sabía que era cierto.
- Sí –respondió la abuela con un suspiro-. Después de todo el tiempo que pasamos juntos, he olvidado lo que es vivir sola. Es como si mi existencia hubiera empezado en el momento que lo conocí, y creo que en cierta forma así fue. Nada de lo que era antes lo recuerdo, y no por falta de me-

moria, sino por falta de deseo. Yo nací ese día, Víldel.

Sentí que iba a llorar por la emoción, pero me contuve al ver que la abuela reverdecía.

- ¿Sabes? La primera vez que vi a tu abuelo quedé prendada de su pinta, la misma que tú tienes. Los dos tienen los rasgos de la gente de Garabed.
- ¿Te pareció atractivo?
- Me pareció encantador, con su torpeza y su apariencia inusual.
- ¿Torpeza? ¿A qué te refieres?
- Sería muy largo de contar mi niña, y me siento muy cansada para hacerlo. En cambio, ¿prefieres leerlo?
- ¿Guardas memorias escritas? ¡Es claro que quiero leerlas! –expresé con verdadero entusiasmo.

La abuela extendió su mano para señalar una caja de madera sobre la mesa.

- Allí está mi cuaderno de memorias. En él he escrito durante todos estos años.
- ¡Abuela, es maravilloso! ¡Quiero leerlas ahora mismo!
- ¡Magnífico! ¿Las leerías en voz alta para mí?
- Es claro que sí, abuelita.

¡Qué grandiosa circunstancia! Siempre que escuchaba los relatos precisos del abuelo, mi cuerpo se transportaba con él a la época en la que el país de Isalba era joven. La abuela lo escuchaba con la misma atención boba que ponía yo, y asentía y se emocionaba con los detalles como si los oyera por primera vez, aunque participaba en todas las historias como la infaltable protagonista. Así eran ellos: Él hablaba y ella escuchaba entre ensoñaciones, ¡pero ahora podía apreciar la visión de ella! No cabía en mí del júbilo.

- Éste libro es hermoso –dije al tomar entre mis manos el bello cuaderno de memorias de la abuela, forrado de una delicada tela iridiscente.
- Fue un obsequio de mi padre. Es de los pocos objetos que

conservo desde mi niñez.

Desplegué las páginas frente a mis ojos. La pulida letra de la abuela llenaba armoniosamente los espacios del cuaderno.

- ¿Dónde está la parte en la que se conocieron? –pregunté mientras hojeaba.
- ¿No te dije que nací el día que conocí a Louit? Está al principio, mi niña.

Experimenté gran ternura al escuchar esas palabras. La abuela me guiñó.

- Anda, lee. Quiero que conozcas toda la historia.

Me instalé junto a la ventana para recibir más luz. En efecto, la primera página del texto tenía grabada fecha en la que se conocieron. Hice un cálculo rápido y saqué la cuenta: La abuela tenía unos veinticuatro años en aquel entonces.

- Muy bien. Allá voy –anuncié, me aclaré la garganta y empecé a leer.

*"Yo, Nielce Tamarats...*

*"Hoy me encontró Louit Dermeer. Pero antes de hablar de lo que ocurrió este día, hablaré de lo que sucedió con anterioridad, porque no se explica una cosa sin la otra. Y deseo estamparlo aquí y ahora, porque presiento que ésta historia será una digna de recuerdo, y raras veces me ha fallado mi intuición...*

*"Todo comenzó con una excursión al barrio de Ondalud, este hermoso lugar en el que pasé tantas cosas dulces durante mi niñez. La abuela Tamarats me pidió que viniera a verla para las fiestas de independencia de Isalba, y yo quedé encantada con su petición. Creo que hubiera venido de todas formas. Tenía deseos de verla y a mis viejos conocidos; también quería recorrer el malecón, comprar y saborear la fruta fresca de los árboles de bimifa, y atender a la celebración nocturna con sus luces y sus bailes. Sí, siento que mi espíritu me llamaba a venir, guiado por el viento del destino. Puede que*

*sea prematuro que piense de este modo, pero abrazo la idea porque es lo que me dicta mi corazón en este momento...*

*"Como sea, hice los arreglos necesarios para venir. Ellorem se contristó al saber cuáles eran mis planes. Yo le pedí que me acompañara, y lo hice con la intención de presentárselo a mi abuela porque sentía que era el momento correcto para hacerlo. No obstante, él quiso quedarse en la ciudad. ¿Por qué no vino? Lo ignoro. Admito que su comportamiento me causó cierta tristeza. Deseaba contar con su compañía, pero las cosas se dieron así, y yo me apegué a mi determinación inicial...*

*"Llegué al barrio la noche de antier. Mi abuela me recibió con el mayor de los afectos y yo me entregué a sus mimos con todo el placer de una niña arruinada. Hablamos de muchas cosas hasta muy entrada la madrugada. Sentadas en el porche, las dos saludábamos a los vecinos con alegría y ellos nos respondían del mismo modo. Ya existía cierta animación en el aire. Los corazones de todos se estaban preparando para la fiesta...*

*"La abuela me preguntó por Ellorem y yo le dije qué había pasado. Ella me miró con sus ojos claros y dijo algo que penetró profundamente en mi ser. Sus palabras fueron éstas: 'Nielce, yo te conozco. Siempre haces lo que te place y eso es lo correcto. Acompañada o sola, yo sé que lo harás así'...*

*"Seguimos conversando hasta que la fatiga nos alcanzó. Nos separamos con un beso y yo regresé a mi dormitorio de niña, el cual permanece inmaculadamente infantil. Recostada en mi camita, reflexioné en sus palabras. Acompañada o sola. Acompañada o sola. ¿Podía tener más razón esa sabia mujer? Una madre nunca se equivoca. Eso lo descubrí hasta ese momento...*

Miré a la abuela con complicidad. Ella se sobresaltó por mi pausa.

- ¿Está todo bien, mi niña?

- Sí. Es sólo que me maravilla ver la clase de relación tenías con tu propia abuela.
- Sí –dijo ella con una sonrisa de nostalgia-. La amé con todo mi corazón.
- ¿Sigo leyendo? –pregunté.
- Sí. Por favor continúa, Víldel.

Yo asentí y retomé la lectura donde la había dejado:

*"Esa noche dormí profundamente. Al despertar, escuché a grupo de niños. Miré por la ventana y los vi jugando en una casita de madera, comiendo de las viandas dulces que son típicas en las festividades. Fue allí que me llegó ese pensamiento: Los niños del hogar sustituto no iban a probar esas golosinas. No pude soportar esa circunstancia y decidí repararla enseguida. Me arreglé en un santiamén y le anuncié a la abuela que iba a regresar a la ciudad. Ella no me contradijo, sólo quiso saber si iba a volver para la celebración nocturna. Yo le dije que sí y partí de inmediato...*

*"Yendo por el camino, recordé que llevaba el libro de Ghillart conmigo. Las Herencias del Tiempo Pasado. Lo saqué de mi bolso de viaje para leerlo. Me perdí en las líneas y comencé a andar como autómata por las calles del barrio. Tropecé en una ocasión, pero esto no me disuadió...*

*"Yo estaba concentrada en mis líneas, absorta en mis pensamientos. Puede que haya escuchado las voces, de hecho, creo que lo hice. No obstante, fue hasta que escuché un 'airasenura' que salí del pozo de mis reflexiones. Frente a mí vi a un muchacho alto y muy blanco, de espesa cabellera negra y cejas pobladas. Su faz me inquietó un poco por su extrañeza y supuse que se trataba de un extranjero que visitaba el barrio. No obstante, él se dirigió a mí con un acento perfecto, y en el transcurso de nuestra conversación, supe que se trataba un connacional mío...*

*"Él se presentó con confianza, pero su timidez afloró al*

*forzarse a hablar conmigo. Yo quise pasar de él siendo cortés, no obstante, el joven me preguntó qué estaba leyendo y yo le respondí con la verdad. Así averigüé que su oficio era el de jurista. Por alguna razón, yo quise ponerlo a prueba. Quise saber si era partícipe del orgullo característico de los hombres de su posición, pero él demostró una humildad genuina y no pude negarlo. Gané simpatía instantánea por él, y su pinta me resultó atractiva. Resaltaba. El ojo se deja conquistar por las cosas únicas...*

*"Él descubrió mi nombre y lo alabó. Allí descubrí que me provocaba emociones positivas. Su elogio me hizo sentir bien. Aun así, yo decidí despacharlo. No quería seguir alentando su coquetería. Le dije que le agradecía su buena intención, y que sólo conversaba con él porque había utilizado una palabra muy humilde para abordarme. Él arguyó cierta ignorancia injustificable –porque era imposible que no supiera cuál era el significado de 'airasenura'- y me pidió que lo aleccionara. Quise burlarme de él, pero vi que su faz cambiaba al escucharme. Me produjo ternura que se embebiera con mis palabras...*

- ¿El abuelo ignoraba el significado de "airasenura"? – pregunté con la mayor incredulidad.
- Él siempre aseguró que sí. Nunca le creí.
- Seguro hacía el estúpido a propósito –dije, riendo.
- Todo puede ser.

Cuando dejé de reír, seguí leyendo del cuaderno de memorias:

*"Yo le expliqué el significado del vocablo 'airasenura' y mencioné el vocablo 'oibasem'. Él confesó que lo esperaba de mí. Eso me enterneció todavía más; sí, iba a despedirme de él, pero no iba a hacerlo de una manera displicente. Su valor me había conmovido, su carácter me había estimulado. Por eso decidí sep-*

*ararme de él de manera afectuosa. Lo toqué y me marché, con-*
*vencida de que allí iba a terminar todo...*

- ¿¡Lo despachaste, abuela!? –exclamé.
- Sí –respondió la abuela con pena, y el rubor coloreó sus mejillas arrugadas.
- ¡Por Dios!

La curiosidad me empujó a seguir leyendo. Debía ver a dónde conducía aquello.

"*... pero me equivoqué. Él regresó, y todas las cosas que yo me decía para separarme de él perdieron sentido; Louit volvió para preguntarme el significado de 'oibasem'. La traducción literal de esa expresión es 'no me importunes', y yo se la dije así, sin pensarlo. Vi que lo lastimé sin querer. Fue sólo por un segundo, ¡y me dolió! Por fortuna, él me dejó explicarle que yo sólo quise traducir la palabra, y ambos nos reímos...*

"*Y, de la nada, su confianza reapareció. Él me dijo que quería ir conmigo a donde yo iba. Eso me desarmó. Me ven-ció. No sé si yo estaba sensible por lo que había pasado con Ellorem, no sé si fue la lucha de Louit lo que me hizo vacilar. No lo sé. Sólo supe que quería tenerlo conmigo. Sin embargo, yo le advertí que cabía la posibilidad de que decidiera no volver a verlo. Él aceptó y mi corazón dio un salto en mi pecho, ya que estaba feliz de que así fuera...*

"*Conversamos de temas irrelevantes hasta que subimos al camión que iba a llevarnos de regreso a la ciudad. Allí se nos terminaron las palabras. Sus esfuerzos por profundizar en la plática eran torpes, y yo acusaba cierta culpa por estar con otro hombre que no era Ellorem, lo que me impedía ser espontánea. A tal grado llegó mi incomodidad que decidí volver al libro. Louit se valió de esa circunstancia para tratar de conversar, pero al hacerlo, tomó un gran riesgo: Decidió preguntarme la razón por la que yo leía a Ghillart. Muchas* personas se habían burlado de mí por esto, y me pareció que él iba seguir el mismo rumbo. Yo estaba alterada, y su tentativa de debate me produjo desilusión. Creí que iba a abrumarme con explicaciones teóricas más refinadas que las mías, y casi me arrepentí de haberle permitido venir, empero, la situación cambió. No sé cómo lo supo, pero hizo lo correcto: Con humildad, él me pidió que compartiera mis puntos de vista. Descubrió ese rasgo tan mío en muy poco tiempo. Supo que deseo hablar y ser escuchada, supo que digo cosas mías y las sostengo con voluntad férrea. Lo supo, y lo que hizo después me estremeció...

"Él me confrontó. Me dijo quién era yo. Descubrió que busco mis propios significados para todo. Me interpretó de una manera precisa y yo supe que su interpretación era correcta. Y me hizo sentir que eso le gustaba, incluso me dijo que yo era un hallazgo muy especial para él. Eso me trastornó. Me sentí desnuda ante su presencia, y el pudor de mi alma se defendió de ese intruso clarividente porque no era él el hombre que me había amado más. Era sólo un adivino. Pero, con todo y la invasión –que sentí como conquista después de un instante-, supe que iba a estar a salvo con él, y eso era algo que necesitaba sentir. Eso liberó mi espontaneidad, y a partir de ese momento me sentí libre de ser como soy. ¡Cuán bien me sentí!...

- El abuelo tenía ese don –dije-. Él sabía discernir a las personas...
- Sí. Era una de sus muchas virtudes.

La expresión serena y feliz de la abuela me decía que la lectura le ayudaba a sentirse mejor. Yo seguí leyendo.

"... Y lo que pasamos en los almacenes, sólo confirmó la impresión que ya había formado de Louit Dermeer. Allí, él me dejó decidir el rumbo. Esperó con paciencia a que yo hiciera mis cosas. Jamás se entrometió, respetó mi espacio. No era *una falta de curiosidad o de interés: Él elegía dejarme actuar a mis anchas. Atrapaba detalles de lo que yo hacía. Aprendía de mí. Supo cuánto afecto tengo por los niños con sólo ver mi expresión en el desfile. Me ganaba con cada movimiento suyo, y añadió muchísimo a su cuenta después del incidente del restaurante...*

- ¿Fue allí cuando un muchacho trató de conquistarte? –pregunté al recordar la historia.
- ¿Cómo sabes de ese incidente, Víldel?
- El abuelo me lo contó. Y me hizo reír como una loca por un buen rato.
- Ah, Louit. Seguro exageró las cosas –dijo la abuela con tono socarrón-. Pero sí, supongo que es la misma historia que te contó tu abuelo.
- ¿Qué ocurrió en realidad? No lo mencionas en tu diario, abuela –y, en efecto, no estaba escrito.
- Fuimos a comer algo después de pedir que se enviaran las golosinas al orfanato. Louit se separó de mí para ordenar la comida de ambos, y en lo que él estaba allá, un desconocido se instaló en mi mesa y comenzó a coquetearme con descaro. Yo palidecí al ver a tu abuelo parado a poca distancia de nosotros. No sabía cómo iba a reaccionar, ¡no lo conocía!
- Y éste joven, ¿cómo era él?

La abuela comenzó a reír. Era claro que el recuerdo le resultaba divertido.

- En cierta forma, era todo lo opuesto de Louit: Era un petimetre muy pedante, de movimientos y palabras muy afectados. Su galantería me resultó grosera.
- ¡Abuela! –exclamé sorprendida. La crítica era algo totalmente inusual en ella.
- Mi niña, ha pasado tanto tiempo, pero nunca olvidaré las maneras de ese hombre. Utilizó no sé cuántos halagos

conmigo, me habló de sus riquezas y de su posición social, me tocó la mano… Hizo todo lo que me era repelente y lo hizo todo junto. Puedo decir que me abrumó de la peor manera posible.

- Y, ¿qué hiciste tú? ¿Qué hizo el abuelo?
- Yo despedí al joven con educación y él se irritó mucho. Temí que fuera a insultarme, mas no fue así. Sólo se marchó sin llevar adelante el juego; Louit no me reclamó nada. Se portó amable y cómico. Me hizo olvidar lo que había ocurrido, y eso me encantó.
- ¿Entonces no demostró cólera? ¡Cuánto dominio!
- ¡Y que lo digas! Esto tú no lo sabes, pero tu abuelo era un combatiente temible. No lo hubiera pasado nada bien ese muchacho de haberse propasado conmigo. Louit era un demonio a la hora de defenderme a mí o a la familia, pero era un ángel con nosotros…
- Sí, era un hombre muy dulce –confirmé con una sonrisa.

"Un hombre muy dulce", repitió la abuela. Un acceso de tristeza le sobrevino de pronto. Yo me acerqué hasta donde estaba ella y la estreché entre mis brazos para consolarla.

- Estoy bien, Víldel –me dijo con su vocecita débil-. Sólo sigue leyendo…
- Pero no estés triste –le dije casi como un ruego. Su pena me atravesaba el alma.
- Ya. No estoy triste. Dame acá, leeré yo…

Su voluntad despertó con el orgullo que le quedaba; yo supe que mi oposición iba a ser inútil.

- Aquí tienes.
- Gracias, Víldel. Ahora cierra los ojos e imagina que estás allí. Te contaré la mejor parte de la historia…

"*Descubrí que las horas transcurrían rápidas a su lado. Después de una comida agradable, los dos nos dirigimos a la plazuela de Ferdegan. Nuestras conversaciones eran ágiles y* escurridizas, mutaban y se enriquecían con los puntos de vista suyo y mío; yo aproveché la ocasión para tratar el tema de la desigualdad social. Me interesaba saber cuál era su opinión sobre el asunto, ya que era jurista y debía estar informado. No obstante, fui yo quien terminó hablando la mayor parte del tiempo. Él no me impuso su visión, tampoco se dedicó a aleccionarme. Sólo me escuchó y me estimuló con sus maneras ingeniosas...

"No sé cómo lo hace, pero Louit me mueve a hablar. Escoge las observaciones correctas, las preguntas precisas, y tiene un método inextricable que encuentro delicioso. Lo noté en el parque y no pude negar que disfrutaba de él y de su compañía. Sin embargo, un pensamiento terrible me asaltó de repente: Yo estaba faltando a la palabra que le había dado a Ellorem. Le dije que iba a estar en Ondalud, pero estaba en la ciudad con otro hombre...

"Mi atención ya estaba dividida, pero me esforcé por llevar la plática hasta sus últimos términos. Y entonces ocurrió: Llegamos a un punto muerto. Me levanté de la banca y observé el crepúsculo que se avecinaba. Debía terminar con todo e ir a buscar a Ellorem para regresar a Ondalud. Iba a disculparme con él, le contaría todo, le pediría que me acompañara a las celebraciones en el barrio; sería fiel al tiempo y al esfuerzo que me había dedicado. Sí, esa era mi determinación al levantarme y la llevé a efecto. Le agradecí a Louit por el tiempo que habíamos compartido. Él quiso saber si volveríamos a vernos. Yo desenvainé mi espada y le dije que eso no iba a ocurrir...

"Otra vez le hice daño, y con eso, me hice daño yo misma. Lo vi sufrir y yo sufrí con él. Louit me preguntó qué había ocurrido y yo le dije la verdad. Yo ya tenía cierto compromiso con otro hombre. Eso debía disuadirlo, pero no: Él quiso saber si yo amaba a Ellorem, y yo evalué tantas cosas en tan sólo un segundo...

"La respuesta de mi corazón era clara. No podía mentirle,

*como tampoco podía mentirme. Y le dije que no. Y era la verdad...*

Las manos de la abuela empezaron a temblar.

- Mi niña, lo siento tanto...
- ¿Qué sucede abuela?
- No puedo seguir –confesó con un nudo en la garganta-. Ni siquiera sé si deseo seguir escuchando.
- No sigas –le dije para aliviarla-. Terminaremos en otro momento.
- Termínalo tú, Víldel. Ve al estudio, allá podrás leer con mayor comodidad.
- No. Me quedaré contigo.

La abracé y esperé hasta que las lágrimas se le secaron en los ojos. Su respiración irregular se normalizó con el paso de los segundos. El roce de su cuerpo tibio con el mío me pareció exquisito, porque abrazaba al amor encarnado. Y nos dormimos juntas, entrelazadas en la cama como en los días de mi niñez. Como la joven Nielce con mi tatarabuela.

El libro se quedó abierto sobre la mesa, a la espera de mis ojos curiosos.

Cuando volví en mí, la noche ya había echado su manto oscuro sobre la ciudad. Tardé un poco en acostumbrarme a las tinieblas. Mi mente se orientó en tiempo y lugar, y recordé los acontecimientos previos a la siesta. La abuela seguía profundamente dormida a mi lado y yo no quise despertarla. Me escabullí de la cama con cuidado y eché a andar a tientas hacia la cocina.

Bebí agua para refrescar mi garganta y prendí las luces exteriores de la casa. Los grillos hacían sus ruiditos nocturnos a la distancia. Abrí una de las ventanas de la sala y el fresco entró de lleno para acariciarme la cara. Permanecí allí por un momento, atisbando hacia el exterior. El horizonte ofrecía una estampa espectacular: Allá, en la unión del cielo y la tierra, como por una rendija, una delgada línea púrpura azulada corría por sobre las montañas. Eran los últimos vestigios del día.

Ese momento de solaz me llevó a pensar en muchas cosas. Pensé en mis padres y en las dificultades que ellos tenían todo el tiempo. También pensé en la falta que hacía el abuelo para cohesionar a la familia. Pensé en la soledad de la abuela. La casa parecía inmensa para una mujer sola. Yo sabía que nunca iba a renunciar a ella, con todo y los inconvenientes que eso le ocasionaba a mi madre y a mis tíos. Después de perder la casa de la playa, no iba a abandonar su hogar, aunque en ello se le fuera la vida.

¡Cuán amarga era la muerte del abuelo! El delicado equilibrio de nuestro mundo se vino abajo con su desaparición. Y si yo lo resentía, ¡cuánto más lo hacía la abuela! Ni siquiera había podido terminar la historia de su libro de memorias.

Me sobresalté al escuchar que me llamaban. Miré hacia afuera y vi a Dard saludándome con la mano. Yo le respondí con mucho entusiasmo. Él desapareció de mi vista al entrar en su casa.

- ¿Quién es ése? –preguntó la abuela. Se había levantado de la cama también y me observaba en silencio desde el pasillo.

- ¡Abuela! Él es Dard Alaniraloz, es el vecino de la casa de enfrente.

- Se te ha iluminado el rostro, Víldel. Sonríes como una niña ilusionada.

- N-No, ¿ilusionada? No lo creo –respondí torpemente-. Es sólo un buen amigo.

- Sí, eso es –replicó ella con total escepticismo-. Pero ven acá, mi niña. Tenemos algo pendiente entre nosotras. Si vas a crear una historia de amor para ti, tienes que aprender de mí primero.

Yo reí con nerviosismo y seguí a la abuela a la recámara. Allí, ella me entregó el libro de memorias como si se tratara de una encomienda muy especial y me dijo:

- Será tuyo una vez que termines de leerme la historia.
- ¡Es genial! –exclamé con entusiasmo-. ¿Ya no vas a escribir en él?
- No, mi niña. Prefiero que lo uses tú.
- ¿No es mejor que lo heredes a uno de tus hijos?
- No, Víldel. Los tesoros, para ser tales, necesitan dueños que los valoren. Anda, sigue leyendo. Te escucho.

No tuvo que repetírmelo dos veces. La abuela se recostó y yo me senté a su lado. Ella cerró sus ojos y vi que tenía paz en su semblante. Observé sus bellos rasgos por un instante y me imaginé su apariencia de mujer joven. Puse en mi mente la imagen de los dos durante ese momento primordial. Hallé las líneas que buscaba y comencé a leer con voz baja:

*"La respuesta de mi corazón era clara. No podía mentirle, como tampoco podía mentirme. Y le dije que no. Y era la verdad. Era la primera vez que alguien me planteaba esa pregunta de un modo directo. Ni siquiera la abuela lo había hecho. Y tuve miedo, por eso creí que necesario decirle a Louit que, pese a que no amaba a Ellorem, yo deseaba honrar mi relación con él porque lo consideraba un hombre digno de mi amor. Me pareció que con eso iba a rendirse, y yo rogaba porque así fuera, porque no iba a tener más opción que despacharlo si él se empeñaba en insistir...*

*"Sin embargo, lo que hizo Louit me sobrepasó otra vez: Como pudo, él juntó valor y me preguntó si yo creía que él era un hombre al que yo podría llegar a amar. Y la respuesta de mi corazón era clara también, y era un sí rotundo. Y se la dije, y no sé cuál es la razón, pero lo hice. Entonces, él me pidió una oportunidad y yo me sentí en una encrucijada...*

*"Fue entonces cuando la vi, justo frente a nosotros, al otro lado de la senda. Era la bibliotecaria. Yo la reconocí sólo con mirarla. Supe que ella se fijaba en nosotros. Era claro ella que sabía quién era yo, después de todo, yo llevaba conmigo uno de los libros que ella me había prestado...*

*"El ver a la bibliotecaria me dio una idea, y allí decidí qué iba a hacer: Le dije a Louit que tenía que encontrarme al día siguiente de la manera que fuera. Lo dije tan alto como para que la bibliotecaria me escuchara. Si ella elegía revelarle mi paradero a Louit, yo lo tomaría como mi señal para avanzar; es claro que él desconocía cuál era mi plan, y seguro pensó que yo estaba loca, pero aceptó. Y entonces, él quiso saber qué iba a suceder entre nosotros si él llegaba a localizarme...*

*"¿Qué iba a ocurrir? Era una pregunta muy importante. Yo decidí seguir el impulso del momento. Le dije que íbamos a ser lo que él quisiera, siempre que él me encontrara al día siguiente...*

- Entonces, ¿la bibliotecaria le dijo al abuelo cómo podía localizarte? –pregunté cuando me venció la curiosidad.
- No –respondió la abuela sin abrir los ojos-, ella no me reconoció en el parque.
- ¿No? Entonces, ¿cómo fue que te encontró el abuelo?
- La bibliotecaria se acercó a Louit para desearle buena suerte. Él la reconoció de otros tiempos, cuando estudiaba en la menígama e iba por los libros que necesitaba para sus estudios de oficio. Fue a la biblioteca al día siguiente y me encontró allí, cuando yo iba a regresar el libro de Ghillart.
- ¿Así que su encuentro fue fruto de la casualidad? ¿El abuelo te halló por sus propios méritos?
- Sí. Así fueron las cosas, Víldel.

Era increíble, sencillamente asombroso. ¡Cuánta suerte había tenido el abuelo! O quizás, como decía la abuela, era el viento del destino el que había intervenido para unir a aquella hermosa pareja.

- Esto es maravilloso –dije al tener el libro entre mis manos-. Lo atesoraré toda mi vida.

- Me alegra escuchar eso, mi niña. Ahora sigue leyendo porque falta mucho todavía.

Yo obedecí a la amable petición de la abuela y seguí con el relato:

*"… Lo toqué suavemente por el brazo, le miré el rostro y deseé volver a verlo otra vez. Me di media vuelta y tomé el camino que iba a llevarme a la casa de Ellorem. Yendo hacia allá, la culpa comenzó a invadirme; sí, me confesaría ante él y me olvidaría de todo lo que había pasado ese día. ¿Y si Louit me encontraba al día siguiente? ¿En realidad creía que eso iba a pasar? Muy dentro de mí, yo sabía que era poco probable que eso ocurriera. Mi proceder disparatado me había dirigido a intentar semejante quimera, ése hacer mío que es tan voluntarioso como ilógico. La abuela Tamarats me lo dijo la noche anterior. Siempre hago lo que quiero, e hice lo que quise con el pobre Louit. Pero quería verlo, y a la vez quería olvidarme de él, ¡una locura ridícula!…*

*"Llegué a la casa de Ellorem. No lo encontré allí. Eso me produjo cierto temor supersticioso; tomé la ruta que me trajo de vuelta al barrio y llegué cuando las luces artificiales ya volaban en el cielo. Mi abuela me esperaba ataviada de fiesta y yo me vestí del mismo modo para acompañarla. Los espectáculos de danza fueron tan vistosos como siempre, y la risa y la alegría me sacudieron la tensión. Fue hasta muy entrada la madrugada que decidimos regresar a casa…*

*"Yo iba tomada de la mano con la abuela y las dos rondábamos por las calles como un par de ebrias que cantaban y se reían de todo. Sin embargo, ella notó que yo no estaba totalmente tranquila, pese a mis esfuerzos por aparentarlo; sabe aprovecharse de mis momentos de vacilación para hacer observaciones profundas; no sé cómo lo dedujo, acaso sus in-*

stintos son mucho más desarrollados que los míos. El caso es que ella me preguntó si yo había ido a buscar a Ellorem...

"¿Qué hice yo? Comencé a contarle todo lo que viví con Louit. Llegamos a la casa y yo seguí hablando. Nos fuimos juntas a su cama y yo seguí hablando. Y el cansancio no me impidió seguir hablando, como tampoco le impidió a ella seguir escuchándome con paciencia, sin intervenir...

"Al final, la abuela dijo que tenía la plena certeza de que Louit iba a encontrarme. Yo me reí y le pregunté qué pensaba de él. Ella dijo algo que todavía resuena en mis oídos. Dijo: 'Ya siento que lo conozco. Y si te encuentra, harás exactamente lo que hicimos tu abuelo y yo, y serás muy feliz'. Ya me había dicho que replicara el ejemplo de ellos con Ellorem, así que supuse que iba a repetirme esa encomienda con cada pretendiente que llegara a mi vida. Besé a la abuela y regresé a mi cuarto. El sueño me alcanzó muy rápido...

"Cuando abrí mis ojos, el sol todavía no despuntaba. Las palabras de la abuela ocuparon mi primer pensamiento de la mañana. Me duché para despabilarme y tomé un desayuno ligero. Sin embargo, nada lograba distraerme...

"Hacer exactamente lo que hicieron de los abuelos. Y ser feliz. ¿Cuál era su clave? ¿Cuál su secreto? Tuve que emplear mis facultades al máximo para resolver el enigma detrás de esas palabras. Y lo hice. Cuando desentrañé el misterio, el sol ya me iluminaba el rostro. La mañana se presentaba hermosa y fresca. Era el momento de partir...

"Fui a la recámara de la abuela y me despedí de ella con un beso en la frente. Ella me vio decidida y sonrió. No me dijo nada, sólo se envolvió en sus mantas para seguir durmiendo. Ya había hecho su labor, y ahora me tocaba a mí hacer la mía...

"Salí rumbo a la ciudad. Como llevaba el libro conmigo, comencé a leerlo tal como lo hice el día anterior, pero ya no me concentraba en él. Tomé la misma senda, incluso pasé por la calle en la que conocí a Louit. Me detuve allí, en el sitio exacto, *y reviví el momento. ¿Cuándo hubiera podido imaginar que aquel día iba a ser tan especial?...*

*"Y eso era todo. Un golpe de realidad me hizo entender que Louit no iba a encontrarme. Era claro que la bibliotecaria no se había involucrado, y eso lo condenaba a una búsqueda inútil; quizás él había desechado la idea de buscarme, y con razón: No iba a perder un día de su vida intentando una empresa imposible. ¿Qué probabilidades tenía? Y aun si me buscaba, ¿cómo iba a encontrarme? ¿Iba a conseguirlo a tiempo?...*

*"Y, ¿qué había de mi promesa? Ésta era clara: Si me encontraba, íbamos a ser lo que él quisiera. Pero tenía que hacerlo al día siguiente; yo había tentado a la providencia para que me diera una señal, y tenía que honrar esa determinación. No iba a dejar a Ellorem sin una prueba inequívoca de que eso era lo correcto. Louit tenía que demostrar que era el hombre indicado. Él había pedido una oportunidad y yo se la había dado, aún cuando ésta tenía trampa porque el resultado no dependía de él...*

*"Era claro que no iba a ocurrir. Y, sin embargo, para hacer exactamente lo que habían hecho los abuelos, Louit era un candidato más que adecuado. Allí que me reproché mi cobardía: Me había quitado la responsabilidad de tener que elegirlo a él y se la había transferido a la suerte. Mi voluntad me había traicionado; no, yo la había traicionado a ella...*

*"Tenía que resignarme. Él no iba a aparecer y yo iba a despacharlo si me encontraba después. No iba a rescindir mi voluntad. Tomé esa decisión y seguí mi camino. Llegué a las rutas que llevaban a la ciudad y emprendí el viaje de regreso. Abrí el libro de Ghillart y lo hojeé. Otra vez podía concentrarme, pero una sensación de vacío llenaba mi alma. Iba a experimentar una desilusión y lo sabía, pero iba a hacerlo con buen ánimo. Y saldría adelante, como siempre...*

*"Cuando llegamos a la ciudad, tomé el camino que me llevaba a la biblioteca. La gente que pasaba a mi alrededor*

*me ignoraba, tal como yo los ignoraba a ellos. Sólo un pensamiento ocupaba mi mente...*

La respiración de la abuela comenzó a agitarse. Yo presentí que estaba a punto de tocar el clímax de la historia y cierto nerviosismo se apoderó de mí.

*"... Cuando ya estaba muy cerca, mi pulso empezó a acelerarse. Sentí calor a pesar del frío y el corazón se me subió a la garganta; después de un andar un trecho prolongado, alcancé a divisar la explanada...*

*"Solo y de pie, tal como un árbol solitario en la estepa, un hombre miraba a su alrededor. Buscaba a una persona, y esa era yo. Yo lo vi mucho antes que él me viera. Me oculté un momento de su vista para ordenar mis pensamientos, porque todavía no daba crédito a mis ojos. Me puse a mirarlo sin que él me viera y ya no había duda: Louit Dermeer me buscaba entre la gente y yo sentía su ansiedad a través del espacio que nos separaba. Y él no se movía de allí, ¿por qué no se movía?...*

*"¿Dónde está esa mujer, Louit? ¿Por qué la esperas con el afán de un niño abandonado? ¿Dónde está ella, que no llega? ¿Por qué no te vas y abandonas la esperanza? ¿Cómo sabes que estás en el lugar correcto, que llegará en cualquier momento, cómo sabes que vale la pena? ¿Todavía crees que no te mintió, que no se burló de ti, todavía confías en su palabra? ¿Es que tienes miedo de moverte y perder? ¿O es que sabes que acabas de ganar? ¡Dímelo, Louit! ¿Dónde está ella?...*

*"¡Ella era yo! ¡Ése era el momento! Una explosión de sentimientos apabulló mi conciencia y eché a andar hacia él como si fuera un títere de rostro feliz, porque era feliz y el titiritero era él. Y cuando Louit me vio, él fue incluso más feliz que yo...*

Un sollozo se escapó del pecho de la abuela. Yo guardé cierta reverencia porque ella no se movía, no me hablaba, no me miraba. Toda su concentración estaba puesta en el recuerdo, ¿cómo iba a interrumpir algo tan sagrado como eso?

- Víldel –me dijo al cabo de un instante-. Sigue adelante, estás en la mejor parte...
- Sí, ya sigo abuela...

Tuve que dominarme primero para no romper en llanto también.

*"... Y entonces me acerqué a él. Difícil saber cuál de los dos tenía una incredulidad mayor. No sé qué le dije, tampoco sé qué fue lo que él me dijo. No lo recuerdo. Sólo sé que llevé su mano a mi pecho, justo al sitio en el que él podría sentir cómo bombeaba mi corazón ardiente. Esa era la seña de mi compromiso y la prueba de que me entregaba. Él me acarició la mejilla y no me dijo nada más. Estábamos unidos por un compromiso tácito al que él no quiso ponerle condiciones y yo amé eso. No se precipitó en hacerme su novia o su amante. Sabía que ya era suya, pero iba a intentar ganarme a partir de entonces, no porque yo se lo pedía, sino porque era su intención hacerlo...*

*"Louit y yo entramos a la biblioteca tomados de la mano. La bibliotecaria nos vió, pero tengo la impresión de que jamás nos reconoció. Eso fue muy extraño...".*

- ¡Cómo no! –dije entre risas. La abuela me sonrió y yo seguí leyendo.

*"... Después de entregar el libro, le pedí que me acompañara hasta el orfanato. Conversamos todo el trayecto del mismo modo que lo hace un par de desconocidos: De generalidades y cosas sin sustancia. Era claro que debíamos entendernos primero; cuando llegamos al hospicio, Louit se dio una palmada en la frente y empezó a reír, pues entendió qué fue lo que estuvimos haciendo en los almacenes el día anterior. Yo le pedí que me acompañara a conocer a los niños, pero no ponderé un asunto muy importante...*

*"Justo al entrar, vi a Ellorem a lo lejos. Estaba descargando unos bultos pesados de un camión. Noté que no reparaba en mí y me valí de esa circunstancia para actuar rápido. Le pedí a Louit que le ayudara con el trabajo y él accedió. Después fui a por Ellorem y lo traje conmigo a uno de los salones de clases. Lo hice de tal manera que no alcanzaron a cruzar palabra entre ellos...*

*"En el saloncito, fui directa al hablar con Ellorem. Él quedó desolado. Como única respuesta, dijo que tenía que volver a trabajar y regresó al camión, donde él y Louit continuaron descargando el vehículo sin hablarse...*

- ¡Pobre hombre! –dije sin poder evitarlo.
- Sí –respondió la abuela. Todavía guardaba algo de culpa-. Fue un magnífico amigo desde entonces, y jamás me reprochó nada. Se casó antes que yo y fue muy feliz.
- ¿No te amaba? ¿Por qué no hizo nada?
- Se abstuvo precisamente porque me amaba, Víldel.

La lógica de esas palabras me deslumbró. Quedé como atarantada por unos instantes y la abuela se rió.

- Te dije que ibas a aprender algunas cosas. Ahora sigue, mi niña.

Yo me rehíce para continuar.

*"... Cuando concluyeron, Ellorem habló primero. Le agradeció a Louit por su ayuda, le estrechó la mano y le deseó infinita suerte. No pude evitar una sonrisa...*

*"Llamé a Louit para que viniera conmigo al salón. Él se me acercó con expresión meditabunda y yo supe que lo había adivinado. Sólo me preguntó '¿es él?' y yo afirmé con la cabeza, profundamente avergonzada por las consecuencias de mi comportamiento. Esa no era la manera correcta de hacer las cosas; Louit se llevó las manos a la cintura, soltó un suspiro, me hizo un guiño y se dio media vuelta. Vi que iba hacia*

Ellorem y yo quise abalanzarme sobre él para impedírselo. ¿Qué iba a hacer? Y yo, ¿cómo iba a saberlo, si era un completo desconocido? Quise cubrirme los ojos y llorar, pero todo ocurrió de un modo muy distinto al que yo esperaba...

"Louit llegó hasta donde estaba Ellorem y le tocó un hombro para llamar su atención. Los dos se miraron por un lapso de tiempo que me pareció eterno, luego se abrazaron. ¿Cómo era posible? Allí comprendí que mi decisión era vindicada por el mismo artífice que propició mi encuentro con Louit. El destino me decía que había hecho lo correcto y yo ya no tenía más dudas al respecto. ¿Cómo no iba a ser feliz al descubrirlo?...

"Los muchachos se separaron y renovaron sus buenos deseos el uno para con el otro. Louit vino de regreso conmigo y anunció que debía marcharse. Yo lo miré de modo suspicaz. ¿Se había irritado con lo que había ocurrido y todo era puro fingimiento? Él notó que yo sospechaba y comenzó a reír. Dijo que tenía que ir a su empleo, que iba tarde por haberme acompañado y que volvería para recogerme en la tarde. ¡Era jurista! Yo me alivié al recordarlo, pero me preocupé al enterarme de su demora. Le dije que corriera, ¡debía llegar a tiempo! Él me agradeció tomándome de las manos y salió corriendo como un desquiciado. ¡Pero qué tonto! No pude dejar de reírme por un largo rato...

"Floté por el día como una sonámbula. Sólo salí de mi embotamiento cuando llegaron las golosinas del almacén. Los niños se volvieron locos con la sorpresa, y yo fui todavía más feliz...

"Tan profunda y absoluta era mi ausencia de las cosas que no sentí el paso del tiempo. El atardecer llegó como en un parpadeo y, fiel a su promesa, Louit apareció. No quiso que nos marcháramos de allí sin antes conocer a los chiquillos. Se presentó con ellos, jugó con ellos y yo quedé maravillada con su don natural para tratar con los niños. Él prometió volver al día siguiente, y yo amé eso: Que se involucraba con las perso-

*nas importantes para mí...*

*"Anochecía cuando salimos. Yo ardía en deseos de hablar con la abuela, por lo que le pedí a Louit que me dejara venir al barrio de Ondalud. Él me miró con ternura y entendió. No sé si él tenía planes para esta noche, pero mañana me encargaré de resarcirlo por su paciencia; Louit me acompañó a la estación, se despidió de mí con un beso y se marchó alegremente, como si aquello hubiese sido el fin de una primera cita cualquiera. ¡Nada más alejado de la realidad!...*

*"Anduve como una sombra hasta que llegué a la casa de la abuela. Ella se sorprendió sobremanera con mi visita -pues era la tercera en tres días- y me recibió con un abrazo caluroso. No estaba sola: Ólguia Sorys y mi amiga Simeet le hacían compañía. Yo me uní a la charla por cortesía...*

- Espera un momento, Víldel. Te interesará saber esto – interrumpió la abuela-: El nombre que acabas de escuchar, Simeet Sorys, ¿te resulta familiar?
- Me parece que lo he escuchado antes, sí –dije yo al escarbar en mi memoria.
- Louit había ido a buscarla a ella, por eso estaba en el barrio de Ondalud el día que nos conocimos.
- ¿Para qué la buscaba?
- La estaba cortejando, mi niña...
- ¿¡Dices que iba en busca de otra mujer cuando te encontró!?
- Así es.

¡Era claro que me interesaba! Volví al libro para saber qué había pasado con ellas:

*"... Yo me uní a la charla por cortesía, pero no participé gran cosa. Pedí permiso para retirarme y me encerré en mi cuarto de niña. La abuela vino a verme casi enseguida. Se había preocupado con mi actitud. Yo le conté todas las viven-*

*cias del día parte por parte, extendiéndome en detalles tanto
como ella me lo pedía. Al final, ella sólo tuvo un consejo
para mí: 'Nielce, escríbelo todo. No lo dejes para mañana'. Y
aquí estoy, siguiendo la sabia recomendación de la abuela.
Además, me encontré con este cuaderno que creía perdido,
¡parecen demasiadas coincidencias!...*

"*No sé qué es lo que sigue para mí a partir de ahora, pero
sí sé que no quiero olvidar lo que he visto hoy...*

"*Sólo puedo añadir dos o tres cosas más a esta extensa
redacción. Y termino de esta manera: Soy feliz, tengo total
confianza en que el futuro será inmensamente dichoso. Y haré
lo que hicieron los abuelos, y seré aún más feliz. Yo, Nielce
Tamarats*".

Así terminaba el relato de la abuela. Vi que éste ocupaba
muy poco espacio del cuaderno. Tenía muchas más historias
entre sus páginas, ¡era sin duda un hermoso regalo!

- ¿Qué te pareció? –me preguntó la abuela con expectación.
- ¡Es estupendo! Hay tantas cosas que ignoraba de ustedes.
  Voy a leer este libro una y mil veces más.
- Me alegra saber que lo harás. Por eso te lo di, mi niña, y
  espero que te sea muy útil en la vida.

Abracé la abuela y permanecimos así por un buen
tiempo, meciéndonos suavemente la una a la otra.

- Hay algo que quiero preguntar –dije sin desligarme de
  ella-: La tatarabuela te dijo que hicieras lo que hicieron
  ella y su esposo para que pudieras ser feliz. ¿Qué fue lo que
  hicieron?
- Exactamente lo que hicimos Louit y yo, mi niña. Y te insto
  a que hagas lo mismo.

Iba a pedirle que me explicara con más detalle, pero supe
que no era necesario. Sólo me bastaba con recordar la vida
que llevaron juntos para conocer cuál era su secreto. Y yo iba
a seguir su ejemplo, sin lugar a dudas.

- Es claro que lo haré –respondí-. Gracias por compartir esto conmigo.
- Me has alegrado la tarde, Víldel. Soy yo quien te agradece.
- Entonces, ¿te sientes mejor?
- Sí, me siento reconfortada. No obstante…

La abuela enmudeció. Yo tomé su rostro con mis manos para ver sus ojos. Ella esquivó mi mirada preocupada.

- Te dije que nací el día que conocí a Louit… Debí haber muerto el día de su partida…
- Abuela, no te derrumbes –le dije con ternura para consolarla-. No te derrumbes…
- No, no lo haré –respondió, y el orgullo que le quedaba la llevó a mirarme a los ojos-. No me derrumbo, y tampoco me rindo.
- ¡Lo sabía! Eres muy fuerte.
- Sí, lo soy –respondió.

La estreché entre mis brazos otra vez y sentí que su humor volvía.

- Debes estar hambrienta, ¿quieres que te prepare una rica cena?
- No tengo apetito, Víldel. Sólo tomaré una colación sencilla. Te lo agradezco.

Me levanté para dirigirme a la cocina… Un pensamiento fugaz me cruzó por la mente. Me volví con lentitud para quedar de frente a la abuela.

- Aunque podrías ir a por él –dije. Mis palabras no eran mías, pero era yo quien las decía.
- ¿Eso estaría bien? –preguntó la abuela de inmediato, como si ya supiera de antemano que yo iba a hacerle esa sugerencia.
- Sí. Eso no sería rendirse. Eso sería luchar por lo que quieres. Y ésa eres tú.

La abuela se quedó boquiabierta. Yo mantuve una calma

completa. Después de unos segundos, la abuela asintió.

- Nirenda...

- Sí. Yo se lo diré, abuela.

Ella sólo me dijo "gracias" y se recostó en la cama. Yo salí para ir la cocina. No llegué allá. Me dirigí hacia la sala y me tendí sobre uno de los sillones. Me dormí sin darme cuenta de ello.

Cuando desperté, el sol ya se encontraba muy alto en el firmamento. Un silencio absoluto reinaba en la casa. Me levanté del sillón y experimenté una vaga sensación de tristeza. Algo importante había ocurrido, y mi espíritu me lo advertía.

- ¿Abuela? –llamé en voz alta. No obtuve respuesta.

Tres veces repetí el llamado. No obtuve respuesta.

Me dirigí hacia la recámara. El cuerpo envejecido de Nielce Tamarats reposaba tal como la había dejado en la noche, pero su alma ya se encontraba en otro sitio. ¿Acaso se había encontrado con él en la casa de la playa? ¿O quizás se habían reencontrado en el barrio de Ondalud?

Aún poseo el libro de memorias de la abuela.

# CAPÍTULO 42

*Un paciente atormentado (9)*

Las olas estallaban en las rocas mientras la brisa marina soplaba con copiosa intensidad, ondeando con fuerza las copas de los árboles. La hermosa propiedad tenía para sí una vista privilegiada, ya que ocupaba la cumbre de un precipicio cuyas escarpadas paredes eran embestidas constantemente el mar, lo cual le daba la apariencia de ser un viejo fortín marítimo. El faro del puerto se mantenía valiente contra las tempestades, y su sombra protegía la piel de Louit contra los impenitentes rayos del sol del atardecer.

El cielo de Mobd, siempre blanco, daba un brillo perenne a todos los edificios de la comarca, pues éstos eran pintados de blanco también. Esta configuración cromática era buena para templar los ánimos, y le permitía al espíritu entrar en un estado de reverencia especial.

Desde su posición, Louit podía observar el mausoleo que servía de cripta al linaje de Sábaon, el mismo de su esposa Edaliv y de sus hijos. La vista del edificio le era triste, pero la gloria del paisaje contrarrestaba esa tristeza, convirtiéndola en una nostalgia benéfica que conducía poco a poco a la aceptación. "Es un buen lugar para reposar", pensaba Louit con cierta satisfacción. En Isalba no hubiera podido encontrar un sitio mejor para las tumbas de sus preciosos hijos y esposa.

En la casa, la servidumbre se afanaba en sus quehaceres y dejaba correr libre su buen humor. Gredin alentaba a sus siervos a continuar con sus rutinas normales, y esto lo hacía para evitar que la solemnidad hiciera mella en su esposa Imanda. Por eso, la agitación en las habitaciones y en el jardín era constante, y así, la diversión era usada como antídoto para combatir los pensamientos tristes.

Una ruidosa carcajada llamó la atención de Louit. Venía de Quelen, el cocinero, quien se golpeaba los muslos en un ataque de risa. Al parecer, era una broma de Nielce lo que lo tenía en ese estado.

- ¡Ustedes en Isalba sí que saben del picante, niña!
- No diga eso, Quelen. Usted ofende a su amo, el señor Dermeer. Vea cómo nos está mirando.
- Si lo digo también por él, ¡eh, Louit!

Louit, quien se hallaba a unos cincuenta pasos de distancia, hizo un movimiento de desaprobación con la cabeza.

- ¡Nos vemos en la cena, señorita!
- No sé si estaré aquí al anochecer, Quelen.
- ¡Bah, qué cosas dice! No la deje ir, Louit. No puede irse sin probar la mejor comida de todo el puerto: La mía.
- Haré lo que pueda –dijo Louit con una sonrisa de complicidad.

Quelen reanudó su carcajada y entró en la casa. Nielce tomó su carácter bonachón con hilaridad; Louit sólo negaba con la cabeza.

- Es ingobernable ese Quelen. Siempre mataba de risa a los niños.
- Es un hombre muy simpático –confirmó Nielce.
- Por eso sigue trabajando aquí. Su comida no es tan buena como él afirma.

Nielce rio e hizo un gesto para indicar que iba a entrar a la casa.

- ¡No se vaya todavía! Acérquese, vea esto.

La invitación de Louit casi sonaba como una súplica, y él

no pudo dejar de notarlo. Le interesaba mucho entablar una conversación que no estuviera limitada a repasar su estado de salud, pero eso era todo lo que había podido conseguir de Nielce desde que ella accedió a trabajar como cuidadora para él y para su suegra.

Localizarla después de su despido del hospital había sido un todo un desafío. Convencerla de que se hiciera cargo de su recuperación, otro tanto. No obstante, el reto mayor consistía en romper la barrera que Nielce levantaba al excusarse con cualquier pretexto para no pasar tiempo con él.

Después de titubear un instante, la muchacha empezó a caminar hacia Louit con pasos cortos y bien medidos, como dilatando el tiempo antes de llegar a donde se encontraba él.

- ¿Se siente bien? ¿Le duele algo? -preguntó Nielce por pura formalidad, pues sabía muy bien que Louit ya estaba totalmente recuperado.

- Me encuentro bien. Sólo que quería mostrarle esto

- Vaya. Esta vista es en muy hermosa.

- Por eso no me muevo de aquí. Puede sonar disparatado, pero creo que el estar contemplando esta estampa me está ayudando a sanar la mente y el cuerpo.

- No es disparatado, Louit, al contrario. No dudo que este sitio sea bueno para sanar. Me hubiera gustado conocerlo antes.

- ¿Por lo bello del lugar, o porque le hubiera ayudado a sanar?

Esa pregunta sorprendió a Nielce. La sagacidad de Louit le era irresistible en ocasiones.

- Un poco de los dos, sí –confesó ella, y luego cerró los ojos.

Al escuchar esto, Louit disimuló una sonrisa de victoria.

- Pues aquí lo tiene. Le dije que no se iba a arrepentir al venir a cuidarnos a mí y a mi suegra. Esta vista hace que todo valga la pena, ¿no cree?

- Confieso que me fue muy difícil aceptar su ofrecimiento,

pero me alegra el haberlo hecho.

- Y a mí me alegra que usted esté aquí. Todavía me sorprende que haya considerado la posibilidad de venir, y más aún: Que lo haya hecho.
- Ya, deje eso, Louit –dijo Nielce con amabilidad-. Sólo hago mi trabajo.

Él sonrió, luego volvió su vista al mar. Un silencio cómodo se posó entre ellos. No necesitaban hablar, ya que el mar y el viento aderezaban el momento.

- ¿Puedo hacerle una pregunta, Nielce? –inquirió Louit de forma respetuosa.
- Es claro que sí. ¿De qué se trata?
- Tiene que ver con…

Louit quiso replantear su argumento porque su intuición así se lo pedía.

- Tiene que ver con algo que me causa una profunda curiosidad.
- ¿Qué es?
- Quiero saber por qué se sacrificó tanto por mí cuando me estuvo atendiendo en el hospital, y no quiero que me dé la respuesta simple.
- ¿La respuesta simple? –preguntó Nielce.
- Sí. No quiero que me diga que sólo lo hizo para salvar mi vida. Eso es claro.

Nielce se revolvió con alguna incomodidad. Sensible como era al efecto que las palabras tenían en los demás, dijo esto con el mayor tacto posible:

- Lo único que me impide darle la respuesta simple es que usted me ha pedido que no se la dé, Louit.
- ¿Por qué? ¿No confía en mí?
- Ahora mismo, usted es mi empleador, y yo soy su empleada. Si yo le dijera esto, usted sería mi amigo, y yo su amiga…

- Pues bueno, ¡entonces seamos amigos! –dijo Louit con entusiasmo.
- No lo sé, Louit. No lo sé...

Sin darle oportunidad de decir algo más, Nielce se dio media y empezó a alejarse para volver a la casa. No, no iba a desnudar su alma frente a Louit después de las humillaciones que le hizo pasar.

"No tiene caso", pensó Louit con el resquemor de la oportunidad perdida. ¿Debía dejar de importunarla? ¡No, no quería hacerlo! Pero, ¿cómo podía acercarse a ella, después de todo lo que le había hecho?

Sin perder un detalle de la marcha de Nielce, Louit pudo ver que, al abrir la puerta, la muchacha volteó a verlo. Al cruzar miradas, ella desvió la propia hacia otro lado, como conturbada, y se introdujo en la casa.

¿Qué había sido eso? Y, ¿cómo iba a averiguarlo, si no le hablabla nuevamente?

Aún quedaban tres días antes de que Nielce volviera a Tres Torres, y él no iba a cejar en sus intentos de desentrañar el misterio que ella encarnaba. No mientras los días en el puerto siguieran reuniéndolos.

Estaba por anochecer. El aumento de la marea provocaba un rumor apacible allá donde las olas se estrellaban contra la base del acantilado, y las aves volaban presurosas hacia sus nidos después de un largo día de pesca. La luz de las estrellas se filtraba en el techo del cielo conforme el sol se iba zambullendo en las aguas plateadas.

Como ya anochecía, los sirvientes encendieron las luces de la casa. Gracias a esto, Louit era capaz de observar lo que ocurría en el interior de la vivienda sin que sus habitantes pudieran percatarse de ello.

En la recámara principal, Imanda y Gredin conversaban

en silencio. Lágrimas corrían por las mejillas de ella, y su esposo se apuraba a enjugarlas con dedicación y ternura. Iba a ser otra larga noche de duelo para ellos; en la cocina, Quelen y los sirvientes apostaban con galletas. Ya no había ruido ni jolgorio. Sólo el mar interrumpía la calma del momento con su incesante murmullo.

Recostado sobre la hierba, Louit esperaba. Sabía que Nielce iba a volver pronto de su paseo con Nube. Ella había tomado el hábito de caminar con el perro a diario, y así consumía las horas que le quedaban después de atender a la deprimida Imanda. Una vez que devolvía al perro, Nielce regresaba al sitio de su alojamiento, el cual era un bello hostal en la costa, y volvía por la mañana para reanudar su rutina de cuidadora eficiente.

Muchas veces le habían ofrecido un lugar en la propiedad. Ella siempre declinaba el ofrecimiento argumentando que su rutina de mujer sola la orillaba a vivir en exclusión, no por apatía, sino porque así disfrutaba plenamente de su independencia. "Es claro que no es cierto", pensaba Louit. "Simplemente no quiere estar en donde estoy yo", y le frustraba el hecho de que la muchacha siguiera siendo esquiva con él.

Y, en todo caso, ¿cómo podía reprochárselo?

De pronto, Louit escuchó jadeos en las cercanías. Nube venía tirando de Nielce por la pendiente, deseoso de beber agua de la fuente. La muchacha lo condujo hasta allá y esperó que el animal saciara su sed acariciando su lustroso pelaje blanco. Cuando quedó satisfecho, Nube echó a correr por el patio, contento.

- No quieres seguir jugando, ¿o sí? -le reprochó Nielce con la misma voz plañidera con la que se le habla a un niño.

El perro se abalanzó violentamente contra ella. Nielce tuvo que plantarse con firmeza para no ser derribada por la brusquedad del animal.

- Basta, ¡basta, Nube! –le ordenó entre risas.

En un gesto de comedimiento que no estaba desprovisto de egoísmo, Louit llamó al perro para quitárselo de encima a Nielce. La muchacha le agradeció a Louit alzando la mano.

- Me ha salvado, Louit.
- Si usted quiere, puedo arrojar al perro al mar, y así se libra de él para siempre –bromeó él.
- ¡Es claro que no, no después de todo lo que pasé para rescatarlo!
- ¿Ya se marcha, Nielce?
- Lo haré en breve. Primero iré a despedirme de todos.

Fingiendo desinterés, Louit se puso a acariciar las orejas del perro. Nielce los miró con una sonrisa y se introdujo en la casa. Una vez adentro, Louit vio que la muchacha se dirigía a la cocina, donde los criados trataron de convidarla a sus juegos. Fiel a su costumbre, la muchacha se negó con cordialidad y se despidió de todos, luego atravesó las distintas habitaciones hasta que llegó al dormitorio de Imanda y Gredin. Ellos se esforzaron por ofrecer una buena pinta, despidiéndose de la enfermera con palabras formales, aunque fraternas y cálidas, pues el afecto que le prodigaban a la servidumbre también alcanzaba para ella. Aún así, Nielce mantenía la prudente distancia del empleado, y ellos la respetaban por eso.

Sentado en la oscuridad, Louit observó que Nielce atravesaba toda la longitud de la casa para salir por la cocina. El corazón se le encogió cuando vio que ella tomaba el camino que llevaba al puerto. Ni siquiera había intentado despedirse de él...

Sin embargo, algo ocurrió: Un ventarrón repentino empujó a Nielce hacia atrás, haciendo volar su cabello castaño. Eso la detuvo en seco y le sembró una duda. Ella nunca ignoraba las señales.

Nielce se quedó parada unos instantes en el camino, y luego miró hacia atrás. Louit agitó se mano en el aire. La distancia entre ambos era grande, y Louit le gritó para hacerse escuchar sobre los ecos del mar y el remolinar incesante del viento.

-   ¡Adiós, Nielce!

    ¿Adiós? No, no iba a ser así. Nielce empezó a caminar hacia donde estaba Louit, acomodando sus lacios cabellos con las manos. Nube la vio venir y comenzó a ladrar con verdadero entusiasmo.

-   ¿Lo ve? El perro no quiere que se vaya, Nielce.
-   Sí, eso parece.
-   Venga, deme la mano. Ayude a este pobre cojo a levantarse, y yo la acompañaré un poco por la senda.

    A pesar de que Louit le había extendido su mano, Nielce ignoró su movimiento y se sentó a su lado.

-   Lo haremos después. Primero conversemos un poco.
-   ¡Estupendo! Se lo agradezco mucho, Nielce.

    La muchacha no decía nada. Tampoco osaba levantar sus ojos para mirarlo. Su única acción consistía en acariciar la barriga peluda de Nube con sus delicados dedos.

-   ¿Lo siente, Louit? –preguntó Nielce al cabo de un rato-. Su perro está acongojado.
-   Siento más mi propia congoja que la suya en estos momentos.
-   Sin embargo, usted ya no es una persona egoísta. No como lo era antes.
-   Eso no es del todo cierto. Si me mantengo aquí es porque así evito la responsabilidad de consolar a mis suegros.
-   Ellos se consuelan mutuamente, ¿quién lo consuela a usted, Louit?
-   No necesito que me consuelen. He decidido que no quiero estar triste… Perdón, que no puedo estar triste -se corrigió Louit.
-   Me alegra saber que tiene esa determinación. Cuando

lo conocí en el hospital, usted se consumía entero en su miseria. Ahora lo veo luchar, y la lucha es el bálsamo que revive al espíritu atormentado.

- Si eso es así, es sólo gracias a usted, Nielce...

Ella resintió éstas últimas palabras, tanto, que Louit pensó que ella iba a echar a correr para alejarse de él.

- No lo haga. No me deje.
- No me iré. Se lo juro.
- Si usted prefiere que no hablemos, lo acepto, pero, por favor, no se vaya...
- Ya le dije que no me iré. Y hablaremos...

Desde la cocina llamaron a Nube. El perro salió corriendo a recoger la chuchería que le lanzaban. Quelen observó a Nielce y a Louit sentados en la hierba y les silbó con tremenda fuerza, luego dijo alguna bobada que despertó la risa de sus compinches.

- No hay gobierno en esa casa, ¿puede creerlo?
- ¿Sabe por qué le di el frasco de seibadó, Louit? –preguntó Nielce de repente, ignorando por completo el comentario de él.

Louit se quedó petrificado. Era una de las muchas preguntas que tenía para Nielce.

- Supongo que usted me engañó para prolongarme la vida. Me dio el seibadó sabiendo que iba a ingerirlo. Al hacerlo, iba a llamar la atención del personal del hospital. Para prevenir otro incidente, Camebit iba a montar una guardia hasta que fuera liberado, y así, usted aseguraba mi supervivencia hasta ese punto. ¿Me equivoco?
- ¿Usted tuvo visiones, Louit?

Louit miró a Nielce boquiabierto. Ella se puso a arrancar pasto con sus dedos para no verlo.

- Sí, sí las tuve.
- ¿Esas visiones lo ayudaron a salir adelante?

Balbuceos estúpidos. La mente de Louit se trastornaba ante aquella seguidilla de preguntas directas.

- Sí, lo que vi probablemente me salvó la vida. ¿Usted sabía que eso iba a pasar?
- Yo no sabía si usted iba a ver algo. Sólo me quedaba creer.

*"No cualquiera se arriesga a ingerir un medicamento como ése. El narcótico del seibadó produce alucinaciones terribles".* Esas fueron las palabras de Camebit en el hospital.

- Así que usted ya se había intoxicado con seibadó. Por eso me hizo beberlo…
- Así es.

La sorpresa de Louit fue mayúscula.

- ¿Por qué hizo eso?
- Para morir, Louit.

¿Por qué? *¿Por qué?* Louit no tuvo que exteriorizar esa pregunta ya que Nielce comenzó a hablar por sí misma.

- Aquella noche, cuando le dije que lo había perdido todo, no se lo dije en vano. Ahora le pido que me escuche con atención, y entonces seremos amigos:

*"Mi hermano Serbrat Tamarats vivía en la ciudad de Cáligo, que es la ciudad de mis padres. Yo la dejé para estudiar medicina en la menígama de Tres Torres. Él tenía la costumbre de venir a visitarme cada que se lo permitían sus obligaciones, y eso ocurría pocas veces en el año. Como siempre fuimos muy unidos, ésas visitas representaban para mí momentos de verdadera diversión y dicha. Creo que nunca hubo una hermana tan afortunada como lo era yo en aquel entonces, y siempre viviré agradecida por esas memorias…*

*"Un verano, Serbrat trajo consigo a un amigo suyo. Esto lo hizo sin consultarme, y debo decir que tenía intenciones muy específicas al hacerse acompañar por este joven. Su nombre era Mosey Benghaton. Era un muchacho jovial e impetuoso, que podía alternar su estilo desgarbado con una madurez y un genio deslumbrantes. Si tuviera que decir algo más acerca*

*de él, diría que estaba lleno de vida. Creo que no encuentro una mejor manera de describirlo...*

*"Mi hermano y Mosey eran amigos íntimos, y, como dije antes, Serbrat no había traído a este joven sin propósito. No bien llegaron, él me dijo algo que me espantó y me predispuso de manera negativa contra Mosey. Lo recuerdo muy claro, sus palabras fueron éstas: 'Nielce, te presento al hombre que necesitas para ser feliz' ...*

*"Me reí de él y fui amable con Mosey por compromiso. No tenía interés alguno en él, como no lo tenía por ningún otro muchacho. Por aquellos días, yo atravesaba una etapa de indecisión: Sentía que debía cambiar mis estudios de medicina para dedicarme a ser cuidadora. De alguna manera, ése oficio me parecía más personal, más íntimo, aun cuando menos eficaz a la hora de salvar vidas. Este dilema me era irritante, y la frustración que sentía era grande...*

*"No sé qué vio Mosey en mí, supongo que las muchas exageraciones de mi hermano le tenían dirigido el juicio para quedar prendado de mí. Como sea, él fue extremadamente audaz al momento de pedirme que fuera su novia, y además, lo hizo demasiado pronto, frente a Serbrat, y en público. Como mi ánimo estaba revuelto y confuso, me negué de una manera un tanto descortés y me retiré de ellos. Después me quejé con Serbrat, y él me pidió disculpas sinceras. Poco después, los dos regresaron a Cáligo, y yo me desembaracé de aquella situación con gran alivio...*

*"Después de algún tiempo, Mosey comenzó a escribirme. Yo descartaba sus cartas sin leerlas. Cuando Serbrat se enteró de eso, me dijo que respetaba mis decisiones –y hacía bien, porque sabía de mi carácter y entendía que las opiniones ajenas cuentan poco para mí cuando elijo algo-. Eso me liberó de la responsabilidad de responder las cartas de Mosey, y Serbrat hizo lo necesario para aplacar los intentos de su amigo. Él desistió y las cosas regresaron a la normalidad por un tiempo...*

"*Pasaron algunos meses y yo estaba llegando al punto crítico en el que debía decidir si abandonaba la carrera de medicina para convertirme en cuidadora. Si dejaba pasar la ocasión, no iba a haber vuelta atrás. No sé si lo que ocurrió después fue una intervención divina o no, pero hoy, cuando pienso en ello, prefiero creer que sí lo fue...*

"*Al terminar un día difícil en la menígama, regresé a casa abatida. Me enloquecía la idea de no haber dirigido mi voluntad hacia una decisión clara. Fue allí cuando encontré una carta de Mosey bajo mi puerta. Miré el sobre y lo abrí con curiosidad, temiendo que él se comunicara conmigo por motivos distintos a los que tenía en un principio, como, por ejemplo, notificarme de algún incidente grave con Serbrat. No encontré carta alguna dentro del sobre, ya que éste se encontraba vacío. Lo único que hallé fue el escudo del linaje Benghaton a un costado del sobre, y en el otro, una frase sencilla que resolvió todo mi embrollo personal: 'Vive para no arrepentirte'...*

- Es el lema del linaje Benghaton. Si venía en el sobre, es porque así los fabrican en la casa de la familia –puntualizó Louit.
- Sí, precisamente. El linaje Benghaton nació de los orfebres de Cáligo, artesanos famosos por la audacia de sus creaciones que, como usted sabe, no comienzan un trabajo nuevo hasta haber concluido el último.
- Así que usted encontró la señal que estaba buscando en el sobre.
- Sí. Tengo la creencia de que, si yo hubiera encontrado una carta, eso le hubiera restado poder a la leyenda...

"*Como fuera, entendí aquello como una revelación. No digo que este suceso me privaba de la libertad de escoger, absorbiéndola por ser una señal providencial. Digo que era lo que necesitaba para despertar mi carácter: La certeza de que el arrepentimiento me sería amargo, y no pienso arrepentirme de nada jamás. Pienso que sólo necesitaba certeza, no dirección...*

"*Aliviada por haber aclarado mis inquietudes, me enlisté en la menígama como cuidadora, a pesar de las contrariedades que con eso le ocasioné a mis mentores, quienes estaban muy interesados en mi desarrollo como médico. La excitación me llevó a escribirle a Mosey para agradecerle su intervención. Él me respondió muy a su estilo, pero nada de lo que hacía me irritaba ya. Desde ese momento, las cosas cambiaron mucho para nosotros...*

"*La gran satisfacción que obtenía en mis progresos como enfermera me permitió conocer a Mosey a detalle. Creo que estaba ofuscada cuando fuimos presentados, y que mis preocupaciones me volvieron fría y cortante con él, no obstante, las palabras y la sabiduría de Serbrat probaron ser eficaces: Ese hombre llegó a serme necesario para ser feliz...*

Nielce cerró los ojos y aspiró la brisa marina para llenar por completo sus pulmones. La muchacha repitió esa operación varias veces, demostrando que luchaba consigo misma para mantener el dominio de sus emociones.

"*Los meses siguientes me fueron tan dulces como los días tempranos de la infancia. La única circunstancia que entorpecía mi dicha era la distancia que me separaba de Mosey. Él venía a mi lado cada que podía hacerlo, y la cercanía encendía nuestros buenos deseos de estar juntos. Después venía la inevitable separación, y los días que seguían me parecían tediosos y grises...*

"*Un buen día, Serbrat llegó sin anunciarse y me pidió que lo siguiera a donde él habría de llevarme, sin hacer preguntas. Yo protesté porque tenía muchas ocupaciones y deseaba hacer algo productivo en vez de entregarme a sus juegos, empero, cedí y me dejé llevar por la mucha insistencia de mi hermano. Nunca sospeché del ardid que tramaba, y así fui llevada inocentemente al sitio en el que Mosey se encontró conmigo para anunciarme su intención de unir su vida a la mía...*

- No hablaré de lo que ocurrió allí, Louit. Guardaré ese recuerdo para mí, y le ruego que me conceda ese privilegio.

- Lo hago con el disgusto de no poder escuchar la historia completa –dijo Louit con un tono casi reverente-. ¿Qué sucedió después?

La muchacha tardó en responder. Se había embebido en sus memorias.

- Ese día... Es difícil hablar de él porque siento que me falta elocuencia. Todo lo que ocurrió fue inesperado y hermoso, y los detalles... A veces me reprocho el no haber tenido más conciencia de lo que me estaba sucediendo para disfrutarlo más, para atesorarlo más. Es duro vivir a la sombra de un recuerdo hermoso, Louit.

- La entiendo muy bien.

Nielce se volvió para mirarlo, y por un momento, los dos estuvieron en completa sincronía, compartiendo sus vacíos internos con una mirada tácita. Esto le dio valor a ella para continuar.

"El sitio que Mosey propuso para nuestro matrimonio era la isla de Senírebe, vieja propiedad del linaje Tamarats, en el extremo más alejado de Salmandí. Serbrat descubrió que en ese sitio se unieron los abuelos de nuestros abuelos, y Mosey quedó encantado con la idea de hacer allí la ceremonia que iba a consagrar nuestro amor. Cuando me dijo que tenía la intención de ir allá con mi hermano para solicitar el permiso del condado, yo quedé fascinada. Usted sabe que los compromisos matrimoniales se formalizan cuando el novio ha obtenido una licencia del lugar designado para el casamiento. Eso significaba que en tres días, yo iba a ser la prometida de Mosey. No sé si alguna vez fui más dichosa...

Louit ató cabos. Si sus sospechas eran ciertas, la historia de Nielce iba a terminar de un modo trágico.

- ¿El naufragio de Senírebe de hace dos años? –preguntó con voz baja, temeroso de la respuesta que ella le daría.

- Sí –respondió Nielce casi en un sollozo.

- Su prometido y su hermano...

- Sí.

Como por obra de un golpe invisible, Louit se quedó sin aliento. Entonces recordó aquel momento en el hospital, cuando forzó a Nielce a comprometerse con él para ayudarlo a quitarse la vida. *"El día que usted lo pierda todo, puede decirme qué hacer y qué no".*

- Nielce... No sabe cuánto lo siento.

Él quiso hacer algo más para consolarla, pero fue ella quien hizo el primer movimiento: Con delicadeza, Nielce tomó la mano de Louit para apretarla con suavidad.

- Se le agradezco, Louit.
- Y el seibadó... Usted trató de quitarse la vida...
- Veo que usted se salta las líneas –replicó Nielce en un tono que sonaba más a una observación que a un reproche-. Es algo que yo ya sabía, y pensé que iba a encontrarlo insoportable cuando le contara todo esto. No obstante, veo que me he equivocado.
- Lo siento, Nielce. No quise ser desconsiderado.
- No, deje eso. Usted me ahorra mucha pena al permitirme contar las cosas sin detalles. Sólo diré que traté envenenarme con seibadó.

Louit abominó el tener que escuchar una versión condensada de la historia, pero eso era culpa suya.

- ¿Qué pasó cuando bebió el seibadó?
- Bueno. Le pregunté si usted tuvo visiones al ingerirlo. Es porque yo sí las tuve, y ellas me ayudaron a sobreponerme de mi pérdida.
- ¿Qué es lo que vio, Nielce?

Ella reaccionó con incomodidad ante la pregunta.

- ¿Usted cree en la providencia, Louit? ¿Tiene fe en algo más grande que los hombres?
- No –respondió él con sinceridad.
- Entonces no tiene caso que le cuente lo que vi. Sólo diré

que vi a Mosey otra vez, y que él me dijo algo que me salvó la vida.

- ¿Qué le dijo?

Nielce se levantó de su sitio y dirigió la vista hacia el horizonte. El mar se erigía eterno e inmortal frente a ella. Éste le había quitado al amor ardiente de su juventud y a su adorado hermano, guardando las tumbas de ellos en sus entrañas infinitas de agua salada. A él se dirigió cuando repitió las palabras de Mosey, las mismas que la mantenían fuerte a pesar de las ausencias.

- Mosey me tomó por los hombros, me sacudió con fuerza y me dijo: "¿Para esto querías volverte cuidadora?".

- ¿Suena como algo él le diría? -inquirió Louit con curiosidad.

- Es exactamente lo que él diría. Y lo hizo.

Una luz se encendió en la mente de Louit.

- Bien. Puede que esté equivocado, pero creo que descubrí algo importante. Y si no hay fallo en mi teoría, ésta comprueba que Mosey en verdad la conocía y la amaba, Nielce.

La muchacha lo miró con escepticismo. Louit hizo un esfuerzo considerable para alzarse sobre su única pierna. Cuando quedaron frente a frente, dijo:

- Escuche: Todo aquello que le da sentido a su vida está encarnado en su profesión, pero no se encuentra definido por ésta; usted no vive para ser cuidadora: Usted vive para ayudar a los demás. Mosey lo sabía y volvió para recordárselo...

- No le estoy entendiendo, Louit.

- Piense en ello: Usted sólo pudo a amar a Mosey hasta que se reconcilió con sus ideales más profundos. Y tengo la sospecha de que empezó a superar su muerte hasta que volvió a ejercitar su don sanador...

Las ideas de Louit eran confusas y desorganizadas, sin embargo, Nielce reaccionaba de un modo singular a sus palabras: Su apariencia demostraba que había desechado el escepticismo de antes, y que ahora lo escuchaba con verdadera atención.

- Creo que usted se distrajo. Vaya, cómo decirlo... Veamos, ¿usted dejó la enfermería cuando se enteró del naufragio?
- Sí.
- Y eso la llevó a la más honda desesperación.
- Así es.
- Pensaba que la vida se había terminado para usted.
- Cierto -Nielce cerró los ojos y agachó la cabeza.
- Entonces -Louit hizo una pausa-, al llorar a su prometido y a su hermano, usted olvidó cuál era su verdadera vocación; usted creyó que la vida había perdido todo el sentido que alguna vez tuvo, pero Mosey volvió para hacerle ver que estaba equivocada. Él sabía que usted no nació para amarlo. Usted nació para ayudar a otros, y esa es la razón por la que hoy está aquí, a pesar de todo el daño que le hice...
- Nunca...

Nielce empezó a llorar de manera incontrolable. Louit se alarmó al verla quebrarse, pues nunca se imaginó que sus palabras pudieran ejercer tal efecto en ella, una mujer de apariencia inquebrantable.

- ¡Por Dios! -exclamó Nielce entre risas.
- ¿Está usted bien? -inquirió Louit.
- ¡Sí! Discúlpeme, Louit. Me apena que me vea así...

La vergüenza de Nielce era tal que la muchacha se cubrió el rostro con las manos

- Es que... Nunca había visto las cosas de ese modo –admitió Nielce.
- Eso puedo verlo. ¿Puedo verla a usted?

Nielce descubrió su rostro, dejándole ver a Louit toda su vulnerabilidad. Después de todo, él había sido capaz de interpretar lo que ella tuvo atorado en su alma por años. Le había dado forma, significado. ¿Cómo lo había hecho?

- Yo no esperaba esto. En verdad se lo agradezco, Louit.

   Él se encogió de hombros, sonriente.

- ¿Eso significa que ya somos amigos?

- Es claro que sí –repuso Nielce al secarse las lágrimas-. Ya le he contado mi historia. Ahora somos amigos.

- ¿Y me dará oportunidad de contarle la mía?

- ¡Sí, por supuesto!

- Bien. Está por anochecer. Le acompaño.

   Los dos comenzaron a andar por la senda que conducía al puerto, con Nube siguiéndolos. Y en ese momento, la luna se alzó en el firmamento.

# CAPÍTULO 43

### *Deíma (9)*

¿Dónde estaba Xilinan? El anciano podía frenar el castigo de Nielce, él sería razonable. Quizás se encontraba en las cámaras exteriores del concilio, haciendo sus meditaciones diarias. Louit corrió hacia allá con todas sus fuerzas, creando ecos en los corredores oscuros y laberínticos del palacio central.

Muchas veces se ganó la dura reprimenda de los étores al discurrir por los pasillos cuando no era más que un niño cuyo único deseo era explotar sus energías; durante su adolescencia, cuando le era preciso encontrar un refugio y una tregua de las estrictas reglas del consejo, Louit buscaba los escondrijos aislados de los rincones y en esos recovecos daba rienda suelta a la frustración que sentía al saberse alienado, adoctrinado y despojado de las experiencias típicas de los muchachos de su edad. Allí, impregnados en la materia rocosa de aquellas paredes frías, mil secretos yacían depositados; secretos innombrables de amores imposibles, de pasiones prohibidas y de sueños profanos.

Cuando se extinguieron las niñerías y la rebeldía cedió, Louit encontró un destino y una vocación. Xilinan, el hombre que lo recogió cuando era apenas un pequeño, logró reivindicarse ante sus colegas del consejo de los étores. Ni Hayans ni los otros esperaban demasiado del joven Dermeer, hijo de traidores y cismáticos. Por el contrario, sus orígenes despertaban una desconfianza natural e instintiva hacia él, razón por la cual lo trataban con la severidad aplastante del que tiene miedo.

No obstante, el tiempo y el encierro hicieron mella en el joven Louit, y cuando las últimas cenizas de su locura juvenil se apagaron, él mismo entregó su voluntad al consejo. Los étores, aún reticentes a depositar su fe en él, intensificaron el adoctrinamiento del joven pupilo. Al cabo de algunos meses, Hayans consideró prudente involucrarse él mismo en su proceso de formación. Cierta tarde, mientras hablaba con Xilinan acerca de Louit, pidió la oportunidad de conversar con él.

- Es tiempo de buscar a nuestros sucesores, Xilinan. Somos la hojarasca que se pudre a los pies del árbol del tiempo, y Louit es el retoño. No tenemos tiempo que perder.

Emocionado por la buena intención de Hayans, Xilinan mandó llamar a Louit para hacerlo partícipe de la conversación. Él acudió, cansado y ojeroso, extenuado por el prolongado ayuno que se había impuesto.

- Me mandaste llamar, padre –dijo Louit al aparecer en las habitaciones de Xilinan.
- Sí. Pasa, hijo mío. El presidente desea conversar contigo y me ha dado el privilegio de acompañarlos en su charla.

Louit se sentó a la mesa con los ancianos. Hayans extendió su mano huesuda para darle un ligero apretón en el hombro.

- Ah, muchacho. Hace tanto que no te veo. Te recuerdo como un chiquillo flaco y desgarbado, y ahora luces como todo un hombre. ¿Qué edad tienes, hijo?
- No lo sé con certeza, maestro –dijo Louit con tono apagado-. Nunca lo he sabido.

Xilinan miró a Hayans con complicidad. En efecto, el dato era desconocido para todos. ¿Cómo saberlo, cuando el exterminio y desolación de las villas de Garabed había terminado con todo registro escrito?

- Eso no es importante, Louit –dijo Hayans sin inmutarse por su indiscreción-. Lo que sí importa es que has madurado mucho, muchacho.
- No sé si he madurado todo lo que usted cree, maestro. Sólo sé que me dedico a ello.
- Excelente, excelente. Y, ¿qué haces ahora, Louit? ¿Participas en las audiencias públicas, diriges las reuniones de las congregaciones matutinas, te dedicas a las disciplinas de la cofradía?
- Estudio las reformas, maestro. Creo que es lo único que hago, a pesar de que mi padre me insta a hacer todo lo que usted dijo.
- ¿Por qué haces eso? –preguntó Hayans con interés.

Louit se rascó la barbilla. Su humor le dictaba que fuera honesto, a pesar del malestar que pudiera ocasionarle a Xilinan al decir algo irreflexivo.

- Es lo único que me interesa, maestro. La sustancia de nuestra creencia me resulta insípida. Ministrar a otros con ella me produce cierto fastidio, lo admito. No obstante, me estoy esforzando por cambiarlo.
- ¿El estudio de las reformas no te resulta… insípido?
- No. De hecho, me resulta muy estimulante, maestro.

Hayans miró a Xilinan con una sonrisa de satisfacción. Xilinan, en cambio, se ponía de todos colores al escuchar la manera franca y descuidada con la que Louit hablaba de sus intereses.

- ¿Qué te atrae de las reformas, Louit? Me interesa mucho escuchar tus razones; es decir: Eres un vástago del linaje Dermeer… Las reformas acabaron con tu pueblo cuando no eras más que un niño.
- Precisamente eso es lo que me interesa del tema, maestro. Me pregunto si se hizo lo correcto con ellos.
- Yo sé que se hizo lo correcto. ¿Qué crees tú?

Xilinan se levantó de su lugar con lentitud. Haciendo un

esfuerzo supremo, el anciano contuvo el impulso irresistible de cubrirle la boca a Louit para impedirle que hablara.

- Sí, pienso lo mismo –contestó Louit.
- ¿Dices que se hizo lo correcto al exterminar a tu gente? – insistió Hayans sin poder ocultar su emoción.
- Sí, maestro. Se tomó la decisión correcta.

¿Qué era eso? Xilinan se quedó sin aliento. El niño, que en una época anterior gritaba y luchaba entre sueños para repeler las pesadillas de muerte y destrucción de su parentela, que de adolescente abominaba el destino que le había asignado la providencia –tener que convertirse en aprendiz de los mismos ejecutores de su raza-, ahora aceptaba e incluso comulgaba con la trágica decisión que tomó el consejo de los étores al decretar la destrucción de su comarca.

- El muchacho está listo, Xilinan –dijo Hayans de modo casi triunfal.
- Listo, ¿para qué, maestro? –preguntó Louit con curiosidad.
- Deja tu ayuno, hijo. Las decisiones se toman con la mente clara –ordenó Hayans al levantarse de la mesa-. Ven, Xilinan, hablemos a solas. Louit: Me alegra mucho que por fin abrieras los ojos.

Los viejos salieron de la habitación y Louit se quedó solo. Nunca supo qué fue lo que Hayans y Xilinan se dijeron después de aquella entrevista, pero no era difícil adivinarlo, ya que, a partir de ese día, se le invitó a tomar parte de las reuniones del consejo, con los dieciséis ancianos allí presentes, sólo como un simple escucha. Con el tiempo, también se le requirió estar presente en otros actos protocolarios de mayor importancia.

Tiempo después, se le llamó para presenciar el suplicio de un pastor de la provincia de Acárades. A pesar de que el castigo era espantoso, Louit se sorprendió al percibir que su corazón no dudaba. Era claro que el pastor merecía su pena. "Hay piedad en esto", se repetía Louit al ver la intensidad creciente del tormento, "este hombre será liberado y no volverá a errar. Lo hemos salvado de sí mismo".

Después de cumplida la sentencia, el pastor fue enviado a curarse sus heridas en una de las celdas del palacio central. Movido por la compasión, Louit iba a visitarlo por las mañanas y por las noches. Al pastor no le hacía ninguna gracia que viniera a verlo uno de sus castigadores, y a menudo le echaba injurias cuando el dolor era más intenso.

- Yo puedo educar a mi familia como mejor me plazca, *blamat* –argüía el pastor-. Y no acepto que me den estas palizas. No soy un animal para que se me apalee por hacer lo que me enseñaron a hacer mis padres.
- Acepte esta educación, hermano. Sólo hacemos de usted una mejor persona.

Era imposible conciliar los puntos de vista de ambos, y Louit no se esforzaba en tratar de imponer el suyo, simplemente repetía la letanía: "acepta la educación". Pues, al impartir esa educación, el consejo de los étores limpiaba a las personas de sus desviaciones pecaminosas. "Es un sistema funcional", pensaba Louit cada vez con mayor convicción, "Los castigos evitarán más yerros en el futuro. Sólo limpiamos a las personas de sus malos hábitos. Es lo correcto".

No fue la última vez que a Louit se le pidió estar presente durante los suplicios, y él, lejos de adormecer su conciencia para impedir los sanos sentimientos de empatía que sentía hacia los castigados, trató de avivarlos. Esta actitud le ganó la etiqueta de débil, pero Hayans expresaba confianza en el potencial de Louit como un futuro miembro de los étores. Incluso lo alentó a que utilizara las doctrinas del estado religioso de Isalba como un medio eficaz para evitarle el castigo a la gente del pueblo.

- Esa es la utilidad real de nuestro credo, muchacho. Si todos siguen las elevadas normas que tratamos de inculcarles, ¿habrá necesidad de administrar castigo alguno?

El comentario de Hayans engendró en Louit un apego ferviente por la religión. Cuando encontró una utilidad real para su fe, esta se materializó y dejó de ser una sustancia abstracta para convertirse en algo tangible, profundo y emocional. ¡Podía librar a los demás de un duro castigo a través de la palabra, qué gran privilegio!

Otro gran aliciente para el desarrollo espiritual de Louit se presentó cuando, por casualidad, uno de los libros de Sacqueranto cayó sus manos. El muchacho lo encontró entre unos ropajes andrajosos que quedaron en una celda desocupada. Lejos de destruirlo, Louit se llevó el libro para estudiarlo con detenimiento. ¡Precioso hallazgo! Los escritos del sabio Sacqueranto le mostraron las maneras de los antiguos étores. ¡Cuán diferente era el proceder de los miembros del etorado primigenio! ¿Dónde había quedado el cuidado por los pobres? ¿Dónde estaba la misericordia hacia los desamparados? ¿Cuándo se había abandonado la causa de la igualdad y del conocimiento? ¿Cuándo se habían convertido en simples verdugos del estado? ¿Por qué se habían corrompido de esta manera?

¿Acaso los étores actuales ignoraban lo que había sido el etorado en sus orígenes? Si ese era el caso, ¡él tenía el deber de hacérselos saber! Movido por este pío deseo, Louit se atrevió a consultar a Xilinan.

- Debes deshacerte del libro, Louit –le ordenó Xilinan de manera enérgica-. Te prohíbo que tengas tales escritos, fueron vedados por una buena razón.
- ¡Maestro, los niños leen a Sacqueranto en los libros sagrados! ¡Se les enseña de él en los monasterios! ¿Cómo me pides que lo destruya?
- Entonces lee lo que leen los niños y olvídate de lo que viste allí. Te lo digo por tu bien, Louit.
- ¡No comprendo! ¡Y me niego a olvidar! Llevaré esto ante hasta Hayans, él me entenderá…

Haciendo acopio de la fuerza que todavía le quedaba, Xilinan tomó a Louit de la levita para estrujarlo.

- ¡Van a acabar contigo, Louit! *¡Van a acabar contigo!*

- ¿De qué hablas, Xilinan? ¿Qué pueden hacerme?

- Louit, escúchame: Lo que viste allí, guárdalo para ti... Deja que nuestra generación se extinga. Tú puedes impulsar esa causa otra vez y restablecer el consejo a su oficio original, ¡pero no puedes hacerlo ahora! ¿¡Es que todavía no sabes *quién eres*!?

- Sé perfectamente quién soy, Xilinan. Lo que no sé por qué estás haciendo esto.

- Sólo espera tu tiempo, muchacho. Guárdalo para ti y espera, ¡te lo ruego!

"Te lo ruego", repitió Xilinan con lágrimas en los ojos. ¿Cómo podía negarle algo al hombre que lo crió como a un hijo?

- Está bien. Te prometo que esperaré.

- Séllalo.

- Es cosa sellada. *Fadvisit.*

El juramento ancestral. Una fórmula tan efectiva como peligrosa. ¿Cuántas atrocidades se habrían cometido utilizando esa palabra? Nunca se sabría.

¿Por qué Xilinan lo había restringido en aquella ocasión? Louit reflexionaba en ello a menudo. Como fuera, tenía su aprobación para seguir aprendiendo del antiguo etorado, siempre que lo hiciera en secreto. Con el tiempo, ese estudio hizo de él un idealista.

"Yo reivindicaré la causa de los antiguos étores. Seré un mentor para los futuros miembros del consejo y los instruiré en el orden anterior. Impulsaremos la justicia para los marginados, con piedad y amor por los pecadores, y limpiaremos a los que se hayan perdido. Acercaremos la deidad a los ignorantes, y ese conocimiento salvará a muchos. No tendremos que castigar a nadie. Yo lo haré, en mi tiempo".

Y su tiempo se presentó mucho antes de lo que él había

previsto: El sabio Bavater murió durante la quinta luna del año. Después de sepultarlo en las criptas del palacio, Hayans llamó a Louit a sus aposentos.

- Tu momento ha llegado, hijo. Ahora debes purificarte para ascender al consejo con nosotros – anunció el presidente con gravedad.
- Lo haré enseguida, maestro. Haré las penitencias de rigor y estaré aquí antes de que empiecen las fiestas de las cosechas…
- No-no, Louit. No pasarás los próximos dos meses encerrado en alguna mazmorra de Lórdagos – dijo Hayans riendo-. Sólo acude mañana a la reunión del consejo y allí designaremos un sitio para tu reclusión. Te aviso que será breve. Te necesitamos en la comarca de Itsaril, irás a la villa de Fokkumbuim.
- ¿Haré mi penitencia en el monasterio de esa villa?
- No, hijo. Serás un miembro del consejo para entonces. Necesitamos que juzgues allí tu primera causa.

Mayúscula fue la sorpresa de Louit cuando se enteró de los designios del consejo.

- ¿Qué se requiere de mí? –inquirió con toda la tranquilidad que le pudo imprimir a su voz.
- Todavía no eres un miembro del consejo. Lo sabrás cuando participes con nosotros. Ahora ve a descansar. Mañana te enviaremos a tu purificación. Ve, hijo.

Los días se consumieron a una velocidad vertiginosa, y para cuando Louit se dio cuenta, ya iba de camino a la villa de Fokkumbuim, al encuentro de Nielce Tamarats.

Luchando para alcanzar aliento, Louit corría como enajenado en la oscuridad. La urgencia lo estaba matando. El mediodía iba a llegar pronto, y con él, la ruina total. ¡Tenía que impedir el martirio de Nielce! ¡Toda su vida iba a quedar marcada por ese fracaso si se consumaba! ¿Cómo iba a poder vivir sabiendo que todos sus ideales iban a ser traspasados por el filo de una espada que él mismo desenvainó y entregó a un juez arbitrario e injusto? ¡Moriría él primero!

Finalmente, Louit llegó hasta los aposentos de Xilinan. Con el mismo ímpetu de su carrera, Louit estrelló sus puños contra la puerta.

- ¡Xilinan! ¡Ábreme enseguida!

Ningún sonido en el interior. ¿Acaso Xilinan estaba en otro lugar? ¡En mala hora!

- ¡Xilinan, abre!
- Tardaré un momento, Louit. No poseo ni tu agilidad ni tu energía.

Coherente con la reprimenda que hizo, Xilinan se tardó una eternidad en abrir.

- ¡Maldita sea, Xilinan! ¡Parece que te demoraste a propósito!
- Cálmate, Louit. No te permito que me hables de ese modo.
- La muchacha es inocente, Xilinan. Y van a ejecutarla al mediodía. ¡Tenemos que hacer algo para impedirlo!
- ¿Cuál muchacha? ¿Hablas de la monja?
- ¡No te hagas el estúpido! ¡Sabes que la embaucaron! –gritó Louit-. Deíma no quería que mataran a Glunnavart, por eso se negó a acusarlo durante el careo. Nielce sólo cumple los deseos de la niña…
- Ah, Louit. Nosotros ya sabíamos que Glunnavart era culpable. Esta no era la primera vez que él hacía algo como esto. Marae ya nos lo había advertido…

Parálisis. La manera desdeñosa con la que Xilinan hablaba del asunto llenó de asco a Louit.

- ¡Así que ya lo sabían! -dijo con completa indignación-. Entonces… ¿Ellos complotaron con ustedes para inculpar a Nielce?
- Es claro que lo hicieron. Para tranquilizarlos, nosotros les aseguramos que, al final, la monja iba a sobrevivir, y ellos cumplieron con todo lo que les pedimos.

- No puedo creerlo...
- ¿Eso te sorprende? ¡Piensa, Louit! ¿No te parece extraño que el rumor de la conducta de Glunnavart no se esparció por toda la región? ¡Es porque nunca hubo rumor! Cada testigo que entrevistaste fue instruido por nosotros. Aún el alcalde estuvo involucrado en todo este asunto...

Louit empezó a mover la quijada y el cuello para disipar el trauma de lo que acababa de escuchar.

- Dime que no es cierto...
- Esto lo que hacemos, Louit. ¿Apenas lo notas?
- Quiero saber exactamente qué es lo que hacemos, y me lo dirás, o te juro que te voy a reventar contra esta puerta - masculló Louit con ferocidad.
- Entra. Te diré todo.

"Te diré todo". Louit sintió un escalofrío que le recorrió la columna vertebral.

- Entra. Siéntate.
- Por favor, Xilinan. No sé si puedo controlarlo. Di lo que tengas que decir, pero hazlo ahora...
- Lo haré si entras y te sientas.
- ¡Si entro y me siento matan a Nielce! ¿¡Es que...!?

No, no podía ser cierto. Incluso la simple idea era inconcebible.

- ¿¡Es que me estás reteniendo aquí...!?
- ¡Es que te estoy salvando la vida! Y ya deja esto de la monja, ¡se acabó!
- ¡Maldita sea, Xilinan! ¿¡Cómo dejas morir a una muchacha inocente!? ¡Ella encarna todo lo bueno que tratamos de construir a través de esta religión! ¡Es una hipocresía abominable!
- No te engañes, Louit. No queremos construir nada a través de ninguna religión. Sólo vigilamos que el orden se mantenga en el país.

- ¿¡Qué desorden puede causar una simple monja, dulce y bienintencionada!?
- ¡Ella sabe la verdad, y si la divulga, la gente dudará de nosotros una vez más!

Los atroces crímenes del régimen anterior, plagados de idolatrías exóticas y perversiones innombrables. En niños. Por eso mismo habían asolado Garabed...

O por alguna otra razón...

- Entonces... Nosotros nos dedicamos a silenciar los crímenes que pueden perjudicar la imagen del estado.
- Así es.
- ¿¡Y para qué quieren acabar con la vida de Nielce!? Sólo deben enviarla a otro lugar, ¡no es necesario que muera!
- Es tu prueba, Louit. Hayans lo dispuso así. Él conocerá tu fidelidad al consejo a través de este martirio y, además, te convertirá en un cómplice de nuestra causa.
- ¡ESTÁN DEMENTES! ¡Jamás comulgaré con ustedes después de esto! ¿¡Cómo creíste que iba a involucrarme en algo así, Xilinan!?
- Hayans se equivocó, y yo me alegro mucho de que así sea.
- ¿¡Qué pensaba de mí ese infeliz!? –preguntó Louit con redoblada cólera.
- Él aseguraba que ibas a comulgar con nosotros. No dudaba que serías tentado y vencido por el poder. Ser importante, influyente, ¡pero se equivocó! ¡Tu corazón es puro, Louit!

¿Importante? ¿Influyente? ¿Ser tentado con eso?

- ¡Es claro que se equivocó! ¡Ningún poder me llevaría a...!

No, Hayans no se había equivocado. En su corazón, Louit siempre había albergado el anhelo de saberse importante, influyente. Se había visualizado como una autoridad importante en el país, un hombre cuya sabiduría podía cobijar a otros. Incluso se había visto como el presidente de la orden, un puesto inalcanzable. El joven Dermeer, el descendiente de traidores, convertido en el juez supremo...

La sabiduría de Hayans. Su lectura precisa de las situaciones. Su inigualable intuición...

Lo había descifrado.

- ¡Hijo mío! ¡Es todo lo que siempre quise escuchar de ti!
- Me voy. Haré algo antes de que sea demasiado tarde...

Xilinan trató de sujetar a Louit para impedirle que se fuera, pero él se lo sacudió como a una sabandija.

- ¡Louit, no puedes impedirlo! ¡Te matarán si vas allá!

Nada de lo que dijera Xilinan iba a disuadirlo. La suerte ya estaba echada. Louit salió corriendo de allí con toda la intención de rescatar a Nielce, aún si le tocaba perecer en el intento.

- Antes de que entremos: Quiero que sepas que te amo con toda mi alma...
- Hermana Tamarats, ¿por qué llora?
- Que hice todo esto para protegerte...
- Pero no llore...
- Y que siempre te vi como la hermana que nunca tuve... La hija que nunca tuve...

Deíma apretó la cabeza de Nielce contra su pecho para impedirle que siguiera hablando, fundiendo sus almas en un abrazo que cristalizó el tiempo.

- Debemos entrar –insistió Nielce, ya con un espantoso nudo en la garganta.

La chiquilla tuvo un destello de comprensión al ver que nadie más rondaba el viejo caserón. Tampoco estaban allí los carros cargados de frutos.

- No vinimos a preparar conservas, ¿verdad?
- No...

El maltrecho cuerpo de Deíma empezó a temblar. ¿Por qué la había llevado allí entonces? ¿Por qué le mentía?

- ¿Qué estamos haciendo aquí?
- Mi hermosa niña: El hermano Dermeer está allí dentro.
- ¿Por qué? No me gusta ese hombre, Nielce –confesó Deíma con cierta timidez.
- No, mi niña. Él es un hombre bueno que vino a protegerte. Sin embargo…

Tenía que decírselo. No iba a exponerla a una situación que no pudiera soportar, aun si se frustraban los planes de Louit.

- Hermana Tamarats, ¿qué sucede? –preguntó Deíma al ver que Nielce dudaba.
- Escucha: El hermano Glunnavart también está allí dentro.
- ¿¡Qué!? ¿¡Qué hace él allí…!?

Presa de un verdadero terror, Deíma trató de zafarse de Nielce; la monja, siendo más fuerte, logró contener la fuga de la niña. Las dos forcejearon unos instantes hasta que, en su lucha, la niña rompió en un llanto desgarrador.

- ¡Tú me trajiste aquí! ¡Quieres hacerme daño!
- Basta, Deíma, ¡basta!
- ¡No quiero entrar! ¡Déjame!

En su desesperación, Deíma le dio un manotazo en el rostro a Nielce, haciéndola caer de espaldas al suelo. Sobra decir que la niña tuvo un arrepentimiento instantáneo.

- ¡Por Dios! ¡Hermana Tamarats…! –exclamó Deíma al cubrirse la boca con ambas manos.
- Está bien, ¡está bien! –mintió Nielce al incorporarse. El golpe le había destemplado el ánimo por completo-. Ya, estoy bien, ¿ves?
- Yo no quise hacerlo, ¡lo siento mucho!
- Y yo tampoco quiero hacerte daño, ni dejaré que nadie te dañe. Estoy aquí para cuidarte, ¿no te has dado cuenta?
- Pero no quiero entrar, ¡tengo miedo!
- ¡Lo sé, mi niña, pero esto es importante! ¡Es la única forma

de terminar con todo esto!

- ¿Qué pasará si entro?
- Si entras, el hermano Dermeer te pedirá que confirmes lo que yo denuncié.

El rostro de Deíma se distorsionó hasta formar una fea mueca de incomprensión y miedo.

- ¿Qué va a ocurrir después?
- Lo van a castigar, Deíma. Y él jamás volverá a hacerte daño.
- ¿Cómo lo van a castigar? ¡No quiero que lo lastimen por mi culpa!
- No lo sé, mi niña. Pero sí sé una cosa: Si eres valiente y entras allí, todo esto se terminará hoy. Yo te juro que nadie más volverá a molestarte con este asunto. ¿Tú me crees?

Entre pucheros, Deíma asintió. Nielce le tomó la cabeza de la niña con ambas manos y dijo:

- Será como tú prefieras, mi niña. Si decides confirmar o negar la denuncia, yo te apoyaré porque te amo. Sólo te pido que entres allí y hables con el hermano Dermeer. Yo estaré contigo, y será como *tú* prefieras.

Un destello de valor se asomó en los hermosos ojos de Deíma. Nielce se puso de pie, y tomando la mano de la niña, las dos consumieron la distancia que les faltaba para entrar en el vetusto almacén.

- Eres muy fuerte, Deíma –Nielce acarició el hombro de la chiquilla para infundirle valor.
- No lo sé, Nielce. No quiero que pase nada malo.
- Tranquila. Y recuerda: Será como tú prefieras, ¿sí? –y al ver que Deíma confirmaba con la cabeza, Nielce empujó la puerta.

Las dos entraron en el almacén abrazadas de la cintura. Como ya se sabe, no salieron de allí juntas. La huida trepidante de Deíma marcó la separación definitiva de aquellas amigas inseparables, y esa imagen, ¡ay! La de la niña corriendo hacia los campamentos madereros, encogiéndose en el arriesgado descenso de la colina, desapareciendo para siempre entre los detalles de la lejanía. ¡Cuán inmenso dolor traía consigo esa memoria! Ninguna tortura podría igualar el sufrimiento ocasionado por aquella brusca ruptura.

"Quizás perdí el afecto de esa niña que, sin serlo, es hija mía", se repetía una Nielce embargada por la pena y la agonía. "No sé si Deíma me ama después de lo que ocurrió, pero yo sí que la amo a ella. Y pasaré por esto con dignidad. Si con mi vida puedo pagar el precio de su tranquilidad, lo pago mil veces. Yo la metí en este trance, yo la libero. Vale la pena".

- Vale la pena –repitió Nielce en voz alta, y múltiples ecos rebotaron en torno suyo.

¿Qué era ese sitio? Sólo con escuchar el sonido de su respiración, la muchacha pudo percibir que se encontraba encerrada en un espacio de contorno reducido. No obstante, el techo era muy alto, y el fondo muy profundo, según lo revelaba la acústica de la cámara; los guardias la habían cegado con un antifaz infalible. También le habían atado las muñecas a la espalda. Sus pies desnudos tocaban una fría parrilla metálica. Eso era todo lo que sabía de sí misma. Y en esta privación sensorial, los minutos pasaban largos, largos cual si fueran horas.

Una y otra vez, los más negros pensamientos se cernían sobre Nielce al ponderar las posibles opciones de su ejecución. Y siempre conseguía repeler el pánico al aferrarse a la idea de que salvaba a Deíma a través de su sacrificio. Por momentos, la muchacha también rezaba, no por ella misma, pues ya se sabía perdida de antemano, sino por la gente de Fokkumbuim. Los niños del monasterio, Gilske... ¡Que se olvidaran para siempre de ella! ¡Que jamás supieran cuál había sido su suerte!

Y allí, metida en esa celda, con la muerte rondando cerca, ¿se arrepentía de algo? ¿Tenía algún temor hacia lo que podía esperarle una vez que su espíritu inmortal fuera al encuentro del Dios Sol? ¿Se encontraba realmente lista para morir?

¿Acaso alguien podía estar preparado para semejante acontecimiento? Toda su voluntad y su fortaleza eran vanas, como ascuas fluctuantes que intentan iluminar la noche más tenebrosa. Tenía que admitirlo: No quería morir y no podía seguirse engañando. ¿Dónde estaba Louit? ¿Podría él hacer algo para salvarla? ¡La locura la estaba consumiendo!

Nielce escuchó a un puñado de hombres que se acercaba. Eran tres o cuatro de ellos y venían discutiendo acaloradamente sobre algún asunto importante.

- El muchacho faltará a su prueba, tal como lo pronostiqué en la mañana.
- Búsquenlo una vez más. Ya casi es mediodía.

    Mediodía. El momento designado para la ejecución.

- Hagámoslo de una vez, Hayans. Ya lidiaremos con Louit después.

Al escuchar estas palabras, el corazón de Nielce se aceleró como nunca. Sus piernas, al temblar, provocaron un pequeño traqueteo en la parrilla que sostenía su peso. Un sollozo se escapó de su alma, venciendo todos los pertrechos de valentía que la muchacha había levantado para impedir que sus verdugos la vieran temerosa en su última hora. ¿Dónde estaba su valor? ¿Por qué no podía controlarse?

- Mírala. Sólo alargas el sufrimiento de la muchacha.

    ¡Cobardes! ¿¡Acaso la estaban viendo!? Nielce se enderezó en el acto.

- Escuchen a ese hombre –dijo Nielce con voz temblorosa-. Terminen con esto.

    Darbes cuchicheó algo en tono sorprendido. No esperaba que Nielce tuviera el aplomo de dirigirse hacia ellos, y menos para pedir que apresuraran su martirio.

- Nielce Tamarats. Ese es su nombre, ¿cierto? –preguntó Hayans en voz alta.
- Así es –replicó Nielce con orgullo.

- Espere su tiempo, Nielce. Llegará en breve.
- A la hora que sea, estoy lista.

Otro comentario irónico de Darbes hizo que Nielce se molestara. Sin reparar en las consecuencias de sus acciones, la muchacha dio tres pasos para dirigirse a donde le parecía que estaban los ancianos, y al hacerlo, se topó con una pared de vidrio. En efecto, Nielce era prisionera en una jaula que permitía la vista hacia el interior.

- Señores, tengan la virtud de dejarme ver sus rostros – pidió Nielce de manera decidida.
- No ocurrirá tal cosa, señora Tamarats.
- ¿Temen la mirada de una persona inocente?
- Las miradas de las personas son engañosas, Nielce –respondió Hayans con ironía.
- De cualquier modo, quiero ver las suyas. Pido ese privilegio.

Hayans se acercó a Nielce con la condescendencia del que sabe que saldrá victorioso de una discusión con un necio impertinente.

- ¿Ahora me escucha mejor, señora Tamarats?
- Sí, señor.
- Bien. Imagine que ve mi rostro ahora. ¿Qué haría? ¿Injuriarme, burlarse de mi aspecto decadente, escupirme?
- No, señor. No tengo ninguna razón para hacer eso que usted ha dicho.
- Pues yo soy quien la mandó prender; Louit ha alegado su inocencia, pero usted morirá porque ese es mi designio. ¿Siente que ya me odia?
- No, señor –respondió Nielce sin dudarlo siquiera-. Pero siento pena por usted.
- ¿Pena? ¿Por qué?
- Bueno... Yo iré a ver al Más Grande en pocos minutos, y lo haré con la conciencia tranquila. No sé a dónde irá usted

en unos años, considerando que sea cierto lo que dijo acerca de su estado decadente.

- Los puros van a donde van los impuros, Nielce, exactamente al mismo sitio. Y no importa cuál sea el estado de su conciencia en este momento. Siendo así, el mío importa todavía menos.

Nielce sintió repungancia por las palabras frías de Hayans, ¿acaso ese hombre era el mismo demonio?

- Veo que no es un asunto de pureza el que me tiene acá. ¿Al menos puedo saber cuál es la razón por la que se me dará muerte? –inquirió la muchacha.

- Sí, claro: Usted desaparecerá para que la fama de nuestro funcionario, el señor Melbon Glunnavart, permanezca intacta.

- Entiendo…

Contrario a lo que el anciano anticipaba, Nielce mantuvo la calma. Tenía sentido, total sentido.

La denuncia invalidada por Deíma la había sentenciado, pues los étores, al ver que la mala fama de Glunnavart podía evitarse, fabricaron una nueva denuncia en contra ella y aprovecharon la ocasión para silenciarla.

- Bien. Ahora yo le diré la razón por la que me entrego a usted alegremente, señor Hayans: Deíma no quiso que Glunnavart muriera, e ignora que yo lo haré en su lugar. Le pido que mi destino nunca llegue a oídos de ella, y yo le perdonaré todo.

- ¿Perdón? Sí…

Alguien interrumpió el coloquio de ambos para anunciar que Louit seguía desaparecido. Nielce lo ignoraba, pero su presencia era indispensable para el inicio de la ejecución: Se requería que tres miembros del consejo atestiguaran cada martirio, y se esperaba que él fuera el tercero.

- ¡Muchacho caprichoso! Procedamos sin él –dijo Darbes-. Si no comenzamos ahora mismo, pasará el mediodía y tendremos que esperar hasta mañana.

- ¿Para entregar el alma de esta señorita en los brazos amorosos del Dios Sol durante el cenit? No sabía que fueras tan romántico, Darbes.

- No te burles de mí, Hayans –rezongó aquel-. Es sólo que no quiero postergarlo más tiempo.

- Sí, sé que disfrutas esta parte, cretino; pero sí, vamos allá. Buen viaje, Nielce –le dijo Hayans a la muchacha como una tierna despedida.

- Señor Hayans: ¿Tenemos un pacto? –preguntó Nielce al escuchar que el viejo se retiraba.

- Le aseguro, Nielce, que lo último que quiero es que alguien se entere de lo que está a punto de sucederle.

- Séllelo, señor Hayans, y yo le perdono todo.

- Es cosa sellada. *Fadvisit.*

El juramento ancestral. Una fórmula que perpetuaría la ignorancia de Deíma para siempre. "Lo conseguí", pensó Nielce con satisfacción. "Ahora olvida todo lo que ha pasado, mi niña".

- Empieza ahora, Tar-Beu. Y ustedes dos: Hagan guardia. No quiero que Louit entre y haga un escándalo.

Un tintineo como de cadenas se escuchó a espaldas de Nielce, y después, un chirrido espantoso hizo que la muchacha se encogiera del terror.

- ¡Tar-Beu, no con eso!

- Creí que se iba a hacer lo de siempre, señor…

- ¡No seas imbécil! ¡Anda, entra allá y date prisa! –exclamó un Hayans verdaderamente encendido.

Tar-Beu suspiró con irritación. Nielce percibió cómo el verdugo se acercaba hacia ella. De un jalón, el hombre desempotró una puerta y se plantó a poca distancia de la prisionera.

- Señora Tamarats –le dijo Hayans con voz plañidera-, haga el favor de dirigirse hacia donde la espera Tar-Beu. Le prometo que será gentil con usted.

¡Viejo malnacido! Nielce tuvo deseos de estrellarse contra las paredes de su celda. Sin embargo, la promesa que le había dado Hayans le bastaba para ser obediente; en un acto de total sumisión, la muchacha caminó tres pasos hacia Tar-Beu.

- Alza la cabeza –ordenó el verdugo con su espantosa voz ronca.

El temor volvió a inundar el sensible pecho de Nielce cuando comprobó que se le echaba un lazo alrededor del cuello.

- Está listo –dijo Tar-Beu cuando terminó su obra allí adentro.

- Cierra la puerta. Enciende el cilindro –ordenó Hayans.

Siguiendo las órdenes de Hayans, Tar-Beu abandonó el interior de la celda y activó el mecanismo que producía el chirrido estridente de antes. ¿El cilindro? Nielce nunca lo sabría, pero la jaula de sus últimos momentos era un gigantesco tubo vertical formado con grandes paneles metálicos, como un enorme ventanal cilíndrico. Debajo de ella, enormes mecheros comenzaron a arder, y el vapor caliente de las llamas le quemó los pies, sacándole un grito de desesperación.

- ¡Señora Tamarats! –exclamó Hayans para hacerse escuchar a través de las llamas-. ¡Buen viaje!

En un segundo, y sólo por un segundo, ocurrió lo impensable: Una luz blanca cubrió a Nielce, y ni la venda negra que tenía sujeta pudo ocultarla de sus ojos. Un abrazo tierno y maternal la estrechó en el aire y la elevó sobre la tierra y el miedo. Un milagro en el momento preciso, y la gloria de la eternidad se presentó ante sus ojos como una visión hermosa de duración infinita; Deíma florecía como una hermosa mujer que criaba a sus hijos. ¡Y la amaba! ¡Se alegraba al recordarla! Y le escribía cartas que Nielce nunca podría responder por medios terrenales; una felicidad completa se materializó como un regalo de último momento. La gracia de un dios nunca antes visto se manifestó para aceptar la ofrenda de su vida, y durante ésa minúscula fracción de tiempo, todo tuvo sentido...

"Valió la pena. Todo valió la pena"

La parrilla se abrió de par en par y el cuerpo delgado de Nielce tomó velocidad hasta que el nudo de la horca destruyó la coyuntura del cráneo con el cuello. Una muerte instantánea y misericordiosa. De inmediato, los mecheros escupieron enormes llamaradas de sus bocas, y la incineración del cuerpo produjo horribles chisporroteos en la cámara.

Fue justo en ese momento cuando Louit llegó a la sala de ejecuciones. Con no poco trabajo logró deshacerse de los guardias de la puerta. Sólo pudo ver el destello impresionante de las llamas... ¡Consumado era! Un grito de dolor se escapó de su garganta.

- ¡Llegas tarde, Louit! –gritó Hayans para sobrepujar el ruido impresionante de los mecheros.

Louit se dio media vuelta y huyó. Fue perseguido por la guardia, de la que logró escaparse de milagro. Arriesgando la vida, el joven volvió a la celda de Nielce y tomó la carta de Deíma, que después se encargó de entregar él mismo. Con habilidad, Louit aprendió a replicar la letra de la monja y se encargó de enviarle cartas a la niña para mantener vivo el recuerdo de su mejor amiga. Después, él mismo se encargó de notificar sobre la supuesta muerte de Nielce, protegiendo así para siempre su memoria.

Los étores no volvieron a saber de él hasta las revueltas de Dubía. Desde las sombras, el miembro renegado del consejo impulsaba la propaganda de las nuevas reformas, mismas que ya vencían los viejos sistemas de Vanisma y Sorogia. Así se aceleraba la inevitable entropía del régimen imperante en Isalba, y un nuevo amanecer se asomaba en el pensamiento colectivo de la nación, donde la razón, la ciencia y la democracia destruirían las costumbres de los antiguos.

Louit Dermeer fue capturado en Garabed doce años después de su desaparición. Ninguno de los étores de su generación sobrevivía, pero los nuevos miembros del consejo lo odiaban con un encono supremo. Lejos de llevarlo a juicio a la capital, tal como correspondía a un criminal de su tamaño, el consejo dictó que fuera ejecutado públicamente en esa villa, para ejemplo y escarmiento de los rebeldes que sobrevivían en las regiones aledañas.

Su vida nunca fue tan ejemplar como la de Nielce, pero en el último instante, él gozó del mismo privilegio que tuvo ella.

# CAPÍTULO 44

*El juicio (9)*

## (Capítulo 34B)

Los pasillos estaban desiertos, y mientras más se alejaba de la sala de juicios, más lejanos eran los sonidos de la muchedumbre que desalojaba el edificio. Louit marchaba a paso veloz: Tenía serias preocupaciones en la mente, por eso casi se le veía andar casi en volandas por los corredores.

Finalmente, Louit llegó al área de contención, casi sin aliento y jadeando. En la sala de espera se encontró con una persona conocida: Gogindas Bedakis, quien se mesaba el bigote mientras leía sus documentos; el guardia de las celdas escuchó los pasos de Louit y dejó el periódico que estaba leyendo.

- Señor Dermeer -lo saludó el guardia. Por el tono de su voz, era claro que lo esperando.
- ¿Sí? –respondió Louit de manera distraída.
- La señora Tamarats ha pedido verlo. Espere su turno.
- Así lo haré.

Gogindas dejó los papeles a un lado y se levantó con los brazos abiertos, como queriendo abrazar a Louit.

- ¡Todo un éxito, señor Dermeer! ¿Qué le parece?

Louit miró al pelirrojo de arriba a abajo con una mueca de incomprensión. Su espíritu estaba tan trastornado que no supo responder a la algarabía del extranjero.

- ¡Vamos, alégrese! –insistió Gogindas al ver el desconcierto del abogado.
- ¿El señor Estenes está hablando con Nielce? -cuestionó Louit agriamente.

Gogindas se quedó pasmado al ver el humor encendido del jurista.

- Sois unos desconsiderados en este país, todos estáis locos –dijo al azotar los brazos en sus flancos.

Irritado, Louit se cubrió los ojos, luego se apretó las mejillas. El guardia observó toda la escena desde su posición con una mueca de complicidad, la misma que usan los connacionales para burlarse de los extranjeros.

- ¿Cuánto tiempo lleva allí el señor Estenes? –preguntó Louit en un tono menos hostil.
- En cuanto trasladaron a la prisionera, el hombre vino hacia acá –contestó el guardia-. Lleva allí un buen tiempo.
- Entiendo.

Sin más cortesías, Louit se sentó en una silla y se cubrió el rostro con las manos. Gogindas fue a sentarse también y los dos se quedaron en silencio, uno al lado del otro.

No pasó mucho tiempo antes de que el extranjero ardiera en deseos de expresarse. Era fácil adivinarlo porque se le veía revolverse en su asiento con una ansiedad palpable; a tal nivel llegó su desesperación, que el hombre empezó a silbar una melodía típica de su tierra.

- Altas las torres que portan la bandera plata y azul, plata y azul... –cantaba en voz baja.

Para matar el aburrimiento –y en franca burla hacia el pelirrojo-, el celador empezó a silbar los compases iniciales del himno de Isalba. Louit escuchó aquella guasa y se sonrió; esto tuvo un efecto instantáneo en Gogindas. El extranjero se levantó iracundo y exclamó con el rostro congestionado:

- ¡Basta, insolentes! ¿¡No pueden respetar nada!? Bien haría mi señor, el grandísimo *domader,* en hacerlos pagar el insulto que le hicieron a mi país refugiando al cretino de Londarien…

- Calla, hombre –dijo Romaiu, quien había alcanzado a escuchar el exabrupto de Gogindas desde la puerta de la celda de Nielce-. No digas idioteces.

El guardia corrió los cerrojos y dejó salir al extranjero. Louit se levantó enseguida y se dirigió a recibirlo con una expresión expectante. El futuro de la nación dependía de las decisiones que tomara ese hombre.

- Señor Dermeer –dijo Romaiu con gentileza al ver venir a Louit.
- Señor Estenes –replicó Louit con la misma formalidad.
- Me disculpo por la rabieta de mi amigo, el señor Bedakis. Como puede ver, la pasión lo embarga con facilidad.

Gogindas torció la boca con desprecio, pero no dijo nada para contradecir a su colega.

- El señor Bedakis tiene buenos motivos para lanzar amenazas –puntualizó Louit-. No sé cómo reaccionarán en Ótela al enterarse de lo que sucedió aquí.
- Esté tranquilo, Louit. Yo le diré al *domader* lo que necesita escuchar para encontrar paz.
- Y, ¿qué es eso? -inquirió Louit, preocupado.
- Que Feriven Londarien recibió su merecido, y nada más.
- Entonces, los manejos de la policía…
- Eso tendrán que resolverlo ustedes, y pronto. Quiero pensar que hay hombres sagaces en su pueblo, deseosos de llegar a la verdad. En lo que a mí concierne, estoy convencido que hay corrupción en este asunto, y casi me siento impelido a tomar represalias contra su gobierno… Pero eso no es lo que necesita mi pueblo, mucho menos mi señor.

Las palabras mesuradas e inteligentes de Romaiu templaron el ánimo de Louit, quien no pudo dejar de estrechar la mano de aquel hombre.

- Le agradezco mucho su cordura, Romaiu. Usted salvará muchas vidas.

- No me agradezca todavía. Esto no debe llegar a oídos de mi señor. Si se entera de lo que ocurrió acá, puede ser provocado todavía.

- ¿Qué será de Nielce? –inquirió Louit–. ¿Estará presa en Sorogia? ¿En Ótela?

- Ustedes la han exilado, nosotros le daremos asilo como refugiada; aunque debo decir que la señora Tamarats expresa el deseo de vivir en reclusión como parte de una penitencia que ella misma se impone por el crimen cometido. Traté de convencerla de que es un completo sinsentido, pero la mujer es obstinada...

Louit no se sorprendió al escuchar aquello. Aún cuando no conocía a Nielce más que por el tiempo que la había representado como su abogado, ya tenía una idea clara de la clase de persona que era.

- Por lo demás: Quiero que usted reciba reconocimiento como amigo y colaborador del pueblo de Sorogia.

- ¿Qué? ¿Por qué? –preguntó Louit con sorpresa mayúscula.

Gogindas alzó los brazos para mostrar su descontento y comenzó a quejarse en su idioma. Romaiu lo detuvo con una mirada enfática.

- Es muy simple, Louit. Usted ayudó a Nielce Tamarats, ella aniquiló a Feriven Londarien. Eso cuenta como un gran servicio para nosotros.

- No hagan tal cosa, es claro que no lo merezco –dijo Louit entre avergonzado y molesto.

- ¡No, no lo haremos! ¡Este hombre es un charlatán, Romaiu! *Drapal tascez...*

- Gogindas: Hazme un favor y ve y preséntate a Nielce –ordenó Romaiu con el mismo tono desapasionado y flemático de siempre–. Es como si fuera tu señora desde ahora. ¡Ve!

El pelirrojo hizo mil muecas de descontento, dio media vuelta y se encaminó hasta la puerta de la celda, misma que el guardia le abrió con una sonrisa burlona.

- Es un hombre impulsivo y simple, pero también es un colaborador estupendo.

- Sí -contestó Louit por puro reflejo.

- Yo le iba diciendo... Sí. La señora Tamarats me confirmó que usted no ha estado recibiendo honorarios por sus servicios. Me ha pedido que le pague generosamente, señor Dermeer.

- ¡No, de ninguna manera...!

- Basta, ¿quiere dejar eso? –interrumpió Romaiu con irritación.

- No estoy para bromas, Romaiu –gruñó Louit.

- No sé en dónde ha visto una. Necesito conocer cuál es el criterio que se emplea en vuestro país para calcular los honorarios que le corresponden.

- Eso no va a pasar. Mi honor me lo impide.

- ¿Honor, señor Dermeer? Por lo que vi en el juicio, usted quedará desempleado, así que deje su orgullo de lado y acepte esto de nosotros. Sospecho que le hará falta.

Justo en el momento en el que Louit abrió la boca para agredir a Romaiu, el guardia anunció que Nielce lo llamaba a presentarse ante ella.

- Desde ahora le digo, Romaiu, que no aceptaré sus limosnas...

El extranjero lo miró con fastidio y fue a sentarse en donde Gogindas estaba primero. Louit se encaminó hasta la puerta y se dejó conducir por el estrecho túnel que conducía a la celda donde Nielce y Gogindas mantenían un coloquio demasiado caluroso para ser el primero, pues el forastero abrumaba a la muchacha con esa voz cargada del tono ridículo que usa todo hombre mayor cuando habla con una mujer bonita.

- ¡Pero qué dice! ¡Mi señor estará encantado de conocerle, *treus* Tamarats!
- Está usted olvidando que soy una homicida -dijo
 Nielce con el deseo de aplacar un poco el entusiasmo de
 Gogindas.
- Aira... Senura...

Louit se sintió estúpido al utilizar un saludo tan formal para anunciar su presencia. Estar cerca de Nielce lo trastornaba, y le era muy difícil ocultarlo.

- Señor Bedakis, le ruego que me permita departir un momento con mi jurista.
- Sí, sí, lo que sea por usted, mi bella señora. *¡Sotará!*

El pelirrojo se levantó alegre y palmeó a Louit en el hombro antes de salir, como si nunca hubieran discutido. Louit lo despidió con la vista como si de un demente se tratara, y Nielce lo vio salir con una expresión de ternura en el rostro. La puerta crujió al cerrarse, y entonces, todo se quedó en silencio.

- Louit, ¿se siente usted bien? –preguntó Nielce al ver el rostro lívido de él.
- Sí, estoy bien.
- Por favor, siéntese.

Louit jaló la silla que estaba frente a Nielce y se sentó.

- Gracias –dijo Nielce con una sonrisa hermosa en el rostro
- No tiene nada que agradecer –replicó Louit sin dirigirle la mirada.
- Está muy equivocado, Louit. De no ser por usted, yo hubiera desechado la oportunidad de seguir viviendo, y siempre le estaré agradecida por haberme empujado a luchar.
- Sólo cumplía con mi deber, Nielce.

Como Louit seguía sin mantener contacto visual con ella, Nielce extendió su brazo para tomarle la mano.

- En verdad, gracias.
- Basta, Nielce. No quiero escucharlo -Louir retiró bruscamente su mano-. No merezco su gratitud. ¿No escuchó todo lo que se dijo de mí? ¿Cómo es que no me recrimina por ello?
- No tengo nada que recriminarle. Usted me hizo reaccionar en el momento justo, ya que yo estuve a punto de rendir mi voluntad a la de ese jurista. Sin su intervención, yo sería una presa condenada a muerte, ¡pero no lo soy! ¡Y puedo rehacer mi vida! Aunque el saber que no volveré a pisar el país de Isalba me causa un gran pesar...

En efecto, la sentencia de Nielce le quitaba su ciudadanía. No moriría, pero a cambio, ella iba a ser exilada permanentemente. Esa fue la solución que encontraron los jueces para hacerla desaparecer de los registros de los vivos sin romper la ley, a la vez que cumplían con el deseo del gobernante de Sorogia.

- ¿No se siente ofendida? –insistió Louit con una profunda vergüenza.
- No. Todo lo que siento hacia usted es gratitud por haberme salvado.

Era cierto. Viéndola como la veía, Louit pudo comprobar que, sin lugar a dudas, Nielce no le guardaba rencor.

- Usted no es una persona común -la voz de Louit dejó traslucir una nota casi de espanto.
- Sí que lo soy. Y hay otra cosa que quiero decirle: Me tomé la libertad de pedirle a los emisarios de Sorogia...
- Si está por mencionar la compensación económica que el señor Estenes me ofreció hace un momento, sepa que ya la he declinado -interrumpió Louit, impasible.

Eso cambió por completo la fisonomía de Nielce.

- ¿Por qué hizo eso? -preguntó con un aire un tanto más serio.
- Usted lo sabe de sobra.

- Pues le diré que esa conducta suya sí que me ofende, Louit.
- Ah, le ofende.
- Sí. Que usted rehúse el dinero que conseguí para pagarle es un agravio para mí. Debe ser muy pobre de mente para no aceptar una dádiva que se le ofrece de buen corazón...

Un destello de inspiración iluminó la mente de Louit. Si lograba llevar a cabo aquello que se le había ocurrido, podía hacer otro bien aún mayor por Nielce.

- Entonces, si una persona no acepta la dádiva sincera que le ofrece otra, esto es motivo de ofensa para el dador, ¿es lo que usted dice?
- Así es.
- Bien. Quiero saber qué piensa hacer si el *domader* de Sorogia no quiere tenerla como prisionera en Ótela. Si se le ofrece la libertad, ¿usted hará lo posible por mantenerse encerrada?
- ¿A qué viene eso, Louit?
- Conteste a mi pregunta -atajó Louit.
- Son cosas distintas. Yo le quité la vida a un hombre. Penar por ello es lo correcto.
- Nadie se lo pide. Y si usted se empeña en rehusar la libertad que el *domader* y sus colaboradores quieren brindarle, estará siendo tan ingrata como me acusa a mí de serlo.
- Un ardid habilidoso, señor Dermeer -reconoció Nielce al verse acorralada.
- No lo es tanto -respondió Louit con un viso de orgullo en la voz.
- Haremos esto, Louit -respondió Nielce al levantar el dedo índice de su mano derecha-: Yo me atendré a las condiciones de libertad que me ofrezca el *domader*, siempre y cuando usted acepte la retribución económica que le he conseguido.
- Bien. Séllelo.
- ¿En verdad es necesario?

- Hágalo o me marcho.
- Correcto. *Fadvisit.*

Satisfecho con lo que había conseguido, Louit se levantó de su lugar, soltó un profundo suspiro, agachó la cabeza y dijo con tono pesaroso:

- Ahora me iré, Nielce. Tengo un asunto urgente que antender, aunque siento que me falta el coraje para hacerlo.
- ¿Ir a por su novia?

La pregunta de Nielce sorprendió a Louit. "A por su novia". ¿Por qué había escogido esas palabras? ¿Cómo sabía que iba a luchar por ella?

- Sí... Justo eso.
- Le deseo lo mejor, Louit.
- Gracias. Por lo demás, creo que ésta es nuestra despedida. Instruiré al señor Estenes para que se haga cargo de su traslado a Ótela. Espero que encuentre la manera de ser feliz en esa tierra.
- Lo haré.

Una vez finiquitada la relación legal que la ligaba a Nielce, Louit extendió la mano para despedirse de la muchacha, pero, para su sorpresa, ella se levantó y le dio un abrazo que él no pudo corresponder.

- Hasta nunca, Louit. No me olvidaré de usted.

Respetuosamente, Louit se desligó de los brazos de Nielce, ruborizado.

- Me voy -dijo como única explicación a su comportamiento.

Nielce asintió y mandó llamar a su celador. Louit dio media vuelta y echó a andar por el pasillo, deseoso de desaparecer de la vista de Nielce para siempre.

◆ ◆ ◆

- Eres tú.

- Airasenura. Buenas noches, señor Tolsre.

Tolsre miró a Louit de arriba a abajo con una mueca de repugnancia.

- ¿Qué quieres, Louit?
- Deseo hablar con su hija, señor.

La petición era muy predecible, y aún así, Tolsre se sintió profundamente indignado.

- ¡Qué increíble desfachatez! ¡Debería expulsarte de mi casa ahora mismo!
- Señor Tolsre, yo le ruego...
- ¡Después de todo lo que he hecho por ti! ¡Y pensar que estuvimos a punto de emparentar...!

Por el rabillo del ojo, Louit vio un movimiento rápido en una de las ventanas de arriba. Sin lugar a dudas, Niva ya se había percatado de su llegada.

- ¿¡Me estás escuchando, Louit!? -gruñó Tolsre al ver que Louit se había distraído.
- Dalmon –Louit mostró las palmas para tratar de apaciguar a su suegro-: Haces lo correcto. Tu deber como padre es el de proteger a tu hija, así que entiendo que quieras despacharme. No obstante, Niva ya sabe que estoy aquí...
- Eso no me importa. Te marchas ahora mismo.
- ¿Para terminarlo después? Es mejor que esto se resuelva ahora.

"Terminarlo" repitió Tolsre con lentitud, sintiendo cómo le bullía la rabia en el estómago.

- Si esto ha de terminar, será porque Niva lo quiere así, o porque tú me echas de aquí. Pienso que es mejor que ella decida.

Tolsre sopesó las palabras de Louit por un momento.

- Está bien. Veremos si ella accede a recibirte –dijo Tolsre en un resoplido-. Sólo voy a advertirte una cosa, Louit: Si le haces más daño a mi pequeña, yo *te juro* que te destruiré,

¿me has entendido?

- Sí, señor.
- Adelante.

Con el rostro cargado de un repudio total, Tolsre se hizo a un lado para permitir el paso. Louit entró y sintió el peso de una mirada aún más atemorizante que la de su suegro: Colgado al lado izquierdo, el bello retrato de la madre de Niva, muerta no muchos años antes, lo observaba con sus ojos amables inmortalizados en el lienzo.

- Vamos allá –ordenó Tolsre al tomar la vanguardia para ascender a la segunda planta de la casa.

Callados, los dos se dirigieron a la habitación de Niva. Tolsre acercó su rostro a la puerta para hacerse oír a través de la masa sólida.

- Hija, sé que ya lo sabes, pero Louit está aquí. ¿Quieres que lo despida?

Un sonido hueco emergió desde el interior de la habitación. Era un "no".

- Él viene a hablar contigo. Si no te sientes bien ahora mismo, puedo pedirle que se marche…

Otra vez la respuesta fue negativa. Tolsre le hizo una señal a Louit para éste que hablara a través de la puerta.

- Niva, ¿me escuchas? Soy yo, Louit.

Silencio. Louit se aclaró la garganta y volvió a hablar, tratando de ocultar su nerviosismo.

- Niva, por favor… Abre la puerta. Deseo que hablemos un momento.

Ella respondió con voz doliente que sí lo haría, siempre que su padre no estuviera presente. Tolsre le hizo saber a su hija que les concedería el espacio para hablar a solas, no sin antes dirigirle una mirada asesina a Louit, más elocuente que cualquier amenaza que pudiese haberle hecho. Luego se retiró en silencio.

Habiéndose quedado solo, Louit le pidió a Niva que le ab-

611

riera la puerta del dormitorio.

- No, Louit –replicó ella-. Vas a esperar hasta que esté preparada para salir.

- Está bien, lo haré –respondió él, creyendo que la muchacha se demoraba por estar arreglándose.

Y se puso a andar en vaivén para matar el tiempo. Al cabo de diez largos minutos, la puerta seguía sin abrirse y Niva no daba señales de vida.

- Niva, ¿estás bien? –inquirió Louit con preocupación cuando la espera le pareció excesiva.

- Ya te lo dije, Louit: Vas a esperar hasta que esté preparada para salir.

La manera decidida y contundente con la que Niva indicó que iba a demorarse un tiempo indefinido le causó una profunda impresión a Louit, ya que él nunca había visto esa faceta de su novia.

- Está bien. Esperaré aquí sentado, al lado de tu puerta...

Louit se sentó junto al marco con la espalda apoyada contra la pared, rumiando los argumentos que iba a utilizar para disculparse con Niva cuando ella saliera a conversar con él.

Una hora se consumió con terrible lentitud, tiempo que transcurrió con gran pesadumbre para Louit, ya que, de cuando en cuando, él escuchaba que Niva dejaba escapar algunos sollozos, como si se los arrancaran del alma misma.

- Niva, ¿te encuentras bien? –preguntó Louit al escucharla llorar con más intensidad.

Ella repitió de manera íntegra sus palabras de antes, con el mismo ánimo aplanado y herido.

- De acuerdo. Te espero.

Otra hora se escurrió en silencio, y la casa poco a poco se fue quedando a oscuras; la noche comenzaba a cerrar afuera, y los rayos esquivos de la luna se introducían por una de las ventanas para darle de lleno a Louit; Tolsre fue a investigar qué estaba sucediendo.

- ¿No ha querido salir a verte?
- No, señor.
- Hija –dijo Tolsre en voz alta-, ¿qué sucede allí dentro?
- Padre: Voy salir cuando esté preparada para hacerlo.
- Pero, mi niña, te estás demorando mucho...
- Padre –respondió Niva con denuedo-: Ya tomé una decisión. Si Louit no puede esperar, que se marche.

El padre y el novio se miraron, sorprendidos. Nunca se imaginaron que el carácter de Niva pudiera ser tan enérgico; Louit, por su parte, reiteró que esperaría.

- Está bien. Lo harás hasta que esté preparada para salir.
- Entiendo. Así será.

Tolsre observó la resignada contrición de Louit y sintió cierta simpatía por él. A pesar de que seguía molesto por el incidente del juicio, apreció que el muchacho aceptara el castigo que se le había impuesto.

- Bien, los dejaré solos –dijo en voz alta y se marchó.

Un par de horas más pasó Louit esperando a Niva, adolorido en cuerpo y alma. Los acontecimientos del día lo habían despojado de su vigor. Asimismo, las dudas que sentía hacia a su porvenir alargaban su tormento. ¿Iba a perder su empleo si se consumaba su rompimiento con Niva? Eso era seguro. ¿Se volvería el hazmerreír de sus colegas? Sí, era una posibilidad muy real. ¿Podría volver a ejercer como abogado en la ciudad? Eso dependía en gran medida de la represalia de Tolsre, ya que, si éste se animaba a hacerlo, podía manchar su reputación hasta inhabilitarlo de forma permanente.

¿Cómo había sido tan estúpido? "Lo echaste a perder", se repetía Louit, incrementando así su amargura. "Frente a ti tenías a una mujer que te amaba, bella, de una crianza ejemplar, cuyo padre te tenía en gran estima y te hacía partícipe de las ventajas de su posición, mucho más elevada de la que tú hubieras podido alcanzar por tus propios méritos. ¿Qué otro capricho te faltaba cumplir, antes de aprovechar tanta fortuna?".

Harto de estar sentado, Louit se levantó para andar con las manos en la cintura. Estaba extenuado, hambriento y deseoso de ocultar el rostro en una almohada para gritar con todas sus fuerzas.

"Soporta, hombre. Ten un poco del valor que tuvo ella", se dijo pensando en Nielce y en la manera tan especial en la que se desenvolvía, su impresionante dominio de sí misma y su integridad; reparó también en el ardor de sus ojos verdes, llamas vivas de las que no se podía escapar. Reconoció también su hermosura viciosa, e intensa personalidad. "Es ciertamente una mujer a la que alguien podría amar, y ser inmensamente dichoso", pensó con un sentimiento muy parecido a la reverencia, y de inmediato se reprochó el dedicar sus pensamientos a otra mujer que no fuera Niva.

¡Sí, eso era! Necesitaba sentir esa admiración que inspira el amor. Y allí, a solas en la oscuridad, Louit confirmó que, a pesar de las muchas virtudes que tenía Niva, ella no le despertaba ese sentimiento.

De pronto, Louit escuchó que Niva abría su puerta. Al verla, el joven se quedó sin aliento. Era obvio que la muchacha había sufrido mucho, pero eso no alcanzaba a eclipsar su extrema belleza; por el contrario: Ésta parecía haberse perfeccionado hasta alcanzar un nuevo límite.

- Buenas noches, Louit –susurró Niva con cortesía.
- Hola, Niva –respondió él con una sonrisa. Todo su cuerpo temblaba.
- Ven, vamos afuera.

Louit asintió y los dos descendieron las escaleras sin hablarse, luego salieron al jardincito que rodeaba la explanada de la mansión.

Anduvieron en silencio unos instantes, sin dirigirse la mirada. Al cabo de un rato, fue Niva quien inició la conversación.

- ¿Por qué me esperaste tanto tiempo, Louit?

Él tragó saliva. Lo menos que podía hacer por ella era ser completamente honesto al responderle.

- Es claro que no iba a dejar que las cosas terminaran así...
- Ya. ¿Me amas?

Niva hizo esa pregunta con una voz limpia, sin miedo, sin rencor. Louit dudó un segundo, luego tomó las manos de ella. Asegurándose de que sus miradas estuvieran conectadas, respondió desde lo más profundo de su ser:

- No.
- Entonces vete. Te perdono –Niva le tomó el rostro con sus manos suaves y le dedicó una linda sonrisa.

Después lo soltó y se dio media vuelta. No anduvo dos pasos cuando Louit la tomó por uno de los brazos.

- No, no te vayas.
- No tenemos nada más que decirnos, cariño –replicó Niva con el tono que se usa cuando se habla con un niño-. Anda, ve a casa.
- No.
- ¿No? Dime, Louit, ¿te preocupa lo que puede hacerte mi padre ahora que hemos terminado? ¿Es eso? -la voz de Niva iba transitando de la calma a la cólera-. No, no vas a sufrir ninguna represalia...
- No quiero perderte –Louit extendió sus brazos para tomar los hombros de Niva-. No quiero perderte ahora que te veo así...
- No seas egoísta. No estuve encerrada todo este tiempo pensando en una reconciliación: Me estuve preparando para dejarte ir, en caso de que no me amaras.
- Y, si quiero amarte, ¿me darías otra oportunidad?

Sintiéndose insultada, Niva se zafó de los brazos de Louit.

- Eso no puede elegirse, querido. Y, en todo caso, debiste haberlo elegido desde un principio.

Allí estaba. Una mujer hermosa, fuerte e impresionante. ¿Cómo es que no la había visto?

- Me equivoqué por completo contigo, Niva.
- Y eso, ¿qué quiere decir?

Louit abrazó a Niva con un afecto que nunca le había demostrado antes.

- Volveré mañana. Empezaremos de nuevo -le dijo al oído.
- Suéltame, Louit. Te advierto que no estoy para juegos.
- No, no más juegos. Te lo prometo.

Era demasiado. A pesar de todo el llanto derramado, la pobre Niva empezó a llorar de nuevo por la desesperación.

- Estás demente. Me haces daño.
- Voy a compensarlo. Sólo déjame volver mañana, y al día siguiente. Y al siguiente.
- No quiero recibirte.
- Bien. Esperaré en la puerta.

Y sin decir otra cosa, Louit se separó de Niva, le dio un beso en la frente y tomó el sendero que lo llevaba a la calle.

- ¡No vuelvas! -le gritó Niva.
- ¡Esperaré en la puerta!

En efecto, Louit volvió al día siguiente. Fiel a su promesa, esperó en la puerta.

# CAPÍTULO 45

*Sismo en Lairet (9)*

## (Capítulo 25B)

Risas, risas y palabras extrañas en la oscuridad. Los pidaos festejaban cuando, a menos de una jornada de distancia, miles de personas en Rittka seguían asimilando la ruina y la pérdida de sus seres amados. "Es como si se hallasen en otro país, e incluso en otro planeta", pensaba Nielce al acomodarse en su polvoriento e incómodo lecho. Los pidaos le habían cedido una de sus casitas de tierra apisonada para pasar la noche. No obstante, ella era la única persona que trataba de dormir en aquel campamento de aborígenes, y tenía serias dificultades para conseguirlo con el escándalo que se estaba gestando afuera, a menos de cien pasos de distancia.

El ruido no era lo único que le impedía conciliar el sueño: Su cuerpo no estaba hecho para sufrir los rigores de un colchón de tierra y pasto; además, Nielce tenía grandes preocupaciones con respecto al viaje que iba a emprender sola en la mañana; también se mortificaba pensando en el bienestar de Akkraín Estarbo...

"Y ellos siguen tan alegres, como si nada hubiera ocurrido en sus vidas", se dijo Nielce al reparar en la algarabía de los pidaos. En cierta forma, el carácter pícaro y despreocupado de ellos le daba envidia. "¿De qué tendrían que preocuparse? Después de todo, llegar al final de cada día es una victoria, ¿acaso hacen mal al celebrarlo?".

Y ella, ¿no debía celebrarlo también? Las circunstancias del presente no le inspiraban el menor júbilo, pero eran mucho mejores que las de la gran mayoría de los supervivientes del terremoto. Más allá de la pedrada que le dieron al proteger a Poriahor, la muchacha se encontraba ilesa. Louit la cuidaba todavía, y los pidaos le brindaban de su sustento y protección, ¿es que nada de eso era digno de agradecerse?

Pronto iba a estar en Isalba, en su cómodo hogar, y todo ese trance iba a extinguirse para siempre. "¿Qué son los problemas, sino obstáculos que tarde o temprano se terminan? Y ya que los míos van a desaparecer en breve, ¿no debería alegrarme también? ¿Por qué me aferro a mis miedos?".

Nielce escuchó que alguien venía. Dos segundos después, una figura se asomó. Un velo de tinieblas ocultaba la identidad del visitante.

- Lo siento, ¿te desperté? -dijo Louit para anunciarse.
- Hola, Louit –replicó Nielce con alivio y añadió: -. No te preocupes, ¿qué pasa?
- Son los pidaos: Ellos me dieron alimentos para ti.

La muchacha se alzó sobre sus codos y buscó el rostro de Louit en las tinieblas.

- No siento apetito, Louit, y me temo que tampoco puedo dormir.
- ¿Es por el escándalo? Esta gente hace un alboroto todas las noches. Si quieres, puedo pedirles que lo dejen.
- No vayas a hacer eso. No quiero importunarlos…
- Dame un momento, regreso enseguida.
- Louit, ¡Louit, espera!

Él no se quedó a escuchar más objeciones. Instantes después, Nielce lo escuchó dirigirse a los pidaos. Ellos protestaron entre risas, con el humor desparpajado que los caracterizaba. Sin embargo, la solicitud del extranjero fue bien recibida y Uba-Tuni-Hools se encargó de dispersar a la muchedumbre. Momentos después, Louit regresó.

- Ah, Louit. No debiste hacer eso –le dijo Nielce en un tono de marcado reproche.
- Ya casi es medianoche y los pidaos se van a dormir cuando llega esa hora, así que no te preocupes: Ellos iban a terminar de cualquier modo.
- Aún así, no debiste hacerlo. No soy más que una desconocida para ellos.
- Los pidaos te darán lo que les pidas y lo harán de buena gana. Pienso que está en su naturaleza el complacer a los demás, aun a costa de sus propios deseos.
- Ahora me mientes para tranquilizarme.
- No son mentiras. Lo entenderás en la mañana, cuando los veas tratar contigo con la misma amabilidad de siempre.

Nielce no respondió y el espacio se congeló entre ellos.

- Será mejor que me marche –dijo Louit al cabo de un rato-. Conviene que descansemos…
- ¿A dónde vas, Louit?
- Voy a dormir por allá. No estaré lejos.
- No te vayas, por favor. Quiero tenerte cerca para tranquilizarme.

Louit se revolvió un poco. Aunque su faz seguía cubierta por un grueso manto de oscuridad, su voz reveló lo mucho que le sorprendía la petición de Nielce.

- ¿Quieres que me quede aquí? Estaré a poca distancia.
- Da lo mismo para mí. Si tu pudor no te lo impide, quiero que duermas aquí.
- ¿Temes que ocurra algo malo? La milicia no está buscándonos a esta hora, Nielce…
- Entonces te pido que me concedas este favor como lo conceden los pidaos.

Louit se sintió trastornado. Nielce tenía esa capacidad para hacer mella en él con sus palabras, con sus gestos, con su estilo decidido. Ya lo había vencido en el máximo esplendor de su cólera, desarmándolo con una simple frase.

- Yo no soy un pidao –respondió Louit como excusa, y eso lo hizo sentir terriblemente estúpido.

- ¿No eres amigo de ellos? ¿No te gustaría ser más como ellos?

- ¿Por qué me estás pidiendo esto?

La muchacha reaccionó con sorpresa. Ésa era la primera vez que su bienhechor se rehusaba a concederle un favor, pero no era la negativa de él lo que le causaba desconcierto. Era otra cosa, y ni ella misma podía explicárselo.

- Admito que nunca me sentí tan vulnerable, Louit –dijo Nielce con lentitud, cuidando que su voz no se quebrara-. Y cuando estás cerca, no me siento así. Sé que puedo ser muy egoísta el decirte esto, pero en este momento, siento que soy enteramente dependiente de ti.

- ¿Cómo me dices eso cuando sabes que nos vamos a separar al amanecer? ¿No ves en qué posición me pones?

- Tienes razón, Louit. No soy yo misma en estos momentos. No te hubiera pedido eso de estar en pleno dominio de mí misma. Perdóname...

Louit se enterneció con la disculpa de Nielce y entró a la choza en cuclillas.

- No, no digas eso. Ya, me quedaré aquí. Es lo menos que puedo hacer, ya que no te llevaré a Maerbos.

- Es más que suficiente para mí –contestó Nielce con enorme gratitud-. Y con respecto al viaje a Maerbos: Para mí es muy valioso saber que me llevarías, aún cuando no me llevarás.

- Es claro que lo haría. No obstante, me es difícil aceptar que la mayor de las intenciones puede sobrepujar al menor de los actos.

- Bueno, tal vez no puedes hacer todo el bien que quieres, pero harás el más grande.

- ¿Salvar a Akkraín? Puede que esté muerto ahora mismo.

Siendo así, mis intenciones y mis acciones serán inútiles por igual.

La amargura en la voz de Louit llenó de compasión el corazón de Nielce; obedeciendo el impulso del momento, la muchacha se incorporó y buscó el rostro de Louit con su mano.

- ¿Qué estás haciendo? –preguntó él de una manera que sonaba entre irritada y sorprendida.
- Trato de consolarte, eso es lo que hago –replicó Nielce.
- Ya, deja eso –Louit tomó la muñeca de Nielce para apartar la mano de su rostro-. No tienes que hacerlo.
- No lo hago porque tengo que hacerlo, Louit. Lo hago porque *quiero* hacerlo.
- ¿Por qué? ¿Qué hay en mí que te mueva a hacer eso, además de lástima?

Con un movimiento suave, Nielce liberó su muñeca para tomar la mano de Louit, de manera que los dos quedaron enlazados en las tinieblas.

- Dime una cosa, Louit. Responde con honestidad, ¿en verdad amas a la gente de Lairet? No hablo de los pidaos, pues yo sé que ellos son tus amigos; los Fanehain, los Igommta, ¿amas tú a esa gente?
- ¿Qué tiene que ver...?

Nielce le apretó los dedos con suavidad, y aunque no podía verla, Louit adivinó la expresión de ella, como si la conociera de toda la vida.

- Tú sabes que los amo, tal como se ama a la patria y a la familia, pero ignoro a dónde quieres llegar con eso.
- Y ellos, ¿corresponden tu amor?
- No, no lo hacen, y esa es una duda recurrente en mí: Quisiera saber por qué estoy tan atado a ellos, siendo que me desprecian la mayor parte del tiempo.
- El amor es caprichoso, Louit. Nos entregamos a personas que a todas luces no corresponden nuestro afecto, y las

razones por las que lo hacemos son muchas. Sin embargo, creo que comprendo las tuyas: Quieres pacificar a este pueblo.

- Eso es correcto.
- Por eso los amas, Louit. Tu deseo de establecer la armonía entre ellos dirige tus acciones, tus acciones producen sentimientos de amor por ellos. No los proteges porque los amas, los amas porque los proteges.
- Me es difícil creer en lo que dices –dijo Louit con cierta apatía-. Y sigo sin comprender por qué te esfuerzas en confortarme.

Lejos de decepcionarse por la respuesta agria y desconsiderada de Louit, Nielce le respondió con gracia:

- Pienso que es algo que está en mí. Lo hago porque me nace hacerlo, así como a ti te nace cuidar de la gente de Lairet. Y aunque no me correspondas o me comprendas, mientras yo me siga esforzando por ayudarte, seguirá creciendo mi amor por ti.

Louit liberó su mano y retrocedió un poco. ¿Qué estaba ocurriendo? ¿Acaso Nielce quería seducirlo? No, nada en su comportamiento sugería que esa fuera su intención. De hecho, sus maneras eran casi maternales, y la confianza en lo que hacía y decía era perfecta.

- ¿Dices que me amas? –preguntó, alterado.
- Como a un estupendo amigo y a una magnífica persona, sí –respondió Nielce sin empacho alguno.
- Nos conocemos desde ayer, Nielce. Es imposible que me ames. Dices todo esto porque te recogí, porque no te dejé abandonada en Rittka. Confundes la gratitud con el amor.
- Y tú confundes el amor con otra cosa, Louit. La gratitud es un sentimiento, el amor es una elección. Si eligiera sentir más amor por mí del que elijo sentir por ti en este momento, ya hubiera desechado la idea de consolarte, aun cuando veo que sólo te he causado irritación y disgusto.

Pero, lejos de sentirme ofendida, me siento piadosa para contigo, y siento que te amo, sí...

Palabras cortantes y puntiagudas, pero profundamente significativas y poderosas. De manera que ella *elegía* amarlo a pesar de la terrible condición emocional que cargaba consigo, misma que lo volvía ingrato y grosero; elegía amarlo a pesar de que no iba a llevarla a Maerbos, dejándola marchar a su suerte en las soledades de un país desconocido y peligroso; elegía amarlo a pesar del poco tiempo que habían pasado juntos, y a pesar de no conocerlo; elegía amarlo por ella y para ella, por gusto propio, por la simple razón de querer hacerlo.

- Me has abrumado, Nielce –admitió Louit, y en ese momento se percató de que temblaba sin control-. Debes ser una figura sobrehumana...

- No tanto –respondió Nielce entre risas, como si hubiera escuchado una niñería-. Eres mi benefactor, mi protector, y desde hoy mi amigo, si estás cómodo con ello.

- No veo... No veo cómo podría rehusar algo de ti en este momento...

- Entonces ven. Permite que te abrace, Louit.

Nielce se alzó sobre sus rodillas y extendió los brazos, segura de que él iba a corresponder su gesto.

- N-No puedo...

"No puedo" repitió Louit de manera casi espasmódica y se precipitó hacia el exterior tal como lo hace un borracho despavorido, a los tumbos. Nielce escuchó sus torpes pisadas al alejarse sintiendo cómo el corazón se le encogía en el pecho.

Y entonces se sintió sola como nunca antes.

No puedo, no puedo, no puedo. Era una confesión sincera. Louit se repetía esas palabras amargas al alejarse de ella, y con cada paso, forzaba más la represión de sus impulsos; el joven anduvo entre los matorrales hasta que encontró un sitio en el que pudo estar completamente solo. Muy a lo lejos, las últimas brasas se consumían en el campamento de los pidaos, ya que estos se habían retirado a sus chozas a dormir.

La luna brillaba hermosa en el cielo, y los destellos ágiles de su resplandor se permeaban a través de la hojarasca, dándole al bosque el aspecto de una alta bóveda subterránea. A lo lejos, el Zagara reflejaba la luz celeste tal como lo haría inmenso espejo, y el rumor lejano del agua al abatirse por entre las hondonadas impregnaba el ambiente de una apacible calma.

"Es una estampa mágica", pensó Louit al contemplar la belleza que se ofrecía ante sus ojos. No obstante, el reconocimiento de la gloria que atestiguaba le era francamente insulso. Ninguna maravilla podía disminuir la profunda desazón que apabullaba su ánima, y sólo el llanto era capaz atenuar la espantosa mezcla de nerviosismo y miseria que lo desgarraba por dentro. Por ello, y después de haber luchado mucho contra sí mismo, Louit rompió a sollozar en la oscuridad.

Una ramita crujió a poca distancia. Utilizando sus poderosos sentidos caninos, Yommy descubrió a Louit llorando y se acercó a hacerle compañía.

- Eh, Yommy, ¿Qué quieres?

El perro se acercó cabizbajo y comenzó a chillar.

- No, tú no. Ven acá.

Louit se agachó para tomar la cabeza de Yommy con ambas manos. El perro nunca había visto a su dueño tan desolado, y su mente inferior sufría con una intensidad equivalente a la de él.

- Ya, deja eso. ¿Qué tienes? –le preguntó Louit con un tono de curiosidad paternal-. ¿Te preocupa que moriremos mañana? No te preocupes, amigo. De todas formas, tú y yo ya estábamos destinados a morir en cualquier ocasión y momento...

No obstante, la ocasión y el momento estaban decididos. No iban a encontrar la muerte por casualidad. "Me equivoco: Soy yo quien nos lleva a esto", dijo Louit para corregirse.

Siendo incapaz de hacer algo que sobrepasara su instinto, el perro alzó las orejas.

- No entiendes nada, ¿verdad?

La mirada afanosa y estúpida de Yommy agravó el fastidio de Louit.

- No me tendrás lástima. Nadie lo hará –sentenció desafiante Louit al soltar la cabeza de Yommy-. Sé cuáles serán las consecuencias de mis actos y me atengo a ellas. Después de todo, soy un hombre de Lairet, y el temor no me afecta.

Era mentira. Detrás de sus palabras, un temor muy real esperaba agazapado, y sólo necesitaba una pequeña abertura para aplastarlo en su vulnerabilidad. "No, no pasaré así mis últimas horas. No he vivido encogido por el miedo, y no voy a terminar así".

Palabras valientes, pero vacías. Louit debía dejar de lado las excusas. Debía encontrar el valor perdido a través de la verdad... No obstante, existen momentos en la vida de un hombre en los que éste prefiere el encuentro con la muerte al encuentro con la verdad.

- No, no me voy a ir así. Si voy a enfrentar al mundo, tengo que hacerlo con la verdad en mis manos –se dijo Louit con humildad.

Entonces, ¿qué era? "No tengo miedo de morir. Siempre supe que tarde o temprano iba a morir asesinado en una emboscada o en una riña". Y, en efecto, era un riesgo al que se había habituado, aún al grado de considerarlo cotidiano. No obstante, la muerte violenta en sí misma no era la causa del desasosiego que lo enfermaba. La destrucción del cuerpo, el dolor de los miembros al partirse y desprenderse de sus

coyunturas, o el derramamiento copioso de sangre en la batalla, todas estas eran meras peripecias de un acontecimiento
mucho más trascendental.

"Dejar de estar, dejar de ser". Desaparecer. Una perspectiva dulce desde ciertos ángulos, cuando el descanso es
deseable y la ruina completa. "Y al muerto sólo le queda
desmenuzarse en la tierra. No más lamentos, porque no
puede lamentar nada. Sólo en vida se puede sentir algo, arrepentimiento o temor. Cuando la vida huye y el cuerpo no
puede contenerla más, los despojos viven como vive la tierra,
como vive el aire y como viven las aguas turbias de Zagara".

Materia sin voluntad, que regresa a su fuente primordial.
"Y no es terrible. Cuánta satisfacción me daría el unirme con
este suelo feroz y estar pegado en los pies de mis amigos y
hermanos, aunque sólo fuera como el polvo rojo de las riberas
arcillosas o el lodo abundante de la estación". Y esta forma de
permanecer, de existir, era bella y poética. "Aún la escoria ca-
davérica deja su rastro permanente en la tierra, el testimonio
de una vida vivida...".

No obstante, los huesos de los grandes hombres eran tesoros que crean reverencia y superstición en las posteridades,
y una fuente de inspiración para los pueblos; en cuanto a
sus restos mortales, ¿quién iba a reclamarlos después de la
batalla del día siguiente? Y, ¿quién iba a recordarlo, y por
cuál motivo? No tenía un legado que heredar. Su vida representaba apenas el intento de alcanzar algo superior, casi
exaltado, pero imposible: La paz duradera entre las razas au-
tóctonas. "¿Qué soy para ellos? *Ocaringo*. Un entrometido,
una molestia. ¿Qué logré? No tengo nada que dejar, tampoco
me queda tiempo para construir algo".

- Soy un fracasado –admitió Louit en voz alta-. Y voy a
  desaparecer...

La rotundidad absoluta de esa verdad resultó ser brutal
para el alma atribulada de Louit, brutal en extremo. Sus mús-
culos, que antes temblaban ligeramente, ahora se agitaban

como si una fiebre abrasadora se hubiera apoderado de ellos desde adentro; presa de semejante crisis, a punto de explotar en llanto e hiperventilando, Louit se tomó las sienes con las manos y contuvo un aullido casi animal. Yommy se turbó sobremanera y comenzó a chillar con desesperación.

¡Eso era, la oscura y gris intrascendencia! Ningún legado que dejar, ni siquiera una simiente que cargara con honor y cariño el recuerdo de su existencia. El linaje Dermeer moriría con él lejos de su patria, entre extraños. ¡Pasar al olvido era la máxima derrota, y saberse incapaz de cambiar ese destino representaba la máxima impotencia!

¿Quién llevaría el recuerdo de Akkraín? ¿Quién diría que, a pesar de sus constantes iniquidades entre los nativos, era un padre cariñoso y dedicado? Era cierto que su crianza no era para nada ejemplar, pero aun así, el hombre poseía la virtud de un amante apasionado, ya no en la fogosidad típica de la lujuria, sino en el afecto que expresaba a través de su genio y extraordinario carisma. Su brillantez quedaba expuesta en su frase típica: "Hay tres posesiones que valen tanto como el sol, y éstas son: Un trabajo honrado, un buen nombre y una conciencia tranquila".

¿Quién cuidaría a los recolectores en las eras? ¿Quién rescataría a los niños de los Igommta cuando éstos fueran capturados por los orgullosos hombres de los Fanehain? ¿Quién liberaría a las mujeres de las garras destructoras de los hombres perversos de los Igommta cuando éstos decidieran humillarlas y violarlas? ¿Quién iba a detenerlos? ¿Quién iba a ser ese freno eficaz?

¿Quién sería la fuente de inspiración y liderazgo que necesitaban estos pueblos extraviados, ignorantes y apasionados? ¿Quién destruiría el patrón de convivencia tan dañino que los caracterizaba? ¿Quién enterraría el pasado de ambas razas, impidiendo que sumaran más agravios? ¿Quién iba a llevarlos a construir un nuevo futuro, donde la paz reinara y la armonía les permitiera la sanación?

- No seré yo, Yommy –se dijo Louit con terrible pesa-
    dumbre-. No soy más que un hombre y no tengo nada es-
    pecial. Fallé, y eso es todo.

El sismo dejaba a Lairet en la ruina. La probable muerte
de Akkraín ponía en riesgo gran parte del sustento vital
de la ciudad de Rittka, pues los campos de cultivo iban a
ser saqueados hasta quedar inservibles. La guerra estallaría
cuando la escasez y la peste asolara la tierra. El destino seguía
ensañándose con el pueblo, ¡todo estaba perdido!

"Al menos Nielce no estará aquí para presenciarlo", se dijo
Louit. "No soportaría que ella se quedara aquí atrapada".

¡Se mentía! ¡Él se mentía! ¡No tenía que quedarse, se
quedaba allí por propia elección! Y la idea de irse con ella,
lejos de ser descabellada, le resultaba dulce y emocionante.
De hecho, una parte de su alma anhelaba seguirla a Isalba;
pero huir... ¡No! ¡Jamás! Padecer con los habitantes del país
era un privilegio al que nunca iba a renunciar.

Y aún así, el deseo seguía allí. El consuelo que acababa de
rechazar estaba allí, en aquel abrazo invisible que no quiso
reclamar para sí mismo.

- No puedo, ¡no puedo! –gritó Louit para luego darle un
    tremendo puntapié a un árbol muerto-. No puedo ir allá,
    no tengo a qué ir.

"Tampoco lo tienes aquí", pensó Louit. "Allá podrías
construir algo, empezar una vida nueva. ¿Querías dejar un legado? ¿Querías descendencia? ¿Querías marcar una diferencia? ¡Allá es donde puedes hacerlo, en tu tierra, entre tu gente!
Y ella te ama, te lo dijo hace un instante...".

- No, ¡NOOO...!

Louit se cubrió la boca y cerró los ojos con todas sus fuerzas. Otro exabrupto semejante y los pidaos vendrían a buscarlo... O lo que era peor: Nielce.

- ¿Qué me sucede? No lo entiendo.

Quizás era lo que había aprendido de Akkraín. ¿Acaso era

tan simple como él? Un hombre entregado a los amores, falto de juicio y de voluntad a la hora de dominar sus impulsos. ¡Maldito viejo, él le había enseñado a rendirse a las mujeres!

No, no era algo tan simple. No era sólo que el corazón de Louit se hubiera prendado de la belleza abundante de Nielce, esplendorosa en todo sentido. Había algo más, pero ¿cómo podía definirlo? "Es que ella tiene algo. Su forma de ser me inquieta y me asombra con cada decisión que toma. Es impredecible, y toma el camino difícil en cada encrucijada, pero lo hace con una gracia que sugiere una grandeza de espíritu inigualable...".

Tenía que admitirlo: Nielce encarnaba el tipo de persona que él mismo quería ser. La sombra de su fortaleza lo cobijaba a él, tal como el árbol que refugia al viajero en el desierto. Ella era una persona a la que él podría seguir hasta el final, sabiendo que todo lo que ella decidiera sería lo adecuado, lo justo.

Su intuición se lo decía. Estar lejos de ella lo mataba. Él sí la amaba, pero no de la manera en la que ella lo hacía.

- ¿Y qué? –gruñó Louit, rebelándose contra sí mismo -. No voy a subyugar mis más grandes anhelos por algo que nunca quise ni pedí. No voy a renunciar al rescate de Akkraín. La muerte me encontrará peleando por lo que quiero.

Con esa determinación tomada, Louit llamó al perro y buscó un sitio para pasar la noche.

Hallaron un tronco a poca distancia, y allí se tendieron lado a lado, como buenos amigos que descansan en la floresta después de una larga jornada.

Cuando amaneció, Nielce despertó con los miembros entumecidos y se sorprendió al escuchar que los niños jugaban afuera, aun cuando el sol no había despuntado todavía. La muchacha abandonó su casita de tierra y el frío matinal le castigó los brazos y las piernas, causándole un ligero temblor.

No lejos de allí, un fuego ardía alegre en la explanada principal. Uba la reconoció a lo lejos y la saludó con la mano en alto, luego le hizo una seña para que se aproximara hasta donde estaba él.

Obediente, Nielce se acercó a la fogata con los brazos cruzados. Yendo hacia allá, la muchacha buscó a Louit por los alrededores.

- ¿Dónde está Louit? -Nielce hizo una seña como de estar buscando algo con la vista.

Uba la miró con una mueca de confusión.

- Ya. *Ocaringo,* ¿en dónde está él? -y repitió el gesto.

Entendiendo que se le preguntaba por Louit, Uba se encogió de hombros. ¿Acaso Louit se había marchado sin antes hablar con ella? Alarmada, Nielce se despidió del pidao y empezó a buscar en derredor para ver si encontraba alguna señal de Louit o de Yommy.

¡No, ninguna señal de él! ¿Se había ido sin despedirse? ¿Era capaz de hacerle algo así?

Nielce empezó a desesperarse. La muchacha se dirigió a los niños, pero éstos tampoco pudieron darle alguna información útil.

- ¿En dónde te metiste, Louit? -se dijo Nielce con un nudo en la garganta.

Y entonces empezó a gritarle. Una, dos, tres veces. Sin respuesta.

Para entonces, ya estaba muy claro. Nielce no podía creerlo, ¡él en verdad se había ido!

Dolida, la muchacha regresó a su choza y se sentó en el suelo, mordiéndose los labios para tratar de controlar el llanto.

Eso era todo. Ella también debía marcharse. El derrotero de Maerbos seguía el curso del río... Después de conseguir algún dominio de sí misma, Nielce salió de la choza y fue a despedirse de Uba. El pidao se encontraba rodeado de cazadores. La muchacha les hizo saber que ya se iba. Uba y los otros le ofrecieron un poco del alimento que llevaban en sus bolsos de cazador y la muchacha lo tomó de buen grado. Sin querer entrar en más explicaciones, Nielce se llevó una mano al pecho y se inclinó para demostrar gratitud. Uba y los otros se sonrieron e hicieron lo mismo. Y es que, sin quererlo, la muchacha había usado una seña que los pidaos interpretaban como *"deseo llevarte siempre en mi corazón"*.

Haciendo acopio de valor, Nielce volvió a la choza para tomar su bolso de viaje, cargó el alimento recién obtenido y salió de la villa para iniciar el descenso hasta la quebrada del río. Todavía no podía creerlo. ¿Cómo había pasado eso? ¿Acaso ella había hecho algo malo? ¡No, no tenía por qué recriminárselo! ¡Era él quien, en todo caso, tenía la culpa por haber huido así, sin darle un cierre digno a la situación!

- Déjalo atrás -se repetía Nielce mientras seguía conteniendo el llanto.

Y así, con los puños cerrados y un nudo en la garganta, la muchacha abandonó la villa. Ya se había alejado un buen trecho cuando escuchó el ladrido de un perro. Volteando la cabeza, Nielce divisó a Louit a una gran distancia. Tan lejos estaban el uno del otro que sólo podían comunicarse a los gritos.

- ¿Te vas así? -le gritó Louit.

Allí estaba, infeliz. Yommy corrió hacia ella y Nielce lo recibió con los brazos abiertos. Louit fue al encuentro de ellos con paso pausado, como queriendo demorar su llegada.

- Pensaste que me había ido, ¿eh?
- Sí -respondió una Nielce un tanto resentida.
- Ya, lo siento. Sólo vine a desearte suerte.

Olvidándose del mal trago que la había hecho pasar, Nielce se acercó hasta él y lo abrazó con fuerza.

- Debería estar molesta contigo.
- Pero no lo estás.

- Es claro que no. Puede que ésta sea la última vez que te vea.
- Sí, yo diría que es algo seguro.

    Apretándolo más fuerte, Nielce le dijo al oído:
- No te olvidaré, Louit.

    Él la estrechó aún más fuerte, pero no le dijo nada. Sólo le bastaba con hacerle sentir que su más grande temor, el de la fría y oscura intrascendencia, no iba a cumplirse gracias a ella.

- Bien, sigamos -dijo Nielce al soltar a Louit.
- Sí.

    Y así, aquella mañana de verano, los dos se miraron una última vez antes de irse por rumbos opuestos.

# ABOUT THE AUTHOR

**David Eli Lucero Ruiz**

(1990, San Juanito, Bocoyna, Chihuahua)
Licenciado en psicología general, con un grado de máster en psicoterapia breve, se desempeña en el campo de la docencia y como terapeuta independiente, alternando su pasión por el estudio de la mente con su primera incursión en el campo de las letras.

www.ingramcontent.com/pod-product-compliance
Lightning Source LLC
Chambersburg PA
CBHW050837030726
47503CB00007BA/2208